學術論文集叢書

進學致知：

國立中央大學中國文學系成立五十週年紀念研究論文集

劉德明

主編

目次

輯五　戲曲與現代文學

序

劉德明

　　本系成立於一九六九年，此論文集一方面做為五十週年系慶的紀念，另一方面也是本系教師學術成果具體而微的展現。

　　中央大學於一九六二年在臺灣苗栗復校，最初僅成立了地球物理研究所。一九六八年由苗栗二平山遷到中壢雙連坡，校名改為「國立中央大學理學院」。一九六九年成立中國文學系。時因學校只有理學院，所以中文系亦只能寄寓於理學院之中。一九七九年成立了文學院，學校也正式更名為國立中央大學，中文系也回歸至文學院。劉錫五教授為本系首屆主任，其後在胡自逢、于大成、蔡信發、曾昭旭、張夢機、林平和、康來新、李瑞騰、洪惟助、楊祖漢、王次澄、王力堅及楊自平歷屆主任的領導下，逐漸茁壯成長。中文系在雙連坡上走過了半個世紀，時至今日，本系已具有學士、碩士與博士班三種學制，不但是文學院中最具規模的系所，同時也在中文學界中佔有一席之地。

　　在我們的歷史傳統中雖然早已有了「大學」，但現代大學的設立，則是深受西方文化學術的影響。尤其是對於學術的分科標準，更幾乎是全盤沿用了西方的準則，其中尚未被「完全同化」的大約僅只有中文系了。一般人理所當然的認為「中國文學系」是以詩歌、散文或小說等「文學」為主要內容。但「中國文學系」的「文學」，並不只侷限在現代意義的「文學」，而是含有「人文之學」的意旨。也因此，本系教師的專長涵蓋了人文化成的諸多領域，這在本論文集中明顯可見。本系教師除以詩文、戲曲、小說的文學研究為大宗外，經學義理、語言文字與史學等領域亦均有專精的老師。尤為特別的是，更有一篇以砂拉越華文文學為主題的論文，充分展現出世界華文文學的視野。若以研究主題的時代而論，先秦兩漢有三篇，唐宋有四篇，明代則有六篇，清代有四篇，近現代則有五篇，亦十分符合本校文學院以明清研究為主軸的發展設計。

　　在過去五十年中，臺灣的社會經歷了許多重大的變化，身為臺灣學術界中的大學，也因應這些變化而做了許多調整，中文系自然無法置身於事外。大學從追求理想及純粹識的探求，轉而強調必須與經濟、社會相互結合與對話。讀大學不僅止於探索未知與高深理論，而是必須學到得以立足於現實的一技之長。為回應外界的這些轉變，本系的課程也從純粹的古典學習，進而擴增了現代文學的內容，這兩年更是加開了許多實用文學的課程。但學術成果需要長久的積累，並不能一蹴而成，所以在本論文集中，還未能完全對應本系現在的課程結構。「周雖舊邦，其命維新」雖是一句老話，但如何盡其所能應世而又不失其本源，則是所有中文人的挑戰。相信我們能在這樣的心志與共同的努力下，走向下一個五十年。

　　最後，要謝謝系上同仁願意賜下大作共襄盛舉，更要感謝楊自平教授、孫致文教授、黃卉雯小姐及李亭昱同學，由於他們的辛苦努力與細心協助，本書才得以順利的完成與出版。

輯一
經學義理

從二程思想的不同看中國哲學的
兩種理論型態

楊祖漢

中央大學中國文學系教授

摘要

　　二程的思想，代表了中國哲學的兩種型態，所謂哲學，按照康德的定義，即哲學以思辨為其本質，而思辨是抽象地去了解普遍者。程明道是既圓融又分解、不離開具體特殊的事物，而體證普遍的天道；其弟程伊川則明白地分辨特殊與普遍，對理氣、心性的不同，給出了清楚的區分。這兩種分解的型態雖然不同，但同樣表示了哲學就是將普遍者從具體中抽象出來之義。本文又論述了郭象注莊子所用的「寄言出意」的方式，認為郭象的玄談也符合哲學之為思辨的意義。由此可證即使用西方康德對哲學的定義，中國儒道的重要思想家及其思想，也符合哲學是思辨之學的規定。

關鍵詞：二程、郭象、康德、哲學思辨、寄言出意

一　引言

　　哲學的定義很多，莫衷一是，勞思光先生認為哲學難以定義，即不能以下定義的方式，對哲學這一門學問，給出明確的規定。他舉例，在眾多定義中，「探求最後真相的學科」似乎是很好的說法，但所謂「最後真相」沒有明確對象，其意義不斷在變化，故這一定義也不能用。他認為哲學可能不能用一般定義之方式，只能給出實指性的規定，如：哲學是包括形上學、知識論……等的學問[1]，而中國哲學是以心性論為主的。唐君毅、牟宗三二位先生亦都給出哲學的定義，其定義可包涵中國哲學的特色。[2]以上諸位先生的說法都很恰當，但我認為用康德對哲學的規定，比較能說明本文要提出的觀點，即中國哲學也有其思辨性，符合西方人一般所謂哲學的定義之意。康德的說法如下：

> 要確定普通的知性使用何處終止和思辨的知性使用何處開始的界限，或者說，要確定普通的理性知識在何處成為哲學的界限，是有些困難的。[3]

康德之意是說哲學是「思辨的知性使用」，而與普通的或一般的知性的使用不同。這兩種知性的使用的界線，應該就是一般的思考與哲學的思考之分別所在。這一分別，亦同於普通的理性知識與哲學之分別。康德續云：

> 然而這裡還是有一種相當可靠的區別特徵，即：抽象普遍的知識是思辨的知識；具體普遍的知識是普通的知識。哲學知識是理性的思辨知識，它開始于普通的理性使用著手探索抽象普遍的知識的時候。[4]

康德認為一般的或普通的知性使用得到具體的普遍的知識（對普遍者的具體知識，或通過形象具體地了解普遍者），而思辨的知性使用是得到抽象的普遍的知識。而普通的理性知識與哲學的理性知識的分界，就在於普通的理性使用探索抽象普遍知識之時。意思是說把理性知識中的「普遍者」從具體的事物中抽象出來，以求對普遍者作清楚的了解，這就是哲學的知識。而這種活動也就是思辨的（speculative），於是哲學的活動或哲學的知識就是從具體中把普遍者抽出來理解，如此理解哲學也很清楚。康德在該書中認為哲學首先發生於古希臘，而其他世上有些民族雖然有關於神、靈魂不死等理性知識的

1　勞思光：《哲學淺說》，（香港：友聯出版社），頁4-20。
2　唐先生對哲學下的定義是：「哲學是一種以對於知識界與存在界之思維，以成就人在存在界中之行為，而使人成為一通貫其知與行的存在之學。」唐君毅：《哲學概論》（香港：孟氏教育基金會，1965年），頁18。牟先生則作以下的表示「什麼是哲學，凡是對人性的活動所及，以理智及觀念加以反省說明的，便是哲學。」牟宗三：《中國哲學的特質》（臺灣：學生書局，1976年），頁3。
3　康德著、許景行譯：《邏輯學講義》（北京：商務印書館，1991年），頁17-18。
4　康德：《邏輯學講義》，頁17-18。

思考，但沒有根據概念和規律來抽象地探究這些對象的本性，即是沒有將具體的理性使用與抽象的理性使用分離開來。他認為中國人與印地安人就是如此，即他不認為中國有哲學或哲學思考的發生。[5] 後來黑格爾在《哲學史演講錄》第一卷中，對萊布尼茲的時代轟動一時的孔子的教訓，作出嚴格的批評，他認為《論語》只是講常識的道德，「在他那裡思辨的哲學是一點也沒有的」[6]，黑格爾這一評論，應該也是順康德之意來說的。當然從思辨或思辨性來規定所謂哲學，是順著西方哲學傳統來說的，可能不適合於用在中國的哲學傳統上。中國哲學無論是由本土生發的儒、道或從外來之佛教，都是重實踐的學問。儒家以成德為終極目的，而成德是要充分實現人的道德意識，即要使意念、行為都純依仁義而發。道家追求無心而自然的境界，以成真人（或至人）為最高理想；佛教要通過實踐使人從業力煩惱中解脫，得到究竟解脫，而此即是佛境界。故佛教是實踐的解脫論，這是一般所熟知的。但雖重實踐，是否就沒有思辨或思辨性的表現呢？應該不是的。中國哲學的思辨性，是在實踐的要求下表達的。牟先生曾說，這是所謂「教下名理」。[7] 三教都要求通過實踐而達到理想的生命境界，而在這種要求下，也表達了很清明的、嚴格的思辨。在儒學發展到宋明理學的階段，有關成德之教的本體論與工夫論，論辯是非常繁複的。道家發展到魏晉玄學，對所謂名理的討論，及表達玄理的境界，其中的論辯與有關詮釋方法的討論（如「言意之辨」）也是很豐富的。佛教各宗派對於教義的論辯，大小乘間及大乘各派間的爭論，如有關究竟的教法與圓滿的佛境界應如何規定，引發了判教的種種說法，對於何種教法及理論是佛教的圓教，有深刻的討論。可說三教都扣緊了生命實踐的理想要求而表現了非常豐富的思辨性的，也就是哲學性的活動。在此意義下，可說是要將何謂「理想的人格」作抽象的了解。即在三教的成德實踐之要求下，要通過思辨活動而了解的「普遍者」是「理想的人格、生命」。當然在立教之要求下，此教下名理是有定向的，亦涵討論如何達致聖境之工夫。此是不同於哲學名理者。我此文不能涉及太多三教中的思辨性的哲學思考，只能略陳一二。[8] 據康德上文所說，所謂哲學就是思辨性的活動，而思辨就是要從具體地理解普遍者，進至抽象地理解之。這可說是將普遍者從具體中抽象出來，或對共相的了解，從具體進至抽

5　同上，頁18。

6　黑格爾著，賀麟、王太慶譯：《哲學史演講錄》（北京：商務印書館，1996年），頁119。

7　牟宗三：《才性與玄理》（臺北：臺灣學生書局，1985年），頁278。牟先生在此處，區分了哲學名理與教下名理之不同，認為魏晉名理屬哲學名理。即玄學名理之本質是哲學的，可不受道家之教的定相所限。但吾意以為據牟先生所說，王弼、郭象的注老莊，亦依道家之立教方向表達對道及體道之真人境界之嚮往。即他們固有對名言概念本身作思考之較超越而普遍的哲學思維，亦表現了依教立論的教下名理之意義。

8　我在〈如何理解中國哲學的思辨性——從伊川、朱子之學說起〉（收在景海峰主編：《儒學的歷史敘述與當代建構》，北京：人民出版社，2016年，頁258-279）已經論及我對中國哲學的概念與方法的問題要表達的意見，但仍有些未盡之意，故再撰作本文。

象。雖然康德認為中國民族缺乏思辨，但以此一定義來說明中國哲學，我認為卻是很能表意的。只是此中所謂普遍者須從實踐的要求來界定，儒釋道所言之天道，聖人、佛或真人的生命境界都屬此。此義可從二程之為不同之思想型態，來展開討論，進而表達中國哲學思辨之特色。

二　程明道的圓融式的分解

　　二程的思想型態不同，這是馮友蘭先生在二十世紀三〇年代出版的《中國哲學史》就提出來的說法，後來牟宗三先生在《心體與性體》中做了充分的證成。故二程思想的不同，應可說是定論。而二程的不同我認為正可以表達了兩種哲學思辨的型態。馮先生認為明道的思想是「道、器或形上、形下不分」的，他以此為明道（包含象山）思想的特色[9]。但如果真的是道器不分，顯然就違反上說康德所認為的對普遍者之了解須從具體進至抽象的哲學定義，亦即可以說明道的思想不能表現了哲學的思辨性。但按牟宗三先生的理解，明道的說法是圓融的說法，且具有把形上形下區分出來的作用，只是他用的是「圓融地截得」的方式。[10]既是圓融，又是截得（見下所引第 2 條明道語）；說明此意需引用明道幾段話來說：

> 1. 居處恭，執事敬，與人忠，此是徹上徹下語，聖人元無二語。（《二程集》北京：中華，頁13。）

明道認為孔子這段話表達了在具體生活中，就表現出形而上的道或天道，而不用區分形而上的道理與現實的生活。不必「話分兩頭」地說明何者是天、何者是人；或說以人道表現天道，天道是人道之根據、或甚至說天人合一，這些都是「二語」，都不必要。理想的道理當然是人要追求的，但道理必須能在具體現實的生活中表現出來，才是真實的。如果道理歸道理，生活歸生活，那麼人所追求之理想的道，與現實具體的生活分成兩截，這就不是理想的生活，也不是道理真實存在的情況。道理須在現實具體生活中體現，須道理就是生活，生活就是道理，這是程明道所理解的孔子之教訓的涵義。這段話雖然表達了道與生活圓融在一起而不能區分成兩截的意思，但形上的道與形而下的具體活動的區分，還是有的。如果沒有這上、下的區分，則「徹上徹下語」這句話也就沒有意義了。即是說，先有形上形下的區分，然後體認到形而上不離形而下，或即於形而下就表現了形而上，兩者是「二而一、一而二」的關係，如此而言徹上徹下才有意義。如果確是有形上形下的區別然後再體會二者圓融在一起，則必有思辨性的活動或區分在其

9　在馮友蘭先後兩本《哲學史》（包括後出的《中國哲學史新編》）中對程明道的看法都是如此。
10　牟宗三：《心體與性體》（二），（臺北：正中書局，1968年）論明道的部份，頁43。

中。只是此思辨並非只是分辨性的思辨而已，而是既分辨又體認到此可以分辨為二者是圓融在一起的，而且只有二者圓融為一，才是表現了兩者的意義的最恰當的方式。從人倫實踐來說，仁義禮智等理固然是形而上的，但這形而上的道理必須在倫常實踐中才能體現出來，才會為人所深切了解，或深切的覺悟。如果沒有要求自己表現出「居處恭、執事敬、與人忠」等行為，則形而上的道德之理就不會為人所深切體會。故必須形上形下同時表現在眼前的具體生活中，才是道的活動流行。而且這「恭、敬與忠」，是內心誠摯的要求，不只是外表行為上符合規矩而已。這內心的誠摯要求，依程明道是與天道相通、不隔的。這應該是明道「元來只此是道」之意。「此」是指這當下具體活動。

程明道這種體會是他常說的，如云：

> 2. 繫辭曰：「形而上者謂之道，形而下者謂之器。」……又曰：「一陰一陽之謂道。」陰陽亦形而下者也，而曰道者，惟此語截得上下最分明，元來只此是道，要在人默而識之也。」（《二程集》，頁118。）

明道這一段與上段所說的「此是徹上徹下語」同義，即在區分了形上、形下之後，又體會兩者是二而一、一而二的關係，於是就在當下的有形的活動變化中體悟到道的流行，而且只有在這種體悟下，才看到真正的道的存在。即是說道不能只以抽象的狀態而為思議所掌握。雖然通過思辨而區分形上形下的不同，而了解道是形而上的存有，是必要的；但若要真正掌握道的意義，必須在眼前的陰陽氣化，或日用人生的活動中體會到這裡就是道的流行，如此才可以真正明道。上一條所謂「徹上徹下語」，即涵統合上下兩方面的意義，才可以體會到道即下而上，即日用倫常而表現絕對永恆的意義，即一定要兩方面合起來才可以見道。而這一條說「陰陽是形而下者」，這表達了對形上形下之不同，明道很清楚，而且肯定了這一區分。明道不會贊成將陰陽視為形而上者，但認為在一陰一陽的活動中，才可以體會到「元來只此是道」，而有這種體會，就可以「截得上下最分明」。所謂截得，當然是對形上與形下的區別，有清楚的劃分，而「一陰一陽之謂道」，從字面的意義來看，好像是把形而下與形而上混在一起，而不區分。何以明道說只有這句話能把形上、形下分截得最清楚呢？故牟先生說，這是「圓融地截得」，牟先生的解釋當然很恰當，而我可以順著此意，稍作進一步的討論。即既然是「截得」，當然有把無形而普遍的道，從具體的形而下的活動中區別開來的作用。即其中一定有康德所謂的「思辨」的作用。但這種形上下的區分，或思辨的作用卻又是圓融的，甚至可以說如果不能作這種圓融式的體會，就不能把形上形下二者截得分明。此意是說道是在，或只能在道器不離的情況下，才可以讓人真實的掌握。此意即表示通過了陰陽往來的律動變化，人就可以體會到有生生不已，使氣化不斷地生成變化的道的作用在其中。道的妙運、創生的作用，在氣化的往來律動中，最能讓人有真切的掌握。如果有此掌握，便可理解到道體妙運神化的創生性的活動，是不同於氣化之活動的。如果不通過思

辨的分解，把形而上者與形而下者區分出來，可能就不能恰當的理解道體的生生不已、妙運創生的作用，因為那只是對道體作抽象的了解，而缺乏了對道體的「具體的體悟」之故。是故，能在具體的氣化活動，或倫常事物中，能體會到道在其中起著妙運創生的作用，這是對道體的存在最好的了解方式。如果此說可通，則這種不離具體形下，而當下體證形上者的方式是區分形而上者與形而下者的最恰當的方式。這應該是明道所說「惟此語截得上下最分明」之意。而牟先生所說圓融地截得也表示了此意。這可以說，明道此語既表達了中國哲學的哲學特性，又表達了一種掌握普遍者之存在的方法。這種說法與方法，表面不合於上文所說康德與黑格爾所言思辨性的意義，因強調了對道須不離形而下，而作具體的體悟。但其實不能說其中沒有思辨性，甚至可以說，明道是通過思辨而超出了思辨。如果沒有第一步的形上形下的劃分，不可能有二者不離而徹上徹下，及只此是道的體悟。如果只停留在普遍與特殊、形上與形下的區分之層次，便不能表達這種在實踐下體會到倫常日用就是天理流行，陰陽往來就是天道妙運神化之作用的意義。故這種說法是寓分解於圓融（也可以說非分解的說法方式），涵思辨於實踐之言說方式。明道又云：

> 3. 孟子去其中又發揮出浩然之氣，可謂盡矣。故說神「如在其上，如在其左右」，大小大事而只曰「誠之不可揜如此夫」。徹上徹下，不過如此。形而上為道，形而下為器，須著如此說。器亦道，道亦器，但得道在，不繫今與後，己與人。（《二程集》，頁4。）

這一條可以說是上面兩條的綜合說明。說大小大事只是誠之不可揜，即不管是大事小事都是誠體的活動流行，每一個事情就是誠體流行，具體的事情中就是無形的道體的彰顯，而不能區分形上與形下的不同，此所謂徹上徹下，而這種體悟才是對道體最真實的了解。能夠有此體悟，就衝破了今與後、己與人的分別，可謂是剎那就是永恆。雖有這種當下即是，即具體即普遍，而且表現了永恆性的體會，但並非是沒有思辨上的區分，故說「形而上為道，形而下為器，須著如此說」，這種形而上下的分解是需要說的，只是須知雖有此分解，但二者是圓融為一體的，故曰道亦器，器亦道。故道器之分別，在道亦器，器亦道的體會中是不能夠無掉的，這即是上文所說圓融地截得及寓分解於圓融之意。既然形上形下的區分是必涵在其中的，怎麼可能這一體悟沒有思辨性存在呢？如果這種圓融的體悟涵思辨性，就不能說這種體悟不是哲學，或沒有哲學性，這就表達了儒家作為實踐的哲學，或實踐的形上學的特性。即由於是實踐的體悟，故不能離開人倫事物，而空說形而上的道理，又由於在實踐中的確可以體悟形而上的道理，故也不能把這些人倫實踐理解為只是具體的形而下的活動，於是康德或黑格爾對中國哲學或孔子的《論語》的貶視，認為只是常識性的道德格言，真是對中國哲學特性的不了解。即可說他們對中國哲學雖不離日用倫常，但亦攝對普遍者的哲學思辨在其中的不了解。

三 郭象莊子注所表達的思辨性

上文說程明道這種體悟是當下即是的智慧,而這種圓融性的體會雖然是不分開具體與普遍,認為道即器、器即道,但一定具有形上形下的區分在其中。這種既區分又圓融,而且是形上與形下,事與理的兩方面意義的統一而給出來的對當下的了解,才是對道的真切體悟。這種道與物不離的「論道」或者「理解道」的方式,不只是儒家具有,道家也是常說的。如王弼認為,真正「體無」的是聖人孔子,而不是老子,孔子體之而不言,老子則申之無已。[11]「無」的境界不能用抽象的言說或概念來表達,故孔子把無(無為、自然)表現在生活中,而不說無。但不能夠因此就說,體現無為的人對無的道理不能有抽象的了解,相反,「體之而不言」是表現無之意義的最好方式。無為是在生活中才能表現的智慧,雖然也可以說無是一種普遍的道理而為「普遍者」,但這種普遍者如果離開了現實生命的活動,就不能真實的呈現,故要理解無(或無為)這種道理,離開生活上的實踐是不容易體會的。故體之而不言者是為聖人,而不斷言無,申之無已的只是哲學家(或賢者)。當然將「無」用言說概念的方式說出來,這亦是很重要的,依前述,這一方式便是思辨。故老子之「申之無已」,便是用言說概念將道不同於一般事物之意義,分解地表現出來。這一對道的思辨當然很重要,但與體現「無」的聖人之境是有差距的。而這後者之境界,才是最高的嚮往。

王弼另一個有名的說法也表達了這個意思,他反對何晏的「聖人無喜怒哀樂論」,而主張「聖人有情」(同注11,頁640),即體現無為的聖人,是可以在日常生活之種種情緒上表現「無」(無為)的,如果無為不能隨著他的情緒活動而表現,則這個無為就與現實生命分隔開,成為他的生命活動或思想所追求的外在對象。在這種情形下,生命與無相隔,便非自然而無為的表現。故老子說無,雖然說得很好,但還是與無處於相對的情況,而不說無的孔子,則反而是把無為表現在現實生活中。這樣了解孔子,亦是有根據的。例如孔子在現實生活上表現毋意必固我,生命如行雲流水般,這種境界在《論語》中所在多有,這就是無為的道理的具體呈現。故普遍的道理與具體的特殊的生活兩面相即,才可以表達這種實踐的智慧,或實踐所證的真理。

郭象(或是向秀)在《莊子注》中所說的迹冥論,也表達了如明道、王弼所說之意。在深山中不做事的許由,表面是無為,但這只是抽象的無為,是不能起無不為之用的。此即把無為而又能無不為的聖人境界分拆成體用二者,無為是體,無不為是用。許由雖不能無為而無不為,但亦如同對「無」申之無已的老子,把作為體之無為之義,抽象出來了解。這便把體與用、無為與無不為分拆開來。這亦可說是思辨的作用。本來能無為者一定能夠「與物冥」,即與外物合一;而能與外物合一者必隨外物變化而變化。

---

11 見〈何劭王弼傳〉,收入樓宇烈校釋:《王弼集校釋》附錄(北京:中華書局,1999年),頁639。

如果不能與外物合一，就是與物有對，與物有對就不能說內心真正無為；故內心真正無為的人一定會隨順外在的情境、對象對自己的要求，而給出自然而然的反應，所謂「無心玄應，惟感之從」，哪邊對我來感，我就往哪邊回應，不會感而不應。於是無為者一定有自然而然的隨感而應，這便是無不為。故有無為的心境便必會給出隨感而應的種種作為，越是無心，越會有自然而然的反應；而這種反應或感應，雖然可能會非常複雜而繁重，但由於是出於無心，並非出於有為、作意，所以不會因為做出反應的繁重而使內心產生厭倦。由於是這樣，故道家義的聖人也一定不離開他的日用生活，而必對所接觸的可能的種種人事物，給出回應，就在這些隨感而應中實現了他無為的心境，於是無為之心境就一定與無不為的事情圓融在一起。這王弼言「聖人有情」之意，亦即所謂「迹冥圓」。如果切割了情緒活動，沒有任何作為，那就不能順物之自然，而無為便沒有表現的地方了。故假如說聖人無情，就是說聖人不能應事接物，那就不算是聖人了，於是真正能表現無為精神的聖人，一定隨迹或隨著與物感應而表現出種種事情與作為。離開了無不為的事情，而單獨說的無為的精神，當然可以對無為作抽象的了解，但這種了解並不全面，也不能曲盡無為的妙義。故一定要綜合無為與感應作為才可以了解無為的真義，故無為之本，或冥，一定就在事情行為中表現，這兩方面都要體會才可以了解無為的意義，這如同上文明道從道與器兩方面合起來才能了解道的意義一樣，也可以說無為不離無不為，徹上徹下，不過如此。

上述郭象認為莊子藉許由以明本（無為之體），而藉許由之不作為，固然可將無為之體從無不為的具體生活中抽象出來，但此抽象之體並不涵無不為之用，則這亦非在聖人生命中起作用之真體。如何才能將無為而又無不為的真體表達出來呢？這可有兩步或二階段的表達。他思考到無為與無不為固然一定要連在一起，但如何讓人了解聖人內心一定是真正的無為呢？無為與無不為相連，就好像道與器分不開，不區分此二者，人對於聖人內心的無為是不能有明白的認識的，為了讓人正視無為之體之本身，便需要把無為之本與無不為的迹作出區分。於是郭象認為堯讓天下於許由一段，就是藉甚麼事情都不肯做的許由，來表達堯內心的無為，無為是本，有此本才可以無不為，許由沒有無不為，並不是理想的道家義的聖人，但他不肯做事的外在表現，而且即使將天下交予他，也不感興趣，這也的確可以表達了無為意義，即無為是甚麼事情都不放在心上的。故由許由的表現就可以把堯內心的無為，從無不為的形迹關聯中抽離出來，讓不懂何謂無為，或不知有無為境界者得一初步的了解。[12]郭象這種說法相當曲折有理致，這正好表

---

12 據郭注，郭象對許由的行事有所批評，認為無為並非甚麼事都不幹，是有意守著一家之偏尚，故郭象不一定有借許由來顯堯的無為之本的想法，他用寄言出意的方式來顯堯之本，是在注藐姑射之山一段才正式提出。謝謝蔡振豐教授在本文發表的會議中提出此問題。但我認為這寄言的方式，也可以用在許由與堯的對照上，即亦可以說莊子是借許由的不作事來顯堯治天下之本。或可以說，許由所顯的本是偏枯的本，此本只是一無所作為的心境，由於許由自以為與別人不同，守著自己的無

達了哲學是把在具體中的普遍抽象出來，而讓人正視而清楚地了解普遍者的意義的做法。這一解釋如果不錯，則正可以看出郭象的《莊子注》，是很有哲學性的思辨的意識者。即郭象意識到要把在具體中的普遍者抽出來，才可以讓人對此普遍者（即無為的心境）有清楚的了解。這是用「寄言出意」的方式，把普遍者從具體而特殊的情況中抽出來的做法。這是郭象注莊很獨特的講法，也是郭象注（或向秀郭象注）所以能吸引人，被認為能表現莊子深意，使「莊生不死」的原因。可以說，大家是被郭注涵蘊其中的哲學思辨所吸引。當然，亦有許多學者說郭象不符合莊子原意，莊子原文好像是讚美許由，而貶斥治天下的堯，但郭象解釋為許由的無為只是「一家之偏尚」，即乃是出於有意的不作事，並非真正的無為。言許由之拱默山林，只是寄言。即借以言無為，許由之真實境界並非如此。可以說是借許由將無為之體或心境從無為而無不為中抽離出來。而真正能以無為為本而無不為者，只有堯。故莊子是藉許由來顯堯的用心。郭象所說的是否為莊子本意，這可能沒有辦法證明，但郭象這種詮表的方式，所謂寄言出意，確合於老莊玄義，或「正言若反」的言說方式。以這言說方式表達出堯是真正無為而治者，的確是「正言若反」。這便是把在具體中之普遍者抽出來了解。而通過寄言出意，借許由來表達堯的內心，這種曲折的表現方式，亦並非不合莊子的生命風格。

再進一步說，這由寄言而曲折表達的，只是顯示了無為之體，只「顯體」還不是這種分析或分解的完成，必須要把被分解出來的無為的心境回歸到堯的生命境界中，即要說明堯是不離開種種治天下的作為來表現無為的心境者，必須把這個意思說完，才完成這一思辨的分解。這是第二步，故郭象云：

> 1. 夫自任者對物，而順物者與物無對，故堯無對於天下，而許由與稷、契為匹矣。何以言其然邪？夫與物冥者，故群物之所不能離也。是以無心玄應，唯感之從，汎若不繫之舟，東西之非己也。故無行而不與百姓共者，亦無往而不為天下之君矣。以此為君，若天之自高，實君之德也。若獨兀然立乎高山之頂，非夫人有情於自守，守一家之偏尚，何得專此！此故俗中之一物，而為堯之外臣耳。若以外臣代乎內主，斯有為君之名而無任君之實也。（《莊子集釋》（北京中華書局），頁24。）

此段便是要把無為的理想回歸到堯的生命活動來說明，言真正無為的人，一定與物無對（即與物冥），於是一定是與種種事物不分隔的，如果隔開了事物，只守著自己的無為

為，此一無為不能起無不為之用，可說是偏枯之本；而藐姑射之山一譬喻，表示了吸風飲露的神人可以達到使物不疵癘而年穀熟，是雖無為而有極大的效果產生，這就表達了「無為而無不為」這個聖人之本。此後一義之本，可說是圓本，不同於許由所顯示的偏枯之本。或可作以上之區分，但借許由以顯堯之本，以此為寄言，也可以說得通。牟先生便有「藉許由以顯本」之說，見《才性與玄理》頁192。

心境，那就與物有對，即區分了己與物、我與人，那就不是真正的無為。雖然可以藉表面是無為的許由，來打掉堯生命中的與無為相關聯的無不為之迹，而讓人了解無為本身，但這種理解是抽象的理解，還不能讓人真正了解心境修養上的無為意義，故要說明無為一定與種種人事物不分隔，甚至融合在一起，處在一種同痛癢，同呼吸，渾然一體的境界中，才是真正的無為，這是順物而無對。於是無為的聖人一定是最有資格治天下的人。由於內心無為，能與物無對，是故能無心玄應，唯感之從，隨波逐流，往東往西都不是出於有心，越能這樣，即越無心，便越可以治天下，即使日理萬機，也好像處在深山中無事可做一樣。表面行誼可以順應千差萬別之不同情況，但內心絲毫不起波動，這種對無為的理解應該是不能反對的。這種自然而與物冥，被動的因群物不能離而治天下，居於君之高位，如天之自高。並非有意無為而顧出與物不同的樣子，故許由之無為，是有意如此，非順物自然之表現。按郭象之意，要真正了解莊子所說的無為，或無為而治，就必須先把無為而無不為分解，以凸顯無為的心境，然後再把此心境的真正意義，即無為必涵無不為點出，來說明真正的無為而治的聖人，是堯而並不是許由，許由只有凸顯無為之體的暫時功用。這兩步的分解，是要表達無為而無不為，或「迹冥圓」此一道家玄義必須作的分解，而這兩步分解既然是表達道家所說的普遍的道理，而所做的分解，也是把普遍者從具體中抽象出來。如此說可通，則這種詮表方式，當然符合上文所說，哲學是思辨的活動，而思辨是把普遍者抽象出來，以了解普遍者自己之意。而且此一思辨的表達方式很有中國哲學的特性，此所謂中國哲學之特性可從兩方面來說，即（一）重生活實踐或道德實踐，從實踐中才可以體會道的意義。（二）形上形下或普遍與具體二者須綜合來理解，才可見道。

故郭象注所用的寄言出意的方式，是一種哲學性的分解，如此則可以說郭象是用哲學的，或思辨的方式，將莊子大意表達出來。由此亦可說郭象不愧是大哲學家，此即使用西方哲學傳統之哲學義來說，也是說得通的。他是用哲學的思辨來抽離無為此一普遍的道理，經過這種抽離，就可以對無為有清楚明白的了解，這就是哲學的功用。從這個意義來理解郭象的文字，則雖然不能決定郭象所說是否為莊子原意，但必須承認他所用的是哲學的思辨的方法，於是我們就不必黏著於莊子的原文、原意來判斷郭象注的意義與價值。他的文字如果有哲學性，又能把深刻的道理抽出來，讓人能有清楚的了解，就是有哲學價值的文獻。郭象在註解「藐姑射之山有神人居焉」一段，也表達了上述所說的意思：

> 2. 此皆寄言耳。夫神人即今所謂聖人也。夫聖人雖在廟堂之上，然其心無異於山林之中，世豈識之哉！徒見其戴黃屋，佩玉璽，便謂足以纓紱其心矣；見其歷山川，同民事，便謂足以憔悴其神矣；豈知至至者之不虧哉！今言王德之人而寄之此山，將明世所無由識，故乃託之於絕垠之外而推之於視聽之表耳。處子者，不以外傷內。（《莊子集釋》，頁29。）

郭象這段注文進一步說明他所用的寄言的方法。他認為莊子是把聖人日理萬機，但內心毫無動盪，不因為事情的複雜變化，而受到絲毫影響的境界抽出來，寄託於遠在天邊的神人身上。明白了神人所表現的徹底無心的境界後，再指出遠在天邊的神人就是近在眼前治天下的聖人。經過這種「分解、然後回歸」的表達方式，就可以把聖人的境界充分表達出來。郭象所說的「將明世所無由識，故乃託之於絕垠之外」，很明顯表示了為了讓一般人清楚了解聖人的內心，故作這種寄言式的詮表方式，這不就是哲學性的思辨，要把普遍者從具體中抽象出來之意嗎？故由上引文與說明可知，郭象對於哲學的思辨有清楚的意識，而郭象注莊所用的這種「寄言出意」的方法，確是哲學的方法。在莊子注的「序文」中，郭象有一段莊子與孔子對比的言論，很能綜結上述之意：

> 3. 夫莊子者，可謂知本矣，故未始藏其狂言，言雖無會而獨應者也。夫應而非會，則雖當無用；言非物事，則雖高不行；與夫寂然不動，不得已而後起者，固有間矣，斯可謂知無心者也。夫心無為，則隨感而應，應隨其時，言唯謹爾。故與化為體，流萬代而冥物，豈曾設對獨遘而游談乎方外哉！此其所以不經而為百家之冠也。然莊生雖未體之，言則至矣。（《莊子集釋》，頁3。）

郭象認為莊子雖然把體無的聖人的境界用言說清楚表達出來，但還是不能與體道的聖人孔子相比，因為莊子是言雖無會而獨應，言非物事的。即是說莊子並不是在實踐生活中，表達無為的境界，而是把無為抽出來做獨立的道理來表達，而孔子是把道理（即無心）在隨感而應之情況下，表現為種種人倫事物，而言論則非常簡單（言唯謹爾），這清楚表達了無為的心境，或智慧，必須在與事物的感應中表現出來之意。因為生命體現了無心無為精神的人，一定「隨感而應，應隨其時」，也就是說，一定會發生種種的事為，故真正的聖人，一定是迹即冥、理即事的。郭象此處，明白表示無為而無不為、迹即冥之圓境，此亦聖人體之而不言之境。莊子雖能言之而不能見諸行事，故莊子只是能算是知本而已，和聖人仍是有距離的。據郭注，莊子已有兩重的分解，而將聖人為迹本（冥）圓之義表達了出來，但這仍只是「雖未體之，言則至矣」之言說境，與本迹相融，只以行事表現的「超言說境」，還是有距離的。這是藉莊子之言以明孔子之聖境，亦可說貶莊以揚孔。此並不能說郭象為保留孔子的聖人地位而姑且如此說，而是他體會到儒道二家都認為哲學智辨必須以成就生活實踐為目的，體之而化的聖人是比申之無已的智辨為高的。從以上的分析，可見郭象注莊確有為了表達聖人境界，而要將聖境從具體生活中抽出來正視之思辨的精神。只是郭象用了寄言出意之表達方式，十分曲折。

四 程伊川分辨式的分解

照上面所說，哲學是思辨，即把在具體中的普遍道理抽出來了解，而程明道認為真

正能了解普遍的道理的方式，是把具體中的普遍，不離開具體生活，而當下體認。這種在具體中表現普遍道理的生活或存在情況，是最好的表現普遍道理的方式，也是最能使具體的生活表現普遍道理的方式。於是，當下不離具體而體會普遍，就是對普遍者的真正了解。如果你要把普遍的理從具體中抽象出來，那很可能所了解的就不是真正的道理了。這可說是即事言理的方式，並非只懂得具體現實的事情，只把精神用在現實的層次中，沒有玄遠的思考。而是在事情中，可以當下掌握普遍的道理。這也可以說是孔子的傳統。孔子用《周易》的卦象來表達道理，而並不空言義理，用《春秋》來褒貶是非，即把客觀的道義通過對歷史人物的品評而表達出來。這種即事言理的方式，固然有得有失。由於理不離事，不一定能把普遍的道理抽象出來看道理本身，是其缺點。但也可以使道理與現實生活相融，更可以表達了理想的人格生命，是可以在種種人生的事務上自然而然的表現出來之意，這就有圓教的涵義。上文明道所說的徹上徹下，與郭象注對莊子「天刑」義的解釋，認為可以即天刑而解脫，這是儒道都具有的「圓教」義理，佛教所說的煩惱即菩提，也表達了此意。

即事言理，理即事，事即理，這種境界不只是儒家所嚮往的，道家也有這方面的表達，如上文所說。而從上述的郭象之莊子詮釋，可以說是一種分解，也是把普遍者從具體中抽象出來。只是這種抽象甚為曲折奧妙，並不同於康德所說的思辨的做法。但表面雖然不同，精神上倒是相合的。程明道的說法也是一樣。他們都能夠把心中所體會到的最圓融的聖人境界表達了出來，能夠表達出這種圓融境界，當然就是一種思辨。沒有他們的表達，或沒有透過他們這種特別的表達方式，誰能了解這種圓融的聖人境界呢？於是我們也可以說，這是一種思辨，也就是哲學。但中國哲學並不是只有這種表達的方式，程明道的弟弟程伊川，就透過另外一種哲學的思辨，把普遍的道理表達出來。在他影響下的朱子，就把這種表達方式充分完成，程朱理學成為中國乃至於東亞儒學的主流，成為八百年的顯學，與這種表達方式，應是有關係的。這個事實也告訴我們，程明道、郭象所代表的固然是很有中國特色的哲學思辨與境界，但通過格物窮理，重視道問學功夫的程朱理學的言說方式，也成為中國及東亞思想界所重視的思想與表達方式。故對這兩個型態，我們都不能輕視。

程伊川的思考方式，很接近康德所謂的對普遍者之理解，從具體進至抽象之意，也就是很符合康德所謂哲學就是思辨的定義。伊川對一陰一陽之謂道的理解，與明道很不一樣。他說：

> 1.「一陰一陽之謂道」，道非陰陽也，所以一陰一陽道也，如一闔一闢謂之變。（《二程集》，頁67。）

伊川用「所以」來表達道不是陰陽之意，這便是思辨的分解。陰陽是氣，是有形的活動，固然沒有了道，陰陽就不能有規律地活動下去，所以陰陽不能離開道，但陰陽究竟

不是道，你要了解道，一定要把有形的陰陽的活動與無形的道區分開來。於是你才能了解道不是有形的，也不是具體的，即乃是無形而普遍的。不只是分析陰陽與道的不同，伊川對於其他的德行、道理，都是這樣理解。他認為《論語》上所說的「孝弟也者，其為仁之本歟！」中所說的孝悌與仁必須區分：

> 2. 問：「孝弟為仁之本，此是由孝弟可以至仁否？」曰：「非也。謂行仁自孝弟始。蓋孝弟是仁之一事，謂之行仁之本則可，謂之是仁之本則不可。蓋仁是性（一作「本」）也，孝弟是用也。性中只有仁義禮智四者，幾曾有孝弟來？（《二程集》，頁183。）

伊川認為，孝悌是事情，而仁義是理。當然有仁義這個道理作為根據，才能表現出孝悌，但二者是不同的。故他說，性中只有仁義禮智，幾曾有孝弟來。這也就是上文所說的，從具體的事情或行為中，把所以能夠產生這些事情的根據、原理抽出來了解。這一步的抽象當然也是很重要的，如果不做這一種抽象的了解，對於理就不能真正清楚，人就很可能只模仿良好的行為，而不去要求對所以能夠產生良好行為的原理加以用心。那麼這些良好的行為，也不能夠長久維持。程伊川就用然、所以然的方式來區分具體的事件與普遍的道理的不同。通過這種分解，他認為對於道理才有真正的了解，而可以使人誠心誠意的服膺義務，此所謂致知以誠意。

> 3. 問仁。曰：「此在諸公自思之，將聖賢所言仁處，類聚觀之，體認出來。孟子曰：『惻隱之心，仁也。』後人遂以愛為仁。惻隱固是愛也。愛自是情，仁自是性；豈可專以愛為仁？孟子言惻隱為仁，蓋為前已言『惻隱之心，仁之端也』，既曰仁之端，則不可便謂之仁。退之言『博愛之謂仁』，非也。仁者固博愛，然便以博愛為仁，則不可。」（《二程集》，頁182。）

此段對於「仁與惻隱」或「仁與愛」作了區分，這就是從具體的情感，或甚至是道德情感的活動中，分解情與理，或氣與理的不同，此很不同於程明道「即器見道」或「即氣見神」的體悟。牟先生就認為伊川的分解把理的活動義，或神的本體義去掉了，於是理成為「只存有不活動」，而神因為是活動的，只能屬於氣。於是牟先生認為，伊川的分解有偏差，只能表達性理之偏義，失落了性理之活動義。故伊川對道體的體會，不如明道之恰當。（見牟先生《心體與性體》第二冊論程伊川處）。但伊川這種分解正是康德、黑格爾所說的「哲學性的思辨」，而這種思辨的確也可以把在具體中的普遍抽象出來了解。雖然抽象的就不能有具體而活潑的形象表現，但這種理解可以使理不同於氣，或性不同於情的分際，清楚的表達出來。理學家要求人按道德性理而行，要「性其情」，而不能「情其性」（見程伊川的〈顏子所好何學論〉），這一情、理不同，是很重要的區分，對實踐是很必要的。也可以說伊川這種哲學式的分解或思辨，並非只是為了表現哲

學的思辨精神，也是為了實踐而給出的分辨。循著伊川的分解而往前進的朱子，便更進一步地給出種種有關儒學義理概念的分解，如他對於孔子從「四十而不惑」進到「五十而知天命」的不同，便用「所當然」與「所以當然」來區分，也表示了「當然而不容已」與「所以然而不可易」的不同，表示了這種「然」與「所以然」的區分，可以用在實踐上，使該實踐的道德之理有了形而上的根據。即從人生倫常的應然而不容已處，進一步可以體會其為不可易的所以然之天理所在，於是對於人的實踐道德可以有進一步的說服力。這是運用思辨以成就實踐。朱子的理氣、心性的區分，或性理不活動，而活動者是氣的區分，表現了很精察的哲學思辨，同時，又給出了思辨對於實踐的必要性，這方面的意思，韓儒田愚（艮齋，1841-1922），就認為朱子這種理氣、心性的區分，表達了心需要以性為學習的對象，而不能自尊。又由於性理是價值的標準，故不能有活動變化。艮齋這一分析便表達了伊川與朱子通過哲學的分解，給出的結果，同樣是儒學實踐的理論所必要的。故伊川朱子的分解雖然是同於康德所說的「哲學之為思辨」的定義，但也不失中國哲學或儒學是以實踐為基本關心，由生命的實踐而產生種種思辨之精義的特色。

五　結論

本文藉康德所言哲學為思辨之學，而思辨活動與一般人的理解或一般知性作用的所以不同，在於思辨是把對普遍者的了解，從具體而進到抽象。人對於普遍者的理解，必須從日常經驗的具體了解，進至按概念與原則來思考之，如對何謂道德、上帝與靈魂作思辨的了解，才能清楚所論的對象之本性。康德與黑格爾不認為中國人有哲學的思辨，即哲學不在中國產生，而只為古希臘人的貢獻。但從上文對明道與郭象的文獻之分析，可見明道與郭象都是有意識的作出了形上與形下，體與用的區分，即他們的確有要把普遍者從具體的活動中區分出來的意識，只是他們體會到雖然必需要做這種普遍與特殊的不同的區分，但既區分也要保持二者的不能區分，認為形而上者與形而下者，或體與用，本與迹必須在相即不離的情況下，才是真實的存在，故明道既區分形上形下，又說道亦器，器亦道，而郭象藉神人以明堯之本後，一定說「至遠之所順者更近，而至高之所會者反下」[13]，遠與近、高與下其實是相即不離、圓融在一起的，如此表達聖人的境界，與明道所說的徹上徹下語意思一樣。如果此說可通，就可以說明中國哲學的確有其哲學性的思辨，即使用西方哲學對哲學的規定來要求，亦可見其是符合的。對質疑中國有沒有哲學之說，我們便可以根據此一意思來作回應。這並不表示我們要屈從西方人對哲學的定義，來界定中國的哲學，而是藉此表示中國的哲學思想，的確有與西方哲學家

---

13 逍遙遊「宋人資章甫而適諸越」一段，郭象注。

所要求的哲學不同於一般思考的本質相似，也可以看出哲學思維是共通的，必須要達到
這一層次，才可以說是哲學。如果以西方有西方的哲學，中國有中國的哲學，二者截然
不同，中國哲學不必按照西方哲學的標準來衡量，以作回應，則未必合理。這一回應表
示東西方的哲學思維沒有共同性，中國哲學家可以對所討論的思想對象，不必通過概念
與原則來思考，而用一些具體的、不分解的言說，便可表達高級的哲學見解，這一回應
對中國哲學研究是十分不利的。有人用筷子與刀叉的不同來譬喻，亦頗能表意。我們習
慣用筷子來飲食，西方人則習慣用刀叉，固然我們可以說筷子可以達成我們飲食的目
的，而不必用刀叉，但也需要說明，不管是用筷子或是刀叉都可以達成飲食的目的，在
表面的動作上雖有不同，但其透過筷子與刀叉的不同使用，表現的是同一層次的功用，
我們有責任在這個東西文化相融通的時代說明中國古人所言的義理思想雖然使用概念，
或表達的方式與西哲不同，但可以表現同一層次的人類理性的活動。而本文從中西哲學
有共同的「思辨」要求與作用，可能更切要，即既能明中西哲思之同，亦見其異。

　　藉上面的例子，可以看到明道、郭象用特殊的表達方式，表達了把普遍者從具體中
抽象出來的意思，然後二子都表示了既區分但又必須相即不離才是圓義，這便表達了中
國哲學的特色，這種相即不離的表示，在儒道佛的思想上都是很關鍵的，這是給出了絕
對的真理可以在當下的生活中完整呈現之意，上文所說的明道與郭象的文獻已經表達此
意很清楚，而佛教天台宗的一心三觀、圓融三諦也表示此一見解，任何一法都可以空假
相即，每一法你可以理解它是緣起性空的存在，而又不妨礙其作為一種差別法，而佛的
智慧（即中道觀）就在即空即假中呈現，故分別空、假的兩層必須以空假中的「連三
即」來圓融為一體。禪宗的強調當下即是，作用見性，也是表達了這種智慧，這當然也
可以說是徹上徹下語了。明白此意，就可以看到中國哲學三教的共同的智慧，這也可以
看出中國哲學確有其有機的、生命的發展，即由於三教都有其共同的精神，就可以看出
其中有一個共同的生命在一直發展。當然，這種中國哲學的生命特色應該不只上述的這
一點，循此方向我們應該可找到中國哲學或文化的生命，種種的特色。如果此說可通，
則中國文化或哲學就有其「一本性」，如唐君毅在〈中國文化宣言〉中所說。[14]

　　當然，圓融的分解（或截得）是要在作了區分後，馬上頓悟徹上徹下，如果是這
樣，形上下與道器的分解，就可能一下子就被超越了，於是就不能充分表現這一層哲學
的思辨的精神，中國哲學被認為分析或思辨性不夠，也可以從中國思想或文化比較重視
二者的相即不離，即圓融，或甚至圓頓的境界之故來理解。是否在強調圓頓境界之前，
還是需要強調或讓思辨的區分精神充分表現，這是我們研究中國哲學的人需要思考的。
即使可以如此的評論中國哲學與文化，即重圓頓過於分解，但伊川朱子的思想型態，思

---

14 見唐君毅等著〈中國文化與世界〉，收入唐君毅：《說中華民族之花果飄零》（臺北：三民書局，
　　2005年，二版），頁131。

辨或分解的精神則是相當充分的，這也可以說明了中國文化精神，在思辨或分解的精神之表現上，也不一定不重視，或不足夠。程朱的理學可以成為在中國乃至於東亞近八百年來思想主流（至少可以說是主流思想之一），也是因為這一型態的義理具有思辨性的分解，讓成德之教有通過分解而來的概念、原則，可以讓人不斷地用心思考，通過道問學的功夫來成就尊德性的理想之故。如果沒有程朱理學這種思辨性，則成德工夫是否有層次階梯可說，便很有疑問。即成德之教也需要概念原則的分析，以展開為一套理論系統，如此才能促進或開展人的思辨理性，使成德之教在實踐上，有其明白的理論的展示，使一般人易於下學而上達。故伊川朱子的分解的展示或思辨，亦是不能輕忽的。

綜合以上所說，傳統的中國哲學理論，起碼有這兩種表現哲學性的思辨的型態，故亦可說中國哲學是富於思辨精神的。

（本文原發表於《杭州師範大學學報（社會科學版）》39 卷第 5 期，2017 年 8 月，
文字略有訂正。）

徵引文獻

牟宗三：《才性與玄理》，台北：台灣學生書局，1985年。

牟宗三：《中國哲學的特質》，台北：台灣學生書局，1976年。

牟宗三：《心體與性體》（二），台北：正中書局，1968年。

唐君毅：《哲學概論》（上冊），香港：孟氏教育基金會，1965年。

唐君毅：《說中華民族之花果飄零》，台北：三民書局，2005年二版。

康德著、許景行譯：《邏輯學講義》，北京：商務印書館，1991。

勞思光：《哲學淺說》，香港：友聯出版社，1958年初版。

馮友蘭：《中國哲學史》，台北：藍燈文化，1889年。

馮友蘭：《中國哲學史新編》，北京：人民出版社，1998年。

黑格爾著，賀麟、王太慶譯：《哲學史演講錄》，北京：商務印書館，1996年。

楊祖漢：〈如何理解中國哲學的思辨性——從伊川、朱子之學說起〉，收入景海峰主編：《儒學的歷史敘述與當代建構》，北京：人民出版社，2016年。

樓宇烈校釋：《王弼集校釋》，北京：中華書局，1999年。

王龍溪對邵康節《易》學的繼承與轉化*

賀廣如

中央大學中國文學系教授

摘要

　　本文討論明代學者王龍溪對北宋邵康節《易》學的繼承與轉化。文中聚焦於二人思想關聯處，比較心與良知、先天後天、天根月窟三組概念，以明其間之承轉變化與異同。康節之心性理並不具明顯或濃厚的道德特質，其以心具性理，與龍溪主張心即理，乃粹然至善，意有善惡，不屬於心之概念迥異。康節以先天之學屬心，後天之學屬迹，人心若至誠，自能與萬物合一，通曉先天之學。其定位伏羲八卦與文王八卦具體用關係。朱子並將二者分屬先天之學與後天之學。龍溪承邵朱之說，再以正心乃先天之學，誠意為後天之學。

　　天根、月窟二詞，在先秦兩漢時原指星宿與月之所出，康節首創連用二詞，並賦予陰、陽初始的對稱義，以乾巽間為月窟，坤震際為天根，二詞自此成了陰陽初始的代名詞。朱子直指復為天根，姤為月窟；龍溪更謂根主發生、窟主閉藏，又對應本心念萌與念翕、良知覺悟與攝持，再配合十二消息卦的陰陽遞變，使二者別而不分，一體而化。其說實藉良知明覺應感的發用呈顯之「有」，以印證超越善惡的形上之「無」。此以無入有，再由有返無的圓成過程，全是由四無說立論。龍溪對康節《易》學的吸收與轉換，具體且完整地展現在以四無說對天根月窟的詮釋之中。

關鍵詞：邵雍（邵康節）、王畿（王龍溪）、先天後天、天根月窟、四無說

---

* 本文承蒙兩位匿名審查者賜予寶貴意見，特此誌謝。

一　前言

　　王龍溪（名畿，字汝中，1498-1583）是王陽明（名守仁，1472-1529）晚年的重要弟子，對於王學傳承具有關鍵性的地位，黃梨洲（名宗羲，1610-1695）以為「文成之後不能無龍溪」、「於文成之學，固多所發明也」，[1]由是可見龍溪對晚明王學的重要。在《易》學發展的過程中，龍溪以心學解《易》的特殊角度，亦對晚明《易》學產生影響。值得一提的是，龍溪的《易》學專著雖僅有〈大象義述〉一卷，但在與友人論學時，龍溪屢屢提及《易》之思想，並將王學概念融入其中，賦予《易》新的意義。此類文獻，均可一窺龍溪對《易》用力尤深，值得留意。

　　此外，龍溪與人論學時，經常提及北宋學者邵康節（名雍，字堯夫，1011-1077）。康節乃北宋五子之一，對宋明理學發展影響至鉅，朱熹（1130-1200）以「四通八達」贊之。[2]據《宋史》所載，康節之學淵源於李之才（字挺之，980-1045），[3]而李氏屬陳摶系統，受道家及道教之影響極深。故即使朱子肯定康節學說，後世對於康節或儒或道的爭議始終不斷，引發正反兩極之評價，[4]唯此一現象亦正可見其影響不容小覷。康節學問之根本在《易》，其《易》學以象數聞名，又稱為先天學。先天者，伏羲所畫之《易》；後天者，文王所演之《易》。伏羲所畫之《易》，先於《周易》而有，乃闡發宇宙萬物生化之理，康節學說尤重於此，故其學又稱為先天學。相關論說均集中於《皇極經世書》之〈觀物內篇〉與〈觀物外篇〉，內篇為自著，外篇則為門人弟子所記；另有《伊川擊壤集》一書，內容全為詩作，可見其人思想與性情。

　　令人好奇的是，龍溪論《易》未曾觸及數學，其所重之康節學術究竟為何？何以龍溪如此偏好康節？而康節學說與王學宗旨是否有扞隔之處？龍溪的先天正心之學與天根月窟等說，均與康節先天學密切相關，其說是否全然承自於康節？又或者已轉換為自家

1　〔清〕黃宗羲：〈浙中王門學案二〉，《明儒學案》，（臺北：華世出版社，1987年2月臺一版）），第1冊，卷12，頁240。

2　〔宋〕黎靖德編：《朱子語類》，（北京：中華書局，1988年8月一版二刷），卷100，頁2543。

3　〔元〕脫脫等編：〈道學傳〉，《宋史》，（北京：中華書局，1985年6月新一版一刷），卷427，頁12726-12727。

4　方東美先生主張邵雍之《易》本為術數傳統的道士《易》，其後轉為儒家系統（詳見方著：《新儒家哲學十八講》，臺北：黎明文化事業公司，1983年2月初版，頁226、233）；而唐君毅先生則認為邵雍的象數之學目的在於以四象取代漢《易》五行系統，其先天心法，與釋氏之說極為相近（詳見唐著：《中國哲學原論‧原教篇》，臺北：學生書局，1984年2月全集校訂版，頁26-44）；至於勞思光先生則以為邵雍之先天諸圖及其《易》學，不過是一悲觀的命定史觀罷了，不但不以邵雍為儒家，對其學亦不以為然（詳見勞著：《新編中國哲學史》（三上），臺北：三民書局，1989年10月五版，頁164-169）。杜保瑞定位邵雍以象數學的進路，建構其宇宙論圖式，其以仁義評價史事的歷史哲學，顯示邵雍實乃一儒家仁義價值的捍衛者（詳杜著：〈邵雍儒學建構之義理探究〉，《華梵人文學報》第3期，2004年6月，頁75-124）。

說法？其與康節《易》學的異同究竟何在？此中曲折，著實耐人尋味。

歷來學者論及康節及龍溪者不乏其人，但大多分別論述二人學術，罕有專論二人思想之關聯者，唯朱伯崑與趙中國二人約略提及。朱氏《易學哲學史》稍論龍溪頗受康節影響，[5] 但未能深述，殊為可惜。而趙氏《邵雍易學哲學研究——兼論易學對於北宋儒學復興的貢獻》則有專節討論，趙氏認為龍溪以為邵子得先天而後立象數，故不應以象數為先天之學，此說真可謂知邵子者。[6] 其說別出手眼，部分意見與筆者不謀而合，值得參考。

在分論二人的專著中，唐明邦《邵雍評傳》、[7] 王誠《先天後天——邵雍哲學思想研究》、[8] 宋錫同《邵雍易學與新儒學思想研究》、[9] 以及方祖猷《王畿評傳》、[10] 彭國翔《陽明學的展開——王龍溪與中晚明的陽明學》、[11] 陳明彪《王龍溪心學易研究》等，[12] 均為重要著作，值得參考；而張學智《明代哲學史》、[13] 錢明《陽明學的形成與發展》、《浙中王學研究》、[14] 以及吳震《陽明後學研究》等書，[15] 亦有專章分論龍溪思想。至於日本學者荒木見悟、[16] 岡田武彥、[17] 楠本正繼、[18] 永冨青地、[19] 佐藤鍊太郎等諸人，[20] 亦有專文或專章論及龍溪，其中以荒木見悟特別點出心學與《易》學之間的互動關聯，實與明末三教合一現象的合流，關係密切，尤其值得一讀。

5　朱伯崑：《易學哲學史》（北京：華夏出版社，1995年1月一版一刷），頁240-247。

6　趙中國：《邵雍易學哲學研究——兼論易學對於北宋儒學復興的貢獻》（天津：南開大學博士論文，2009年），頁136。

7　唐明邦：《邵雍評傳》（南京：南京大學出版社，1998年12月一版一刷）。

8　王誠：《先天後天——邵雍哲學思想研究》（北京：北京大學博士論文，2009年）。

9　宋錫同：《邵雍易學與新儒學思想研究》（上海：華東師範大學出版社，2011年6月一版一刷）。

10　方祖猷：《王畿評傳》（南京：南京大學出版社，2006年7月一版一刷）。

11　彭國翔：《良知學的展開：王龍溪與中晚明的陽明學》（臺北：臺灣學生書局，2003年6月初版一刷）。

12　陳明彪：《王龍溪心學易研究》（臺北：國立師範大學國文研究所碩士論文，2002年）。

13　張學智：《明代哲學史》（北京：北京大學出版社，2003年6月一版二刷），頁129-140。

14　錢明：《陽明學的形成與發展》，（南京：江蘇古籍出版社，2002年9月一版一刷），頁158-181；《浙中王學研究》（北京：中國人民大學出版社，2009年10月一版一刷），頁215-290。按：錢氏在二書中，一將龍溪與王心齋比較，一將龍溪與錢緒山合論思想異同，俱有不同的闡發，值得參究。

15　吳震：《陽明後學研究》，（上海：上海人民出版社，2003年4月一版一刷），頁330-341。按：吳氏在是書中，特別著重於龍溪思想中受到道教影響的部分，頗有見地，為其他著作所罕及。

16　荒木見悟：〈心と易〉，《憂国烈火禅——禅僧覚浪道盛のたたかい》，（東京：研文出版社，2000年7月初版一刷），頁19-41。

17　岡田武彥：《王陽明と明末の儒學》（東京：明德出版社，2004年6月初版一刷），頁166-181。

18　楠本正繼：《宋明時代儒学思想の研究》（千葉：広池学園出版部，1964年12月再版一刷），頁477-489。

19　永冨青地：〈王畿の易學と丁賓——大象義述を中心として〉，《東洋の思想と宗教》，第六號，1989，頁53-65。

20　佐藤鍊太郎：〈王畿の『易』解釈について〉，《陽明學》第十號，1998年3月，頁63-78。

本文聚焦於康節與龍溪二人思想之關聯處，對於非關聯處則不討論。在結構的安排上，擬先敘述龍溪對康節之評價，再擷取並比較二人學說中的重要概念，首論心與良知，以明二人學問之根柢。次論先天後天，因康節之先天學足以概括其學之大要，而由此衍伸的圖象及《易》學，對龍溪影響不小，是以此節論述二人在先天後天之學的概念傳承及轉化。末論天根月窟，此二詞之《易》學概念，由康節首先賦予，而龍溪承續並轉化，以圓成其良知化的四無《易》學，故天根月窟乃二人思想關聯中之核心。三組議題的比較，由根柢而概要而核心，可見二人如何層累演進以成就各自之學問樣貌。最後為結論。

二　龍溪對康節的評價

關於康節之學術定位，歷來有或儒或道之爭議。今見《四庫總目》對康節《皇極經世書》之評價可知：

> 邵子數學本於之才，之才本於穆修，修本於種放，放本陳摶。蓋其術本自道家而來。當之才初見邵子於百泉，即授以義理、物理、性命之學。《皇極經世》蓋即所謂物理之學也。……朱子《語錄》嘗謂自《易》以後，無人做得一物如此整齊，包括得盡。……然《語錄》又謂《易》是卜筮之書，《皇極經世》是推步之書，……與《易》自不相干。又謂康節自是《易》外別傳。……至近時黃宗炎、朱彝尊攻之尤力。夫以邵子之占驗如神，則此書似乎可信。而此書之取象配數，又往往實不可解。……至所云「……」則粹然儒者之言，非術數家所能及。斯所以得列於周、程、張、朱間歟！[21]

四庫館臣先引朱子對康節的推崇及評判，又歷數諸家對康節的批評，雖仍以粹然儒者之言評之，但字裏行間仍明顯可見對康節定位的不確定。

再引《總目》論康節《伊川擊壤集》：

> 邵子抱道自高，蓋亦顏子陋巷之志，而黃冠者流以其先天之學出於華山道士陳摶，又恬淡自怡，迹似黃、老，遂以是集編入《道藏・太元部》〈賤字〉、〈禮字〉二號中，殊為誕妄。[22]

館臣對於道教徒將康節著作收入《道藏》之舉，顯見不以為然。此一態度，與對《皇極

---

21 〔清〕紀昀：「皇極經世書十二卷」，《四庫全書總目・子部・術數類一》（北京：中華書局，1987年7月一版四刷），卷108，頁915下-916上。

22 〔清〕紀昀：「《擊壤集》二十卷」條，《四庫全書總目・集部・別集類六》，卷153，頁1322上。
　按：太元應作太玄，因避清聖祖玄燁諱而改。

經世書》的評價相當一致。根據兩篇提要之內容，便可窺知四庫館臣之所以如此力辯，自然是由於世人對康節的評價與定位不一。而之所以有如此歧異之評價，主因在於康節《易》學中大量論及數學，與詩作中的怡然超脫，都很難不令人聯想到儒家以外的學說。

龍溪在論學時，不時提及康節，其對康節的評論角度，別有一番見地：

> 問曰：「堯夫之學似即孔門之學，而明道不以為然者，何也？」先生曰：「堯夫亦是孔門別派，從百源山中靜養所得，五十以後自謂無復渣滓可去，開往開來，謂之閒道人。蓋從靜中得來，亦只受用得靜中些子光景，與兢兢業業學不厭、教不倦之旨異矣！白沙所謂『靜中養出端倪』亦此意也。」[23]

此段文字可見明代學者對於康節學說之歸屬感到茫然，因為連北宋程明道（名顥，1032-1085）都不認為康節是孔門。而龍溪雖認同康節屬儒家，但卻只定位為別派，認為康節過於偏重靜養，與明初學者陳白沙（名獻章，1428-1500）相同，有異於孔子兢兢業業之態度。

在〈復顏沖宇〉一書中，龍溪更直言白沙、康節的靜養一脈與陽明學猶有毫釐之隔：

> 愚謂我朝理學開端，還是白沙，至先師而大明。白沙之學，以自然為宗，「從靜中養出端倪」，猶是康節派頭，於先師所悟入處尚隔毫釐。[24]

在〈答馮緯川〉一書中，龍溪亦闡明類似的意見。[25]實則龍溪以陽明學為本位，認定王學方屬孔門正傳，而白沙雖是明代理學開端之人，卻與康節一樣，偏好靜養，不若王學之能兼賅動靜，是以猶隔毫釐。不過，雖然如此，龍溪仍然肯定康節、白沙此脈亦屬聖人之功：

> 識此便是仁體，此是聖學之胚胎。存此不息便是聖功。白沙所謂「靜中養出端倪」，亦此意。然此理不必專在瞑坐始顯。日用應感，時時存得此體，便是此理顯處，便是仁體充塞流行。[26]

靜坐能使仁體露其端倪，學者可藉此涵養，以成聖人之功，這便是何以龍溪認定康節仍屬孔門一脈之由。唯瞑坐雖然能顯仁體，但若偏於靜坐，則易錯過在日用處做工夫的機

23 〔明〕王畿：〈天根月窟說〉，《龍谿王先生全集》，據日本江戶年間和刻本影印明萬曆47年丁賓刊本，京都：中文出版社、臺北：廣文書局，1975年5月初版，卷8，頁16下（總頁596）。
24 王畿：〈復顏沖宇〉，《龍谿王先生全集》，卷10，頁35上（總頁777）。
25 龍溪云：「白沙靜中端倪之見，乃是堯夫一派，與先師致知格物之旨，微有不同。」見王畿：〈答馮緯川〉，《龍谿王先生全集》，卷10，頁13上（總頁733）。
26 王畿：〈撫州擬峴臺會語〉，《龍谿王先生全集》，卷1，頁33上-下（總頁160）。

會。換言之，若要仁體充塞流行，無時不顯，就必須在日用應感上下功夫，使仁體時時存養。

龍溪雖以康節靜養功夫為不足，但對於康節詩作，則讚賞有加：

> 康節先生《擊壤集》，鳴於世久矣。白沙以詩之聖屬諸少陵，而以康節為別傳。……夫言，心聲也；詩，尤言之精也。《擊壤集》中，無非發揮先天之旨，所謂別傳，非耶。[27]

龍溪對於白沙視康節為詩之別傳，相當不以為然，關鍵在於《擊壤集》能發先天之旨，極為不易，由此可見龍溪對於先天學的重視，以及對於康節的評價之高，並無貶抑之意。

三　心與良知

心與良知此組概念，雖看似與《易》無涉，但卻為康節、龍溪二人學問之根柢，唯有透過對此根柢之理解，方能深入探知二人在「先天後天」、「天根月窟」二組概念之異同。基於此一理由，本節討論康節與龍溪二人對心與良知的概念。

先論康節對心的認知。康節某些關於心的言論，令龍溪認定此乃康節學術之宗旨。龍溪云：

> 康節之學，洗滌心源，得諸靜養，窮天地始終之變；究古今治亂之原，以經世為志，觀於物有以自得也。……康節云：「先天圖，心法也。吾終日言而未嘗離乎是。」[28]

按：康節原文作：「先天學，心法也」、「先天圖者，環中也」、「圖雖無文，吾終日言而未嘗離乎是」，[29]龍溪雖將「先天學」誤作「先天圖」，但關鍵的「先天」、「心法」兩個詞彙，龍溪並未記錯，且康節自言此乃其念茲在茲者。前文已云，康節先天之學乃探究宇宙萬物生化之理，其謂先天學乃心法，即是心可概括宇宙萬物的道理。就字面而言，此說似乎與心學派主張的「心即理」相近，但問題在於，康節對心的理解，是否即同於心學派的認知？基於此一疑惑，下文先討論康節對心的概念。

---

27 王畿：〈擊壤集序〉，《龍谿王先生全集》，卷13，頁7上-8下（總頁957-960）。按：白沙〈隨筆〉詩云：「子美詩之聖，堯夫更別傳。」見〔明〕陳獻章：《陳獻章集》（北京：中華書局，1987年），卷9，頁785。

28 王畿：〈擊壤集序〉，《龍谿王先生全集》，卷13，頁7上-8下（總頁958-959）。

29 〔宋〕邵雍：〈觀物外篇上〉，《皇極經世書》，《文淵閣四庫全書》本（臺北：臺灣商務印書館，1986年3月初版），卷13，頁34下（總頁803-1069）。

在《皇極經世書》中，康節曾云「心為太極」、「道為太極」，[30]其以心包含宇宙萬物之道的說法，與前云先天學乃心法一致；而在《伊川擊壤集》中，康節亦有「道在人心」之說，[31]值得留意的是，在是書〈自序〉中，康節論及心與性的關係：

> 性者，道之形體也。……心者，性之郭廓也。[32]

「心者，性之郭廓」一語，經常被朱子引用，對朱子心性論影響不小。朱子以為，心具性、理，但不即是性、理，故主張「性即理」，而非「心即理」。[33]至於康節此言，其旨應在說明性可藉由心以具體呈現其內容。郭廓乃謂其具體之範圍。由於性乃形而上者，必須藉由心的發用，方能彰顯其內容，而此一發用，即是落實並驗證了性的存在，故以「郭廓」來表明心、性二者之間的關係。不過，單就此一說明，僅能顯示心、性之間有一定的關聯，至於此一關聯的程度，以及心與性各自的內容為何，尚不足以下結論。[34]此外，還要說明的是，康節此理乃宇宙萬物之理，而此性雖乃道之形體，由天之所命，[35]但是否即如朱、陸所認知的具有濃厚的道德意識之性，亦需再深入考察。

康節對觀物極有興趣，其著作中有不少討論觀物的文字，往往亦與心相關聯。如〈觀物篇〉云：

> 聖人之所以能一萬物之情者，謂其聖人之能反觀也。所以謂之反觀者，不以我觀物也；不以我觀物者，以物觀物之謂也。既能以物觀物，又安有我于其間哉。是知我亦人也，人亦我也，我與人皆物也。此所以……用天下之心為己之心，其心無所不謀矣。[36]

去人我之別的心，方能無所不謀，無所不容。反之，有我之私，很可能會造成心之障蔽。康節又云：

---

30 邵雍：〈觀物外篇下〉，《皇極經世書》，卷14，頁1上（總頁803-1075）。

31 康節〈道裝吟〉云：「如知道只在人心，造化功夫自可尋。」見宋・邵雍：《伊川擊壤集》，影印宜秋館據明文靖書院刊本校刊，《叢書集成續編・文學類》第165冊，（臺北：新文豐出版公司，1989年7月臺一版），卷13，頁15下（總頁106）。

32 邵雍：〈自序〉，《伊川擊壤集》，卷首，頁2上（總頁14）。

33 朱子云：「性即理也。在心喚做性，在事喚做理。」、「性是理，心是包含該載，敷施發用底。」、「心以性為體，心將性做餡子模樣。蓋心之所以具是理者，以有性故也。」見黎靖德編：《朱子語類》，卷5，頁82、88、89。

34 牟宗三先生對於康節「心者，性之郭廓」一語有一番深入的說解，且認為朱子不能完全把握康節之意。詳參牟著：《心體與性體》，（臺北：正中書局，1989年5月臺初版八刷），第一冊，頁550-554。

35 邵雍云：「天使我有是之謂命，命之在我之謂性，性之在物之謂理。」詳見〈觀物外篇下〉，《皇極經世書》，卷14，頁20上（總頁803-1085）。

36 邵雍：〈觀物篇六十二〉，《皇極經世書》，卷12，頁18上-下（總頁803-1050）。

> 自心觀物，何物能一。自物觀心，何心不均。[37]
>
> 以物觀物，性也；以我觀物，情也；性公而明，情偏而暗。[38]
>
> 任我則情，情則蔽，蔽則昏矣。因物則性，性則神，神則明矣。[39]
>
> 性以無心明，情由鑑止已。[40]

此段引文所謂的心，顯然皆是指有我之心。有我之心，易受情蔽而昏昧，故即使可具體呈顯性、理之內容，卻無法自然呈現。性以無心明，乃指去有我之心，意即唯有泯人我之別，方能因物而順性，神明其心所本有之理。因此，去我之私蔽，便成了修心的重要工夫：

> 天學修心，人學修身。身安心樂，乃見天人。天之與人，相去不遠。不知者多，知之者鮮。身主於人，心主於天。心既不樂，身何由安。[41]

修心工夫之所以屬天學，乃因心可呈顯天理，透過修心，可使天理呈現，故為天學。

修心可去有我之私蔽，其工夫究竟為何？康節曰：

> 心一而不分則能應萬變，此君子所以虛心而不動也。人心當如止水則定，定則靜，靜則明。[42]

康節此段文字，頗近荀子之「虛壹而靜」，使心專一且定靜，自然清明無障蔽。

康節又云：

> 聖人之難，在不失仁義忠信而成事業。何如則可？在於絕四。毋意、毋必、毋固、毋我。……始於有意，成於有我。有意然後有必，必生於意；有固然後有我，我生於固。意有心，必有待，固不化，我有己也。[43]

意必固我，乃心有偏蔽的發展過程。意是起始，我為結果。如此一來，偏蔽遂成，性理因是而不彰，故康節的修心工夫，應是專一定靜與絕四工夫相輔相成。

心修之後，其境界如何？康節云：

> 無思無為者，神妙致一之地也，所謂「一以貫之」、「聖人以此洗心，退藏於密」。[44]

---

37 邵雍：〈上下吟〉，《伊川擊壤集》，卷16，頁7下（總頁121）。

38 邵雍：〈觀物外篇下〉，《皇極經世書》，卷14，頁21上（總頁803-1085）。

39 邵雍：〈觀物外篇下〉，《皇極經世書》，卷14，頁21上（總頁803-1085）。

40 邵雍：〈重遊洛川〉，《伊川擊壤集》，卷4，頁10上（總頁48）。

41 邵雍：〈天人吟〉，《伊川擊壤集》，卷18，頁2下-3上（總頁131-132）。

42 邵雍：〈觀物外篇下〉，《皇極經世書》，卷14，頁20下-21上（總頁803-1085）。

43 邵雍：〈觀物外篇上〉，《皇極經世書》，卷13，頁38上-下（總頁803-1071）。

44 邵雍：〈觀物外篇下〉，《皇極經世書》，卷14，頁20下（總頁803-1085）。

無思無為，即是絕四之首的毋意，能使心定靜澄明，達到與大化合一的境界。由是可見，康節所敘述之心，雖然易有偏蔽，必須修習，但其本然狀態始終是能與天地萬物造化合一的。至於此心是否具有仁義禮智等先天的道德特質，則並非康節關注的重點；更進一步說，不論是心即理，或性即理，朱、陸兩派所言的性、理，都是純粹至善的，具有濃厚的道德特質；而康節之論「性公而明，情偏而暗」，雖亦似有性善情惡之意，但是否因此便可認定康節所認知的性，即如同朱、陸兩派所言純粹至善之性，實仍有商榷的餘地。換言之，即使康節所認知之性屬善，但其道德特質並不濃厚，更何況是心！因此，康節所認知的心、性、理，均與後來的朱、陸學派不盡相同。[45]

接下來，再討論龍溪對心的看法。大抵而言，龍溪對心的認知是承襲陸王學派「心即理」的路數而來，如其在〈致知議辯〉論心、意、知、物時云：

> 性則理之凝聚，心則凝聚之主宰，意則主宰之發動，知則其明覺之體，而物則其感應之用也。[46]

理之凝聚為性，而心則為此一凝聚的主宰，發動後則稱為意。由此段文字的說明可知，龍溪視心為性、理的主宰者，亦即性、理乃一抽象的概念，但心卻具有動力，能駕馭發動意念，並使性、理呈顯。此中尤須說明者為知，龍溪謂知乃明覺之體，其實亦是「心之虛靈」，「以主宰謂之心，以虛靈謂之知，原非二物」，[47]故心與知其實為一，龍溪通常稱此知為良知，並謂「良知即是心之本體」。[48]其實，在龍溪的論述中，良知幾乎可說是心的代名詞，故謂「良知者，性之靈」，[49]其說自然是承陽明而來，且尤其強調良知所具有的先天道德特質：

> 先師良知之說倣於孟子，不學不慮，乃天所為，自然之良知也。惟其自然之良，不待學慮，故愛親敬兄觸機而發，神感神應。惟其觸機而發，神感神應，而後為不學不慮自然之良也。自然之良即是愛敬之主，即是寂，即是虛，即是無聲無臭天之為也。[50]

由於良知是天之所為，所以與生俱來，無需學習，也不必思慮。而愛親敬長等善行，亦屬自然而發之行為，不需經過人為刻意的教導，是本來固有之能力；唯此一能力偶然會因意識之障蔽而有所阻，無法完全呈現：

---

45 趙中國亦以為心學之心與邵雍之心的定義和作用不同，詳見趙著，《邵雍易學哲學研究》，頁131。
46 王畿：〈致知議辯〉，《龍谿王先生全集》，卷6，頁15上-下（總頁471-472）。
47 王畿：〈留都會紀七〉，《龍谿王先生全集》，卷4，頁30上（總頁359）。
48 王畿：〈答馮緯川〉，《龍谿王先生全集》，卷10，頁12下（總頁732）。
49 王畿：〈南遊會紀〉，《龍谿王先生全集》，卷7，頁2上（總頁499）。
50 王畿：〈致知議辯〉，《龍谿王先生全集》，卷6，頁12上（總頁465）。

> 夫心本寂然，意則其應感之迹；知本渾然，識則其分別之影。萬欲起於意，萬緣
> 生於識。意勝則心劣，識顯則知隱。故聖學之要，莫先於絕意去識。……此古今
> 學術毫釐之辨也，知此則知先師致良知之旨惟在復其心體之本然，一洗後儒支離
> 之習。[51]

絕意去識之主張，即明白指出障蔽心體者乃意識，非心體本身；而意識雖由心知所發，
但亦是萬欲萬緣的生起之根，時而與心知對抗，導致心體不復、良知不顯。因此，致良
知之旨便是要廓清意識，去除欲緣，使本然之道德主體呈現，推致良知於事事物物之
中，此即陽明「致良知」之宗旨。

在上文論述康節對心的認知時，亦曾討論心有偏蔽之過程，乃始於有意，終成有
我。康節在論述中，雖有心、意名詞之別，但對於由意至我的偏蔽現象，卻全歸屬於心
的範疇，故反對「以心觀物」、「以我觀物」，並提出「修心」的工夫論。姑不論康節所
認知的心是否具有先天的道德性質，單就康節對心、意分合的看法而言，便與龍溪保
全心體至善，並主張絕意去識的說法有霄壤之別。

綜上所述，康節對心、性、理的內涵認知，實與龍溪不同。關鍵在於其理與心的道
德特質並不濃厚；而康節對心與性之關聯雖說明不足，但其論心與性的道德色彩不若龍
溪般顯著便已是不爭的事實，且其對意是否屬心的看法，亦有別於龍溪。康節以意屬心
之範疇，故心易有偏蔽；而龍溪則主心體至善，欲由意起，二人在對心、意的理解上，
實有顯著的差異。

四　先天後天

本節討論康節與龍溪關於先天後天的概念。前文曾言，康節之學被稱作先天學，因
其先天論述足以涵蓋其學說之大要，且因此衍生出許多《易》之圖書、象數的討論，對
後世《易》學發展影響甚鉅。唯其學雖論及先天圖，但在康節著作《皇極經世書》中，
並未見先天圖之圖象，今所見諸圖俱為後人所作，[52]並非康節所為。不過，儘管如此，
康節仍然非常重視先天圖，其文曰：

---

51 王畿：〈意識解〉，《龍谿王先生全集》，卷8，頁23下-24上（總頁610-611）。
52 現存《四庫》本及《道藏》本之《皇極經世書》中，並無《易》圖，今人所討論之《易》圖，一般
　　而言，大多是根據邵伯溫、王湜、朱震、朱熹、蔡元定等人所描述與主張之諸圖為內容，其中尤以
　　朱子著作中的先後天諸圖影響最大，詳見宋錫同：《邵雍易學與新儒學思想研究》，頁117-118。唯
　　王誠以為，今見之先天諸圖確為康節本人所作，但由於涉及當時的學術派別紛爭，康節之子邵伯溫
　　建構了一個自伏羲以來《先天圖》的授受體系，以與劉牧的河洛學對抗，其說極具創見，足成一家
　　之言，詳見王誠：《先天後天——邵雍哲學思想研究》，頁34-53。

先天圖者，環中也。

圖雖無文先天圖也，吾終日言而未嘗離乎是，蓋天地萬物之理盡在其中矣。[53]

由上述引文可知，康節之學問宗旨即在於先天圖之意涵，而此圖所包含的天地萬物之理，亦即是康節之所重，故即使先天圖既無圖象，又無文字，讀者仍可由康節之論述知其要旨。此外，除了討論先天圖，康節亦特別愛好用「先天」一詞。其《伊川擊壤集》中，便有不少詩作提及先天：

初分大道非常道，纔有先天未後天。[54]

先天天弗違，後天奉天時。弗違無時虧，奉時有時疲。[55]

若問先天一字無，後天方要著功夫。[56]

人心先天天弗違，人身後天奉天時。[57]

「先天天弗違，後天奉天時」，語出《易經》乾卦之《文言傳》。[58]在上述詩句中，康節以先天、後天對比，突顯二者之分別。先天乃萬物形具以前的生成之理，而後天則為萬物形具之後的種種作為與現象。相較於先天而言，後天因有形質，故方有功夫可著；但亦正因如此，一旦行者有疲弊之態，便易有脫軌之舉，使所行不如理，功夫不到家，故康節對先天的重視，遠勝於後天。其《皇極經世書》〈觀物外篇〉又云：

先天學，心法也。故圖皆自中起，萬化萬事生乎心也。先天學主乎誠，至誠可以通神明，不誠則不可以得道。先天之學，心也；後天之學，迹也。[59]

康節以為，通曉先天學的首要條件是至誠。若能至誠，便可與神明相通感，並因此曉達萬化之理。而所謂的至誠，應即是心體本然的清明狀態，無思慮，無偏蔽，能自然呈現本具之性理，故此時境界能與萬物相融合一，無人我之別。因此，如何使心體維持至誠境界的方法，便是通曉先天學所具萬化之理的重要途徑，此即「先天學，心法也」之意旨，亦即康節以先天學屬心之由。而後天之學，由於偏重行為舉止是否合於理，倘若能奉行天時，便可藉由具體的事為闡發先天之理，此屬於迹的層次，與先天學迥然相異。

---

53 邵雍：〈觀物外篇上〉，《皇極經世書》，卷13，頁34下（總頁803-1069）。

54 邵雍：〈觀三皇吟〉，《伊川擊壤集》，卷15，頁1下（總頁112）。

55 邵雍：〈先天吟〉，《伊川擊壤集》，卷16，頁12下（總頁123）。

56 邵雍：〈先天吟〉，《伊川擊壤集》，卷17，頁4上（總頁126）。

57 邵雍：〈推誠吟〉，《伊川擊壤集》，卷18，頁1下（總頁131）。

58 《乾・文言傳》曰：「夫大人者，與天地合其德，與日月合其明，與四時合其序，與鬼神合其吉凶。先天而天弗違，後天而奉天時。天且弗違，而況於人乎？況於鬼神乎？」詳見〔宋〕朱熹：《易本義》（臺北：世界書局，1968年11月再版），卷1，頁11。

59 邵雍：〈觀物外篇上〉，《皇極經世書》，卷13，頁34下-35上（總頁803-1069）。

　　前文已言，康節著作中未見先天圖之圖象，今見諸圖俱為後人所作，而現今流通較廣且影響深遠者，當屬朱子《易學啟蒙》、《周易本義》及蔡元定（1135-1198）《皇極經世纂圖指要》之所列之先天圖（附圖一）。朱、蔡二人之所據，乃康節《皇極經世書》中部分關於卦位順序的敘述。茲錄於下：

> 「八卦相錯」者，相交錯而成六十四卦也。「數往者順」，若順天而行，是左旋也，皆已生之卦也，故云「數往也」。「知來者逆」，若逆天而行，是右行也，皆未生之卦也，故云「知來也」。夫《易》之數，由逆而成矣。此一節直解圖意，若逆知四時之謂也。陽在陰中，陽逆行；陰在陽中，陰逆行。陽在陽中，陰在陰中，則皆順行，此真至理，按圖可見之矣。[60]

由文中「直解圖意」、「按圖可見」之語，可判定這些文字是針對圖象而說。

　　關於順行逆行的問題，康節則落實於卦位的安排與順序中：

> 順數之，乾一兌二離三震四巽五坎六艮七坤八；逆數之，震一離兌二乾三巽四坎五艮坤六也。[61]

除了卦位的順數與逆數之外，康節還特別強調乾坤坎離四卦的作用與位置：

> 四正者，乾坤坎離也。觀其象，無反覆之變，所以為正也。[62]
> 乾坤，定上下之位；離坎，列左右之門。[63]
> 乾坤，天地之本；坎離，天地之用。[64]

由是可知，在康節的圖中，上下為乾坤，左右是離坎。此外，在《皇極經世書》中，還有另一段文字，也提及八卦的方位，但卻與此段所言之上下左右的安排有所不同：

> 至哉！文王之作《易》也，其得天地之用乎！故乾坤交而為泰，坎離交而為既濟也。乾生于子，坤生於午，坎終於寅，離終於申，以應天之時也。置乾於西北，退坤於西南，……坎離得位，兌艮為耦，以應地之方也。……震兌，始交者也，故當朝夕之位；離坎，交之極也，故當子午位。巽艮雖不交，而陰陽猶雜也，故當用中之偏位；乾坤，純陰陽也，故當不用之位。[65]

---

60 邵雍：〈觀物外篇上〉，《皇極經世書》，卷13，頁26下-27上（總頁803-1065）。
61 邵雍：〈觀物外篇上〉，《皇極經世書》，卷13，頁27上（總頁803-1065）。
62 邵雍：〈觀物外篇上〉，《皇極經世書》，卷13，頁27上（總頁803-1065）。
63 邵雍：〈觀物外篇上〉，《皇極經世書》，卷13，頁26上（總頁803-1065）。
64 邵雍：〈觀物外篇上〉，《皇極經世書》，卷13，頁29上（總頁803-1066）。
65 邵雍：〈觀物外篇上〉，《皇極經世書》，卷13，頁28上-下（總頁803-1066）。

在此段引文中，顯然有兩個不同的八卦方位圖。原先的圖象，乾坤居子午位，坎離居寅申位；改易之後，乾坤退於西北和西南，坎離則居子午位。就原先的圖象而言，坎離之寅申位，雖非正左與正右之卯酉位，但仍屬一左一右的對稱之位，兼以乾坤所居之子午位，應可確定改易之前圖象，即是上文所述四正卦居上下左右之圖。而改易之後的圖象，坎離為子午，震兌為朝夕，故上下左右變換成離坎震兌四卦，且依此段引文所述「文王作《易》得天地之用」可知，改易之圖應可視為文王八卦圖（附圖二）。

追本溯源，康節此段論改易之卦圖，應即是來自於對《易・說卦傳》的解說。在〈說卦傳〉第五章中，討論了八卦位置，[66]所述大抵與康節的改易卦圖相同，但原文並未提及此圖與文王有何關聯。而康節不但明確地定位此方位圖為文王八卦，還提及了伏羲八卦：

起震終艮一節，明文王八卦也；天地定位一節，明伏羲八卦也。[67]

〈說卦傳〉第五章之首句為「帝出乎震」，終句為「成言乎艮」，故「起震終艮」一節，說的便是第五章，康節在此明白地命名為「文王八卦」。至於「天地定位」一節，所指是〈說卦傳〉第二章：「天地定位，山澤通氣，雷風相薄，水火不相射，八卦相錯。數往者順，知來者逆，是故《易》逆數也。」[68]此章的後半段，前文已就康節討論順逆之行的內容指出，康節認為，「此節直解圖意」，但文中僅就順數逆行加以討論，並未進一步說明八卦方位，而此處則清楚定位這段文字應為伏羲八卦，正與文王八卦形成對比。

前文已言，康節所命名之文王八卦乃改易後之圖象，而改易前的原有圖象，似應即為伏羲八卦。關於八卦方位排列的兩種圖象，除了命名的差異之外，康節還有另一種分別：

乾坤縱而六子橫，《易》之本也；震兌橫而六卦縱，《易》之用也。[69]
乾坤縱而六子橫，所指應即為乾坤居子午位的原有圖象，蓋即伏羲八卦圖；震兌橫而六卦縱，所指應即為震兌居朝夕位的改易後圖象，即文王八卦圖。康節以伏羲八卦為《易》之本，文王八卦為《易》之用，與前段引文謂文王作《易》得天地之用的說法相呼應；而伏羲八卦與文王八卦的本、用分別，在此亦清楚界定。

---

66 〈說卦傳〉第五章：「帝出乎震，齊乎巽，相見乎離，致役乎坤，說言乎兌，戰乎乾，勞乎坎，成言乎艮。萬物出乎震，震，東方也。齊乎巽，巽，東南也。齊也者，言萬物之絜齊也。離也者，明也，萬物皆相見，南方之卦也；聖人南面而聽天下，嚮明而治，蓋取諸此也。坤也者，地也，萬物皆致養焉，故曰致役乎坤。兌，正秋也，萬物之所說也，故曰說言乎兌。戰乎乾，乾，西北之卦也，言陰陽相薄也。坎者，水也，正北方之卦也，勞卦也，萬物之所歸也，故曰勞乎坎。艮，東北之卦也，萬物之所成終而所成始也，故曰成言乎艮。」詳見朱熹：《易本義》，卷4，頁71。
67 邵雍：〈觀物外篇上〉，《皇極經世書》，卷13，頁26下（總頁803-1065）。
68 朱熹：《易本義》，卷4，頁70。
69 邵雍：〈觀物外篇上〉，《皇極經世書》，卷13，頁26上-下（總頁803-1065）。

〈說卦傳〉「天地定位」一章，究竟是否在描述八卦方位，實難斷定。而「起震終艮」一章，雖明白指出八卦方位，但卻未曾論及文王。換言之，此兩章不論是否討論了八卦不同的位置安排，其共同之處，便是隻字未提伏羲與文王，而首先將此兩章與二聖關聯，並分別八卦方位之原圖及改易者，便是邵康節。

在康節的詮釋下，〈說卦傳〉中描繪了兩種不同的八卦方位圖，康節將之命名為伏羲八卦與文王八卦，並說明前者為《易》之本，後者為《易》之用，此係康節之創舉。但康節並未以先天之學和後天之學來分別二者，首位以先天後天之學關聯此二圖，並分別平行對稱伏羲八卦與文王八卦的學者，是朱熹。

康節以心與迹分別先、後天之學，在朱子的理解中，《易》之本與《易》之用的分別與先、後天學的分別平行對應，故以伏羲八卦為《易》之本，自然便屬先天之學，似亦為理所當然之事。至於文王八卦既為《易》之用，其屬後天之學，更是想當然爾。

朱子《周易本義》卷首所列的先天四圖──伏羲八卦次序圖、伏羲八卦方位圖、伏羲六十四卦次序圖、伏羲六十四卦方位圖等，均註明：「伏羲四圖，其說皆出邵氏。」[70]此外，《周易本義》卷首尚列有文王八卦次序圖、文王八卦方位圖，並註明此二圖乃後天之學。[71]

關於文王八卦，由於康節對〈說卦傳〉「起震終艮」一節有詳細的討論，依其說可繪出圖形。唯康節雖稱之曰「《易》之用」，但並未逕以後天之學稱之。

至於伏羲八卦的方位，除了乾坤坎離四正卦外，其餘康節皆語焉不詳。依康節之描述，乾坤居子午，坎離位寅申，此兩組卦的排列均為彼此遙遙相對，而〈說卦傳〉第二章中「天地」、「水火」各成一組，若依康節之邏輯，其餘之「山澤」、「雷風」兩組似亦應是彼此遙遙相對的位置排列。《周易本義》卷首於「伏羲八卦方位圖」下引康節說「乾南坤北」云云，[72]其說未見於《皇極經世書》，不知何據。但其圖則是乾坤上下，坎離左右，艮兌、震巽兩組居於四隅，且各自彼此遙對，蓋為朱子與蔡元定依康節之說推衍而成；唯康節即使稱伏羲八卦為「《易》之本」，但亦並未以先天之學名之。

不過，平心而論，若依康節之邏輯推想，朱子之敷衍似應合理，[73]故此後學者大都

---

70 朱子於「伏羲六十四卦方位圖」下註云：「伏羲四圖，其說皆出邵氏。蓋邵氏得之李之才挺之，挺之得之穆修伯長，伯長得之華山希夷先生陳摶圖南者，所謂先天之學也。」詳見朱熹：《易本義》，卷首，頁8。按：關於朱子《周易本義》卷首所列先後天諸圖，本文僅選擇其中與龍溪論說相關者討論，如八卦方位圖；至於八卦次序圖、六十四卦次序圖及方位圖，由於與本文議題並未直接關聯，則存而不論。

71 朱子於「文王八卦方位圖」下註云：「邵子曰：此文王八卦，乃入用之位，後天之學也。」詳見朱熹：《易本義》，卷首，頁8。

72 朱熹：《周易本義》卷首，頁7。

73 趙中國在〈邵雍先天學的兩個層面：象數學與本體論──兼論朱熹對邵雍先天學的誤讀〉一文中，則對朱子的推衍不以為然。詳見趙著：前揭文，《周易研究》，2009年第1期，頁67-70。

追隨朱子之說。而明代的王龍溪,亦受到朱子詮說康節的影響,藉此描述並定位先後天學及伏羲、文王八卦與《易》之體用的關係:

> 夫伏羲八卦,乾南坤北,離東坎西,謂之四正,震兌巽艮則居於四隅,此存體之位,先天之學也。文王八卦,離南坎北,震東兌西,謂之四正,乾坤艮巽則居於四隅,此入用之位,後天之學也。先後一揆,體用一原,先天所以涵後天之用,後天所以闡先天之體,在伏羲非有待於文王,在文王非有加於伏羲也。[74]

龍溪此段文字,顯然是在康節解說〈說卦傳〉的基礎上,再加上朱子的理解而形成。龍溪承朱子之說,亦以伏羲八卦是存體之位,屬先天之學;文王八卦為入用之位,乃後天之學。且龍溪更進一步融合二者,以為先後一揆、體用一原,二者應相輔相成。

在《易》之八卦的體用上,龍溪還更深入地闡發先後天的關係:

> 八卦成列,此寂然不動之體,即所謂先天也。上下無常,剛柔相易,……八卦盪摩,此感而遂通之用,即所謂後天也。坎離者,乾坤二用,二用無爻位,周流行於六虛,後天奉天時以復於先天也。[75]

先天為體,寂然不動;後天即用,感而遂通。乾坤屬先天之體,坎離是後天之用,龍溪對先後天體用與八卦的關係體悟,雖說受到朱子不小的影響,但大抵仍可說未失康節的原意,且推衍合宜。

不過,龍溪對先後天學的敷陳,尚不止於此。前文比較康節與龍溪論心,其中的一大分別關鍵,即在於道德特質的濃厚與否。而此番論先後天,龍溪再次將道德意味濃厚的正心與誠意工夫注入先天、後天之列:

> 正心,先天之學也;誠意,後天之學也。……吾人一切世情嗜欲,皆從意生。心本至善,動於意始有不善。若能在先天心體上立根,則意所動自無不善,一切世情嗜欲自無所容,致知功夫自然易簡省力,所謂後天而奉天時也。若在後天動意上立根,未免有世情嗜欲之雜,纏落牽纏便費斬截,致知工夫轉覺繁難,欲復先天心體便有許多費力處。[76]

依龍溪所說,正心,便是在心體上立根,如此凡事便由至善心體而出,不受嗜欲之意左右;由於心體至善乃先天而有,故名曰先天之學。倘立根者為意之動處,則不免已有嗜欲滲入,清理頗費功夫;因為意念乃後天所生,故稱為後天之學。此段對先天之學與後

---

74 王畿:〈先天後天解義〉,《龍谿王先生全集》,卷8,頁8下(總頁580)。

75 王畿:〈先天後天解義〉,《龍谿王先生全集》,卷8,頁9上-下(總頁581-582)。

76 王畿:〈三山麗澤錄〉,《龍谿王先生全集》,卷1,頁13上(總頁119)。

天之學的分別關鍵，在於龍溪對心與意的認知：「道在心傳，是謂先天之學，纔涉意見即屬後天。」[77]前文已言，龍溪以心體至善乃先天而有，意識因受世情嗜欲影響，善惡交雜其中，由後天所生。而這兩種截然不同的來源，不僅導致修養工夫的難易有別，更顯示了工夫揀擇時的根器差異：

> 人之根器，原有兩種。意即心之流行，心即意之主宰，何嘗分得？但從心上立根，無善無惡之心即是無善無惡之意，先天統後天，上根之器也。若從意之立根，不免有善惡兩端之決擇，而心亦不能無雜，是後天復先天，中根以下之器也。[78]

文中所提及的「無善無惡之心即是無善無惡之意」，乃龍溪著名的「四無說」，相關內容留待下節論天根月窟時，再進一步詳述，此處暫且存而不論，先耙梳正心與誠意的問題。依龍溪之意，上根者選擇簡易的先天正心法，中下根者使用繁難的後天誠意法。唯若依康節所說「若問先天一字無，後天方要著功夫」，意即先天本無功夫可用，且龍溪所主張之心體既屬至善，如是何需再用「正心」之功？此一先天正心之學，豈非蛇足？

對於此一問題，龍溪亦有自覺，故云：「心體本正，纔正心便有正心之病。纔要正心，便已屬於意。……舍了誠意，更無正心工夫可用也。」[79]由是可見，龍溪實自知此一以正心、誠意對比先天、後天的作法，不僅有語病，更有理論上的瑕疵。

除此之外，由於龍溪對心、意的認知不同，導致正心與誠意的工夫有難易之別，且對於先天之學與後天之學的評價，亦因是而有高下之分。龍溪對後天誠意工夫的批評不少，如中根以下、牽纏繁難等說詞，實難脫「嫌棄」之疑。而與心、意關係平行者，便是良知與知識，龍溪在以先後天之學對應二者時，亦有同樣的態度：

> 良知者，本心之明，不由學慮而得，先天之學也。知識則不能自信其心，未免假於多學億中之助，而已入於後天矣。[80]

龍溪對於後天之學不如先天之學的感受，表露無遺。而康節論先後天之比較時，「弗違無時虧，奉時有時疲」之說，似亦右先天而左後天，明顯偏重先天之學。但不論是依康節對八卦方位的敘說與設計，或是據龍溪對伏羲文王八卦與《易》之體用的理解，先天之學與後天之學，一為體，一為用，二者都應是互補、相輔相成的關係，各自均扮演重要且不可取代的角色。不過，實際的情況，則是龍溪雖在先後天的議題中加入了道德修養的工夫論說，但對於先天之學的偏重，則完整地承繼了康節厚此薄彼的現象。

---

77 王畿：〈撫州擬峴臺會語〉，《龍谿王先生全集》，卷1，頁22下（總頁138）。

78 王畿：〈答馮緯川〉，《龍谿王先生全集》，卷10，頁12上（總頁731）。

79 王畿：〈致知議辯〉，《龍谿王先生全集》，卷6，頁5下（總頁452）。

80 王畿：〈致知議略〉，《龍谿王先生全集》，卷6，頁1下（總頁444）。

其實，龍溪應是深知先天之學乃康節學問的根柢，對於後世遂以象數謂康節先天之學者，相當不以為然：

> 或問先天、後天之旨，先生曰：「先天之學，天機也，邵子得先天而後立象數，而後世以象數為先天之學者，非也。……大約謂知天機者，見在物先，猶言見天地萬物生死變化之關鍵在吾目中，猶庖丁見牛脈理之明也，故曰『邵子竊弄造化』。」[81]

前文曾言，康節認為通曉先天學，便可知萬化之理，此處龍溪更明言先天學可知天機，預測造化如反掌之易。至於象數，不過是通曉先天學之餘的附加工具而已，並非最終目的；後世學者倘以象數為先天之學，便是本末倒置，買櫝還珠了。此一認知，正可說明龍溪何以在讚賞先天學之餘，並無意涉及象數。龍溪對圖象的討論，僅點到為止；至於數學，更是完全不提，原因便是如此。當然，龍溪所認識的先天學，與康節的先天學面貌似同，而內涵實異。同樣是論先天的萬化之理，也同樣是說道在人心，但二人對心與萬化之理的理解，卻有很大的不同，是以龍溪所理解的康節先天學，與康節原先的設計，有明顯的歧出；兼以朱子對伏羲文王八卦方位圖的附會，先後天之學加進了圖象、方位的元素，二者的體用關係強化；龍溪在此基礎上，更添入了正心、誠意的工夫論說，使得先後天之學的發展，已遠超出康節的設想範疇，此蓋為能知天機之康節始料所未及者。

五　天根月窟

本節討論康節與龍溪思想中天根月窟的概念。天根月窟之說，在邵、王二人思想中，俱佔有一席之地，且對龍溪思想的圓成，尤其具有重要意義。因此本文以專節討論此一概念。

先論天根與月窟的詞彙緣起。首論天根。今考先秦兩漢之古籍中，以下數書曾提及「天根」一詞：

> 《國語・周語》：「天根見而水涸。」[82]
> 《莊子・應帝王》：「天根遊於殷陽，至蓼水之上。」[83]
> 《新書・等齊》：「人之情不異，面目狀貌同類，貴賤之別，非人天根著於形容

---

81 王畿：〈南遊會紀〉，《龍谿王先生全集》，卷7，頁7下（總頁510）。
82 不著撰人、吳・韋昭注：《國語》，《叢書集成初編》據《士禮居叢書》排印（北京：中華書局，1985年新一版），卷2，頁22。按：韋昭注云：天根，亢、氏之間。
83 〔周〕莊周撰，〔晉〕郭象注：《莊子》，《四部備要》據明世德堂本校刊（臺北：臺灣中華書局，1980年1月臺七版），卷3，頁16上。

也。」[84]

《史記·天官書》：「氐為天根，主疫。」[85]

《太玄經·玄圖》：「天根還向，成氣收精。」[86]

上述諸書中，《國語》、《史記》、《太玄經》三書中之「天根」，其義相近，咸謂天根乃一星宿，位置大致在氐星附近，亦有直指天根即為氐星者；而《莊子》中之天根乃人名，賈誼（201-169B.C.）《新書》之天根則指人與生俱來的根性與稟賦。

次論月窟。「月窟」一詞，先秦典籍無可考，兩漢典籍則有三：

揚雄〈長楊賦〉：「西厭月𧮪，東震日域。」[87]

《易林·臨之蠱》：「火生月窟，上下恩塞，舭亂我國。」[88]

《漢武帝內傳》：「仰上升絳庭，下遊月窟阿。」[89]

上述三書之「月窟」，其義大抵一致，意指月所生之處。其中〈長楊賦〉以「日域」與「月窟」對偶，顯示「月窟」本不與「天根」一詞對稱，亦不連用；更重要的是，天根指星宿，月窟為月所出之處，雖同屬天象，但其意義之關聯並不密切，亦與《易》無涉。此二詞彙的用法，自先秦兩漢以來，大抵如是。而首先連用二詞，並賦予其義為陰、陽各自初始者，應即是北宋的邵康節。[90]康節〈觀物吟〉云：

---

84 〔漢〕賈誼撰，閻振益、鍾夏校注，《新書》（北京：中華書局，2010年4月一版三刷），卷1，頁47。按：閻鍾注云：天根，指人之自然根性稟賦。

85 〔漢〕司馬遷撰，日人瀧川資言考證：《史記會注考證》（臺北：洪氏出版社，1977年5月五版），卷27，頁13（總頁474）。

86 〔漢〕揚雄撰，〔晉〕范望注：《太玄經》，《中國子學名著集成珍本初編·雜家子部》影印明嘉靖甲申郝梁萬玉堂覆宋刊兩浙茶鹽司本（臺北：中國子學名著集成編印基金會，1978年12月初版），卷10，頁3上，總頁409。按：范注云：天根，謂冬至牽牛一度也。

87 〔梁〕蕭統編、〔唐〕李善注：《文選》（臺北：文津出版社，1987年7月），卷9，頁409-410。按：服虔注：「𧮪，音窟，月所生也。日域，日出之域也。」𧮪與窟音義相同，應為同字異形。

88 〔漢〕崔篆：《易林》，《四部備要》據士禮居校宋本校刊（臺北：臺灣中華書局，1970年6月臺二版），卷5，頁13下。按：《易林》之作者，歷來頗見爭議，今據葉國良考證為漢人崔篆，詳見葉著：〈《易林》作者作時問題重探〉，《經學側論》，新竹：國立清華大學出版社，2005年11月初版，頁1-35。

89 舊題〔漢〕班固撰：《漢武帝內傳》，《叢書集成初編》據《守山閣叢書》本排印（北京：中華書局，1985年新一版），頁3。按：《四庫總目》疑是書為魏晉文士託名班固所作。詳見紀昀編：《四庫全書總目·子部·小說家類三》，卷142，頁1206中-1207上。

90 按：唐朝呂巖《呂子易說》書前有圖解一卷，討論先後天八卦等諸圖，其中亦含天根月窟圖，此係後人所補，非唐人呂氏所作。此由其〈六十四卦方圓圖〉中提及邵子可知；且諸圖中文字多有引用《皇極經世書》之內容，〈天根月窟圖〉亦引康節《伊川擊壤集》之〈觀物吟〉。詳見唐·呂巖：《呂子易說》，《四庫未收書輯刊》影印清乾隆曾燠刻本（北京：北京出版社，2000年1月初版一刷），卷前頁35上（總頁叁輯1-22）、頁47下至48下（總頁叁輯1-28-1-29）。又按：黃梨洲《易學象數論》

　　　　耳目聰明男子身，洪鈞賦與不為貧。因探月窟方知物，未躡天根豈識人。乾遇巽
　　　　時觀月窟，地逢雷處看天根。天根月窟閒來往，三十六宮都是春。[91]

依康節之意，月窟即是乾與巽之相接處，即一陰將生未生之際；而天根，則是坤與震之
交遇點，乃一陽將起未起之時。簡言之，天根乃陽之將起，月窟乃陰之將生。天根、月
窟二詞，自此成了陰陽初始的代名詞。至於三十六宮為何，歷來說法不少，黃梨洲《易
學象數論》中便歸納了六種說法，[92]其中最常被採用的說法，便是朱子之說。朱子以
為，三十六宮即六十四卦，因為《易》中有八個卦，其本卦與反覆卦卦形完全相同，如
乾、坤、坎、離、頤、大過、小過、中孚；其餘二十八卦與其覆卦共成五十六卦，合之
則為六十四卦；而八與二十八相加，正成三十六之數，是應為康節所指之三十六宮。[93]

　　朱子所言究竟是否與康節原意相符，實不得而知。因為在康節的著作中，提及三十
六宮者僅此一處。但提及天根月窟之說，則是屢屢可見，如其〈月窟吟〉曰：

　　　　月窟與天根，中間來往頻。所居皆綽綽，何往不申申。投足自有定，滿懷都是
　　　　春。若無詩與酒，又似太虧人。[94]

是詩與上引〈觀物吟〉同樣強調天根、月窟二者之間的來往充滿生機，猶如春天萬物生
發一般。其實，陰陽之間的往來變化，自有其規律，此消便彼息，此息即彼消，消息之
間，通常同時發生，互有牽連，若以四時譬喻，春夏秋冬，各自有陰陽之消息，狀況不
一；但康節選擇以春天比況，關鍵即在強調生發之意，其謂天根與月窟，所指亦在陽與
陰之將生，以其初始之微兆，可見未來成長之趨勢，故此初始之苗，彌足珍貴。如其
〈冬至吟〉即曰：

　　　　何者謂之幾，天根理極微。今年初盡處，明日未來時。此際易得意，其間難下
　　　　辭。人能知此意，何事不能知。[95]

謂康節因先天圖而創為天根月窟，即《參同契》「乾坤門戶牝牡」之論也。詳見清·黃宗羲：《易學
象數論》，臺北：廣文書局，1981年2月再版，卷1，頁14上至下（總頁39-40）。梨洲之說，並非毫
無見地，因天根月窟在康節重新賦予的意義中，確實意指陰陽之起始，與《參同契》所言門戶牝牡
之意義相近，但即使如此，將天根、月窟併成一組，並以這組詞彙形容此一意義的作法，仍是康節
的首創之舉。

91 邵雍：〈觀物吟〉，《伊川擊壤集》，卷16，頁2下（總頁118）。
92 黃宗羲：〈天根月窟〉，《易學象數論》，卷1，頁14上-下（總頁39-40）。
93 朱子云：「『三十六宮都是春。』《易》中二十八卦翻覆成五十六卦，唯有乾、坤、坎、離、大過、
　　頤、小過、中孚八卦，反覆只是本卦。以二十八卦湊此八卦，故言三十六也。」詳見黎靖德編：
　　《朱子語類》，卷100，頁2552。
94 邵雍：〈月窟吟〉，《伊川擊壤集》，卷17，頁5下（總頁127）。
95 邵雍：〈冬至吟〉，《伊川擊壤集》，卷18，頁1上（總頁131）。

掌握天根，便能知幾。此幾乃動之微，吉之先見者，[96]故天根月窟所呈現之先機，並不僅止於宇宙現象的消長盈虛，更包涵了人事變化的吉凶盛衰。康節在《皇極經世書》中以元會運世說明歷史變化之起落，除了可知康節認為宇宙及人事發展有一定之規律外，在此更可見康節對於變化徵兆的重視，而天根與月窟，便是象徵所有變動的最先契機。康節曾經自況是能掌握此一契機之人，其〈大筆吟〉云：

> 有客無知，為性太質。不忮不求，無固無必。足躡天根，手探月窟。所得之懷，盡賦于筆。[97]

康節自比為一無知之客，此無知猶云無思無為，凡事一出於先天所具於心之性理，故能絕於意之始生，而必、固、我自亦無法形成，如是無物我之別，自然與大化合一。故不論是天根，或是月窟，宇宙人事的種種變化，無不瞭若指掌。其〈窺開吟〉便云：

> 物理窺開後，人情照破時。能將函谷塞，只用一丸泥。[98]

此丸泥比喻太極，亦即謂天地萬物的生化之理。而天根月窟，即是這萬物生化變動的初始狀態。這便是康節窮其畢生之力所要了解的道理，唯此一道理顯然並非屬於知識層面，而是必須透過人格的修養，絕其意必固我所可能造成的偏蔽，以維持先天本具之性理，透過與大化冥合，一萬物之情的無我清明，以至誠境界與神明相通，如是自然應感萬物變化。且不論其變化之始的徵兆多麼微細，也都能感知其迹，並通透此間的脈絡與發展。

　　前云康節以乾巽之間謂月窟，坤震之際為天根，以表達一陰及一陽將生之時，此係就八純卦言。倘以六十四卦論之，那麼一陰初始之際，便應為乾姤之間；一陽始生之時，自然是坤復之際。在《皇極經世書》中，康節論及諸卦要義時，除八純卦外，確實尤重復、姤二卦：

> 夫《易》，根于乾坤，而生于姤復。蓋剛交柔而為復，柔交剛而為姤，自茲而無窮矣。[99]
>
> 無極之前，陰含陽也；有象之後，陽分陰也。陰為陽之母，陽為陰之父，故母孕長男而為復，父生長女而為姤，是以陽起於復，而陰起於姤也。[100]

96　〈繫辭下傳〉第五章云：「子曰：知幾其神乎？君子上交不諂，下交不瀆，其知幾乎？幾者，動之微，吉之先見者也。君子見幾而作，不俟終日。」見朱熹：《易本義》，卷3，頁66。

97　邵雍：〈大筆吟〉，《伊川擊壤集》，卷14，頁9上（總頁111）。

98　邵雍：〈窺開吟〉，《伊川擊壤集》，卷19，頁2上（總頁139）。

99　邵雍：〈觀物外篇上〉，《皇極經世書》，卷13，頁27下（總頁803-1065）。

100　邵雍：〈觀物外篇上〉，《皇極經世書》，卷13，頁27下（總頁803-1065）。

此兩段引文皆強調復姤所代表的初生之義，乃陰陽相交之始所呈現的局面，亦即六十四卦中陰或陽的繁衍成長，皆不得不由此二卦開頭。

或許正由於康節對復姤二卦的重視，導致朱子直接視天根為復卦，月窟為姤卦。乾遇巽，便成了上天下風而為姤；地逢雷，則為上地下雷的復卦。[101] 而原先康節所設定的將生未生之陽、將起未起之陰，到了朱子的解說，便落實成為一陽之始生、一陰之初起。此一解法，影響後世許多學者，其中當然也包括了明代的王龍溪。

龍溪對天根月窟的理解，直承朱子而來，以復謂天根，姤為月窟：

> 或問天根月窟之義，先生曰：「此是堯夫一生受用底本，所謂竊弄造化也。天地之間，一陰一陽而已矣。乾，陽物也；坤，陰物也。陽主動，陰主靜。坤逢震為天根，所謂復也；乾遇巽為月窟，所謂姤也。」[102]

龍溪在此首先指出天根月窟說是康節一生學術的根本，亦可說是康節學問之歸結處，因為康節在《皇極經世書》與《伊川擊壤集》中，不斷表達他想探究萬物造化的道理；而天根月窟，便是造化之始，故只要掌握此一初始之機，其後種種發展與變化，便猶如探囊取物般的容易理解，故以「竊弄造化」來形容。而對於天根的坤逢震、月窟的乾遇巽，龍溪的解讀，一如朱子，直指二者即為復、姤二卦。唯龍溪對天根月窟的論說，在承襲朱子之說的同時，還特別區分了陽動陰靜的特質，並將此特質充分發揮在陰陽之初始的部分：

> 根主發生，鼓萬物之出機；窟主閉藏，鼓萬物之入機，陽往陰來之義也。[103]

發生與閉藏，出入往來之間，萬物造化，由是而成。此說相較於康節之論天根與月窟，偏重於陽與陰之初始生發義，顯然有別。從康節的角度來看，萬物造化，可說是充滿春意，但龍溪卻在這春意中看到了陰陽的出入之別，發生與閉藏，必須同時運作，方能生生不息。對於此一分別，康節自然並非毫無所見，其謂「天根月窟閑來往」、「天根與月窟，中間來往頻」，便是此意，但康節並不強調二者之異，而偏好由其共同的初始義敷衍，以顯天地宇宙的好生之德，此應係康節個人特質所致。而龍溪之所以區別二者，除了理論的細緻化，當然還有其他的理由。

前文已云，康節與龍溪在看待宇宙人心的角度上，其中有一主要的分別，即在於道德特質的濃厚與否。而在論述天根月窟的內涵時，此分別仍然可藉此突顯。龍溪在論復姤二卦時，其注入濃厚道德特質的詮說方式，又再一次呈現其中：

---

101 朱子云：「『天根月窟』，指復、姤二卦而言。」見黎靖德編：《朱子語類》，卷115，頁2773-2774。
102 王畿：〈天根月窟說〉，《龍谿王先生全集》，卷8，頁15上-下（總頁593-594）。
103 王畿：〈天根月窟說〉，《龍谿王先生全集》，卷8，頁15下（總頁594）。

> 一念初萌，洪濛始判，粹然至善，謂之復；復者，陽之動也。當念攝持，翕聚保
> 合，不動於妄，謂之姤；姤者，陰之靜也。一動一靜之間，天地人之至妙者也。[104]

前文曾論龍溪的心、意之別，謂心本至善，欲由意起，而此處引文中「一念初萌」與
「當念攝持」之「念」，其所指顯然與欲起之意有別，因龍溪謂此念之初萌乃粹然至
善，故可知此念必由本心而發，且不經思慮，是以能完整呈現至善之境界；而攝持保合
此念原有之至善，不使之入於邪妄，這便是復姤二卦意義的完整銜接。龍溪此一詮說，
充分發揮了其主張天根月窟乃一出一入的動態特性，並將此一特性賦予復姤二卦。而其
所謂的初萌之一念，其實便是陽明主張的良知，龍溪在〈答楚侗耿子問一〉中，便明白
地指出良知與復姤的關係：

> 天根月窟是康節一生受用本旨。學貴得之於初，一陽初起，陽之動也，是良知覺
> 悟處，謂之天根。一陰初遇，陰之姤也，是良知翕聚處，謂之月窟。復而非姤，
> 則陽逸而藏不密；姤而非復，則陰滯而應不神。一姤一復，如環無端，此造化闔
> 闢之玄機也，謂之弄丸。[105]

龍溪再次強調天根月窟之說對康節的重要，乃其一生受用的根本宗旨。而前云之一念初
萌，在此便逕指為良知覺悟處；原先的當念攝持，便成了良知翕聚處，故天根與月窟，
或說復卦與姤卦，便即是良知的覺悟與翕聚。至此，龍溪徹底將康節原先描述造化初始
的陰陽二端，轉換成為具有道德特質的良知覺、攝。故龍溪不只是對復姤二卦添上濃厚
的道德價值，更以良知學詮釋此一價值的方向；而相較於龍溪，康節之論天根月窟及復
姤二卦，其重點顯然在描述客觀的宇宙概念，其間是否具有道德色彩，著實令人質疑。
由天到人，由對宇宙自然的描述，到與生俱來善性的萌發與保合，康節與龍溪的分別，
在論述天根月窟的內涵時，對照得最是清晰。

　　值得留意者，尚有龍溪對復姤的兼重，其論偏復則陽逸，偏姤則陰滯，故須二者並
重，如是方能成造化之終始，生生而不息，此說極可能與當時學風的弊端有關。慈湖學
大興於明代中後期，[106]且陽明過世之後，王門諸子對於良知本體如何完整呈顯有許多
不同的主張，[107]龍溪之同門季彭山（名本，1485-1563）即對慈湖學興起而引發的弊端

---

104 王畿：〈天根月窟說〉，《龍谿王先生全集》，卷8，頁15下-16上（總頁594-595）。

105 王畿：〈答楚侗耿子問一〉，《龍谿王先生全集》，卷4，頁32上（總頁363）。

106 詳參吳震：〈楊慈湖在陽明學時代的重新出場〉，收入吳震、吾妻重二編：《思想與文獻：日本學者
宋明儒學研究》，上海：華東師範大學出版社，2010年4月一版一刷，頁343-355。按：是文原以日
文寫作，原題為〈楊慈湖をめぐる陽明学の諸相〉，刊於《東方学》第97輯（1999年），頁68-81。

107 詳參林月惠：〈本體與工夫合一——陽明學的展開與轉折〉，《良知學的轉折：聶雙江與羅念菴思想
之研究》，臺北：臺灣大學出版中心，2005年9月初版，頁631-721。

有不少批評；[108]而龍溪之學問路數近於慈湖，在當時亦有一些質疑聲浪，[109]故龍溪在回應對慈湖的批評時，其實亦是為己而辯。除了肯定慈湖不起意之說未為不是，亦不得不指出其說易有莽蕩無據之弊，不足以經綸裁制。[110]而此一莽蕩無據，正與復而不姤的陽逸之弊相應，此蓋有所得於同門師友之往來交涉，致使龍溪不得不持續修正其說，以臻圓融。

在復姤兼重互用的循環交替下，終而又始的造化往來，龍溪稱之為「弄丸」。此弄丸之說，亦承自康節。康節以「丸」比喻太極，[111]其所謂之「弄丸」，蓋指對天地大化之體悟與實踐，雖龍溪亦以造化往來稱弄丸，但龍溪之造化，是指在良知基礎上的覺悟與翕聚，如此陽出陰入，一闔一闢，復姤互用，方成造化，故龍溪之弄丸，其丸應是指良知；而康節之弄丸，其丸則是太極，二者明顯有別。

不論是天根月窟，或者是復卦與姤卦，龍溪的詮釋，都自成一套體系，與《易》始終維持著若即若離的關係。乍看之下，其說似仍合乎陽往陰來、消息盈虛的造化之理；然細究之後，其良知覺攝的說法，卻又不免予人脫軌歧出之感。此一現象，在討論復姤之義時，愈見分明：

> 夫「一陰一陽之謂道」，「繼之者善」即謂之復，「成之者性」即謂之姤。復與姤，人人所同具，百姓特日用而不知耳。顏子擇乎中庸，有不善未嘗不知，未嘗

---

108 季彭山云：「是時方興慈湖之書，同門諸友多以自然為宗，至有以生言性，流於欲而不知者矣，余竊病之。」見明・季本：〈贈都閫楊君擢清浪參將序〉，《季彭山先生文集》，《北京圖書館古籍珍本叢刊》影印清抄本，北京：書目文獻出版社，1988年，卷1，頁849。另云：「但慈湖以精神思慮言心，而謂百姓日用而不知者為道，併以子思率性之率為不必言，則是主乎氣也，就使虛明無體，精神四達，亦不過氣之妙用耳，蓋禪家之見如此。」見季本：〈聖功・誠神幾〉，《說理會編》，《四庫全書存目叢書》影印北京清華大學圖書館藏明馮繼科刻本，臺南：莊嚴文化事業公司，1995年9月初版一刷，卷3，頁3上（總頁子9-285）。是書又云：「大抵慈湖之說，本宗自然，學者喜於易簡，勇受樂從，而不知工夫不實，其不流於空寂者幾希矣。」見季本：〈實踐一・脩業〉，《說理會編》，卷5，頁9上（總頁子9-306）。

109 如聶雙江謂龍溪「不犯做手」、羅念庵評龍溪「終日談本體，不說工夫」等等，詳參彭國翔：《良知學的展開》，頁151-159。

110 龍溪云：「若楊慈湖不起意之說，善用之未為不是。蓋人心惟有一意，始能起經綸，成德業。意根於心，心不離念。心無欲則念自一，一念萬年。主宰明定，無起作，無遷改，正是本心自然之用，艮背行庭之旨。終日變化酬酢，而未嘗動也。纔有起作，便涉二意，便是有欲而罔動，便為離根，便非經綸裁制之道。慈湖之言，誠有過處，無意無必，乃是聖人教人榜樣，非慈湖所能獨倡也。惟其不知一念用力，脫卻主腦，莽蕩無據，自以為無意無必，而不足以經綸裁制，如今時之弊，則誠有所不可耳。」詳見王畿：〈答季彭山龍鏡書〉，《龍谿王先生全集》，卷9，頁17上-下（總頁661-662）。

111 康節〈自作真贊〉云：「松桂操行，鸞花文才。江山氣度，風月情懷。借爾面貌，假爾形骸。弄丸餘暇，閒往閒來。」詩末自註：「丸謂太極。」詳見邵雍：〈自作真贊〉，《伊川擊壤集》，卷12，頁7下（總頁97）。

復行，無祇於悔，所謂復也。能擇而守，拳拳服膺而弗失，所謂姤也。復者陽乘陰也，姤者陰遇陽也。知復而不知姤，則孤陽易蕩而藏不密；知姤而不知復，則獨陰易滯而應不神；知復知姤，乾坤互用、動靜不失其時，聖學之脈也。[112]

此段直引〈繫辭傳〉之文解釋復姤，其原文曰：「一陰一陽之謂道，繼之者善也，成之者性也。」[113]龍溪以為，承繼天地所賦予於人的善性即是復，而體現實行此一善性的便是姤。「有不善未嘗不知」數語，亦出〈繫辭傳〉，[114]此係〈繫辭傳〉釋復卦初九爻辭「不遠復，無祇悔」之意。[115]〈繫辭傳〉原文以孔子舉顏回為例，謂其知過能改，有不貳過之德，其重點在於指出顏回有不善未嘗不知，是以一旦有絲毫過錯，隨即覺察，以復於善道；由於其覺察之敏銳，使其所復可不遠於道，當下所犯之誤失不至於悔，此即爻辭「不遠復，無祇悔」之意。龍溪以此釋復卦，自然無可置疑。唯其後以「能擇而守，拳拳服膺而弗失」釋姤，則實與姤之卦爻辭義毫不相干，而其所釋姤之內容，自然是沿承其良知攝持翕聚的主張而來。由是可見，龍溪雖擬兼顧卦爻原意，實則未能。此外，龍溪於此再度強調復姤必須兼重並用，以避其偏知之弊，其說亦與前引良知覺攝一文同，茲不贅述。

龍溪論復姤之義與《易》的若即若離，還可以由論十二消息卦得見。[116]其文曰：

乾坤，先天也，自一陽之復，而臨，而泰，而大壯，而夬，以至於乾；自一陰之姤，而遯，而否，而觀，而剝，以至於坤。由後天以返於先天，奉天時也。[117]

引文中所舉之十二卦，前半之復、臨、泰、大壯、夬、乾，其卦形變化，由復的一陽五陰，到臨的二陽四陰，再到泰的三陽三陰、大壯的四陽二陰、夬的五陽一陰，最後到乾的六陽，陽爻由初至上，逐卦遞增，顯示陽氣漸長，陰氣漸消的過程；而後半的姤、遯、否、觀、剝、坤，其卦形的遞變，則是以陰爻的漸長，陽爻的漸消來呈現，正好與前半六卦的情況完全相反。龍溪在此以先天後天的觀念處理，設定乾坤二卦屬先天，而自復至乾、自姤至坤的遞變，則全屬後天返先天的過程，龍溪並強調此乃「奉天時」之舉。關於「奉天時」之義，龍溪在與同門聶雙江（名豹，1487-1563）辯論良知之已發

---

112 王畿：〈天根月窟說〉，《龍谿王先生全集》，卷8，頁16上（總頁595）。

113 詳見〈繫辭上傳〉第五章。朱熹：《易本義》，卷3，頁58。

114 〈繫辭下傳〉第五章：「子曰：顏氏之子，其殆庶幾乎！有不善未嘗不知，知之未嘗復行也。《易》曰：『不遠復，無祇悔，元吉。』」朱熹：《易本義》，卷3，頁66-67。

115 復卦初九：「不遠復，无祇悔，元吉。」象曰：「不遠之復，以脩身也。」朱熹：《易本義》，卷1，頁24。

116 十二消息卦，即十二月卦，即以十二卦代表一年十二個月，其說出自漢代孟喜。詳見朱伯崑：《易學哲學史》第一卷，頁122-125。

117 王畿：〈天根月窟說〉，《龍谿王先生全集》，卷8，頁15下（總頁594）。

未發時，曾有相關的討論，其〈致知議辨〉云：

> 「中節」云者，循其天則而不過也。養於未發之豫，先天之學是矣。後天而奉時者，乘天時行，人力不得而與。曰「奉」、曰「乘」，正是養之之功。[118]

依此說來，自復至乾、自姤至坤的後天返先天之奉天時過程，全應屬於先天之學。此不但與康節謂「先天之學，心也；後天之學，迹也」歧異，亦似與龍溪以先天屬正心、後天為誠意的工夫相矛盾。此中問題，亟需進一步深論。

在深論之前，筆者擬先引一段龍溪以四無說結合天根月窟的說法，以供參考。其文曰：

> 堯夫所謂「丸」，即師門所謂「良知」。萬有生於無，知為無知之知，歸寂之體即天根也。萬物備於我，物為無物之物，感應之用，即月窟也。意者動靜之端，寂感之機，致知格物，誠意之功也，此孔氏家學也。[119]

上文曾論龍溪之弄丸，其丸應指良知；而康節之弄丸，其丸指太極。此段引文即直指康節之丸實乃陽明之良知，由此更可確認龍溪以陽明良知學的角度詮說康節學術。而其論萬有生於無，知為無知之知，物為無物之物，此則由其「四無說」而來。龍溪四無說乃陽明四句教的延伸。陽明四句教曰：「無善無惡心之體，有善有惡意之動，知善知惡是良知，為善去惡是格物。」[120]然而，龍溪以為，若悟得心是無善無惡之心，那麼意、知、物三者亦應是無善無惡的，故論「無心之心則藏密，無意之意則應圓，無知之知則體寂，無物之物則用神」。[121]陽明雖同意龍溪此說，但指出此四無說乃為上根人立教，即本體便是工夫，屬頓悟之學。

在龍溪四無說的基礎上，意為心之所發，物為意之所在，意與物皆是順著心體的應感一體而化，毫無執著與凝滯，如實且完整地呈顯心的本然狀態，故即使心意知物是超越善惡的形上境界，此一境界仍需藉由無執無滯的形下呈顯以印證本體的境界，如喜怒哀樂發而中節，循天則而不過，便是一例。如此中節的表現，便即是無意之意的「應圓」，亦即是無物之物的「用神」。故其說雖標舉超越善惡的形上之「無」，其實卻仍得依憑形下的「有」來呈現，唯此「有」必須是奉天時而行，如是方能即用以顯體。故四

---

118 王畿：〈致知議辨〉，《龍谿王先生全集》，卷6，頁6上（總頁453）。

119 王畿：〈天根月窟說〉，《龍谿王先生全集》，卷8，頁16上-下（總頁595-596）。

120 《傳習錄》載陽明於嘉靖六年（1527）奉命征思田，行前於天泉橋上與門人錢緒山、王龍溪論學，詳闡四句教的宗旨，史稱「天泉證道」。詳參葉紹鈞點註：《傳習錄》，臺北：臺灣商務印書館，1987年4月臺十版，卷下，頁257-258。按：四句教之說，亦見於龍溪〈天泉證道紀〉、錢緒山《陽明年譜》，以及黃宗羲《明儒學案·浙中王門學案二》等處，詳略不一。

121 王畿：〈天泉證道紀〉，《龍谿王先生全集》，卷1，頁1下（總頁96）。

無說其實是以無入有，再以有返無的交錯過程。[122]

如果清楚了龍溪以四無立論的觀點，再回頭檢視先前討論龍溪以天根月窟或復姤二卦論念萌與念翕、良知之覺與攝，乃至繼善成性的說法，便不難發現，諸說俱是由良知的明覺感應出發，亦即由心上立根，同樣是在四無規模下的論述。[123]其間雖有發生與閉藏，或萌與翕、覺與攝等細微區分，但基本上二者都必須是一體而化的完整銜接。此一銜接，必須是完美無縫，因為在良知不斷覺發應感，且念念相續而萌的當下，其翕攝之工夫若稍有遲疑，執著與凝滯，便猶如見縫插針一般，隨時而生。因此，覺、攝之間，必須是一體而化，二者之間雖有區別，但卻又不可截然二分，如是方能兼而不偏，方能復先天造化之良知：「邵子弄丸，亦只是邵子從入路頭。若信得良知過時，方是未發先天宗旨，方是一了百當，默而存之，可也。」[124]其中一了百當，便是此意。

因此，在十二消息卦中，自復至乾、自姤至坤，此一後天返先天的奉天時過程，亦是一體而化的，非人力可與。而後天返先天的過程，便是上文所說的以有返無的過程。要說明的是，此處的後天，是由四無立論的後天，乃奉天時的良知呈顯過程，故乃先天之學範疇中的後天，與上節後天誠意工夫的後天有別，猶如龍溪論心意知物亦有兩層不同的意涵。以誠意之功為例，上節所說的誠意工夫，其意有善惡之別，故其工夫在意上立根，並非由四無而論，因此即使努力抉擇善惡，使心無雜，以復先天本體，實乃由人力而為，必須屬後天之學。而上段引文謂萬有生於無，知為無知之知，物為無物之物，意者動靜之端，寂感之機，其意乃由四無立論，是以良知的明覺感應上說，乃一無意之意，超越善惡；既然如此，其實無意可誠，根本不需人力對治，一如先天正心之學的無邪心可正的情況是一樣的。

此一分別一旦釐清，便可知以四無的角度而言，一陽之復，與二陽之臨、三陽之泰、四陽之大壯、五陽之夬，其實是毫無分別的，亦即一念初萌，或諸念俱萌，或念念相續而萌，只要都是由良知之明覺感應上發，其意義是一樣的。同理可推，一陰之姤，與二陰之遯、三陰之否、四陰之觀、五陰之剝，在龍溪的四無理論中，也是分別俱泯。更清楚地說，龍溪泯除了諸卦的分別，僅餘存陰陽意義上的區別；而此一區別，便是天根與月窟的發生與閉藏之別、復姤的念萌與念翕之別、良知的覺與攝之別，陰陽二者之間，都必須是一體而化的，雖有別但卻不分，如是陰中有陽，陽中有陰，二者交替循

---

122 陳來對於陽明學中以有合無，將道釋的虛無納入儒學有詳盡的解說。詳參陳著：《有無之境：王陽明哲學的精神》（北京：人民出版社，1991年3月一版一刷），頁203-234。此外，彭國翔對於龍溪「無中生有」之內涵，以及四無論同時兼具存有論與境界論之意義，亦有深入的討論，詳參彭著：《良知學的展開》，頁115-127、189-216。

123 牟宗三先生認為，若從明覺之感應說物，則物固無不正；而意從明覺，亦無不誠，如是，便是一體而化，即王龍溪所謂四無。詳參牟著：《從陸象山到劉蕺山》（臺北：臺灣學生書局，1990年），頁332-337。

124 王畿：〈留都會紀七〉，《龍谿王先生全集》，卷4，頁28下（總頁356）。

環，如環環相扣而無端，如此後天方能返先天，以闡先天之體，先天也才能涵後天之用，先後一揆，體用一原。

龍溪論天根月窟，全由四無立根，俱屬先天之學，與論先天正心、後天誠意之時的四有與四無交雜比擬顯有不同。而龍溪以四無說注入他所認知的「康節一生受用本旨」，將康節之「丸」轉為「良知」，天根月窟的意義，也被徹底轉換，其收納康節學術的意圖，昭然可見。明乎此，便知龍溪之論康節，非是要詮釋康節本意；龍溪之論復姤，亦非是要說解《易》之內涵，在六經皆我註腳的風格主導下，《易》與康節，都不過只是龍溪四無說的分支而已。

龍溪的四無說，是對陽明致良知的進一步闡發，其目的仍在推廣致良知。在龍溪的認知中，整部《易》的內容，其實都涵括在致良知之中：

> 《易》學之不傳也久矣，自陽明先師倡明良知之旨，而《易》道始明。不學不慮，天然靈竅；其究也，範圍天地，發育萬物，其機不出於一念之微。……良知先天而不違，天即良知也；良知後天而奉時，良知即天也。……伏羲之畫，象此者也。文王之辭，象此者也。周公之爻，效此者也。孔子之《易》，贊此者也。魏子謂之「丹」，邵子謂之「丸」。致良知，即所謂「還丹」、所謂「弄丸」，知此謂之知道，見此謂之見《易》，乃四聖之密藏、二子之神符也。[125]

連四聖之《易》、魏伯陽《參同契》的「還丹」，[126] 都與致良知之旨相符，更何況是龍溪原本就推崇的康節，其「弄丸」之主張，當然不能遺漏！龍溪無視於各家學派論說的分別，一意以致良知統攝諸論的意圖，已再清楚不過。

六、結語

本文討論明代學者王龍溪對北宋邵康節《易》學的繼承與轉化，文中聚焦於二人思想之關聯處，特別比較心與良知、先天後天、天根月窟三組概念，以明其間之承轉變化與異同。

康節之學術定位，歷來爭議不斷，或以儒者視之，或以道教術士評之。而龍溪肯定康節屬儒學，以其靜養工夫能使仁體露其端倪，學者可因此涵養聖功；但又認為如此偏

---

125 王畿：〈易測授張叔學〉，《龍谿王先生全集》，卷15，頁12上-下（總頁1149-1150）。按：關於引文中的一念之微，彭國翔有詳盡的析論，值得參考。詳見彭著：〈明儒王龍溪的一念工夫論〉，《孔子研究》2002年第4期，頁56-58。

126 魏伯陽云：「金來歸性初，乃得稱還丹。」其意為金生水，水出而滅火以成丹，便可復人之初始陰陽交合的狀態，以統陰陽之變化。詳見漢・魏伯陽：《周易參同契》，《叢書集成初編》據《百陵學山》本影印（北京：中華書局，1985年新一版），卷上，頁13。

重靜養，實不若王學能兼賅動靜，使仁體時時流行，故與王學猶差毫釐。由是可知，龍溪雖以康節之學猶有不足，但其對康節的評價大抵仍是相當的高。

康節所主張的性、理，並不具明顯或濃厚的道德特質，實與南宋朱、陸兩派對性理的理解不盡相同；而康節以為心乃性之郭廓，僅說明心、性二者之間有一定的關聯，至於關聯的程度為何，並無進一步的說明。其論意乃欲之所起，亦屬心之範疇，故需透過修心工夫，方能使心無蔽澄明。而龍溪對性理與心意的看法則直承陸王心學一脈而來，其學以心即理來表述心所本具的先驗道德特質，並以良知乃心之本體來強調心所有的靈明感應與判斷善惡的能力，而障蔽心體之意識乃欲緣生起之根，故必須加以廓清，以保心體本然之清明，故意有善惡，而心則粹然至善，顯然與康節的概念有別。

先天後天，是康節學說中的重要概念。康節以為先天乃萬物形具以前的生成之理，而後天則為萬物形具之後的種種作為與現象。倘人心能至誠無思慮，無人我之別，其境自能與萬物合一，通曉先天學所包涵的萬物之理。至於後天之學，則著重於行為舉止之合理與否，若能奉行天時，便可藉其行闡發先天之理，故此屬迹之層次，與先天之學屬心之層次有別。

先天圖之圖象，未見於康節書中，但根據其文字描述，可知康節在說解《易》之〈說卦傳〉時，已定位乾坤居子午之圖象為伏羲八卦，而改易後使震兌居朝夕位的圖象則為文王八卦，並以兩種八卦之間為體用的關係。朱子在此基礎上，再度定位伏羲八卦屬先天之學，文王八卦為後天之學。龍溪承朱子之說，亦以伏羲八卦存體，屬先天；文王八卦入用，屬後天，並以正心乃先天之學，誠意為後天之學分別二者。其先天之學在心上立根，工夫簡易；而後天之學則在意上立根，未免嗜欲之雜，工夫繁難，顯較先天費力。龍溪對康節先後天學的理解，先是受到朱子的影響，再加上其學說中的良知學色彩，使得龍溪先後天之學的面貌與內涵，都與康節有顯著的歧出。

天根與月窟二詞，在先秦兩漢的典籍中，一指星宿，一指月之所出，雖同屬天象，但二詞並不連用，亦不對稱，且意義關聯並不密切，也與《易》不相涉。但康節首創連用二詞，並賦予二者具陰、陽之初始的對稱義。其以乾巽相接為月窟，表一陰將生未生；以坤震交際為天根，示一陽將起未起。天根、月窟二詞，自此成了陰陽初始意涵的代名詞。康節以為，只要能掌握此一初始之契機，則萬化之理，便能瞭若指掌。而朱子直指一陽初起之復卦為天根，一陰始生之姤卦為月窟；龍溪承朱子之說，不但以天根為復，月窟為姤，還區別了陽動陰靜的特質，謂根主發生、窟主閉藏。此一發生與閉藏，又衍生出道德本心的念萌與念翕、良知的覺悟與攝持，且龍溪一再強調二者必須兼重互用，不得偏廢，否則流弊叢生；再加上十二消息卦的陰陽消息與遞變，龍溪對天根月窟內容的敷陳，無一不是在四無說的規模下立論。其對天根月窟、復姤二卦，或說是良知覺與攝之間的細微區別，其實是別而不分，一體而化的；而十二消息卦的陰陽之別，其實亦是陰中有陽，陽中有陰的交替循環，如環相扣而無端。藉由良知明覺應感的發用呈

顯之「有」,以彰顯印證超越善惡的形上之「無」,後天返先天的奉天時,便是以無入有,再由有返無的圓成過程。

　　龍溪以致良知統攝康節學術的意圖與作為,藉由本文的分說,可清楚驗證其間的脈絡與發展;而龍溪對康節《易》學的吸收與轉換,具體且完整地展現在以四無說對天根月窟的詮釋之中。此一詮釋中的質變現象,除了可以照見學術史的發展與演變,更可以突顯詮釋過程中層累堆疊的後人說解,與原說內涵之間的誤差,可以是部分歧出,甚至也可以是另起爐灶的新世界。康節之於龍溪,其所扮演的角色,應該是很重要的啟蒙者,引發他從承繼到移轉,一步一步地建立起屬於自己的——由天根月窟砌成的四無堡壘。

附圖一：先天圖（伏羲八卦圖）

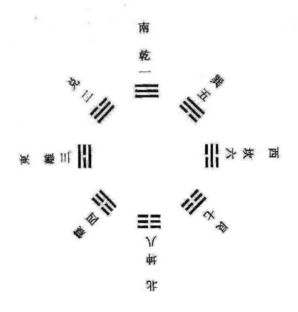

附圖二：後天圖（文王八卦圖）

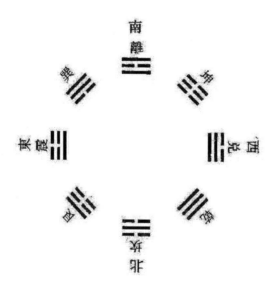

徵引文獻

一　傳統古籍

〔周〕莊周撰，〔晉〕郭象注：《莊子》，《四部備要》據明世德堂本校刊，臺北：臺灣中華書局，1980年1月臺七版。

不著撰人、〔吳〕韋昭注：《國語》，《叢書集成初編》據《士禮居叢書》排印，北京：中華書局，1985年新一版。

〔漢〕賈誼撰，閻振益、鍾夏校注，《新書》，北京：中華書局，2010年4月一版三刷。

〔漢〕司馬遷撰，〔日〕瀧川資言考證：《史記會注考證》，臺北：洪氏出版社，1977年5月五版。

〔漢〕揚雄撰，〔晉〕范望注：《太玄經》，《中國子學名著集成珍本初編‧雜家子部》影印明嘉靖甲申郝梁萬玉堂覆宋刊兩浙茶鹽司本，臺北：中國子學名著集成編印基金會，1978年12月初版。

〔漢〕崔篆：《易林》，《四部備要》據士禮居校宋本校刊，臺北：臺灣中華書局，1970年6月臺二版。

舊題〔漢〕班固撰：《漢武帝內傳》，《叢書集成初編》據《守山閣叢書》本排印，北京：中華書局，1985年新一版。

〔漢〕魏伯陽：《周易參同契》，《叢書集成初編》據《百陵學山》本影印，北京：中華書局，1985年新一版。

〔梁〕蕭統編、〔唐〕李善注：《文選》，臺北：文津出版社，1987年7月。

〔唐〕呂巖：《呂子易說》，《四庫未收書輯刊》影印清乾隆曾燠刻本，北京：北京出版社，2000年1月初版一刷。

〔宋〕邵雍：《伊川擊壤集》，影印宜秋館據明文靖書院刊本校刊，《叢書集成續編‧文學類》第165冊，臺北：新文豐出版公司，1989年7月臺一版。

宋‧邵雍：《皇極經世書》，《文淵閣四庫全書》本，臺北：臺灣商務印書館，1986年3月初版。

〔宋〕朱熹：《易本義》，臺北：世界書局，1968年11月再版。

〔宋〕黎靖德編：《朱子語類》，北京：中華書局，1988年8月一版二刷。

〔元〕脫脫：《宋史》，北京：中華書局，1985年6月新一版一刷。

〔明〕陳獻章：《陳獻章集》，北京：中華書局，1987年?

〔明〕王畿：《龍谿王先生全集》，據日本江戶年間和刻本影印明萬曆47年〔丁賓刊本，京都：中文出版社、臺北：廣文書局，1975年5月初版。

〔明〕季本：《季彭山先生文集》，《北京圖書館古籍珍本叢刊》影印清抄本，北京：書
　　　目文獻出版社，1988年。

〔明〕季本：《說理會編》，《四庫全書存目叢書》影印北京清華大學圖書館藏明馮繼科
　　　刻本，臺南：莊嚴文化事業公司，1995年9月初版一刷。

〔清〕黃宗羲：《明儒學案》，臺北：華世出版社，1987年2月臺一版。

〔清〕黃宗羲：《易學象數論》，臺北：廣文書局，1981年2月再版。

〔清〕紀昀：《四庫全書總目》，北京：中華書局，1987年7月一版四刷。

〔民國〕葉紹鈞點註：《傳習錄》，臺北：臺灣商務印書館，1987年4月臺十版。

二　今人研究

方東美：《新儒家哲學十八講》，臺北：黎明文化事業公司，1983年2月初版。

方祖猷：《王畿評傳》，南京：南京大學出版社，2006年7月一版一刷。

王誠：《先天後天——邵雍哲學思想研究》，北京：北京大學博士論文，2009。

牟宗三：《從陸象山到劉蕺山》，臺北：臺灣學生書局，1990年???。

朱伯崑：《易學哲學史》，北京：華夏出版社，1995年1月一版一刷。

吳震：《陽明後學研究》，上海：上海人民出版社，2003年4月一版一刷。

吳震：〈楊慈湖をめぐる陽明学の諸相〉，刊於《東方学》第97輯（1999年），頁68-81。

吳震、吾妻重二編：《思想與文獻：日本學者宋明儒學研究》，上海：華東師範大學出版
　　　社，2010年4月一版一刷。

宋錫同：《邵雍易學與新儒學思想研究》，上海：華東師範大學出版社，2011年6月一版
　　　一刷。

杜保瑞：〈邵雍儒學建構之義理探究〉，《華梵人文學報》第3期，2004年6月，頁75-
　　　124。

林月惠：《良知學的轉折：聶雙江與羅念菴思想之研究》，臺北：臺大出版中心，2005年
　　　9月初版。

唐君毅：《中國哲學原論·原教篇》，臺北：學生書局，1984年2月全集校訂版。

唐明邦：《邵雍評傳》，南京：南京大學出版社，1998年12月一版一刷。

陳來：《有無之境：王陽明哲學的精神》，北京：人民出版社，1991年3月一版一刷。

陳明彪：《王龍溪心學易研究》，臺北：國立師範大學國文研究所碩士論文，2002年。

張學智：《明代哲學史》，北京：北京大學出版社，2003年6月一版二刷。

勞思光：《新編中國哲學史》，臺北：三民書局，1989年10月五版。

彭國翔：《良知學的展開：王龍溪與中晚明的陽明學》，臺北：臺灣學生書局，2003年6
　　　月初版一刷。

彭國翔：〈明儒王龍溪的一念工夫論〉，《孔子研究》2002年第4期，頁56-58。

葉國良：《經學側論》，新竹：國立清華大學出版社，2005年11月初版。

趙中國：〈邵雍先天學的兩個層面：象數學與本體論——兼論朱熹對邵雍先天學的誤讀〉，《周易研究》，2009年第1期，頁67-70。

趙中國：《邵雍易學哲學研究——兼論易學對於北宋儒學復興的貢獻》，天津：南開大學博士論文，2009年。

錢明：《陽明學的形成與發展》，南京：江蘇古籍出版社，2002年9月一版一刷。

錢明：《浙中王學研究》，北京：中國人民大學出版社，2009年10月一版一刷。

〔日〕永冨青地：〈王畿の易學と丁賓——大象義述を中心として〉，《東洋の思想と宗教》，第六號，1989年，頁53-65。

〔日〕佐藤鍊太郎：〈王畿の『易』解釈について〉，《陽明學》第十號，1998年3月，頁63-78。

〔日〕岡田武彦：《王陽明と明末の儒學》，東京：明德出版社，2004年6月初版一刷。

〔日〕荒木見悟：《憂国烈火禅——禅僧覚浪道盛のたたかい》，東京：研文出版社，2000年7月初版一刷。

〔日〕楠本正繼：《宋明時代儒学思想の研究》，千葉：広池学園出版部，1964年12月再版一刷。

季本《春秋私考》研究[*]
——以對《左傳》的批評為核心

劉德明

中央大學中國文學系教授

摘要

　　季本是王陽明弟子，與陽明多數弟子學問進路不同，季本十分強調經典的重要，他先後注釋了《易》、《詩》、《春秋》、《四書》等書，而《春秋私考》則是他對《春秋》看法的總集。前人對《春秋私考》最大的批評是其不信《左傳》，常常「鑿空杜撰」，認為此書價值極低，因此相關的研究也付之闕如。本文透過爬梳《春秋私考》批評《左傳》的脈絡，從其基本立場而發，闡述季本對《春秋》「書例」的特殊運用方式，並論其由《春秋》「不書」進而發展出「默證」之說，並探求季本由事理、情理及霸者的理想典型所發展出的史事真偽判定模式。最後綜合以上各點，一方面論述季本許多匪夷所思的判斷並非「中風病鬼」的囈語，而是尊經態度的極度展現。另一方面也討論季本之說的限制及在《春秋》學史中的意義。

關鍵詞：明代、季本、《春秋私考》、默證、尊經

* 本文係科技部研究計畫「NSC 102-2410-H-134-014」之部份成果。初稿曾於「宋明清儒學的類型與流變學術研討會」（桃園：中央大學儒學研究中心，2014.10.30-31）中宣讀。後刊於《中國文哲研究集刊》第50期（2017年3月）。內容承會議主持人中研院文哲所蔣秋華教授及兩位匿名審查委員先生多所指正，使本文更加完整，於此謹致謝忱。

一 導言

　　季本（字明德，號彭山，1485-1563），會稽人，為王陽明弟子，但他與陽明多數弟子在學問進路上有所不同。他少年時即以經學聞名，罷官之後又致力注經，這在王門中實屬異數，所以錢明將季本歸於「浙中王門的經學型態」[1]。《明儒學案》中記：

> 先生憫學者之空疏，祇以講說為事，故苦力窮經。罷官以後，載書寓居禪寺，迄晝夜寒暑無間者二十餘年。……凡欲以為致君有用之學，所著有《易學四同》、《詩說解頤》、《春秋私考》、《四書私存》、《說理會編》、《讀禮疑圖》、《孔孟圖譜》、《廟制考義》、《樂律纂要》、《律呂別書》、《蓍法別傳》，總百二十卷。[2]

由此可見季本對注解《四書》、《五經》是多麼熱衷[3]。近年學界對於季本經學的研究日漸增多，如對《易學四同》、《詩說解頤》、《四書私存》等書都有專篇論文予以討論[4]，但對於季本的《春秋》學則較無人注意。依季本弟子徐渭所言，季本「十七通《春秋》，補郡學生」，弘治十七年（1504）又「以《春秋》中浙江鄉試第三名，為座主月湖楊公廉所器重」[5]。晚年又著《春秋私考》一書。可見季本一直對《春秋》有著高度興趣，而《春秋私考》則為季本《春秋》學的總歸。

　　清代學者對於《春秋私考》的評價不高，此書並未收入《四庫全書》之中，而僅列

1　錢明：《浙中王學研究》（北京：中國人民大學出版社，2009年），頁101。錢明在此特別標舉出季本重視儒家經典的重要特質，而朱湘鈺則進一步指出季本之所以如此，與其家學淵源有關。見朱湘鈺：〈浙中王門季本思想舊說釐正〉，《東海中文學報》第22期（2010年7月），頁200。

2　〔清〕黃宗羲著，夏瑰琦、洪波校點：《明儒學案》（杭州：浙江古籍出版社，1986年），〈浙中王門學案〉卷13，頁308-309。

3　季本對於《易》、《詩》、《春秋》、《禮》、《四書》均有專門的注解與發揮，而僅對於《尚書》沒有專門的注解。

4　關於季本經學方面的研究，依發表時間有：蔣秋華：〈季本《詩說解頤》詩次說評議〉，收入《第四屆詩經國際學術研討會論文集》（濟南：中國詩經學會，1999年），頁400-421。黃忠慎：〈季本《詩說解頤·總論》析評〉，《國文學誌》第5期（2001年12月），頁1-40。西口智也：〈季本的《詩經》觀〉，《嘉應大學學報》（哲學社會科學）第20卷第4期（2002年8月），頁50-54。劉毓慶：〈季本、豐坊與明代《詩》學〉，《中國文學研究》（2003年第3期），頁47-51。游騰達：〈明儒季本《易學四同》之《易》學觀初探〉，《先秦兩漢學術》第10期（2008年9月），頁17-40。沈丹：〈季本《詩經》學思想研究〉，《長春工程學院學報》（社會科學版）（2011年第12卷第2期），頁109-111。朱湘鈺：〈依違之間——浙中王門季本《大學》改本內涵及其意義〉，《文與哲》第18期（2011年6月），頁333-366。賀廣如：〈心學《易》中的陰陽與卜筮——以季本為核心〉，《臺大文史哲學報》第76期（2012年5月），頁29-66。朱湘鈺：〈晚明季本《四書私存》之特色及其意義〉，《清華學報》第42卷3期（2012年9月），頁489-525；〈季本《大學私存》之補正與整理〉，《中國文哲研究通訊》第22卷4期（2012年12月），頁93-126。

5　〔明〕徐渭：〈師長沙公行狀〉，《徐渭集》（北京：中華書局，1983年），第2冊，卷27，頁643。

於《存目》之中，四庫館臣言：

> 明季本撰，本有《易學四同》，已著錄。本不信《三傳》，故釋經處謬戾不可勝
> 舉，如言惠公仲子非桓公之母、盜殺鄭三卿乃晉人使刺客殺之、晉文公歸國非秦
> 伯所納。諸如此類，皆無稽之談。夫孫復諸人之棄傳，特不從其褒貶義例而已。
> 程端學諸人之疑傳，不過以所記為不實而已。未有於二千餘年之後，杜撰事迹以
> 改易舊文者。蓋講學家之恣橫，至明代而極矣。[6]

四庫館臣認為此書不只對於《三傳》史實有所懷疑，還進一步透過想像來「杜撰事
迹」，認為這是明代講學家恣意論學的最糟典型。綜觀歷來解釋《春秋》褒貶，縱使有許
多差異，但是儒者大致都採用了《左傳》所述史事。其中最主要的原因在於，歷來並沒
有太多的文獻典籍足以動搖《左傳》之說。而季本竟然大膽的批評《左傳》之說，同時
又憑空「杜撰事迹」。四庫館臣指稱這是明代講學家自憑私臆的最糟典範。但季本這些主
張真的毫無脈絡可循，只是無由的異想天開嗎？他是在什麼考慮下，因而產生出這些想
法？本文即試圖透過季本對《左傳》的批評，進而探索並反省季本的《春秋》學特色。

二 季本《春秋》學的基本立場

首先，季本接受孟子言《春秋》為孔子所作的說法，認為此書是：

> 孔子周流四方，歷觀世變，憫人欲之橫流，懼天理之盡滅。謂天下之亂，由於賞
> 罰之不行，故即魯隱公以後所見、所聞、所傳聞二百四十二年之事，參考國史副
> 藏，提綱舉要，刪削而斂正之。具文見意，無所容心。但使是是非非，不泯其實
> 而已。[7]

《春秋》為孔子所作的說法，幾乎是傳統儒者所共許，但對孟子所謂「孔子懼，作《春
秋》」的「作」字該如何理解，則各有不同：由僅刪去舊魯史中不適切的文字[8]，到徵集

6　〔清〕紀昀等：《欽定四庫全書總目》（整理本）（北京：中華書局，1997年），上冊，卷30，頁
　　387。又，四庫館臣對季本《詩說解頤》的評價較高：「雖間穿傷鑿，而語率有徵，尚非王學末流，
　　以狂禪解經者比也。存此一編，知姚江立教之初，其高足弟子研求經傳，考究訓詁乃如此，亦何嘗
　　執『六經注我』之說，不立語言文字哉？」（同上書，卷16，頁202）

7　〔明〕季本：〈春秋私考序〉，《春秋私考》，（上海：上海古籍出版社，1995-2002年《續修四庫全
　　書》第134冊），卷首，頁4b。

8　如明代湛若水就主張孔子僅將舊魯史刪去不甚合宜的部份，而沒有增添一字。其言：「謂魯史中有
　　關於是非者，仲尼則筆之於冊，今《春秋》是也；無甚關於是非者，仲尼則削之而不存于冊。然其
　　所筆，皆魯史舊文，仲尼未嘗改其文，但取其義耳，所謂『無加損』者，不加損魯史之文也。其餘
　　則削去而不筆之於書者多矣。」見〔明〕湛若水：《春秋正傳〉辯疑》，《春秋正傳》（臺北：臺灣
　　商務印書館，1983年影印文淵閣《四庫全書》第167冊），37卷末，頁2a-b。

各國史書並全新創作一書都有儒者主張。季本對於「孔子作《春秋》」的看法是：在孔子之前，魯國並沒有以「春秋」為名的史書，《春秋》是孔子周遊列國時所收集各國相關史料，加上孔子所賦予的大義而成，所以季本反對《左傳》中有關「孔子修《春秋》」的說法。季本認為《春秋》是由孔子綜合各種的史籍而成的一本全新著作，不僅僅是由簡單削刪舊魯史而成。他說：

> 《春秋》之書其名起於立編年之法，自古無有，實孔子之所作也。《左氏》不知此義，乃曰：「非聖人誰能脩之？」是以《春秋》為魯史舊名也，故其載韓宣子適魯，見《易》象與魯《春秋》曰：「周禮盡在魯矣。」夫魯秉周禮，周公之舊典禮經也。當周公時，王迹未熄、《詩》未亡，《春秋》未嘗作也。孟子私淑孔門之教，未訛聖學之傳，其論《春秋》，全無一語謂其為脩者，特以其書嘗有「其事則齊桓、晉文，其文則史」之言，而左氏剽竊得之，因遂誇張其說。殊不知《春秋》中之文，不盡載於國史，猶《春秋》中之事，不盡統於齊桓、晉文也。孟子之意蓋曰：其事則桓、文之所能為，其文則史官之所能撰。然霸者之事功，不足以語帝王之學；詞人之記載，不足以語性命之文。《春秋》之義，彼豈能知哉！惟晉之《乘》、楚之《檮杌》，所以別善惡、明勸戒者，乃成於賢哲之手，而魯之《春秋》，義與之一，信乎非他人所能與也。故孔子曰：「其義則丘竊取之矣。」不然，則列國悉皆有史，而何為獨舉晉《乘》、楚《檮杌》以例《春秋》哉！故《春秋》者，孔子之所作也。[9]

季本提出一個很獨特的說法：自古以來並沒有以「春秋」命名的史書，孔子是史上第一位將之用為書名的人，並沒有所謂的魯《春秋》或「不修春秋」，《春秋》也自然是孔子全新的創作而非刪削舊史而成。因為孟子言：

> 王者之迹熄而《詩》亡，《詩》亡然後《春秋》作。晉之《乘》，楚之《檮杌》，魯之《春秋》，一也。其事則齊桓、晉文，其文則史。孔子曰：「其義則丘竊取之矣。」[10]

季本認為「當周公時，王迹未熄、《詩》未亡，《春秋》未嘗作也」，所以孟子也才會說「《詩》亡然後《春秋》作」。這一來說明《春秋》產生的時間，二來也說明了其為孔子

9　季本：〈春秋私考序〉，卷首，頁4b-5b。

10　〔清〕焦循撰，沈文倬點校：《孟子正義》（臺北：文津出版社，1988年），下冊，卷16，頁572-574。趙岐前言「魯《春秋》」為「三大國史記」之一，後又言「孔子自謂竊取之」，似兼指魯國史記與孔子所作的《春秋》。而焦循則認為此專指孔子所著的《春秋》，而非泛指一般魯國的史書。但焦循同時也引孔穎達之說，言有魯《春秋外傳》外，「每國有史記，當同名『春秋』」等說，又引《墨子》「吾見百國《春秋》」之說以為補充（頁574-576）。

所「作」而非由舊書修訂而成。季本當然知道這個主張與歷來的說法不同，因為依照《左傳》、《公羊》、《墨子》等典籍的記載，在孔子之前，不僅魯國確實有以「春秋」命名的史籍，甚至有「百國《春秋》」。如《左傳》在昭公二年中即言：

> 春，晉侯使韓宣子來聘，且告為政，而來見，禮也。觀書於大史氏，見《易象》與魯《春秋》。曰：「周禮盡在魯矣，吾乃今知周公之德，與周之所以王也。」[11]

明言在孔子之前即有「魯《春秋》」一書。但季本認為這是《左傳》錯誤的敷衍孟子之說而成，並指《左傳》是「詞人之記載」，並不能確知《春秋》之義。季本認為孟子之所以將《春秋》與《乘》、《檮杌》並舉，就是因為這三本書都是「成於賢哲之手」，與其他的史書有所不同。

季本將「春秋」之名獨歸於孔子所創的主張確實獨特，但究實而論，季本雖主張在孔子之前無以「春秋」為名的史書，但他仍接受孔子所作的《春秋》是參考了各國的史書而成。也就是說，《春秋》仍非憑空而生，而是有所資藉的。若是如此，季本這個主張與傳統之說的實質差別並不太大。但季本此說大約是基於兩個目的：一是更為強調《春秋》的原創性，這同時可以凸顯孔子在文化史上的地位，也可以將《春秋》的內容與其他史書有明顯的區分。第二個更重要的目的在於否定《左傳》在記事上的權威。因《春秋》中對相關史事內容的記載極為簡少，所以要了解史事的前因後果，《左傳》即成為最重要的憑藉。由此，《左傳》對解釋《春秋》即顯得十分重要，如漢代的桓譚即說：

> 《左氏傳》遭戰國寢藏。後百餘年，魯人穀梁赤作《春秋》，殘略多有遺文。又有齊人公羊高，緣經文作傳，彌失本事矣。《左氏傳》於經，猶衣之表裏，相持而成。經而無傳，使聖人閉門思之，十年不能知也。[12]

可見在漢代時，《左傳》對解釋《春秋》的重要性即不斷上升，唐代孔穎達編定《五經正義》時即捨《公羊》、《穀梁》而取《左傳》，由此可見《左傳》的地位之重要。雖唐韓愈說盧仝為：「《春秋三傳》束高閣，獨抱遺經究終始。」但在現實上，並沒有任何一家說解《春秋》者，可以完全將《左傳》束諸高閣而不顧。就連盧仝說《春秋》也是大

11　楊伯峻：《春秋左傳注》（北京：中華書局，2000年），頁1226-1227。事實上《公羊傳》也有另一條記錄提及「不修春秋」，其對莊公七年「夏四月，辛卯，夜，恒星不見。夜中，星霣如雨」的說解為：「恒星者何？列星也。列星不見，則何以知夜之中？星反也。如雨者何？如雨者，非雨也。非雨則曷為謂之如雨？不脩《春秋》曰：『雨星不及地，尺而復。』君子修之曰：『星霣如雨。』何以書？記異也。」見〔漢〕何休解詁，〔唐〕徐彥疏：《春秋公羊傳注疏》（北京：北京大學出版社，2000年），卷6，頁153-154。但季本並沒有針對這《公羊傳》這一記錄做出相應的解釋。

12　〔漢〕桓譚撰，朱謙之校輯：〈正經篇〉，《新輯本桓譚新論》（北京：中華書局，2009年），卷9，頁39。

量參考《三傳》舊說之後，再做出選擇[13]。正因《左傳》中資料豐富，所以歷來說《春秋》者也多引《左傳》為據。但季本在根本上即質疑這樣的作法，他非但認為《左傳》對孔子與《春秋》關係的說法是錯的，他更進一步認為：

> 自《左氏》誤以為脩，而凡雜記傳聞之事，於經不合者，不得不強為之解矣。又其語多繁蕪而識尤淺陋，大不類孔門家法，而謂左丘明受經於仲尼，豈不謬哉！[14]

季本因對《左傳》的內容不滿，所以否定左丘明曾受《春秋》經於孔子，而且他還推定《左傳》很可能是出於漢代張蒼，而非春秋時的左丘明之手，他說：

> 漢初有《公羊》、《穀梁》之傳，《左氏傳》尚未出也……史稱《左氏》，漢初出於張蒼之家，本無傳者。蓋蒼自秦時為柱下史，明習天下圖書記籍，又善筭律曆而仕漢，為淮南王長相者十四年，得非蒼乘公暇，自與其徒摭拾所聞而著為此傳耶？……然則《左氏》，楚產也，非魯君子左丘明也。《三傳》源流，其近如此，而《左氏》尤獨後焉。顧欲執傳以議經，移經以就傳，奚可哉！[15]

季本認為從《三傳》的傳承來看，《左傳》在漢初方才有張蒼傳授此書[16]，起源較《公羊》、《穀梁》為晚。所以他主張《左傳》可能是張蒼及其門徒摭拾當時可見的典籍而成，並非出自先秦。季本對《左傳》源於楚地及後出的主張並非獨創[17]，但他想透過《左傳》成書較晚的推定，用以減殺《左傳》的可信度及解經權威，並批評歷來解釋者多「執傳以議經，移經以就傳」，將《左傳》與《春秋》的重要性重新排定。

季本認為《春秋》經文的內容是孔子精心寫定的，而《左傳》的來源後出，亦尚存可疑之處，其內容亦多蕪雜且見識淺陋，所以不能成為解釋《春秋》的唯一依據。由此，季本主張若經、傳有所不同時，當然應以《春秋》經文為準，而非以《左傳》為

13　胡楚生：〈盧仝《春秋摘微》析評〉，《經學研究論集》（臺北：臺灣學生書局，2002年），頁349-369。

14　季本：〈春秋私考序〉，卷首，頁5b。

15　同前註，卷首，頁5b-7a。

16　孔穎達言：「據劉向《別錄》云：『左丘明授曾申，申授吳起，起授其子期，期授楚人鐸椒。鐸椒作《抄撮》八卷，授虞卿；虞卿作《抄撮》九卷，授荀卿；荀卿授張蒼。』此經既遭焚書而亦廢滅。」季本此說應是依孔穎達之說改造而成，因張蒼為《左傳》遭秦火之後而能流傳下來的關鍵人物。見〔周〕左丘明傳，〔晉〕杜預注，〔唐〕孔穎達正義：《春秋左傳正義》（北京：北京大學出版社，2000年），頁2。

17　季本自言此說的來源：「觀其立言已雜秦制，如臘者，秦之祭名也；酺者，秦之飲名也；庶長者，秦之官名也。而《左氏》語皆及之，類非戰國以前文字也。淮南地自戰國時入於楚，蒼之門客必多楚士，彼蓋習聞楚有左史倚相，能讀《三墳》、《五典》、《八索》、《九丘》之書，因謂能傳其學而遂以傳名『左氏』耳。黃震說《春秋》，謂左史楚人，而《左傳》多楚人之言。朱子亦嘗言『《左氏》乃楚左史倚相之後，故載楚事極詳。』又言：『《左傳》是後來人做。』其知此歟！」見季本：〈春秋私考序〉，卷首，頁6b-7a。

據。事實上，季本不只批評《左傳》之說不可信，他同時也認為《公羊》、《穀梁》多「穿鑿附會」之處：

> 《公》、《穀》之說，比之《左氏》，雖稍依經，然穿鑿附會不為少矣。蓋孔子沒
> 而微言絕，七十子喪而大義乖。戰國書生，欲干世主，競為異論，以飾己奸，而
> 腐儒傳習，遂信為真。……故學之失，自戰國始。《穀梁》之學，一傳為荀況，
> 而《公羊》與《穀梁》同師，則二子者，皆戰國時人也，其說安得不畔經哉！而
> 謂二子受經於子夏，則亦謬矣。[18]

季本認為《三傳》均非傳自孔子，所以異說紛雜，而俗儒卻輕信《三傳》之說，這不但無法正確理解《春秋》，甚至會成為一大障礙。所以他對於唐代的啖助、趙匡所開創出跨越《三傳》藩籬而藉由書例來解經的方法十分推崇，認為這才是詮解《春秋》的正途。季本言：

> 惟唐啖叔佐、趙伯循獨能據經考例，大破《三傳》之疑。……夫聖人作經，本以
> 明是非之心。其所刪削，莫重於文奸惑世之言，乃摭異聞以為遺事，惟誇該傳，
> 不論是非，此傳之所以畔經也。而舊習相沿，卒莫能挽，邪說惑人，可謂深矣，
> 不亦重可懼乎！予考斯義，亦豈好紛紛哉！不過以經正傳，發孔子明王道之本意
> 耳。[19]

季本贊同啖助《春秋》學有兩點理由：一是不盡信《三傳》之說，二則是「據經考例」的方法學[20]，這兩點彼此相互關連。季本認為若太過於依傍記事不確的傳文（尤其是《左傳》），很容易偏離了經義，所以正本之道在於「以經正傳」方是正途。季本認為孔子作經之時，《三傳》未出，因而經文實不必需要透過《三傳》來了解，他說：

> 《春秋經》文義皆具足，不待傳而明也，但考黨與之離合、趨向之正邪、地理之
> 遠邇、年月之久近、事情之終始、典故之有無，則思過半矣！[21]

---

18 季本：〈春秋私考序〉，卷首，頁5b-6a。

19 同前註，卷首，頁7a-b。

20 特別要聲明的是：「據經考例」的方法在漢代以下的許多《春秋》學家即有使用這類方式解經，並
非是啖助等人所特有，如杜預即有《春秋釋例》一書。但正如葛煥禮言：啖助、陸淳「其申說義例
不僅兼採三傳……其例說已非專門家言」。啖助等人是將此方法由一家之例變成兼採《三傳》之
說。而且啖助等人在使用這種方法時，在方法學上更有一特殊的意義：此不僅用於解經，同時更是
檢驗三傳之說是否正確的客觀標準。說見拙著：《孫覺《春秋經解》解經方法探究》（臺北：花木蘭
文化出版社，2008年），頁77、84。葛煥禮：《尊經重義——唐代中葉至北宋末年的新《春秋》學》
（濟南：山東大學出版社，2011年），頁113。

21 季本：《說理會編》（臺南：莊嚴文化事業公司，1995年《四庫全書存目叢書・子部》第9冊），卷
10，頁34。

季本主張《三傳》對解經而言，不是必要的，只要仔細閱讀《春秋》經文，即能知聖人之意。以下分別就季本所提出「書例」、「不書」及「人情事故」三種解經方法，依次說明其理路及論點。

三　《春秋》中的「書例」

　　季本在解經方法上，大致贊同啖助等人的看法，認為《春秋》中本即有「書例」[22]，所以透過歸納、對比，即可知聖人之意。如其對《春秋》莊公二十七年「秋，公子友如陳葬原仲」及閔西元年「季子來歸」兩則，分別書記為「公子友」及「季子」的說法是：

> 葬原仲，公子友之私事，而請於君以行也……時慶父專掌國政，與公子牙比周，友必有所不合，故託以葬原仲而適陳也……蓋自是，遂棄官而不歸矣。書此所以為季子來歸張本耳。[23]

以及：

> 季子不稱名，蓋閔公以師禮事之，所謂待之以不臣也……季子本以賢德避居於陳，今欣然歸慰國人之望……《公》、《穀》皆曰：來歸，喜之也。得其意矣。[24]

公子友之所以私自至陳參加原仲的葬禮，是因為要躲避魯國公子慶父與公子牙的勢力，雖名為與葬，但實為出奔，所以稱之為「公子友」。而在閔公二年稱為「季子」，則是因為其歸魯是眾人所望。季本對這兩則的解釋，分別參考了《三傳》的說法，但又有所不同。如楊伯峻即指出：「《春秋經》於人多書名，蔡季、季子，季均為行次或字，故有褒意。」[25]此是季本與《三傳》之說相似處。但季本對於《春秋》中「先公之子」的稱

---

22 《春秋》學中常見的「義例」一詞常有不同的指涉，它可以同於「書法」的概念，廣泛的指稱《春秋》的所有書記方式，如張高評即將「書法」分為兩類，一是「側重思想內容」，一是「側重修辭文法」。在此節中筆者所謂的「書例」採較狹義的定義，主要指的是《春秋》學中對於類似事件有類似的書記方式，某些解經者也相信可由此解讀出《春秋》大義。有時學者會也用「義例」一詞來代表這個意思。相關論述見張高評：〈黃澤論《春秋》書法──《春秋師說》初探〉，《春秋書法與左傳學史》（臺北：五南圖書出版股份有限公司，2002年），頁155。趙友林：《《春秋》三傳書法義例研究》（北京：人民出版社，2010年），頁17-19。

23 季本：《春秋私考》，卷9，頁8a-b。

24 同前註，卷10，頁2b。

25 季本解「公子友」之說是承《公羊傳》而來，《公羊傳》言季友是「辟內難」。但《公羊傳》的著重點在「大夫不書葬」，而非書「公子友」。而《公羊傳》與《穀梁傳》都以稱「季子」為「賢之」或「貴之」。三傳並言「來歸」是「嘉之」及「喜之」。分見：何休解詁，徐彥疏：《春秋公羊傳注疏》，卷8，頁203-204、卷9，頁223。〔晉〕范寧集解，〔唐〕楊士勛疏：《春秋穀梁傳注疏》（北京：北京大學出版社，1999年），卷6，頁120、楊伯峻：《春秋左傳注》，頁257。

謂,更有一細密的區分:

> 先公之子,不論諸父兄弟,凡為卿者,皆稱公子……其為大夫,預國政而未列於
> 卿者,與微者不同,則稱名……雖未有職位,而以親故,食大夫之祿者,與預政
> 同……志於祿而欲歸得國者,則亦稱名……其賢而不仕,不肯受祿者,則稱
> 字……稱名者,以臣禮詳之也。若季友始稱「公子友如陳葬原仲」,而後書「季
> 子來歸」,則以其如陳葬原仲之時,已棄官去,而來歸之日以賢召之,亦待之不
> 以臣也。[26]

季本區分《春秋》中稱公子、稱名與稱字三種不同情況,認為閔公元年之所以不稱其
「公子友」而稱「季子」,確實是如《三傳》所言的「嘉之」。但他認為之所以褒揚季
友,則是因其「賢而不仕,不肯受祿」,主張季友回魯之後,因不願在朝為官,所以在
此不稱其為「公子」,而稱其「季子」,用以嘉顯其人[27]。季本對桓公十七年「秋八月,
蔡季自陳歸于蔡」的解釋,也與之相類,其言:

> 蔡季,桓侯之弟、獻舞之兄也。季,字也。自陳者,因其力也。歸,易辭。桓侯
> 無子,季次當立,桓侯欲立獻舞而疾季,季避之陳,則季乃諸侯之兄,當如魯叔
> 肸書公弟之例,而書蔡侯之兄季矣。今不書兄,則以獻舞未成為君。桓公既卒,
> 國人召季,必以立君未定而亂或乘之,故季因陳力以歸。則本欲靖國,而意不在
> 於爭立也。季之歸,國人所欲,故無難焉。既歸而舞獻立矣,故遂不爭,而終身
> 不仕,待之以不臣,所以稱字也。[28]

蔡桓侯死後,蔡哀侯即位。對於此事,杜預與何休的說法不同,杜預依《左傳》的相關
記錄說:

> 桓侯無子,故召季而立之。季內得國人之望,外有諸侯之助,故書字,以善得
> 眾。稱歸,以明外納。[29]

認為蔡季是蔡桓侯之弟,因桓侯無子,所以在國內外的期盼與幫助下,回蔡即位,是為
蔡哀侯獻舞[30]。但何休則認為:

> 稱字者,蔡侯封人無子,季次當立,封人欲立獻舞而疾害季,季辟之陳。封人

---

26 季本:《春秋私考》,卷29,頁20b-21a。
27 也因季本主張季友回魯後即未在魯國任官,所以他認為孫復、胡安國及朱熹對季本的指責「太
　過」。分見前註,卷10,頁2b、頁6a。
28 同前註,卷5,頁30a。
29 左丘明傳,杜預注,孔穎達正義:《春秋左傳正義》,卷7,頁241。
30 楊伯峻即依《史記》言:「蔡季者,哀侯獻舞也。」見楊伯峻:《春秋左傳注》,頁149。

死，歸反奔喪，思慕三年，卒無怨心，故賢而字之……不稱弟者，見季不受父兄
之尊，起宜為天子大夫。天子大夫，不得與諸侯親通，故魯季子、紀季皆去其
氏，唯卒以恩錄親。[31]

何休主張蔡哀侯獻舞與蔡季不是同一人，蔡桓侯封人不想立蔡季，所以才使其出奔至陳
國。哀侯死後，蔡季返回蔡國，但沒有怨心，所以《春秋》書字而賢之。季本之說無疑
是承繼何休之說而來，但他對稱字的理由加了「終身不仕，待之以不臣」的說法，則是
在何休之說外，另行增加的解經之意。

　　由以上的例子可知季本解釋《春秋》時，強調是透過歸納相類經文，並得出他認為
的使用規則，如公子書「字」即表示「賢而不仕」，然後再以之說解相關史事，如主張
獻舞與蔡季為兩人、季友歸魯而不仕。季本以「例」來解釋《春秋》的方式，自然是承
續《三傳》及啖助等人，也可以說是宋明《春秋》學者慣用的方法。但是季本將這種解
釋方法，更進一步發展，成為用以批駁《左傳》相關紀錄的重要理據。

　　季本批評《左傳》記事不確，其最直接使用的理據即是指出《左傳》所述之事與
《春秋》慣常用語不一致，如隱公十一年《春秋》記「秋，七月，壬午，公及齊侯、鄭
伯入許。」季本即說：

入許，非滅、非取、非降也，但造其國都而已。兵入而君臣出避於外，則或有
之，兵退則必反矣。《左傳》所敘許莊公奔衛以下，其事似滅、似取、似降，皆
與經文不合。凡此類烏足盡信哉！[32]

《左傳》在此年中記魯、齊、鄭三國共同伐許，鄭國穎考叔英勇登城而被子都暗算、齊
僖公責備許莊公不恭於國事。許莊公因而出奔至衛，於是鄭莊公指派許國大夫百里奉許
莊公之弟許叔為君，同時又令公孫獲加以監管[33]。但季本認為《春秋》用「入」字的意
義有二：一是兵進入其城，二則是經過一番戰鬥[34]。若是如此，即只表示三國攻入許國
國都，許公短暫出亡。在兵退之後，許莊公旋即回國，情況應不如《左傳》所說的複
雜，否則《春秋》應當用其他字來書記此事，而不會使用「入」字。又如閔公二年經文
記：「十有二月，狄入衛。」季本言：

左氏曰：狄伐衛，懿公及狄戰，衛師敗績，遂滅衛。今按經文止曰「狄入衛」，
則直入其國都耳。若果伐而後戰，戰而後入，則書法亦應有別，不得概以入書
也。況衛實未滅，而何得謂之滅乎？然觀許穆夫人〈載馳〉之詩，言歸唁至漕，

---

31 何休解詁，徐彥疏：《春秋公羊傳注疏》，卷5，頁127。
32 季本：《春秋私考》，卷3，頁21a。
33 楊伯峻：《春秋左傳注》，頁73-76。
34 季本言：「凡言入者，皆入其城也。入者，難辭。」見季本：《春秋私考》，卷3，頁7a-b。

則當時衛侯亦嘗暫出避狄，久不得歸也。……而衛侯尚處漕邑，則以殘破之餘，城郭室廬未能完繕故耳。……先儒所謂衛為狄滅，桓公封之者，誤矣！[35]

依《左傳》所記，閔公二年十二月狄人侵衛，衛懿公因好鶴而致使國人不願效力，雖有渠孔、子伯、黃夷等人力戰，但最後「衛師敗績，遂滅衛」。此次衛國損失慘重，其退至黃河時僅有「衛之遺民男女七百有三十人」。幸好有宋桓公接濟戴公等人，而後齊桓公也派公子無虧前來幫助，衛才能勉強立足[36]。而季本批評《左傳》之說不正確，其最主要的理由在於《春秋》只有直截的記「狄入衛」。若是史實如《左傳》所記的那麼嚴重，那麼《春秋》應該會用別的語詞來記載此事，而不應如一般慣例只使用「入」字[37]。由此我們可以發現季本有一個基本的原則：若《春秋》記事使用相同的字詞，那麼這些事情的狀況即應相似。若《左傳》所記述的內容，不符合這個原則，那麼一定是《左傳》的相關記載有誤。

季本在使用以例解《春秋》這種方式時，有時會兼合兩書例，做出較為複雜的推論，如其在桓公十五年對經文「許叔入于許」的解釋為：

> 許叔，許莊公之弟也。叔，字也。凡諸侯之兄弟，志於祿而欲歸國者則稱名，不受祿而以不臣之禮待之者，則稱字……許叔之入，不知其何自。杜元凱以為隱十一年，鄭使許大夫奉許叔居許東偏。鄭莊公既卒，乃入居位，是以許叔為自許東偏而入也。如此則復社稷以順人心，不可以難辭書矣。如使許叔志於入立，為人所拒，雖得國以正，亦宜與小白入齊同辭，豈得待以不臣之禮哉？觀許叔之稱字，則知其非欲得國也。意者是時許莊公方卒，國有權臣，嗣子未定，故許叔排難而入，以定新臣之位，是為穆公。穆公既立，許叔終身不仕矣。其入雖難，而其志則與蔡季同。此其所以為賢而稱字也。先儒乃謂許叔即為新臣，得無誤歟！夫許莊公之卒，以魯不往弔而經不書，故其事遂無可考。許叔入許之由，亦止可因經文而斷耳。盡信傳聞之說，何可通乎！大抵《左傳》敘鄭伯入許之事，多過其實，而後儒移經就傳，則於許叔之入，不得不強為之說矣！[38]

依《左傳》的紀敘，此事上接隱公十一年「公及齊侯、鄭伯入許。」鄭莊公在當時雖立許叔，但指派公孫獲監視許，並告戒他：「我死，乃亟去之。」鄭莊公卒於魯桓公十一年，而後太子忽、公子突爭立，於是許叔（即新臣、許穆公）趁機由許的東偏入於許

---

35 同前註，卷10，頁6b-7a。

36 《左傳》相關記載，見楊伯峻：《春秋左傳注》，頁265-268。

37 季本在此則中不只質疑《左傳》的記載，他也認為：「是年懿公敗不知所終，《史記》以為狄殺，則有關於天下之故，於法當特書矣，而經不錄，必自卒，而非殺也。」認為《史記》記衛懿公為狄所殺是錯的。見季本：《春秋私考》，卷10，頁7b。

38 同前註，卷5，頁21b-22b。

都，將鄭國的勢力逐出許國。但季本則主張要正確了解《春秋》此事實情，必須兼顧兩條書例：一是「入」字，二是許叔的「叔」字。季本主張「叔」為字，這表示《春秋》褒揚許叔不受祿位。若許叔已為君主，則應如莊公九年「齊小白入于齊」般書記齊桓公之「名」小白，而非書記為「許叔」。而「入」則是「難辭」，若真如《左傳》所記，那麼許叔原即在許東偏，現今順勢入許，應是「復社稷以順人心」，怎會以「難辭」的「入」字來書記？於是季本認為，既要滿足《春秋》書「字」又書「入」之例的情況，應該是：許莊公原來並沒有奔衛，他在三國退兵後，即回到許國。許莊公卒，許國太子為新臣（即許穆公），理應即位，但受制於權臣，所以許叔排除困難回許（所以書「入」），協助其姪新臣即位。穆公立後，許叔即「終身不仕」，所以孔子書其字「以為賢」。在這個例子中，季本將許叔與新臣解為兩人，並明確批評《左傳》的記錄「多過其實」，所以不足為信，而一般儒者則犯了「移經就傳」的解經缺失，所以並不能真正了解《春秋》大義。

在《春秋私考》中，季本不僅用《春秋》的「書例」來「考訂」《左傳》史事的失誤，他還進一步運用《春秋》中的「不書」來批評《左傳》所記不實。

四　從「不書」到默證

《春秋》經文簡短，所以《左傳》很早就提出了《春秋》中有「不告不書」書法[39]，用以說明《春秋》的內容與《左傳》相較，何以如此簡少。而季本則認為《左傳》此說不可信，他在文公十四年經文「春，王正月」的注解中，對於《春秋》的書與不書有一總綱式的說法：

> 「凡諸侯有命，告則書，不然則否。師出臧否，亦如之。雖及滅國，滅不告敗，勝不告克，不書于策。」此《左氏》之傳例也。夫諸侯之事多矣，惟水火兵喪有相弔恤之義，故必遣使赴聞，其或不赴，必有故者也。如弒君之惡、辱國之名，人誰肯自播揚哉！然《春秋》不以不赴而不書，蓋使命之往來、鄰封之傳報，亦必有得於所聞者，但以非義所繫，則略而不書者有矣。若有關於大故，雖史官或為所蔽，《春秋》必求其實以明大義，豈遂因循以罔後世哉！故紀人伐夷，或止以疆場小事，不足告人，則信然矣。若鄭伯以虢師伐宋，則所繫不小，雖不來告，安得不書乎？況天王之崩，事莫有大於此者，亦因不告而不書，則《春秋》

---

[39] 《左傳》在隱公元年記：「八月，紀人伐夷。夷不告，故不書。」即有不告不書之說。在隱公十一年又有：「凡諸侯有命，告則書，不然則否。」原則性的說法。而《公羊》家則在桓公四年言：「常事不書，此何以書？譏。」《穀梁》在莊公十一年言：「外災不書」等說，用以說明《春秋》內容簡少的現象。分見：楊伯峻：《春秋左傳注》，頁17、78。何休解詁，徐彥疏：《春秋公羊傳注疏》，卷4，頁93；范寧集解，楊士勛疏：《春秋穀梁傳注疏》，卷5，頁90。

之作，全據舊文而不敢增一實事於其間也，如此不惟義有不明，而文亦不屬。君
子博學於文，以文會友，其於天下之故，一何闊略之甚邪！[40]

《左傳》認為《春秋》依舊魯史修成，既然是魯國之史，其對於外事的資料來源，多為
各國來告，所以《春秋》自然是「告則書，不然則否」。但季本不認為《春秋》僅承舊
魯史而來，他批評《左傳》之說最大的問題在於：各國怎會將自身的醜事赴告他國？而
孔子又怎會只拘於舊魯史而不「求其實以明大義」？季本主張《春秋》為孔子收集各國
史料而成，孔子雖然不會將所有事都書記於《春秋》中[41]，但對於各國的「大故」、周
天子之崩等大事，自然會盡力蒐羅，以求完備，更沒有理由不加以書記。由此，季本進
一步主張：《左傳》所記的各國大事，若《春秋》中沒有相應的記載，那麼應該是《左
傳》所「誤記」，並不足為信。如隱公十一年鄭敗宋之事，僅見於《左傳》而不見於
《春秋》[42]，季本認為：

> 是歲《左傳》載：冬十月，鄭伯以虢師伐宋，大敗宋師。宋不告命，故不書。
> 按：此事之大者，無不告不書之理。[43]

宋國戰敗雖是外事，但為當時國際間的大事，孔子斷無知而不書的道理，所以他反推
《春秋》之所以不記是因此事並沒有實際發生，而為《左傳》所誤記。

在《春秋私考》中，常常可見季本用這種方式來論斷《左傳》之誤。這是季本由極
度尊信《春秋》而發展出的一種獨特的判斷方式：凡是《春秋》中沒記載的「大事」，
它便不曾存在。用現代的話來說，即是季本將《春秋》中的記錄用為「默證」的準繩。
所謂的「默證說」及其應用，最早學界為所熟悉的應是張蔭麟所提出。張蔭麟言：

> 凡欲證明某時代無某某歷史觀念，貴能指出其時代中有此與此歷史觀念相反之證
> 據。若因某書或今存某時代之書無某史實之稱述，遂斷定某時代無此觀念，此種
> 方法謂之「默證」（Argument from silence）。[44]

---

40 季本：《春秋私考》，卷18，頁3b-4b。
41 季本在對桓公十七年「秋，八月，蔡季自陳歸于蔡」的說解中，對於《春秋》「非義所繫」的「不
  書」，有原則性的說明：「《春秋》凡書人臣之奔，皆有罪見逐而忿然自棄其君者也，故國遇亂而出
  避難者則不書奔，如齊小白、糾……位未定而出求援者則不書奔，如鄭突、曹赤……君不合而好潔
  身者則不書奔，如蔡季是也。凡此皆非以罪而見逐者也，以其無繫於大義，必待其因事然後見
  耳。」見季本：《春秋私考》，卷5，頁30a-b。
42 《左傳》的原文為：「冬十月，鄭伯以虢師伐宋。王戌，大敗宋師，以報其入鄭也。宋不告命，故
  不書。」見楊伯峻：《春秋左傳注》，頁78。
43 季本：《春秋私考》，卷3，頁21a。
44 張蔭麟：〈評近人對於中國古史之討論〉，收入顧頡剛等編著：《古史辨》（臺北：藍燈文化事業股份
  有限公司，1987年）第2冊，頁271-272。

本來「默證」的運用方式是指一事若在相關史籍中均沒有記載，於是即推斷其並不存在。但在季本的心中，他認為關於春秋時期諸事唯一可信的典籍只有《春秋》，所以凡是《春秋》中沒有記載的，不論是《左傳》的記錄有多明確與詳細，季本均認為其不可盡信。如他在桓公十五年「秋九月，鄭伯突入于櫟」的注解中說：

> 按：厲公雖不得復國，然忽實未嘗為君也。凡經稱鄭伯，皆謂厲公耳。而《左氏》於忽稱昭公，又於十七年載高渠彌弒昭公而立子亹，十八年載齊人殺子亹而立子儀，莊十四年載傅瑕殺子儀而納厲公等事，是以鄭之國內更立三君，而厲公則始終為君也，但其初不得復國耳。……且人臣弒君，鄰邦討罪，皆事之大者，而有關於天下之故，《春秋》豈得不書？然則高渠彌之弒忽、齊人之殺亹、傅瑕之殺儀，於經無據，何足信哉！意者亹、儀皆忽諸弟，均為祭仲所挾以制厲公，而實不以為君也。史失其傳，乃以列於為君，世次不亦誤歟！[45]

依照《左傳》的記載：魯桓公十一年鄭莊公死後，太子忽即位為鄭昭公。但鄭公子突為宋國雍氏女與鄭莊公所生，所以宋莊公誘使鄭國權臣祭仲至宋而囚禁他，威脅祭仲要立公子突為鄭國國君，祭仲也答應了。於是鄭昭公出奔，而公子突即位而為鄭厲公。厲公後來覺得祭仲專權，所以買通了祭仲女婿雍糾，想去刺殺他。可惜此事被祭仲所知，厲公也只好出奔至蔡國，祭仲又迎回鄭昭公。昭公復位後，鄭國高渠彌之前與昭公有隙，深怕昭公報復，於是弒昭公而立其弟公子亹。桓公十八年，齊襄公與公子亹會於首止，齊襄公就把公子亹及高渠彌殺掉。祭仲又另迎昭公之弟子儀為鄭君。莊公三年，魯莊公與子儀在滑會面。莊公十四年，鄭厲公起兵攻打鄭國，並俘虜了傅瑕，傅瑕為了活命，願協助厲公返回鄭國。於是傅瑕就殺了子儀，而厲公也回到鄭國為君[46]。《左傳》關於鄭莊公死後諸子爭立之事，記載十分詳盡，歷來也少有儒者懷疑此事的真偽[47]。但季本認為若鄭國的昭公、公子亹及子儀三位君主分別被臣下及齊襄公所殺，這不但是國際間的大事，而且十分符合孟子認為孔子因憂慮「臣弒其君者」而作《春秋》的說法，若是如此，《春秋》怎會因「不告」而不書？於是季本大膽的論斷：既然《春秋》沒有書記昭公、公子亹及子儀被殺之事，所以《左傳》的這些記載必然都是錯誤的。季本認為「事實」很簡單：祭仲在莊公死後，忽雖為嫡子但因「柔懦昏庸」，所以祭仲本來即想「制其權」。此時剛好宋莊公介入，所以祭仲就順水推舟，迫使忽出奔。忽在莊公死

---

45 季本：《春秋私考》，卷5，頁24a-b。

46 關於《春秋》與《左傳》對這段史事的記錄分見楊伯峻：《春秋左傳注》，頁132、143、150、153、163、196。在這期間《春秋》經對於鄭君僅有兩筆記錄，分別是：莊公四年，記「齊侯、陳侯、鄭伯遇于垂」及莊公十四年記：「冬，單伯會齊侯、宋公、衛侯、鄭伯，于鄄」。

47 如《左傳》此段記載也直接影響了對《詩經》中〈狡童〉、〈褰裳〉等詩的解釋。詳見邵炳軍：《春秋文學繫年輯證》（北京：高等教育出版社，2013年），頁291-296。

後，並未立即成為鄭君，甚至也沒被立為太子[48]。之後如莊公十二年「丙戌，公會鄭伯盟于武父」，以至於莊公十四年左右，其間的「鄭伯」都是指突，但實際掌握鄭國大權則為祭仲[49]，而《左傳》中的「高渠彌之弒忽、齊人之殺亹、傅瑕之殺儀」等事，在歷史中並不存在，因為《春秋》中並沒有相關線索。

季本以孔子對於他國大事不可能不知，更不可能在《春秋》無記為由，用以斷定《左傳》中所載的「大事」的可信度，這個原則更適用於對魯國之事的判定。季本對桓公十八年「夏，四月，丙子，公薨於于齊。丁酉，公之喪至自齊」經文的解釋是：

> 桓公之薨，非有故也。《左氏傳》曰：齊侯使公子彭生乘公，公薨于車。當時遂以為彭生弒，故載齊人殺彭生之說。然魯公弒而薨者恒不地，以見其弒；未踰年者不日，以見其弒。今曰：「丙子，公薨于齊。丁酉，公之喪至自齊。」別無微辭以示隱諱，則未有以見其為弒也。況齊人殺彭生之事，乃魯人之所欲言者，自可直書，何為而併沒其實乎？故桓公之薨，非彭生弒也，乃自薨耳。[50]

依《左傳》所記：魯桓公與齊襄公在濼相會，桓公妻文姜因與其兄齊襄公通奸而被桓公所責備。文姜將此事告訴襄公後，襄公即派公子彭生與桓公同車，於是桓公薨於車中。事後魯人要求追查凶手，襄公便殺了彭生抵罪[51]。但季本以為《春秋》經文對桓公之薨的書例既沒有「不地」，也沒有「不日」，在書例上完全沒有特殊之處[52]。季本於是主張桓公之死並非如《左傳》所言，是被齊襄公所殺，而是自然死亡。只是在魯桓公薨的同時，公子彭生剛巧被齊襄公所殺，所以《左傳》等書才有桓公是被公子彭生所弒的不實傳說。由此，我們可以看到季本透過極端使用「默證」的方式來「考訂」《左傳》之

---

48 桓公十一年的經文記為「鄭忽出奔衛。」季本說：「凡未踰年之君，例皆稱子，而忽不以子稱者，蓋權臣專制，未嘗立以為君也。稱名者，未君之恒辭也。然而不稱世子者，忽實未嘗立為世子也……觀《春秋》於忽書名之意，則一柔懦人耳，人心不齒也。《左傳》載忽為質於周而陳請娶，有功於齊，而齊請婚之說，何足信哉！○忽未嘗立，不知何以沒有昭公之謚。」是基於書例而有此說。分見季本：《春秋私考》，卷5，頁6b-7a。

49 季本認為桓公十五年「五月，鄭伯突出奔蔡」及「鄭世子忽復歸于鄭」都在在證明「祭仲實制其權」、忽「稱名則本未立為世子也。歸而復稱世子者，蓋為祭仲所立，以制屬公也。然而稱世子不即君之……則籠絡屬公之計耳，實不欲奉忽以為君也」。季本認為莊公四年齊、陳、鄭「遇于垂」，是屬公入櫟之後，「不預諸侯之事者七年」，而「又復十年，至莊十四年，祭仲已死，群孽盡亡，屬公乃乘齊桓始霸而大會諸侯于鄄焉」。分見同前註，卷5，頁19b、頁21a-b、卷6，頁13a-b。

50 同前註，卷5，頁32b-33a。

51 此事不止《左傳》有載，《公羊傳》也有類似且更詳細的記載。而《左傳》又在莊公八年，記齊襄公在姑棼田臘時，遇大豕，從者竟說豕為公子彭生所化，襄公在驚怒中墜車受傷。分見楊伯峻：《春秋左傳注》，頁152、175。何休解詁，徐彥疏：《春秋公羊傳注疏》，卷3，頁131-132。

52 季本依程伊川主張《春秋》中有一條書法：「薨不書地，弒也。」如《春秋》記隱公之死為：「冬十有一月，壬辰，公薨。」即因隱公為桓公所弒，所以不記地。見季本：《春秋私考》，卷3，頁21b。〔宋〕程顥、程頤著，王孝魚點校：《二程集》（北京：中華書局，2008年），下冊，頁1100。

說：不單是《春秋》沒有書記的大事並不存在，若《春秋》在書記時沒有特別的書法，其必然也沒有特殊的情狀。對於此事，季本除了以書例的「默證」來斷定史事外，他同時也提出了一個情理上的質疑：若桓公真為齊襄公及彭生所殺，就魯國而言，何必隱諱此事？這與外事又有不同，外事或需透過各國的赴告才能知曉實情，而魯史記魯國君主之死，又何必有所隱諱？所以季本除了以書例來質疑《左傳》外，更以輔以人情、事情之常等理由來質疑並推定《左傳》記錄的真偽。

五 事理、情理與理想人格典型的判斷與運用

季本對於《左傳》的許多批評，是建立在他認為《左傳》所述不合一般常理。這又可分為事理、情理及理想人格典型三個層面來說。

所謂的以事理駁《左傳》，指的是季本透過對客觀情狀的了解，認為史實不可能如《左傳》所述，因而對《左傳》的說法存疑。如季本對於僖公十三年「公會齊侯、宋公、陳侯、衛侯、鄭伯、許男、曹伯于鹹」的說解為：

> 《左氏》謂為淮夷病杞之故，則不考之甚矣。夫杞都雍丘，即今開封府杞縣，淮夷在今淮安府東境，淮水之南，北距杞踰千里。苟欲病之，必東越鄭、宋，西越徐、陳諸國之境，然後能至，於勢為難。況當時淮夷未嘗為中國患乎。且於鹹為會，則去杞遠而不切於事情矣。《左氏》之不足信，有如是夫。[53]

《左傳》認為魯國與齊、宋等諸侯會於鹹，是為了討論如何幫助杞國不被淮夷侵擾。季本認為這個說法並不可信，因為：一、淮夷在淮水之南，而杞則在北方，兩者相距千里以上。若淮夷要攻打杞國，則必須跨越好幾個國家，所以淮夷不可能直接攻杞。二、《春秋》並沒有關於淮夷侵擾中國的記錄，則為杞之說不知何據？三、鹹近齊、魯，而杞則在河南開府，兩地相距亦遠[54]。季本認為不論是從地之遠近及淮夷與中國的關係記錄來看，《左傳》的說法，實不足為信。

至於情理指的是：《左傳》所描述的事情違背了一般人在類似情境中會有的反應，這時季本也會據以認定《左傳》之說不可信。如其在僖公十一年，對「春，晉殺其大夫

---

53 季本：《春秋私考》，卷12，頁21b-22a。
54 《左傳》曰：「夏，會于鹹，淮夷病杞故，且謀王室也。」季本所言的三個理由中，其中淮夷僅兩見於《春秋》昭公四年經文。但昭公四年距此時已百年，當時淮夷也不是侵擾中國，反而是楚與諸侯及淮夷共同伐吳。至於此處之鹹為何地，季本認為即文公十一年「狄侵齊」時「叔孫得臣敗狄于鹹」之鹹同一地點，或在今山東鉅野縣南。但高士奇則認為此年之鹹為衛地，文公十一年之鹹為魯地，兩者不同，不可一概而論。程發軔也同意這個看法。分見〔清〕高士奇：《春秋地名考略》（影印文淵閣《四庫全書》第176冊），卷7，頁12a、程發軔：《春秋要領》（臺北：蘭臺書局，1981年），頁346。若是如此，就此點而言，季本之說的說服力即不高。

丕鄭父」言：

> 丕，氏。鄭父，名。即《左傳》所謂丕鄭也。丕鄭者，里克之黨，與里克同納惠
> 公。既殺里克，未有不疑丕鄭者，特以不欲一時併戮，故且外示寬容耳。《左
> 傳》所謂丕鄭告秦以出晉君、納重耳之言，正惠公所加之罪，未必實有是事也。
> 蓋里克之殺在去年之夏，而鄭已如秦矣。果有是言，何待於半年之後而事始發
> 邪？[55]

依《左傳》的記載，晉惠公在僖公十年回晉即位後，隨即以：「子殺二君與一大夫，為
子君者，不亦難乎？」殺了里克，當時里克的同黨丕鄭正好出使秦國，所以沒有被殺。
丕鄭在秦勸穆公幫助重耳回晉為君，並提議將惠公的黨羽呂甥、郤稱、冀芮騙至秦國，
則丕鄭即可以：「臣出晉君，君納重耳。」秦穆公在冬天時，派冷至召呂甥等人到秦，
呂甥等人察覺有異，於是殺了丕鄭與其黨羽。季本認為《左傳》在僖公十年中所記丕鄭
對秦穆公之言並非實事，因為若丕鄭當時真有此言，晉惠公何以在半年後才要殺掉丕
鄭？晉惠公理當在丕鄭回晉後，立即將其殺掉，所以《左傳》的記錄並不符合一般的情
理。於是季本推測：晉惠公在回晉後即殺里克，但為避免政局過於動盪，所以並沒有立
即處理丕鄭。晉惠公在半年後，才著手殺掉丕鄭，而丕鄭與秦穆公的這段對話，則是晉
惠公強加給丕鄭的罪狀，用以合理化晉惠公的作法[56]。在《春秋私考》中尚有許多類似
的論斷，又如在桓公十六年「十有一月，衛侯朔出奔齊」下言：

> 且謂昭伯烝於宣姜，生戴公、文公、宋桓夫人、許穆夫人，則益不通矣！夫昭伯
> 既生二子二女，則其烝宣姜也，非但私通而已，必已明為妻室矣！而又以朔為宣
> 姜子，安有子方為君，而母為庶兄妻子之理乎？姦生之子孕宜不育，諸公族安肯
> 奉以為君？而其同母之女宋桓、許穆又豈肯娶以為夫人乎？此《左氏》之必不足
> 信者也。[57]

依《左傳》所記宣姜為衛昭伯（公子頑）庶母，宣姜原嫁給衛宣公。宣公死後，衛國內
亂，宣姜為齊僖公所迫，嫁給了宣公之子公子頑，並生下五個子女，其中二女後來分別
為成為宋桓公及許穆公的夫人[58]。季本認為從他認為的「人情」來看，根本不可能，因

---

55 季本：《春秋私考》，卷12，頁19a。
56 關於《左傳》對這段事情的記錄，見楊伯峻：《春秋左傳注》，頁332-337。季本在這條中，另言：
　「且臣有貳心，法亦當以罪討，不得以罪狀不明之辭而稱大夫矣。故丕鄭之殺，非其罪也，而假國
　法以治之，故特稱國而不去其大夫，惡晉侯之私也。」則是以「書大夫」的書例，做為「丕鄭之
　殺，非其罪也」的輔助說明。見同前註，卷12，頁19a。
57 季本：《春秋私考》，卷5，頁28a-b。
58 依《左傳》宣姜與昭伯生了「齊子、戴公、文公、宋桓夫人、許穆夫人」五個子女。見楊伯峻：
　《春秋左傳注》，頁266。

為這是公開亂倫，而且亂倫所生的子女，怎可能日後為君、為夫人？這實在不合情理，所以判定《左傳》之說不可信。

　　從《春秋》學史的發展而論，季本以事理及情理來批評《左傳》記事不確的做法，並非獨創，這在啖助等人及之後諸多儒者的著作中，已可見到許多具體的作法及例證[59]。但是季本在《春秋私考》中，將此方法做了另一層次的運用：季本不僅止於推斷一般人的情理，他更假定某些人物「必然」具有獨特的人格特質，若《左傳》所記之事不符合他想像中的特質，季本即論定《左傳》所記為非。也就是說，季本心中有某些人物的「理想典型」，舉凡《左傳》中不符合這個標準的記錄，即不可能是歷史事實。在《春秋私考》中，最常運用這種判定方法的，當首推對齊桓公及管仲兩人的論述。如僖公四年《春秋》記：「春王正月，公會齊侯、宋公、陳侯、衛侯、鄭伯、許男、曹伯，侵蔡。蔡潰。」季本言：

> 齊桓自北杏之後，未嘗與蔡會盟，蓋蔡與楚鄰，為楚所逼，雖欲招徠，必不肯至。故大合諸侯，出其不意而侵掠之，若從天而降者，則蔡人勢必潰散，奔告于楚，而楚人震恐，不知所為。此齊桓素定出奇之計也。豈若《左傳》所載蔡姬乘舟蕩公之誕說哉！[60]

對於齊桓公為何在此年會合諸侯侵蔡，《左傳》在僖公三年末，桓公侵蔡前，有段十分簡短有趣的記載：

> 齊侯與蔡姬乘舟于囿，蕩公，公懼，變色；禁之，不可。公怒，歸之，未之絕也，蔡人嫁之。[61]

除此之外，《左傳》並沒有其他記錄，用以說明為何齊桓公要侵蔡。所以杜預說這段紀錄是：「為明年齊侵蔡傳。」[62]但若依《左傳》的說法，齊、宋等國之所以要攻打蔡國，其原因甚為可笑，竟是由一場泛舟的嬉戲而起。如此一來，齊桓公不但是位心胸甚窄的昏君，其他諸侯也竟糊里糊塗地跟隨著桓公，發動了一場荒謬的戰爭，以及由之而來的伐楚之役。在這樣的描述下，齊桓公如何能是春秋之霸？桓公又如何能是孔子口中

---

59 關於啖助以「事理」及「理情」解釋《春秋》批駁三傳，見拙著：《孫覺《春秋經解》解經方法探究》，頁79-82。又如宋代蘇洵父子三人也十分強調「人情」做為詮經的重要考慮。見姜義泰：《北宋《春秋》學的詮釋進路》（臺北：國立臺灣大學中國文學研究所博士論文，2013年），頁362-367。

60 季本：《春秋私考》，卷11，頁16a-b。

61 此傳現雖編置在僖公三年，但楊伯峻認為：「此《傳》本與下年侵蔡事連為一《傳》，為後人割裂在此。」見楊伯峻：《春秋左傳注》，頁286。

62 左丘明傳，杜預注，孔穎達正義：《春秋左傳正義》，卷12，頁374。

「正而不譎」之君[63]？這在《左傳》學史中，已有人意識到這個問題，《春秋》在「蔡潰」之後，隨即記「遂伐楚，次于陘」，孔穎達言：

> 桓八年，「祭公來，遂逆王后于紀。」《公羊傳》曰：「遂者何？生事也。謂本無向紀之心，至魯始生意也。」《穀梁傳》曰：「遂，繼事之辭也。」此云「兩事之辭」，謂既有上事，復為下事，不以本謀有心無心為異也。此齊侯先有伐楚之心，因行而侵蔡耳。三十年「襄仲將聘于周，遂初聘于晉」，桓十八年「公將有行，遂與姜氏如齊」，如此之類，本謀為二事也。六年諸侯伐鄭，「楚人圍許，諸侯遂救許」，莊十九年「公子結媵陳人之婦于鄄，遂及齊侯、宋公盟」，如此之類，本無謀而因事便行也。但是兩事，皆稱為遂，故曰「兩事之辭」，不別本謀與否。[64]

孔穎達不避繁瑣，遍引《春秋》相關用法，其主要在說明「遂」字可能的四種意思：一是因前事已發生了，因之起意才去做後事，並非原先即預定要做此兩事，如《公羊傳》對「遂逆王后于紀」的說明。二是為了要完成後事，但在此之前必須先完成前事，如齊桓公原即想伐楚，而伐楚必先侵蔡，所以前後兩事必然相連。第三種則是在兩事並非前後相連，只是順勢同時完成，如魯桓公至齊與襄公會盟，同時帶著文姜同行。第四種則是如公子結本要送女至衛，但至鄄時才知齊、宋會盟，於是臨時改變計畫，後事之起與前事並不相關。孔穎達對「遂」字做這麼細緻的區分，即是在說明齊桓公侵蔡是為了伐楚，兩事彼此相關，用以沖淡原來由《左傳》由記蔡姬盪舟事而致伐楚所產生的疑惑[65]。季本則較孔穎達之說更進一步，認為侵蔡、伐楚兩事，齊桓公一開始即已計畫周全：因蔡、楚同盟，又因地理位置的緣故，在次序上伐楚必先侵蔡。所以齊桓公先以奇兵侵蔡，待蔡潰敗後，楚必生懼心，如此才容易讓楚這個大國屈服。於是季本認為《左傳》蔡姬盪舟事根本是錯誤的記述與解釋[66]。季本在隨後僖公四年「遂伐楚，次于陘」下說：

---

63 〔宋〕朱熹：《四書章句集注‧論語集注‧憲問》，卷7，頁153。劉正浩即認為孔子「正而不譎」的評語當非指侵蔡伐楚而發，因為齊桓與管仲「所做的都是詭譎不正的，所說的都是誇大欺人的。」見劉正浩：〈「齊桓公正而不譎」考〉，《左海鉤沈》（臺北：東大圖書有限公司，1997年），頁129。

64 左丘明傳，杜預注，孔穎達正義：《春秋左傳正義》，卷12，374-375。

65 杜預對此經文的解釋僅是簡單的：「遂，兩事之辭。」依上下文來看，杜預似乎不確認侵蔡與伐楚兩事在一開始齊桓公即計畫完成，孔穎達因此才會有「不以本謀有心無心為異也」用以彌縫杜說。

66 季本對於《左傳》的類似批評不少，如《左傳》分別在莊公十年及十四年，記楚國因為息媯的關係，所以兩度伐蔡的記錄也十分懷疑。他在莊公十四「秋七月，荊入蔡。」的注中說：「楚恃其強，遂復入蔡，蓋其憑陵中國，蓄謀已久。雖無息媯之故，亦安肯置蔡而不圖哉！《左氏》好紀異聞，喜談女德，故以蔡禍盡諉息媯。殊不知蔡者，楚所由病中國之要道也。苟非得蔡，不能長驅中原，此天下之大形勢。」認為《左傳》不能正確了解經義，僅以女德、異聞解經，大失經旨。見楊伯峻：《春秋左傳注》，頁184、198-199。季本：《春秋私考》，卷8，頁3a-b。

遂者，急於後事之辭。齊合諸侯本為楚也，故兵既侵蔡而即伐楚以繼之。侵蔡者，奇兵也；伐楚者，正兵也。然次陘以脩告詞而不即進兵相逼，亦可見桓公從容待敵，以全取勝之謀矣。[67]

季本將「遂」解為「急於後事」，於是將侵蔡與伐楚兩事緊密的結合在一起，視為一不可分的連續發展。至於一奇一正之說，在於解釋為何桓公在打敗蔡後，不直接伐楚而要「次于陘」，季本盛稱這是齊桓公的「以全取勝之謀」。在這樣的解釋下，齊桓公成為一個深謀遠慮，謀定而後動的賢君。季本對《左傳》此事的批評不僅於此，他還說：

> 按：桓公所以責楚者，必以其陵虐諸夏為辭也。若《左傳》所載：包茅不貢、昭王不復之事，則其詞不足以服楚，桓公、管仲之智，豈宜不及此哉！況楚始受封五十里，濱江小國，漢水、沮、漳皆非境內，其初勢猶未盛，必不敢加逆於巡狩之王。又昭王者，康王之子，尚在周之盛時，九伐之法猶未弛也，安有小國以膠舟溺王而不致討者乎？此春秋之後好事者之言，而世儒妄傳之耳，不足信也。……蓋桓公所為雖非王道，然名義亦自足以服人，故一匡天下，使諸侯皆知尊王攘夷，終春秋之世，楚雖強橫，而霸緒相沿，人心不泯，諸侯無敢黜周而王楚者，桓公之功於是為大矣。此其所以為仗義執言之兵，而孔子亦許其為正也歟！[68]

《左傳》記齊桓公伐楚時，以苞茅不入、周昭王南征不復兩事責問楚成王[69]。這兩事一小一大，一今一古，而楚成王承認苞茅不入之罪，卻推說不知周昭王南征不復的原因，看來似乎是為齊桓公伐楚提供了很好的理由[70]。可是季本認為這樣的「史事」實不可信，因為若齊及其他七位諸侯大動干戈伐楚，在對答時只能提出這兩件不冷不熱的事來責楚，實在是理不直、氣不壯，更顯不出伐楚的正當性，反而比較像是在倉促間隨便提出的藉口。季本認為齊桓公及管仲怎麼可能會是這樣格局的人？所以他認為齊桓公、管仲當時「必然」是以陵虐諸夏責備楚國，這才是堂堂正正的說辭。在季本的眼中，如此才符合理想中齊桓公為霸者的行為，管仲也應該必然如此，才能得到孔子「管仲相桓公，霸諸侯，一匡天下，民到于今受其賜。微管仲，吾其被髮左衽矣」[71]的贊許。也就是說，季本先肯認了齊桓公、管仲為理想霸者的形象，再以此形象去斷定《左傳》以至於其他典籍中的各項記錄。若有相關記錄無法符合「理想霸者」的形象，那麼季本通常即會認為這些說法都只是「好事者之言」或「世儒妄傳」。

---

67 季本：《春秋私考》，卷11，頁17a-b。

68 同前註，卷11，頁17b-18a。

69 《左傳》中齊楚的對話，見楊伯峻：《春秋左傳注》，頁289-290。

70 如胡安國即言：「楚貢包茅不入，王祭不供，無以縮酒，桓公是徵，而楚人服罪，師則有名矣。」見〔宋〕胡安國著，錢偉彊點校：《春秋胡氏傳》（杭州：浙江古籍出版社，2010年），卷11，頁151。

71 朱熹：《論語集注》，卷7，頁153。

　　季本視齊桓公為孔子盛稱的霸者，所以認為齊桓行事也自應符合霸者的理想型態。《左傳》以至於其他書籍若記述有違這種「理想桓公」的諸事，自然是穿鑿附會、見識淺陋之語。如季本對僖公十七年「冬十有二月，乙亥，齊候小白卒」的解釋為：

> 齊桓、晉文固非以德服人者，然亦假仁義以行於諸侯，故其事多有可觀，而人亦帖服。若據《左氏》所傳，齊桓私孝公而致有五子之爭，晉文納懷嬴而公行聚麀之事，則是今之諸侯之所為也，不可以為久假不歸之霸矣。當其得志，何以令人？二公自用管仲、舅犯之後，皆知勵名節者，恐不至此。要之，五公子之爭，在其後世兄弟相繼之日。蓋孝公、昭公、懿公、惠公，皆桓公子也。懿公、惠公皆為弒君者所立，至頃公時，國猶未靖。後人因以為爭耳，以此歸咎桓公不能齊家所致，未為不可。但謂桓公死後而五子即爭，吾恐諸公子必先及禍，無有存者，惡能次及為君哉！世儒好言桓、文之短，往往自陷於誣善，不特此也，如謂糾為桓公兄，圍為文公之君而加之以弒逆，將使後世篡奪者欲掩大惡之名，以政令欺天下，其害教不小矣。[72]

從季本看來，《左傳》中記有齊桓公、晉文公許多失德之事，如齊桓公死前，即立齊孝公為太子，但又曾應允公子無虧（武孟）為太子。所以桓公死後，即發生諸子爭立，之後齊桓之子公子無虧、孝公、昭公、懿公及惠公都曾成為齊國君主，齊國也長期陷入爭位之紛亂中[73]。季本認為齊桓公、晉文公都是霸者，雖然不是儒家最高理想的王者，但其行事「多有可觀」，本人也「知勵名節」，更能使「中國諸侯賴焉」。他們必然不會如《左傳》中所言，對於傳位之事毫無章法，致使骨肉在桓公死後立即相互殘殺。雖然孝公、昭公等人確為桓公之子，但是季本相信當時並沒有如《左傳》所言立即有「五子之爭」等事，也不信《左傳》所記齊桓公及管仲以孝公托於宋襄公、公子無虧為齊人所殺等事，認為這些都是「誣善」之言[74]。

　　由以上的敘述來看，季本認為《左傳》所記之事，在事理、人情，甚至對齊桓公的形象上，存在許多說不通或不符合其理想的地方，這些都不可信，但因《左傳》「然文辭工緻，足以眩人」，所以後學往往誤信其言。加上，後人不知「左氏輕聽失真，妄增己見」，所以在理解經義上，又平白增加許多無謂的障礙。季本認為最好的做法即是

72 〔明〕季本：《春秋私考》，卷13，頁6a-7b。

73 楊伯峻：《春秋左傳注》，頁373-376、378。

74 季本：《春秋私考》，卷13，頁9a-10a。季本也不信《左傳》中所記晉文公娶懷嬴、殺其姪懷公等事，並指文公侵曹、伐衛、圍鄭並不是在報復當時出亡時的怨仇。季本認為「重耳亡，知勵名節，而舅犯輩從行又皆以忠肅見稱」，批評《左傳》之說「不惟不知聖人之學，亦併霸者而不知矣」。季本的相關論述頗為複雜，受限於文長，在此不特別論述。見同上書，卷14，頁3b-4a。此外，關於小白與公子糾何者為兄、何者為弟的問題，季本則贊同伊川小白為兄的看法，而認為《左傳》公子糾為兄的說法是錯的。見同上書，卷7，頁11a-12a。

「以經文考正」，這才能真正了解《春秋》大義[75]。

六　反省與結語

季本對於《左傳》的內容有頗多批評，認為其書摻雜太多不可信之事。事實上《左傳》內容本即以繁富見稱，范寧「《左氏》豔而富，其失也巫」的評語也廣為人所接受[76]。《左傳》除了諸多鬼神、預言的內容啟人疑竇外，在史事上也偶與《春秋》及他書的記載有異。如《春秋》與《左傳》在最單純的記時上，即有許多參差[77]。又如顧棟高的《春秋大事表》中也設有「春秋三傳異同表」，專門排比《三傳》異說。[78]。季本則在《春秋》隱西元年「春，王正月」的注釋中，即開章明義的說：

> 及考《穀梁》，乃謂仲子者，惠公之母、孝公之妾，則在當時所傳已不的矣，何必悉據傳文乎？[79]

《左傳》認為仲子是惠公之妻、桓公之母，但《穀梁傳》則說是「惠公之母，孝公之妾」[80]，兩說即有很大的差別。季本借著兩書對仲子身份不同的說法，大膽提出「何必悉據傳文」的看法，對《左傳》的記事提出許多質疑，而另立他說。

正如前文所述，季本對《左傳》之事有所懷疑，其中有些是依據《公羊傳》等異說，但更多的是在沒有其他文獻根據下，而僅以自身所認定的《春秋》書例或是情理為由，而進行的想像與論述。這樣的方式在注重文獻證據的學者眼中，當然是異想天開的做法，所以清初的錢謙益即認為明代末期經學有解經、亂經及侮經三謬，其中季本即為解經之謬的代表[81]。不論是以「臆見」或「杜撰」來批評季本之說，都是因為他並沒有以相關文獻為根據，而僅以己見詮說。錢謙益對於季本的這種做法極為反感，他說：

> 近代之經學，鑿空杜撰，紕繆不經，未有甚於季本者也。本著《春秋私考》……季於《詩經》、《三禮》皆有書，其鄙倍略同。有志於經學者，見即當焚棄之，勿

---

75 季本：《春秋私考》，卷14，頁4a、卷1，頁9b-10a、卷12，頁32b。

76 范寧集解，楊士勛疏：〈春秋穀梁傳序〉，《春秋穀梁傳注疏》，頁12。

77 謝秀文：〈從《春秋左傳》記時差異看二者之關係〉，《春秋左傳疑異考釋》（臺北：文史哲出版社，2011年），頁77-86。

78 〔清〕顧棟高：《春秋大事表》（北京：中華書局，1993年），卷42，頁2241-2442。

79 季本：《春秋私考》，卷1，頁10a。

80 范寧集解，楊士勛疏：《春秋穀梁傳注疏》，卷1，頁6。

81 錢氏言：「蓋經學之繆三：一曰解經之繆，以臆見考《詩》、《書》，以杜撰竄三《傳》，鑿空瞽說，則會稽季氏本為之魁。」見〔清〕錢謙益：〈賴古堂文選序〉，《牧齋有學集》（上海：上海商務印書館，1922年《四部叢刊初編》本），卷17，頁13b。

令繆種流傳，貽誤後生也。[82]

錢氏批評《春秋私考》此書如「中風病鬼」，認為學者看到就應「焚棄之」，不能使季本之說流傳，其對《春秋私考》幾近深惡痛絕。但季本為何要提出這些絕大部份儒者都無法接受的說法？

就季本而言，他認為《春秋》是一部自足且完備的經典：因為它是孔子所作，所以有著條理分明的書例，而且不會也不應漏記與理解經文相關之事[83]。雖然《春秋》的文字簡要，但前後相接的記載及書例有都其內在理路。季本認為透過《春秋》本身即可了解孔子的「大義」，而不必借助《左傳》等書[84]。反過來說，若太過強調《左傳》在解釋《春秋》的必要性，無形中即會減損了《春秋》的獨立性與價值。也就是說，在季本心中，《春秋》與《左傳》的價值如同翹翹板的兩端，而季本則毫不猶疑的站在《春秋》這一側。其實若從大的學術思潮來看，宋鼎宗早已指出漢、宋《春秋》學有一絕大的不同：「漢學重傳，宋儒尊經。」[85]宋代《春秋》學即有重經的傳統，而季本則是將這個尊經傳統做了極端的發揮，因而其所顯現出的問題也就益加明顯。

因為季本認為不論就史事記載的完備或人物褒貶的合理性上，《春秋》都是唯一而且是最終的判定者，所以凡是《左傳》與《春秋》「不合」處，只可能是《左傳》有誤。季本這個原則看似與許多宋、明《春秋》學者差別不大，但在實際的運用上，季本則有著十分獨特的展現。首先，就以書例解《春秋》而言，宋、明《春秋》學者雖也使用書例詮解《春秋》，但他們多著重在對褒貶之義的討論與發揮，極少會以書例來否定《左傳》中的史事記錄。但季本認為《春秋》一書即是完美的聖典，所以讀者在閱讀《春秋》時，不僅可以知道褒貶的內容，而且也透過《春秋》中用字的方式，具體的了解到當時的事件前後「應當」是如何。對季本而言，因為《左傳》的來源可疑，所以它的許多內容會干擾、破壞了讀者對《春秋》內容的理解。所以他僅憑極少的《春秋》內證，即論斷《左傳》的記錄並非「真實」的世界。他相信可以透過《春秋》文字用例的使用，便可還原出符合孔子作《春秋》時心中的理則世界，而那也同時才是真正的歷史。對此季本並沒有說明何以能透過不同的用字歸納，即可直接跳至了解事件的「內容」。如以《春秋》對諸侯之子的書例為例，就算有稱名、稱公子與稱字的三種不同，但何以從「稱字」（如書「季子」、「蔡季」），即可推知是表示「賢而不仕」？對此季本

---

82 錢謙益：〈跋季氏春秋私考〉，《初學集》，（《四部叢刊初編》本），卷83，頁10a-b。

83 在這同時，季本也承認現存的《春秋》中，有漏記某些滅國之君的下落以及存有闕文、衍文等問題。這些情況之所以產生的問題很複雜，無法簡短說明，當另文討論。但其在批評《左傳》之說時，季本並未將此列入考慮。

84 朱湘鈺在對季本《四書私存》的研究時，也提及：「明末清初回歸經典的風潮，實可從彭山的隻字片語中，嗅出一點端倪來。」見氏著：〈晚明季本《四書私存》之特色及其意義〉，頁491，註9。

85 宋鼎宗：《春秋宋學發微》（臺北：文史哲出版社，1986年），頁296-299。

並沒有提出完整的說明，他往往只是「斷言」應當如此。

其次，就季本以「默證」的推證方式，認為《春秋》中所沒有載記的重要史事即不存在，不論是《左傳》或其他史籍的記錄有多明確與詳細，季本均認為其不可盡信[86]。這是季本將《春秋》推高到無與倫比地位而後產生的理論結果：《春秋》不僅內含儒家的倫理原則，同時也是最重要的歷史記錄者。若用傳統的話來說，《春秋》同時是經、史兩種特質的完美典範。《春秋》身兼經、史兩重身份，自孟子以下即是通說。但一般而言，《春秋》學家通常視《春秋》經的性質較史來得更重要，所以就算《左傳》內容史料遠較《春秋》豐富，也對《春秋》為經的價值傷害不大。如劉逢祿即言：「《左氏》詳于事，而《春秋》重義不重事……惟其不重事，故存什一于千百，所不書多于所書。」[87]由強調《春秋》重義不重事的特質，再進一步即成為皮錫瑞「借事明義」之說，認為《春秋》中所書之事只是「借當時之事，做一樣子，其事之合與不合、備與不備，本所不計」[88]。既然《春秋》主要要傳達的是「義」，那麼「事」只是個工具，它是否真實存在於歷史中，其實並不那麼重要。此即是胡楚生所言：「先對歷史事件，加以虛飾化、理想化，然後再就此一虛飾化理想化之歷史事件（而非事實），去借事而明其義。」[89]劉逢祿、皮錫瑞等人很清楚以史的觀點而論，《春秋》確不如《左傳》記事詳富，所以他們專注在《春秋》之義的發揮。季本同樣面臨《左傳》在史事方面對《春

---

86 季本不但由此認為《左傳》所記多不信，他對《史記》的記載也頗多懷疑，如其在莊公三年「五月，葬桓王」注中言：「《左氏傳》曰：緩也。按：天子七月而葬，同軌畢至；諸侯五月，同盟至；大夫三月，同位至；士踰月，外姻至。王崩至是七年矣，當時王室未聞有亂，何以若是其緩邪？蓋嗣王幼沖，尹氏專攝，不早以喪主成其君，俟其既長，然後葬耳。嗣王孰謂？謂惠王間也。《史記》載桓王子莊王，立十五年崩，子僖王，立五年崩。子惠王立。今以惠王直繼桓王之世，果何據乎？以《春秋》不志莊、僖二王之崩，知之也。死生終始之際，人道之大變，事孰有大於天王崩者而可以不志乎？故二王之崩不志，必皆未立而卒者也，特以惠王父祖之故而追稱為王耳。其在頃王亦然。蓋凡史傳所記，每失本真，或以父為祖、或以攝為君、或以死為生、或以無為有，亦多出於臆說也。不信經而信傳，則其理有不可解者矣。然則桓王之葬，烏得非惠王成立時事邪？而當時大臣以立幼為利，亦可推矣。」見季本：《春秋私考》，卷6，頁9a-b。依《史記》所記，周桓王死後，為周莊王繼位，莊王之後，為周僖王繼立，周僖王之後，方才是周惠王。但季本認為《春秋》既以「尊王」為目標，不可能不記載周莊王、僖王之崩，所以唯一的可能即是莊王、僖王是「未立而卒」，是惠王立後，才追稱為莊王、僖王。

87 〔清〕劉逢祿：〈春秋論上〉，《劉禮部集》，（《續修四庫全書》第1501冊），卷3，頁18a。又劉逢祿以義、事區判《春秋》、《左傳》價值之說，是承其外家莊存與之說而來。說見蔡長林：《從文士到經生──考據學風潮下的常州學派》（臺北：中央研究院中國文哲研究所，2010年），頁349。

88 〔清〕皮錫瑞：〈春秋〉，《經學通論》（臺北：臺灣商務印書館，1989年），頁22。

89 胡楚生：〈試論《春秋公羊傳》中「借事明義」之思維模式與表現方法〉，《中興大學文史學報》第30期（2000年6月），頁24。特別要說明的是，《公羊》學家並不認為《春秋》中所有的事都為虛事，《春秋》中當然也記有實際發生的事，只是主張《春秋》中存在借虛事以明義的這種用法。此外阮芝生對此義亦有發揮，見阮芝生：《從《公羊》學論《春秋》的性質》（臺北：臺灣大學歷史研究所碩士論文，1968年），頁127-133。

秋》的挑戰，但他的因應方式則與這些《公羊》學者絕然不同，他主張《春秋》在事、義兩方面都是完備的，因《春秋》中所記之「事」，並非僅來自舊魯史，而是經過孔子多方收集並細心檢擇的成果。若是如此，其即具有絕對的權威性與可信度。相較之下，《左傳》的內容則來源可疑，於是他轉而以《春秋》所不書，用以批駁《左傳》所記之事的真確性。這種作法是將《春秋》視為經、史合一，並將其兩方價值推尊到極致所產生出的結果。

以書例斷史事及以默證批駁《左傳》之說，都是季本極度推崇《春秋》所產生的結果。在儒學傳統中，雖然《春秋》一直都享有極高的地位，但儒者大都也同時相信需要以《三傳》（尤其是《左傳》）來幫助理解《春秋》。季本最大的特色則是不僅將《春秋》視為自身完足的典籍，而且還進一步強調《春秋》對記錄春秋時期諸事的完整性與真確性。如此一來，《春秋》中的「所言」（書例）與「所不言」（默證），同時成為兩個衡定史事的標準，而《左傳》之說即成為「異論」而為無關緊要的存在。季本極度推尊《春秋》所付出的代價，竟是完全消取其他典籍的可信度。季友這樣的結論有兩個根本性的問題，第一是對於《春秋》書例的解釋：從《春秋》學史觀察，許多儒者對於《春秋》中的書例說法、判讀各有不同，也就是說對《春秋》書例的說解從來沒有共同一致的看法。若是如此，要以個人對於《春秋》書例的特殊解讀，將之做為否定《左傳》相關記錄的理由，說服力實在過於薄弱。第二則默證理論在使用限度上必須滿足：「作者有能力記錄某事；作者有理由記錄此事；同類的作者都有可能記錄此事。」三個條件，才不會變成過度推論[90]。衡諸季本以《春秋》做為相關史事的定錨典籍，其相信孔子對於魯國內外大事均能知曉，但對於孔子是否要在《春秋》中記錄相關史事的理由說明則過於單一，因為就算《春秋》貶斥弒君之臣，但並不代表其就必須詳記當時各國弒君之臣，或可能有其他原因。更遑論依《左傳》所記魯桓公之薨一事，更牽涉到其夫人文姜亂倫及莊公是否應復仇等複雜問題。其中在下筆時，所考量的因素並非只能如季本所說的那麼單純。更不用說，季本將《左傳》排除在「同類的作者都有可能記錄此事」之外，只採信《春秋》，而不將《左傳》之說列為補充《春秋》所不及處，其更是一種極端的誤用[91]。

最後，因為季本在義理上反對「以鏡喻心」及「任自然而不以敬為主」之說，與楊慈湖、王龍溪之說有別。其特別強調「心也者，通乎萬物者也。其理具於己，則為

---

90 彭國良：〈一個流行了八十餘年的偽命題──對張蔭麟「默證」說的重新審視〉，《文史哲》第298期（2007年2月），頁53。

91 我們若對比在季本晚四百年之後的古史辨運動中，顧頡剛定錨於《論語》，並以默證方式懷疑《春秋》的可信度，兩者在論證理路上竟有十分相類之處。關於顧氏之說的反省請參見拙著：〈《古史辨》中對《春秋》兩種立場的對話及其反省〉，《經學研究集刊》第5期（2008年11月），頁203-210。

性。」認為心雖虛靈，但本具萬理於其間，而且心是具感通萬物的特質，這也是所有人的天性[92]。在修養上，季本主張要能自覺及警惕，特別強調「良知之主宰性、健動義」，故其常以龍為喻，用以說明道德實體的展現[93]。季本又言：「人能一於恭敬，則聰明睿智皆由此出」、「心存則明動，明動之幾，運行而不蔽於所感者，思也」[94]，認為人若能克服自欺，而時時恭敬慎惕的修養，必不會被情欲所制，而具有聰明睿智。再者，季本也強調儒者必須在事上修練，而非離事而空言：「學須是事上精察，非能離事而斷絕思慮也。」[95]其目的亦在於修正王陽明後學之說，使「王學能不『乖典則』，不墮虛空」[96]。而孔子正是完美典型：

> 孔子生當周末，其民情之變偽，與古又大相遠，而以少賤備嘗險阻，鄙事無所不能，練事又益精矣。使當堯、舜時，則其智慮必有濟二聖之所不及者。[97]

認為孔子之所以賢於堯、舜之處不在於「德」，因為堯、舜能平治天下並傳下「精一執中」之學，已是「萬世莫加焉」。而孔子則因其生平多經險阻，所以對於世事有較堯、舜更深切的體悟，故能補足二聖在智慮上的不足。故而季本認為孔子所創造的經典，本身即具有條理，而其所採擇事迹亦有其定然的標準。加上人事也有一定的人情、事理軌迹可循。季本堅信「仁則能與萬物同體」[98]，認為人心是能相互感通，並且對「言吉凶之幾，乃人人之所同有。有以開之，則人人皆能趨吉避凶。」[99]在對於吉凶判斷與趨吉避凶的態度上，亦人人相同的。所以他相信能透過設身處地的方式，可以「推見當時事情」。而這種「推見」的效力又是超過《左傳》等文獻的紀錄。季本更相信，齊桓公這樣的霸主其行事絕大部份更應是依義理而行。如季本無法理解與接受齊桓公僅會因為蔡姬之事，憤而侵蔡伐楚，因為這其中並沒有「義理」可言。

　　季本這樣的看法，我們可以分為兩個方向來反省：一、季本相信有千古不變的事理與情理，所以他自信可用以推翻《左傳》之說。但就現代的觀點來看，這中間則大有可疑之處。如季本以後代倫理制度，來論斷《左傳》中宣姜再嫁給公子頑、其所生的兩女

---

92 朱湘鈺言：「（季本）一方面指出心即理，亦即其說異於朱子心性二分（心是綜合地含具理）的理路；另一方面也顯現彭山心體觀是強調道德實體此面向。」又依朱氏的研究，季本的工夫論有前後轉變。分見朱湘鈺：〈「雙江獨信『龍惕說』」考辨〉，《中國文哲研究集刊》第36期（2010年3月），頁89、〈浙中王門季本思想舊說釐正〉，頁209-210。

93 楊祖漢：〈王龍溪與彭季山的辯論〉，《當代儒學研究》第1期（2007年1月），頁36。

94 分見季本：《說理會編》，卷2，頁1b、頁4a。

95 見同前註，卷5，頁7b。

96 錢明：《浙中王學研究》，頁104。

97 季本：《說理會編》，卷12，頁2b。

98 同前註，卷5，頁11a。

99 季本：《易學四同》，（《續修四庫全書》第6冊），卷6，頁32a。

日後成為宋、許夫人之事不可信。但依顧頡剛的歸納與研究，「烝」在春秋前期的歷史中是可被接受的，其所生的子女也未必會受到歧視而無法居於高位[100]。也就是說，季本據以駁斥《左傳》的事理與情理，並不如季本所想像的是千古不變，它在歷史中可能有不同的變化，於是季本的批評便失去了立論的基礎。其次，季本不願接受齊桓公、晉文公在《左傳》中許多看似道德缺陷之處，是因如此即喪失了霸者的理想典型，而成為受到情感與欲望驅使的一般人。但人具有情感與欲望，與此人的行事是否只受情感與欲望的驅使，這是可以分開來看的。以蔡姬蕩舟一事為例，從現有文獻來看，此事除《左傳》外，《史記》、《管子》、《韓非子》以及馬王堆帛書均有記載，其間雖略有異同，但可見在先秦時，此事應已流傳甚廣[101]，季本悍然否定，說服力並不高。我們更可以就《春秋》學史來觀察：就算此事存在，也不必一定要成為桓公侵蔡伐楚的唯一理由。事實上，孔穎達、孫復、林堯叟、葉夢得、趙汸等人都認為，桓公侵蔡伐楚主要是因為在防止楚國進一步侵擾華夏，但他們都不需否認蔡姬蕩舟一事[102]。只要在解釋時，不將此事直接與桓公伐楚相連接即可。也就是說此事存在與否，與侵蔡伐楚可以不必然相關。即使相關，也可以如顧棟高將此事視為齊桓公是為了「使楚不忌而預為之備，因得輕行掩襲，疾驅至陘」的策略性的運用[103]。如此一來，蔡姬蕩舟事即不必是「誕說」。但季本顯然沒有往這些方向思考，他採取的是直截的判定《左傳》之說不實。如此一來，雖然保有了齊桓公做為霸者的理想形態，但也同時喪失了對豐富及多層次人性的想像。

　　總的來看，季本對《左傳》的批評是有其脈絡可循，並非是「中風病鬼」的囈語般不可理解。但也由季本極度推尊《春秋》、其基於對人情、事理千古不變及霸者理想典型的這些方向來看，具體展現出季本僅基於少數原則，因之而推論出的怪異結論及其限制。

---

100 顧頡剛：〈由「烝」、「報」等婚姻方式看社會制度的變遷〉，《文史》第14輯（1982年7月），頁1-28。

101 見郭麗：〈馬王堆帛書《齊桓公與蔡夫人乘舟章》的文獻價值〉，《歷史教學》2011年第20期，頁65-67。

102 孔穎達之說見前文，孫復等人之說見藍麗春：《春秋齊桓霸業考述》（高雄：國立高雄師範大學國文學系博士論文，2000年），頁210-211。

103 顧棟高：〈春秋時楚始終以蔡為門戶論〉，《春秋大事表》，卷28，頁2024。順帶一提，顧氏這種理解與《韓非子》完全相反，在《韓非子》中，齊桓公主要是要報蔡姬更嫁之仇，因聽從了管仲的建議後，才「有為天子誅之名，而有報讎之實」。見張覺：〈外儲說左上〉，《韓非子校疏析論》（北京：知識產權出版社，2011年），中冊，頁687。

徵引文獻

左丘明傳，杜預注，孔穎達正義：《春秋左傳正義》，北京：北京大學出版社，2000年。

皮錫瑞：《經學通論》，臺北：臺灣商務印書館，1989年。

朱湘鈺：〈「雙江獨信『龍惕說』」考辨〉，《中國文哲研究集刊》第36期，2010年3月，頁79-101。

＿＿＿＿：〈依違之間──浙中王門季本《大學》改本內涵及其意義〉，《文與哲》，第18期，2011年6月，頁333-366。

＿＿＿＿：〈晚明季本《四書私存》之特色及其意義〉，《清華學報》第42卷3期，2012年9月，頁489-525。

＿＿＿＿：〈季本《大學私存》之補正與整理〉，《中國文哲研究通訊》第22卷4期，2012年12月，頁93-126。

西口智也：〈智本的《詩經》觀〉，《嘉應大學學報》（哲學社會科學），第20卷第4期，2002年8月，頁50-54。

何休解詁，徐彥疏：《春秋公羊傳注疏》，北京：北京大學出版社，2000年。

沈　丹：〈季本《詩經》學思想研究〉，《長春工程學院學報》（社會科學版），2011年第12卷第2期，頁109-111。

宋鼎宗：《春秋宋學發微》，臺北：文史哲出版社，1986年。

阮芝生：《從公羊學論春秋的性質》，臺北：臺灣大學歷史研究所碩士論文，1968年。

季　本：《說理會編》，收入《四庫全書存目叢書》第9冊，臺南：莊嚴文化事業公司，1995年。

＿＿＿＿：《春秋私考》，《續修四庫全書》第134冊，上海：上海古籍出版社，2002年。

＿＿＿＿：《易學四同》，《續修四庫全書》第134冊，上海：上海古籍出版社，2002年。

邵炳軍：《春秋文學繫年輯證》，北京：高等教育出版社，2013年。

姜義泰：《北宋《春秋》學的詮釋進路》，臺北：國立臺灣大學中國文學研究所博士論文，2013年。

紀昀等：《欽定四庫全書總目》，北京：中華書局，1997年。

胡安國著，錢偉彊點校：《春秋胡氏傳》，杭州：浙江古籍出版社，2010年。

胡楚生：〈試論《春秋公羊傳》中「借事明義」之思維模式與表現方法〉，《中興大學文史學報》，第30期，2000年6月，頁1-31。

＿＿＿＿：《經學研究論集》，臺北：臺灣學生書局，2002年。

范寧集解，楊士勛疏：《春秋穀梁傳注疏》，北京：北京大學出版社，1999年。

桓譚撰，朱謙之校輯：《新輯本桓譚新論》，北京：中華書局，2009年。

徐　渭：《徐渭集》，北京：中華書局，1983年。

高士奇：《春秋地名考略》，收入文淵閣《四庫全書》第176冊，臺北：臺灣商務印書館，1983年。

張高評：《春秋書法與左傳學史》，臺北：五南圖書出版股份有限公司，2002年。

張蔭麟：〈評近人對於中國古史之討論〉，收入顧頡剛等編著：《古史辨》，臺北：藍燈文化事業公司，1987年。

張　覺：《韓非子校疏析論》，北京：知識產權出版社，2011年。

郭　麗：〈馬王堆帛書「齊桓公與蔡夫人乘舟章」的文獻價值〉，《歷史教學》2011年第20期，頁65-67。

游騰達：〈明儒季本《易學四同》之《易》學觀初探〉，《先秦兩漢學術》第10期，2008年09月，頁17-40。

彭國良，〈一個流行了八十餘年的偽命題──對張蔭麟「默證」說的重新審視〉，《文史哲》第298期，2007年2月，頁51-60。

湛若水：《春秋正傳》，收入文淵閣《四庫全書》第167冊，臺北：臺灣商務印書館，1983年。

焦循撰，沈文倬點校：《孟子正義》，臺北：文津出版社，1988年。

程發軔：《春秋要領》，臺北：蘭臺書局，1981年。

程顥、程頤著，王孝魚點校：《二程集》，北京：中華書局，2008年。

賀廣如：〈心學《易》中的陰陽與卜筮──以季本為核心〉，《臺大文史哲學報》第76期，2012年5月，頁29-66。

黃宗羲著，夏瑰琦、洪波校點：《明儒學案》，杭州：浙江古籍出版社，1986年。

黃忠慎：〈季本《詩說解頤‧總論》析評〉，《國文學誌》第5期，2001年12月，頁1-40。

楊伯峻：《春秋左傳注》，北京：中華書局，2000年。

楊祖漢：〈王龍溪與彭季山的辯論〉，《當代儒學研究》第1期，2007年1月，頁21-44。

葛煥禮：《尊經重義──唐代中葉至北宋末年的新《春秋》學》，濟南：山東大學出版社，2011年。

趙友林：《《春秋》三傳書法義例研究》，北京：人民出版社，2010年。

劉正浩：《左海鉤沈》，臺北：東大圖書有限公司，1997年。

劉逢祿：《劉禮部集》，收入《續修四庫全書》第1501冊，上海：上海古籍出版社，2002年。。

劉德明：《孫覺《春秋經解》解經方法探究》，臺北：花木蘭文化出版社，2008年。

_____：〈《古史辨》中對《春秋》兩種立場的對話及其反省〉，《經學研究集刊》第5期，2008年11月，頁185-214。

劉毓慶：〈季本、豐坊與明代《詩》學〉，《中國文學研究》，2003年第3期，頁47-51。

蔡長林：《從文士到經生──考據學風潮下的常州學派》，臺北：中央研究院中國文哲研究所，2010年。

蔣秋華：〈季本《詩說解頤》詩次說評議〉，《第四屆詩經國際學術研討會論文集》，濟
　　　　南：中國詩經學會，1999年。

錢　明：《浙中王學研究》，北京：中國人民大學出版社，2009年。

錢謙益：《初學集》，收入《四部叢刊初編》，上海：上海商務印書館，1922年。

＿＿＿＿：《牧齋有學集》，收入《四部叢刊初編》，上海：上海商務印書館，1922年。

謝秀文：《春秋左傳疑異考釋》，臺北：文史哲出版社，2011年。

藍麗春：《春秋齊桓霸業考述》，國立高雄師範大學國文學系博士論文， 2000年。

顧棟高：《春秋大事表》，北京：中華書局，1993年。

顧頡剛：〈由「烝」、「報」等婚姻方式看社會制度的變遷〉，《文史》，第 14輯，1982年7
　　　　月，頁1-28。

熊十力疏釋《禮記・儒行》意義探析[*]

孫致文

中央大學中國文學系副教授

摘要

　　熊十力《讀經示要》一書中，特別疏解了《禮記》〈大學〉、〈儒行〉二篇，認為是學子們「貫穿群經」的起點。然而，在現有研究成果中，熊十力〈儒行〉疏釋的觀點與價值，似未受重視。熊十力疏釋〈儒行〉全文，不但是熊氏「讀經」、「解經」最具體的示範，更可能熊氏對儒者如何體現「仁道」的揭示。本文比對熊氏疏釋與前人舊注，指出熊氏對「儒者」基本性格的認識。再者，本文也檢討了熊氏詮解經典的得失，試圖探索熊氏疏釋〈儒行〉的學術史意義。透過〈儒行〉的逐句疏釋，熊十力揭露了「真儒者」的面目，扭轉柔弱、鄉愿、自利的偏差性格，強調了儒者勇健、進取且不受制於上位者的自信氣象。除此之外，熊氏不但重新釐定〈儒行〉的學術史地位，更透過指陳漢唐注經者、宋明理學者治經的偏失，在疏解的過程中體現讀經、解經的途徑。

關鍵詞：熊十力、《禮記・儒行》、《讀經示要》

---

[*] 本文初稿〈熊十力疏釋《禮記・儒行》意義淺析〉，曾宣讀於中央大學儒學研究中心主辦「東亞儒學的當代詮釋國際學術研討會」（2011年8月5-7日。）會議期間蒙林月惠教授、楊祖漢教授、李瑞全教授等與會學者指點。修訂稿刊載於《中央大學人文學報》第53期（2013年1月），刊登前承二位學報審查者匡謬補闕，受益匪淺。謹此致謝。

一 前言

熊十力是開啟當代儒家的重要人物，他的著作在臺灣與中國大陸刊印、通行甚廣，近年且有《熊十力全集》出版[1]。歷來討論熊氏學術觀點與成就的論著甚多，主要關注於中國哲學、佛學問題。[2]另有一些學者，從文化史、學術史的角度評價熊氏地位，並試圖藉此探索中國文化發展的問題。在眾多論述中，熊十力《讀經示要》[3]一書經常被提及、引用；學者們留心闡發的熊氏經學觀點，主要在《易》與《春秋》二部經典上。《易》與哲學思辨、形上學關係密切；《春秋》則是中國歷來學者抒發歷史觀、政治觀的依憑。《易》與《春秋》固然是熊十力學術思想中的重點，但《讀經示要》一書中有另一重點，似乎尚未受到研究者重視，那便是「禮」。

《讀經示要》第一卷闡述六經之大道時，便「引《禮》與《易》、《論語》互證」（頁 27），於陳述六經治術的「九義」時，更有三則言禮：「六曰道政齊刑，歸於禮讓」（頁 60-75）、「七曰始乎以人治人」（頁 75-90）、「八曰極於萬物各得其所」（頁 90-105）。熊氏又說九義之中「仁實為元，仁即道體。……制禮作樂，是仁術也。政刑之施，與一切利用厚生之計，若皆原於道德禮讓之意以為之，則亦莫非仁術也。」（頁 115-116）。講說「仁」為「六經一貫之旨」（頁 118）後，熊十力特別又「採《禮記》〈大學篇〉首章及〈儒行篇〉，略為疏釋，以明宗趣。二三子由是而入焉，則可以貫穿群經」（頁 125）。《禮記》中〈大學〉、〈儒行〉二篇的重要意義，於此可見。

〈大學〉一篇自北宋開始格外受到重視，至朱熹將〈大學〉從《禮記》中提取出來，重加編次，使之成為「四書」之一，其重要性一直確立不墜[4]。再者，〈大學〉改

---

1 蕭萐父主編：《熊十力全集》共十卷（武漢：湖北教育出版社，2001年），其中一至七卷收錄熊十力著作廿八種（另附有論著一篇），第八卷為熊氏論文書札。附卷兩冊，選錄了討論熊氏哲學的論文。

2 關於熊十力學術研究的概況，可參看郭齊勇：〈熊十力學術思想研究綜述〉，《熊十力與中國傳統文化》（臺北：遠流出版公司，1990年），頁187-222。秦平：〈近20年熊十力哲學研究綜述〉，《哲學動態》2004年第12期，頁26-29。

3 《讀經示要》一書，民國三十四年（1945）由重慶南方印書館出版，但印量不多，流通不廣。其後經熊氏弟子徐復觀推動，於民國三十八年（1949年）再由正中書局印行。民國四十九年（1960），在徐氏努力之下，此書又在臺灣印行。（其後臺北廣文書局、洪氏出版社，皆根據此本影印。）民國七十三年（1984），臺北明文書局以民國四十九年本為底本，參校民國三十四年本，重新編排出版。至於《熊十力全集》第三卷所收《讀經示要》，據言以1949年上海正中書局三卷三冊線裝本為據；此本目前雖然流通最廣，但字句、標點卻訛謬頗多。本文引用《讀經示要》時，以明文書局本為據，但略更易標點符號之使用。為省篇幅，引用《讀經示要》文句，逕於文後標注頁碼，不另出注。

4 《四庫全書總目》卷三十五〈經部・四書類一〉《大學章句、論語集註、孟子集註、中庸章句》提要，參見〔清〕永瑢、紀昀等：《四庫全書總目》（影清乾隆六十年武英殿本，臺北：臺灣商務印書館，2000年），卷35，頁21上。

本、古本問題及其理解，是朱子學、陽明學的重要爭論，後世學者討論熊十力學術思想時，勢必觸及熊氏對〈大學〉的理解。另一方面，又或許由於熊十力弟子牟宗三曾與熊氏書信討論《讀經示要》中關於〈大學〉理解的問題[5]，因此熊氏對〈大學〉的詮解也有學者撰文討論[6]。至於對〈儒行〉的關注，則相對低落許多。

　　熊十力疏釋〈儒行〉全文，不但是熊氏「讀經」、「解經」最具體的示範，更可能熊氏對儒者如何體現「仁道」的揭示。由此看來，熊十力對〈儒行〉一篇的疏釋，意義不可小覷。本文比對熊氏疏釋與前人舊注，檢討熊氏詮解經典的得失，試圖探索熊氏疏釋〈儒行〉的學術史意義。本文認為此一文獻至少具有下列意義：（一）重新釐定〈儒行〉的學術史地位；（二）廓清「儒者」的基本性格，矯正前人對「儒」的錯誤認知；（三）具體指陳漢學、宋學的偏失，體現讀經、解經的正確途徑。以下便分別陳述。

二　釐定〈儒行〉的學術史地位

　　《禮記·儒行》在宋代初年是皇帝賞賜新及第進士、舉人的「座右銘」[7]，但後來〈儒行〉不但在這種賞賜儀式中被〈中庸〉、〈大學〉取代，更受到學者嚴厲的批評。北宋學者呂大臨於所著《禮記解》即說：

> 〈儒行〉者，魯哀公問孔子儒服，孔子不對，因問儒行，而孔子歷言之。今考其書，言儒者之行，誠有是事也；謂孔子言之，則可疑也。儒者之行，一出於義理，皆吾性分之所當為，非以自多求勝於天下也。此篇之說，有矜大勝人之氣，少雍容深厚之風，似與不知者力爭於一旦。竊意末世儒者，將以自尊其教，有道者不為也。雖然，其言儒者之行不合於義理者殊寡，學者果踐其言，亦不愧於為儒矣！此先儒所以存於篇，今日講解，所以不敢廢也。[8]

5　牟宗三致函熊氏的書信暨熊氏的答書，收錄在《十力語要》卷三。參見《熊十力全集》卷四，頁395-407。

6　此方面的論著，如有張學智：〈熊十力與牟宗三關於《大學》釋義的爭辯——以《讀經示要》為中心〉，《北京大學學報（哲學社會科學版）》，第42卷6期（2005年11月），頁29-36。又，王汝華討論熊氏於「陽明思想的闡述與推廣」時，即以「疏決《大學》，朱王並納」為論述開端；參見王汝華：《尋繹當代儒哲熊十力——以「一聖二王」為綸》（臺北：秀威資訊科技公司，2010年），頁78-93。

7　《宋史》卷439〈文苑一〉載宋太宗淳化三年（993）「太宗親試貢士，……摹印〈儒行篇〉，以賜新及第人及三館、臺省官，皆上表稱謝。」（點校本，北京：中華書局，1985年，頁13015。）又《宋會要輯稿·選舉》二之二載淳化三年三月十五日「詔新及第進士及諸科貢舉人〈儒行篇〉各一軸，令至所，著於於壁，以代座右之誡。」（〔清〕徐松輯，陳垣等編：《宋會要輯稿》，北京：中華書局縮印民國廿五年〔1936〕國立北平圖書館影刊本，1957年。）

8　〔宋〕呂大臨：《禮記解》，收入陳俊民輯校《藍田呂氏遺著輯校》（北京：中華書局，1993年），頁360。

首先，呂大臨並未全然否認此篇所載為「儒者之行」，但卻認為此「儒」實乃「末世儒者」，恐非孔子讚許的舉止。呂大臨認為「儒者之行」應該展現的是「雍容深厚之風」，而非〈儒行〉篇所展現的「矜大勝人之氣」。雖然呂大臨對〈儒行〉內容略有質疑，卻未全面否定。他認為即便〈儒行〉所述儒者之行「不合於義理者殊寡」，但若依此踐履，仍能「不愧於為儒」。呂氏之師程頤，則全面否定了〈儒行〉篇的價值；程頤說：

> 《禮記》〈儒行〉、〈經解〉，全不是。因舉呂與叔解亦云：「〈儒行〉夸大之語，非孔子之言，然亦不害義理。」[9]
>
> 〈儒行〉之篇，此書全無義理，如後世遊說之士所為誇大之說。觀孔子平日語言，有如是者否！[10]

「〈儒行〉夸大之語」未見於現存呂大臨的著作中，但程頤所言「呂與叔解」，應即是呂氏《禮記解》。程、呂師弟二人對〈儒行〉一篇的批評雖有程度輕重之異，但顯然都認為此篇有悖於孔子的主張。程頤雖然沒有詳述批評〈儒行〉「全無義理」、「如後世遊說之士所為誇大之說」的理由，但此說的影響似乎頗大[11]。朱熹便曾對弟子說：

> 〈儒行〉、〈樂記〉非聖人之書，乃戰國賢士為之。[12]

於此所見，朱熹觀點似較持平，與呂大臨觀點較近，仍肯定此篇為「戰國賢士」之作。此外，朱熹在編撰《儀禮經傳通解》時，於《三禮》之外，也廣範引用了其他典籍中有關禮制的記述；經朱熹審訂的廿三卷中[13]，除經書、史書外，又引用了先秦子書、漢人著作（如賈誼《新書》、劉向《列女傳》等），甚至引用了前人已疑偽的《孔子家語》、《孔叢子》。然而，我們卻發現，朱熹在編纂《儀禮經傳通解》時，全然不引用《禮記·儒行》的文句。這或許間接說明了朱熹對該篇的評價。

此後，元代學者吳澄《禮記纂言》、明清之際學者王夫之《禮記章句》、代表明代官方學術觀點的科舉考試用書《禮記大全》（胡廣奉敕撰），以及清代學者孫希旦《禮記集解》，都同樣引錄了呂大臨《禮記解》的論斷。王夫之甚至認為「〈儒行〉一篇，詞旨夸誕，略與東方朔、揚雄俳諧之言相似。……於《戴記》四十九篇之中，獨為疵戾，而不

9　《河南程氏遺書》卷19〈伊川先生語五〉，《二程集》，（王孝魚點校本，北京中華書局，1981年），頁254。

10　《二程集》，頁177。

11　余英時認為，「過去我們不理解他（程頤）為什麼單單挑出〈儒行篇〉來予以痛斥。現在我們完全明白了，這是針對太宗淳化三年賜進士〈儒行篇〉而發。」參見余英時：《朱熹的歷史世界——宋代士大夫政治文化的研究》（臺北：允晨文化實業公司，2003年），上冊頁139。然而，在該書前後文中，我們並未不能知曉余英時如何「完全明白」。此問題只能暫時存而不論。

12　《朱子語類》（王星賢點校本，臺北：文津出版社，1986年）卷87，頁2225。

13　此廿三卷內容，包括「家禮」、「鄉禮」、「學禮」、「邦國禮」、「王朝禮」。

足與《五經》之教相為並列。」[14]宋、元、明、清各代學者,幾乎都承繼了呂大臨所作的評價,異口同聲地貶抑〈儒行〉的價值。獨排眾議、極力宣揚〈儒行〉的學者,在明清之際有黃道周,在民國初年便有章太炎、熊十力。

黃道周撰有《儒行集傳》一書,將〈儒行〉分為十七章,除疏解文句外,又引錄歷代史傳,以實事實蹟與〈儒行〉內容相證。四庫館臣於《儒行集傳》文淵閣本書前提要中說:

> 〈儒行篇〉先儒譏其不純,以為非孔子之言,以其詞氣近於矜張,非中和氣象。道周負氣敢言,以直節清德見重一時,故獨有取於此篇。[15]

館臣只點出「先儒」之言,未直接評價〈儒行〉篇內容;然而提要卻指出黃道周「負氣敢言」的性格,並將此視為黃氏撰作《儒行集傳》的直接原因。細究此段文字便可發現,館臣其實已採納了「先儒」對〈儒行〉「詞氣近於矜張,非中和氣象」的評價。若四庫館臣「知人論事」的說法可以成立,則黃道周撰作此書,並不是要疏解出一篇「雍容深厚之風」的〈儒行〉,而恰恰是要說明:縱有「矜大勝人之氣」,亦無損於儒者之德。

同樣身處易代鼎革之際的熊十力,雖然未提及黃道周及其著作,卻同樣一反宋儒之言,大力表彰〈儒行〉,使此篇的價值重新被世人認識。有趣的是,在諸多記述熊十力生平的文章、傳記中,熊氏為後人稱述的性格,正與四庫館臣所言黃道周「負氣敢言」的性格遙相唱和。

熊氏並不特意辨析此篇「是否為孔子所言」,甚至直言「〈儒行〉一篇,其七十子後有學當戰國之衰而作乎?」(頁 217)熊氏重新釐定〈儒行〉的價值,並不從考察〈儒行〉與孔子的關係著手。換言之,即便〈儒行〉未必是孔子親口所說,仍無損於此篇的價值。因為熊氏認可的是〈儒行〉一篇所述儒者的性格、舉止。由此而言,重新肯定〈儒行〉一篇的價值,使他回復「經典」的地位,便不僅具有文獻學上的意義,更重要的是表彰者意圖藉此廓清「儒者」的形象。這不但是黃道周的用心,更是熊十力疏釋〈儒行〉最主要的目的。

---

14 〔清〕王夫之:《禮記章句》,收入《船山全書》第4冊(陶敏等點校,長沙:嶽麓書社出版社,1996年),頁1457。

15 〔明〕黃道周:《儒行集傳》(《景印文淵閣四庫全書》,臺北:臺灣商務印書,經部116冊)。此段文字,亦見於文淵閣本書前提要,卻不見於武英殿本、浙刻本、粵刻本《四庫全書總目‧經部禮類》所載《儒行集傳》提要。《總目》本提要刪去此段的原因,尚待探索。
相關記載,參見《金毓黻手定本文溯閣四庫全書提要》,(影偽滿康德二年(1935)遼海書社本,北京:中華全國圖書館文獻縮微複製中心,1999年)頁111;《武英殿本四庫全書總目》(影清乾隆六十年(1795)武英殿本,臺北:臺灣商務印書館,2000年),卷21,頁15下;浙刻本《四庫全書總目》(影乾隆六十年(1795)浙江本,北京:中華書局,1965年),頁171;粵刻本《四庫全書總目》(影清同治七年(1868)廣東書局本,臺北:藝文印書館,2004年),卷21,頁15下。

三　廓清「儒者」的基本性格

在疏釋〈儒行〉之前，熊氏十分明確的陳述其旨趣：

> 余既疏決〈大學〉首章，今當採〈儒行篇〉略加論正。上追晚周儒風，以為來者勸。鄭玄《三禮目錄》云：「名曰〈儒行〉者，以其記有道德者所行也。儒之言，優也，柔也。能安人，能服人。又儒者，濡也。以先王之道能濡其身。」近人章炳麟曰：「〈儒行〉十五儒，大抵堅苦卓絕，奮厲慷慨之士。與儒柔之訓正相反。儒專守柔，即生許多弊病。西漢時，張禹、孔光閹然媚世，均由此故。然此非孔子意也。奇節偉行之提倡，〈儒行〉一篇觸處皆是，是則有知識而無志節者，亦未得襲取儒名也。[16]」（頁205）

除鄭玄外，許慎也同以聲訓的方式訓解「儒」為「柔」：《說文·人部》：「儒，柔也，術士之偁。」[17]這種解釋，自東漢至唐代頗為常見。如魏·張揖《廣雅·釋詁四》、唐·玄應《一切經音義》卷二二、唐·顏師古《漢書·司馬相如傳·注》等「儒」皆作此解。聲訓，與其說是透過聲音關係解釋詞義，不如說是一種詞語的文化聯想；雖未必能探索出字詞的本義，卻是解釋者對此詞語最直接的認知。以「柔」釋「儒」，雖可以有「能安人」、「能服人」的正面意義，但「守柔」卻被熊十力認定是後世儒者「閹然媚世」、「有知識而無志節」的病源。熊氏甚至指出，「理學末流，貌為中庸，而志行畏葸，識見淺近，且陷於鄉愿而不自覺其惡也」（頁206）。

為矯正此弊，熊氏以章太炎〈《儒行》要旨〉講演中「堅苦卓絕，奮厲慷慨」之說為援，試圖扭轉陋儒柔靡的風氣。

（一）儒者，非柔弱之徒

於疏釋〈儒行〉時，熊氏自然頗留意申述儒者勇武的形象。如〈儒行〉所記儒者「特立之行」時說：「鷙蟲攫搏，不程勇者；引重鼎，不程其力。往者不悔，來者不豫。」（《禮記正義》卷 59，頁 2 下[18]）鄭玄注解「鷙蟲」為「猛鳥、猛獸」，清人王念

---

16 「襲取」，《全集》本誤作「龔取」，且誤以為章太炎之言至「奮厲慷慨之士」止（見《全集》本頁674-675），今正。

17 〔清〕段玉裁：《說文解字注》（影清嘉慶二十年〔1815〕經韻樓本，臺北：藝文印書館，1979年），八篇上，頁3下-4上。

18 本文引用《禮記》本文及《注》、《疏》，皆據《禮記正義》（影清嘉慶二十年〔1815〕南昌府學重刊宋本，臺北：藝文印書館，1989年）。以下引用，皆逕於文末標注卷次、頁次。

孫又主張文中「不程勇者」當作「不程其勇」[19]。鄭玄對〈儒行〉此句的解釋說：

> 搏猛引重，不量勇力堪之與否，當之，則往也。雖有負者，後不悔也。其所未見，亦不豫備，平行自若也。（《禮記正義》卷59，頁3上）

「搏猛」、「引重」用以比喻艱難之事。鄭玄之意是說：儒者當為則為，事先不預作衡量，即使失敗，事後也不追悔。不僅如此，對於未遇之事，儒者也不憂慮，而能安然自若。熊氏於疏解〈儒行〉此段時，援引王念孫校勘主張，又引述鄭注[20]，再申以己意：

> 案此皆所以養勇氣，不可有一毫自餒處。天下之勇，亦必於日常所觸險難處，涵養得來。（頁213）

〈儒行〉此文所言，雖然看似「搏猛」、「引重」等日常瑣事，但熊氏卻認為這即是儒者涵養「勇氣」的日常工夫。若搏獸、扛鼎尚且瞻前顧後，遭遇險難時，恐怕只會自餒退卻。

呂大臨於此節頗有正面的申說：

> 「鷙蟲攫搏，不程其勇」者，自反而縮，千萬人吾往矣；其勇也，非慮勝而後動者也。「引重鼎，不程其力」者，仁之為器重，舉者莫能勝也；其自任也，不知其力之不足者也。「往者不悔」，幾於「所過者化」；「來者不豫」，幾於「所存者神」也。（《禮記解》，頁363）

張載也說：

> 「鷙蟲攫搏，不程勇者；引重鼎，不程其力」與「勉焉日有孳孳，不知年數之不及，斃而後已」同義。於向道亦然，當事亦然。如子路者，亦無愧於此矣。（〔宋〕衛湜：《禮記集說》[21]卷147引）

張載所言「勉焉日有孳孳，不知年數之不及，斃而後已」，源於《禮記·表記》所載孔子之言，原文作：「不知年數之不及，俛焉日有孳孳，斃而后已」（《禮記正義》卷54，頁8下）。無論是呂大臨或張載，都認為〈儒行〉此段文字的義涵與聖人之道相應。然而同見於衛湜《禮記集說》所引，宋人晏光對〈儒行〉此文則頗有微詞。晏光將「不程其勇」、「不程其力」理解作「人皆以為勇，吾則不程計其勇，為其暴虎者尚勇而不尚義也」、「人皆以為力，吾則不程其力，為其扛鼎者尚力而不尚德也」，且認為若按鄭玄等

---

19 詳見〔清〕王引之：《經義述聞》（影清道光七年王氏京師刻本，臺北：廣文書局，1979年）卷16〈禮記下〉「不程勇者」條。

20 《全集》本整理者誤以鄭注為熊氏之語（頁679），明顯失考。

21 〔宋〕衛湜：《禮記集說》，影《通志堂經解》本冊30，（臺北：漢京文化事業公司，1985年）。

「先儒」之說，「則一勇之夫，豈儒者之事哉！」（《禮記集說》卷一四七引）此說尚有後繼者，如王夫之也說：

> 此節所言，皆剛愎冒昧之行，以此為特立，其妄甚矣。（《禮記章句》頁1460）

熊十力對船山學術甚熟悉，必當知曉王夫之此言。熊氏在疏釋〈儒行〉此段記載後，仍特意澄清，並稱揚此行；他說：

> 搏猛引重諸語，或以為害於義理，吾意不然。儒兼任俠，其平居所以養其勇武者固如此。（頁214）

強調「勇武」，是為矯正「儒者，柔也」的偏差形象；然而，「勇」並非「莽撞」。儒者「勇武」，但仍要溫和良善，且要敬慎知禮。〈儒行〉說：「溫良者，仁之本也。敬慎者，仁之地也。」又說「禮節者，仁之貌也。」（《禮記正義》卷 59，頁 12 下）熊氏認為，因為儒者以「仁」居心，因此「應物現形，溫然有節文也。」（頁 229）表現於外，則「出口之言，悉從仁心中流出，自然成文也。」（頁 229）發為歌樂，則「樂不淫，哀不傷，正是和悅之仁體，自然有則而不過也。」（頁 230）再由己身推諸人，則能「散財振物」、「均天下之財」（頁 230）。由此可以推知，熊氏心目中之儒者，不是柔弱隱逸的高士，也非勇猛使氣的遊俠；他說：「章炳麟謂〈儒行〉堅苦慷慨，大抵高隱、任俠二種。若然，則枯槁與尚氣者皆能之，何足為儒？何可語於聖神參贊位育之盛？細玩〈儒行〉，豈其如是！」（頁 233）

儒者之「勇」，不但是勇於任事，更要知所進退。這是熊氏疏釋〈儒行〉的要旨之一。以下試作陳述。

（二）儒者，能知進退

〈儒行〉「其難進而易退也，粥粥若無能也」一句，熊十力闡述道：

> 非義不仕，故難進。昏亂之朝，義不苟留，故易退。粥粥，陸德明《釋文》：「卑謙貌」。有若無，實若虛，非偽貌也。君子盛德若不足。其求進無已，故恒不自滿也。（頁209）

據此可知，熊氏認為儒者並不躁進、莽撞，必修德求進、謙抑自處。雖則謙虛，卻不畏縮，因此當進則進、當退則退，「不爭利，不避患」（頁 210）。在詮解〈儒行〉「愛其死，以有待也。養其身，以有為也」一句時，熊氏也申述此理：

有待，有為，而後敢養身愛死。此非可偽托也，蓋將予人以可徵焉[22]。馮道輩屈
辱之愛死，隱逸自利之養身，辱生甚矣。（頁210）

「愛死」，即惜死，不輕易赴死。愛死非為爭利、養身非為避患，而是因為有所待、有
所為。所待、所為是積極的作為，因而愛死、養身便不是退卻。

　　無論身處治世或亂世，儒者應勇於把持該有的立身之道。熊氏對〈儒行〉「世治不
輕，世亂不沮」的詮釋，便闡述此理。熊氏解「世治不輕」一句說：

世治，則人情易耽逸樂，忘戒懼。儒者居安思危，嘗惕屬憤發，深求當世之隱患
與偏弊，而思矯之。故云「不輕」。鄭玄以來皆誤解。（頁222）

解「世亂不沮」又說：

世亂，則人皆退沮。儒者早察亂源於無事之日，凡社會上經制之不平、政治上舉
措之大過，儒者皆詳其理之所未當、勢之所必趨、流極之必至於已甚。故當亂之
已形，恒奮其大勇無所怖畏之精神，率群眾以革故取新。《易》所謂「開物成
務」是也。開者，開創。凡經濟與政治種種度制，乃至群紀、信條以及器用，一
切新發明、新創作，皆謂之「開物」。成務，則牒上而言新事物之創成也，故云
「不沮」。若只獨行，無所創闢於世，豈「不沮」之謂耶？鄭玄以來皆誤解。（頁
223）

兩句之末，都標示了「鄭玄以來皆誤解」，表現熊氏對新解的自信。我們不妨將熊氏的
疏解與根據鄭《注》闡發的舊說進一步對比、分析。

　　鄭玄對此二句的注解云：「世治不輕，不以賢者並眾不自重愛也。世亂不沮，不以
道衰廢壞己志也。」孔《疏》進一步申述：

「世治不輕」者，世治之時，雖與群賢並處，不自輕也。言常自重愛也。「世亂
不沮」者，沮猶廢壞也。言世亂之時，道雖不行，亦不沮壞己之本志也。……〔
《注》〕云「世治不輕，不以賢者並眾不自重愛也」者，言凡人之情，見眾人無
知己之獨賢，則盡心用力。若眾人皆賢，或自替廢。儒者不以如此，恒自重愛
也。（《禮記正義》卷59，頁10上-11上）

「世治不輕」、「世亂不沮」兩句中，「世治」、「世亂」是時間條件，「不輕」、「不沮」是
儒者於此條件下應有的作為。若依鄭、孔之意，此句是說：處承平之時，雖有眾賢可與
共處，卻不可妄自菲薄；處衰亂之時，雖未能抒展己志，卻不必失意沮喪。如此理解，
雖然不能說有違儒家之道，但卻僅言及儒者自身修養。這種工夫，正是熊氏所批評的

---

22 「徵」，明文書局本誤作「微」；今據洪氏書局本、《全集》本改正。

「只獨行」卻「無所創闢於世」。「不輕」、「不沮」不能只是個人道德涵養，更應積極轉化作治世的力量，這便是熊氏所說「恒奮其大勇無所怖畏之精神，率群眾以革故取新」。

然而，革故取新、開物成務，不能只憑「勇」；除了談論處世原則，在〈儒行〉的疏釋中熊氏也著重闡述儒者治世具體可行的作為。對「不臨深而為高，不加少而為多」一句，熊氏的理解便與鄭《注》極不同。鄭玄注釋此句時說：「不臨深而為高，臨眾不以己位尊自振貴也。不加少而為多，謀事不以己小勝自矜大也。」這僅是就個人修德而言，但熊氏則轉換此句的意涵，將文意從個人擴及到人我關係。他解「不臨深而為高」一句說：

> 天下有甚深之淵，謂潛伏之勢力也。從來政治社會等等方面，當某種勢力乘權，而弊或伏，則將有反動思想醞釀而未形。積久，則乘勢者不戒，而弊日深。於是反動之勢，益增盛而不可遏。故御世之大略，常思天下之利，或失之不均，而流極難挽。天下之巨禍，或伏於無形，或爆發可憂，故不可以我之足以臨乎其深潛之勢而制之，遂自居高，以為無患也。當思危，而求均平之道耳。鄭玄以來，於此皆誤解。（頁221-222）

對此句的詮釋，主要是：儒者面對深不可測的世局，須隨時思索人世之利弊得失，不可過度自信、掉以輕心，以免弊端發展至不可遏抑、難以挽救的局面。對「不加少而為多」一句，熊氏則詮釋說：

> 天下之是非，有時出於眾好眾惡，而確不背於大公之道者，則從多數為是，不可以少而抗多也。有時群眾昏俗之盲動，反不若少數人獨見之明，則不可恃多以加乎少。加者，有自處優勢而抑彼之意，如「我不欲人之加諸我也」之「加」。鄭玄以來，於此均誤解。（頁222）

熊氏認為：只要眾人的意志不違背「大公之道」，儒者不必自命清高，與眾為敵。從另一立場而言，若己身居於多數群眾之列，也仍要反省所持信念是否「不背於大公之道」；若於道有虧，則不能以身居「多數」的優勢抑制少數人。職是，無論自身是孤立獨行，或是有群眾奧援，行事都要一秉大公，以「道」為準則。

熊氏在文中也曾說：「將改造治制，而群情未協，不可鹵莽以行破壞」（頁 211），這正是提醒儒者留意個人修德與行道於世的分際。「暴亂之政，儒者必結合群策群力，以圖改革。不以險難而更其志操也。」（頁 215）若能得群力支持，自然較可能有所作為，但儒者處世，難免遇著「上無援、下無引」的情況。對此困境，熊十力也藉疏釋〈儒行〉，指點儒者該有的原則與作為。

疏釋〈儒行〉「適弗逢世，上弗援，下弗推」一句時，熊氏先解釋句意，說這是儒者志氣與世道相左時，「上不為在位者所援引」，且又「不為下民所擁戴」這時：

> 儒者當昏亂之世,其志氣上同於天。其前識,遠燭未來,而知當世之所趨,孰為
> 迷失道以亡,孰為開物成務而吉。其定力,則獨挽頹流,而特立不懼。其大願,
> 則孤秉正學以爍群昏。百獸蹢躅,而獨為獅子吼。雖所之與世左,上弗援,下弗
> 推,儒者身窮而道不窮也。(頁216-217)

因儒者以仁居心、以行道自任,往往較眾人識見廣遠,能考察時勢得失,更能燭照未來
發展趨勢。因此,即使不能得上位者任賞,甚至不為眾民支持,儒者仍能秉持道德勇
氣,「獨挽頹流,而特立不懼」,「孤秉正學以爍群昏」進而「獨為獅子吼」以震懾君
上、警醒萬民。在此種世局,儒者便可有所待、有所為而「愛死養生」;即便是高蹈隱
逸而「身窮」,仍要堅持「道不窮」的志向。

(三)儒者,治世不必任官

只要堅持「道不窮」,儒者便不必在乎仕或隱。猶如〈儒行〉所言「身可危也,而
志不可奪也。雖危,起居竟信其志,猶將不忘百姓之病也。」(《禮記正義》卷五九,頁
七下)即便是「隱」,儒者不但不忘道,且不忘百姓。

〈儒行〉「儒有一畝之宮,環堵之室,篳門圭窬,蓬戶甕牖,易衣而出,并日而
食;上荅之,不敢以疑;上不荅,不敢以諂。其仕有如此者。」(《禮記正義》卷 59,
頁 6 下)鄭玄說此段是儒者「貧窮屈道,仕為小官也」(同上)。熊十力似無法接受鄭玄
「屈道」之說,因此直言「鄭說非是」;他接著說:

> 此節盡言固窮高隱之儒,雖不任政,而國君時與咨詢政事,必盡直道。「仕」本
> 訓「學」,不必入官之謂仕也。此言貧而樂學也。若為小官,則無由為上所答
> 矣。(頁216)

《說文・人部》「仕,學也」,熊氏所言「仕本訓學」,大概即以此為據。即便「仕」原
有「學」之意,但恐是古義。《論語・子張篇》已有「子夏曰:仕而優則學,學而優則
仕」,〈公冶長篇〉又有「子使漆雕開仕」;段玉裁注《說文》時便因《論語》此二則而
說:「以仕、學分出處,起於此時。許說其故訓。」(《說文解字注》八篇上,頁 3 上)
據此而言,以「仕」之「故訓」解〈儒行〉之「仕」,就詞義訓詁而言,未必妥當,熊
氏應不昧此理。將〈儒行〉此句中「仕」理解為「學」,應該只是藉經文而闡述大義。
儒者無論在朝、在野,無時不心繫百姓、關心國政,此便是熊氏此處所要揭示的大義。

如熊十力所釋,〈儒行〉一篇不但不違儒家義理,更積極、具體陳述儒者立身處世
之道,又何以招致宋至清代學者的非議?熊氏認為,這種誤讀,其實出自前代學者治學
的偏失;這便與學術史上「漢學」、「宋學」的得失爭論有關。以下便就此申論。

四　指陳漢宋學術偏失，體現讀經、解經正途

對於前代學者輕視或誤讀〈儒行〉的原因，熊十力在疏釋〈儒行〉後，對漢、唐注
經者先提出批評；他說：

> 〈儒行篇〉，自昔罕有注意者。漢、唐經師，只是注疏之業，根本不知儒者精
> 神。鄭玄、孔穎達之注，於〈儒行〉精要都無所窺。（頁234）

繼而又對宋明理學家提出指責：

> 兩宋理學，大抵不脫迂謹，末流遂入鄉愿。近人詆程、朱諸師為鄉愿，此無忌憚
> 之談，但理學末流誠不佳。明儒變宋，則陽明子雄才偉行，獨開一代之風。然末
> 流不免為狂禪或氣矜之雄，卒以誤國。陽明教人，忽略學問與知識，其弊宜至此
> 也。〈儒行〉首重「夙夜強學以待問」，又曰「博學不窮」、曰「博學知服」，陽明
> 卻不甚注意及此，故不能無流弊。宋、明諸儒，本無晚周儒者氣象，宜其不解
> 〈儒行〉也。（頁234）

兩段文字中，熊氏對漢唐經師、宋明理學家皆有批評；然而再細加分判，即可見熊氏的
批評仍有輕重之別。對漢唐經師的代表人物鄭、孔的批評，熊氏毫不留情，直指他們
「不知儒者精神」。但對於宋明理學的宗師程、朱、陽明，雖批評他們「不脫迂謹」、
「無晚周儒者氣象」，但又同時指斥詆毀程、朱者。對於王陽明，熊氏則稱賞他「雄才
偉行，獨開一代之風」，只說他未重視「強學」、「博學」工夫。明白可見，熊氏對理學
家的批評，實際只限於「理學末流」。[23]
　　簡言之，熊十力認為，漢、唐經師注解〈儒行〉，因未能體認儒者精神，因此只留
意疏解文句，不能闡發精義。至於宋明理學者，則受制於個人氣質，不願相信〈儒行〉
展現的是「晚周儒者氣象」。熊氏語句中的意涵可能是：漢唐經師根本未能掌握〈儒
行〉一篇承載的儒者真精神，進而將他們解讀出的「假儒者」認作「真儒者」。至於
程、朱諸人，則已體認〈儒行〉義蘊，卻誤將他們解讀出的「真儒者」認作「假儒
者」。如果我們對熊氏言論的體會無大偏差，那麼可以得出這種結論：熊十力認為，在
經典意涵的理解方面，宋明理學者勝過漢唐經注者。此說確有熊氏之言為證：

> 漢學全是注疏之業，蓋釋經之儒耳。宋學於心性或義理方面，確有發明，衡其學
> 術，蓋哲學上之唯心論者。（原注：明儒便立心學之名。）其思想甚有體系，其
> 所造極深邃。（頁438）

---

23 熊十力的評斷，恐怕並不公允。因為全面否定〈儒行〉價值者，並非「理學末流」，而可上溯至程
　　頤、呂大臨諸先輩。

> 宋學自是哲學，本非以注釋經書為務者。……夫漢學，但治文籍，而搜集其有關
> 之材料已耳。清世所稱經學大師，其成績不過如此。宋儒則窮經而能得意於文言
> 之外。（頁438-439）
>
> 雖宋學未識先聖之全體大用，而於本原處，要自有所認識，未可薄也。（頁440）
>
> 清儒雖以漢學自標榜，然從許、鄭入手，只以博聞是尚。於西漢經儒之整個精
> 神，全無所感。清人托於漢學，實已喪盡漢學血脈也。（頁443）

漢人注經何以「不知儒者精神」？或許正因熊氏認為漢儒思想「本非出於孔子六經」，
而只是「曾、孟之孝治論」的流弊[24]。至於清儒，又只以東漢許慎、鄭玄等為學習對
象；「西漢經儒之整個精神」比較接近晚周儒者氣象，清儒對此卻「全無所感」。因此，
在熊氏目中，「清世所稱經學大師，其成績不過如此」。至於宋儒，雖未必已識「先聖之
全體大用」，但對聖人之道的「本原處」已有認識，讀經時便較深邃精微。

然則，清末學者所提消泯漢、宋畛域的主張，是否就能除弊？熊十力甚不以為然。
他說：

> 聞今人談學術史有欲泯漢、宋之界者，不知漢學僅為治經之工具，（原注：此等
> 工具，為宋學家所必須留意不待言。）宋學纔是一種學術，（原注：即是哲
> 學。）實乃宗經而特有創發。二者不容混視，何須深論。若謂一人為學，於漢、
> 宋宜雙脩兼備，此則另是一事；而漢學、宋學之類別不可紊，則有識者當不以余
> 言為妄也。（頁440）

此說明白指出，漢學只是探求學術的工具，卻不是學術本身。若能善用工具以探求學
術，則自然最為理想；但「工具」與「學術」本不在同一層面，何言「泯除」！熊氏接
著又說：

> 漢學畢竟是學術界萬不可少之工作。凡讀古書者，於其訓詁名物度數等等，若茫
> 然不知，則與不曾讀書者何異？如此，則古人之精神遺產，吾實未能承受之，是
> 自處於孤窮也，不智孰甚！（頁440-441）
>
> 大凡注重哲學思想者，其讀書，於考據方面決不輕忽，而亦決不能如考據家一般
> 精博。因其為學路向不同，其致力處自別。彼之從事考據，大抵視其思想之路
> 向，與構成其思想體系之所需要者。……漢學家見宋儒考覈有未審處，便詆侮無
> 所不至。此甚錯誤。漢學家補宋儒考覈之所不及，固其宜也。若以其注疏有未

---

24 熊十力《原儒·原學統第二》認為：「漢人擁護帝制之教義，約分三論：一曰三綱五常論，二曰天
人感應論，三曰陰陽五行論。」並謂「漢人說經無往不是綱常大義貫注彌滿，其政策則以孝弟力
田，風示群眾。曾、孟之孝治論，本非出於孔子六經，而實曾門之說；不幸採用於漢，流弊久長，
極可嘆也。」（引用時，略去原注。）見《原儒》（臺北：明文書局，1997年再版），頁91-92。

> 審，而遂輕視宋儒學術，則大不可。然宋學家治經，如能創通大義，另有發揮，
> 自屬重要。而注經於訓詁名物等等，不肯闕疑，則亦非注經之道。（頁441-442）

這可視為熊氏對「漢宋之爭」問題提出的結論，簡言之，即要藉由工具性質的漢學，補
足宋學之不足。

既有此見，熊氏是否也具體落實在〈儒行〉的疏釋上？我們發現，對鄭、孔解經的
成果，熊氏並未全然推翻；對於清人王念孫、俞樾所作〈儒行〉文句字詞的校勘，熊氏
也曾採錄。畢竟語詞的解釋、文獻的考索，有相對客觀的原則可循。熊十力的對經文理
解的創發，也未嘗脫離字詞訓詁。以下的例子，即是熊氏經由訓詁而獲新解的實證。

〈儒行〉：

> 儒有不寶金玉，而忠信以為寶；不祈土地，立義以為土地；不祈多積，多文以為
> 富。難得而易祿也，易祿而難畜也。非時不見，不亦難得乎？非義不合，不亦難
> 畜乎？先勞而後祿，不亦易祿乎？其近人有如此者。（《禮記正義》卷59，頁2
> 下）

此章自「儒有不寶金玉」至「多文以為富」，文意不難理解，歷來說解也沒有太大的出
入；這段是說：儒者不以金玉為寶，而寶愛忠信；不求獲得土地，而以仁義為立身之
地；不求積蓄財物，而以積累詩書六藝之文為富[25]。然而，文中「易祿」一詞則較費
解。鄭玄未注解「易祿」，但對句中與「易祿」相關的「難畜」，則說「難以非義久留」
（《禮記正義》卷 59，頁 2 下）。孔穎達進推闡鄭玄之意，串講「難得而易祿也，易祿
而難畜也」作：

> 「難得而易祿也」，非道之世，則不仕，是難得也。先事後食，是易祿也。「易祿
> 而難畜也」者，無義則去，是難畜也。（《禮記正義》卷59，頁5上）

孔《疏》「非道之世，則不仕」，即〈儒行〉所言「非時不見」；「先事後食」，即〈儒
行〉所言「先勞而後祿」；「無義則去」，即〈儒行〉所言「非義不合」。由此明白可見，
鄭《注》、孔《疏》所言「難得」、「易祿」、「難畜」，都是指儒者出仕任官而言。用以解
釋「易祿」的「先勞後祿」或「先事後食」，先、後皆非時間上的先後，而是指儒者心
中的輕重。亦即，儒者以「勞」（或「事」）為先（重），而以「祿」（或「食」）為後
（輕）。「難得」、「易祿」、「難畜」，其實都是由君主的立場而言：難於得人（在上位者
難以使儒者出仕）；易予俸祿（一旦出仕，卻容易授儒者俸祿）；難於畜養（很難強迫儒
者久居此位）。宋人呂大臨《禮記解》即說：

---

25 〔唐〕孔穎達解「文」為「文章技藝」（《禮記正義》卷五九，頁五上），此依〔清〕孫希旦《禮記
　　集解》之說，以「文」為「《詩》、《書》六藝之文」。（《禮記集解》點校本，頁1401-1402）。

> 儒者之於天下，所以自為者，主於德而已；所以應世者，主於義而已。……志非不欲行也，時止則止，時行則行，不可必其見也。道非不欲合也，非其義也，一介不以取諸人，不可必其合也。難得難畜，主於義而所以自貴也。雖曰自貴，時而行，義而合，勞而食，未始遠於人而自異也。（頁362-363）[26]

各家之說，大抵都認為儒者重德義而輕金玉、重勞務而輕食祿，因此人君容易授予俸祿。然而，熊十力卻嚴厲地指責：「從來注家於此皆誤解」（頁211）。

熊氏對〈儒行〉此章的理解，是由「難得」、「易祿」一詞的詞意訓詁著手，他說：

> 「難得」，言其進德修業，皆得力於難也。《論語》「仁者先難而後獲」是也。「易」[27]，《漢書・李尋傳》引《論語》「賢賢易色」，顏師古注：「易色，輕略於色，不貴之也。易祿，輕祿利也」。從來注家於此皆誤解。（頁211）

又說：

> 「畜」，容也。「難畜」，不取容於世也。輕祿故難畜。（頁211）

熊氏將「難得」的主語從「君主」扭轉回「儒者」；不取舊注「君難以得儒者為臣」的說法，而從儒者自身的進德修業而言。至於「易祿」，則以顏師古《漢書注》為據，解「易」為「輕略」；「易祿」即是「輕祿利」[28]。

接著解釋「非時不見，不亦難得乎」一句時又說：

> 德未成，不可以教人。見未正，不可遽持之以號召當世。乃至有所發明，而未經實證，不輕宣布。將改造治制，而群情未協，不可鹵莽以行破壞。皆「非時不見」義也。從來注家專就個人出處言，殊失經義。（頁211）

此又從儒者個人修德問題，擴伸到經世層面；於是此章既不是鄭玄所言受制於君上的儒者，又不僅是獨善其身的窮儒，而是進德修業、待時治世的通儒了。

細加思索不難發現，以將「易」解作「輕略」，是為了方便熊氏闡述心中已有的

---

26 〔元〕陳澔《禮記集說》解釋此章時，便節引呂大臨《禮記解》的文字，而未另作說解。

27 此處的「易」，應該只是標舉出下文要解說的對象，也就是「易祿」之「易」。《熊十力全集》將「易」字視作《易經》，標上書名號（頁678）。然而，《易經》既未引用《論語》「賢賢易色」一句，也未有解「易」為「輕略」的例子。

28 據顏師古之說將「易」理解為「輕略」，極可能是熊十力閱讀劉寶楠《論語正義》的收穫。清人劉寶楠疏解「賢賢易色」一句時便說：「《漢書・李尋傳》引此文，顏師古《注》：『易色，輕略於色，不貴之也。』《公羊》文十二年《傳》：『俾君子易怠。』何休《注》：『易怠，猶輕惰也。』是『易』有『輕略』之義。」參見〔清〕劉寶楠：《論語正義》（高流水點校，北京：中華書局，1998年），頁20。

「精義」。舊說以「易」為「難易」之易，雖未必不通，但卻不能獲致如熊十力所闡發的多層次意涵。

五 結語

《讀經示要》卷二中有一段記載熊十力與蔡子民論及大學經學課程問題時，曾說：

> 讀經非為博聞也，要在涵養德慧，發揚人格。此則全賴大師以身教之，故師資難也。（頁739）

由此可見，「讀經」主要的目的不在（或不僅在）知識的增長，熊氏更重視透過讀經達到道德涵養與實踐的效用。在《讀經示要》中，熊氏認為「〈大學〉、〈儒行〉二篇，皆貫穿群經」（頁 234）。對初讀經典之人而言「從此入手，必無茫然不知問津之感」（頁234-235）；在既讀經典之後「又復迴玩二篇，當覺意思深遠，與初讀時絕不相同」（頁235）。熊氏指出：〈大學〉為《六經》之綱領旨趣；《六經》之宗要、體系、面目、精神，皆蘊於〈大學〉中[29]。至於〈儒行〉所載儒者之行，則皆為「仁」的具體實踐，「皆人生之至正、至常，不可不力踐者」（頁 236）。由此可見，〈大學〉與〈儒行〉實具體、用之關係[30]。

進一步言，熊氏更認為惟有透過「以身教之」，才能真正傳承經典義理。疏釋〈儒行〉的目的，其實也在於此。《讀經示要》第一講闡述「道」之後，熊十力說：

> 講至此，本可作一結束，唯余欲採《禮記・大學篇》首章及〈儒行篇〉略為疏釋，以明宗趣。（原注：宗者，宗主。趣者，旨趣。）二三子由是而入焉，則可以貫穿群經。精思而力踐之，毋逞虛見，毋託空語，庶幾為敦實有用之學，可以扶衰起廢。人能宏道，非道宏人。聖言可玩，二三子勉之哉！（頁125）

透過〈儒行〉的逐句疏釋，熊十力揭露了「真儒」的面目，扭轉柔弱、鄉愿、自利的偏差性格，強調了儒者勇健、進取且不受制於上位者的自信氣象。除此之外，熊氏不但重新釐定〈儒行〉的學術史地位，更透過指陳漢唐注經者、宋明理學者治經的偏失，在疏解的過程中體現讀經、解經的途徑。

---

29 熊氏於疏解〈大學〉首章後，直指〈大學〉為「《六經》之綱要，儒家之寶典」（頁202），又說：「汝曹不悟《六經》宗要，讀〈大學〉可悟其宗要；不得《六經》體系，讀〈大學〉可得其體系；不識《六經》面目，讀〈大學〉可識其面目；不會《六經》精神，讀〈大學〉可會其精神。」（《讀經示要》頁203-204）

30 熊氏曰：「若單舉〈儒行〉，則不可見儒學綱領旨趣，莫知其行之所由成也。」（《讀經示要》頁233）

　　熊氏對「真儒」的形象的廓清，不但見於《讀經示要》中，於其後所著的《原儒》一書中，亦十分強調[31]。這絕不只是學術問題的探究，更是熊氏對現世知識分子形象、性格的導正。

---

31 郭齊勇即認為熊氏的「經學外殼」下，蘊藏了他的政治哲學；其中又鮮明地展現了「對專制主義的抨擊」；郭氏認為熊十力「對真儒、大人儒的頌揚和對偽儒、小人儒的鞭笞，是與他政治哲學密切相關的」。參見郭齊勇：《熊十力哲學研究》（新版）（北京：人民出版社，2011年），頁156-163。

徵引文獻

一　古籍

經部

〔漢〕鄭玄注，〔唐〕孔穎達疏，《禮記正義》，影嘉慶二十年（1815）南昌府學重刊宋本。臺北：藝文印書館，1989年。

〔宋〕呂大臨撰，陳俊民輯校，《禮記解》，收入陳俊民《藍田呂氏遺著輯校》，北京：中華書局，1993年。

〔宋〕衛湜，《禮記集說》，收入《通志堂經解》第30冊，臺北：漢京文化事業公司，1985年。

〔元〕陳澔，《禮記集說》，影清怡府藏板、明善堂重梓本，成都：巴蜀書社，1987年

〔明〕黃道周，《儒行集傳》，收入《景印文淵閣四庫全書》經部116冊，臺北：臺灣商務印書，1986年。

〔清〕王夫之，《禮記章句》，收入《船山全書》第4冊，長沙：嶽麓書社出版社，1996年。

〔清〕孫希旦撰，沈嘯寰、王星賢點校，《禮記集解》，臺北：文史哲出版社，1990年。

〔清〕劉寶楠撰，高流水點校，《論語正義》，北京：中華書局，1998年。

〔清〕王引之《經義述聞》，影清道光七年（1827）王氏京師刻本，臺北：廣文書局，1979年。

〔清〕段玉裁《說文解字注》，影清嘉慶二十年（1815）經韻樓本，臺北：藝文印書館，1979年。

史部

〔元〕脫脫等，（北京）中華書局點校，《宋史》，北京：中華書局，1985年。

〔清〕紀昀等，《四庫全書總目》，影乾隆六十年（1795）浙江刻本，北京：中華書局，1965年。

〔清〕紀昀等，《武英殿本四庫全書總目》，影清乾隆六十年（1795）武英殿本，臺北：臺灣商務印書館，2000年。

〔清〕紀昀等，《四庫全書總目》，影清同治七年（1868）廣東書局本，臺北：藝文印書館，2004年。

〔清〕徐松輯，陳垣等編《宋會要輯稿》，縮印民國廿五年〔1936〕國立北平圖書館影刊本，北京：中華書局，1957年。

金毓黻，《金毓黻手定本文溯閣四庫全書提要》，影偽滿康德二年（1935）遼海書社本，
　　　北京：中華全國圖書館文獻縮微複製中心，1999年。

子部

〔宋〕程顥、程頤著，王孝魚點校，《二程集》，北京中華書局，1981年。
〔宋〕黎靖德編，王星賢點校，《朱子語類》，臺北：文津出版社，1986年。

二　近人論著

王汝華：《尋繹當代儒哲熊十力──以「一聖二王」為鑰》，臺北：秀威資訊科技公司，
　　　2010年。
余英時：《朱熹的歷史世界──宋代士大夫政治文化的研究》，臺北：允晨文化實業公
　　　司，2003年。
秦　平：〈近20年熊十力哲學研究綜述〉，《哲學動態》2004年第12期，頁26-29。
張學智：〈熊十力與牟宗三關於《大學》釋義的爭辯──以《讀經示要》為中心〉，《北
　　　京大學學報（哲學社會科學版）》，第42卷6期，2005年11月，頁29-36。
郭齊勇：〈熊十力學術思想研究綜述〉，《熊十力與中國傳統文化》，臺北：遠流出版公
　　　司，1990年，頁187-222。
　　　　：《熊十力哲學研究》，北京：人民出版社，2011年。
熊十力：《讀經示要》，臺北：明文書局，1984年。
　　又：蕭萐父主編【熊十力全集】第三卷，武漢：湖北教育出版社，2001年。
　　　　：《十力語要》，蕭萐父主編【熊十力全集】第四卷，武漢：湖北教育出版社，
　　　2001年。
　　　　：《原儒》，臺北：明文書局，1997年再版。
　　又：蕭萐父主編【熊十力全集】第六卷，武漢：湖北教育出版社，2001年。

論古史派《易》學之後的《易》學開展*

楊自平

中央大學中國文學系教授

摘要

　　現代《易》學在新方法、新觀點、新材料的優勢下，繼清代《易》學之後有新的開展，無論對傳世本《周易》的認定或對《易》經、傳的解釋都有相當可觀的成果。透過對既有成果的論析與研議，認為《易經》的成書可區分原始材料、初步編纂本、傳世的編纂定本。原始材料包含相當豐富的撲著及占事紀錄，經多人努力，透過編纂者整理，完成為《易》初步編纂本，其後到西周末年再次經過儒者編纂，較初步編纂本完整，但仍不是體系嚴密的著作。孔子雖未作《易》經、傳，然孔子曾習《易》，曾提出心得，並傳《易》於門人。《易傳》非一時一人所作，而是由口耳相傳到戰國時期寫定，內容深受孔子思想影響。現代《易》學在哲學、象數、考據方面，既承繼傳統《易》學，又結合現代哲學、科學、考古學而有所開展。對於尚在發展中的現代《易》學，應先就經、傳、學作明確區分，並正視《易傳》及歷代《易》學的成就，汰慮不適切的說法。致力掌握現代《易》學相關成果，並留意考古新材料的發現，對文字學、訓詁理論應具有一定的抉擇能力，並提升哲學思辨力，透過新材料、新方法、新觀點使釋《易》內容更深刻，更具時代性，為現代《易》學發展作出貢獻。

關鍵詞：易學、周易、易傳、古史、現代

---

* 　本文刊登於《經學文獻研究集刊》（ISBN18：9787545815467）第18輯（CSSCI），2017年9月，頁283-299。

一 前言

現代《易》學從民國初年迄今百餘年。這段時期的《易》學發展，相較清代《易》學，甚至歷代《易》學，有其獨特性。廖名春指出現代《易》學發展有四大熱潮，較值得注意的是第一次及第四次。曾云：「第一次是二十年代末、三十年代初學術界關於《周易》作者和成書年代問題的討論。這次討論是由屬於『新史學』的古史辨派諸學者發動的。」[1]又云：「近十年來關於《周易》的考古學研究，是《易》學史上引人注目的突破。」[2]可見古史派《易》學及出土文獻研究盛行時期是現代《易》學兩大重要發展階段。

古史派《易》學，自顧頡剛（字銘堅，1893-1980）提出「層累造成的古史說」的重要主張，在《易》的作者、成書年代、經傳關係等重要議題，提出許多新說法，對現代《易》學產生極大的影響。

至於一九二〇年代末、一九三〇年代初古史《易》學，廖名春曾作整體回顧，指出：

> 關於《周易》經文的作者，顧頡剛、余永梁等人認為非伏羲、文王所作，而是周初的作品；李鏡池等人認為《周易》編定於西周晚期，……作者非一人；陸侃如認為《周易》周易卦爻辭經過數百年的口耳流傳，到東周中年方寫定；郭沫若認為《周易》之作決不能在春秋中葉以前，當在春秋以後，作者是孔子再傳弟子馯臂子弓。他們一般都視《周易》為「卜筮之書」，是卦爻辭為靈簽符咒，否認蘊含有哲理思想。對於《易傳》，錢穆、顧頡剛、馮友蘭等都否定其為孔子所作，甚至說孔子與《易》並無關係。[3]

意即學者們對於《易經》成書有周初、西周晚期、春秋時期等不同說法作者則有馯臂子弓與不止一人的不同見解，然皆視《易》為卜筮之書，類似籤詩、符咒。《易傳》方面則否定為孔子所作，甚至與孔子無關。

對於眾家說法，楊慶中指出，除《易經》的成書年代和《周易》經、傳性質，尚能經得起時間的考驗外，孔子與《周易》經、傳的關係問題有待商榷。[4]

至於《周易》的考古學研究，可溯源於王國維，王國維「二重證據法」是學界研究

1　廖名春：〈現代《易》學通論〉，《長沙水電師院學報》第6卷第3期（1991年8月），頁76。
2　廖名春：〈現代《易》學通論〉，頁77。
3　廖名春：〈現代《易》學通論〉，頁77。
4　楊慶中云：「除《易經》的成書年代，和《周易》經傳性質的討論尚能部分地經得起時間的考驗外，……如孔子與《周易》經傳的關係問題，古史辨派的考證顯然有失偏頗。」並進一步指出黃沛榮的研究足以修正古史辨派對孔子與《易》經傳之關係的說法。楊慶中：〈論古史辨派的易學研究〉，《首都師範大學學報（社會科學版）》第2期（2001年），頁36、37。

古史、古文字、古代典籍的重要方法，相關的研究也非常多。李學勤在〈我國三十年來的古文字與古代史〉一文提出，除了注意學界所關注王國維一九二五年秋天在清華大學「古史新證」提出該觀點，亦需留意在同年七月的一場演講中所提出「中國自古以來，在學術史上發現一種新的學問（新的學術方向）都是由於有新的發現。」[5]並提出當代有四大發現：甲古文、西陲木簡、敦煌卷、明清內閣大庫檔案。李學勤順此指出「四者都是目前國際上的大學科，這就是二重證據法的實際。」[6]

出土文獻的整理與研究，對傳世本《周易》真偽及內容的考訂及對《歸藏》本的認識都有極大貢獻，透過出土文獻的相關研究，重新反思古史派的成果，隨著出土文獻的出現及研究，《易》的符號、經傳文字、卦序、經傳關係等，提供許多新材料、新議題。廖名春便指出古史派的論點被之後出土文獻的相關研究推翻，曾云：「如否定孔子與《易》的關係，說《易傳》出自漢代昭、宣甚至以後，已被出土文物證偽而逐漸為人們所拋棄。」[7]

隨著出土文獻研究成為顯學，如何定位現代《易》學在出土文獻方面的研究，實為重要議題。關於這點，有必要提及李學勤於一九九二年在北京大學召開的一次小型學術座談會提出「走出疑古時代」的主張。[8]其用意不在否定古史派的方法及成果，而是認為透過出土文獻的研究可對古史派的主張重新檢視，而有進一步的開展。

李學勤肯定古史派以重建古史為目標，對古書辨偽有大功，但也認為最大的限制在於無法跳出以古書論古書。曾云：「疑古思潮的影響表現最顯著的，正是在古書的辨偽問題上。」又云：「疑古一派的辨偽，其根本缺點在於以古書論古書，不能跳出書本上學問的圈子。限制在這樣的圈子裡，無法進行古史的重建。」[9]有鑑於此，遂藉助王國維（字靜安，1877-1927）「二重證據法」，提出重視出土文獻的重要。曾云：

> 疑古的史料審查，由於限於紙上的材料，客觀的標準的不足，而「二重證據法」以地下之新材料補正、證明紙上之材料，這本身便是對古書記載的深入審查。最近這些年，學術界非常注意新出土的戰國秦漢時期的簡帛書籍。……使我們有可能對過去古書辨的成果進行客觀的檢驗。事實證明，辨偽工作中造成的一些「冤假錯案」，有必要予以平反。更重要的是，通過整理、研究出土佚籍，能夠進一

5　李學勤：〈我國三十年來的古文字與古代史〉，《經濟──社會史評論》第5輯（北京：生活・讀書・新知三聯書店，2010年11月），頁95-96。

6　李學勤：〈我國三十年來的古文字與古代史〉，頁96。

7　廖名春：〈現代《易》學通論〉，頁77。

8　呂廟軍、李學勤：〈重寫中國學術史何以可能？──關於「出土文獻與古史重建」問題的對話〉，《歷史教學問題》（2015年第4期），頁5。

9　李學勤：〈談「信古、疑古、釋古」〉，《孔學堂》第1期，2014年8月，頁62。本文乃重刊，原文初刊登於《原道》第1輯，1994年。

> 步瞭解古書在歷史上是怎樣形成的。……我曾經說過，「疑古思潮是對古書的一
> 次大反思，今天我們應該擺脫疑古的若干局限，對古書進行第二次大反思。」[10]

透過出土文獻的研究可驗證古史派的疑古論點，檢視傳世文獻的可信度。相較古史派僅
由傳世文獻相互參照，透過推論，建立古史觀；出土文獻研究則是藉地下文物對傳世古
籍進行客觀檢視。

所謂「走出疑古時代」絕不是全盤否定古史派，或欲朝向截然相反的途徑發展。而
是主張不應將古史派的論點視為當然，同時不宜像古史派過於依賴傳世文本，應隨時掌
握出土文獻提供的新材料來檢視傳世文本。然需說明者，古史派並非如李學勤所批評只
重傳世文本，實亦重視出土文物龜甲、鐘鼎的符號、文字，與李學勤所說重視出土文獻
並無二致。因此，「走出疑古時代」只能算是就古史派的「接著走」，無論方法或目標
幾乎一致，林澐曾指出李學勤的這項主張的新意只在於重新評斷古史，曾云：「對整個
中國古代文明作出重新評價。」[11] 而走出的用意只是不要將古史的論點視為定論，如是
而已。

綜觀上述，在古史派新觀念及出土文獻新資料的幫助下，現代《易》學繼清代
《易》學之後有新的開展，無論對傳世本《周易》的認定或對《易》經、傳的解釋都有
相當可觀的成果。同時，現代《易》學與傳統《易》學的關係恐非斷裂，而有一定的延
續性。故擬就現代《易》學的成果進行全面考察，針對重要爭議深入辨析，以見出現代
《易》學的特色，及與傳統《易》學的關聯，並指出在整個《易》學發展中的定位，為
之後的《易》學發展，提供新的可能。

二　從原始材料到編纂本《易經》

學界對《易》為卜筮之書已有共識，但對於《易》是怎樣的卜筮之書卻有不同看
法。顧頡剛關注的重心只在《易》的卦、爻辭，曾云：

> 一部《周易》的關鍵全在卦辭、爻辭上，沒有它們就是有了聖人畫卦和重卦也生
> 不出多大的意義，沒有它們就是生了素王也作不成《易傳》。所以卦爻辭是《周
> 易》的重心。[12]

朱伯崑（1923-2007）則進一步從發生義立場論卦名、卦畫及卦、爻辭的關係。在卦名部

---

10 李學勤：〈談"信古、疑古、釋古"〉，頁63-64。

11 林澐：〈真該走出疑古時代嗎？——對當前中國古典學取向的看法〉，《史學集刊》第3期（2007年5
月），頁5。

12 顧頡剛：〈《周易》卦爻辭中的故事〉，《燕京學報》第6期（1929年12月），頁970。

分，認同聞一多（本名聞家驊，字友三，1899-1946）所說卦名與所占之事有關，曾云：

> 卦名同卦爻辭的內容即所占問的事情，是有聯繫的。據聞一多考證，乾卦中的象
> 乃龍星，……此卦當初是占問節氣的變化，……按坤卦卦辭所說，所問是失馬之
> 事，……認為牝馬馴良可以找到，後來取名為坤，坤有順義。……家人卦當初所
> 問是家庭問題，後來取名為家人。這些解釋比較符合《周易》的性質，說明卦名
> 的由來，並無深奧的意義。[13]

聞一多從〈乾〉卦有龍星之象，龍星與節氣有關，故〈乾〉卦卦名出自占問節氣。由
〈坤〉卦卦辭推斷〈坤〉卦卦名出自占問遺失牝馬之事。故朱伯崑認為卦名只是古人的
占事記載，並無深刻涵義。

　　對於卦畫與卦、爻辭的關聯，朱伯崑肯定近人卦畫與卦、爻辭無邏輯聯繫的觀點。
曾云：

> 因為某卦象，繫之於某種筮辭，是出於所占之事。所占之事是多方面的，筮得同
> 一卦象是揲蓍的結果。如果認為所占之事同其所筮得的卦象存在著必然的聯繫，
> 正是受了筮法的欺騙。就《周易》的結構說，某些卦爻辭的編排同其爻象可能有
> 某種聯繫，如乾卦，但這種聯繫是出於編者的安排，在《周易》全書是少見的。
> 如果認為每一卦的卦爻辭同其卦爻象都存在著邏輯的聯繫，則無法說明爻辭的重
> 複問題，也無法解釋其中的矛盾現象。近人的這種看法，比較符合《周易》的實
> 際狀況。[14]

意即卦象是揲蓍結果，卦名及卦、爻辭則與所占之事有關，與卦象無必然關聯。若卦象
與卦名和卦、爻辭有必然關聯，便不會有卦、爻辭重出的現象。

　　相較於顧頡剛等古史派的說法，古史派僅關注卦、爻辭，朱伯崑更明確指出卦畫只
是揲蓍結果，卦名及卦、爻辭則與所占之事有關，二者無無必然關聯，僅少數卦有關聯。

　　但有學者持不同看法，劉大鈞認為卦、爻辭與卦象原本是必然相關的，只是取象之
法後人不得而知。曾云：「承認《周易》卦爻之辭乃當初作《易》者『觀象繫辭』而
來，只是這些取象之法後來已經亡佚。」[15]劉大鈞基於觀卦畫作卦、爻辭的主張，與朱
伯崑所論卦畫只是揲蓍結果，卦名及卦、爻辭則與所占之事有關，二者截然不同。

　　順此可見出學者對《易》有不同認定，依古史派及朱伯崑的認定，傳世本《周易》
是經過編纂者將占筮結果編排整理而成，包括揲蓍結果及占問之事，沒有什麼理論價

---

13 朱伯崑：《易學哲學史》第1冊（臺北：藍燈文化事業股份有限公司，1991年），頁16。
14 朱伯崑：《易學哲學史》第1冊，頁12。
15 劉大鈞：《周易概論（增補本）》（成都：巴蜀書社，2008年），頁2。

值。然朱伯崑透過與龜卜比較，指出《易》在文化上有四點重要意義。其一，「龜卜所依據的象即卜兆，乃自然成紋，無邏輯的結構。而占筮所依據的卦象，由奇偶二畫或陰陽二爻排列組合而成，……具有邏輯思維和邏輯結構。」[16]其二，「卜法求得其龜兆，……唯聽命於偶然。而筮法求得其卦象，靠著蓍草數目的推算，而推算的過程又有一定的程序，有其法則可以遵循。」[17]又云：

> 其三，卜法中的卜辭，只是將天神啟示紀錄下來，實際上出於卜者的神秘的直覺。而筮法則依《周易》一書中的卦爻象和卦爻辭所說的事項，推論所問之事的吉凶，具有類推邏輯思維的因素。[18]

又云：

> 其四，卜辭中關於吉凶禍福的斷語，……吉凶界限分明，而不可改變。而《周易》中的卦爻辭，就其吉凶斷語說，增加了「悔」、「吝」、「咎」、「无咎」等，表示筮得之卦，雖不吉利，但通過問者的自我反思或警惕，可以轉禍為福。……所以卦爻辭中許多文句含有勸戒之意，反映了先民求生的志向及其經驗教訓。[19]

上述說法指出《易》的卦象具有邏輯思維和邏輯結構，筮法亦具邏輯性，卦、爻辭亦能使占筮者自我反省，改變困境，並有勸戒之意。

朱伯崑又進一步指出《易》雖為卜筮之書，但不是強調命定論。曾云：「《周易》作為上古時代算命的典籍，強調人的努力和智謀，不是一切聽命於天啟，顯然，是我先民理性思維發展的產物。」[20]又云：

> 占筮為古代迷信之一，但此種卜問吉凶的方式，確乎是一種文明的創造，這是世界上其他民族的文化所沒有的，體現了先民處於困境和逆境時企圖擺脫不幸命運的憂患意識和生活智慧。[21]

亦即《易》雖為卜筮之書，但強調盡人事，展現獨特的憂患意識和生活智慧的理性思維。

依劉大鈞的認定，傳世本《周易》是據卦畫而作卦、爻辭，卦畫與卦、爻辭在《易》同時具有積極作用。戴君仁（字靜山，1901-1978）的觀點相近，唯認為各卦的

---

16 朱伯崑：〈請來認識易經〉，《燕園耕耘錄——朱伯崑學術論集》下冊（臺北：臺灣學生書局，2001年），頁592-593。

17 朱伯崑：〈請來認識易經〉，頁593。

18 朱伯崑：〈請來認識易經〉，頁593。

19 朱伯崑：〈請來認識易經〉，頁593。

20 朱伯崑：〈請來認識易經〉，頁593。

21 朱伯崑：〈請來認識易經〉，頁593。

內、外卦，及整個六十四卦，皆具有整體性，並認為《易傳》已展現此整體性觀念。曾云：「我們可以說六十四卦有其整個性，每卦內、外兩卦有其整個性，每卦六爻又有其整個性。此在《易傳》裡面，已用這些觀點解釋《易經》。」[22]無論如戴君仁所稱各卦及六十四卦皆有其整體性，或如劉大鈞所稱卦畫與卦、爻辭有必然關聯，然因創作者原本的作法不得而知，故劉大鈞指出：「故今天講解《周易》經文時，應當仍以訓詁為主，又要參考一些通過經文自身可以看出的取象。」[23]

在朱伯崑立場，則認為理論體系是後世《易》學家的成果。曾云：「《周易》畢竟是一部迷信的著作，將其哲理化是後來解易者的任務。」[24]並肯定歷代《易》致力探討卦畫與卦、爻辭的關聯性，展現了理論思維力。曾云：「他們通過對卦象結構以及象辭之間各種聯繫的探討，鍛鍊了中華民族的理論思維能力。」[25]

綜合上述二派立場，朱伯崑提出《周易》成書乃經編纂而成，較劉大鈞所稱的作者更具說服力。若依劉大鈞所說作《易》者觀象繫辭，無論從《易》的內容，或依〈繫辭傳〉所論，觀象繫辭者極可能是聖人。但聖人作《易》之說業已受到質疑，故此說法有待商榷。既然談到編纂者，這個編纂的身分為何？李鏡池（字聖東，1902-1975）認為是西周末年的一位筮官。曾云：

> 《周易》是根據舊筮辭編選而成的。而且也採用了占筮參考書的形式。因此，我們有理由認為，它的作者就是西周末年的一位筮官。……《周易》所記的筮辭，許多是當時社會的實錄，這對於研究西周社會，是一份十分有價值的史料。而且，既然經過了作者的編選，就自然的體現了作者的意圖與觀點，……他是為挽救周室的存亡而編著的，……所以書中又包含了他的政見和哲學思想，……此外，《周易》還具有一定的文學價值。[26]

上述所稱的「作者」，嚴格而言是指編纂者。李鏡池認為編纂者自然有其立場和主張，是合理的說法，但稱是為救周室而編纂此書，尚缺乏有力依據。

此外，李鏡池推斷《易》的編纂者是位筮官，此當然是就筮官熟悉占筮之事而言，但一般筮官是否具有高度的學術涵養，尚有疑問，不若推斷為受儒家思想影響的儒者，此儒者亦熟悉占筮之事，或許更為貼近。

戴君仁亦大致肯定李鏡池的說法，但又補充指出：「我以為卦爻辭可能積累了很長

---

22 戴君仁：《談易》，頁10。

23 劉大鈞：《周易概論（增補本）》（成都：巴蜀書社，2008年），頁2。

24 朱伯崑：《易學哲學史》第1冊（臺北：藍燈文化事業股份有限公司，1991年），頁12。

25 朱伯崑：《易學基礎教程》（北京：九州出版社，2003年），頁57。

26 李鏡池：《周易通義》（北京：中華書局，2007年），頁2。

時間、許多作者，到後來才有人把它編纂起來。」[27]這樣的觀點非常有見地，亦可結合朱伯崑的論點加以思考。

綜合上述說法，在此可就《易》的成書及內容作出以下論斷。《易經》的成書可區分為原始材料、初步編纂本、傳世的編纂定本。至於原初卦畫及卦、爻辭是由誰創作，合理的推斷，雖然不必然如〈繫辭傳〉所說，卦畫一定是伏羲所畫，卦辭定為文王所作，爻辭定出於周公，但恐非遠古一般平民百姓所能完成，出於聖人之手未必全不可能。原始材料包含相當豐富的揲蓍及占事紀錄，之後一段時間，經多人努力，透過編纂者整理，完成為《易》初步編纂本，朱伯崑所稱卦畫為揲蓍結果，卦名及卦、爻辭乃所占問之事，二者並無必然關聯，應為初步編纂本的樣貌。其後到西周末年，再次經過儒者編纂，六十四卦間的關係更密切，卦畫、卦名與卦、爻辭關聯性更強，此可由卦爻辭的重出現象，及《易傳》釋經見出。傳世的編纂定本雖較初步編纂本完整，但仍不是體系嚴密的著作。無論初步編纂本、傳世的編纂定本，《周易》作為卜筮之書是無疑義的。

即此可見，《易經》是經過後人整理占筮結果而成，而整理及編纂者，是具有高度學養的儒者。

《易經》原始版本有占筮所得出的卦畫及筮辭，符號與符號間及符號與筮辭是偶然關係，經編纂整理後，《易》的符號有其原理原則，卦辭、爻辭有所關聯，《易》的符號與卦辭、爻辭有所關聯，但並非嚴謹關聯。且經編纂者整理後，卦序亦形成。傳世本卦序與楚簡相類，故為可信。馬王堆帛書《周易》則為另外的編纂者，提出不同卦序原則。從傳世本與簡帛本對觀，傳世本仍是可信的，僅馬王堆帛書《周易》卦序排列與楚簡、傳世本不同，文字內容略異，此亦代表編纂者對筮辭及整部《周易》的理解有所不同。

若能明確區分《周易》編纂前後的差別，許多疑問便能化解。《周易》的出現應早於西周初年，但初步編纂本略晚些應為西周時期的作品，傳世的編纂定本則晚至戰國時期。對於《周易》成書歷程的理解，有助建立釋《易》的正確方式。

三　孔子與《易》經、傳的關係

黃沛榮曾針孔子與《易經》的關係，提出兩點看法：一是《易經》非孔子所作。曾云：「無論自任何合理之角度考察，卦爻辭必非孔子所作。」[28]二是孔子讀《易》是極有可能的。曾云：「孔子時代，《周易》卦爻辭業已流傳，以孔子之好學與博學，研讀《易經》，絕有可能；且從事實論之，孔子既已傳《易》，則其確曾讀《易》，可不待言。」[29]

---

27 戴君仁：《談易》（臺北：臺灣開明書店，1995年），頁2。
28 黃沛榮：《易學乾坤》（臺北：大安出版社，1998年），頁209。
29 黃沛榮：《易學乾坤》，頁209。

李學勤亦認為馬王堆帛書《周易》可回應孔子與《易》經、傳的關係，曾云：

> 今天我們研究孔子，馬王堆帛書給我們提供了非常重要的材料，使我們可以更好
> 地理解孔子與《周易》經傳的關係。孔子最大的貢獻就是從學術上與占卜的《周
> 易》分道了。帛書《要》篇裡面說，孔子與占卜的「史巫」是同途殊歸。孔子建
> 立的易學的傳統，是我們中國哲學傳統的核心。[30]

意即孔子對《易》最大的貢獻是將《易》與占筮分開，建立《易》學傳統，為中國哲學傳統的重要部分。

對於孔子與《易傳》的關係，王國維在《經學通論》一書指出《易傳》為孔子所作，並提出透過《易傳》可見出孔子對《易》的認定。王國維認為孔子作《易傳》的宗旨是以《易》作為人事的準繩，占筮只佔一部分作用。[31]又指出孔子贊《易》，作《春秋》，故《易》、《春秋》為儒家之專學，屬儒家內學，異於《詩》、《書》、《禮》、《樂》為古代公學，亦為儒家外學，於戰國被尊為經，是因孔子手定之故。[32]雖然在四聖作《易》及《易》為卜筮之書[33]是承繼舊說，但對於孔子將原先作為占筮用途的《易》，經由《易傳》，闡發《易》的人事哲理，使《易》成為明人事的著作，淡化占筮的作用。當然，孔子是否為《易傳》的唯一作者，古史派提出質疑，但孔子對《易》曾作過整理，卻為現今學者所接受。

黃沛榮提出不同看法，認為孔子未作《易傳》，但傳《易》於門人，《易傳》寫定於戰國時期。曾據《帛書・要》及《史》、《漢》記載指出孔子「故或未有撰作，僅有心得。」[34]又云：

> 頗有戰國以來著作之特色，故絕非孔子所手著。蓋自孔子傳《易》於門人弟子，
> 其初僅口耳相傳，後乃陸續寫定，故《易》傳七篇之內容與孔子思想有極深厚之
> 關聯性。[35]

《易傳》雖非孔子所作，但內容與孔子思想有關，先由孔門弟子口耳相傳到戰國寫成定本。

---

30 李學勤：〈出土文物與《周易》研究〉，《齊魯學刊》（2005年第2期），頁9。

31 王國維云：「聖人推天道以明人事而作此書，以為人事之準繩，占筮之用，其一端也。」王國維：《經學通論》，頁2。

32 王國維：《經學通論》，頁1-2。

33 王國維：《經學通論》，收入《民國時期經學叢書（第三輯）》第1冊（臺中：文听閣圖書有限公司，2009年），頁1-2。

34 黃沛榮：《易學乾坤》，頁209。

35 黃沛榮：《易學乾坤》，頁209-210。

戴璉璋雖承繼王國維認為《易》在戰國時代被認定為經，[36]然亦認定《易傳》非孔子所作，並進一步推斷為戰國時期儒者所作。曾云：

> 《易傳》雖非孔子所作，可是從各篇內容上觀察，說是出於儒者之手並無可疑，
> 而孔子詮釋經義、引用經文的態度，對《易傳》的形成所產生的影響，也不容抹
> 煞。[37]

戴璉璋對於《易傳》作者的說明與黃沛榮的說法大抵相似，僅略有小異，戴璉璋認為是戰國時期的儒者，黃沛榮認為是由孔門弟子口述相傳逐漸寫定。整體看來意見相近。

綜觀王國維及古史派到現今學界論孔子與《易》，除王國維主張孔子作《易傳》，古史派到現今學界皆認為《易傳》非孔子所作。多數學者認為孔子雖未親著《易傳》，但《易傳》內容卻受孔子思想影響，並使《易》由卜筮之書提升到經的地位，對後世解《易》影響深遠。

四　從編纂本《周易》到《易傳》成書

現今通行本《易經》即所謂編纂定本，就內容來看雖然卦、爻辭間，卦畫及卦、爻辭間存在部分關聯性，但並非嚴謹的系統性著作。對此，鄭吉雄認為《易經》卦、爻辭間有字義演繹的關係，曾云：「《易經》在一卦之中，自卦辭而爻辭，演繹字義，基本上就是一種廣義的義理引申。」[38]

關於《易傳》，無論是解釋卦名及卦辭的〈彖傳〉，或是解釋各卦上下二體之象，及由上下二體之象闡發人事義理的〈大象傳〉，或專釋爻辭的〈小象傳〉，解釋各卦順序的〈序卦傳〉，說明卦象兩兩相對或相反，其義理亦相反的〈雜卦傳〉，雖然《易傳》並非出於一人之手，故各傳內容、特性無法一致，但各傳卻明顯具有系統性。

對於經與傳的關係，戴璉璋反對古史派過於強調經傳區分，認為「《傳》不但並未違異於《經》，而且還可以說是對《經》作了最好的繼承與發展。」[39]鄭吉雄亦指出《易傳》釋經之法實來自《易經》。曾云：

> 《易傳》復取《易經》一字一詞，加以發揮、演繹，創造新的義理。故就詮釋方
> 法而言，《周易》「經」、「傳」之間，形態上實為一貫，方法上實為一致，雙方具

---

36 戴璉璋云：「到了戰國後期，討論的人多了，《易》的義蘊豐富了，價值也提高了。於是這本占筮書進入了經書的行列。」戴璉璋：《易傳之形成及其思想》（臺北：文津出版社，1997年），頁1。

37 戴璉璋：《易傳之形成及其思想》，頁10。

38 鄭吉雄：〈從卦爻辭字義的演繹論《易傳》對《易經》的詮釋〉，《漢學研究》第24卷第1期（2006年6月），頁28。

39 戴璉璋：《易傳之形成及其思想·序言》，頁4。

　　有密不可分的關係。[40]

透過二十二個例證，指出《易傳》扣緊《易經》字詞加以演繹，此作法實與《易經》由一字演繹卦、爻辭內容相一致，透過這點說明經傳具有緊密連結。

　　前已指出戴璉璋與黃沛榮皆認為《易傳》成書於戰國時期，戴璉璋又指出：「從各篇的文字風格與思想內涵有歧異這一點，可以推斷《易傳》並非一人所作。」[41]並認同古史派李鏡池與高亨（初名仙翹，字晉生，1900-1986）關於《易傳》成書先後的論斷。曾云：「一般認為〈彖〉、〈象〉兩傳最早，〈文言〉、〈繫辭〉其次，而〈說卦〉、〈序卦〉、〈雜卦〉則較晚，這是對的。」[42]

　　至於成書時間，則推斷：「〈彖〉、〈象〉、〈文言〉、〈繫辭〉四傳在西漢之前已經寫成。」[43]至於〈繫辭傳〉則批評李鏡池認為〈繫辭傳〉成書於漢昭、宣時代的說法，肯定于豪亮論帛書《周易》認定〈繫辭傳〉成書於戰國晚期。理由是于豪亮認定馬王堆帛書《周易》抄寫時間在漢文初年，又比對帛書《周易》中的〈繫辭傳〉與世傳本〈繫辭傳〉，除「大衍之數五十」章及下傳第五章部分內容外，幾乎相同。[44]至於〈說卦傳〉，戴璉璋認為：「它的前三章已出現在帛書〈繫辭〉中，至少這一部份與〈繫辭傳〉是同時作品。……後八章有可能寫於秦漢之際，……最遲也當成篇於武帝時代。」[45]最晚出的〈序卦〉、〈雜卦〉，則認為不會與其他五傳相差太遠。[46]

　　因此，從上述說法來看，《易傳》之成書明顯有先後，並且是以與解經相關的〈彖傳〉、〈象傳〉最早，更細部來說，〈彖傳〉、〈小象傳〉解釋卦、爻辭故較早出現，〈大象傳〉解釋卦象，由二體之象闡發人事義理又次焉；〈文言傳〉針對〈乾〉、〈坤〉二卦卦、爻辭進一步發揮又在其後，〈繫辭傳〉說明成書宗旨，如何釋卦等等又居其次。至於〈說卦〉部分內容近於〈繫辭傳〉，對八卦所明的象多所引申，〈序卦〉以義理解釋卦序排列，〈雜卦〉卦象兩兩相對、相反的現象，及卦象兩兩相對反，卦義亦隨之。此三傳與釋經關係更遠，故成書最晚。

　　而這樣的成書歷程，亦展現釋《易》要法，首重各卦卦畫及卦、爻辭。這點為後世《易》學提供極重要的釋《易》依據。

　　戴璉璋亦指出雖然《易傳》非成書於一人一時，但卻有共同要點，即重視象位與義

40　鄭吉雄：〈從卦爻辭字義的演繹論《易傳》對《易經》的詮釋〉，《漢學研究》第24卷第1期（2006年　6月），頁28。

41　戴璉璋：《易傳之形成及其思想》，頁10。

42　戴璉璋：《易傳之形成及其思想》，頁10。

43　戴璉璋：《易傳之形成及其思想》，頁13。

44　戴璉璋：《易傳之形成及其思想·序言》，頁2-3。

45　戴璉璋：《易傳之形成及其思想》，頁13-14。

46　戴璉璋：《易傳之形成及其思想》，頁14。

理。並指出受孔子思想影響寫訂《易傳》的這些儒者，他們的重要性在於將《易》的重心由占筮轉向至「象位與義理」，[47]關於「象位」，是指卦象與爻位，「是《易傳》作者解說卦爻的依據，也是他們申論義理的憑藉。」[48]至於義理，則包括天道論、德性論、事物變化的原理原則三大部分，戴璉璋云：

> 人們在《易》書中所要探究的，不再是際遇的吉凶禍福，而是在吉凶禍中如何自處；……就儒學來說，《易傳》作者把討論的興趣從心性論引導到天道論。從此以後，天道論就成了儒學研究的主要課題，……於是性命與天道的關聯、人與萬物的關聯、生命的終極意義、宇宙的終極歸趨，凡此等等都成為儒者所關懷的問題。……《易傳》作者在儒學方面的貢獻不只是天道論而已，他們對於內在德性的描述，……這在儒家的道德哲學中是極具啟發性的創見。此外《易傳》對於事物變化之道的洞察，象徵意義的觀想，都有助於儒者內聖外王之道的實踐。[49]

朱伯崑亦有相近的看法，在《易傳》的解經體例，揭示了取象說、取義說、爻位說，取象說指的是卦象及八卦所說明的象，取義說指的是卦德，爻位說則針對六爻，亦包含種及爻與爻乘承比應的關係。[50]其中卦德亦可視為廣義的《易》象，故與戴璉璋所說的「象位」大抵是一致的，戴璉璋亦指出：「位其實也可以說是一種廣義的象，所以象比位更具根源性。」[51]因此，「象位」有可再歸約為「象」。

至於義理，朱伯崑特別標舉「陰陽變易觀」及天人觀，[52]並將「陰陽變易觀」細分為：一陰一陽、陰陽合德、剛柔相推、陰陽不測四點說明。[53]又指出：「陰陽變易說貫徹到筮法、人生、社會等等個個領域，可以看成是《易傳》所闡發的《周易》基本原理。」[54]朱伯崑所天人觀即戴璉璋所說的天道論、德性論，朱伯崑與戴璉璋皆特別重視陰陽。戴璉璋進一步認為：「他們把陰陽從氣的意義上提升，而成為概括性極高的的功能概念，並且天道相結合，成為《易傳》本體宇宙論的特殊標誌，標誌著易道妙運萬物的大用。」[55]

上述說法亦說明，《易傳》提供後世《易》學極佳的釋《易》方法，重視釋象與義理，義理部分又以陰陽變易及儒家德性觀為核心。

---

47 戴璉璋：《易傳之形成及其思想》，頁230。
48 戴璉璋：《易傳之形成及其思想》，頁229。
49 戴璉璋：《易傳之形成及其思想》，頁231。
50 朱伯崑：〈《周易》導讀〉，《燕園耕耘錄——朱伯崑學術論集》下冊，頁618-620。
51 戴璉璋：《易傳之形成及其思想》，頁233。
52 天人觀部分，參見朱伯崑：〈《周易》導讀〉，頁625-626。
53 朱伯崑：〈《周易》導讀〉，頁621-624。
54 朱伯崑：〈《周易》導讀〉，頁624。
55 朱伯崑：〈《周易》導讀〉，頁624。

從發生意義來看，古史派的看法實與朱子相近，經是經、傳是傳，但從釋經的角度而言，以傳釋經又是比較合適的作法，畢竟《易傳》成書於戰國時期，較後世《易》學為早；且透過出土文獻為證，《易傳》內容是可信的，即便有其他可信的文獻可作為釋《易》依據，但豈有捨棄與《易》關繫密切且可信的《易傳》之理？且學者亦指出《易傳》釋經方式有承自《易經》的部分。透過《易傳》，揭示後世釋《易》的重心在卦畫及卦、爻辭，釋《易》的作法可透過釋象及義理解釋與闡發，這兩大方向確實影響後世《易》學，對於現代從事《易》學研究仍有其意義。

五　對歷代《易》學的承繼與開展

現代《易》學對於《易》的定位、經傳的作者、成書、卦序、符號、經傳內容真偽、經傳關係有釐清之功，同時亦展現現代《易》學特色，如古史釋《易》、科學《易》，及對《易》經、傳的哲學詮釋。

順此，嘗試歸納仍在發展中的現代《易》學的特色。學界對現代《易》學發展之考察，據鄭吉雄在二〇〇〇年曾撰〈從經典詮釋傳統論二十世紀《易》詮釋的分期與類型〉一文，說明二十世紀的《易》學相關論著。指出：

> 就二十世紀的《易》學作全盤介紹，目前最新的專書可能是楊慶中《二十世紀中國易學史》一書。而早在1961年已有高明〈五十年來之易學〉一文，著錄作者五十二人，作品九十二部。繼而有徐芹庭在《六十年來之國學》一書中所撰〈六十年來之易學〉一文，著錄作者五十三人，作品四十七部三十五篇，另「叢書或專集所列之易學」計作者九十四人，作品七十二部二百八十八篇。林慶彰主編《經學研究論著目錄》1912-1987和另一部1988-1992，著錄八十一年間《易》學論著。1912-1987 共七十五年間的《易》學論著，含專著、論文及學術期刊，計二千五百三十六種。1988-1992 共四年間的《易》學論著，計一千九百八十六種。[56]

至於現代《易》學的特色與類型，早期學者唐明邦，於〈20 世紀中國易學回眸〉一文指出：「當前呈現的多學科、多角度、多側面交叉綜合研究的格局，大體符合這一學科的內容和特點。人文易、科學易、象數易、管理易，齊頭並進的現狀，是歷史形成的，也是現實的需要促成的。」[57]

鄭吉雄則指出現代《易》學的詮釋特色在於「突破了二千餘年從尊經尊儒思想產生

---

56 該文後收錄於鄭吉雄：《易圖象與易詮釋》（臺北：臺灣大學出版中心，2004年），頁14。
57 唐明邦：〈20世紀中國易學回眸〉，收入劉大鈞主編：《大易集義》（上海：上海古籍出版社，2002年），頁74-86。

出來的尊崇舊傳舊注的詮釋架構。」「將《周易》經傳及一切衍生發揮出來屬於《易》學範圍的材料，以歷史的眼光或哲學的觀念一例平等對待。將經傳區分開來研究其中的異同。」[58] 又指出學術界詮釋《周易》的取向，「大致上可分為以傳統《易》學成果為基礎的詮釋、以科學精神為主體的詮釋、以思想觀念為中心的詮釋等三類。」[59] 針對後兩類，又云：

> 以科學精神為主體的詮釋，既承繼發揚二重證據之法，則其成績當在超越傳統學者未能現新材料並進而甄別材料、區分經傳的窠臼；以思想觀念為中心的詮釋，既承繼二十世紀初以降新思潮的激盪，則衍生、貫串、整合的成績，實超越了傳統門戶之見較深的《易》學研究。[60]

新近的一篇文章，林忠軍〈近六十年來中國大陸《易》學研究述評〉提出五點重要發展：象數《易》學之復興、義理《易》話語之轉換、科學《易》之再顯、考古《易》之興起、《易》學研究史之推進。[61] 賴貴三《臺灣易學史》[62] 及《臺灣易學人物志》[63] 兩部先後成書之作，則就臺灣《易》學之發展進行論述。

綜合上述說法，學者們既著重現代《易》學的特色，強調現代《易》學具有新方法、新觀點、新材料的優勢，但卻也注意到現代《易》學對傳統《易》學的承繼與開展。鄭吉雄指出：「以傳統《易》學成果為基礎的詮釋，既主要以象數《易》學為基礎，而側重中國文化思想的發皇，則其成績當在保存傳統《易》說。」[64] 廖名春亦云：

> 主義理者，由傳統的儒家哲學向現代哲學發展；主象數者，由傳統互體、爻辰、河圖、洛書向科學《易》發展；主考據者，由傳統古籍文獻整理向現代考古學發展。在傳統的基礎上不斷地出新，這就是現代《易》學發展的大趨勢。[65]

意即現代《易》學在哲學、象數、考據方面，實承自傳統《易》學，又結合現代哲學、科學、考古學加以開展。

除前賢對現代《易》學類型之說明外，在此接續前賢所論，指出現代《易》學還有那些特色值得留意。

---

58 鄭吉雄：《易圖象與易詮釋・從經典詮釋傳統論二十世紀《易》詮釋的分期與類型》，頁80。

59 鄭吉雄：《易圖象與易詮釋・從經典詮釋傳統論二十世紀《易》詮釋的分期與類型》，頁80。

60 鄭吉雄：《易圖象與易詮釋・從經典詮釋傳統論二十世紀《易》詮釋的分期與類型》，頁81。

61 林忠軍：〈近六十年來中國大陸《易》學研究述評〉，《哲學與文化》，第42卷12期（2015年12月），頁19-30。

62 賴貴三《臺灣易學史》（臺北：里仁書局，2005年）。

63 賴貴三《臺灣易學人物志》（臺北：里仁書局，2013年）。

64 鄭吉雄：《易圖象與易詮釋・從經典詮釋傳統論二十世紀《易》詮釋的分期與類型》，頁81。

65 廖名春：〈現代《易》學通論〉，頁81。

　　第一點，部分《易》家反對以傳解經，主張釋《易》應採經傳分開。如顧頡剛、李鏡池反對以傳解經，黃壽祺（字之六，號六庵，1912-1990）雖認為經傳有別，但卻主張以傳解經。金景芳（1902-2001）亦主張以傳解經。在釋《易》論著方面，除李鏡池《周易通義》是以經解經外，高亨雖主張經傳區分，但《周易古經今注》卻出現以傳解經的情形。[66] 聞一多《古典新義・周易義證類纂》、[67] 胡樸安（1878-1947）《周易古史觀》[68] 與《周易人生觀》[69]、屈萬里《周易集釋初稿》[70] 皆採以傳釋經釋《易》。

　　第二點，部分《易》家釋《易》將符號與卦、爻辭分開。如李鏡池《周易通義》、高亨《周易古經今注》，皆不取卦象釋卦、爻辭，重視以訓詁治《易》。高亨自道釋《易》不重象數，曾云：「《周易》原為筮書，主要在占其筮辭，……可云無一語及於象數。」[71]

　　第三點，許多《易》家運用通例釋《易》，如，高亨《周易古經今注》便歸納《易》的取象之辭及筮辭，曾論筮辭云：「《周易》筮辭共四百五十條，皆不出乎記事、取象、說事、斷占四類。」[72] 並分別就這四類又詳細論析各自類型。又曾就《易》筮辭通例「元」、「亨」、「利」、「貞」及「吉」、「吝」、「厲」、「悔」、「咎」、「凶」仔細分類論析。李鏡池《周易通義》釋《易》亦留意通例，如釋〈兌〉九五「孚于剝」云：「句式同〈隨〉九五『孚于嘉』。」[73]

　　第四點，許多《易》家釋《易》仍參考傳統經注，且偏重訓詁釋《易》，然卻不強調對前代《易》學的承繼。如高亨《周易古經今注》便列出所參考的古今《易》著，包括王弼（字輔嗣，226-249）《周易注》、李鼎祚（？-？）《周易集解》，及顧頡剛、李鏡池的論著。[74]，而由《易傳》及傳統《易》著選擇適合的訓詁說法。如，釋〈需〉上六，重在解釋「不速之客」的「速」，參考《釋文》、《毛詩鄭箋》、《儀禮鄭注》的說法加以疏釋。李鏡池《周易通義》亦重訓詁，釋〈離〉六二「黃離，元吉」云：「『黃離』：即黃鸝，黃鳥。」[75] 在訓詁時亦參考相關《易》著，更屢引《說文》的說法。

　　第五點，現代《易》學出現數部以白話釋《易》的論著。如黃慶萱之《周易讀

66　釋〈需〉初九爻辭，引〈需〉、〈恆〉二卦之〈象傳〉及〈雜卦傳〉的說法。高亨：《周易古經今注》（北京：中華書局，1987年），頁176。

67　聞一多：《聞一多全集・古典新義》（臺北：里仁出版社，1996年）。

68　胡樸安：《周易古史觀》（臺北：仰哲出版社，1987年）。

69　胡樸安著，汪學群點校：《周易人生觀》（臺北：中央研究院，2012年）。

70　屈萬里：《讀易三種・周易集釋初稿》（臺北：聯經出版社，1983年）。

71　高亨：《周易古經今注・述例》，頁10。

72　高亨：《周易古經今注・卷首》，頁58。

73　李鏡池：《周易通義》，頁116。

74　高亨：《周易古經今注・本書引用周易書目》，頁12-17。

75　李鏡池：《周易通義》，頁60。

本》、[76]劉大鈞、林忠軍譯注之《《周易》經傳白話解》、[77]南懷瑾（1918-2012）、徐芹庭之《周易今註今譯》、[78]黃壽祺、張善文之《周易譯注》、[79]孫振聲之《白話易經》、[80]郭彧之《經典隨身讀‧周易》等。[81]

即此可見，現代《易》學與傳統《易》學的承繼關係，如重視訓詁釋《易》，此作法常出現於漢、宋、清代《易》著。此外，重視通例，亦是傳統《易》學常用的方法。實不宜將現代《易》學與傳統《易》學斷開，可視為連續性的發展。

此外，傳統《易》學的釋《易》作法亦可作為現代《易》學的重要參考。雖然古史派對傳統《易》學多所批評，但深入瞭解後發現，歷代《易》學一方面承繼《易傳》的觀點，如〈文言傳〉的四德說便是對卦、爻辭的創造性詮釋，自〈師‧象〉「貞，正也」後世《易》家多採用以釋《易》。伊川將「貞」解釋為「正固」，[82]也是一種創造性詮釋。另方面亦結合時代性，如元代《易》學特別重視君子、小人之辨，開展出具有時代特色的《易》學成果。這樣的作法，對現代《易》學仍具啟發性。

六　結論

朱伯崑亦曾指出現代《易》學的三大特色：一、「偏重注釋《周易》經傳。」[83]二、「偏重於考證」，「有不少解《易》著作側重於考證，立說必憑借於古代史料的驗證。」[84]三、「偏重於論述」，「此種傾向是就先前《易》學加以評述，而將己見寓於其中。」[85]這三點確實點出現代《易》學發展重心所在。

既然現代釋《易》尚在發展中，未來的發展有幾點需留意，雖然疑古派極力指出《易》經、傳的不可信處，亦認為傳統《易》學視《易》為聖人所作不可採信，但只要先就《易經》、《易傳》、《易學》的發生義作明確區分，並正視歷代《易》學的成就，當然亦可汰慮不適切的說法，如不採取四聖作《易》的說法；而保留其精華，如對於「貞」的詮釋，除了從發生義，將「貞」解釋為占問，仍能從義理闡發的立場接受傳統《易》學以「正」或「正固」釋「貞」。而最適切的作法是先說明「貞」的本意，繼而

---

76 黃慶萱：《周易讀本》（臺北：三民書局，1992年）。
77 劉大鈞、林忠軍：《《周易》經傳白話解》（上海：上海古籍出版社，2006年）。
78 南懷瑾、徐芹庭：《周易今註今譯》（臺北：臺灣商務印書館，1990年）。
79 黃壽祺、張善文：《周易譯注》（臺北：頂淵文化事業股份有限公司，2002年）。
80 孫振聲：《白話易經》（臺北：星光出版社，2000年）。
81 郭彧：《(經典隨身讀)周易》（北京：中華書局，2015年）。
82 〔宋〕程頤：《易傳》，收入《二程集》第2冊（臺北：漢京文化事業有限公司，1983年），頁695。
83 朱伯崑：《易學基礎教程》，頁143。
84 朱伯崑：《易學基礎教程》，頁144。
85 朱伯崑：《易學基礎教程》，頁144。

談義理引申，便可避免疑議。

現代《易》學可朝向以下進路發展：

一、致力掌握現代《易》學相關成果，並留意考古新材料的發現，對文字學、訓詁理論應具有一定的抉擇能力，方能分判眾說。

二、既然傳世本《易》經、傳大抵可信，雖說經、傳非同時成書，但從詮釋的立場來看，《易傳》相較其他典籍與《易》經文的時間相近，且其論點又相當精到，故仍可作為釋經依據，並參考歷代《易》學的成果，結合時代性觀點，在義理釋《易》上作出貢獻。

三、從詮釋的立場來看，可將《易》視為系統性著作，找出完整的詮釋觀點。當然應避免牽強附會。以現代讀者論或詮釋學的立場來談釋《易》，詮釋者可就《易》的內容提出更好的理解，並與歷代詮釋者進行視域融合。

四、提升哲學思辨力，對《易》學哲學作更深入的發揮，甚至與西方哲學進行對話，發展具有時代性特色的《易》學。

古史辨派《易》學已作出先導貢獻，後來的學者應延續歷代《易》學家承繼前賢並開展新說的精神，致力掌握傳統說法，進一步結合新材料、新方法、新觀點，發展出具有時代特色的《易》學，為現代《易》學作出貢獻，使《易》學薪火得以綿延不絕。

徵引文獻

王國維：《經學通論》，收入《民國時期經學叢書（第三輯）》第1冊，臺中：文听閣圖書有限公司，2009年。

朱伯崑：《易學哲學史》第1冊，臺北：藍燈文化事業股份有限公司，1991年。

朱伯崑：《燕園耕耘錄——朱伯崑學術論集》下冊，臺北：臺灣學生書局，2001年。

呂廟軍、李學勤：〈重寫中國學術史何以可能？——關於「出土文獻與古史重建」問題的對話〉，《歷史教學問題》（2015年第4期），頁4-16。

李鏡池：《周易通義》，北京：中華書局，2007年。

李學勤：〈出土文物與《周易》研究〉，《齊魯學刊》（2005年第2期），頁5-9。

李學勤：〈我國三十年來的古文字與古代史〉，《經濟——社會史評論》第5輯，北京：生活・讀書・新知三聯書店，2010年11月，頁95-102。

李學勤：〈談“信古、疑古、釋古”〉，《孔學堂》第1期，2014年8月，頁60-64。

屈萬里：《讀易三種・周易集釋初稿》，臺北：聯經出版社，1983年。

林　澐：〈真該走出疑古時代嗎？——對當前中國古典學取向的看法〉，《史學集刊》第3期（2007年5月），頁3-8。

林忠軍：〈近六十年來中國大陸《易》學研究述評〉，《哲學與文化》，第42卷12期，2015年12月，頁19-35

胡樸安：《周易古史觀》，臺北：仰哲出版社，1987年。

胡樸安著，汪學群點校：《周易人生觀》，臺北：中央研究院，2012年。

南懷瑾、徐芹庭：《周易今註今譯》，臺北：臺灣商務印書館，1990年。

唐明邦：〈20世紀中國易學回眸〉，收入劉大鈞主編：《大易集義》（上海：上海古籍出版社，2002年），頁74-86。

孫振聲：《白話易經》，臺北：星光出版社，2000年。

高　亨：《周易古經今注》，北京：中華書局，1987年。

黃慶萱：《周易讀本》，臺北：三民書局，1992年。

黃沛榮：《易學乾坤》，臺北：大安出版社，1998年。

郭　彧：《（經典隨身讀）周易》，北京：中華書局，2015年。

程　頤：《易傳》，《二程集》第2冊，臺北：漢京文化事業有限公司，1983年。

楊慶中：〈論古史辨派的易學研究〉，《首都師範大學學報（社會科學版）》第2期（2001年），頁29-38。

廖名春：〈現代《易》學通論〉，《長沙水電師院學報》第6卷第3期（1991年8月），頁76-82。

劉大鈞、林忠軍：《《周易》經傳白話解》，上海：上海古籍出版社，2006年。

劉大鈞：《周易概論（增補本）》，成都：巴蜀書社，2008年。

戴君仁：《易談》，臺北：臺灣開明書店，1995年。

戴璉璋：《易傳之形成及其思想》，臺北：文津出版社，1997年。

鄭吉雄：《易圖象與易詮釋》，臺北：臺大出版中心，2004年。

鄭吉雄：〈從卦爻辭字義的演繹論《易傳》對《易經》的詮釋〉，《漢學研究》第24卷第1期（2006年6月），頁1-33。

顧頡剛：〈《周易》卦爻辭中的故事〉，《燕京學報》第6期（1929年12月），頁967-1006。

輯二

語言文字

古代居宅形態相關字例舉隅

李淑萍

中央大學中國文學系副教授

摘要

　　「穴居野處」與「構木為巢」是古代先民居宅的兩大原始形態，本文之撰作，即由此基點出發，透過相關文字的解析與溯源，配合古代典籍的記錄與解讀，進一步了解先民居宅的原始形態與漢字形義之關聯性。

關鍵詞：穴居、半穴居、巢居、杆欄式（干欄式）、構木為巢、古代建築

一　前言

　　在幾千年來古老的文字體系三大源頭中，漢字是目前唯一僅存以圖畫式表意的形系文字，其生動而寫實的造字形象傳載著中國悠久的歷史文化，同時也反映著遠古初民們的觀念形態和社會狀況。藉由對漢字的溯源推究，配合文獻典籍的記載，實有助於後人了解古代先民們的生活情況與實際面貌。

　　「食、衣、住、行」是人類生活的四大需求。人們在衣食無虞之後，面對春夏秋冬四季的轉換、風霜雨雪惡劣天候的侵擾，以及穴居野處時山林野獸的威脅等，便需近一步解決「住」的問題。中國遠古時代的建築形式與內容，今日雖難得見其完整的實物，但隨著發達的科學技術與精良的探測儀器，陸陸續續有許多的古代遺址被發掘。從這些遺址內容中，我們可以獲得先民們曾歷經穴居、半穴居，甚至巢居形式的實際資料。事實上，中國古代的居宅形態與建築工法也被保留在部分古文字中。本文撰作之目的，即是透過相關文字的解析與溯源，配合古代典籍的記錄與解讀，試圖勾勒出先民居宅的原始形態，進而了解中國古代建築發展的概況。

二　文獻典籍中的古代居宅雛形

　　在考古資料未被大量發掘之前，有關先民生存的居住形態與建築規模，我們只能由傳世的文獻典籍中，略知一二。查檢古代文獻典籍記述先民居住形態之資料，發現有許多相關的紀錄，如《周易・繫辭下》云：

　　　上古穴居而野處，後世聖人易之以宮室，上棟下宇，以待風雨。[1]

《禮記・禮運》云：

　　　昔者先王，未有宮室，冬則居營窟，夏則居橧巢。[2]

《孟子・滕文公下》：

　　　當堯之時，水逆行，氾濫於中國。蛇龍居之，民無所定。下者為巢，上者為營窟。《書》曰：『洚水警余。』洚水者，洪水也。使禹治之。禹掘地而注之海，驅

---

[1] 〔魏〕王弼、韓康伯注，〔唐〕孔穎達等正義：《周易正義》（臺北：藝文印書館，1989年。影嘉慶二十年南昌府學重刊宋本），頁168。

[2] 〔漢〕鄭玄注，〔唐〕孔穎達等正義：《禮記正義》（臺北：藝文印書館，1989年。影嘉慶二十年南昌府學重刊宋本），頁417。〈孔疏〉：「冬則居營窟者，營累其土而為窟，地高則穴於地，地下則窟於地上，謂於地上累其土而為窟。夏則居橧巢者，謂橧聚其薪以為巢。」

蛇龍而放之菹，水由地中行，江、淮、河、漢是也。險阻既遠，鳥獸之害人者
消，然後人得平土而居之。[3]

此處詳述先民曾遭洪災之患，為求棲身避禍，「下者為巢，上者為營窟」，殆至禹帝掘地
疏導，先民始得平土而居之。其餘文獻，如《墨子・節用中》云：

古者人之始生，未有宮室之時，因陵丘堀穴而處焉。聖王慮之，以為堀穴曰：
「冬可以辟風寒」，逮夏，下潤溼，上熏烝，恐傷民之氣，于是作為宮室而利。[4]

《墨子・辭過》：

古之民未知為宮室時，就陵阜而居，穴而處，下潤濕傷民，故聖王作為宮室。[5]

《淮南子・本經訓》云：

舜之時，共工振滔，洪水以薄空桑。龍門未開，呂梁未發。江淮流通，四海溟
涬，民上丘陵，赴樹木。[6]

《淮南子・氾論訓》云：

古者民澤處復穴，冬日則不勝霜雪霧露，夏日則不勝暑熱蚊虻，聖人乃作，為之
築土構木以為宮室。上棟下宇以避風雨。[7]

《淮南子・修務訓》云：

舜作室，築牆茨屋，辟地樹穀，令民皆知去巖穴，各有家室。[8]

《晏子春秋・諫下》云：

古者嘗有處橧巢窟穴而不惡，予而不取，天下不朝其室，而共歸其仁……其不為
橧巢者，以避風也；其不為窟穴者，以避溼也。是故明堂之制，下之潤溼，不能
及也；上之寒暑，不能入也。[9]

3　〔漢〕趙岐注，〔宋〕孫奭疏：《孟子注疏》（臺北：藝文印書館，1989年。影嘉慶二十年南昌府學
　　重刊宋本），頁117。
4　〔周〕墨翟：《墨子》（北京：中華書局，1985年），頁152。
5　〔周〕墨翟：《墨子》，頁28。
6　〔漢〕劉安：《淮南子》（臺北：臺灣商務印書館，《四部叢刊正編》）卷8，頁53。
7　〔漢〕劉安：《淮南子》，卷13，頁93。
8　〔漢〕劉安：《淮南子》，卷19，頁144。
9　〔清〕孫星衍：《晏子春秋音義》（北京：中華書局，1985年，《叢書集成初編》）冊1221。

諸多典籍也都有類似的記載。其中《淮南子・本經訓》中所載，雖未明言，然其所云「上丘陵，赴樹木」，也間接說明了古代穴居、巢居之事實。

故知，遠古時期人類穴居野處，為避寒暑蟲獸，低下濕潤者，構木為巢；近居陵阜者，則掘穴為窟。換言之，先民穿行於深山叢林、懸崖峭壁之中，各依其所處自然環境不同，選擇樹巢或洞穴為家。此種擇地而居的形式，無疑是為了因應先民的生活需求、抵禦風雨寒暑之侵襲與蛇虺猛獸之攻擊而產生。

三　古代兩大居宅形式──巢居與穴居

世界各大文明古國的產生均起源於大河流域，如蘇美文明的兩河流域、印度文明的恆河流域、埃及文明的尼羅河流域等，中國的黃河流域與長江流域地區也蘊育了中國古代文化的產生[10]。中國幅員遼闊，南北自然氣候地理形勢與有別，遠古先民因應自然地理環境的不同，而各自發展出不同的居宅形態。據考古資料顯示，最遲到新石器時代中期，華夏先民的聚落形態和居宅建築已經形成南北兩大系統。

近人呂思勉認為：「人類藏身，古有二法：一居樹上，一居穴中。……穴居多在寒地，巢居則在潮熱而多毒蛇猛獸之區。[11]」巢居與穴居形態，在古代文獻中均有所記載，如前文已引《禮記・禮運》云：「昔者先王，未有宮室，冬則居營窟，夏則居橧巢。」言及「營窟」、「橧巢」二者是先民原始居宅的主要形式。晉・張華《博物志》：「南越巢居，北朔穴居，避寒暑也。[12]」《太平御覽》卷78引項峻《始學篇》云：「上古皆穴處，有聖人出，教之巢居。今南方巢居，北人穴處，古之遺跡也。」陳登原亦云：「穴居者，北方之遺俗；巢居者，南方之遺俗。」又云：「近世固有穴居之似，亦有巢居之類。以古代傳說，穴居巢居同時並有言之。中國文明之究為南來，究為北來，亦一耐人思味之問題矣。[13]」率皆說明了中國古代北方居宅形態以「穴居」為代表，南方則以「巢居」為特色[14]。

---

10 傳統的說法，均以黃河流域為中華文明的發源地，而長江流域則在中國古代文獻中曾被描寫為原始落後的蠻荒之地。近年來在考古發掘的成果展現中證明，長江流域新石器時代文化出現的時間並不比黃河流域時代晚，文化發展的水準也不低於黃河流域。如浙江餘姚河姆渡文化遺址，相當於新石器時代的史前文化，其手工業與農業均有相當程度的發展。河姆渡遺址大量文物的發現，證明早在6000-7000年以前，長江下游已經有了比較進步的原始文化，它和黃河流域一樣，都是中華民族古老文明的發源地。可知，長江流域也是中華民族文化蘊育的搖籃之一。

11 呂思勉：《先秦史》（上海：世紀出版集團、上海古籍出版社，2005年），頁319。

12 〔晉〕張華《博物志》（臺北：臺灣商務印書館，1965年，《叢書集成簡編》），卷3，頁20。

13 陳登原：《國史舊聞》（臺北：明文書局，1984年），頁16。

14 穴居與巢居二者之內在關聯，大陸學者譚繼和〈論古巴蜀巢居文化淵源及其力歷史發展〉一文已有相關論述。據先秦至漢魏間文獻之記錄約可分成四種說法：一、冬居穴夏居巢說：此說以《禮記》、《春秋命歷序》、《帝王世紀》為代表。二、巢居與穴居均非定居說：此說以《孟子・滕文公

　　以考古資料來看，近年來在中國北方中原地帶所發掘的，相當於夏代文化的王城崗宮殿遺址、偃師二里頭建築城址，商代的鄭州商城和安陽殷虛的宮殿遺址，以及黃河流域地區大量的穴居、半穴居遺址，大多屬於穴居形態的文化系統。而在廣大的長江流域及其南方地區，則普遍流行著巢居文化的衍生形式——杆欄式建築的形態[15]，如長江下游流域的浙江河姆渡遺址，以及相當於商代時期的四川成都十二橋建築遺址[16]。

　　由此可知，巢居與穴居的情形在中國南方和北方地區已延續有好長一段歷史。先民依據所處的自然地理條件的不同，分別採取「穴居野處」與「構木築巢」的居住形式。換言之，在乾燥土堅的黃土高原上，先民穴居而野處，生活在洞穴之中；而南方溫潤低濕沼澤之地，先民在樹上築巢而居。以考古資料來說，南方雖也曾有穴居的發現[17]，但南方的地氣較為潮濕，能夠適宜居住的山洞較少，所以，穴居形式不若北方那樣普遍和長久。因此南方巢居，北方穴居是史前建築的兩大基本形態。降及後世，居住於洞穴者，隨著社會的發展與進步而漸漸露出於地面，由穴居、半穴居變為地面上的建屋而居；構木築巢者亦漸漸把居住空間下降，由樹上巢居到杆欄式建築，最後也變為地面上的建築。（見附圖一、二）

（一）巢居形式

　　《說文》云：「巢，鳥在木上曰巢，在穴曰窠。从木，象形。」（頁 278）[18]故知

下》所載為代表。三、先有穴居後有巢居說：郭沫若先生承項峻《始學篇》所載認為「原始家屋的進化，一般由平穴而豎坑而構巢而石景。」（《中國古代社會研究》，p42-43）四、南方巢居北方穴居說：此類看法古籍多有論述，近代學者亦多主此說。詳見《巴蜀文化辨思集》（成都：四川人民出版社，2004年）。

15 杆欄，或作干欄，為求行文一致，本文統以「杆欄」稱之。

16 1985年四川省文管會在成都西城區十二橋附近發掘出一片距今約3600年的杆欄式木結構建築群遺址。其建築樣式為「懸虛構屋」的樓居式，下以密集的木質椿柱為基，椿柱頂部橫架地梁和地板，其上再架設竹木房屋，上以居人，下牲畜禽。此類建築名曰杆欄，係由原始人類的古巢居發展而來。詳見譚繼和〈成都古為巢居氏族居住地續說〉一文，收錄於《巴蜀文化辨思集》。

17 如1965年，在雲南元謀縣附近山丘曾發現加工過的石器，為元謀猿人生活的遺址。當時的猿人已定居，且可能住在山洞中。又如1964年至1973年，在貴州黔西縣沙井發現觀音洞文化遺址。這是長江以南地區發現的一處舊石器時代早期的大型洞穴遺址。洞深約90米，洞中先後發現3000多件石製品，有刮削器、砍砸器，有人居洞中之迹。又如1973年廣西壯族自治區文物工作隊和桂林市文物管理委員會進行試掘之甑皮岩遺址，為中國華南地區新石器時代洞穴遺址。位於廣西壯族自治區桂林市南獨山西南麓。目前有人認為甑皮岩上層的年代約在西元前5500年左右，下層為前7000年以上，該遺址對於認識華南地區較早階段洞穴遺址的文化概貌，具有重要意義。參見《中國大百科全書》「智慧藏」網路版。網址：http://163.24.155.45/newlib/cpedia/

18 本文引用《說文》資料係採〔清〕段玉裁：《說文解字注》（臺北：洪葉文化事業有限公司，2001年，經韻樓藏版）。為省注解繁複，引文後均直接加注頁碼於後。

「巢」字之創制本義，原本就不是為人居住棲息而設。巢字，金文作巢（班簋），象樹木上有鳥巢之形，字形與《說文》之說解相合。由於南方多水鄉澤國，溫潤潮濕，居民無法以穴居形式營生，故仿禽鳥依大木以為巢。如《莊子・盜跖》云：

> 吾聞之，古者禽獸多而人少，於是民皆巢居以避之。晝拾橡栗，暮栖木上。故命之曰有巢氏之民。[19]

《韓非子・五蠹》云：

> 上古之世，人民少而禽獸眾，人民不勝禽獸蟲蛇，有聖人作，構木為巢以避群害，而民悅之，使王天下，號曰有巢氏。[20]

西晉皇甫謐《高士傳》載：

> 巢父者，堯時隱人也。山居，不營世利。年老以樹為巢，而寢其上，故時人號曰「巢父」。[21]

《太平御覽》卷172引《林邑記》云：

> 蒼梧已南，有文郎野人，居無屋宅，依樹上住宿，食生肉，采香以為業，與人交易，若上皇之人。

宋周去非《嶺外代答・風土門》說：

> 深廣之民，結柵以居，上施茅屋，下蓄牛豕。柵上編竹為棧，不施倚桌牀榻，唯有一牛皮為裀席，寢食於斯。牛豕之穢，升聞於棧罅之間，不可向邇。彼皆習慣，莫之聞也。考其所以然者，蓋地多虎狼，不如是則人畜皆不得安，無乃上古巢居之意歟。[22]

據上舉文獻所載，古代有關先民巢居的記載不少，然古文字中表現巢居文化的字卻為數不多。蓋因現今所見早期文字——甲骨文所載記的對象仍以地處北方的殷商文化為主，是故，吾人僅能從部分古文字形去尋求先民巢居文化的蛛絲馬迹。下文將舉引三例部分學者認為與巢居形式似有關聯之字說明於後。

19　〔清〕郭慶藩：《莊子集釋》（臺北：木鐸出版社，1988年），頁994-995。

20　〔清〕王先慎：《韓非子集解》（臺北：華正書局，1991年），卷19，頁373。

21　〔西晉〕皇甫謐：《高士傳》（北京：中華書局，1985年），《叢書集成初編》）卷上，頁11。

22　〔宋〕周去非撰，楊武泉注：《嶺外代答校注》（北京：中華書局，1999年）卷4，頁155。

1 乘

在古漢字中有「乘」字，似可表現古人居樹上之迹。《說文》云：「𣎵（乘），覆也。从入桀。」（頁 240）王國維釋乘字：「乘，卜辭作𣎴，象人乘木之形，虢季子白盤：『王錫乘馬』之乘做𣎴，正與此同。[23]」彭裕商云：「甲骨文（𣎴）象人張足據于樹木之上之形，故引伸有登、升、加其上等諸義，金文字形（𣎴）、戰國文字譌變，則為《說文》古文所本。[24]」李孝定云：「乘字从大在木上，與甲骨文同，又或从舛，特著人之兩足，非从大从桀；高田氏後說以為人升木之義，是也，引申則為凡升凡登之稱，又引申為加其上，許訓覆也，亦加其上之義，乘馬乘車，則升登之義也。[25]」諸說並是。乘字之形構，象人登乘於樹木之上，學者多無異說。今乘字多用於登、升、加其上之義，如乘車、乘馬、乘風而行；惟乘字之創制，僅可示人登足於樹上，或為登高遠眺，或求驅禽避禍，是否可視為古人巢居文化之展現，則需有更多的證據。

2 困（𣏁）

困字，《說文》云：「𡘇，故廬也。从木在口中。𣏁，古文困。」（頁 281）故廬者，王筠《說文句讀》云：「廢頓之廬也。故其字當平看，木在其中者，棟折榱崩，廢頓于其中也。[26]」意為頹頓倒塌之屋。困之重文作𣏁。「𣏁」字，甲骨文作𣏁、𣏁、𣏁。字體上象止，止為趾之初文，字亦象人登足於木上之形。大陸學者何金松云：「（𣏁）从止从木省，表示人住在木上。……𣏁字正是這種原始房屋的記錄。中國西安半坡原始社會的房屋呈圓錐形，用直柱和橫梁作為支架，上蓋茅草，周圍用木椿草泥封住，有一個通道出入。甲骨文困字，外从口，內从木，正像其形，表示古老簡陋的茅屋。𣏁、困二字表現了人類房屋從樹上建巢發展到下地搭棚兩大階段的事實。[27]」故以為「𣏁」字與上舉之「乘」字均會人居樹上之意，是為古人巢居之生動寫照[28]。然而「困」字許慎「故廬」之訓，後人多半存疑。楊樹達云：「故廬之訓，於形不相附，經傳亦未見用此義者，許說殆非也」，楊氏並引俞樾《兒笘錄》之說云：「困者，梱之古文也……梱有限止義，故古文从木从止會意。[29]」其古文字形「𣏁」，學者以「門橛、門梱」訓之，示人足登於木梱上，理解不同，演繹各異。筆者以為，「𣏁」字之形構，僅示人足於木上，其中木字所表示的，不論是樹木或是門梱，都無法作為先民巢居之直接證據。

23 王國維：《戩壽堂所藏殷虛文字》，頁26。
24 方述鑫、彭裕商等：《甲骨金文字典》（四川：巴蜀書社，1993年）卷5，頁417。
25 李孝定：《金文詁林讀後記》（臺北：中央研究院歷史語言研究所，1992年）卷5，頁226。
26 〔清〕王筠：《說文句讀》（北京：中華書局，1987年），卷12，頁227。
27 何金松：《漢字文化解讀》（武漢：湖北人民出版社，2004年），頁118。
28 說見張弛：〈漢字與遠古人類之居住習俗〉，《寶雞文理學院學報》，第21卷，第4期，2001年12月。
29 見《積微居小學述林》（北京：中華書局，1983年），頁193。

3 京

京字，《說文》：「𠅜，人所為絕高丘也。从高省，丨象高形。」（頁 231）據《說文》之義，京為古代都邑中人工所築之巨大平臺。徐中舒云：「京與丘原是古代人民穴居生活在象形文字中的反映。京，甲金文作𠅤，其下端𠁥正象絕高的穴居中有立柱之形，其上端𠅂則象自深穴上出有土階及小屋頂覆蓋之形。這就是人所為的絕高丘。[30]」魯實先則說：「京於卜辭作𠅤、𠅥，彝銘作𠅤、𠅥，與篆文之京，并為臺觀之象形。上體之𠅂，乃象登臨之所；下體之𠁥，乃示纍土之高；以其下無戶牖，知非人所蒞臨，而為下基之象。[31]」徐、魯二氏分別以不同時代之建物形態加以說解，而其所指皆屬北方之穴居或高臺建築而言。李孝定則以京之古文形體，頗南方杆欄式建築，其云：「京字作𠅤，許君以『人所為絕高丘』解之，可商。字明象建築物之形，今馬來西亞高腳屋，下植木柱若干，構屋其上，與之絕似。丘則小山耳，字形無絲毫相涉。[32]」如李氏所言，則𠅤、𠅥為竹木架高之屋形，正可反映出中國南方地區江淮一帶因應濕熱氣候所發展出來的杆欄式建築。今浙江河姆渡遺址的各個文化層，都發現了與這種建築遺迹有關的圓樁、方樁、板樁、梁、柱、木板等木構件，共達數千件。這些榫、卯木構件及杆欄式建築的遺迹，顯示了河姆渡文化的住房特點。現今中國西南地區還保留一些這類的原始居宅形式（詳附圖三、四），而「京」字之古文字形似乎可以反映江南一帶這種建築的類型[33]。

上舉乘、困、京三字，前二者均僅可示人足於木上，作為巢居文化之象徵，尚有商榷之餘地；惟「京」古文形體作𠅤、𠅥，正象建築物之形，其下體之𠁥，與現今中國西南地區部分之杆欄建築物下之木柱形態相仿，故以「京」字說明先民巢居之事實，形義相合，較能為人所接受。

（二）穴居形式

穴居是人類的早期居住形式，隨著社會發展與進步，人類必然走出山洞，建造更舒

---

[30] 徐中舒：〈周原甲骨初論〉（四川大學學報叢刊，《古文字研究論文集》）。另外，徐氏於《甲骨文字典》中有更簡明的說解：「（京）象人為穴居形。冂象丘上纍土之高，𠅂象穴上正出之階梯及屋頂形，丨象充作楮柱之立木。」，卷5，頁598。

[31] 魯實先：《文字析義》（臺北：魯實先全集編輯委員會，1993年），頁113。

[32] 李孝定：《金文詁林讀後記》（臺北·中央研究院歷史語言研究所，1992年），卷5，頁214。

[33] 劉志成引《史記·五帝本紀》稱黃帝「南至於江，登熊、湘」，說明黃帝勢力已達南方的長江流域，配合考古資料的出土，證明「漢字發明以前，黃河、長江流域及四方夷狄文化就有了交流和互相影響，漢字形體反映古代江南事物是完全合乎情理的。」說見劉志成：《文化文字學》（四川：巴蜀書社，2003年），頁209-210。

適的居住場所。中國早期的華北、西北流行穴居形式（即窰洞），係因當地氣候乾燥，土質堅實，地下水位低，人們習於掘洞為穴。窰洞是黃土高原頗佳的居住模式，因其占地面積小，且洞內冬暖夏涼，防火防震。之後，當地人們由深掘式的穴居逐漸改為半穴式住居。半穴式建築是掘土為凹地，其上立柱搭棚。房屋的一半在地下，一半在地面上。這種建築不高，但節省材料，建造方便。中國北方曾廣泛採用這種形式，在仰韶文化遺址有很多這樣的建築。半穴居建築是因地制宜的產物，在條件適宜的情況下改造自然而形成。

　　甲骨文中存有許多文字正是反映北方古代地穴式或半地穴式居宅，如「穴」、「亞（復）」「出」、「各」等字，反映了商代仍有土室穴居或半穴居的事實。

1　穴、亞（復）

　　穴字，《說文》云：「內，土室也。从宀八聲。」（頁347）穴字之形，原是像兩邊均為土壁的豎袋形洞穴之形。古文字形作𠔼、𠔿、𠔾，其下之「八」，非關數字之義，指的是兩側的土壁，為一獨體象形，故朱駿聲云：「象嵌空之形，非八字。[34]」

　　《說文》穴部的字，另有「窳、窨、復」三字，同時說明古人居宅形式有土室、地室之情形，其《說文》云：

> 「窳，北方謂地空，因以為土穴，為窳戶。从穴皿聲。讀若猛。」（頁347）
> 「窨，地室。从穴音聲。」（頁347）
> 「復，地室也。从宀復聲。詩曰：「陶復陶穴」。（頁347）

　　其中「窳」字，王筠《說文句讀》：「地空者，地中自然之孔也。土穴者，土室也。《廣雅》窳，窟也。[35]」知「窳」這類土室是屬於自然天成之巖洞，而非人工開鑿構築之復穴。「復」字，朱駿聲云：「《淮南氾論》『古者民澤處復穴』，亦以復為之。凡直穿曰穴，旁穿曰復。地覆于上，故曰復也。[36]」如朱駿聲所云，則袋形的豎穴式土洞稱為「穴」，旁穿的橫穴式土洞則稱「復」。《詩經・大雅・緜》載云：「古公亶父，陶復陶穴，未有家室。[37]」《禮記・月令》「其祀中霤」下〈孔疏〉云：「古者窟居，隨地而造。若平地則不鑿，但累土為之，謂之為複。若高地則鑿為坎，謂之為穴。其形皆如陶竈，故《詩》云陶復陶穴也。[38]」據〈月令疏〉所載，則累土而成者，稱為複，鑿坎

34　〔清〕朱駿聲：《說文通訓定聲》（臺北：藝文印書館，1994年），頁653。
35　〔清〕王筠：《說文句讀》（北京：中華書局，1987年），頁227。
36　〔清〕朱駿聲：《說文通訓定聲》（臺北：藝文印書館，1994年），頁340。
37　〔漢〕毛公傳、鄭玄箋，〔唐〕孔穎達等正義：《毛詩正義》（臺北：藝文印書館，1989年。影嘉慶二十年南昌府學重刊宋本），頁545。
38　〔漢〕鄭玄注，〔唐〕孔穎達等正義：《禮記正義》（臺北：藝文印書館，1989年。影嘉慶二十年南昌府學重刊宋本），頁322。

而成者，稱為穴。故知，古代典籍中稱復、或稱復、或稱複，諸字通用也。

甲骨文中有「𤰔」、「𤰔」，今隸定作「复」。甲骨文中复、復為一字，張日昇云：「《說文》云，復，往來也，从彳复聲。又云：复，行故道也，从夊畐省聲。復复本當為一字。复从夊，已見形意，更从彳若辵，乃後之增繁。[39]」羅振玉則云：「《說文解字》復，往來也，从彳复聲。智鼎作𢕔，此从亞殆𤰔之省，从𩑔象足形自外至，示往而復來。[40]」許慎以「行故道也」訓「复」，實非本義。而字形夊上之「亞」字，徐中舒從遠古居宅形式的角度立說，其云：「從夊從亞，亞象穴居之兩側有台階上出之形，夊象足趾，台階所以供出入，夊在其上，則會往返出入之意。[41]」陳永正則將「亞」釋為「復」之本字，認為「亞」正是古復穴的象形，中間的長方形象窖穴的本體，兩頭的小口是出入處，設有腳窩或台階。……復與穴同屬地下窖窟。甲骨文亞是復穴的俯視平面圖，小篆𡕥是復穴的縱剖面側視圖。亞兩端的孔道猶穴兩旁的通口[42]。其說是。其次，胡厚宣認為在安陽殷墟所發現的窖穴遺迹中，「大而淺者為穴，小而深者為窖，都是挖入地下的遺存。」「窖則以長方形者居多，圓形次之。」「小而深的窖，兩邊有腳窩可以上下；大而淺的穴，間或有台階」[43]。故知考古遺址中之窖穴確有出入口之通道，與古文形體相合。

通過穴、亞（復）二字形體的考察，說明殷人穴居、半穴居之情形，並可了解先民為方便進出居穴，而有腳窩或台階之設置。有關居穴進出設備之相關字例，將於下文第三部分再行說明。

2 出、各

甲骨文中「出」與「各」也是古代人類穴居生活的具體反映。各字，《說文》：「𠈁，異𦥑也。从口夊。夊者有行而止之，不相聽意。」（頁 61）各字甲骨金文作𠈁、𠈁、𠈁，《說文》以「異𦥑也」訓之，非本義也。楊樹達云：「余謂𠙵、凵並象區域之形，而足抵之，故其義為來，為至。出甲文作𢍜，象人在坎陷中足欲上出之形，與各字形正相反，而其義則可以互證也。[44]」李孝定云：「各字金文習見，多用來至之義，其字从夊以示行來，从凵若𠙵以示居處，古人多穴居。與𡆩字𡆩字可以參證。[45]」徐中舒則云：「從𠙵從夊，𠙵或作凵，並象古之居穴，以足向居穴會來格之意。各字孳乳之字，如

---

39 周法高、張日昇等：《金文詁林》（香港：中文大學出版社，1977年），卷2，頁324-325。

40 羅振玉：《增訂殷虛書契考釋》（臺北：藝文印書館，1969年）卷中，頁64。

41 徐中舒主編：《甲骨文字典》（四川：辭書出版社，1995年），卷5，頁621。

42 陳永正〈釋亞〉（北京：中華書局，1980年），《古文字研究》第四輯，頁259-262。

43 胡厚宣：《殷墟發掘》（上海：學習生活出版社，1955年），頁103-105。

44 楊樹達：《積微居小學述林》（北京：中華書局，1983年）卷2，頁70。

45 李孝定：《金文詁林讀後記》，（臺北：中央研究院歷史語言研究所，1992年12月）卷2，頁26。

畧、客、輅等字，皆與各之本義有關。[46]」諸家之說皆以坑坎或居處之義解凵、凵形，上形則象倒止（凡），示人足走入坎穴中，以表示到達、進入之義。說解與古文形義相吻合，可從。

出字，《說文》云：「屮，進也。象艸木益茲上出達也。」（頁275）許慎以小篆字體釋之，以為「象艸木益茲上出達」之形，訓以「進也」，其說與甲骨金文形體不合。孫詒讓《名原》云：「金文〈毛公鼎〉作屮，石鼓文作屮，皆从止。龜甲文則作屮，中亦从止，明古出字取足行出入之義，不象艸木上出形，蓋亦秦篆之變易，而許君沿襲之也。[47]」楊樹達亦云：「出，甲文作屮，从人足在坎內外出之形，是也。許說誤。屮象人足。物形。凵象坎，處形。[48]」徐中舒則云：「從止從凵，凵或作凵，象古代穴居之洞穴。故甲骨文出字象人自穴居外出之形，或更從彳行，則出形之義尤顯。[49]」諸家之說解與古文形義相合，可從。

是知，各、出二字，分別像人足進、出坎穴之形，充分反映了商代仍有穴居或半穴居之現象。

3 个、宋

呂思勉云：「吾國最古之建築，莫如明堂。[50]」根據《禮記・月令》：「孟春之月……天子居青陽左个。」《呂氏春秋・孟春》亦云：「天子居青陽左个」，高誘注：「青陽者，明堂也，中方外圜，通達四出，各有左右房，謂之个，猶隔也。[51]」故知在古代文獻中有一個建築的形體概念稱為「个」，其義類似於兩旁隔間而成的小房。在史前遺址也曾出現「个」的契刻形符，今人黃盛璋則認為，「个」是原始房屋的象形，「入」似屋頂，「｜」表立柱[52]。觀察西安半坡遺址中半穴居之居宅復原圖（詳附圖五），上有茅草覆頂，中有樹幹立柱；筆者親臨浙江餘姚河姆渡文化遺址復原地，也觀察到有類似之木造屋建築，均象「个」字之形象。故黃氏之說可從。

古文字中又有宋、宋、宋諸形，即今之「宋」字，《說文》云：「宋，居也。从宀从木。讀若送。」（頁345）字形從从宀从木，从宀表屋宅之義，从木則表屋中之立柱。

---

46 徐中舒主編：《甲骨文字典》（四川：辭書出版社，1995年），卷2，頁97-98。

47 〔清〕孫詒讓：《名原》（北京：四庫未收書輯刊編輯委員會、北京出版社，《四庫未收書輯刊・拾輯・二冊》，清光緒三十年刻本，2000年），卷上，頁17（總頁2-327）。

48 楊樹達：《文字形義學》（上海：古籍出版社。1983年），頁66。

49 徐中舒主編：《甲骨文字典》（四川：辭書出版社，1995年），卷6，頁681-682。

50 呂思勉：《先秦史》（上海：世紀出版集團、上海古籍出版社。2005年），頁329。所謂明堂，即天子大廟，舉凡祭祀、饗功、養老、教學、選士，皆在其中。

51 呂不韋撰，高誘注：《呂氏春秋》（臺北：臺灣商務印書館，《四部叢刊正編》）卷1，頁5。

52 黃盛璋：〈『个』形釋義〉，《中國文物報》，1989年5月26日。

可知「宋」字也與古代建築相關。徐鉉注云：「木者，所以成室以居人也。[53]」近人徐中舒則云「從宀從木，象以木為梁柱而成地上居宅之形。[54]」二者之說法，近於宋字古文形構之旨，亦與前文「个」字構字有異曲同工之處。个、宋二字，一取象形，一為會意，而皆與古代居宅形式相關。

（三）穴居巢處之進出

如前所言，遠古居宅之演變係由穴居、半穴居變為地面建屋；或由巢居到杆欄式建築，終至地面建屋。但不論先民是穴居或巢居，其由住居到地面活動，均有由上而下或由下而上的過程。為方便進出住屋，便需有階梯、腳窩或台階之設備以為憑藉。古代典籍也有部分穴居人民進出住屋時「以梯出入」的記載，如《後漢書‧挹婁傳》所言：

> 處於山林之間，土氣甚寒，常為穴居，以深為貴，大家至接九梯。[55]

《魏書‧高句麗》：

> 勿吉國，在高句麗北，舊肅慎國也。……其地下濕，築城穴居，屋形似塚，開口於上，以梯出入。[56]

《隋書‧東夷傳》記載：

> 靺鞨，在高麗之北……所居多依山水……地卑濕，築土如堤，鑿穴以居，開口向上，以梯出入。[57]

文獻中所述之古代民族，地處於中國東北地帶[58]，為適應當地之氣候，長期居住在人工營造的袋狀豎穴中。此種穴居屋內中央設有篝火式爐灶，不僅是做飯還可以取暖、防潮，然當時未有排煙管道，爐灶的煙火只能自然上升，從天窗開口冒出去。所以，穴居部族素有「以深為貴」之習，因為穴挖得越深，人們頭上的空間越大，就越少受煙薰濕蒸之苦。所挖掘之洞穴，既以深為貴，人出入穴居只能憑藉「階梯」的設備了。在古漢字中有「𨸏」、「陟」、「降」等字，正可反映這樣的事實。

---

53 許慎著，徐鉉校訂：《說文解字》（北京：中華書局，1963年），頁151。

54 徐中舒主編：《甲骨文字典》（四川：辭書出版社，1995年），卷7，頁810。

55 〔南朝宋〕范曄：《後漢書》（臺北：鼎文書局，1994年），卷85，頁2812。

56 〔北齊〕魏收：《魏書》（臺北：鼎文書局，1993年），卷100，頁2219-2220。

57 〔唐〕魏徵：《隋書》（臺北：鼎文書局，1993年），卷81，頁1821。

58 「靺鞨」為隋唐時活躍在中國東北部的民族。周秦到西漢時稱為「肅慎」，東漢至魏晉又稱「挹婁」，南北朝時稱「勿吉」。在歷史記載中，其名稱及地域雖稍有變動，但族源及族的主體基本未變。

1 「阜」、「陟」、「降」

阜字，《說文》云：「阜，大陸也，山無石者。象形。凡阜之屬皆从阜。𨸏，古文。」段玉裁注：「陸，土地獨高大名曰阜。……引申之為凡厚、凡大、凡多之偁。」並就其古文字形注云：「上象絫高，下象可拾級而上。」（頁 738）段氏所言，指明字形象高而上平的高地，可以層絫拾級而上。所以《說文》阜部中多與絫高之大陸陵阜字義相關，徐中舒先生根據黃河流域早期普遍流行的穴居現象云：

> 穴居又稱陵阜者，陵亦从阜。說文於阜下云：「大陸也」；甲骨金文作阜、阜，摩些象形文畫獨木梯作𨸏，正與阜字形近。偏旁从阜的字，如階、除、陞……都有階級之義；陟、降、陸……都有上升下降或顛隕之義；阽、陲、陵……都有高峻阽危或不安之義。綜此諸義言之，階梯正是阜字本義。……古代黃河流域既遍營穴居，故阜有大陸之義……从阜之字與从土从山互用，則古代穴居的普遍，亦可概見。[59]

陟字，《說文》云：「陟，登也，从阜从步。」（頁 739）段玉裁注云：「謂緣阜而步也。阜有層次可尋，是謂會意。」故許慎以「登也」訓之，是也。陟字，古文字形作𨸏、𨸏、𨸏，羅振玉云：「（𨸏），从阜示山陵形。从屮象二足由下而上。此字之意，但示二足上行，不復別左右足。散盤作𨸏，與此同。[60]」商承祚亦云：「（𨸏），金文〈散盤〉作𨸏……阜為山之無石者，从步象人足由下上升之形。[61]」羅、商二氏之說，伸明《說文》「登也」之訓，復由古文形體說解字義，形義契合，故可從。

降字，《說文》云：「降，下也，从阜夅聲。」（頁 739）段玉裁注云：「此下為自上而下。……以地言曰降，故从阜；以人言曰夅，故从夂𡕩相承。」其說可參。降字，古文字形作𨸏、𨸏、𨸏，吳大澂〈釋降〉云：「𨸏，古降字，从阜从二足迹形。陟降二字相對，二止前行為陟，到行為降。後人但知止為足迹，不知𠂤、𠂤皆足迹也。[62]」羅振玉云：「（𨸏），从阜示山陵形。象二足由上而下。此字之意亦但示二足下行，故左右足亦或別或否。虢叔鐘亦作𨸏。[63]」近人高鴻縉亦云：「𡕩即陟降之降之初字。从兩足（止）向下行，會意。後以陟从兩足登阜，而陟降兩字常相連並用，故亦於夅加阜為降，而為从兩足下阜矣。[64]」

---

59 徐中舒：〈黃河流域穴居遺俗考〉，原刊《中國文化研究彙刊》，九卷。今收入《徐中舒歷史論文選集（全二冊）》（北京：中華書局，1998年）下冊，頁794-795。

60 羅振玉：《增訂殷虛書契考釋》（臺北：藝文印書館，1969年月）卷中，頁65。

61 商承祚：《甲骨文字研究》（北京：北京圖書館出版社，2000年，《甲骨文研究資料匯編》），下編。

62 〔清〕吳大澂：《說文古籀補》（北京：中國書店，1990年，海王邨古籍叢刊），頁86。

63 羅振玉：《增訂殷虛書契考釋》（臺北：藝文印書館，1969年）卷中，頁65。

64 高鴻縉：《中國字例》（臺北：三民書局，1984年）四篇，頁450-451。

上舉陟、降二字之說解，諸氏之說均能合於《說文》登、下之義，近人徐中舒則以古代之穴居實況來立說。徐氏曰：

> （陟字）從𨸏從 𝌉 步，象雙足循腳窩上升之形，故會登陟之意，與《說文》陟字篆文同形。[65]
>
> （降字）從𨸏從 𝌗 夅，象雙足沿腳窩下降之形，故會下降之意，與《說文》降字篆文同形。[66]

所謂腳窩，指先民針對深而小的豎穴形地窖，在窖壁兩側所開鑿之坎階，可供人兩足落腳藉以上下之處，或可視為小型階梯之別稱，徐氏於「𨸏」字下云：「古代穴居，於豎穴側壁挖有 𝌉 形之腳窩以便出入登降。甲骨文𨸏字作 𝌉 、 𝌖 等形，正象腳窩之形，作 𝌖 者乃其省體。」上舉諸說，不論是𨸏字、陟字，或是降字，大致就北方穴居之情況而言，如以南方巢居或杆欄建築來看，陟、降之甲骨文或作 𝌘 、 𝌙 、 𝌚 、 𝌛 ，其旁之 𝌖 ，象縛木作梯之形，亦可圓說。

四　古漢字中原始居宅形式

漢字中與居宅建築相關的文字極多，以下擬由相關字例，分別依居宅偏旁、居宅總稱、居室空間與高臺建築等方面進行說解。

（一）居宅偏旁

漢字中有三個明顯與居宅建築相關的部首字，分別是「宀」字、「广」字和「厂」字[67]。這三字在甲骨文中作 𝌜 、 𝌝 、 𝌞 、 𝌟 、 𝌠 等形，有學者認為這些形體可以作為代表古代半穴居時期雙斜式屋頂房屋的形象，或是崖居式房屋側面形象，或是單面坡屋頂的房屋[68]。以這些象形文字為偏旁孳生出來的漢字很多，如宅、家、室、宮、寢、庭、庫、盧、廟、厝、廈、廚等等，大多房屋意義相關。以下先就此三個部首偏旁進行說明。

1　厂

厂字，《說文》云：「厂，山石之厓巖，人可居。象形。厈，籒文從干。」（頁 450-

65 徐中舒主編：《甲骨文字典》（四川：辭書出版社，1995年），卷14，頁1509。

66 徐中舒主編：《甲骨文字典》，卷14，頁1510。

67 厂字是否與屋宅義相關，學者有異說，下文另述。

68 陳鶴歲：《漢字中的古代建築》（河北：百花文藝出版社，2005年）前言，頁1-3。

451）篆文的厂字結構與楷書相同，表示石山之崖岸，為獨體象形。山的石崖上部突出，下面的空間原始人類住在裏面可以躲避風雨，故曰「人可居」，因此後人便將厂與居宅之義相比附。金文以干字為聲符作𠩹〈折觥〉，籀文形體相同。高鴻縉曰：「厂字本象石岸之形。周秦間或加干為聲符作厈，後又或於厈上加山為意符作岸。故厂、厈與岸實為一字。[69]」高氏以厂為厓岸之岸的初文。

然部分學者反對所有從「厂」字之形體皆與居室有密切關聯，如魯實先認為厂是𠂆之省體，而𠂆為石之古文，故厂字應以「磬石」為本義，所以《說文》厂部有許多字都是承石義而孳乳，而本非屋宅之義[70]。蔡師信發承魯先生之說云：「許氏知從厂之字，有與石義相同的，也有與屋義相同的，所以他釋厂為『山石之厓巖人可居』，是粗合二義於一文，而不知厂有石義的，是𠂆之省變；有屋義的，文或作𠁥，則是作平頂屋解之厂的變體。[71]」蔡師區分《說文》厂部諸多隸屬字之分屬，明確可從。

後人將厂與屋義相比附的原因，除了許書「人可居」之說解外，其古文形體與屋形之「广」相似，也是原因之一，故李孝定云：「厂為山之崖巖可居人者，广為屋形，原不同字，高田忠周、唐蘭諸氏別為二字，是也。惟金文二者一作厂，一作𠁥，形近易混，偏旁中每得任作，于省吾氏同容氏之說，以厈、庠為一字，並即岸之初文，細繹其說，亦覺近理。漢字衍變，互數千年，形近音近，譌衍孳多，此古文字學之所以難講也。[72]」其說是。

2 宀、广

宀字，《說文》云：「𠔼，交覆突屋也，象形。」段玉裁注：「古者屋四注，東西與南北皆交覆也。有堂有室，是為深屋。」（頁 341）宀之古文形體作𠆢、𠆢、𠆢，俱象屋宅之外部輪廓之形，大陸學者王慎行云：「由于時代久遠，商代平房的地面部分已不復存在，但從甲骨文的宅、宮、室、家、宗、宿、寇諸字所從之「宀」，還可窺見其屋頂的大概形狀。……從「宀」之字形可見當時的平房屋頂多作前後兩坡的∧形，∧下的川形是柱，抑或是前後沿牆的剖視圖；小屯殷墟房屋基址上的礎石，便是兩兩對稱的排列著，與甲骨文「宀」之字形正合。以整體來看：𠆢形，象從山牆方向望去的平房側視圖；𠆢形，則突出平房屋脊和屋面出檐的特點。所以，清人王筠在解釋《說文》「宀」字時說：『乃一極兩宇兩牆之形也。』[73]」充分說明了宀字的古文形體特點。

---

69 高鴻縉：《中國字例》（臺北：三民書局，1984年8月），第二篇，象形，頁63。

70 魯實先：《文字析義》（臺北：魯實先全集編輯委員會，1993年），頁192。

71 蔡師信發：《六書釋例》（臺北：學生書局，2006年），頁19。

72 李孝定：《金文詁林讀後記》（臺北：中央研究院歷史語言研究所，1992年）卷9，頁352。

73 王慎行：〈商代宮室建築考〉，《考古與文物》1983年第3期，頁68-74。今收入《古文字與殷周文明》（陝西：人民教育出版社，1992年），頁151-163。

广字，《說文》云：「广，因厂為屋也，象對刺高屋之形。」（頁 447）許慎訓广為依傍巖屋所架設之高屋，義訓未見真確。馬敘倫云：「厂為厓巖，山厓之下陷直而上橫出者是也。宀乃象堂皇之形，不從厂也。广一面有牆，宀兩面有牆，實則广以一牆見其三面，而中高者為棟極，左右殺者為兩宇，則广宀同也。……今西北邊地猶多石窟。蓋穴處之遺蹟。所謂因厂為室，或指此與。[74]」馬氏說明厂為厓巖、广為堂皇之形，二者有別，然广、宀俱為屋室之形，則同也。

宀、广二字作為原始居宅之象形，學者多無異議，魯實先云：「從广之字，於卜辭彝銘作宀、宀，與突屋之宀，都象屋脊與牆壁。……因此知宀、广同義，所以可互通[75]。」故广、宀二字可以通作，甲骨、金文中多見此例[76]。

（二）居宅總稱

《爾雅·釋言》云：「宅，居也。」《玉篇》亦云：「人之居舍曰宅。」又云：「人所居通稱家。」今人口語也常說住宅、住家，可知「宅」與「家」為人們對居宅習稱之名號。戴家祥云：「家的本義與專指人們具體住所的房、室、宮、寢不同，概念比較抽象，是指由婚姻和血緣關係為基礎的一種社會生活組織形式——家庭。[77]」就居宅總稱之名號，以下以「宅」、「家」二字說之。

1 宅

先民由穴居野處，至聖人易之以宮室，其最原始的需求便是為人身肉體提供庇護，使其免受風雨禽獸之侵擾。人類尋求理想住居處所，亦即尋找可以安身棲息之地，所以宅字，《說文》云：「宅，人所託尻也。从宀乇聲。宅，古文宅。庍，亦古文宅。」（頁341）是知，宅是人寄託身軀、尋求庇護之處，也就是人所居住的地方。宅字於甲骨、金文作宅、宅、宅、宅、宅諸形，宅从宀乇聲，為《說文》小篆所本，字體至今無太大變易。東周金文或從广作庍，是宀與广通作之例，前文已論；或從宀從土、乇聲（如《說文》古文），徐鍇云：「宅必相其土，故從土[78]。」故知，從土以示人所居之地也。「相其土」表人對住居是有所選擇，故《釋名·釋宮室》云：「宅，擇也。擇吉處而營

---

[74] 馬敘倫：《說文解字六書疏證》（臺北：鼎文書局，1975年）卷18，頁2353-2354。

[75] 魯實先：《文字析義》（臺北：魯實先全集編輯委員會，1993年），頁191。

[76] 如甲骨文龐字的偏旁作宀或宀；庶字、廣字，甲骨文的偏旁是宀，金文變成广；廟字，金文有宀、广兩種不同的偏旁；廩字，金文從宀，篆文从广……等，是其例。

[77] 戴家祥：《金文大字典》（上海：學林出版社，1955年），上冊，頁907。

[78] 〔南唐〕徐鍇：《說文解字繫傳·通釋第十四》（北京：中華書局1987年），頁148。

之也。[79]」表現古人在選擇居處的慎重，故有「卜居」之說。

2 家

家字，《說文》云：「𠖔，凥也。从宀豭省聲。」（頁 341）許慎以豭省聲說解家字之形構，歷來有許多紛歧異說[80]。段玉裁對省聲之說則大表懷疑，視為「一大疑案」。段氏以為「此篆本義乃豕之凥也，引伸假借以為人之凥……豢豕之生子最多，故人凥聚處，借用其字，久而忘其字之本義，使引伸之義得冒據之。」（頁 341）家之甲骨金文作𠖔、𠖔、𠖔、𠖔𠖔字形皆象宀下有豕之形，徐灝〈箋〉云：「家从豕者，人家皆有畜豕也。[81]」字从宀从豕會意。此外，吳大澂云：「（𠖔）古家字，从宀从豕。凡祭士以羊豕，古者庶士庶人無廟，祭於寢，陳豕於屋下而祭也。[82]」吳氏以古人祭祀之用牲與處所說解家字形義，雖亦云家从宀从豕會意，然其說並非家字本義。

羅琨、張永山謂「家字本是一個會意字，以房屋和豬來表示一個打破氏族公有制而擁有一定的私有財產的血緣團體。[83]」從原始社會進展的角度來看，當原始人類脫離遷徙不定的游牧生活，定居並種植農作物後，社會便進入了農業時代。人們靠農作生產及豢養牲畜營生，最初仍屬氏族公有財產制，自父系氏族社會中、晚期後始有私人財產制。個體家庭逐漸由氏族大家庭中分離而出，並能擁有私人財產。甲骨文中家作𠖔形，宀下有豕的具體形象，說明豬是上古個體家庭最主要的私有財產。豬隻肉質鮮美，易於豢養，一次多產，而且爪牙不銳，行走不速，對人的侵犯性不高，故豕是當時最佳的豢養牲畜之一。又從南方杆欄建築形態的住居來看，如前文所引周去非《嶺外代答》所載：「深廣之民，結柵以居，上施茅屋，下豢牛豕。」築屋於豬圈之上，頗能符合「家」字之古文形義。

（三）居住空間

相較於前文「家」、「宅」抽象概念的居宅總稱，下文將針對具體空間概念的宮、室、房、寢進行說明。

---

79 〔清〕王先謙：《釋名疏證補》（上海：古籍出版社，1989年，《爾雅、廣雅、方言、釋名》清疏四種合刊本），卷5，頁1068。

80 諸家之說詳參《古文字詁林》、《甲骨文字詁林》，本文不另作辨說。

81 〔清〕徐灝：《說文解字注箋》（臺北：廣文書局，1972年）卷7，頁9（總頁2427）。

82 〔清〕吳大澂：《說文古籀補》（北京：中國書店，1990年，海王邨古籍叢刊），頁41。

83 羅琨、張永山：〈家字溯源〉，《考古與文物》，1982年第1期。

1 宮

宮字，《說文》云：「⟨宮⟩，室也。从宀躳省聲。」（頁 346）「宮」的本義為房室，甲骨文作⟨宮⟩，金文作⟨宮⟩、⟨宮⟩。羅振玉云：「从呂从⟨呂⟩，象有數室之狀，从⟨田⟩象此室達於彼室之狀，皆象形也。《說文解字》謂从躳省聲，誤以象形為形聲矣。[84]」字形所从「⟨宀⟩」是房屋的外形正面輪廓。下方之「呂」、「⟨呂⟩」、「⟨田⟩」像室內有相對或相毗聯的房間。商代的中小形平房，其室內大多有隔間和套間，這些現象已被考古發掘的資料所證實。

最初，宮就指房屋，無分貴賤，與室、屋同義，所以《爾雅·釋宮》曰：「宮謂之室，室謂之宮。[85]」後來「宮」字區別為指有圍牆的居住建築，含宅院等，一般指尊貴者的住所，由此才發展為秦以後的帝王居所的專稱。

2 室

室字，《說文》云：「⟨室⟩，實也。从宀至聲。室、屋皆从至，所止也。」（頁 341）段玉裁注云：「古者前堂後室。《釋名》曰『室、實也。人物實滿其中也』。引伸之則凡所居，皆曰室。《釋宮》曰『宮謂之室，室謂之宮』，是也。」其甲骨金文字形作⟨室⟩、⟨室⟩、⟨室⟩。其中，宀表示房屋。↓乃矢之倒文，⟨⟩表象矢由遠來降至於地之義。至為聲符，兼表歸宿之意，故《說文》云「至，所止也。」

與「宮」字相同，夏、商兩代人們亦泛稱房屋居宅建築為室，無貴賤之別。朱駿聲云：「秦漢以來，惟王者所居偁宮焉，又宗廟亦偁宮室。」查卜辭文例「大室」、「中室」、「血室」等皆宗廟中房舍之名[86]。日人白川靜則由甲骨卜問事例的資料，統一以祭祀的角度來解釋「家、宮、室」等字。白川氏云：「『家』字最古的用法見於卜辭……『家』含有含有神聖廟所之意者，又從如『⟨⟩于上甲家？』的卜問事例可知。……後來，在如此神廟中造了一些祭室，謂之『宮』。在『宮』字下之『呂』形是以二個祭室用平面形來表示之。『室』亦非人之居所，還是祭祖之處。[87]」若如白川氏所言，則「家、宮、室」皆非人之居宅，而為宗廟祭祀之處所，求之古文形體與考古遺址的資料，「室」用於祭祀房舍，辭例尚多，至若宮與家字，皆一體視之，則嫌於過當。

3 房

房字，《說文》云：「⟨房⟩，室在旁也，从戶方聲。」（頁 592）該字不見甲骨、金文

84 羅振玉：《增訂殷虛書契考釋》，（臺北：藝文印書館，1969年）卷中，頁11-12。

85 〔晉〕郭璞注，〔宋〕邢昺疏：《爾雅注疏》（臺北：藝文印書館，1989年。影嘉慶二十年南昌府學重刊宋本）卷5，頁72。

86 徐中舒主編：《甲骨文字典》（四川：辭書出版社，1995年），卷7，頁800。

87 〔日〕白川靜著，加地伸行、范月嬌譯：《中國古代文化》（臺北：文津出版社，1983年5月），頁62。

字形,簡帛文字作**𠃜**,亦从方聲。段玉裁注云:「凡堂之內,中為正室,左右為房,所謂東房、西房也。」「房」字从「戶」構形,表示房室之義,段氏引焦循語曰:「房必有戶以達於堂,又必有戶以達於東夾西夾,又必有戶以達於北堂。」字又从「方」,既表聲符,兼表字義,表明了房是「室旁之屋」。「方」與「旁」古音相近,故《釋名‧釋宮室》:「房,旁也。室之兩旁也。[88]」戴侗《六書故》云:「房,室旁夾室也。从戶,由戶以入也。[89]」說明房字在建築群組中之位置特點。

4 寢、寑

寑字,《說文》云:「**寑**,臥也。从宀侵聲。」(頁 344),段玉裁注「臥必於室,故其字从宀,引伸為宮室之偁。……〈釋宮〉曰:室有東西箱曰廟,無東西箱有室曰寑。」段氏引〈釋宮〉注《周禮》「五廟之寑也,前曰廟、後曰寑」,則以寑為臥室之義。又云「今人皆作寢,寢乃……與寑異義。」許書「寑」字訓「臥也」,「寢」字訓「病臥也」(頁 351),二字音同而義別,高田忠周以經籍通假說之,云:「(寑)蓋謂傴臥之處也,轉義為寑廟之寑也。經傳多借寢為寑。[90]」高田氏謂寑之本義當為臥室,因寢、寑二字音同之故,故經傳多借寢為寑字。又觀其古文字形作**𡨴**、**𡩟**,象宀下有帚(又持帚)之形,其小篆形體隸定作**寑**,張舜徽云:「寑字當从宀,从人又持帚,會意。今北人居長炕,上鋪以席,就寢前必持帚埽除灰塵,蓋自古之遺俗也。[91]」張氏以北方人居炕,睡前持帚打掃之習俗來說解寑字,頗能符合篆文形構,可供參考。

(四)高臺建築

夯築與版築,是商人建造房室宮殿的技術。夯築是利用夯石錘去夯打黃土,使之堅實緊密。版築則主要是指城牆、屋牆、宮牆的建築方法。呂思勉說:「棟宇者,巢居之變,築牆則穴居之變也。[92]」說明地面上的築牆建物,是由穴居、半穴居,一步步演進而來的。在《詩經‧大雅‧緜》記載:

> 緜緜瓜瓞。民之初生,自土沮漆。古公亶父,陶復陶穴,未有家室。……乃召司空,乃召司徒,俾立室家。其繩則直,縮版以載,作廟翼翼。捄之陾陾,度之薨

---

88 〔清〕王先謙:《釋名疏證補》(上海:古籍出版社,1989年,《爾雅、廣雅、方言、釋名》清疏四種合刊本),卷5,頁1070。

89 〔元〕戴侗:《六書故》(臺北:商務印書館,《四庫全書珍本六集》)卷25,頁29。

90 〔日〕高田忠周:《古籀篇》(臺北:臺灣大通書局,1982年)卷72,頁8(總頁1722)

91 張舜徽:《說文解字約注》(臺北:木鐸出版社,1984年)卷14,頁16(總頁1953)。

92 呂思勉:《先秦史》(上海:世紀出版集團、上海古籍出版社。2005年7月),頁320。

> 薨，築之登登，削屢馮馮。百堵皆興，鼛鼓弗勝。[93]

此為周朝開國之史詩，敘述周之始祖古公亶父由豳地遷往歧山之下的歷程。文中說明在周族先人「未有室家」之前，便是住在「陶復陶穴」的營窟之中，直至遷居周原之後，才懂得用引繩吊線、縮版夯打的版築方式進行「立室」、「作廟」。《詩經》的紀錄，說明了商末周初有關居宅建築演進的歷程。

所謂版築，就是利用兩塊夾版，按所需牆堵寬度，中間預留空間，長版兩端用木柱固定，中間以泥土填實後，再以夯石杵搗緊，拆去長版及木柱後，即可完成牆體。築字，《說文》云：「𥸤，所以擣也。從木筑聲。𥸤，古文。」（頁 255）段玉裁云：「築者，直舂之器。……築杵也。」是知，築本為築土之器具。築字，金文作築，字形象一人雙手持著夯杵，上下夯打使土層堅實緊密之狀，其竹、木偏旁代表施工時器具之材質[94]。築字形體同時也展現了商周人們夯築建室之生動形象。

據考古遺址發現，殷商時期人們已掌握了營建居室宮殿的技術。因應北方黃土的特質，先民已能利用夯打黃土以堅實地面，加大土壤的耐壓程度，以增強住居之穩定性。之後，夯築技術不斷提升，並廣泛運用在一般居室、大型宮殿、高臺，甚至城牆的建造之中。於是，高臺式的建築物，於焉產生。

1 高

高字，《說文》云：「高，崇也。象臺觀高之形。从冂、口。與倉、舍同意。」（頁230）高字在商代已出現，甲骨文作𦤀、𩫕、𩫕，徐中舒云：「象高地穴居之形。冂為高地，口為穴居之室，𠆢為上覆遮蓋物以供出入之階梯。殷代早期皆為穴居，已為考古發掘所證明。……」認為《說文》所釋，已失初義。蓋高之得義，乃由穴居之高引申，非由後世之臺觀得義也。[95]」𩫕字形體中之冂，像人造高大土石平臺一方的正面形，上部像建在臺上的房屋，下方之口，徐氏認為表穴居之室，或以為是進出高臺的通道口或登堂之臺階[96]，以表示建築物之高。商代的大型宮殿都建構在高出地面的夯土臺基上，此種形式稱之為「高臺建築」。

前文已釋京字，《說文》釋其形為「从高省，丨象高形」，然京與高字之制字先後，可能未盡然如《說文》所言。魯實先認為，京為獨體象形，而許氏釋為「从高省」，實昧其形構[97]。更有學者以為高實从京省構形，如張日昇引孔廣居《說文疑疑》云：「『高

93 〔漢〕毛公傳、鄭玄箋，〔唐〕孔穎達等正義：《毛詩正義》（臺北：藝文印書館，1989年。影嘉慶二十年南昌府學重刊宋本），頁545-549。

94 許進雄：《中國古代社會》（臺北：臺灣商務印書館，1998年），頁318。

95 徐中舒：《甲骨文字典》（四川：辭書出版社，1995年）卷5，頁590-591。

96 李民：《殷商社會生活史》（河南：人民出版社，1993年），頁434。

97 魯實先：《文字析義》（臺北·魯實先全集編輯委員會，1993年），頁422。

象樓臺層疊形。亼象上屋，冂象下屋，口象上下層之戶牖』，若高京兩字互較，字形甚為接近，京字只有上屋，下從冊，乃構木為臺，臺下有柱，並無下屋。京有高大義，與高字同，疑高實從京省、口聲。[98]」姑不論京、高二字制字之先後，二者皆有高大之義，故《說文》中從高構形之字，如亳、亭、喬，亦與高臺或高聳之亭樓建築有關。

2 臺

　　臺字，《說文》云：「臺，觀四方而高者也。从至从高省。與室、屋同意，㞢聲。」（頁 591）段玉裁注：「《釋名》曰『觀，觀也，於上觀望也』，觀不必四方，其四方獨出而高者，謂之臺。」臺，指臺觀，其形四方而高聳出地面的夯土建物。字形从高省，表「臺」亦高臺建物之一。从至，表下體與室、屋篆形同，皆「所止也」之意。臺高則可以防水、防潮、遠望，加上四週寬闊的空間，亦可營造一種雄偉、威嚴的氣勢。在今日現存的古代建築或考古發掘的建築遺迹中，有許多大型宮殿都建在自然形成或人工築造的臺基之上。故知，高臺建築是中國古代特有的建築類形之一。

3 堂

　　堂字，《說文》云：「堂，殿也，从土尚聲。尚，古文堂如此。堂，籀文堂，从尚，京省聲。」（頁 692）《說文》之小篆、古文、籀文之字體皆从土構形，表「堂」是建在夯土高臺上的建物，同時也說明「土」是古代建築的主要建築材料。桂馥引《急就篇‧顏注》：「凡正室之有基者謂之堂。[99]」，是知「堂」是有房基的正室，也是居室的中心，是主人平時活動、議事、行禮待客的地方。字形从尚，既表聲符，兼表字義。徐灝〈箋〉云：「尚者，尊上之義，向慕之偁。《論語‧里仁篇》『好仁者，無以尚之』是也，尚之言上也、加也。[100]」《集韻》：「尚，貴也。主也。[101]」《字彙》：「尚，崇也，貴也。……又尊也。[102]」表明了堂在整個建築中的中心、尊崇地位。劉熙《釋名》云：「堂，猶堂堂，高顯貌也。[103]」說明了堂的空間形象是尊崇而堂皇，它是居宅建物群中的的主體建築（正屋），具尊上、高顯的地理位置。

　　《說文》高部下有「喬」字，「喬，小堂也。从高省，冋聲。」（頁 230）字從高構形，表喬亦屬高臺建築，訓「小堂也」，則可知「堂」確為高臺建築之類。

98　周法高、張日昇等：《金文詁林》（香港：中文大學出版社，1977年），卷5，頁948。

99　〔清〕桂馥：《說文解字義證》（濟南：齊魯書社，1987年），卷44，頁1193。

100　〔清〕徐灝：《說文解字注箋》（臺北：廣文書局，1972年）卷2，頁3（總頁366）。

101　〔宋〕丁度：《宋刻集韻》（北京：中華書局，1989年），頁171。

102　〔明〕梅膺祚：《字彙》（上海：辭書出版社，1991年），頁120。

103　〔清〕王先謙：《釋名疏證補》（上海：古籍出版社，1989年，《爾雅、廣雅、方言、釋名》清疏四種合刊本），卷5，頁1070。

4 亯（享）

「享」字，《說文》：「亯，獻也，从高省，▢象孰物形。孝經曰：祭則鬼亯之，凡亯之屬皆从亯。〔篆〕，篆文亯。」（頁 231）根據許慎之解釋，亯（享）字後多用於祭享、享獻、享用之義，引伸也有烹煮之義。其後分化為「亯」、「享」、「亨」、「烹」等字，古籍多有通用之例。然而亯字，於甲骨文作〔甲骨文〕、〔甲骨文〕、〔甲骨文〕、〔甲骨文〕，金文作〔金文〕、〔金文〕、〔金文〕、〔金文〕[104]。字形均像築於高臺上之小屋，魯實先云：「（亯字之卜辭彝銘）俱象屋宇之形，當以廟中大室為本義。[105]」黃錫全亦云：「我們主張〔字形〕象房屋建築之形。經考古發掘，商代二里岡期宮殿建築大體呈〔字形〕形。介即屋之象形，口即臺基。[106]」《說文》釋其形曰「从高省」，其形未見真確。然金文亯（〔金文〕）字下方填實之臺基，讓人了解「廟中大室」之亯，亦屬高臺建築之類。

五 結語

原始人類的居宅有「穴居」與「巢居」兩大形式，不論是由歷代流傳的文獻典籍有所記載，或者是近年來從考古發掘的大量資料可以獲得證明。甚至，我們可以從已有的古文字資料可以得到相關的訊息，如文中所舉出的甲骨文「京」字可能反映出南方的杆欄式建築，或是「出」、「各」、「陟」、「降」等字反映了商代仍有土室穴居或半穴居的事實等。藉由對相關古文字的溯源推究，配合文獻典籍及考古資料的記載，確實有助於我們了解古代先民原始居宅的形態。

---

104 此字構形歷來說法不一有主張「象宗廟之形」者，如吳大澂《說文古籀補第五》、羅振玉《增訂殷虛書契考釋》、李孝定《金文詁林讀後記卷五》等。有主張「亯即烹調之烹本字」者，如馬敍倫《讀金器刻詞卷上》。有主張「亯為盧之初文」者，如朱芳圃《殷周文字釋叢中》。有主張「象穴居之形」者，如徐中舒《甲骨文字典卷五》、諸說詳參《古文字詁林》，第五冊，頁548-554。

105 魯實先：《文字析義》（臺北‧魯實先全集編輯委員會，1993年），頁117。

106 黃錫全：〈甲骨文字釋叢〉，《考古與文物》，1992年第六期。

徵引文獻

一 專書

李　民：《殷商社會生活史》，河南：人民出版社，1993年。

宋鎮豪：《夏商社會生活史》，中國社會科學出版社，1994年。

晁福林：《夏商西周的社會變遷》，北京：師範大學出版社，1996年。

宋兆麟、馮莉：《中國遠古文化》，寧波：寧波出版社，2004年。

王寧：《〈說文解字〉與中國古代文化》，瀋陽：遼寧人民出版社，2000年。

何九盈、胡雙寶、張猛主編：《中國漢字文化大觀》，北京：北京大學出版社，1995年。

二 期刊論文

趙復興：〈中國的穴居文化及其遺存〉，《內蒙古社會科學》，第1期，1999年，頁83-88。

張　法：〈中國古代建築的演變及其文化意義〉，《文史哲》，第5期（總第272期），2002年，頁76-80。

韓　偉：〈漢字形體中所蘊涵的古代建築居注文化信息〉，《信陽師範學院學報》（哲學社會科學報），第25卷第2期，2005年4月，頁87-89、109。

黃宇鴻：〈《說文解字》與居住民俗文化──《說文》漢字民俗文化溯源研究之六〉，《欽州學院學報》，第20卷第1期，2004年3月，頁。

李振中李瓊：〈從《說文解字》看中國先民的建築文化意識〉，《廣西社會科學》，第11期（總第125期），2005年。

張　磊：〈《說文》「宀」部字與古代建築文化〉，《昆明大學學報》（綜合版），2005年2期，頁43-46。

蕭其峰陳勇勝汪再進：〈從部分「宀」旁字的文化解析看中國古代社會家庭文化〉，《景德鎮高專學報》。

楊　飛：〈《說文解字》宀部的文化闡釋〉，《信陽師範學院學報（哲學社會科學版）》，第26卷第1期，2006年2月，頁93-96。

楊　飛：〈《說文解字·宀部》與傳統文化〉，《滄桑》，2006年2月，頁105-106。

何　暉：〈析與建築有關的幾個古漢字〉，《中外建築》，2006年5月，頁101-102。

王功龍：〈中國古代建築與宇宙觀〉，《尋根》，2006年1月，頁25-30。

李麗華：〈『向』本義發微〉，《新疆師範大學學報》（哲學社會科學版），第25卷第4期，2004年10月，頁171-172。

文士其：〈豬是怎樣跑進『家』中的？〉，《咬文嚼字》，1995年3月，第3輯，頁8-9。

陸忠發：〈說《說文》中『个』字『宋』字〉，《杭州師範學院學報》，第5 期，1995年9
月，頁46-49。

【附圖】

資料來源：楊鴻勛《中國早期建築的發展》、宋兆麟《中國遠古社會》

圖一：巢居演進圖

圖二：穴居演進圖

圖三：河姆渡杆欄式建築復原圖

圖四：今西南地區常見的建築形式

圖五：半穴居復原圖。

敦煌寫卷 P.2172 正俗直音例所見之俗字

廖湘美

中央大學中國文學系副教授

摘要

敦煌寫卷保存了在版刻流行前的許多俗字,向為學界視為寶庫。現藏法國國家圖書館的敦煌寫卷 P.2172〈大般涅槃經音〉,便具有寫本文獻的特殊研究價值。

P.2172 多以直音方式注明佛典用字音讀,透過分類觀察,其中「正俗直音」的方式,反映了許多不同類型的俗字。究其發生原因,除了隸省、隸變之外,換旁、增旁、加形,甚至是手書筆訛,皆有所見,展現出敦煌寫卷豐富生動的書寫文化。

關鍵詞:敦煌寫卷、俗字、大般涅槃經、直音

一　前言

　　敦煌 P.2172 的釋文主要以音注為主，去除寫卷殘缺、漫漶而無法完整辨識者，包括又音又切，總計注音六九五次，包括直音四八六次（約 70%）[1]、反切二〇八次（約 30%）。[2]

　　董理 P.2172 條目及直音用字的關係，首要辨別字形之正俗、古今、異體，考訂方面，將參考學者們的相關研究成果，如：張湧泉對該篇的校記（2008，以下簡稱「張校」）[3]、景盛軒《大般涅槃經》異文研究》（2009）[4]、李福言〈敦煌《大般涅槃經音》的特點〉（2013）。[5]不過必須要說明的是，張校之作根據的《大般涅槃經》經本是經過後人補版的《中華大藏經》如：前十卷據《高麗大藏經》（以下簡稱《高麗藏》），後三十卷據《金藏》廣勝寺本；《大般涅槃經後分》亦據《中華大藏經》，其上卷為《金藏》廣勝寺本，下卷則為《高麗藏》本。本文為彌補刊印時可能發生的筆訛（因版本漫漶不清所進行的描潤所致）、脫漏截行、頁次顛倒等缺憾，故參考使用「高麗大藏經研究所」所公佈《高麗藏》再雕本（以下簡稱 K2）的原圖版。[6]

　　至於景盛軒所提出五十九組異文的成果，僅就《大正藏》經本與敦煌寫卷的經本、〈大般涅槃經難字〉（P.3415、P.3823、P.3438、S.3366、S.2821）及〈大般涅槃經音〉（P.3415、S.2821）等進行對校而得，並未利用到 P.2172〈大般涅槃經音〉及《高麗藏》再雕本。[7]經由本文的考察，P.2172 除了有三十七組異文與景氏所輯相同外，尚可補充景氏未收的異文，如：第十二組「臺」、第二十七組「憖」、第三十七組「鞁」、第三十八組「菱」、第四十一組「粗」、第四十二組「渥」、第四十四組「陲」、第四十七組「脩」、第五十三組「蚤」。敦煌寫卷因為由水準不一的書手騰抄，藉以保存了許多民間習慣用字，足見 P.2172 所據寫卷經本與景氏不同，並得為增補景氏所考之異文。

　　李福言對 P.2172〈大般涅槃經音〉的研究實尚有再斟酌之處，其考證所參酌的文獻僅見《慧琳音義》、《切韻》《玉篇》等，並未詳言所據經本版本，加上論證較簡，所以直音方式的分類內容與頻次計數方面，都與本文有了歧見。以上景氏與李氏在佛經音義之

1　包括直音之字有疑問者。

2　李福言：〈敦煌《大般涅槃經音》的特點〉，《學術園地》第1期（2013年），頁28。

3　張氏根據了法藏、英藏影印本及縮微膠卷，輔以《中華大藏經》、《玄應音義》、《慧琳音義》、敦煌寫卷所見經本等對照，撰寫成校記，與《大般涅槃經》相關的寫本有：P.3025、P.2172、S.2821、P.3438、P.3415、S.5999、S.3366。（張湧泉：《敦煌經部文獻合集》第10冊（北京：中華書局，2008年），頁5150-5264）

4　景盛軒：《《大般涅槃經》的異文研究》（四川：巴蜀書社，2009年）。

5　李福言：〈敦煌《大般涅槃經音》的特點〉，頁28-29。

6　因為現存《高麗大藏經》初雕本僅剩第17、37、38卷。

7　景盛軒：《《大般涅槃經》的異文研究》，頁136-138、141-143。

作皆僅參考《慧琳音義》而已，本文則另參酌了《玄應音義》、《可洪音義》。

此外，並參考相關文獻如：《說文》、《五經文字》、《干祿字書》[8]、《龍龕手鏡》／《龍龕手鑑》（以下簡稱《龍鏡》／《龍鑑》）、《廣韻》、《集韻》、《敦煌俗字譜》、「教育部異體字字典」之「研訂說明」、「石塚數據庫」[9]等觀點以輔助判斷之。最後將直音例別為七類：（一）同聲直音（二）古今直音（三）借字直音（四）正俗直音（五）異體字直音（六）譯字直音（七）單純直音。其中第（四）正俗直音便是本研究所欲探討俗字面貌之對象。

二　正俗直音的分類及其俗字

P.2172 的條目或釋文使用了許多俗字，計有六十七例。[10]張湧泉（2010）曾對俗字進行分類，計有十三類：1. 增加意符 2. 省略意符 3. 改換意符 4. 改換聲符 5. 類化 6. 簡省 7. 增繁 8. 音近更代 9. 變換結構 10. 異形借用 11. 書寫變異 12. 全體創造 13. 合文。[11]俗字形體之異，在 P.2172 寫卷裡甚為豐富，甚至出現訛俗字。

P.2172分類的標準，條目字與注文之間必須具備有正或俗字的關係。舉凡僅條目字為俗字，注文非該字之正、俗者，概不列計；又或條目與注文用字重出者，亦不計入。[12]今分類如下：

（一）以正字注俗字者。可再細分為：

1.1　以正字注俗字

計九例。如：01-29【醶】：「淡。」醶，淡之俗字。又13-10【驎】：「驃。」驎，驃之俗字。張校：驎，驃之繁化俗字，但未詳所據。[13]景盛軒亦未收錄於異文。案：驃，本字也，見於《說文》，從馬票聲。驎，則見《金石文字辨異》引〈北魏司馬元興墓誌

8　《五經文字》乃唐代宗大曆十年（775年）張參奉詔校勘五經文字，辨正經傳文字形體，並書於太學屋壁。《干祿字書》為唐大曆九年（774年）顏元孫撰。劉中富統計該書有漢字804組，凡1656字（《干祿字書字類研究》（濟南：齊魯書社，2004年））。

9　日籍學者石塚晴通所建置「漢字字体規範データベース」，以下一律簡稱為「石塚數據庫」。

10　李福言所統計有69例。（〈敦煌《大般涅槃經音》的特點〉，頁28）

11　張湧泉的俗字13類：1.增加意符2.省略意符3.改換意符4.改換聲符5.類化6.簡省7.增繁8.音近更代9.變換結構10.異形借用11.書寫變異12.全體創造13.合文。（《漢語俗字研究》，（北京：商務印書館，2011年第2刷），頁44-121）

12　06-13【擯】：「擯。」張校：注文擯，可能為殯、儐。（註134，《敦煌經部文獻合集》第10冊，頁5176）案：因文獻不足徵，無法定論。

13　張校註204，《敦煌經部文獻合集》第10冊，頁5182。

銘〉；又《龍龕手鑑》以䮾俗、驃正。蓋因票、剽同音（勷，當為勳之訛俗字），所以漢末以後亦通行䮾之俗字，可視「䮾」為俗字，不必以為驃外繁化字形之俗字。

01-82【餅】：「飯。」語出經本：「汝可持此世界香飯，飯香美。」[14]《玉篇零卷》：「飯，今亦以為餅字。」《新加九經字樣》：「飯，作餅者訛。」《龍鏡》：餅飯正、餅通。[15]

張湧泉（2010）引清·畢沅《中州金石記》：「或說隋煬帝避反字故，故改（汲）為汴，然則猶飯作餅之屬也。」因「餅」聲符與「反」古音相同，故為飯之改換聲符字。[16] 又舉敦煌 P.3867〈漢將王陵變〉：「卿等遠來，上帳賜其酒餅。」以證之。所以張氏認為弁、卞同音，所以也可作「餅」。[17] 在聲符替換的背後，還有「時代因素」的影響。

表 1

編號	卷-條	條目	注文音切	備　註（條目）
1	01-22	柔軟	下輭。[18]	軟，輭之俗字。
2	01-29	酸	淡。	酸，淡之俗字。
3	01-36	髛	臭。	髛，臭之俗字。
4	01-82	餅	飯。	餅，飯之俗字。
5	06-23	慣㕂	上古對反，下吏。	㕂，吏之俗字。[19]
6	13-10	䮾	驃。	䮾，驃之俗字。
7	24-02	烶燎	上庭，下遼。	烶，庭之俗字。[20]
8	26-09	白膅	臘。	膅，臘之俗字。
10	32-19	木旧	臼。	旧，臼之俗字。

14　《大般涅槃經》第1卷，K2，第23張。

15　《玉篇零卷》食部，頁286。《新加九經字樣》食部，頁31。《龍鏡》食部，頁503。

16　張湧泉：《漢語俗字研究》，頁61。

17　張湧泉：《漢語俗字研究》，頁61。

18　原卷作「軟」，但與條目字重覆。張校：疑為正字的輭。（註12，《敦煌經部文獻合集》第10冊，頁5165）《說文》作「㜻」，好皃。柔弱意，《龍鏡》：軟通、䩭俗，《廣韻》：輭正、軟俗。今據《廣韻》以「輭」為正。

19　《慧琳音義》【慣吏】：「其字市下書人作吏，會意字也。」（第25卷，K2，第38張）㕂、闛，皆吏之俗字。《干祿字書》以闛通、吏正。（去聲，頁15）《可洪音義》：「【慣㕂】：「女臾反。正作吏。」（第8卷，K2，第53張）

20　張校云北6432及《金藏》經本皆作「烶」，庭之俗字。（註279，《敦煌經部文獻合集》第10冊，頁5189）今暫從之。

1.2 以正字注換旁俗字

僅有二例。01-85【圻】，張校：岸，換旁為圻，再轉為圻。[21]案：圻字在唐代出現普遍，可見於《偏類碑別字》引〈唐宴石淙詩〉、《敦煌俗字譜》。（見教育部異體字字典）

14-09【薷萔】：「上惺，下悟。」語出經本：「誰於生死睡眠之中，而獨覺寤唱如是言？」[22]「覺寤」，張校則以玄應作【醒悟】，醒（心／徑）、惺（心／靜）音近可通，以薷萔為「惺悟」的繁化俗字。[23]

案：非也。寤，許錟輝據〈國三老袁良碑〉：「朕追薵社稷之重。」以為《說文》寤籀文作寢，碑從籀文省作薵。[24] 是以萔當為「寤」之籀文「寢」省作「薵」，再進一步換「爿」為「忄」而來。趙紅研究敦煌俗字也提到 P.4605《金光明經》第2卷：「是聽經者，若睡若萔」。[25]

至於條目上字「薷」，本字作「惺」，乃涉下字「萔」而增旁作「薷」。

可洪本條目則作【薷寤】：「上音校，下音悟。」此下字「寤」收錄於景盛軒第43組異文。[26]

表2

編號	卷-條	條目	注文音切	備　註（條目）
1	01-85	圻	岸。	圻，岸之俗字。
2	14-09	薷萔	上惺，下悟。	萔，悟之增旁俗字。

1.3 以正字注訛俗字

計十三例。若被釋條目字相同者不計，如：01-49【挕】03-11【脩挕】、01-56【鴈】02-48【鴈迹】、03-20【剒】11-17【剒】，則得10例。

01-49【挕】，張校以挕為俗字。然〈逢盛碑〉、〈郭究碑〉漢隸皆作「挕」，許錟輝並云：「挕為短之轉寫訛字，漢隸、碑帖以挕同短，為後世所用。」[27]則「挕」應為訛俗字。

---

21 張校註41，《敦煌經部文獻合集》第10冊，頁5167。
22 《大般涅槃經》第14卷，K2，第22張。
23 張校註209，《敦煌經部文獻合集》第10冊，頁5182。
24 見「教育部異體字字典」之「研訂說明」。
25 趙紅：《敦煌寫本漢字論考》（上海古籍出版社，2012年）頁189。
26 張校註209，《敦煌經部文獻合集》第10冊，頁5182。景氏第43組異文，《《大般涅槃經》的異文研究》，頁143-144。
27 見「教育部異體字字典」之「研訂說明」。

01-56【馮】，字韻書均未見。象，唐〈楚金禪師碑〉隸變為「為」。馮，應為為之訛俗字。張校以經本有「大香為王」「金色為王」，亦認為馮為為之訛。[28]

04-08【大拖】，張校以經本：「云何不捨錢財而得名為大施。」認為「拖、施」偏旁部首相亂。[29]案：非也。施，《碑別字新編》引〈晉王閩之墓誌〉部首訛寫作「才」。[30]本條目「拖」字乃由「才」再訛為「扌」旁。

12-15【鞭粗】：「下撻。」張校僅云「靻」形訛為「粗」。景盛軒則據《說文》、《龍龕手鏡》指出撻正、靻俗，「靻」字再進一步換聲符作「粗」。不過景氏未收錄 P.2172的訛俗字「粗」為異文。[31]

22-06【貟具】，語出經本：「我時見身具足完具，即發阿耨多羅三藐三菩提心。」[32]《干祿字書》：「兒、完，上俗下正。」（平聲，頁6）《五經文字》：「完，音丸。俗作兒，兒音貌。」（宀部，頁15）[33]前者以「兒」為俗字，後者視作訛字，二書歧見。張湧泉也云：「『貟』與『兒』或『完』字俗書相混」，所以後來流行容「兒」作籀文「貌」。[34]《龍鏡》、《廣韻》僅見完字。

27-02【頻电】，張校以北6462經本作「頻电欠呿」，認為「电」為「申」之異寫字。[35]案：电為申之俗字，並未見於字／韻書或碑刻銘文，[36]宜作訛俗字。

表3

編號	卷-條	條目	注文音切	備　註（條目）
1	01-49	挳	短。	挳，短之訛俗字。
2	01-56	馮	象。	馮，象之訛俗字。[37]
3	01-66	攔揹	上欄，下楯。	攔，欄之訛俗字。
4	01-66	攔揹	上欄，下楯。[38]	揹，楯之訛俗字。
5	02-48	馮迹	上象。	馮，象之訛俗字。

28 張校註25，《敦煌經部文獻合集》第10冊，頁5166。

29 張校註96，《敦煌經部文獻合集》第10冊，頁5173。

30 見黃沛榮於「教育部異體字字典」的「研訂說明」。

31 張校註184，《敦煌經部文獻合集》第10冊，頁5180。景氏第41組異文，《《大般涅槃經》的異文研究》，頁141-142。

32 《大般涅槃經》22卷，K2，第19張。

33 《干祿字書》平聲，頁6。《五經文字》宀部，頁15。

34 張湧泉：《漢語俗字研究》，頁50。

35 張校註294，《敦煌經部文獻合集》第10冊，頁5190。

36 見「教育部異體字字典」。

37 象，唐〈楚金禪師碑〉隸變為「為」。

38 楯，原卷作揹，張校正之。（註31，《敦煌經部文獻合集》第10冊，頁5166-5167）

編號	卷-條	條目	注文音切	備　註（條目）
6	03-11	脩拉	下短。	拉，短之訛俗字。
7	03-20	剬	制。[39]	剬，制之訛俗字。[40]
8	04-08	大拖	下施。	拖，施之訛俗字。
9	11-17	剬	制。	剬，制之訛俗字。
10	22-06	皃具	上完。	皃，完之訛俗字。
11	27-02	頻电	下申。	电，申之俗字。[41]
12	30-06	岦	定。	岦，定之訛俗字。[42]
13	30-08	旾陽	上春。	旾，春之訛俗字。

1.4 以正字注涉上加形之俗字

計一例。如：32-05【駩逸】:「上奔。」語出經本:「馳騁奔逸如大悪（惡）象。」[43] 駩，乃奔字涉上「馳騁」一詞所加形之俗字。至元刊本《玉篇》，才專作「馬奔走皃」。[44]

表 4

編號	卷-條	條目	注文音切	備　註（條目）
1	32-05	駩逸	上奔。	駩，奔之涉上加形俗字。

1.5 以正字注涉下加形之俗字

計六例。如：01-92【坵】:「丘。」語出經本:「以佛神力故，地皆柔軟，无有丘墟、土沙、礫石……。」[45] 丘，因接「墟」字，故增加土旁為「坵」。

04-03【湜湖】:「上提，下胡。」景盛軒比對敦煌寫經指出5-6世紀的寫卷多寫作

39 制，原卷作端。案：應正作制。語出經本:「涅槃經中制，諸比丘不應畜養奴婢、牛羊、非　法之物。」（第3卷，K2，第20張）據經意及 P.2172的11-17【剬】直音「制」，實應作「制」。張校僅云:「剬直音端，非是。」（註85，《敦煌經部文獻合集》第10冊，頁5172-5173）

40 剬，《說文》作「𠛍」:「斷齊也，從刀耑聲。」與「制」音義皆異。制，《說文》作「𠛍」:「裁也，從刀從未。…𠛍，古文制如此。」足見形近而訛。

41 电，另兼曳之異體字。（《金石文字辨異．曳字》引〈北魏孝文弔比干墓文〉）

42 張校以為定之古體定的訛變俗字。（註320，《敦煌經部文獻合集》第10冊，頁5192）

43 《大般涅槃經》第32卷，K2，第25張。又張校云北6488、S.4756、《金藏》廣勝寺本經本皆作「奔」。（註336，頁5194）

44 馬部，頁329。

45 《大般涅槃經》，第1卷，K2，第27張。

「提湖」，初唐寫經才以「提湖」、「醍湖」並用，後來「湖」字涉上類化作「醐」。

不過玄應、慧琳所見經本及看法略不同。《慧琳音義》【飥餬】：「上徒奚反，下戶姑反。蘇中清液也。經作『醍醐』非正體也。」[46]《玄應音義》卷14【飥餬】：「音提胡，《通俗文》酪蘇謂之飥餬。」[47]可洪則作【醍醐】：「上音提，下音胡。」[48]

至於 P.2172的漮，顯然是提之涉下加形俗字，但景氏異文考證並未收錄。[49]

表 5

編號	卷-條	條目	注文音切	備　註（條目）
1	01-86	翂馥	上芬，下服。	翂，芬之涉下加形俗字。
2	01-92	坵	丘。	坵，丘之涉下加形俗字。
3	04-03	漮湖	上提，下胡。	漮，提之涉下加形俗字。
4	14-09	薀蒤	上惺，下悟。	薀，惺之涉下加形俗字。[50]
5	32-13	苷	甘。	苷，甘之涉下加形俗字。[51]
6	42-11	鉀	甲。	鉀，甲之涉下加形俗字。[52]

1.6 以正字注增旁之俗字

計三例。如：18-04【蹬陟】語出經本：「我昇殿堂，在花林閒，乘（乘）馬為（象），登（登）涉高山。」[53]蹬，乃登增加「足」旁而來。

02-04【悕】語出經本：「良田平正，無諸沙鹵鹹、惡草、株杌，唯悕天雨。」[54]悕，乃希增加「忄」旁而來。

29-11【懅】語出經本：「諸佛平等猶如虛空，一切眾生同共有之。」[55]懅，乃虛字增加「忄」旁而來。

---

46 第25卷，K2，第26張。

47 第14卷，K2，第36張。

48 第4冊，K2，第92張。

49 景氏第42組異文，《大般涅槃經》的異文研究》，頁142-143。

50 請見1.2以正字注換旁俗字對14-09【薀蒤】的說明。

51 甘，語出經本：《大般涅槃經》：「如有胡麻則得見油，離諸方便則不得見，甘蔗亦爾」。（第32卷，K2，第7張）

52 甲，語出經本：「身著甲鎧，各執戰具。」（《大般涅槃經後分》下卷）張校云北6600作「鉀」，S.2311作甲。（註404，《敦煌經部文獻合集》第10冊，頁5201）李鍌云：「『甲』之作『鉀』，僅見《碑別字新編·五畫》、《佛教難字字典·田部》」（「教育部異體字字典」之「研訂說明」）

53 《大般涅槃經》第18卷，K2，第17張。

54 《大般涅槃經》第2卷，K2，第1張。

55 《大般涅槃經》第29卷，K2，第16-17張。

表 6

編號	卷-條	條目	注文音切	備　註（條目）
1	02-04	悕	希。	悕，希之增旁俗字。[56]
2	18-04	<u>蹬</u>陟	上登。	蹬，登之增旁俗字。
3	29-11	歔	虛。	歔，虛之增旁俗字。

（二）以俗字注正字者。可再細分為：

2.1　以俗字注正字

　　計十一例。若被釋條目字相同者不計，如：02-33【閉】、33-05【閉】及17-01【寂】、27-05【<u>寂</u>靖】，則得9例。

　　01-34【蟲】：「虫」，《說文》：「蟲，有足謂之蟲」又「虫，一名腹」，蟲、虫義異。經本：「自觀己身如四毒蛇，是身常為無量諸虫之所唼食。」虫，應釋「蟲」意。《干祿字書》：蟲正虫俗。[57]

　　02-40【三沾若竝】，竝為正字。《干祿字書》以「竝」正、「並」通。《新加九經字樣》：「竝、並，上《說文》，下隸省。」[58] 張校 S2415、北6292經本作「竝」，S829、S4500經本作「並」。[59]

表 7

編號	卷-條	條目	注文音切	備　註（注文）
1	01-34	蟲	虫。	虫，蟲之俗字。
2	02-33	閉	閇。	閇，閉之俗字。[60]
3	02-40	三 沾 若 <u>竝</u>	上玷，下<u>並</u>。	並，竝之俗字。
4	03-22	亦<u>效</u>	下効。	効，效之俗字。[61]

---

56 希，《偏類碑別字》引〈唐燈臺頌〉作「希」，《敦煌俗字譜》或作「希」。《龍龕手鏡》：「希，俗。」（見「教育部異體字字典」之林炯陽「研訂說明」）

57 平聲，頁4。

58 《干祿字書》上聲，頁11。《新加九經字樣》雜辨部，頁52。

59 張校註64，《敦煌經部文獻合集》第10冊，頁5169。

60 《干祿字書》：閉正、閇俗。（去聲，頁13）《廣韻》亦同，而《五經文字》有正字之旨，故言「閇」為訛字。（才部，頁8）然《龍鏡》以閉正、閇通，顯然當時俗字「閇」的高使用度。

編號	卷-條	條目	注文音切	備　註（注文）
5	13-12	齅	嗅。[62]	嗅，齅之俗字。
6	17-01	寂	寂。	寂，寂之俗字。[63]
7	26-04	駝	駞。	駞，駝之俗字。[64]
8	27-05	寂靖	上寂，下淨。	寂，寂之俗字。
9	33-05	閉	閇。	閇，閉之俗字。
10	37-01	罣礙	上卦，下㝵。	㝵，礙之俗字。[65]
11	42-07	收	収。	収，收之俗字。[66]

2.2 以訛俗字注正字

計四例。若被釋條目字相同者不計，如：01-05【椎㲉】、04-22【椎打】，則得3例。

01-05【椎㲉】，《五經文字》：「椎、槌，二同，並丈追反，並擊也。下鼓槌。」[67] 槌，有敲擊意也。直音「搥」，《說文》未錄，最早見於《龍龕》：直追反。又01-72【金椎】，直音「塠」，首見《龍龕》：堆正、塠俗；都回反（《廣韻》同）。塠、槌異音。塠，應為搥訛其部首為土旁。

---

61 語出經本：「若有比丘，以利養故為他說法，是人所有徒眾眷屬亦劾是師。」（第3卷，K2，第24張）《干祿字書》：「劾、效，上功、下倣。」（去聲，頁13）

62 齅、嗅，李福言視作異體字例，非也。（〈敦煌《大般涅槃經音》的特點〉，頁28）案：齅，《說文》：「从鼻从臭，臭亦聲。」（鼻部，卷4上，頁4）《五經文字》：「齅、嗅，上《說文》，下經典相承隸省。」（鼻部，頁18）又《龍龕》齅正、嗅俗。

63 《五經文字》：「寂、寂，上《說文》，下石經，今依《說文》。」（宀部，頁15）《龍鏡》寂、宋、家，三正；寂今亦通；宗俗。（宀部，頁158）

64 駝、駞，張校作異體字例（註290，《敦煌經部文獻合集》第10冊，頁5190），非也。案：S.81作𩢫（506年）、S.2215作駞（670年）。（見石塚數據庫）《五經文字》：「駝，代何反。」《龍龕》、《廣韻》皆駝正、駞俗。

65 《金石文字辨異‧礙字》引〈漢楊孟文石門頌〉作「㝵」。景盛軒亦收入第1組異文，並云敦煌寫卷未見「碍」字，可能為「㝵」字受「礙」字影響加上「石」旁。（《《大般涅槃經》的異文研究》，頁91-92）《廣韻》以礙為正；又收㝵，解經典用字。

66 《五經文字》：「作収訛。」李旭升：「雖云『訛』，然可見其時俗字作此形。蓋右旁『攵』訛作『又』耳。」（見「教育部異體字字典」之「研訂說明」）

67 木部，頁3。

表 8

編號	卷-條	條目	注文音切	備　註（注文）
1	01-05	椎嵒[68]	上搥。	搥，椎之訛俗字。
2	01-72	金椎[69]	下塠。	塠，椎之訛俗字。
3	04-22	椎打	上搥。	搥，椎之訛俗字。
4	29-04	奩底	上廉，下㡳。	㡳，底之訛俗字。[70]

（三）條目、注文皆為俗字者。可再細分為：

3.1 條目、注文皆為俗字

計十例。如：01-12【惚】：「悩。」惚、悩，皆惱之俗字。景盛軒收錄於第二十九組異文，景氏並查檢敦煌寫經及有確切紀年的《大般涅槃經》，發現較少使用正字「惱」。惚，盛行於六世紀至初唐；悩，則流行於唐代。[71]《龍龕手鏡》以惚俗、悩通、惚今、惱正。[72]

04-07【駈】：「駈。」《干祿字書》：驅正、駈通。（平聲，頁5）《五經文字》：以駈為訛字。（馬部，頁39）《龍鑑》：驅正、馸駈通。[73]張湧泉（2010）曾指出「唐代碑刻及敦煌寫本中『駈』字經見」，據陸德明《經典釋文》：「丘與區，並去求反」（溪／尤開三），將「駈」歸屬於驅字「改換聲符」的俗字。[74]

05-23【姤嫳】，《說文》大徐本作「妒」，段注本作「妬」。《五經文字》：妬正、妒訛。《龍鑑》：妒正、妬通、姤俗。《慧琳音義》【妒嫳】以為「從戶」。[75]似有二種系統主張各異，或從戶、或從石。所以《廣韻》妒、妬，同。今暫依慧琳「從戶」。

---

68 椎，原卷作推。張校未出注說明，逕於正文處作椎。（《敦煌經部文獻合集》第10冊，頁5157）

69 椎，原卷作推，張校正之。（註34，《敦煌經部文獻合集》第10冊，頁5167）

70 《廣韻》作底，作㡳非也。《龍鑑》：底正、㡳俗。（广部，卷2，頁48）㡳，應是書手為求字體均衡美感，位移點畫。

71 景氏第29組異文，《《大般涅槃經》的異文研究》，頁127-128。

72 心部，頁58。

73 《干祿字書》平聲，頁5。《五經文字》馬部，頁39。《龍鑑》卷2，頁43。

74 張湧泉：《漢語俗字研究》，頁61-62。

75 《五經文字》女部，頁65。《龍鑑》女部，卷2，頁39。《慧琳音義》卷25，K2，第35張。

表9

編號	卷-條	條目	注文音切	備　註（條目及注文）
1	01-12	惚	愶。	惚、愶，皆惱之俗字。
2	04-07	駏	駈。	駏、駈，皆驅之俗字。
3	05-04	愶	惚。	愶、惚，皆惱之俗字。
4	05-23	姤憋	上妬；下芳滅反。憋，怒也。	姤、妬，皆妒之俗字。
5	07-10	抵觗	上觚，下觲。	觗、觲，皆觸之俗字。[76]
6	12-26	懶墮[77]	下墮。	墮、墮，皆憜之俗字。
7	14-03	咽喉	上燕，下喉。	喉、喉，皆喉之俗字。
8	18-02	盲寘[78]	下寘。	寘、寘，皆冥之俗字。[79]
9	31-02	緫	惚。	緫、惚，皆總之俗字。[80]
10	41-11	牕	窓。	牕、窓，皆窗之俗字。[81]

3.2 條目、注文皆為隸變俗字

　　僅有一例。30-04【㘦】，㘦形近㤑，見《金石文字辨異‧喪字》引〈唐秦王告少林寺主教碑〉。[82]段注本《說文》：喪，作㗙，从哭亡。《干祿字書》：㘦正、喪通。（平

76　觗，首見〈唐諸葛府君夫人韓氏墓誌〉；觲，見〈魏程哲碑〉、《敦煌俗字譜》。到了《龍龕手鏡》：觸觲正字。

77　懶，懶之俗字。墮，原卷作墮，同注文。經本：「能作背膿、慇怠懶墮，為他所輕。」（第12卷，K2，第12張）當正作憜。張校據經本正為「憜」。（註192，《敦煌經部文獻合集》第10冊，頁5181）筆畫較原卷多，今不從。《龍鑑》：墮今、墮憜俗。（土部，卷2，頁23）

78　盲，原卷作肓。張校正之。（註240，《敦煌經部文獻合集》第10冊，頁5185）

79　《干祿字書》：冥正、寘通。（平聲，頁8）《五經文字》亦作冥。（宀部，頁16）《龍鏡》：冥正、寘俗。《敦煌俗字譜》則收寘。《碑別字新編‧十畫‧冥字》引〈魏元子永墓誌〉作寘，與寘形近。

80　緫，《新加九經字樣》：「《說文》作緫，經典相承通用。」（手部，頁3）《龍鏡》作緫。《廣韻》：緫正、緫同。憁俗。惚，見《偏類碑別字‧總字》引〈唐還少林寺神王勅碑〉及《敦煌俗字譜‧總字》。惚，玄應、慧琳《一切經音義》的釋文用字，多用「惚」。

81　窗，《說文》作囱：「在牆曰牖，在屋曰囱。窗，或从穴」（囱部，卷10，頁1）窻，《說文》：「通孔也。」（穴部，卷7，頁4）《五經文字》：「窻、窓，上《說文》，下經典相承隸省。」（穴部，頁15）《龍鏡》：窗、窻，二古；窻、窓二正。（穴部，頁506）又牕、牎正。（片部，頁361）《廣韻》：窗、牕，同。窓俗。牎，《五經文字》不以為正，故 P.2172仍視作俗字。《慧琳音義》【窗向】：「又作囱、牕、窓三形。」（第67卷，K2，第29張）

82　見教育部異體字字典。

聲，頁8）《五經文字》：「喪、喪，上說文，下經典相承隸變。」（口部，頁74）《龍鑑》：𠚛𠚛為正。《廣韻》：喪，或作喪。、喪，皆喪之隸變俗字。喪，張校作 喪。

表 10

編號	卷-條	條目	注文音切	備　註（條目及注文）
1	30-04		喪。	、喪，皆喪之隸變俗字。

3.3　以俗字注訛俗字

計三例。如：34-06【忽滑】：「上澀。」忽之正字為「歰」，《說文》作歰：「不滑也，從四止。」《五經文字》作歰。《干祿字書》：澀正、澁俗。（入聲，頁17）《龍鑑》：歰正、歰俗，澀正、澁俗。《廣韻》：歰澀正，澁俗。《慧琳音義》【麁澀毾㲪】：「經三止作澁，非也。」[83]歰，訛作忽。此以俗字「澁」注訛俗字「忽」。

35-02【邖】，《說文》邪作𨙻。《干祿字書》：邪正、耶通。（平聲，頁8）《五經文字》亦邪為正。邖，邪之隸變訛俗字。此以「邪」之俗字「耶」來注隸變訛俗「邖」。[84]《龍鑑》邪作邪，並云舊藏作邪，郭迻以為俗字。

表 11

編號	卷-條	條目	注文音切	備　註（條目及注文）
1	02-36	忽	澁。	忽、澁，皆歰之訛俗字。
2	34-06	忽滑	上澁。	忽，歰之訛俗字。澁，澀之俗字。
3	35-02	邖	耶。	邖，邪之隸變訛字。耶，邪之俗字。

3.4　以訛俗字注俗字

僅有一例。38-06【稱】，《說文》：「稱，從禾冉聲。」稱，見《隸辨》所引〈李翊碑〉、〈漢武榮碑〉。《碑別字新編・稱字》引〈隋李則墓誌〉作「秤」。然《干祿字書》：稱正、秤俗。[85]《廣韻》亦同。可見「稱」乃隸省俗字；「秤」為筆訛俗字「秤」之偏旁所致。

張湧泉（2010）解釋俗字「秤」的由來：「按草書冉字與草書平字相類，因而訛書

---

83 第26卷，K2，第44-45張。

84 邪，《龍鏡》作邪，並云舊藏作邪，郭迻以為俗字。（邑部，頁453）

85 《說文》禾部，卷7上，頁8。《隸辨》卷2，頁278；卷4，頁618。《碑別字新編・稱字》見「教育部異體字字典」林炯陽之「研訂說明」。《干祿字書》去聲，頁14。

作秤也。」將「秤」歸於「簡省」類下的「（五）據草書楷化」小類。[86]

表 12

編號	卷-條	條目	注文音切	備　註（條目及注文）
1	38-06	稱	秤。	秤，秤之訛字。 秤、稱，皆稱之俗字。

3.5 條目、注文皆為訛俗字

計三例。07-10【挋觪】。案：挋，抵之訛俗字。抵，《漢簡文字類編》字連筆作「扺」，乃訛作「挋」。[87]準此，則牴可訛作𢫵。可洪本條目即作訛俗字「𢫵」。行之日久則通，故《龍龕》牴正牴通。牴、抵義近，《說文》：「牴（𤙺），觸也。」又「抵，擠也。」不論抵或牴，挋皆為訛俗字。

觪，《說文》未見。《廣韻》：牴觪，同。元本《玉篇》：「牴，或作觪。」觪，牴之俗字。直音觪，觪之訛俗字。

11-08【㸪】。《說文》：互作𦅅。《新加九經字樣》：「𦅅、互，俗作㸫者訛，上《說文》，下隸省。」《龍鏡》：互正、㸫俗、互古。《廣韻》互正、㸫俗。㸪，見《敦煌俗字譜·互字》。[88]

表 13

編號	卷-條	條目	注文音切	備　註（條目及注文）
1	07-10	挋觪	上觪，下羍。	抵為牴之訛字，挋，抵之訛俗字。 觪，觪之訛俗字，觪，牴之俗字。
2	11-08	㸪	㸫。	㸪、㸫，皆「互」之訛俗字。
3	28-12	坭[89]	推。	坭，垙之訛字。垙，抵之訛字。 推，因誤認坭為垍。垍為堆之本字。 又訛堆為推。

茲與景盛軒《大般涅槃經》異文考證加以比對所收例證及其所屬分類，列表如下：

---

86 張湧泉：《漢語俗字研究》，頁83。

87 見教育部異體字字典對「抵」字的說明。

88 《新加九經字樣》竹部·頁15。《龍鏡》雜部，頁549。《敦煌俗字譜》見教育部《異體字字典》。

89 坭，張校以 S.3851、《金藏》經本均作「垙」，疑坭、垙皆「抵」訛字。（註304，《敦煌經部文獻合集》第10冊，頁5191）

表 14

編號	正俗直音（本文分類）		景氏	P.2172		
			總例	總例	去重覆總例	去重覆總百分比（%）
1	（一）以正字注俗字（50.7%）[90]	1.1以正字注俗字	○	9	（同左）	14.7
2		1.2以正字注換旁俗字	○	2	（同左）	3.3
3		1.3以正字注訛俗字	1[91]（12-15）	13	10	16.4
4		1.4以正字注涉上加形之俗字	○	1	（同左）	1.6
5		1.5以正字注涉下加形之俗字	1（04-03）	6	（同左）	9.8
6		1.6以正字注增旁之俗字	○	3	（同左）	4.9
7	（二）以俗字注正字（19.6%）	2.1以俗字注正字	1（37-01）	11	9	14.7
8		2.2以訛俗字注正字	○	4	3	4.9
9	（三）條目、注文皆為俗字（29.4%）	3.1條目、注文皆為俗字	2（01-12）（05-04）	10	（同左）	16.4
10		3.2條目、注文皆為隸變俗字	○	1	（同左）	1.6
11		3.3以俗字注訛俗字	1（34-06）	3	（同左）	4.9
12		3.4以訛俗字注俗字	○	1	（同左）	1.6
13		3.5條目、注文皆為訛俗字	1（02-36）	3	（同左）	4.9
總計			7例	67例	61例	

　　景氏異文與 P.2172所見例證為1：8.7，顯示 P.2172使用的俗字數量極高，此與景氏所收異文基本上以佛典經本為主，不無關係。

　　就上表而言，正字為「條目」（編號7-8）的比例，僅有19.6%；若包括注文，正字四十三字的總比例為35.2%。[92]非正字為「條目」者高達80.4%，若包括注文，佔總比例的64.8%。顯示了俗字（即非正字者）在敦煌寫卷 P.2172出現比例極高。其中訛俗字出現的高比例，在十三小類中出現了五類：

---

90 指 P.2172去除重覆例後的百分比。
91 括弧內12-15，指對應本文 P.2172卷條的編號，以下均同。
92 總字頻，即每一條目以2個字計算，其出現於總數122字裡的頻率。

表 15

編號	訛俗字	條目數 百分比（%）	佔總字頻（122字）的百分比（%）	佔非正字總字頻（78字）的百分比
1	1.3以正字注訛俗字	16.4	8.2	12.8
2	2.2以訛俗字注正字	4.9	2.5	3.8
3	3.3以俗字注訛俗字	4.9	2.5	3.8
4	3.4以訛俗字注俗字	1.6	0.8	1.3
5	3.5條目、注文皆為訛俗字	4.9	4.9	7.7
總計		32.7	18.9	29.4

從訛俗字在上表數據將近三分之一的出現率來看，手執筆書固然是原因之一，然而
P.2172〈大般涅槃經音〉以釋音做為主要目的，其條目字自是以能辨讀即可。這個推
測，我們可將 P.2172 各條目與玄應、慧琳、可洪撰《大般涅槃經》音義的比較，了解梗
概，下面也一併列示《說文》、《龍鏡》／《龍鑑》、《廣韻》之見。

1.1 以正字注俗字

表 16

編號	P.2172 卷-條	條目 俗字	注文 正字	條目字 應	條目字 琳	條目字 洪	說文	龍鏡	廣韻	備註[93]
1	01-22	軟	頓				㛖	軟通 軃俗	頓正軟俗	
2	01-29	醶	淡			醶[94]	淡	淡	淡	
3	01-36	髟	臭				臭	髟臭 二正	臭	干祿： 臭正 髟俗
4	01-82	餅	飯				飯	餅飯 二正	飯正餅 俗	玉篇零卷：餅
5	06-23	丙	吏	丙	吏	丙[95]	鬧	吏正 丙俗	吏正 鬧通	干祿：吏 正 鬧通

93 備註欄，兼收《五經文字》、《干祿字書》所錄。以下同此。
94 可洪云：正作淡。
95 《可洪音義》【憤丙】：「正作吏。」（第8卷，K2，第53張）

編號	P.2172 卷-條	條目 俗字	注文 正字	條目字 應	條目字 琳	條目字 洪	說文	龍鏡	廣韻	備註[93]
6	13-10	騦	驃		驃	驃	驃	驃正 騦俗	驃	
7	24-02	烶	庭	庭	庭	庭	庭	----	庭	
8	26-09	臅	臘			臅	臘	----	臘正 臅俗	干祿：[96] 臘正
9	27-02	电	申				申	申	申	
10	32-19	旧	臼			旧[97]	臼	臼	臼	干祿： 臼正 旧俗

1.2 以正字注換旁俗字

表 17

編號	卷-條	條目 俗字	注文 正字	玄應	慧琳	可洪	說文	龍鏡	廣韻
1	01-85	圻	岸				岸	岸正 岍俗	岸
2	14-09	寤	悟			寤	悟	寤[98]	悟

1.3 以正字注訛俗字

表 18

編號	卷-條	條目 俗字	注文 正字	玄應	慧琳	可洪	說文	龍鏡	廣韻	備註
1	01-49	挀	短				短	短	短	
2	01-56	馬	象				象	----	象	
3	01-66	攔	欄	欄	欄	蘭	欄	欄	欄	
4	01-66	揩	楷[99]	楷	楷	楷	楷	楷	楷	

---

96 《干祿字書》：「俗字從萬，非也。」（入聲，頁15）

97 可洪云：正作臼。

98 《龍鏡》：舊藏作寤。

99 楷，原卷作揩，張校正之。（註31，《敦煌經部文獻合集》第10冊，頁5166-5167）

編號	卷-條	條目 俗字	注文 正字	玄應	慧琳	可洪	說文	龍鏡	廣韻	備註
5	02-48	鴬	象				象	----	象	
6 (同1)	03-11	�	短				（同1）			
7	03-20	剈	制				制	制	制	
8	04-08	拖	施				施	㐌[100]	施	
9 (同7)	11-17	剈	制				（同7）			
10	22-06	皃	完				完	完	完	干祿： 完正 兒俗
11	30-06	㱏	定				定	----	定	干祿： 定正[101] 㝎通
12	30-08	䒩	春				萅	旾	春[102]	

1.4 以正字注涉上加形之俗字

表 19

編號	卷-條	條目 俗字	注文 正字	玄應	慧琳	可洪	說文	龍鏡	廣韻	備註
1	32-05	騀	奔				奔	奔正 騀俗	奔	五經：[103] 奔奔

1.5 以正字注涉下加形之俗字

---

100 《龍鏡》僅錄古文字。

101 定，《五經文字》：「從正。」（止部，頁14）

102 春，《說文》作「萅」，從艸從日，屯聲；隸變作「春」。

103 《五經文字》：「奔、奔，上《說文》，下經典相承隸省。」（天部，頁54）

表 20

編號	卷-條	條目	注文	玄應	慧琳	可洪	說文	龍鏡	廣韻
		俗字	正字						
1	01-86	馚	芬	芬	芬	馚	芬	----	芬
2	01-92	坵	丘			丘	丘	丠	丘
3	04-03	漽	提	醍	醍	醍	醍	醍	醍
4	14-09	[illegible]	惺			[illegible][104]	----	惺	惺
5	32-13	苷	甘				甘	甘	甘
6	42-11	鉀	甲				甲	甲	甲

1.6 以正字注增旁之俗字

表 21

編號	卷-條	條目	注文	玄應	慧琳	可洪	說文	龍鏡	廣韻
		俗字	正字						
1	02-04	悕	希				希	希正 帍俗	希
2	18-04	蹬	登				登	[illegible]	登
3	29-11	憈	虛				虛	[illegible][105]	虛

2.1 以俗字注正字

表 22

編號	卷-條	條目	注文	玄應	慧琳	可洪	說文	龍鏡	廣韻	備註
		正字	俗字							
1	01-34	蟲	虫				蟲	蟲	蟲	
2	02-33	閉	閇			閉	閉	閉正 閇通	閉正 閇俗	干祿： 閉正 閇俗

104 可洪本條【[illegible]】:「上音校，下音悟。」條目上字取義近「覺」。

105《龍鏡》: 古文作[illegible]。

| 編號 | 卷-條 | 條目 | 注文 | 玄應 | 慧琳 | 可洪 | 說文 | 龍鏡 | 廣韻 | 備註 |
		正字	俗字							
3	02-40	竝	並				竝	竝	竝	干祿： 106 竝正 並通
4	03-22	效	効				效	效	效正 効俗	干祿： 效傚 効功
5	13-12	齅	嗅				齅	齅正 嗅俗	齅	五經： 齅正 嗅隸省
6	17-01	寂	宋				宋	寂正 宋通	寂	
7	26-04	駝	馳				----	駝正 馳今	駝正 馳俗	五經： 駝
8 （同6）	27-05	寂	宋				（同6）			
9 （同2）	33-05	閉	閇		閉		（同2）			
10	37-01	礙	导	礙	礙		礙	礙	礙正 导俗	
11	42-07	收	収			収	收	----	收	干祿： 收正 収通

2.2 以訛俗字注正字

---

106 《新加九經字樣》：「竝、並，上《說文》，下隸省。」（雜辨部，頁52）

表 23

編號	卷-條	條目正字	注文訛俗	玄應	慧琳	可洪	說文	龍鏡	廣韻
1	01-05	椎[107]	搥			推[108]	椎	椎	椎正槌同
2	01-72	椎[109]	墤	椎	椎		（同上）	（同上）	（同上）
3	04-22	椎	搥				（同上）	（同上）	（同上）
4	29-04	底	㡱	底	底	底	底	底正底俗	底

3.1 條目、注文皆為俗字

表 24

編號	卷-條	條目 俗	（正）	注文 俗字	玄應	慧琳	可洪	說文	龍鏡	廣韻	備註
1	01-12	惚	惱	惱				----	惱正今惚俗	惱	
2	04-07	駈	驅	駈				驅	驅正駈駈通	驅	
3（同1）	05-04	惱	惱	惚				（同1）			
4	05-23	姤	妒	姤	妬	妒		妒	妒正妬通姤俗	妬妒同	
5	07-10	觡	觸	羍			觸	觸	觸 正 觕 或	觸正觕古	
6	12-26	墮	堕					---	墮今堕墮俗	----	
7	14-03	㬋	喉	㬋				喉	----	喉	

---

107 椎，原卷作推。張校未出注說明，逕於正文處作椎。（《敦煌經部文獻合集》第10冊，頁5157）

108 可洪作【推 㓙】：「正作『椎臂』也。」（第4冊，61張）

109 椎，原卷作推，張校正之。（註34，《敦煌經部文獻合集》第10冊，頁5167）

編號	卷-條	條目		注文	玄應	慧琳	可洪	說文	龍鏡	廣韻	備註
		俗	（正）	俗字							
8	18-02	寘	冥	寘				冥	冥正 寘俗	冥	
9	31-02	総	總	惣				總	総	總正 揔同 惣俗	
10	41-11	聰	窗	窓	窓		窓	囱 窗	窻 窗正 窗窻古 聰悤正	窻悤正 窓俗	五經： 窻 正 窻 俗

3.2 條目、注文皆為隸變俗字

表 25

編號	卷-條	條目		注文	玄應	慧琳	可洪	說文	龍鏡	廣韻
		俗	（正）	俗字						
1	30-04	喪	喪	喪				喪	喪喪正	喪

3.3 以俗字注訛俗字

表 26

編號	卷-條	條目		注文	玄應	慧琳	可洪	說文	龍鏡	廣韻	
		俗	（正）	俗字							
1	02-36	澁	澀	澁			澀	澀	澀 正 澀 俗 澀正澁俗	澀澀正 澁俗	
2	34-06	澁	澀	澁		澀	澀	澀	澀 正 澀 俗 澀正澁俗	澀澀正 澁俗	
3	35-02	邳	邪	耶				邪	邪	邪	干祿： 邪正耶 通

3.4 以訛俗字注俗字

表 27

編號	卷-條	條目		注文	玄應	慧琳	可洪	說文	龍鏡	廣韻
		俗	（正）	俗字						
1	38-06	稱	稱	秤			稱	稱	稱正 穪俗	稱正 秤俗	干祿： 稱正 秤俗

3.5 條目、注文皆為訛俗字

表 28

編號	卷-條	條目		注文	玄應	慧琳	可洪	說文	龍鏡	廣韻
		俗	（正）	俗字						
1	07-10	扺	牴	舡			䖦	牴	牴正牫通	牴舡同
2	11-08	军	互	乎			笀		互正乎俗 互古	互正 乎俗
3	28-12	坉	坻	推			坄	坻	坻坄正	坻

由上可見，玄應、慧琳的條目用字，多為正字。可洪則錄不少俗字條目，這與可洪企圖整理佛典而或撰其音義或正其字之目的，亦能吻合。至於 P.2172與字、韻書所收字對比來看，常能反映其通、俗字，使吾人更了解其來源與變遷。

三 餘論

　　從敦煌寫卷 P.2172〈大般涅槃經音〉「正俗直音例」所見條目使用俗字高達80.4%，印證了敦煌寫卷為保存漢地俗字之寶庫。

　　若與玄應、慧琳之音義相較，可見 P.2172 之二項特色。其一，多以正字書寫條目來比較，反映了當時流傳於世的俗寫經本，頗受人們的重視，故而為其注音。其二，P.2172 所列條目數量遠超過玄應、慧琳、可洪，突顯出當時民間或讀經人的教育程度並不高。

　　此外，俗字也隨著佛典的傳播，飄揚至域外生根。例如至今的日文還使用著：

　　1. 31-02【総】：「惣。」　　総：総合医院（綜合醫院）

　　　　　　　　　　　　　　惣：お惣菜（綜合式的菜肴）

　　2.41-11【怱】：「窻。」　窻：天窻、車窻（天窗、車窗）

特別的是「総、惣」二字，同為「總」之俗字，竟能於日文中並存而分用。顯見俗寫經本在域外日本的傳播及其影響的力量。

徵引文獻

一 古代文獻

〔漢〕許　慎：《說文》，宋・徐鉉注，《四部叢刊初編》據日本岩崎氏靜嘉堂藏北宋刊本，臺北：商務印書館，1975年。

〔唐〕顏元孫：《干祿字書》，《叢書集成簡編》據夷門廣牘本影印，臺北：商務印書館，1965年。

〔唐〕張　參：《五經文字》，《叢書集成續編》，臺北：新文豐出版公司，1989年。

〔唐〕唐玄度：《新加九經字樣》，《叢書集成新編》據後知不足齋叢書，臺北：新文豐出版公司，1985年。

〔南梁〕顧野王：《玉篇》，張氏澤存堂本影印宋本玉篇本，北京：中國書店，1983年。

〔遼〕釋行均：《龍龕手鏡》，山西省文物局藏高麗版景印遼刻本，北京：中華書局，2006年。

〔遼〕釋行均：《龍龕手鏡》，高麗版景遼刻本，北京：中華書局，1985年。

〔遼〕釋行均：《龍龕手鑑》，《四部叢刊廣編》據上海涵芬樓景印江安傅氏「雙鑑樓」藏宋刊本影印，臺北：商務印書館，1981年。

〔宋〕陳彭年等：《大宋重修廣韻》，清康熙四十三年吳郡張士俊刊澤存堂本，臺北：黎明文化事業公司，2001年。

〔高麗〕高宗38年（1251年）：《高麗大藏經》再雕本，韓國，高麗大藏經研究所編。

〔清〕段玉裁：《說文解字注》，清嘉慶20年經韻樓刊本，臺北：黎明文化出版公司，1986年。

〔清〕邢澍：《金石文字辨異》，聚學軒叢書，臺北：藝文印書館，1970年。

〔清〕顧藹吉：《隸辨》，清康熙五十七年項絪氏玉淵堂刻本，臺北：大孚書局，1983年。

二 近人論著

上海古籍出版社、法國國家圖書館合編：《法國國家圖書館藏敦煌西域文獻》第7冊，上海古籍出版社，1998年5月，頁348-350。

李福言：〈敦煌《大般涅槃經音》的特點〉，《學術園地》第1期，2013年，頁28-29。

張金泉、許建平：《敦煌音義匯考》，杭州：杭州大學出版社，1996年。

張湧泉：《敦煌經部文獻合集》第10冊，北京：中華書局，2008年。

張湧泉：《漢語俗字研究》，北京：商務印書館，2011年據2010年版的第2刷。

景盛軒：《《大般涅槃經》的異文研究》，四川：巴蜀書社，2009年。

趙　紅：《敦煌寫本漢字論考》，上海古籍出版社，2012年。

廖湘美：〈敦煌P.2172〈大般涅槃經音〉反映的語音現象〉，《中正漢學研究》，2015第2
　　　　期，頁241-302。

劉中富：《干祿字書字類研究》，濟南：齊魯書社，2004年。

三　網路資源

石塚晴通：「漢字字体規範史データベース」，http://www.joao-roiz.jp/HNG/

教育部異體字字典，http://dict.variants.moe.edu.tw/variants/rbt/home.do

輯三
史學

殖民地的建立與殖民主義的發展：
秦取成都平原的歷史意義

胡川安

中央大學中國文學系助理教授

摘要

　　透過殖民地與殖民主義的概念，本文旨在討論秦南取成都平原在秦帝國形成歷史上的意義，並說明了其背景、經過與影響。秦孝公在變法之後，秦國日益強大，開始圖謀東方之事。秦國的國力雖強，但當東方六國對其加以防範時，以一敵多，也無法統一天下。在東出始終無多大進展時，其所思考的突破方法為南進，尋求一個更大的腹地以充實自身的基礎。透過外交政策的運用與數次的戰爭確認了其在成都平原的統治權，排除了楚國在漢水上游與四川盆地的勢力。

　　成都平原對秦國來說為第一個殖民地，從武力鎮壓、羈縻到直接統治，徹底拔除當地的舊有勢力，是在不斷的學習與適應的過程當中。秦國的殖民政策可分為三個層面加以說明。其一，為內地化地景的建設。當秦在成都平原築城時，所代表的為其中央權力的正式進入，並且由此將背後的政治與資源控制一起帶入當地。其二，為交通線上的移民。國家給予居民土地、耕具，授予民爵，並課以相關的徭役、勞動與兵役。使得原有聚落的自律結構在這樣的新居地當中喪失，國家的權力得以在這樣的場合當中獲得實踐。其三，為經濟基礎的擴大，具體的政策體現在專山澤之利、金礦資源與錢幣的流通、都江堰的興建。經濟政策的功效在於為國家謀利，壟斷資源，以擴大國家經濟的基礎。

關鍵詞：殖民地、殖民主義、秦、成都平原、帝國

一　前言

　　秦孝公在變法之後，秦國日益強大，開始圖謀東方之事。當秦國強大之際，戰國各國間在外交上彼此角力，伴隨而起的即為「合縱」與「連橫」。前者為防止秦國東出的聯盟；後者則為秦國突破封鎖的努力。秦國的國力雖強，但當東方六國對其加以防範時，以一敵多，也無法統一天下。在東出始終無多大進展時，其所思考的突破方法為南進，尋求一個更大的腹地以充實自身的基礎。然而，漢水流域上游和四川盆地為楚國的勢力範圍，欲鞏固其在成都平原的統治權，必須排除楚國的力量。透過外交政策的運用與數次的戰爭確認了其在成都平原的統治權，排除了楚國在漢水上游與四川盆地的勢力。

　　成都平原對於秦國而言是殖民地，從武力鎮壓、羈縻到直接統治，徹底拔除當地的舊有勢力，是在不斷的學習與適應的過程當中。秦國於西元前三一六年南取成都平原，在當地實施了不同方式的統治。一開始秦國因為內外因素，促使它採取一國兩制的方式。成都平原舊有的勢力繼續維持，並享有名義上的統治權。然而，商鞅變法後的秦國脫胎為中央集權的領土國家。在專制政權下，成都平原的舊有勢力在半個世紀後加以取消。代之而起的是一連串的改造方案，將成都平原與秦國逐漸合為一體，成為戰國時代在政治與經濟上最為強大的國家，打破列國相持不下的均勢狀態。

　　本文旨在說明秦征服與統治成都平原的歷史意義，在於建立殖民地與發展殖民主義，完全控制當地的資源，使得秦得以壯大。筆者首先說明殖民地與殖民主義的定義，接著分析戰國的國際情勢，說明成都平原是戰國時代縱橫捭闔外交下的犧牲品。當秦征服四川之後，從軍事占領到推動一系列的「殖民政策」，包含政治控制、人群移動和經濟管制，讓秦的統治技術更加成熟，為日後秦帝國的形成奠下基礎。

殖民地與殖民主義

　　「殖民」、「殖民地」的用語和概念在中國古代史的研究上較少為人所注意，杜正勝先生在《周代城邦》當中有較為細緻的分析，他認為周行封建，即是「武裝殖民」運動，而其基礎則在氏族宗法。「周人以強悍武力作後盾，在新征服區建立殖民地，是謂封建，故曰武裝殖民。」[1]「殖民主義」（colonialism）和「殖民地」（colony）不只是近代世界形成的現象，在古代地中海世界擁有長遠的歷史，世界大部分的地區都有殖民的現象，成為一個比較歷史的焦點，學者也開始進行「比較殖民主義」（comparative colonialism）的研究，探討當代殖民主義與古代殖民主義之間的差別。[2]殖民主義可以簡

---

1 杜正勝，《古代社會與國家》（臺北：允晨文化，1992年），頁333-352。

2 Chris Gosden, *Archaeology and Colonialism: Cultural Contact from 5000 BC to the Present*; Henry Hurst and Sara Owen eds., *Ancient Colonization: Analogy, Similarity and Difference*; Claire Lyon and John

單的定義為一個族群對於另一個族群的統治，透過遠距離加以控制，經常以移民聚落的設置控制當地人群。除了控制的層面以外，「殖民主義」也是一種政治主張或實踐，主要內容是通過一個國家/政體奪取其他國家／政體的領土所建立經濟及政治的霸權，而凌駕於別國、團體或人群之上。不少學者都對殖民主義加以定義，[3]尤根‧奧斯特哈默（Jürgen Osterhammel）的定義較為的完整：

> 〔殖民主義〕是一種在土著的多數與外來侵略者的少數之間的支配關係。遙遠的統治中心（metropolis）決定殖民地的利益，影響被殖民人群生活的最關鍵決定由殖民的統治者所作或施行。[4]

殖民主義不一定伴隨著帝國的建立，指的是為了本身的利益（政治或是商業的考量），在另外的領土建立一種控制的關係。[5]殖民主義有時沒有殖民地的建立，有時伴隨著殖民地的建立，在其他領土建立聚落（settlement），以少數的人群統治和控制殖民地大多數的人口。

西元前三一六年，秦征服四川，本來實施一國兩制的政策，還允許四川原有的王室統治當地，但從西元前二八五年，秦國實行直接統治，主要的政策包含：築城、移民和經濟上的剝削，這些政策的義涵我會在下面詳細的說明，我稱這些政策為「殖民政策」，是殖民主義形成的重要基礎，符合上述所說的定義：建立經濟及政治霸權，而凌駕於別國和群體之上。秦的第一個殖民地：成都平原的角色是相當特殊的。在中國歷史上，這是領土國家第一次進行遠距離的直接統治，[6]也為後來征服和統治其他國家形成重要的範本。

Papadopulos eds., *The Archaeology of Colonialism*; Gil Stein ed., *The Archaeology of Colonial Encounters: Comparative Perspectives*.

3　Edward W. Said, *Culture and Imperialism* (New York: Vintage Publishers, 1994), 9; Robert Young, *Empire, Colony, Postcolony* (Oxford: Wiley-Blackwell, 2015).

4　Jürgen Osterhammel, *Colonialism: a Theoretical Overview* (Princeton: Markus Wiener Publishers, 2005), pp. 16-17.

5　舉例來說，在地中海世界的希臘，西元前五百年左右，大部分的希臘城邦開始尋求土地和資源，他們在地中海的不同地方建立殖民地，貿易的往來通常是殖民過程的第一步。參見 G R Tsetskhladze, *Greek Colonisation: An Account of Greek Colonies and Other Settlements Overseas* (Leiden: Brill, 2006).

6　關於戰國時代領土國家的形成，數十年前宮崎市定已經有相關的論述。最近的一篇文章可以參見 Robin Yates 的討論，他認為中國的城市國家約從二里頭以至戰國中期，延續超過1500年。至戰國中期後，由於國家間的相互爭戰，領土的界限逐漸清楚，取消獨立的城市國家。參見 Robin D.S. Yates, "The City-state in Ancient China," *The Archaeology of City-state: Cross-cultural Approaches*, edited by Deborah Nichols and Thomas Charlton (Washington D.C.: Smithsonian Institution Press, 1997), pp. 71-90.

三　東出與南進的抉擇

秦孝公在變法之後，秦國日益強大，開始圖謀東方之事。惠文王於西元前三三八年即位，在孝公變法圖強的四分之一世紀後，惠文王所圖謀者已經與孝公不同。孝公立志收復失去的土地，惠文王則是開始與東方六國一決雌雄。惠文王的功業與張儀的相秦脫離不了關係，張儀原是魏國的公族，曾至楚國說服楚王但不見用，遂西入秦。西元前三二九年張儀至秦國，適逢楚魏大戰，張儀說服秦惠王出兵幫助魏國。魏因得秦之助，於陘山打敗楚國，秦國因而得以順利接收河西之地。[7]接下來幾年間，張儀透過在國際外交上的運用，輔以強大的軍隊作為後援，又迫使魏國把上郡十五縣獻給秦國。[8]

當張儀在助秦「連橫」之計不斷的獲得成功時，秦國的公孫衍此時離開秦國赴魏。當西元前三二四年，張儀率兵出函谷關，攻取魏的陝，以為謀取中原的基地，同時築上郡塞[9]。次年張儀與齊、楚大臣相會，目的在於拉攏齊、楚，防止公孫衍和齊、楚合縱。在這樣的情勢下，公孫衍為了破張儀之局，同年發起「五國相王」，魏、韓、趙、燕、中山都參與了此次的聯盟。[10]然而，此次聯盟卻因彼此之間的嫌隙與矛盾，並無太大的成就。

張儀與公孫衍之間的相互較量並不因此而稍有停歇，在接下來的幾年中，各國間的相互聯盟更為頻繁。當時的人有言：「公孫衍、張儀豈不誠大丈夫哉！一怒而諸侯懼，安居而天下熄。」公孫衍的「五國相王」並未獲得成功，張儀在接下來的幾年中成為國際局勢和戰的關鍵人物。西元前三二二年秦攻取魏的曲沃、平周。魏國本來所採取的聯合齊、楚以制秦之策略失敗，不得不採取張儀「欲以秦、韓與魏之勢伐齊、楚」，張儀被起用為魏相，實則兼領秦相。秦、魏、韓取得同盟關係後，張儀便假道韓、魏境以攻齊，齊威王遣匡章為將應戰，齊兵用計獲得大勝。[11]

由於張儀之計受挫，公孫衍為魏相，得以展開其「合縱」之略。西元前三一九年，齊、楚兩國聯合驅逐張儀，魏國派出使者到楚、燕、趙等國形合縱的態勢。公孫衍得到東方六國的支持，至西元前三一八年便有「五國伐秦」之舉。此次合縱攻秦，共有魏、趙、韓、燕、楚等五國，楚懷王為縱長，從《史記‧楚世家》的記錄：

> 蘇秦約從山東六國攻秦，楚懷王為縱長。至函谷關，秦出兵擊六國，六國兵皆引而歸，齊獨後。[12]

7　《戰國策‧韓策二》（上海：上海古籍出版社，1978），頁975；《史記‧韓世家》，頁1873-1874。

8　《史記‧張儀列傳》，頁2284-2286。

9　《史記‧秦本紀》，頁206；《史記‧張儀列傳》，頁2284。

10　《戰國策‧中山》，頁1174。

11　《戰國策‧齊策一》，頁327。

12　《史記‧秦本紀》，頁1722-1723。

六國之兵大敗，魏國的損失尤其大。次年秦又乘勝追擊，一直進攻到韓邑修魚（今河南原陽縣西南），俘虜韓將申差，打敗趙公子渴、韓太子奐，斬首八萬兩千。

公孫衍的合縱失敗之後，秦國又開始圖謀兼併與擴張的策略。然而，長期的合縱與連橫使得各國都有得有失。雖然秦國在國際局勢中通常都是贏家，但這促使了東方各國更加的防範秦，東方局勢處於一種危險平衡中。六國對於秦相當的防範，秦在此時雖是最強的國家，但尚未有統一六國的實力。秦國開始尋求新的突破點，在這場競爭中謀求最後的勝利。當「東進」雖未受挫，但並沒有太大的進展時，秦國內部的策士即開始有不同的討論。張儀在「東進」策略上獻計最多，主張進攻韓國的新城、宜陽，「以臨二周之郊，據九鼎，索圖籍，挾天子以令諸侯」[13]；司馬錯則反對此一策略，尋找不同的方針。他以為「攻韓劫天子」，不僅得不到實際的好處，尚有可能因此使東方六國師出有名。周天子雖然「無實」，卻仍「有名」。他們曾在秦國的宮廷當中展開激烈的辯論，《史記・張儀列傳》有詳細的記錄：

> 儀曰：「親魏善楚，下兵三川，塞什谷之口，當屯留之道，魏絕南陽，楚臨南鄭，秦攻新城、宜陽，以臨二周之郊，誅周王之罪，侵楚、魏之地。周自知不能救，九鼎寶器必出。據九鼎，案圖籍，挾天子以令於天下，天下莫敢不聽，此王業也。今夫蜀，西僻之國而戎翟之倫也，敝兵勞　不足以成名，得其地不足以為利。臣聞爭名者於朝，爭利者於市。今三川、周室，天下之朝市也，而王不爭焉，顧爭於戎翟，去王業遠矣。」[14]

從這一段文字當中，可以發現縱橫家出身的張儀關心的在於建立聲名，威服天下。他認為取蜀與王業相隔太遠，而且蜀是一個偏僻的地方，與戎狄相同。

> 司馬錯曰：「不然。臣聞之，欲富國者務廣其地，欲彊兵者務富其民，欲王者務博其德，三資者備而王隨之矣。今王地小民貧，故臣願先從事於易。夫蜀，西僻之國也，而戎狄之長也，有桀紂之亂。以秦攻之，譬如使豺狼逐群羊。得其地足以廣國，取其財足以富民繕兵，不傷　而彼已服焉。拔一國而天下不以為暴，利盡西海而天下不以為貪，是我一舉而名實附也，而又有禁暴止亂之名。今攻韓，劫天子，惡名也，而未必利也，又有不義之名，而攻天下所不欲，危矣。臣請謁其故：周，天下之宗室也；齊，韓之與國也。周自知失九鼎，韓自知亡三川，將二國并力合謀，以因乎齊、趙而求解乎楚、魏，以鼎與楚，以地與魏，王弗能止也。此臣之所謂危也。不如伐蜀完。」[15]

---

13 《史記・張儀列傳》，頁2282。

14 《史記・蘇秦列傳》，頁2282。

15 《史記・張儀列傳》，頁2282。

司馬錯的言論與張儀的著眼點完全相反，和縱橫家爭取聲名的方式不同，出身將軍的司馬錯知道戰爭乃取天下的重要手段。而戰爭最重要的即為軍糧與後援，宜於農業的腹地才是秦勝出的關鍵。成都平原完全符合秦的需求，尚可以不驚動中原的局勢。

秦在商鞅變法後，富國強兵，面對六國的進攻在戰役上屢屢勝利。魏國本是戰國初期的強國，在與秦爭戰數年後，國力上逐漸顯現疲態。秦據關中，經過水利設施的興建與土地制度的改革，糧食可以供給全國的軍民使用與大規模的軍事動員。然而，秦國雖然稱霸西戎，在黃土高原的東緣開疆拓土，獲得很大的勝利，但在其領土之內宜於農業之地僅有渭水流域。渭水流域所產的糧食長期供應秦與東方六國的戰事逐漸感到不足。[16]商鞅入秦後，瞭解到這個隱憂，他大力提倡增加農業的生產。然而，誠如司馬錯在秦舉巴蜀前夕所言：「今王地小民貧，故臣願從事於易」。尋求一個大量糧食的來源將是秦在變法後，欲勝出各國、統一天下的關鍵。

秦國以陝西渭水流域為主，西至今天甘肅的東南部，東大致沿著今日晉陝之間的黃河為界，東南部有一部分伸入今日河南省的靈寶。從古代的典籍來看，其東和魏、韓及大荔之戎交界，南和楚、巴與蜀為鄰，西面則以緜諸、烏氏等戎國交界，北面是義渠、朐衍等戎國為鄰。秦國的建國與霸業的形成有一部分來自於與這些族群的鬥爭，穆公三十七年時（西元前623年），用由余伐戎王，「益國十二，闢地千里，遂霸西戎」[17]。較諸於其他的國家，韓、魏、齊雖有地理之便，卻擠身於中原，擴地的範圍有限，而且中原局勢遷一髮動全身，隨時有引發國際戰爭的可能性。除了西面以外，秦國南面的蜀「其國富饒」，擴地既可以不驚動國際局勢，又可以富厚其國。接下來我們透過考古學與歷史材料看看秦南方「西僻之國」成都平原當時的社會情況。

四 「西僻之國」的成都平原

司馬錯稱蜀為狄戎之長，斥之為狄戎，非我族類。由此可見，在當時人的概念中，成都平原並非「華夏」的一員，在主觀的認同上將居住在成都平原的人視為異類的「他者」，為化外之民。然而，戰國時期成都平原的社會與同一時期的七雄之間，其中的差異有多大？由於居住在成都平原的人群並無留下任何的文字資料，目前我們只能從考古材料加以推敲。

討論戰國時期成都平原的考古文化，無法忽略考古學家於上世紀八〇年代以來對於此地物質文化的認識，在目前的認知裡，已經可以在考古學文化當中確認從新石器時代至西漢初期成都平原的文化特色。不僅只有幾個點，還可以將它連綴起來成為一條具有

---

16 史念海，〈古代的關中〉，《中國史地論稿》（臺北：弘文館，1986），頁23-35。

17 《史記‧秦本紀》，頁194。

自身文化特徵的線。目前相關的研究以經汗牛充棟[18]，僅簡單的說明三星堆之後、秦南取成都平原之前成都平原的考古學文化。

　　三星堆祭祀坑的發掘促成了對成都平原青銅文化的瞭解。在考古的發現裡，三星堆遺址為巨大的城牆所圍繞，城內據了解有生活居址、青銅作坊、墓葬等人群密集活動的痕迹。與同一時期中原的青銅遺址相較，三星堆並不遜色，規模龐大的城址可以顯示此地的社會已經呈現複雜化與階層化的趨向，惟仍需更多的資料才能仔細的說明成都平原通向高度複雜社會的方式。此一時期以三星堆遺址為中心，在陶器的範圍上超出成都平原，顯示其文化的強勢。[19]

　　三星堆之後的成都平原，經歷了一場社會的變化。從考古遺址之中所發現的紀錄包括三星堆遺址的廢棄、陶器分布範圍的變化、中心聚落遺址從廣漢遷移至今日的成都市區。考古學家定義約略西元前一二〇〇年之後到西元前八〇〇年的成都平原為十二橋文

---

18 關於秦漢時代以前的古代四川，研究大量的出現，要完全搜集且研讀已經成為幾乎不可能的事，在1999年三星堆完整的報告出現後，一些研究也沒有看的必要了。1993年以前較為完整的書目可以參見屈小強、李殿元、段渝，《三星堆文化》（成都：四川人民出版社，1993）後所附的書目。完整的報告請參見四川省文物考古研究所編，《三星堆祭祀坑》（北京：文物出版社，1999）。另外幾本較為重要的書介紹如下：關於考古學文化分期的討論可以參見孫華，《四川盆地的青銅時代》（北京：科學出版社，2000年）；宋治民，《蜀文化與巴文化》（成都：四川人民出版社，1998）。較為綜合性討論的專書可以看江章華、李明斌，《古國尋縱——三星堆文化與古蜀文明的遐想》（成都：巴蜀書社，2002年）；孫華、蘇榮譽，《神秘的王國——對三星堆文明的初步理解和解釋》（成都：巴蜀書社，2003年）。

目前對於古代四川的研究也為外國漢學家、考古學家、藝術史家和歷史學家所關注，關於三星堆遺址西方語言的論文與專書論文，較為重要的請參見 Robert W. Bagley, "A Shang City in Sichuan Province," *Orientations* 21.11 (1990): 52-67; Robert W. Bagley, "Sacrificial Pits of the Shang Period at Sanxingdui in Guanghan County, Sichuan Province," *Arts Asiatiques* 43 (1988): 78-86; Ge Yan and Katheryn M. Linduff, "Sanxingdui: A New Bronze Age Site in Southwest China," *Antiquity* 64 (1990): 505-513; Wu Hung, "All about the Eyes: Two Groups of Sculptures from the Sanxingdui Culture," *Orientations* 28.8 (1997): 58-66; Lothar von Falkenhausen, "Some Reflections on Sanxingdui"，收在邢義田所編《第三屆國際漢學會議論文集——中世紀以前的地域文化、宗教與藝術》（臺北：中央研究院歷史語言研究所，2002）。最早的一本英文專書為 Steven F. Sage, *Ancient Sichuan and the Unification of China*（New York: State University of New York Press, 1992）。日本學者對於四川古代史也相當感興趣，早稻田大學的名譽教授近來也出版了一本四川古代史的專書，參見古賀登，〈四川と長江文明〉（東京：東方書店，2003）；西江清高於2002年編了一本日本學者對三星堆文明的認識，《扶桑與弱木》（成都：巴蜀書社，2002），其後有附1979-99年日本學者對於古代四川的研究書目。Robert Bagley 集合了美國、法國和英國的學者編輯了一本跨學科的作品 *Ancient Sichuan: Treasures from a Lost Civilization*（Seattle and Princeton: Seattle Art Museum and Princeton University Press, 2001）。Rowan K. Flad 和陳伯楨合寫了 *Ancient Central China: Centers and Peripheries along the Yangzi River*（Cambridge: Cambridge University Press, 2013）。

19 孫華，《四川盆地的青銅時代》（北京：科學出版社，2000），頁102-103。

化。[20] 在相關的遺址當中，以金沙遺址的規模最為龐大，可能為當時成都平原的中心遺址。[21] 從時間上而言，三星堆文化與十二橋文化內在的聯繫相當清楚。金沙遺址與三星堆祭坑在器物上的聯繫十分清楚；從空間上來說，成都平原此一時期在陶器的分布範圍和文化特徵上也有所變動。

以往學者經常將四川盆地戰國時期的考古學文化，稱為「巴蜀文化」，[22] 也有分開來稱之為「蜀文化」或「巴文化」。[23] 所謂的「巴」文化與「蜀」文化這類名詞在學術界的使用由來已久。通常將「巴」文化指涉川東、三峽地區，有時也包括漢水流域上游一代的考古學文化；而「蜀」文化指的則是川西以成都平原為主，有時也包括漢水流域谷地。巴與蜀背後分別所代表的為一個族群、一個國家、一個考古學文化。然而，透過近來的考古發掘，考古學家發現越來越難以區分兩者，在長期的文化交流中，四川盆地彼此之間在物質文化的特色上相互雜揉，以致不同族群也可能使用相同的器物、生活方式與墓葬形式。以往的研究者，有的受到歷史文獻過多的影響，以致忽視了四川盆地青銅文化所具有的強烈共性，從而將文化面貌基本相同的四川盆地的青銅文化遺存從早到晚都按照戰國時期四川古國疆域情況區分為「蜀文化」和「巴文化」。[24]

如果從四川盆地青銅文化的系統，四川盆地東部與西部的差別主要在於經濟專門化的差異，從十二橋文化開始，透過重慶忠縣幾處制鹽作坊的發掘，考古學家從鹽礦資源狀況和史料記載，認為四川盆地的井鹽業至遲在商代就已開始於川東地區。鹽業的發展在四川盆地的東部逐漸的專業化，盆地東、西部文化差別也日益增大，或許盆地東、西部社會複雜化的差異肇始於不同經濟的專門化。鹽業生產不是一個孤立的產業，即使不考慮鑽井等工序，陶器制鹽也需要燒制陶容器，熬煮鹽鹵需要採集和運送燃料，製成的鹽需要輸送到其他不產鹽的地方，從事各種相關工作的人員需要有食品供應，這些構成了一個相當龐大的工業系統。[25]

---

20 孫華，〈成都十二橋遺址群分期討論〉，《四川考古論文集》（北京：文物出版社，1996）；孫華，〈成都平原的先秦文化〉，《四川盆地的青銅時代》。

21 朱章義、張擎、王方，〈成都金沙遺址的發現、發掘與意義〉，《四川文物》2002：2；成都市文物考古研究所，〈成都市金沙遺址 I 區「梅苑」東北部地點發掘一期簡報〉，《成都考古發現（2002）》（北京：科學出版社，2004）。

22 對「巴蜀文化」的概況性介紹，參見趙殿增，〈巴蜀原始文化的研究〉，《巴蜀考古論文集》（北京：文物出版社，1987）；較新的研究概況介紹可以參見趙殿增、李明斌，《長江上游的巴蜀文化》（武漢：湖北教育出版社，2004）；趙殿增，《三星堆文化與巴蜀文明》（南京：江蘇教育出版社，2005）。

23 較為代表性的為宋治民，《蜀文化與巴文化》（成都：四川大學出版社，1998）。

24 Alain Thote, "The Archaeology of Eastern Sichuan at the End of the Bronze Age (Fifth to Third Century BC)," *Ancient Sichuan: Treasures from a Lost Civilization* (Princeton: Princeton University, 2001), p. 203.

25 孫智彬，〈忠縣中壩遺址的性質──鹽業生產的思考與探索〉，《鹽業史研究》2003 (1): 25-30; 李水城，〈近年來中國鹽業考古領域的新進展〉，《鹽業史研究》2003 (1): 9-15；Rowan K. Flad, *Salt*

十二橋文化的相關遺址當中，以金沙遺址的規模最為龐大，可能為當時成都平原的中心遺址。從考古學文化而言，三星堆文化與十二橋文化內在的聯繫相當清楚。考古學家認為金沙遺址為當時的中心遺產，在兩萬平方公尺的範圍內，發現二十處和宗教或祭祀有關的遺迹，出土貴重的物品超過四千件。金沙所出土的金器為在現今中國範圍內數量最大的一批，種類也最豐富。金沙所出土的銅器有四百餘件，大部分為小型器物，不見三星堆兩個坑所出土的大型青銅器。出土的玉器將近六百件，佔目前出土器物總數的百分之四十。玉器的質材除軟玉外，尚由各種不同的石材所製，由鑒定當中得知，它們的產地應該在成都平原周邊的山區。[26]

與金沙遺址時代相近的羊子山土台，給予了我們成都平原儀式性場所最好的例子，距離現在成都北門外一公里處、川陝公路的西側，有一座直徑一四○公尺、高達十公尺的土丘。過去周邊居民與考古學家都認為此座小土丘為古代四川王室的大墓，但經過清理與測量之後，證實他是一座大型的土台，主要的功能為祭祀。土台從下至上分為三個由大至小的平台，有斜坡可以登臨，底座的面積超過一九○○○平方公尺，邊長一○三點六公尺、第二層的邊長六十七點六公尺、第三層的邊長三十一點六公尺，周邊以土磚砌成，中間則以土夯築。土台的規模之大令人吃驚，僅周邊使用的土磚就超過一三○萬塊。由土台周邊所出土的遺物加以判定土台的年代，土台使用的年代大致是在西元前一三○○年間到西元前三一六年左右，也就是秦國征服四川之後。[27]

同樣屬於戰國時代末期的墓葬，從西元前五世紀到三世紀的墓葬分析來看，最高級的墓葬當屬綿竹清道的船棺墓[28]、新都馬家的船棺墓[29]和商業街的大型墓地。[30]從隨葬品來看，相較於其他墓葬的隨葬物品，他們的等級最高。孟露夏（Luisa E. Mengoni）)指出戰國時期成都平原高等墓葬，也是社會階層上較高的族群，彼此之間的隨葬品存在一致的相似性：以船棺葬的形式，伴隨著大量的外來奢侈品。次一等級的墓葬中較少外來物品，但是有著動物紋飾的兵器，相同紋飾的兵器在同一層級的墓葬中相當統一，象徵彼此之間的階層與認同，也許是軍事階層的領袖。[31]

Production and Social Hierarchy in Ancient China: An Archaeological Investigation of Specialization in China＇*s Three Gorges* (Cambridge: Cambridge University Press, 2011).

26 北京大學考古文博院、成都市文物考古研究所，《金沙淘珍》（北京：科學出版社，2002），頁18。

27 四川省文物管理委員會，〈成都羊子山土臺遺址清理報告〉，《考古》1957 (4): 1-20；林向，〈羊子山建築遺址新考〉，《四川文物》1988 (5): 3-8。

28 四川省博物館，〈四川綿竹船棺墓〉，《文物》1987（10）

29 四川省博物館、新都縣文管所，《四川新都戰國木槨墓》，《文物》1981（6）

30 成都文物考古研究所，〈成都市商業街、獨木棺墓葬發掘報告〉，《成都考古發現（2000）》（北京：科學出版社，2002），頁78-136。

31 孟露夏（Luisa E. Mengoni），〈公元前5-2世紀成都平原的社會認同與墓葬實踐〉，《南方民族考古》第六輯（北京：科學出版社，2009），頁99-112。

新都綿竹的船棺葬當中，因為出土大量工藝價值極高的陪葬品，加上兩枚印章與複雜的墓葬結構，所以學者認為該墓是當時「蜀王」的墓地，由於來自「楚文化」所影響的器物風格影響此地，所以認為是來自楚國的開明王。[32]關於楚與蜀的關係，下節會有更詳細的介紹。

從考古出土的相關器物而言，戰國時代的蜀國並非沒有文化的「西僻之國」，具有不同社會階層的墓葬，說明社會已經具備了一定層度的複雜化。[33]從古典文獻來看，蜀國的王室具有世代間的傳承，從蠶叢、柏濩、魚鳧、杜宇、鱉靈到最後的開明，這些可能象徵好幾個世紀以來，在成都平原爭取霸權的不同部族。[34]而最後在秦國入蜀之前的部族，可能就是與楚國有很深關係的開明王朝。我們將會在下節中更詳細的討論楚與蜀的關係。

五　排除南進的障礙：楚國

當秦決定南下取蜀時，尚必須面對當時在南方最強的國家楚國。從古典文獻與考古材料當中，都可以看到成都平原與楚之間充滿著密切的交流。在古典文獻《華陽國志》與〈蜀王本紀〉的記載當中，有楚人代蜀人為王的故事，兩者詳略有別。由於鱉靈為楚人，故其中充滿了相當有趣的意含。〈蜀王本紀〉中的記載抄錄如下：

> 荊有一人明鱉靈，其屍亡去。荊人求之不得。鱉靈屍至蜀，復生。蜀王以為相。
> 時玉山出水，若堯之洪水。望帝不能治水，使鱉靈決玉山，民得陸處。鱉靈治水
> 去後，望帝與其妻通。帝自以薄德，不如鱉靈，委國援鱉靈而去，如堯之禪舜。

關於這段記錄，學者認為開明氏至蜀的說法有好幾種，謹舉其二，其一，將鱉靈視為真實的歷史人物，認為他是開明氏統治蜀地時的開國君主，而他可能是由楚地到蜀地的部族首領；[35]其二，將鱉靈視為川東巴族開明氏的首領，後來滅掉蜀王杜宇的王朝。[36]以目前的材料，無從判斷哪一個為較正確的說法，背後都缺乏堅實的證據。

學者認為上述的史料說明成都平原上層文化與楚王室的之間的關係，甚至於有大量

32　Alain Thote, eds. *Chine, l'énigme de l'homme de bronze :Archéologie du Sichuan (XIIe-IIIe siècle avant J-C)* (Paris: EitionsFindakli, 2003), pp. 232-237.

33　Rowan K. Flad and Pochan Chen, *Ancient Central China: Centers and Peripheries along the Yangzi River* (Cambridge: Cambridge University Press, 2013), pp. 71-160.

34　Peng Bangben, "In Search of the Shu Kingdom: Ancient Legends and New Archaeological Discoveries in Sichuan,"*Journal of East Asian Archaeology* 4 (1-4): 75-100.

35　鄧少琴，〈巴蜀史稿〉，《鄧少琴西南民族史地論集》（成都：巴蜀書社，1990）。

36　童恩正，《古代的巴蜀》（重慶：重慶出版社，2004），頁57。

的楚人移民入川。[37] 然而，並不能由此說明此地有大規模的楚移民。在最富成都平原特色的的船棺當中，存放著楚文化的器物，這種現象反映當地人在物質文化上有不同的認同。較為保守且符合考古情境的說法為此地的居民在文化的選擇下，認同當地的墓葬形制，而選擇遠方的物品作為身份的象徵。除此之外，楚國當時在長江流域的力量是相當的龐大。其以湖北為中心，向四方不斷擴展，[38] 學者從各個不同的面向指出楚文化的「南漸」、「東漸」和「西漸」。[39] 或許可以認為，戰國時期楚國對川東，以至於川西的成都平原都有強大的影響力。

故當秦考慮南進時，除了要面對成都平原當地政權的力量，尚需與楚的勢力交涉。當時有策士警告楚王：

> 告楚曰：「蜀地之甲，乘船浮於汶，乘夏水而下江，五日而至郢。漢中之甲，乘船出於巴，乘夏水而下漢，四日而至五渚。寡人積甲宛東下隨，智者不及謀，勇士不及怒，寡人如射隼矣。王乃欲待天下之攻函谷，不亦遠乎！』楚王為是故，十七年事秦。[40]

蘇代的話點出了蜀地除了富厚以外，尚有相當重要的戰略位置，從蜀地以至楚國的首都只要五天；從漢中沿漢水而下也只要四日即可抵楚地的五渚。

> 楚王曰：「寡人之國西與秦接境，秦有舉巴蜀并漢中之心。秦，虎狼之國，不可親也。……故謀未發而國已危矣。寡人自料以楚當秦，不見勝也；……寡人臥不安席，食不甘味，心搖搖然如縣旌而無所終薄。今主君欲一天下，收諸侯，存危國，寡人謹奉社稷以從。」[41]

由此看來，楚王明確的知道蜀地的重要性，也知道秦有南取巴蜀之心，故秦欲南進，必須引開楚的注意力。

張儀透過縱橫捭闔的手段支開楚國的注意，趁機對蜀國進攻。此時秦發動對韓的戰爭，當秦與韓戰於濁澤時，韓國的大臣公仲朋主張給秦一個都邑，並與秦一起伐楚，「此一易二之計」。當公仲朋入秦時，楚懷王大驚，招陳軫加以商量，並用計使得公仲

---

37 郭德維，〈蜀楚關係新探——從考古發現看楚文化與巴蜀文化〉，《考古與文物》，1991：1（西安）；沈仲常，〈新都戰國木槨墓與楚文化〉，《文物》，1981：6；施勁松，〈蜀文中的楚文化因素〉，《三星堆與巴蜀文化》（成都：四川人民出版社，1993）。

38 李零，〈論楚國銅器的類型〉，《入山與出塞》（北京：文物出版社，2004），頁277。

39 劉和惠，《楚文化的東漸》（武漢：湖北教育出版社，1995）；高至喜，《楚文化的南漸》（武漢：湖北教育出版社，1995）；朱萍，〈楚文化的西漸——楚國向西擴張的考古學觀察〉（北京：北京大學考古文博學院碩士論文，2002）。

40 《史記·蘇秦列傳》，頁2272。

41 《史記·蘇秦列傳》，頁2261。

朋的聯秦伐楚之計破局。秦因為韓的失信，師出有名，再大敗韓國，並陷魏的焦和曲沃，迫使韓、魏加入張儀的「以秦、韓與魏之勢伐齊、楚」。[42]

秦於西元前三一六年取蜀，從記載上來看，此時恰逢蜀國和苴國、巴國間有戰爭。巴與蜀之間似乎長期處於緊張狀態。苴侯與巴王友好，蜀王伐苴，苴侯出奔巴國並且向秦求救，希冀引來外國勢力的介入。《史記・張儀列傳》：

> 苴蜀相攻擊，各來告急於秦。[43]

秦取蜀似乎是奇襲的軍事活動，除了在《蜀王本紀》、《華陽國志》中有記載外，只在《史記・秦本紀》、與《戰國策・秦策》當中留有記錄。在當時的國際局勢中似乎並不重要，古典文獻當中也未留下任何的記錄。

透過策略的運用，張儀使得楚國無暇顧及西方的巴、蜀之事。至西元前三一三年，秦國在伐蜀後的三年，已經決定與楚一戰。事實上，當秦佔領成都平原後，聯繫關中與成都平原之間最重要的中點站漢中盆地尚在楚國的勢力範圍中。秦國不可能在成都平原得手後，將這個重要的中點站讓它國染指。張儀為了貫徹其策略，必須瓦解兩國的聯盟，還要趁機奪取漢中。張儀於楚懷王十六年至楚說服楚王若與齊絕交，將獻出「商於之地六百里」。商於之地位於武關以東，本為楚地，然而被秦所佔有。此處位於關中至江漢平原的關鍵地位，秦軍的佔領，對楚有如芒刺在背。張儀願交還商於之地，楚王相當高興，不聽陳軫的勸阻，仍頑固的與齊絕交。

齊、楚絕交後，楚派兵欲接收商於之地，然張儀回說只有六里，楚懷王怒而伐秦[44]。秦本有與楚一決雌雄之意，張儀使楚本是緩兵之計以求萬全的準備。此戰為戰國秦、楚的首戰，關係未來的局勢甚鉅。西元前三一二年，兩國大戰，楚分兩路出兵，一路由將軍屈丏進攻商於之地；一路由上柱國景翠帶領進軍韓的雍氏。秦分三路出兵，東路由將軍樗里疾率領，出函谷關助韓攻楚；中路由庶長魏章率領，出武關迎戰屈丏所帶領之兵；西路則由甘茂帶領，從南鄭出發，沿著漢水流域，進攻楚國的漢中。首戰魏章於丹陽迎擊楚軍，楚軍大敗，斬首八萬，並俘虜將軍屈丏。魏章在丹陽勝利後，由此向西與甘茂的部隊會合，獲取了楚的漢中六百里之地，並置漢中郡。東路的樗里疾也獲得勝利，並助韓、魏收回失土。楚懷王得知失去漢中，再度發兵，一度攻至藍田，再度大敗。[45]

秦透過外交政策的運用與數次的戰爭確認了其在成都平原的統治權，排除了楚國在

42　《戰國策・韓策一》（上海：上海古籍出版社，1978），頁950-952。

43　《史記・張儀列傳》，頁2281。

44　《戰國策・秦策二》，頁133-136。

45　楊寬對這一段戰事有詳細的考證，參見楊寬，《戰國史》（臺北：臺灣商務出版社，1997），頁358-359。

漢水上游與四川盆地的勢力。在往後的數十年當中，秦國並透過成都平原對楚數度的進攻。楚國至懷王時，由於政治腐敗，官僚階層和社會問題之間的矛盾。對內屈原曾經想改革楚國的內政，對外聯齊制秦的策略也失敗。屈原在遭人排擠的情況下遭到流放。楚懷王後期還爆發了莊蹻的內亂，「莊蹻起，楚分為三四」[46]。秦國在此時本想攻取魏國的大梁，然每當秦屢屢出函谷關時，東方六國必當聯合援救。秦國雖強，但以一敵多也無法制勝。秦國選擇的方式是南下攻楚，「其兵弱，天下不能救，地可廣大」，秦制定攻取楚都鄢郢的計劃。[47]

鄢郢之地為楚國的核心地區，鄢本為楚的別都，郢在鄢南方約兩百公里，為楚國的都城。西元前二七九年秦昭王伐楚，從漢水上游而下進攻鄢城。從《水經・沔水》的記錄，白起引水灌城，從城西灌到城東，楚軍民死傷數十萬人。考古學在今日湖北省宜城所發掘到的「楚皇城」即為鄢城，考古學家認為白起引水灌鄢的長渠從城東一直通到城西，在東牆兩端有寬六十公尺的大缺口，即為白起引水灌城的缺口，是個有趣但仍需考慮的看法。[48]白起攻下鄢城，獲得了關鍵性的勝利，接下來佔領了郢、鄧、藍田等五城，繼而分兵三路，向西攻到夷陵，燒了楚的先王陵墓與宗廟；向南則到了洞庭、五渚、江南[49]；向東攻到了竟陵，再向東北一百多里直到安陸，再往東一百多里到西陵。[50]白起兩年的戰爭中，攻下了楚的核心地區，迫使楚遷都到了陳，對於楚勢力的削弱有決定性的影響。

前二七七年，秦國分兩路進軍，大舉擊楚，一路以蜀守張若帶領，自四川順江而下，攻佔巫郡。這一次的戰爭當中，秦國清楚的認知成都平原的戰略地位，其對於楚來說無疑是芒刺在背。由於蜀地的重要性在此次戰爭當中表現出來，楚對於來自於成都平原的攻擊也不得不防範。在秦、楚之戰進行時，楚將莊蹻曾一度收復黔中郡，並由此向西南進攻，希冀透過更迂迴的方式繞過成都平原以掌握在戰略上的主導權。莊蹻經過沅水，攻克且蘭，征服夜郎，一直到今日的滇池附近。《史記・西南夷列傳》：

> 始楚威王時，使將軍莊蹻將兵循江上，略巴、〔蜀〕黔中以西。莊蹻者，故楚莊王苗裔也。蹻至滇池，〔地〕方三百里，旁平地，肥饒數千里，以兵威定屬楚。欲歸報，會秦擊奪楚巴、黔中郡，道塞不通，因還，以其眾王滇，變服，從其俗，以長之。[51]

---

46 《荀子集解・議兵》（北京：中華書局，1988），頁282。

47 《戰國策魏策四》，頁887。

48 湖北省文物管理委員會，〈湖北宜城楚皇城遺址調查〉，《考古》，1965：8（北京）；楚皇城考古發掘記，〈湖北楚皇城勘探簡報〉，《考古》，1980：2（北京）。

49 《韓非子集解・初見秦》（北京：中華書局，2003），頁5、《戰國策・秦策》，頁223。

50 楊寬製作了一份白起破楚的示意圖，參見《戰國史》，頁392-393。

51 《史記・西南夷列傳》，頁2993。

　　然而，秦在西元前二七七年派蜀守張若再度攻擊黔中郡。莊蹻因為斷了歸路，就在滇國稱王。至此，秦國透過成都平原的戰略地位，削弱了楚國的勢力，確認了國際局勢當中「東面而立」，在形勢上佔取最優越地位的國家。[52]秦透過數年的經營，獲得了從關中、漢中以至四川盆地的所有土地，排除了楚在此地的勢力。秦為了成都平原不惜與楚發生大戰，即說明此地在戰略、政治與經濟上的重要性。

六　秦在成都平原的殖民政策（285B.C.-221B.C.）

　　秦舉蜀至征服六國的將近一個世紀中，可以分為幾個時期：第一時期，封建郡國並行，秦國在商鞅改革後，基本上實行郡縣制。然而，在成都平原所實行的卻是承認當地勢力的封建制度，一個國家當中存在著兩種不同的體制；第二時期，開始立城置縣，並實行土地制度，引進戰國時期秦國的部分制度。然而，在舊有的傳統仍然存在與強大的情形下，與舊有的勢力形成拉扯與緊張的關係；第三時期，徹底掃除舊有的勢力，將關中秦國的制度直接複製在成都平原。此時期除了政治上的直接統治外，更強調從成都平原汲取經濟資源，動員與改造成都平原的社會。觀察這三個階段，都不能與戰國時期列國競爭的形勢分開。三個階段除了反映秦國在成都平原的勢力與影響力逐漸增強，也顯示了秦國在與六國爭雄時的外交關係，秦國與東方六國的關係具體的反映在其對成都平原的政策。

（一）封建郡國制並行的困境（316B.C.-285B.C.）

　　從《史記》與《華陽國志》的記載當中，秦滅蜀為秦惠王初更九年，即周慎王五年（西元前316年）。《華陽國志・蜀志》：

> 周慎王五年（西元前316年），秋，秦大夫張儀、司馬錯、都尉墨等從石牛道伐蜀，蜀王自於葭萌拒之，敗績，王遯走，至武陽為秦軍所害，其傅相及太子退至逢鄉，死於白鹿山，開明氏遂亡，凡王蜀十二世。[53]

封建時代的王室，封建諸侯，以藩屏周，外地的諸侯宛若一個小朝廷。各地的諸侯只需對天子負擔一定的義務，國君並無法深入到各地方的政治。戰國時期與封建時代最大的差異即在於國君的集中統治，尤其展現在郡縣制度的出現。然而，秦舉蜀之後卻無法立即實行郡縣制度，其有四個原因：其一，國際情勢的緊張。秦舉蜀之時，正面臨著與東

52　《史記・楚世家》，頁1730。

53　任乃強，《華陽國志校補圖註》，頁126。

方六國的頻繁戰爭，不能使成都平原的戰爭使之拖累；其二，成都平原遠在一千公里之外而且間隔著秦嶺與巴山之險，考察戰國設郡與立縣的歷史，未有如此懸遠之距離，是否要在成都平原設立郡縣，考驗著秦國的統治技術；其三，族群的複雜性，目前在成都平原所出土的墓葬，其物質文化是相當複雜的。它的文化中充滿了來自四面八方的認同，其中所牽涉到的族群遠超過傳統文獻中所認定的「蜀」民族。秦政府所面對的是跨地域控制一個族群成份複雜的社會；其四，地域的廣大。成都平原的面積廣大，是秦國當時擴張過程中最廣大的土地，秦國如果動員大量的人力固守，有可能會鞭長莫及，難以控制。

間接統治或是特殊行政制度是秦國所選擇的辦法。這是秦舉蜀後的第一個階段，從西元前三一六年至西元前三一一年蜀相起義為止。《史記‧張儀列傳》當中記載：

> 卒起兵伐蜀。十月取之。遂定蜀、貶蜀王，更號為侯。而使陳莊相蜀。[54]

《華陽國志‧蜀志》：

> 周赧王元年（前314年），秦惠王封子通國為蜀侯，以陳壯為相。置巴郡。以張若為蜀國守。[55]

在《戰國策‧秦策》當中也記載「蜀主更號為侯」。西元前三一四年秦惠王封公子通為蜀侯[56]，公子通即蜀王之子。[57]秦國在成都平原所使用的是一種新的制度，它以強勢的軍隊控制局勢後，在政治上設了一個負責軍務的「守」和政務的「相」。原本的蜀王則降為侯，成為傀儡。秦政府為了怕當地的留守人力不足以應付臨時的事變，一佔領當地後即大量的從關中移民。《華陽國志‧蜀志》：「戎伯尚強，乃移民萬家實之。」[58]

一國兩制的政策在蜀國旋即受到考驗。當惠文王於西元前三一一年去世後，「丹黎臣蜀，相莊殺蜀侯」。丹黎在今日的何處，已經無法得知，但蜀相在取得蜀地的控制權後，便殺了蜀侯以掌握蜀地的權力，蜀相所選擇的時機是相當準確的。惠王死後，武王

---

54 《史記‧張儀列傳》，頁2284。

55 任乃強，《華陽國志校補圖註》，頁128。

56 《史記‧六國年表》記在次年，作公子綵通；華陽國志作公子通國。相關的考證可以見任乃強的《華陽國志校補圖註》，頁129-130。Steven Sage 也對秦舉巴蜀的日期作了相關的考證，參見 Steven F. Sage, *Ancient Sichuan and the Unification of China* (New York: State University of New York Press,1992), pp. 199-201.

57 《史記‧張儀列傳》：「遂定蜀，貶蜀王更號為侯，而使陳壯相蜀。蜀既屬，秦益強富厚。」《戰國策‧秦策》：「蜀主更號為侯。」瀧川資言的《史記會注考證》根據《戰國策‧秦策》和《史記‧張儀列傳》，推斷秦封蜀侯是原來的蜀王之子，而非秦國的宗室。此見解與蒙文通相同，參見蒙文通，〈巴蜀史的問題〉，《四川大學學報》，1959：5。

58 任乃強，《華陽國志校補圖註》，頁128。

即位，為了建立自己的勢力與鞏固政權，武王在成都平原叛變的同時，先穩定朝廷的形勢，確立自己的人脈。次年武王為了安定蜀地，便派甘茂、司馬錯與張儀再度伐蜀，殺死陳壯，又討伐丹黎。[59]

秦政府討伐完成都平原當地的起義後，必須檢討在成都平原的政策。從西元前311年到西元前308年新任的蜀侯任命的期間，在古典文獻當中缺乏記錄說明成都平原此一段時間是否維持舊體制。可能此一時期成都平原經歷過一段軍事統治時期，司馬錯、張儀和甘茂從咸陽所帶領的兵卒在此設計更為適合統治的政策與設施。但此一時期基本上不脫離以蜀人治蜀的懷柔政策，以免有更大的反抗，惟在此時更加強軍事與政治的力量，包括築成都城、移民實川和在移民所在的地區土地改革。

秦武王所採取的動作是相果斷且迅速的，在兩、三年之間即穩定了成都平原然而。然而，秦武王剛繼承王位，內外局勢尚不穩定。在蜀地的統治既有持續，又有改革，其基調尚維持第一階段的「一國兩制」。在西元前三○八年，秦武王又封子煇為蜀侯，子煇也是原來蜀侯的後代。武王知道成都平原的舊有勢力與傳統仍然強大，故他仍然必須加以尊重。如果冒然的對蜀地採取大規模的行動，恐將無法控制。他首先穩定自己的人事，將叱吒風雲數十年的丞相張儀與大將魏章驅逐，以甘茂、樗里疾為左右丞相。而且此時秦武王不將經營重心放在南方，他的企圖心比起惠王來說更大。同年，秦武王「車通三川，窺周室」，命甘茂和庶長向壽伐取韓的宜陽（今河南省宜陽縣西）。

秦攻克宜陽後，斬首六萬。武王接著準備對周室下手。秦國在東周時期的基本國策之一即為保護周室。然而，至武王時，史書上記錄樗里疾率車百乘進入東周。武王也於西元前三○七年八月至洛陽比武舉鼎，其挑釁與代天下的意味十分濃厚。然而，武王竟至周而卒於周，於洛陽絕臏而死。[60]

秦武王的猝死造成秦國朝廷的不穩，此時秦國也無力分心於南方的成都平原，繼續使蜀侯之子煇治蜀是較為省事的方式。由於武王沒有兒子，幾個弟弟陷入爭奪王位的漩渦之中，這場內亂持續了三年之久。[61]秦國在這幾年當中也進入內部秩序的重整，從西元前三○八年以至西元前三○○年，秦國對外的大型戰爭相對來說是較少的。

西元前三○一年，蜀地又反。《史記·秦本紀》：「（昭襄王）六年（西元前301年），蜀侯煇反，司馬錯定蜀。」[62]《史記·六國年表》記載：「司馬錯往誅蜀守煇，定蜀。」兩者基本上相同。[63]司馬錯伐蜀之後，秦國對於成都平原的政策仍未改變。成都

---

59 《史記·秦本紀》，頁209。
60 《史記·秦本紀》，頁209。
61 關於這場內亂，相關的記載在《史記·秦本紀》：「庶長狀與大臣、諸公子為逆，皆誅。及惠文后，皆不得良死，悼武王后出歸魏」。《史記·穰侯列傳》索隱引《古本竹書紀年》：「秦內亂，殺其太后及公子雍、公子壯。」
62 《史記·秦本紀》，頁210。
63 兩者只有「蜀侯煇」與「蜀守煇」不同，此處應該為年表的錯誤。惟在《華陽國志》當中的記載卻

平原當地的勢力仍強，從《華陽國志》的記載中可以得知，在蜀侯煇死後，當地人仍幫他立祠，原有的統治階層在當地仍然強固。西元前三〇〇年，秦國續封煇之子綰為新任蜀侯。

秦國對於成都平原的政策，具體的反映在一個國家之中實行一國兩制的捉襟見肘。秦國既然在名義上統治成都平原，就絕對不可能使成都平原的地方勢力過於高漲。當地方勢力與中央統治之間不斷的衝突時，兩者不是分離就是強勢的一方將制度加諸另一方之上，完成制度的劃一。弱勢的一方在強勢政軍制度的壓力之下，聲音與傳統注定在歷史的洪流裡逐漸消逝。

至西元前二八五年時，秦國在國際局勢當中逐漸成為最大的強國，在統治技術上具有充分的信心，徹底去除成都平原的舊有統治階層，將其內地化。李冰於西元前二七七前就任，任命李冰為郡守，對於成都平原來說是一種政策上的轉向。

（二）成都城的興建

秦國殖民政策的第一項工作是成都城的興建，成都平原自新石器時代即有築城的傳統，考古學家所謂的「寶墩文化」，係指一九九五年底以來，陸續在成都平原所出土的城址及城內相關的遺存。幾個遺址年代雖然不盡相同，但文化的總體面貌一致，有一組貫穿始終而又區別於其他考古學文化的器物群。[64]目前已經發現屬於這個時期的古城共有六座，分別是新津縣的寶墩村古城遺址[65]、都江堰市的芒城村遺址[66]、郫縣的古城村古城遺址[67]、溫江縣魚鳧村古城遺址[68]、崇州市的紫竹村古城遺址和雙河村古城遺

出現了：「十四年（西元前301年），蜀侯煇祭山川獻饋於秦孝文王，煇後母害其寵，加毒以進王，王將嘗之，後母曰：『饋從二千里來，當試之。』王與近臣，近臣及斃，文王大怒，遣司馬錯賜煇劍，使自裁。煇懼，夫婦自殺。」在上面幾條史料當中，以《華陽國志》所記最為詳細，但是其年代與秦本紀和六國年表皆不合。《史記》所載雖有漏失，但《華陽國志》所載卻有如傳說。蒙文通對此已經有所論述，他認為孝文王在位才三日，他來不及封他的兒子為蜀侯，更來不及獻饋與加毒。而《華陽國志》當中的記載應該為春秋時晉驪姬申生故事的民間訛傳，常璩以此入志是不足採信的，參見蒙文通，《巴蜀古史論述》（成都：四川人民出版社，1981），頁60-61。
64 江章華、李明斌，《古國尋蹤——三星堆文化的興起及其影響》（成都：巴蜀書社，2002），頁59。
65 成都市考古工作隊、四川聯合大學考古教研室、新津縣文管所，〈四川新津寶墩遺址調查與試掘〉，《考古》，1997：1。早稻田大學長江流域文化研究所、成都市文物考古研究所合作的《寶墩遺址——新津寶墩遺址發掘和研究》（東京：有限會社阿普，2000）。
66 成都市文物考古隊、都江堰市文物局，〈四川都江堰市芒城遺址調查與試掘〉，《考古》，1997：7（北京）。
67 成都市文物考古隊、郫縣博物館，〈四川省郫縣古城遺址調查與試掘〉，《文物》，1999：1（北京）。
68 成都市文物考古工作隊、四川聯合大學歷史系考古教研室、溫江縣文管所，〈四川省溫江縣魚鳧村遺址的調查與試掘〉，《文物》，1998：12（北京）。

址[69]。然而，據了解，成都平原的史前城址並不只這六座，其數目可能超過十座。只是目前無法知道這些城址彼此之間的詳細關係，城址的功能是什麼也不清楚，學者們推斷這些城址可能用於防洪，[70]仍有待進一步的研究。成都平原的這些城址於寶墩文化第三期時，西南部的多座古城於此一時期放棄，不斷的遷徙似乎也是成都平原古城遺址的一個重要特色。

至三星堆文化時期，在成都平原僅存三星堆遺址的城址。三星堆遺址在西、南、東都有古代城牆的分布，北面的城牆目前並未發現，不知是否以鴨子河為天然屏障抑或被衝毀。城址的形狀大致呈梯形，南寬北窄。[71]三星堆古城始建的年代應在三星堆文化的早期，[72]此處自新石器時代以來即有聚落的痕迹，自典型的三星堆文化開始時，即修築宏大的古城。以三星堆遺址為中心的三星堆文化，在西元前十二世紀到十三世紀似乎經歷了一場社會變化。在考古遺存之中所留下來的紀錄包括三星堆遺址的廢棄、陶器分布範圍的變化、中心聚落遺址從廣漢遷移至今日的成都市區，及考古學家所謂的「十二橋文化」。「十二橋文化」目前所發現的中心遺址「金沙」[73]並無城址的痕迹。從目前的瞭解當中，可以知道這個聚落與一般遺址的不同，它包含了種類眾多的遺迹並存於一個遺址之中，而對於它的完整認識，尚待日後的考古發掘。[74]

然而，成都平原長久的築城傳統似乎並無遺留至戰國時期，在目前沒有發現戰國時期的城址。相較於成都平原，城市的興起可以說與戰國社會的發展互為表裡，在此一階段，中國經歷了一次新興的築城運動[75]。宮崎市定認為戰國城市的成長主要來自於各國之間的軍事競爭，他並不否定其中的商業性質，但敏銳的觀察到中國古代城市並非嚴格意義上由商業發展而成的工商業都市，繁榮的主要原因仍然繫於政治與軍事的發展，都

69 孫華、蘇榮譽，《神秘的王國——對三星堆文明的初步理解和解釋》（成都：巴蜀書社，2003），頁118。

70 艾南山，〈成都平原全新世古環境變化與人類活動的關係〉，《長江上游早期文明的探索》（成都：巴蜀書社，2002）；劉興詩，〈成都平原古城群興廢與古氣候問題〉，《四川文物》1998：4（成都）。

71 Robert W. Bagley, "A Shang City in Sichuan Province," *Orientations* 21.11 (1990): 52-67; Robert W. Bagley, "Sacrificial Pits of the Shang Period at Sanxingdui in Guanghan County, Sichuan Province," *Arts Asiatiques* 43 (1988): 78-86; Lothar von Falkenhausen, "Some Reflections on Sanxingdui"，收在邢義田所編《第三屆國際漢學會議論文集——中世紀以前的地域文化、宗教與藝術》（臺北：中央研究院歷史語言研究所，2002）。

72 陳德安，〈廣漢三星堆蜀國城牆〉，《中國考古學年鑑（ 1990）》〈北京：文物出版社，1991〉。

73 成都文物考古研究所、北京大學考古文博院，《金沙淘珍》（北京：文物出版社，2002）；朱章義、張擎、王方，〈成都金沙遺址的發現、發掘與意義〉，《四川文物》2002：2（成都）；高大倫，〈成都金沙遺址出土「玉眼形器」的初步研究〉，《四川文物》2002：2 （成都）。

74 成都市文物考古研究所，〈岷江小區遺址1999年第一期發掘〉，《成都考古發現（1999）》（北京：科學出版社，2001）。

75 杜正勝，〈周秦城市的發展〉，《古代社會與國家》（臺北：允晨文化實業，1991），頁680。

市的發展很重要的一個因素在於中央集權政策的發展。[76]秦、楚與三晉地區在城市發展的情況有共同之處，也有相異之點。最大的不同即在於秦、楚的設縣與築城兩者之間實為同一事，[77]其郡縣制度體現了中央集權、國君直轄的特點；在三晉地區的城市則較為獨立，擁有獨立的經濟與軍事的權力。[78]當秦在成都平原築城時，所代表的為其中央權力的正式進入，並且由此將背後的政治、資源控制一起帶入當地。《蜀王本紀》當中記載：

> 秦惠王遣張儀、司馬錯定蜀，因築成都而縣之。成都在赤里街，張若徙置少城內，始造府縣寺舍。

《華陽國志・蜀志》也有類似的記錄：

> （張）儀與（張）若城成都，周迴十二里、高七丈，郫城周迴七里、高六丈，臨邛城周迴六里、高五丈，造作下倉，上皆有屋而置觀樓、射圃、成都縣本治赤里街。若徙置少城，內城營廣府金，置鹽鐵市，官并長丞，修整里闠，市張列肆，與咸陽同制。其築城取土去城十里，因以養魚，今萬歲池是也……。[79]

西元前三一一年，秦王接受張儀的建議，命令蜀守張若按咸陽格局興築成都城，城周十二里，高七丈。[80]市區分為東、西兩部分，東為大城，郡治、是蜀太守官司舍區域，政治中心；西為少城，縣治，是商業及市民居住區，商業繁盛，是經濟中心所在。從左思的《蜀都賦》當中可見一般：

> 於是乎金城石郭，兼匝中區，既麗且崇，號曰成都。辟二九通道，畫方軌之廣涂。……亞以少城，接乎其西；市廛所會，萬商之淵；列隧百重，羅肆巨千；賄貨山積，纖麗星繁。[81]

---

76 宮崎市定，〈戰國時代的城市〉，《亞洲史論考（中）》（東京：朝日新聞社，1976）。

77 岡田功，〈楚國和吳起的變法——對楚國國家構造的把握〉，《歷史學研究》，490（1981：3）（東京）。

78 江村治樹，〈戰國時代的城市和城市統治〉，《日本中青年學者論中國史・上古秦漢卷》（上海：上海古籍出版社，1995）；江村治樹，〈戰國出土文字資料概述〉，收錄在林巳奈夫，《戰國時代出土文物の研究》（京都：京都大學人文科學研究所，1985）。

79 任乃強，《華陽國志校補圖註》，頁128-129。

80 張儀所築的成都城至今尚未發現，可能在目前的成都之下。我認為成都城的興建應該在秦舉巴蜀之後，學者也普遍同意這一點。成都城由於有「小咸陽」之稱，楊寬在重建咸陽城的布局時，即以文獻中成都城的格局加以推測，參見楊寬，〈秦都咸陽西「城」東「郭」連結的布局〉，《中國古代都城制度史研究》（上海：上海人民出版社，2003）。

81 左思，〈蜀都賦〉，《昭明文選譯註》，第一冊（長春：吉林文史出版社，1987），頁233。

成都既是按照咸陽的布局而設，號約「小咸陽」，在董說《七國考》卷十四有「小咸陽」條說：

> 楊雄云「秦使張儀作小咸陽於蜀」。按《郡國志》：秦惠王二十七年使張儀築城，以象咸陽，沃野千里，號曰陸海，所謂小咸陽也。[82]

大城和少城共一城墉，古人稱為「層城」或「重城」。〈蜀都賦〉當中的「金城石郭」即是小「城」與大「郭」相連的格局。而「辟二九通道」，即是在小城和大郭都有九個城門和九條大道，楊寬認為這與中原春秋戰國時代的大國都城相同。[83] 在《讀史方輿紀要》卷六七「成都城」下，認為成都城從戰國，一直沿用到漢代、西晉，且對於它的布局有更清楚的認識：

> 成都府城，舊有大城，有大城。……大城，府南城也。秦張儀、司馬錯所築。……少城，府西城也。惟西、南、北三壁，東即大城之西墉。昔張儀既築大城，後一年又築小城。……晉時兩城獨存，益州刺史治大城，成都內史治小城。[84]

「城」與「郭」相連的格局，即所謂的「兩城制」的出現，或是所謂「城郭制」，是戰國城市很重要的發展。這種制度的興起與軍事、政治有密切的關係。城郭制即為兩重城牆的設置，小城與外面的大郭結合起來。營郭的性質主要為隨著各國的軍事衝突增加，各國在內城之外再加一圈城牆以防衛。秦在此地設城造郭，防止蜀地再度發生叛亂的用心十分明顯。[85]

（三）經濟管理制度：專山澤之利、金礦資源與錢幣的流通

戰國的城市經濟管理制度可以略分為兩者：三晉、河南等商業高度發展之地與秦、楚商業低度發展的國家。兩者的城市經濟管理制度並不相同，這使得秦對成都平原的經濟管理制度有很大的影響。前者城市的自治權是較大的，有權且明顯的控制兵器的鑄造和貨幣的發行。秦國的貨幣與兵器則完全由中央控制，其貨幣發行較東方為晚，半兩錢由政府直接控制且發行，在地方城市當中完全沒有發行貨幣的記錄。[86]

---

82 董說，《七國考》（北京：中華書局，1998），頁395。

83 楊寬，《中國古代都城制度史》（上海：上海人民出版社，2003），頁98。

84 顧祖禹，《讀史方輿紀要》（臺北：洪氏出版社，1980），頁2860。

85 Steven F. Sage, *Ancient Sichuan and the Unification of China* (New York: State University of New York Press,1992), pp. 127-128.

86 從考古所出土的貨幣來說，戰國時代，具有各種形狀的貨幣在各國的國都和城市發行，其中大部分鑄有地名，特別是在三晉地區所發行的尖足布和方足布，鑄入的地名非常多。從鄭家相的研究當中，前者所附的地名有31種，後者則達66種。相關的研究可以參考江村治樹，〈戰國出土文字資料

　　秦國的經濟管理制度乃是為了國家的戰爭而準備，為防止商人的坐大，以城市為中心，汲取周圍的林礦資源，包括鹽、鐵與金礦。透過城市的運籌，緊握國家通貨的流通，並且限制商人能從中漁利的產業。

　　專山澤之利商鞅變法所注重的「農戰」政策，強調農業在國家的重要性。「重本抑末」即要排除有害農事之商業活動，商人由於互通有無、往來四方，對於安土重遷的農業社會將產生不良的影響。故商人所從事的流通與交換行為，必須透過國家的介入，干涉生產行為，以賺取其中的利潤，挹注國家的財政。影響人民生計至鉅的除了農業以外，即為各種自然資源與生產原料。《漢書‧食貨志》言及商鞅變制對於國家財政的重要性：「至秦則不然，用商鞅之法，改帝王之制，……又顓川澤之利，管山林之饒。」[87]

　　在山林礦產資源當中，以鐵和金最為重要。冶鐵成為國家必須加以介入和管理的事務，不僅因為它需要大量的人力從事冶煉，在採礦和運送方面也需要複雜的組織才足以成事。冶鍊出來的除了農具、工具與人民的生活習習相關外，兵器的冶煉更是國家所關切的大事；金的重要性至戰國時代更加的重要，緣由於國際市場之間的互通有無。在交換與流通當中，金成為各國交換的共通貨幣。[88]

　　除了山林之中的礦產資源以外，與民生最有關係的即為鹽，其也在天財地利的範圍內，《管子‧海王》：

> 桓公曰：「何謂官山海。」
> 管子對曰：「海王之國，謹正鹽筴。」
> 桓公曰：「何謂正鹽筴？」
> 管子對曰：「十口之家，十人食鹽。百口之家，百人食鹽，終月大男食鹽五升少且，大女食鹽三升少且；吾子食鹽二升少且。此其大曆也。鹽百升而釜。令鹽之重升加分彊，釜五十也。……萬乘之國，人數開口千萬也。……今夫給之鹽筴，則百倍歸於上，人無以避此者，數也。[89]

戰國時期，對於鹽的供給量大為提升，不僅在於食物的保存上需要鹽，在飲食上也開始

概述〉，收入林巳奈夫編，《戰國時代出土文物の研究》（京都：京都大學人文科學研究所，1985）；鄭家相，《中國貨幣發展史》（北京：生活‧讀書‧新知三聯書店，1985）。另外，從所出土的銅器、陶器、漆器上的銘文來看，這些地名有時表示使用該器物的地區，而更多則是表示製造地區。這些製造地區並非是單純以農業為中心的鄉邑，在很多情況下顯示他們是具有一定經濟實力的地區，其為城市的可能性則更高。可以參見江村治樹，〈戰國三晉城市的性質〉，《名古屋大學文學部研究論集》，32（1986）。

87 《漢書‧食貨志》，頁1137。

88 陳彥良，〈先秦黃金與國際貨幣系統的形成——黃金的使用與先秦國際市場〉，《新史學》，15：4（2004：12）。

89 李勉註譯，《管子今註今譯》（臺北：臺灣商務印書館，1988），1005。

以鹽作為調味品。[90]齊國的海鹽和晉國河東地區的池鹽從春秋以來即為產鹽的重要地點，至戰國的發展更加發達。《管子·地數》：「齊有渠展之鹽，燕有遼東之煮。」[91]此一時期的海鹽在利用上較為普遍，在《禹貢》當中指出青州「貢鹽」。池鹽的利用以魏國的河東池鹽最為有名，猗頓便是由經營鹽業而致富。

秦南取成都平原之後，透過城市加以控制資源，對於周邊丘陵與山區富有的林礦資源加以壟斷，作為國家財政的一部分。可以分為幾個部分說明秦壟斷成都平原的山澤之利，其一為鹽、鐵礦資源的利用；其二為官營手工業的經營。

在第一個部分，《華陽國志·蜀志》當中記載：「儀與若城成都……內城營廣府舍，置鹽鐵市官並長、丞。」[92]「鹽鐵市官」究竟是國家專賣鹽鐵或是向民間出售的官營冶鐵工業，學者有不同的討論與觀點。以鐵而言，從《史記·貨殖列傳》中的記載來看，戰國時期有相當多的商人以冶鐵致富，國家在此一時期並未完全壟斷鐵器的採鑄。但是，國家本身也具備自己的官營冶鐵作坊，從雲夢秦簡當中來看，秦國本身有「右采鐵」、「左采鐵」的官署名，負責開採鐵礦。[93]在開採鐵礦之外，也負責銷售鐵器。一般而言，農業的生產工具、兵器應是官營手工業生產與經營的大宗。在下面第5小節之中將提及，秦將大量的移民遷往成都平原，在這些移民之中有部分原是東方鐵器經營的商人。秦政府可能給其特別的優惠，使其負責成都平原鐵礦的採鑄與販賣，再從其中收取一定的稅收。佐藤武敏先生也認為《漢書·食貨志》當中：「用商鞅之法，改帝王之制……鹽鐵之利二十倍於古。」為秦抽私人冶鐵稅的證據。[94]

至於成都平原的鹽業，《華陽國志·蜀志》當中提及成都平原井鹽的開採：

> 周滅後，秦孝文王以李冰為蜀守，兵能知天文地理……又識齊水脈，穿廣都鹽井、諸陂池，蜀於是盛有養生之饒焉。[95]

中國古代鹽業史專家傅漢思（Hans Ulrich Vogel）曾經指出秦在成都平原的政策為鹽專賣之始。然而，有些學者卻認為這僅只代表秦抽取一定的稅收以增加國家的財政，在經營上應與鐵器的經營類似。[96]從目前的材料上來說，的確無法證明秦已壟斷鹽鐵，進行

---

90 陳伯楨認為中國古代從商代以至漢代，鹽的使用經歷了一個從貴重物品（luxury/prestige）到民生必須品的過程。從考古與文獻當中可以發現，戰國時代鹽的使用產生了一個大量擴張的情況。參見陳伯楨，〈中國早期鹽的使用及其社會意義的轉變〉，《新史學》，17：4（2006：12）：15-72。

91 李勉註譯，《管子今註今譯》（臺北：臺灣商務印書館，1988），頁1088。

92 任乃強，《華陽國志校補圖註》，頁128。

93 里仁書局編，〈秦律雜抄〉，《睡虎地秦墓竹簡》（臺北：里仁書局，1981），頁191。

94 佐藤武敏，《中國古代工業史の研究》（東京：吉川弘文館，1988）。

95 任乃強，《華陽國志校補圖註》，頁132-133。

96 Hans Ulrich Vogel, *Untersuchungen über die Salzgeschichte von Sichuan (311 v.Chr. 1911): Strukturen des Monopols und der Produktion* (Researches on the History of Salt in Sichuan (311 BC-1911): Structures of the Monopoly and of Production) (Stuttgart: Franz Steiner Verlag, 1990), pp. 26-30.

全面的專賣。鹽鐵的專賣應該到漢武帝時才徹底的執行。然而，秦政府也不可能放任鹽業資源而不加以管控，在法家的經濟思想當中，山澤之利寧可予以破壞，也不能讓商人與勢力集團有機會可以乘機坐大。[97]《管子・國淮》篇言及：

> 黃帝之王，謹逃其爪牙。有虞之王，枯澤童山。夏后之王，燒增藪，焚沛澤，不益民之利。殷人之王，諸侯無牛馬之勞，不利其器。周人之王，官能以備物，五家之數殊而用一也。[98]

其二，在官營手工業的經營。關於「工官」的設置始於何時，學者們有不同的看法。東漢鄭玄注《禮記・月令》孟冬之月「命工師效功」句言：「工師，工官之長也。」一般將《禮記》所言者視之為西周或是春秋之制；文字學家裘錫圭則將整個戰國秦漢的官營作坊皆視為工官。[99]由於對「工官」理解方式的不同，使得學者在意見上產生了各種不同分歧的意見。考古學家俞偉超更將「工官」的設置推遲到漢代的景帝到武帝時。[100]其實，上述學者所討論的皆為「工室」而非「工官」，後者為西漢時特定的官署名稱。在秦代，從目前所留下來的材料當中，應為前者。雲夢秦簡當中所留下的秦律裡可以發現在縣[101]與郡[102]都有「工室」的設置。

秦在成都平原所屬的「工室」和官營手工業，從文獻材料結合考古出土的文字加以判斷，經營的項目包括：製造兵器、製陶和漆器等。[103]

在青銅武器的製造上，目前發現屬於秦「工室」製造者共兩件：

1. 一九七二年在重慶涪陵小田溪秦墓中出土的一件銅戈，上面署名：

> 武，廿六年蜀守武造，東工師宜、臣業、工筬。[104]

2. 一九八七年在四川青川縣出土的銅戟，在戈正面有銘文[105]：

---

97 陳彥良，〈先秦法家制度思想研究〉（新竹：國立清華大學歷史學研究所博士論文，2003），頁198。

98 李勉註譯，《管子今註今譯》，頁1121。

99 裘錫圭，〈嗇夫初探〉，《雲夢秦簡研究》（臺北：帛書出版社，1986）。

100 俞偉超，〈馬王堆一號漢墓出土漆器制地諸問題〉，《考古》，1975：6（北京）。

101 田甯甯，〈秦漢官營手工業研究〉（臺南：成功大學歷史語言研究所碩士論文，1988），頁35。

102 在郡一級的工室，目前發現的有上郡，「上郡守廟戈」、「疾戈」銘文。見《周漢遺寶》圖版第五十五上，日本帝室博物館周漢文化展覽會編，《周漢遺寶》（東京：大塚巧藝社，1932）；郭沫若在《金文叢考》（北京：科學出版社，2002）中認為此戈是秦始皇二十五年製造的器物。

103 羅開玉，〈秦漢工室、工官初論——四川考古資料巡禮之一〉，《秦漢史論叢》（成都：巴蜀書社，1986），頁176。

104 四川省博物館、重慶市博物館、涪陵縣文化館，〈四川涪陵地區小田溪戰國土坑墓清理簡報〉，《文物》，1974：5（北京），頁61。

105 黃家祥，〈四川青川縣出土九年呂不韋戈考〉，《文物》，1992：11（北京）。

　　九年，相邦呂不韋造。蜀守金、東工守文、丞武、工極。成都。

背面也有銘文

　　蜀東工

第一件銅戈，應是在秦併成都平原之後在當地製造；第二件銅戟的製造時間較晚，應在始皇九年。從第二件看來，在成都平原設有製造兵器為主的機構。「蜀東工」之外，可能尚有「西工」並存。

　　戰國時期在成都平原所出土的青銅武器上，具有一些已經無法識讀的文字或是符號。不少學者已經對於所謂的「巴蜀文字」進行研究。[106]秦南併成都平原之後，在此地製作兵器。原來具成都平原特色的「巴蜀符號」在戰國晚期和秦代已經漸漸消失。代之而起的是設置在成都平原的官營手工業作為兵器的製造中心。童恩正曾經對上面第一件銅戈加以研究，它的研究指出此戈為成都平原當地製造，而非外地輸入。另外，為了鞏固政治上的統一，就必須對以往的文化加以壓制。[107]

　　從考古材料當中可以發現，戰國秦漢時期成都平原的墓葬當中的陶器或漆器上經常出現「亭」字。榮經古城坪秦漢墓中出土的漆器上有「成亭」；青川戰國墓群中也出現有「成亭」；在什邡城關出土的戰國秦漢墓葬中，有兩座墓 M66、M67屬木槨墓。墓中出土的部分陶器的底內壁有介於篆隸之間的模印「亭」字。[108]除了在成都平原外，有「成亭」的漆器尚在雲夢睡虎地、大墳頭、湖南長沙和湖北江陵地區出土。

　　關於「成亭」，俞偉超、李家浩先生在〈馬王堆一號墓出土漆器制地諸問題〉提出「成」應指其制地而言，它與西漢初年的「成市」相同，其制地都應該是古代的成都。自秦至西漢，成都應該都設有作坊，而把作坊轉由「工官」之下，應該是至漢景帝以後

---

106 成都平原所出土的青銅武器上，部分具有所謂的「巴蜀文字」或是「符號」。面對這些圖形符號，最早進行研的為衛聚賢，其後不少學者將之加以歸納整理，認為這些符號各自獨立，又相互組合。從符號的排列與線條的組合看來，並非為了構成裝飾性的美感而存在，而是企圖表達某種觀念或思想。有的學者指出是巴蜀古族用來記錄自己語言的工具，將之稱為「巴蜀圖語」，或稱之為「巴蜀文字」。參見衛聚賢，〈巴蜀文化〉，《說文月刊》，3：7；劉瑛，〈巴蜀兵器及紋飾符號〉，《文物資料叢刊》，第7輯（1984）；孫華，〈巴蜀符號初論〉，《四川文物》，1984：1（成都）；李復華、王家佑，〈關於「巴蜀圖語」的幾點看法〉，《巴蜀考古論文集》（北京：科學出版社，1987）；王仁湘，〈巴蜀徽識研究〉，《中國考古學會第一次年會論文集》（北京：科學出版社，1979）。
107 童恩正，〈從四川兩件銅戈上的銘文看秦滅巴蜀後統一文字的進步措施〉，《古代的巴蜀》（成都：四川人民出版社，1981）。
108 四川省文館會等，〈四川榮經曾家溝春秋戰國墓群第一、二次發掘〉，《考古》，1984：12（北京）；榮經古墓發掘小組，〈川榮經古城坪秦漢墓葬〉，《文物資料叢刊》，第四輯（1981），頁70；俞偉超、李家浩，〈馬王堆一號漢墓出土漆器制地諸問題——從成都市府作坊到蜀郡工官作坊的歷史變化〉，《考古》，1975：6（北京）。

最遲到昭帝時的事[109]。「亭」則為「市亭」，所以「成亭」應是囊括漆器作坊在內的一種管理機構。一般認為此是秦國的地方官營手工業，生產的陶、漆器主要賣給民眾，製造這種商品的即是「亭」、「市」。[110]

　　金礦資源與錢幣的流通古代成都平原的金礦資源雖然未經過考古的正式發掘，然而在三星堆祭祀坑與金沙遺址所出土的黃金，可以知道約略在中原的晚商以至西周時期，成都平原為當今中國範圍之內，使用最大量黃金的地區。[111]其對資源的運用與價值的概念，是與同時期的商、西周，以青銅為貴重資源的概念是有差異的。[112]成都平原的礦產何來，《金沙淘珍》指出：

> 成都平原的金器應當都是本地製作。黃金礦藏在四川盆地北部和盆地周緣有廣泛的分布，礦石種類以沙金為主，礦床的層位為第四紀全新紀沖擊砂礫層。在盆地西、北周緣的大江大河及其支流的河谷地帶，尤其是河谷由窄變寬、轉彎處和支流交匯處，往往都是砂金富集的地方，如涪江的平武古城礦區、白龍江的青川白水礦區、嘉陵江的廣元水磨礦區等。此外，在川西高原的岷江、大渡河、雅礱江的一些地段，也有品位很好的金礦分布。[113]

在錢幣的發行上，一般以為秦至六國統一後才取消六國所發行的錢幣，發行半兩錢、統一貨幣。在傳統的史書當中記載：

> 及至秦，中國一國之幣為三等，黃金以鎰名，為上幣；銅錢識曰半兩，重如其文，為下幣。而珠寶、龜貝、銀錫之屬為器飾寶藏，不為幣。然各隨時而輕重無常[114]。
>
> 秦並天下，幣為二等，黃金以鎰名，為上幣；銅錢之質如周錢，文曰「半兩」，重如其文，而珠玉龜貝銀錫之屬為器飾寶藏，不為幣。然各隨時而輕重無常[115]。

秦政府將幣制分為上下二等，大宗交易以黃金為主，零賣的交易用銅錢。黃金在此作為本位幣，而銅前則擔負了貨幣中的輔幣角色，民間一般交易也以銅錢為主。[116]然而，

---

109 俞偉超、李家浩，〈馬王堆一號墓出土漆器制地諸問題〉，《考古》，1975：6（北京）。

110 田甯甯，〈秦漢官營手工業〉，頁53。

111 Emma C. Bunker, "Gold in the Ancient Chinese World: A Cultural Puzzle," *ArtibusAsiae,* 53 (1993): 27-50.

112 關於資源使用的概念，請參見陳芳妹，《故宮商代青銅禮器圖錄》（臺北：國立故宮博物院，1998），頁52。

113 北京大學考古文博院、成都市文物考古研究所，《金沙淘珍》（北京：科學出版社，2002），頁18。

114 《史記‧平准書》，頁1442。

115 《漢書‧食貨志》，頁1152。

116 陳彥良，〈先秦黃金與國際貨幣系統的形成—黃金的使用與先秦國際市場〉，《新史學》，15：4（2004：12）。

從新的考古發現來說，在一九七六年發現的《睡虎地秦簡》中，可以瞭解到戰國時秦貨幣制度的情況。另外，在《文物》一九八二年第一期上也刊載了四川省青川郝家坪戰國墓出土了半兩錢。由此看來，秦在統一六國之前已經開始發行半兩錢作為流通的貨幣，《史記・六國年表》中記載：「惠文王二年，天子賀。行錢。」應是秦發行半兩錢的相關記錄。[117]

由於青川戰國墓屬移民墓，不禁會使人進一步思考在四川地區其他的遺址或墓葬中是否存在著秦的半兩錢。四川地區出土秦半兩錢的的地方相當多，包括昭化縣寶輪院墓、戰國土坑墓、四川郫縣紅光公社；川東地區的巴縣冬笋壩墓也有秦半兩的出土；成都平原的西北地區，約當今日的茂縣地區也有相關的出土記錄[118]。成都平原不但有半兩錢的出土，尚有錢範的出土。由於出土的時間過早，報告的撰寫相當粗糙，故無法得知是秦半兩抑或是西漢初期私鑄的錢範。[119]從目前所出土的秦半兩錢來說，在秦統一六國之前，集中在陝西、四川等地，至於其他地方的出土報告就很少。即使偶然發現秦半兩錢的地方也與秦有著密切的關係。[120]四川地區出土秦半兩錢與秦對成都平原的統治有絕對的關係。

從目前的考古材料而言，很難說明錢幣的發行是否造成成都平原原本經濟體系的崩潰，而貨幣的通行率也仍需要日後考古材料的證明。我們可以透過一個較為宏觀的視野思考這個問題，即秦併成都平原後對原來六國間的經濟體系產生了什麼樣的變化？

戰國時期國際之間的貿易發展，在商品經濟發達的同時，為促使不同國之間的交換得以達成，消除經濟上的障礙，列國間出現的「黃金本位制度」在這樣的情況下產生，促使交易的平台產生。既然有相同的交換基礎，彼此之間的經濟網絡就更加活潑。然而，成都平原是自外於這個經濟體系的。當秦舉成都平原之後，並在此地發行秦半兩。秦國必須在此地將原來的金融與貨幣體系加諸於成都平原之上，這是秦國第一次跨越國境、擴大經濟體系的行動。

成都平原的金礦資源，給予秦相當富厚的經濟基礎，足夠其運用於東方六國的兵事。《華陽國志・蜀志》：「其國富饒，得其布帛金銀，足給軍用。」[121]學者曾經指出秦

---

117 半兩錢可以追溯到什麼時代？首先，《史記・秦始皇本紀》記載：「惠文王生十九年而立，立二年，初行錢。」另外，《史記・六國年表》裏也載有：「二年，天子賀。行錢。」關於「行錢」，加藤繁認為應理解為錢的發行。如此考慮的話，那麼根據記載，秦國在惠文王二年（前336年）便開始發行自己的貨幣，政府也掌握了鑄造權應該沒有問題。可是這時的錢是什麼錢則眾說紛紜。從最近的考古發現來說，已知戰國半兩錢的存在。惠文王二年所發行的應該為半兩錢。

118 四川省文管會、茂縣文化館，〈四川茂汶羌族自治縣石棺葬發掘報告〉，《文物資料叢刊》，第七輯（1983），頁34。

119 何澤兩，〈四川高縣出土「半兩」錢範母〉，《考古》，1982：1 （北京）。

120 在水出泰弘的研究當中，將半兩錢的出土地點製成一張表，參見水出泰弘，〈秦半兩錢〉，《秦俑秦文化研究》（西安：陝西人民出版社，2000）。

121 任乃強，《華陽國志校補圖註》，頁126。

之合併巴蜀與開發巴蜀，不僅是政治上的一件大事，同時也是經濟上的大事。它的第一個效應在於間接的造成一個前所未見的超級經濟強權；其第二個效應則在於改變了東周列國在財政力量上大體維持的均勢架構。[122]

（四）糧食與運輸：都江堰的興建

秦國據有成都平原將近五十年後，決定命郡守李冰在成都平原築都江堰，其所耗費的人力、財力與物力象徵著秦國在此地政策的轉向。都江堰的水利工程，它的重要性展現在兩個面向：其一，治洪及其所伴隨的糧產增加，在糧產上的豐富性給予秦國軍隊良好的軍事後援基礎；其二，運輸及戰略上的意義。

其一，都江堰提供大量的糧產：成都平原由於地勢低平，岷江水一出山口，流速驟減，時常氾濫成災。而且由於岷江的降雨豐沛，再加上高原上豐富的雪水融入岷江之中，岷江成為成都平原的利弊之源。需透過適當的應勢利導，才能興利除弊。成都平原的水利工程據傳在李冰築都江堰之前即有，在《蜀王本紀》與《華陽國志》的這兩本記載四川古代歷史的文獻當中，留下一些近似神話的治水傳說。例如，在《蜀王本紀》當中記載鱉靈治水的情形：

> 望帝以鱉靈為相。時玉山出水，若堯之洪水，望帝不能治，使鱉靈決玉山，民得安處。[123]

四川盆地的洪水與治水傳說有相當長的連續性，除了鱉靈的治水傳說以外，尚有鯀禹治水的傳說在成都平原也流傳相當久。[124]從考古記錄上而言，成都平原的水文與地形之間的關係，使得居住在此地的族群留下不少與水抗爭的物質遺留。以晚商至西周的十二橋木結構居址遺存來說，木構架發生漂移錯位，以致難以復原；方池街遺址的主要文化層可以分為三層，其④、⑤層間有河卵石構成的石埂三條。據成都市文物考古隊隊長王毅的說法：

> 石埂剖面形狀大致都呈橢圓形，部分石埂上部被破壞，但下部埂腳埋入地層，仍呈圓弧狀，卵石緊緊相擠，體現了使用竹籠的特點。[125]

---

122 陳彥良，〈先秦黃金與國際貨幣系統的形成——黃金的使用與先秦國際市場〉，《新史學》，15：4（2004：12），頁38。

123 楊雄，〈蜀王本紀〉，收錄在嚴可均輯〈全上古三代秦漢三國六朝文〉，《續修四庫全書‧集部‧總集類》（上海：上海古籍出版社，1995），頁403。

124 羅開玉較為完整的收集了關於李冰的傳說，並詳細的研究了治水事業科學的一面與神話的一本書。參見羅開玉，《中國科學神話宗教的協合：以李冰為中心》（成都：巴蜀書社，1989）。

125 王毅，〈從考古材料看盆西平原治水的起源和發展〉，《華西考古研究（一）》（成都：成都出版社，1991）。

成都平原的治水傳說與物質遺留，說明此地的人群與水文之間的關係。在李冰治水之前即有豐富的抗水經驗，惟缺乏如此龐大的人力動員完成一勞永逸的工程。[126]

距今約二二〇〇年的戰國時代，秦國蜀郡太守李冰，吸取前人的治水經驗，率領當地人民，興建水利工程。這項工程包括魚嘴、飛沙堰和寶瓶口三個主要組成部分。其一，主流分流，在岷江入平原之處，將之一分為二，魚嘴修建在江心的分水堤壩，把洶湧的岷江分隔成外江和內江，外江排洪，內江引水灌溉；其二，將內江再一分為二，以縮小水量。其中的飛沙堰起洩洪、排沙和調節水量的作用；寶瓶口控制進水流量，因口的形狀如瓶頸故稱寶瓶口。其三，內江水經過寶瓶口流入川西平原後，開設數十條渠道加以分流，作為灌溉農田之用，並且形成灌溉網絡。關於這個工程，在文獻上的記錄，《華陽國志・蜀志》：

> 穿郫江、檢江，別之流，雙過郡下，以行舟船。岷山多梓、柏、大竹，頹隨水流，坐致材木，功省用饒；又溉灌三郡，開稻田。於是蜀沃野千里，號為「陸海」。旱則引水浸潤，雨則杜塞水門，故記曰：水旱從人，不知飢饉，時無荒年，天下謂之「天府」也。[127]

在古典文獻上所留下的史料並不多，惟都江堰持續兩千年仍繼續使用，留下最好的證據顯示出此項工程的重要性。除此之外，一九七四年和一九七五年在都江堰修築外江索橋和堤壩時，分別在今魚嘴下游一三〇公尺和八十四公尺處的外江一側，發現了兩尊石像。一尊高達二點九五公尺，戴冠，穿長衣，拱手肅立，於衣襟正中兩只衣袖上有三行銘文，中間為「故蜀郡李府君諱冰」，左衣袖上為「建寧元年閏月戊申朔廿五日都水掾」，右側衣袖為「尹龍長陳壹造三神石人珍水萬世焉」；另一尊石像亦為立像，頭殘，高一點八五公尺，身穿長衣，垂袖束帶，雙手執鍤，鍤在身前直立觸地，全長一點六二公尺，柄長一點三四公尺。石像的製作時間應該在東漢中晚期，從銘文當中可以得知為主管水利的都水掾尹龍和吏長陳壹建造的三個石人，用以鎮水，其中最大的一件為紀念李冰而作。[128]

兩件石像說明了當年都江堰的地點即在今日的魚嘴附近，兩千年來未有太大的變動。[129]其次，這些石像可能與《華陽國志》、《水經注》之中所謂的「作三石人，立三

---

126 鶴間和幸認為成都平原開拓的歷史也就是與洪水鬥爭的歷史。李冰的神話是隨著巴蜀地區水利開發的進展和擴大，李冰便被逐漸神化，而且後世的許多治水等事業也跟李冰拉在一起，參見鶴間和幸，〈古代巴蜀的治水傳說及其歷史背景〉，《中國西南的古代交通與文化》（成都：四川大學出版社，1994）。鶴間強調水利事業的地域性，強調不同地域間的差異，參見鶴間和幸，〈秦漢時期的水利法和土地農業經營〉，《歷史學研究》，另冊特集（1981）（東京）。

127 任乃強，《華陽國志校補圖註》，頁133。

128 四川灌縣文化局，〈都江堰出土東漢李冰像〉，《文物》，1974：7（北京）。

129 趙殿增，《長江上游的巴蜀文化》（武漢：湖北教育出版社，2004），頁411。

水中，與江神要，水竭不至足，盛不沒肩」相關。作為衡量水位的「水則」。李冰除了整治岷江外，還對周圍相關的河川加以疏導，《華陽國志・蜀志》：

> （李冰）乃自湔堰上分穿羊摩江，灌江西。[130]

在岷江的分江口附近開鑿羊摩江，用以灌溉岷江以西的農田。李冰還疏導了文井江、洛水，用以治理綿水等工程。

> 冰又通笮道文井江，經臨邛，與蒙溪分水白木江會武陽天社山下，合江。又導洛通山洛水，或出瀑口，經什邡，與郫別江會新都大渡。又有綿水，出紫岩山，經綿竹入洛，東流過資中，會江江陽。皆灌溉稻田，膏潤稼穡。是以蜀川人稱郫、繁曰膏腴，綿、洛為浸沃也。[131]

文井江在犍為郡武陽縣西，與蒙山接近，是岷江的支流。文井江從西東流至天社山，李冰疏導使之注入岷江水系。其次，洛通山在成都以東，綿竹西南。什邡則在洛通山稍東之處。郫別江也在成都之東，導洛水經什邡及郫別江入新都的大渡，再注入岷江。李冰江疏理岷江的主流以及成都周邊的支流，使岷江出岷山入平原後所抑積之水得以暢流無阻。成都周圍於是不再為水患所苦，也可以透過方便的水源加以灌溉農田，沃野千里。

其二，運輸及戰略上的意義：從《史記・河渠書》中可以見到：「蜀守（李）冰鑿離堆，辟沫水之害，穿兩江成都之中。此渠皆可行舟，有餘則用概浸。」[132]將都江堰與春秋戰國時許多著名運河放在一起敘述，表明李冰興修這一工程的動機，除了要消卻水患、增加農產外，另外一個重點在於航運交通開發。因為那時蜀郡中心，雖有一條岷江，足以直下長江。但這條大江，距離政治經濟中心的成都尚嫌太遠，直線距離也有百里之遙。客貨從成都出境入境，都需要經過頻繁的轉載，延誤了時機，浪費了人力和金錢，不符合成本。因此，開闢一條專門航道，將岷江與成都連通起來，便成為經濟開發的必要前提，這才有了都江堰的創建。[133]漢唐文獻，往往直接稱都江堰為「成都二江」，即基因於此。

穿過寶瓶口進入郫江和流江，直奔成都──後來演變成府河和錦江，構成輻射名都的主要航線。這二江雙雙來到成都城南，並行了一段之後，合二為一，轉向西南，又延伸通入岷江，形成一個環狀的航道圈。從此，岷江上游的竹木，幾乎不花任何運費就積聚到成都來，用以建造房屋和巨大的船舶。直到三國晚期，西晉的太守王濬為了消滅東

---

130 任乃強，《華陽國志校補圖註》，頁133。

131 任乃強，《華陽國志校補圖註》，頁133。

132 《史記・河渠書》，頁1407。

133 關於都江堰的創建與中國農業水利的發展，請參見黃耀能，《中國古代農業水利史研究》（臺北：六國出版社，1978年）。

吳，還曾在成都建造大量巨艦，劈下的斷木和刨花，順水漂進長江下游的吳國，鋪滿了
江面，使守軍大吃一驚。

在缺乏現代運輸工具的戰國時期，大部分都靠陸路運輸物資，最大運力不過是驛馬
拉的車輛，此外則是人力的肩挑背馱。仔細算來，陸上運輸量實在太小，行速也非常之
慢；可是水上運輸就大不相同，一條大船的裝載量，可以抵得幾十輛驛馬車，還能同時
載人。河川的迂曲程度，一般比陸路小；而且沒有高低起伏。因此，古代的交通開發，
航運是首選之策。

運輸的便利強化了成都平原在戰略上的重要性。在秦併成都出平原之前，早已有相
關的討論指出水運與戰略間的密切關係。「蜀地之甲，乘船浮於汶，乘夏水而下江，五
日而至郢。」秦在統一天下的戰爭中，善用成都平原的戰略地位，大大削弱了楚國的
勢力。

（五）移民實川

秦的遷民政策始於孝公商鞅變法之後，移民的政策可以說是與秦國的新體制一起形
成。由於農戰政策的根本在於安土重遷的居民，嚴格控制百姓的遷徙。若要遷徙，則必
須握有官府的文書，旅館在核對後才能予以留宿。從出土的《雲夢睡虎地秦簡》當中，
在〈法律答問〉當中即有：「甲徙居，徙數謁吏，吏環，弗為更籍。」[134] 說明了如果要
遷徙之人必須向官吏申請，官府同意並辦理相關手續時，才能合法遷徙。

禁止人民遷徙最主要的原因在於商鞅認為國家如要富強，唯有繫於「農戰」一途。
《商君書·壹言》：

> 故治國者，其摶力也，以富國彊兵也；其毀力也，以事敵去勸農也。……治國貴
> 則民壹；民壹則樸，樸則農，農則易勸，勸則富。富者廢之以爵，不淫；淫者廢
> 之以刑而務農。[135]

農民若經常遷移，則無法專心於農事。對於那些往來無所事事的遊食者，採取禁止的措
施，旅館也在管制與廢止的範圍之中。《商君書·墾令》：

> 廢逆旅，則姦偽噪心私交疑農之民不行。逆旅之民無所於食，則必農，農則草必
> 墾也。[136]

---

134 里仁書局編，《睡虎地秦墓竹簡》（臺北：里仁書局，1981年），頁222。

135 中華文化復興運動推行委員會、國立編譯館中華叢書編審委員會編，《商君書今註今譯·壹言》
　　（臺北：臺灣商務印書館，1987年），頁83。

136 中華文化復興運動推行委員會、國立編譯館中華叢書編審委員會編，《商君書今註今譯·壹言》，
　　頁14。

邢義田指出秦漢時代政的基本政策即在於維持一個安土重遷的定居農業社會。因為安土重遷的農業社會便於控制，也最能符合統治者的利益；[137] 然而，從秦代開始，政府也開始有計劃的進行大規模的徙民。《商君書‧徠民》篇的內容主旨即在說明將三晉地區的居民招誘到秦國，給予他們田宅，同時免除兵役，借此用以開墾荒地，充實國力。在上述兩者之間或許有人會質疑其中的矛盾。然而，《商君書‧徠民》篇所述及的或是秦的大規模徙民，實都是「個別人身統治」（西嶋定生語）與帝國結構的一部分。

誠如西嶋定生指出的，在這些遷徙之民移入之前即造好城邑，其內部區分為里，並分配耕地。由這些新住者構成的里，與以血緣或姓族所構成的族居不同，它是分散化的、單個戶的雜然集合。國家給予當地的居民土地、耕具，授予民爵，並課以相關的徭役勞動與兵役。原有聚落的自律結構在這樣的新居地當中喪失，國家的權力得以在這樣的場合當中獲得實踐。[138]

秦代的遷民，馬非白認為對於政府來說有三利：其一為政治方面。此類移民在原有地域為有勢力的家族或世家或是負有重大過失的政治犯，透過遷徙可以削弱其在當地的勢力；其二則為經濟方面。最主要為徙遷之地有富厚的農礦資源，透過徙民可以加以開發；其三為從國防方面而論。秦代之國防遷民主要有兩種，一為遷民實邊，二是遷民實都。上述三種遷民者，在成都平原都可以見著，從文字材料當中可以找到的記錄如下：[139]

1. 《睡虎地秦墓竹簡》：

　　爰書：某里士伍甲告曰：「謁鋈親子同里士伍丙足，遷蜀邊縣，令終身不得去遷所，敢告。」告廢丘主：士伍咸陽才某里曰丙，坐父甲謁鋈其足，遷蜀邊縣，令終身不得去遷所論之。遷丙如早告，以律包。令鋈丙足，令吏徒將傳及恒書一封詣令史，可受代吏徒，以縣次傳詣成都。成都上恒書太守處，以律食。廢丘已傳，為報，敢告主。[140]

2. 《漢書‧高帝紀》注引如淳曰：秦法，有罪遷徙之於蜀漢。[141]

3. 《史記‧項羽本紀》：巴蜀道險，秦之遷人盡居之。[142]

4. 《史記‧呂不韋列傳》：賜文信侯書曰：其（呂不韋）與家屬徙從蜀。[143]

5. 《史記‧秦始皇本紀》：不韋死，竊葬。其舍人臨者，晉人也逐出之；秦人六百

137 邢義田，《秦漢史論稿》（臺北：東大圖書公司，1987年），頁432。

138 西嶋定生，《中國古代帝國的形成與結構》（北京：中華書局，2004年），頁504。

139 馬非白，《秦集史》（下）（北京：中華書局，1982年），頁916。

140 睡虎地秦墓竹簡小組編，《睡虎地秦墓竹簡》（北京：文物出版社，1978年），頁261。

141 班固，《漢書‧高帝紀》（北京：中華書局，2002年），頁31。

142 《史記‧項羽本紀》，頁316。

143 《史記‧呂不韋列傳》，頁2513。

石以上奪爵，遷；五百石以下不臨，遷，勿奪爵。[144]

6.《史記·秦始皇本紀》：（嫪毐）及其舍人，輕者為鬼新，及奪爵遷蜀四千家，家房陵。[145]

7.《華陽國志·蜀志》：臨邛縣，郡西南兩百里，本有邛民，始皇徙上郡實之。[146]

8.《華陽國志·蜀志》：秦惠文、始皇克定六國，輒徙其豪俠於蜀，資我豐土。[147]

9.《史記·貨殖列傳》：

蜀卓氏之先，趙人也，用鐵冶富。秦破趙，遷卓氏。卓氏見虜略，獨夫妻推輦，行詣遷處。……唯卓氏曰：「此地狹薄。吾聞汶山之下，沃野，下有蹲鴟，至死不飢。民工於市，易賈。」乃求遠遷。致之臨邛，大喜，即鐵山鼓鑄，運籌策，傾滇蜀之民，富至僮千人。田池射獵之樂，擬於人君。[148]

10.《史記·貨殖列傳》：諸遷虜少有餘財，爭與吏，求近處，處葭萌。[149]

11.《史記·貨殖列傳》：程鄭，山東遷虜也。亦冶鑄，賈椎髻之民，……，俱臨邛。[150]

12.《淮南子·泰族訓》：趙王遷流於房陵。[151]

以例1和例2而言，為法律條文。例1者為考古所出土之竹簡，其價值更為珍貴。其所言者為一個父親要求將親生兒子強制遷往蜀地的邊縣，並且終身不得離開所遷之地。官府似乎並未經過複雜的審訊即同意父親的要求，或許表示了這類將罪犯遷徙以實川的舉措已是一套例行的手續。[152]

例3者是當時對於成都平原的一般印象，可見尚有很多在歷史當中忘卻姓名之人成為成都平原的新住民。除了法律的材料外，在《史記》與《華陽國志》當中有著不少遷蜀的記錄。他們有些為重要的政治犯及其家屬黨羽，如嫪毐與呂不韋。「（嫪毐）及奪爵遷蜀四千家」，如果以一家為四至五人，即有將近兩萬人的大規模移民；以呂不韋在秦國宮廷的勢力，相信不會少於這個規模。（例4到例6）

例7到例11者為秦國將六國人民遷往臨邛、葭萌、房陵和嚴道等地，這些地方為成都平原的邊緣之地，是平原入山之處，為重要的邊防之地。然而，這些地方有些為重要

---

144 《史記·秦始皇本紀》，頁231。

145 《史記·秦始皇本紀》，頁227。

146 任乃強，《華陽國志校補圖註》，頁157。

147 任乃強，《華陽國志校補圖註》，頁148。

148 《史記·貨殖列傳》，頁3277。

149 《史記·貨殖列傳》，頁3277。

150 《史記·貨殖列傳》，頁3278。

151 何寧撰，《淮南子集釋·泰族訓》（北京：中華書局，1998年），頁1421。

152 葛劍雄、吳松弟、曹樹基，《中國移民史》第二卷（福州：福建人民出版社，1997年），頁77-80。

的林礦資源產地，在邊防與戰略上的地位相當重要，故也成為移民的重要據點之一。

例12者則顯示了將六國的宗室和大族遷往蜀。西元前二二九年，秦破趙，次年俘趙王而遷至巴蜀地區的房陵；西元前二七八年秦將白起拔郢都之後，在原楚國腹地建立了南郡，並徹底的摧毀楚人經營四百多年的都城。考古發現證實紀南城在楚統治時期人口相當多，城的周圍楚墓群數量相當龐大，為楚墓分布最為集中的地區；但在白起之後，這一帶戰國晚期到秦代的墓葬卻很少發現，說明紀南城附近的人口已相當稀少，這些人口除了逃亡和被殺之外，很有可能被迫遷入四川等地。[153]西元前二二二年，秦滅楚，楚王宗室被遷至蜀。將這些大六國宗室加以遷移的目的在於拔除其舊有的勢力，以使其無法捲土重來。

從考古的相關發掘當中，戰國晚期成都平原的外來移民遺址當中，以墓葬材料居多。雖然目前我們無法確知這些墓葬是否全為強制性的遷徙，其中或許也有主動的移民。[154]但在上面的討論當中可以知道，商鞅變法後，重農的社會形成，遷移大都為官方所發動，並給予遷徙之民以土地和民爵等賞賜。關於成都平原地區的移民墓，已經有不少學者關注這個議題，江章華、宋治民與間瀨收芳等學者分別從不同的面向加以討論。以戰國晚期的墓葬來說，最值得注意的為楚墓與秦墓在成都平原的分布。

以下對於考古材料的討論集中在青川郝家坪戰國墓、榮經地區。青川郝家坪戰國墓由於文化因素相當複雜，故有的學者認為其是秦移民的墓葬[155]，有的認為是楚移民的墓葬[156]，族屬的判定並不容易；榮經地區的族群複雜性也不輸青川。過去學者們很認真的辨認兩地墓群的族屬，對於族屬的意見各不相同，很有可能是因為忽略此地同時存在不同的移民，秦同時將不同的移民遷於同處。

青川郝家坪戰國墓位於四川北部，西、北面和現代的甘肅接壤，地處白龍江兩岸。青川戰國墓雖然不在成都平原的中央位置，但處於從關中至成都平原的道路上。從咸陽沿著渭水向西，經過寶雞往南後，跨過秦嶺的第一站即為青川縣，戰略地位重要。一九七九年到一九八〇年在郝家坪梁山腰上先後進行了三次發掘，共清理墓葬七十二座。[157]墓均為長方形豎穴土坑墓，無封土，無墓道。在七十二座墓之中可以分為一棺一槨；有棺無槨；無棺有槨；無棺無槨。有些墓的結構較為複雜，具備邊箱與二層台。多數的墓葬將木棺移至槨室的一側，在另一邊留出較大的空間以放置隨葬品。在二層台與槨室之

153 朱萍：〈楚文化的西漸——楚國向西擴張的考古學觀察〉，頁132。
154 有學者認為四川的移民當中所可能有來自楚國的鹽業商人，相關的研究可以參見陳伯楨，〈世界體系理論觀點下的巴楚關係〉，《南方民族考古》第六輯（北京：科學出版社，2010年），頁41-68。
155 宋治民，〈略論四川的秦人墓〉，《考古與文物》，1984年第2期（西安）。
156 江章華，〈巴蜀地區的移民墓研究〉，《四川文物》，1996年第1期（成都）；間瀨收芳，〈四川省青川戰國墓研究〉，《南方民族考古》第三輯（成都：四川科學技術出版社，1991年）。
157 四川省博物館、青川縣文化館，〈青川縣出土秦更修田律木牘——四川青川縣戰國墓發掘報告〉，《文物》，1982：1（北京）。

間的空隙，都是用白膏泥填充。[158]

　　隨葬器物置於邊箱當中或放在木棺旁的空隙處，器物共有四百多件，主要為生活用品，以陶器居多。墓葬中的陶器已經出現鼎盒壺的組合。一般來說，盒的出現在楚墓當中已經到了戰國最晚期。其中銅器共有五十八件，數量不多，紋飾簡單，製作並不精細。較具特色的為漆器，共一七七件，超過隨葬器物的百分之四十，與戰國晚期楚地的漆器相當類似。在木器上，除了有十一件木俑外（男俑六件、女俑五件，墨繪眉目，彩繪衣袍），尚出土二件木牘。其中一件文字殘缺不清，另外一件則字迹清晰，內容主要為秦武王二年，王命丞相甘茂更修田律等事，這個部分在下面會較詳細的討論。由墓葬結構與隨葬器物加以分析，其與戰國晚期楚墓的形式相當類似。在隨葬器物當中的漆器，大半是楚文化的典型器物，楚式銅鏡、白膏泥與楚鼎等這些強烈楚文化影響下的器物，足以說明此地並不單只是對楚文化的模仿，而與有計劃的移民較為相關。[159]在已發現的上百座墓葬當中，規模較大，文化面貌相當一致，隨葬品中也未見兵器。顯然應該是秦滅巴蜀後在當地設置的一個移民的聚居點。

　　除此之外，成都平原西南的榮經地區，處於四川往雲南的道路上，自古以來地理位置相當重要，四川省文物考古研究所從七〇年代開始即注意這塊地區，在此也發現豐富的墓葬。在今日的榮經縣城附近發現了「嚴道古城遺址」，並在古城附近發現豐富的墓葬遺址。[160]現存的古城位於榮經縣城西一點五公里，地處榮河南岸的階地上，地勢相當險峻，城西南的高山與榮河間狹窄的隘口為其與外部聯繫的唯一孔道。考古學家目前所發掘的城址，發現存在主城與子城。主城平面呈正方形，東西長四〇〇公尺，南北寬三七五公尺。城垣以版夯築成；子城因地形所限，平面近於長方形，東西長約三〇〇公尺，南北寬約二〇〇至二七〇公尺。子城與主城的築法相同，估計時間較主城為晚。關於嚴道古城築城的時間，在主城與子城之內都發現大量漢代的遺物。然而，此城或是周邊的聚落似乎可以證明使用的時間更早。在古城周圍所環繞的整齊墓群，最早的據考古學家推測可以早到戰國時期。發掘於曾家溝的7座墓葬（M11-M16、M21），其在榮河南岸的階地上，一般認為是秦移民墓。[161]四川大學的宋治民先生指出：

> 從青川、成都到榮經，秦人移民墓地連成一條線，大體勾勒出從陝西關中地區，經過川西成都平原，到川西高原大相嶺以北地區這條交通大道的基本走向。[162]

158　間瀨收芳指出楚墓之中一般有使用白膏泥的特色。

159　間瀨收芳，〈四川省青川戰國墓研究〉，《南方民族考古》第三輯。

160　趙殿增、李小甌、陳顯雙，〈嚴道古城的考古發現與研究〉，《中國考古學會第五次年會論文集》（北京：文物出版社，1988）。

161　宋治民，〈四川戰國墓試析〉，《四川文物》，1990：5（成都）。

162　宋治民，〈試論周秦漢時期中國西南交通〉，《中國西南的古代交通與文化》，頁20。

考古的發現與上述的例7到例11者較為接近，在臨邛、葭萌、嚴道等這些邊地當中，有些為扼平原入高原的重要出入口，有些是富產林礦資源的要地。

　　值得注意的一個現象在於青川戰國墓所出土的「為田律木牘」，此塊木牘反映田律的基本內容。不少學者都釋讀過此木牘並以此木牘討論秦國在商鞅變法後所實施的田制；也有一些學者認為這證明了秦將自己的田制推行到了成都平原。[163] 然而，大部分的學者忽略了此塊木牘原來的出土脈絡。青川戰國墓本身是一處移民墓地，很有可能為秦政府從楚地強制遷徙的移民。秦政府授予這些移民土地與相關的器具，使他們脫離原來的舊有傳統秩序。被遷徙之人，並不能自由的居住，而是按照一定的規定加以組織。在〈為田律〉中規定農曆八到十月的農時月令與《禮記‧月令》、《管子‧四時》和《呂氏春秋‧孟春季》中所記載的月令農事不同。這表明了在制定有關農業月令的法律時，注意區別南北兩方氣候的差異。[164]

　　然而，是否能認為成都平原大部分地方已經推行秦的田制，則需要有更進一步的證據才能加以說明。或許可以認為這些交通線上的移民社群作為秦政府統治成都平原的重要據點，由此漸次的擴大與鞏固其在當地的力量。

七　結論

　　秦國在戰國中、晚期之後，由於變法圖強成功，謀統一東方六國。然而，秦國雖強，卻無法以一敵多，尋求一個廣大的腹地以增加自身的後援基礎，打破七雄在政治、經濟與軍事的均勢狀態，即為秦國欲統一天下的關鍵，成都平原即為秦國的最佳選擇。秦國想要南進的障礙在於當時南方最強大的楚國，兩者不惜發動數次戰爭以爭取成都平原，即說明了秦楚都深知成都平原在戰略地位上的重要性。日後秦對楚的戰爭中，由於善用成都平原在戰略上的地位，減低了統一過程中的障礙。

　　透過軍事的爭伐，秦國取得了成都平原的統治權，由於兩者的距離將近一千公里，中間又有秦嶺與巴山阻隔。戰國時代的七國，從來沒有在如此的距離與面積規模上，控制過社會與文化這麼複雜的地區，再加上秦國因為內外因素，促使它採取一國兩制的方式，成都平原舊有的勢力繼續維持，並享有名義上的統治權。然而，商鞅變法後的秦國脫胎為中央集權的領土國家，一國兩制促使地方與中央的關係始終處於緊張的關係，其舊有勢力在半個世紀後加以取消，秦打算徹底的加以改造成都平原。

　　秦作為四川的「殖民地」，在統治的過程中，推出一系列的「殖民政策」，發展殖民

163 李學勤，〈青川郝家坪木牘研究〉，《文物》，1982年第10期；李昭和，〈青川出土木牘文字簡考〉，《文物》，1982年第1期（北京）；楊寬，〈釋青川秦牘的田畝制度〉，《楊寬古史論文選集》（上海：上海人民出版社，2003）。

164 羅開玉，《四川通史》，2（成都：四川大學出版社，1993年）。

主義，改造成都平原的第一步即是築城，築城與設縣在秦國的發展過程實為同一件事，戰國所出現的縣與以前的統治方式相異，這種縣的設置大多是與中央政府領地不接壤，而懸繫於中央之外的城邑，屬於國君直轄之地。征服佔領之後，為保持戰果或防患敵人捲土重來而築城戍守。秦國在征服成都平原後的半個世紀裡，採取的策略是繞過三晉地區，轉向南方的巴、蜀尋求另一個根據地。透過對成都平原的直接控制，以此對楚國進行後方的襲擊。在城市管理制度方面，商鞅變法直接在「工商食官」的舊體制之上建立起龐大的官營手工業，舉凡對於林礦資源的管制、貨幣的發行、農具、銅兵器、磚瓦、乃至一部分日用陶器都由官府作坊生產，分職也極細密。這樣的體制原本施行於變法後的秦國，當成都城建立之後，同樣的體制也適用於成都平原，這是秦的經濟管理制度第一次在本土以外的地方推行。

當秦國能善用成都平原的戰略位置、林礦資源，並且由於金礦的取得，使它成為六國之中最大的經濟體系，都江堰的水利建設也使此地的米糧物資，成為六國戰爭中重要的後援。在將近一個世紀的統治之中，秦國由於成都平原，改變了七雄之間僵持不下的態勢。另外，透過國家所主導的徙民計劃，在戰爭的過程中，將各個城市與控制經濟實力的豪強加以遷徙，消除其在原居地的勢力，也使得秦帝國的形成較為順利。最近所出土的里耶秦簡，處於當時川東與楚的交界地區，是秦征服四川後，東出的前哨站，相信將來更多材料發表之後，可以為秦帝國的形成過程有更深刻的認識，這也將是筆者日後的研究課題。

徵引文獻

一　古典文獻

班　固：《漢書》，北京：中華書局，1996年

任乃強編：《華陽國志校補圖註》，上海：上海古籍出版社，1987年

洪　適：《隸釋》，北京：中華書局，1985年

石磊編：《商君書》，北京：中華書局，2009年

司馬遷：《史記》，北京：中華書局，2002年

謬文遠編：《戰國策》，北京：中華書局，1988年

二　中文、日文

久村因：〈秦漢時代の入蜀路に就いて〉，《東洋學報》38.2（1955:9）：54-84。

_____，〈楚-秦の漢中郡に就いて〉，《史學雜誌》65:9（1956:9）：46-61。

王　毅：〈從考古材料看盆西平原治水的起源和發展〉收錄於羅開玉編，《華西考古研
　　　　究》（成都：成都出版社，1991），頁146-171。

王毅、蔣成：〈成都平原早期城址的發現與初步研究〉收錄於嚴文明、安田喜憲編：《稻
　　　　作、陶器和都市的起源》（北京：文物出版社，2000年），頁143-165。

王健文：〈帝國秩序與族群想像──帝制中國初期的華夏意識〉，《新史學16.4（2005:
　　　　12）：195-220。

田甯甯：〈秦漢官營手工業〉，臺南：成功大學歷史語言研究所碩士論文，1988年。

史念海：〈古代的關中〉收錄於氏著《河山集：中國史地論稿》，臺北：弘文館，1986，
　　　　頁 63-95。

四川省文物考古研究所：《三星堆祭祀坑》，北京：文物出版社，1999年。

四川大學歷史系編：《中國西南的古代交通與文化》，成都：四川大學出版社，1994年。

四川灌縣文化局：〈都江堰出土東漢李冰像〉，《文物》7（1974）：13-18。

四川省文物管理委員會：〈成都羊子山土臺遺址清理報告〉，《考古學報》4（1957）：1-
　　　　20。

四川省博物館和青川縣文化館：〈青川縣出土秦更修田律木牘──四川青川縣戰國墓發
　　　　掘報告〉，《文物》1（1982）：1-21。

北京大學考古文博院、成都市文物考古研究所：《金沙淘珍》，北京：科學出版社，2002
　　　　年

古賀登：《四川と長江文明》，東京：東方書店，2003年

西江清高：《扶桑與若木：日本學者對三星堆文明的新認識》，成都；巴蜀書社，2002
　　　　年。

西嶋定生：《中國古代帝國の形成と構造：二十等爵制の研究》，東京：東京大學出版會，
　　　　1961年。

江章華：〈巴蜀地區的移民墓研究〉，《四川文物》1（1996）：12-18。

＿＿＿＿＿，《古國尋縱——三星堆文化與古蜀文明的遐想》（成都：巴蜀書社，2002）。

成都市文物考古隊、都江堰市文物局：〈四川都江堰市芒城遺址調查與試掘〉，《考古》
　　　　1997（7）：14-27。

成都市文物考古隊、郫縣博物館：〈四川省郫縣古城遺址調查與試掘〉，《文物》2001
　　　　（3）：52-68。

成都市文物考古工作隊、四川聯合大學歷史系考古教研室、溫江縣文管所，〈四川省溫
　　　　江縣魚鳧村遺址的調查與試掘〉，《文物》1998（12）：38-56。

成都市文物考古研究所、四川大學歷史系考古教研室、早稻田大學長江流域文化研究
　　　　所，《寶墩遺址》，東京：APR，2000）。

宋治民：《蜀文化與巴文化》，成都：巴蜀書社，1998）。

杜正勝：《周代城邦》，臺北：聯經，1979）。

＿＿＿＿＿，〈周秦城市——中國第二次「城市革命」〉收錄於氏著，《古代社會與國家》，臺
　　　　北：允晨文化，1991年，頁345-420。

李水城：〈近年來中國鹽業考古領域的新進展〉，《鹽業史研究》1（2003）：9-15。

李學勤：〈青川郝家坪木牘研究〉，《文物》10（1982）：68-72。

李昭和：〈青川出土木牘文字簡考〉，《文物》1（1982）：24-27.

屈小強、李殿元、段渝編：《三星堆文化》，成都：四川人民出版社，1993年。

孟露夏（Mengoni, Luisa，〈西元前5-2世紀成都平原的社會認同與墓葬實踐〉，《南方民
　　　　族考古》6（2010）：99-112。

林　向：〈羊子山建築遺址新考〉，《四川文物》5（1988）：3-8。

段　渝：〈論秦漢王朝對巴蜀的改造〉，《中國史研究》1（1999）：23-35。

馬非白：《秦集史》下冊（上海：上海古籍出版社，1987）。

間瀬收芳：〈秦帝国形成過程の一考察〉，《史林》67.1（1984:1）：1-33。

陳彥良：〈先秦黃金與國際貨幣系統的形成——黃金的使用與先秦國際市場〉，《新史
　　　　學》15：4（2004:12）：1-40.

楊　寬：〈論商鞅變法〉，《歷史教學》5（1955）：30-35.

＿＿＿＿＿：《戰國史》，臺北：商務印書館，1995年。

＿＿＿＿＿：〈秦都咸陽西「城」東「郭」連結的布局〉，收錄於氏著《中國古代都城制度史

研究》，上海：上海人民出版社，2003年，頁96-103。

_____：〈釋青川秦牘的田畝制度〉收錄於氏著，《楊寬古史論文選集》，上海：上海人民出版社，2003年，頁35-39。

蒙文通：〈巴蜀史的問題〉，《四川大學學報》5（1959）：15-23。

_____：《巴蜀古史論述》，成都：四川人民出版社，1981。

渡邊義浩：《後漢国家の支配と儒教》，東京：. Tōkyō: 雄山閣出版，1995年。

俞偉超、李家浩：〈馬王堆一號漢墓出土漆器制地諸問題:從成都市府作坊到蜀郡工官作坊的歷史變化〉，《考古》1975（6）：344-348。

余英時：〈漢代循吏與文化傳播〉收錄於氏著《中國思想傳統的現代詮釋》（臺北：聯經，1987年），頁67-258。

朱　萍：《楚文化的西漸——楚國經營西部的考古學觀察》，成都：巴蜀書社，2010年。

朱希祖：〈蜀王本紀考〉，《說文月刊》3.7（1942）：117-120。

朱章義、張擎、王方：〈成都金沙遺址的發現、發掘與意義〉，《四川文物》2（2002）：3-10。

胡川安：〈由成都平原看中國古代多元走向一體的過程〉，臺北：國立台灣大學歷史學研究所碩士論文，2006年。

黃家祥：〈四川青川縣出土九年呂不韋戈考〉，《文物》1992（11）：23-28。

孫　華：〈關於三星堆器物坑若干問題的辨正〉，《四川文物》4（1993）：21-25。

_____：《四川盆地的青銅時代》，北京：科學出版社，2000年。

孫華、蘇榮譽：《神秘的王國——對三星堆文明的初步理解和解釋》，成都：巴蜀書社，2003年。

孫智彬：〈忠縣中壩遺址的性質——鹽業生產的思考與探索〉，《鹽業史研究》1（2003）：25-30。

羅開玉：〈秦在巴蜀地區的民族政策試析——從雲夢秦簡中得到的啟示〉，《民族研究》4（1982）：27-33.

_____：《中國科學神話宗教的協合：以李冰為中心》，成都：巴蜀書社，1989年。

_____：〈秦漢工室、工官初論——四川考古資料巡禮之一〉收錄於四川師範大學歷史系編，《秦漢史論叢》，成都：巴蜀書社，1986年，頁176-188。

睡虎地秦墓竹簡整理小組編，《睡虎地秦墓竹簡〔釋文注釋〕》，北京：文物出版社，1991年。

三　英文

Alcock, Susan E. et al., eds., *Empires: Perspectives from Archaeology and History.* Cambridge: Cambridge University Press, 2001.

Bagley, Robert W. "Sacrificial Pits of the Shang Period at Sanxingdui in Guanghan County, Sichuan Province." *Arts Asiatiques* 43 （1988）: 78-86

_____. "A Shang City in Sichuan Province." *Orientations* 21.11（1990）: 52-67.

_____, ed. *Ancient Sichuan: Treasures from a Lost Civilization*. Princeton: Princeton University Press, 2001.

Bunker, Emma C. "Gold in the Ancient Chinese World: A Cultural Puzzle." *ArtibusAsiae* 53:1/2 （1993）: 27-50.

Falkenhausen, Lothar von. "Some Reflections on Sanxingdui." 收錄於邢義田編，《第三屆國際漢學會議論文集:中世紀以前的地域文化、宗教與藝術》（臺北：中央研究院歷史語言研究所，2002），頁59-97。

Flad, Rowan K. *Salt Production and Social Hierarchy in Ancient China: An Archaeological Investigation of Specialization in China's Three Gorges*. Cambridge: Cambridge University Press, 2011.

Flad, Rowan, and Chen Pochan. *Ancient Central China: Centers and Peripheries along the Yangzi River*. Cambridge: Cambridge University Press, 2013.

Gosden, Chris. *Archaeology and Colonialism: Cultural Contact from 5000 BC to the Present*. Cambridge: Cambridge University Press, 2004.

Hurst, Henry, and Sara Owen eds. *Ancient Colonization: Analogy, Similarity and Difference*. London: Duckworth, 2005.

Lyon, Claire, and John Papadopulos eds. *The Archaeology of Colonialism*. Los Angeles: Getty Research Institute, 2002.

Mengoni, Luisa. "Identity Formation in a Border Area: The Cemeteries of Baoxing, Western Sichuan (Third Century BCE - Second Century CE)." *Journal of Social Archaeology* 10:2 (2010): 198-229.

Peng Bangben. "In Search of the Shu Kingdom: Ancient Legends and New Archaeological Discoveries in Sichuan." *Journal of East Asian Archaeology* 4 (2002): 75-100.

Rawson, Jessica. "Tombs and Tomb Furnishings of the Eastern Han Period (AD 25-220)." In Robert Bagleyed., *Ancient Sichuan: Treasures from a Lost Civilization,* 253-262. Princeton: Princeton University, 2000.

Sage, Steven F. *Ancient Sichuan and the Unification of China*. Albany: State University of New York Press, 1992.

Thote, Alain. "The Archaeology of Eastern Sichuan at the End of the Bronze Age (5th to 3rd Century BC)." In Robert Bagleyed., *Ancient Sichuan: Treasures from a Lost Civilization,* 203-252. Princeton: Princeton University, 2000.

Webster, Jane, and Nick Cooper eds. *Roman Imperialism: Post-colonial Perspectives.* Leicester: School of Archaeological Studies, University of Leicester, 1996.

Wu Hung. "All about the Eyes: Two Groups of Sculptures from the Sanxingdui Culture." *Orientations* 28.8 (1997): 58-66.

Yates, Robin D. S. "The City-State in Ancient China." In Deborah L. Nichols and Thomas H. Charlton eds., *The Archaeology of City-States: Cross-Cultural Approaches*, 71-90. Washington and London: Smithsonian Institution Press, 1997.

從沈善寶《名媛詩話》看清代才媛的歷史觀念*

王力堅

中央大學中國文學系暨歷史研究所教授

摘要

　　沈善寶以詩話的形式為清代才媛紀史立傳，從而建構起清代順治初期至咸豐中葉的才媛文學發展簡史，並且在編纂《名媛詩話》的過程中形成以其為中心的才媛關係網，確立其在當時才媛文壇的領袖地位。沈善寶及其《名媛詩話》「談天下事，衡量古今人物，議論悉中窾要」，以及以古鑒今的表現，尤其是為女性紀史立傳的努力，以及「一代人才待品評」的企圖心，在相當程度反映了變易歷史觀的精神。但沈善寶及其《名媛詩話》所載錄的清代才媛對傳統女德的固守，則是因循守舊歷史觀的體現。

關鍵詞：沈善寶、名媛詩話、清代才媛、歷史觀念

---

* 原文刊於《中國詩學研究》第十五輯，蕪湖：安徽師範大學出版社，2018年10月，頁114-127。

一　引言

　　沈善寶，字湘佩，號西湖散人，籍貫浙江錢塘（杭州）；生於嘉慶十三年（1808），卒於同治元年（1862），終年五十五歲。沈氏雖早年失怙，仍自強不息，奉母養家，並勤於著述，著有《鴻雪樓詩選初集》[1]、《鴻雪樓詞》[2]及《名媛詩話》[3]。其子武友怡稱：「太恭人幼稟異質，博通書史，旁及岐黃丹青星卜之學，無所不精，而尤深於詩。」（續集下）如果說《鴻雪樓詩選初集》與《鴻雪樓詞》體現了沈善寶個人的文學成就，那麼通過對《名媛詩話》的編纂過程及其中表現的考察，便可瞭解以沈善寶為代表的清代才媛的歷史觀念。所謂歷史觀念，簡言之，就是對歷史的認識——即通過相應的概念方式對歷史的理解與認識，並且給予具有價值判斷的詮釋與評價。[4]

二　編纂《名媛詩話》的歷史意義與當代意識

　　沈善寶一生的文學交遊，以其於道光十七年（1837）三十歲北上入京歸於來安武凌雲（？-1862）為界，主要體現在杭州與北京兩個才媛圈。道光八年（1828），沈善寶二十一歲時，其業師李世治（1757-1837）為《鴻雪樓詩選初集》作序，評沈善寶曰：「吐屬風雅，學問淵博，與之談天下事，衡量古今人物，議論悉中窾要。」不僅稱讚沈善寶吐屬風雅，學問淵博，更彰顯了沈善寶具有談論天下大事、衡量古今人物的眼界與胸襟，以及「議論悉中窾要」見識，這樣一種眼界、胸襟與見識，顯然是史家觀念不可或缺的要素。於是，道光二十二年（1842），沈善寶三十五歲時，在與京師才媛積極交往之際，也仍然保持著與江南才媛的密切關係，勾連起南北兩地才媛詩群的基礎上，開始了編纂《名媛詩話》的工作。關於編纂《名媛詩話》的動機，沈善寶在《名媛詩話》卷

1　《鴻雪樓詩選初集》主要有四卷本與十五卷本兩個版本流行，前者刊印於道光十六年（1836），民國十三年（1924）重印，上海圖書館藏；後者出版時間不詳，所收詩至清咸豐四年（1854），北京國家圖書館藏。本文所引《鴻雪樓詩選初集》資料（詩、序、跋），除注明外，皆出自十五卷本。

2　收於徐乃昌：《小檀欒室匯刻閨秀詞》第三冊，清光緒二十二年（1896）南陵刊本。本文所引沈善寶詞，除注明外，皆出自此集。

3　《名媛詩話》至少有杜松柏編：《清詩話訪佚初編》本（四卷）、光緒五年鴻雪樓刊巾箱本、光緒間上海寓言日報館附刊本、民國十年刊鴻雪樓全集本與民國十二年沈補愚刊本（均為八卷），以及清光緒鴻雪樓刊本（十五卷）。參蔣寅：《清詩話考》（北京：中華書局，2005年），頁534-535。本文採用清光緒鴻雪樓刻本十五卷（包括續集上中下），收錄於《續修四庫全書》集部詩文評類，1706冊（上海：古籍出版社，2002年）。本文有關《名媛詩話》的引文，皆只隨文注明卷數（包括續集上中下）。

4　此處所謂「歷史觀念」與下文提及的「史家觀念」，是一體兩面的概念。前者立足於對歷史事實（客體）的觀照結果，後者則立足於主體（史家）觀照歷史的方法與方式。因此，在大的歷史範疇中，二者是相通的。

一開篇即表述：

> 自南宋以來，各家詩話中多載閨秀詩。然搜采簡略，備體而已。昔見如皋熊澹仙
> 女史所著《澹仙詩話》內載閨秀詩亦少。竊思閨秀之學與文士不同，而閨秀之傳
> 又較文士不易。蓋文士自幼即肄習經史，旁及詩賦，有父兄教誨、師友討論。閨
> 秀則既無文士之師承，又不能專習詩文，故非聰慧絕倫者，萬不能詩。生於名門
> 巨族，遇父兄師友知詩者，傳揚尚易；倘生於蓬蓽，嫁於村俗，則湮沒無聞者不
> 知凡幾。余有深感焉。故不辭摭拾，搜輯而為是編。

顯然，這是不滿歷史上（尤其當朝）女性創作不受重視甚至備受壓制，故專意為女性立
傳以弘揚後世。誠如蔣寅所評曰：「（沈善寶）因於兩性文學地位之差異有清醒認識，對
女性之文學命運深感悲哀，故凡女性有才能者皆大力表彰，不限於詩也。於詩最稱讚柴
貞儀、蔡婉、高景芳等落落大方、無脂粉氣者。」[5] 當時才媛已清醒地認識到這一點，
如邱雲漪稱：「足下以閨秀詩壇盟主，編集海內同人之作而為詩話，自是不朽盛事。」
（卷七）陳靜宜〈題《名媛詩話》·大江東去〉詞更是充分闡明了這一意義：

> 鴻荒初辟，女媧氏、曾把乾坤手補。靈氣常鐘，閨閣內、「三百篇」多婦女。風
> 絮聯吟，璿璣識字，千載咸推許。即看近代，詩人更難僕數。之子才調無雙，賢
> 名第一，是吟壇宗主。大集刊成詩話繼，舌底青蓮紛吐。剪脆為裳，釀花作蜜，
> 慧業超千古。軍開娘子，請看何等旗鼓！（續集上）

據上，《名媛詩話》為女性立傳的歷史意義不言而喻；而沈善寶聚焦所在為同時代的才
媛，更顯見其弘揚女性文學、壯大才媛聲勢的當代意識。如果僅止於此，那麼沈善寶的
《名媛詩話》跟王端淑的《名媛詩緯》、惲珠（1771-1833）的《蘭閨寶錄》、丁芸的
《閩川閨秀詩話續編》、陳芸（1763-1803）的《小黛軒論詩詩》、梁章鉅（1775-1849）
的《閩川閨秀詩話》、雷瑨與雷瑊的《閨秀詩話》與《閨秀詞話》、雷瑨的《青樓詩
話》、苕溪生的《閨秀詩話》、況周頤（1859-1926）的《玉棲述雅》等並無二致。沈善
寶《名媛詩話》更值得注意的，是其當代意識體現在《名媛詩話》編纂策略與操作手法
之中。

前代作者編詩話，或取平時聞見拉雜成文，或匯輯前人論說，至清代詩話編撰，則
多傾向於訪求、徵稿與投稿三種方式。[6]《名媛詩話》的編纂策略與操作手法，從表面
看亦大略為訪求、徵稿與投稿三種方式：

其一，訪求——廣泛搜集各地才媛的材料，即前引卷一所云：「不辭摭拾，搜輯而

5　蔣寅：《清詩話考》，頁535，「292.名媛詩話十二卷續集三卷」條。

6　參蔣寅：〈清詩話的寫作方式及社會功能〉，《文學評論》2007年第1期，頁16。

為是編。」如沈善寶「幼年在江西見菰城莊瑞紅女史詩鈔並序」，「讀之不勝淒惻，愛其才之幽豔，悲其遇之坎坷，遍訪其人，卒無知者」，因之以較大篇幅載錄於《名媛詩話》卷十二中；卷十二還收錄了諸多題壁詩作、「祝髮為尼」者詩作、「仙子」（女冠）降乩詩作，以及通過《板橋雜記》蒐集柳如是（1618-1664）秦淮名妓（校書）等「或負奇節或任俠烈，蓮出於污泥亦複不少」的事蹟及作品。

其二，徵稿——邀約相識的才媛提供材料，即如《名媛詩話》卷六所云：「余向屏山索祖香詩稿。屏山云：『吾妹素不存稿，當寫書往問。今僅記其詞數闋，子可採擇。』」卷七云：「畢節邱雲漪（蓀）……余因詩話中各相知，皆以零珠碎玉見投，而雲漪獨無，亟往索之。」卷九云：「余聞筠香之節操賢淑已深欽服，且聞才學甚富，善作擘窠大字，行草極佳；余即作書索其詩稿。」卷十亦有載：「余聞瑟君與南林相識，因向瑟君覓其殘稿。報書至，得今古詩一冊，山水畫數紙。」

其三，投稿——接受各地才媛主動提供（寄呈）材料，即如《名媛詩話》卷八載稱，張孟緹（1792-？）將其母湯瑤卿（1763-1831）作品寄與好友沈善寶，云：「子可以於詩話中紀之，借傳不朽，庶不負先慈一番心血也。」沈善寶「遂諾而筆之」。相比之下，前二者是沈善寶主動而為之，後者則是被動接受，但從《名媛詩話》的案例表現看，後者亦頗為多見。原因或有二：一是沈善寶個人的號召力（南北才媛圈交遊廣泛），一是《名媛詩話》本身為才媛立傳的號召力與吸引力。故此，沈善寶眾多相識好友紛紛主動提供自己或轉呈他人的作品，《名媛詩話》各卷多有記載，諸如：

（潘素心）少作《和矢音集》數章，未刊，寫示數聯，囑為采入。（卷八）
海昌鄭佩香蓮孫年十四，工詩善畫，詞學三李；其吟稿為許聽樵孝廉攜至都門；雲林囑余采入詩話。（卷九）
安邱李琬遇，雲舫漕帥長女……常問字於余，聞余詩話將成，寄詩二章至。（卷九）
雲姜出李紉蘭介祉題太清畫冊詩數紙……伯芳又出其從姊孟端德容詩一冊。（卷十）
上元梅竹卿碧蘭……隨任赴閩，臨行出其姊看雲子《看雲閣詩》並自序，囑余采入詩話。（卷十一）
宗壽香寄其姑周清馥太孺人芬詩稿來，囑為採錄。（續集上）
張孟緹於乙巳冬初同令弟仲遠赴武昌，丙午寄來詩一冊……而寄余七古一篇，沉都頓挫，尤稱傑構。（續集上）
戊申春莫晤（山陰韓淑珍）於孟緹處，論詩談畫，相得甚歡，出其詩稿，囑采〈哭弟古風二章〉。爰錄於此，亦足徵友愛之重也。（續集上）
靈石何季贊，知府蘭士先生道生女……以〈哭姪女烈婦貞祥〉、〈贈節婦裕祥〉二

　　律，囑為采入，以彰節孝。（續集上）
　　芝仙寄相識投贈之作，命采數章於詩話。（續集下）

　　這樣一種即時互動情形，使《名媛詩話》的編纂工作，更能體現出紀實性、可靠性、普泛性以及權威性。

　　考察這三種方式在沈善寶編纂《名媛詩話》過程中的表現，可見有其獨到之處：如果說「訪求」的方式更多是表現為通過零散資料對以往歷史進行一般性的鋪敘，以及借助舊日往事對歷史話語權的追溯，那麼「徵稿」與「投稿」的方式，則是使沈善寶能更為自如自主地對相關資料進行選擇、取捨、詳略、改寫或誤讀乃至詮釋與批評，由此得以切實掌控當下才媛詩壇的話語權與闡釋權。雖然說詩話「在很大程度上成了記載作者本人涉詩經歷的一種體例」[7]，但沈善寶對《名媛詩話》的編纂，更是著意甚或是刻意通過敘述其與才媛交遊的現實生活與創作及其對此的所思所想，體現了作者對現實發言權的掌控，並進而強化了其自身在重構女性文學史過程中的現實參與感及時代責任感。從而形成了《名媛詩話》所呈現的以沈善寶為中心的才媛關係網。不管有意無意，這樣一個關係網的形成，確實十分有利於沈善寶掌控才媛詩壇的主導權，並進而確立其在道咸時期才媛文壇的領袖地位。

　　從《名媛詩話》的體例看，卷一至卷五，基本上是記錄沈善寶生活年代之前，即順治至嘉慶前期的才媛（包括籍貫、身世、事蹟、創作——下同），卷六至卷十一記錄嘉慶後期至道光後期的才媛（主要是江浙一帶的才媛），所記多為「生於名門巨族，遇父兄師友知詩者」（卷一）；卷十二輯錄複輯側室（妾）、民間（題壁）、方外、乩仙、朝鮮才媛等所謂邊緣人物，所記多為「生於蓬蓽，嫁於村俗，則湮沒無聞者」（卷一）；續集上中下三卷，則是補記前述才媛之間的交遊活動。所涉人物達七百多名[8]，所涉年代已及咸豐中葉。從書寫方式看，則是以人領詩，以詩見人；即以詩話的形式紀史立傳，從而建構起清代順治初期至咸豐中葉的才媛詩歌發展簡史。

　　值得注意的是，沈善寶在評說各方才媛、弘揚才媛詩學的同時，亦通過各種方式凸顯自己的人生、歷史、才學，以及與此關係密切的其家系女性成員的方方面面的表現。[9]

7　張寅彭：〈從《漁洋詩話》觀清人分辨「詩話」與「詩說」兩種體例的意識〉，《追求科學與創新——復旦大學第二屆中國文論國際學術會議論文集》（北京：中國文聯出版社，2006年），頁332。

8　據臺灣學者統計，《名媛詩話》總共評論了七百十六名才媛。參顧敏耀：〈清代女詩人的空間分佈析探——以沈善寶《名媛詩話》為論述場域〉，中央大學中文系：《中國文學研究所論文集刊》第11期（2006年6月），頁102-156。

9　參王力堅：〈《名媛詩話》的自我指涉及其內文本建構〉，《中山大學學報》2008年第1期，頁17-26。沈善寶的姪孫沈敏元在為《鴻雪樓詩選初集》作跋時便已指出：「詩選與詩話中涉及吾家軼事甚多，可補譜乘之闕。」

同時，沈善寶將個人的歷史／家族史（自傳）穿插交錯於群體的歷史（才媛傳記）之中，方秀潔（Grace S・Fong）即指出，沈善寶在《名媛詩話》通過不同的形式體現其自傳書寫欲求——其自我表述、其編排詩集的方式，以及在文本敘述中不時徵引她自己的詩作。[10]這樣一種處理方式，與西方將包括個人陳述與自傳在內的「私人的形式」，視為「典型的女性主義形式」[11]，頗有異曲同工之妙。或許，就是以期借助群體的力量突破個體的局限並消解外在的阻力，由（個人）閨閣的私領域（通過才媛群體）進入社會的公領域，從而也就順理成章且更為有利地擴大其自身的影響力。[12]

由此可見，在《名媛詩話》編纂過程中，沈善寶不僅是一位歷史的敘述者、詮釋者，還是一位歷史的參與者、創造者。與此同時，沈善寶還儼然成為現實生活中才媛社會中一位勾連南北、網羅八方、引領才媛文壇風氣的領袖人物。前引「閨秀詩壇盟主」（邱雲漪語）、「吟壇宗主」（陳靜宜語），當為實至名歸的稱譽。在這個意義上可以說，《名媛詩話》在編纂過程中所體現的當代意識大於其歷史意義。具體而言，這無疑是有別於傳統史家觀念，體現為立足現實、基於主體性而掌控話語權、建構才媛網路的當代意識。

三 以詩論史與以古鑒今

沈善寶同時代人李樹滋撰《石樵詩話》八卷，開篇即謂：「詩話始於宋歐陽公，自後作者大約不出紀事、論詩、感舊三種。然以詩紀事，唐人《麗情集》、《本事詩》已肇其端。」[13]顯見詩話體例在一定程度上具備了通論古今的紀史立傳特徵。《名媛詩話》也大抵沿襲時風，多見紀事、論詩、感舊三種方式，以詩紀事者尤為普遍。但亦有其特異之處——所記清代才媛，多有好讀史、通經史、善論史者，如《名媛詩話》卷十一便有記載：「（陳仙九）泛覽書籍，輒通其義；尤好讀史，上下古今，其識見不類巾幗。」「（陳）慕青詩、書、畫皆臻神妙，史學甚深。」「王太宜人，博通經史。」「（汪竹斐）

---

10 Grace S・Fong,"Writing Self and Writing Lives: Shen Shanbao's (1808-1862) Gendered Auto/Biographical Practices." *Nan Nü: Men, Women and Gender in Early and Imperial China*, Bill, Leiden, 2.2 (2000): 295. 這種自傳欲望也體現沈善寶的詩歌創作中，胡曉真即指出，通過沈善寶的作品便可追溯她一生的經歷。參胡曉真：〈藝文生命與身體政治——清代婦女文學史研究趨勢與展望〉，《近代中國婦女史研究》第13期（2005年），頁42。

11 Harold Bloom, *The Anxiety of Influence: A Theory of Poetry*, Oxford: Oxford University Press, 1973:320.

12 西方自傳研究者對女性自傳不感興趣，其原因是認為女人的生活往往局限於家庭，沒有公共空間，不能締建豐功偉業。因此女人在提筆寫自傳時，往往自慚形穢，或是遭到許多外在的阻力。參看朱崇儀：〈女性自傳：透過性別來重讀／重塑文類〉，載《中外文學》第26卷第4期（1997年9月），頁134-135。

13 引自蔣寅：《清詩話考》，頁540。

有《研香堂詩鈔》，善於論古。」卷十二有載：「（陳敦蕙）輒翻閱架上書而心知其意，熟於史，餘暇即呼與議論以為樂。」於是，清代才媛常有以詩論史之舉，如卷十一載錄「史學甚深」的陳慕青所作〈題姜如農給諫硯〉：「勝國當年事盡非，批鱗邅計履危機。但令聖主金湯固，何惜孤臣血月飛。閫帥生辜關內祭，老兵死戀敬亭薇。研田以外無餘地，想見摩挲淚滿衣。」姜如農，前明進士，禮科給事中（即給諫），明末因直諫言事受廷杖遣戍，入清不仕，以高士名世。陳慕青為姜氏所遺硯臺（原註「背鐫宣州老兵四字」）題詩，從一硯臺的小角度，對前朝興亡大事提出自己的看法，對姜氏書生議政、抗顏諫言表示由衷感佩。又如卷八載，陽湖徐嗣昭「工古文，精史鑒」，有〈雜詠〉云：「別有英雄感，來登廣武城。千秋遺恨在，豎子竟成名。南渡長城在，誰教脫虎符。英雄憐失意，老去亦騎驢。」以《晉書·阮籍傳》「嘗登廣武，觀楚漢戰處，歎曰：時無英雄，使豎子成名」的典故，表達英雄失意，報國無門的喟歎。沈善寶為之推崇：「可謂工於詠古，善於尊題。」（卷八）

另外，項祖香的〈減字木蘭花·西湖懷古〉：「宮車曉趨，全宋山河輸一半。安穩杭州，回首中原唱莫愁。西湖花月，雲裡帝城雙鳳闕。多少官家，雨冷冬青咽暮笳。」（卷六）張婉紃（1798-？）的〈讀史偶成〉：「冬雷殷殷夏雪飛，錯逆陰陽變新律。長鯨拔浪海水渾，黃塵暗天激白日，古來爭戰能幾時，百萬蒼生慨枯骨。殺伐原非上帝心，兇殘終藉王師滅。九州蕩蕩四海一，虞頌唐歌久洋溢。大地春回萬物冒，空山杜宇休啼血。」（卷八）上引二作，一詞沉鬱一詩磅礴，均從宏觀視野表述了哀憫蒼生、企盼和平的反戰史觀。

沈善寶的同里好友汪端（1793-1838）可謂以詩論史的佼佼者[14]。汪端不滿時人論明詩多沿襲沈德潛（1673-1769）尊前後七子李夢陽（1472-1529）與王世貞（1526-1590）而薄高啟（1336-1374）的做法，「竭數年心力選明詩初二集，參以斷語，多知人論士之識。集出，海內詩家莫不折服。」（卷六）沈善寶還特舉汪端《三十家題詞》各家品題詩云：「趙燕悲歌騎瘦馬，山陵醉酒拜啼鵑」（顧亭林）；「新蒲細柳孤臣累，流水桃花野老家」（陸桴亭）；「風凋玉樹宮嬪淚，雲暗蒼梧帝子愁」（陳忠裕）；「鶯花有恨平陵曲，滄海無家楚澤吟」（夏節湣）；「雲飄六出悲貞魄，磷化全家吊國殤」（陳元孝）。無論吊古、詠史、抒懷，莫不寄寓深沉，風格蒼勁奔放，頗具高啟遺風，亦確乎見「知人論士之識」。

「詠史」之作，自東漢班固（32-92）以降，魏晉文人如曹植（192-232）、王粲（177-217）、阮瑀（165？-212）、諸葛亮（181-234）、盧子諒（284-350）等均有創作，多為對歷史人物或事件進行描繪敘述，至左思（250？-305）〈詠史〉八首進一步借史事

---

14 沈善寶對同時代才媛最為推崇者便是汪端，《名媛詩話》卷六即有對汪端的高度評價：「悱惻芬芳，閨中罕有其匹。」並在同卷借助吳藻詩中注釋「吾杭閨秀除汪小韞外，無出其右者」加以肯定。

來敘述自己的懷抱，[15]如果說，魏晉人的詠史之作表現為從敘述性走向抒情性，那麼，清代才媛的詠史詩則多為沿襲了唐宋人的路徑——思辨性。[16]即對歷史人與事提出更具理性思考的論析與商榷，以致建構起基於主體自覺意識對歷史問題的認知與鑒識。

又如汪端，不僅以詩論史，還配合詩作直接展開史論，《名媛詩話》卷六引其〈論古偶存·吳蜀〉詩：「一失荊州漢業休，曹劉兵劫換孫劉。本來借地緣婚事，何事寒盟起寇仇。魚浦至今遺石在，蠔磯終古暮潮愁。負心畢竟君王誤，莫以疎虞議武侯。」隨即更以較大篇幅徵引汪端的史論：

> 三國以荊州為樞機，蜀失荊州，人多歸咎武侯，余謂此昭烈之過也。昭烈既定蜀遣一介之使，迎孫夫人正位中宮，則吳蜀交固，荊襄之勢成，而漢業可復。乃惑於法正之言，別立吳後，致無以服吳人之心，荊州失、猇亭敗，永安託孤，而漢業從此不振矣。人必先疑也，而後讒人之，法正賣主，小人豈有真愛於昭烈哉？實欲乘隙弄權耳！觀於立吳後，而武侯不諫，其情事可想。法正不死，武侯君臣之際，未可知也。千金之堤，潰於蟻穴，女子小人之際，其慎之哉！

汪端的立論基礎為「蜀失荊州，人多歸咎武侯，余謂此昭烈之過也」（即詩末二句「負心畢竟君王誤，莫以疎虞議武侯」）。此立論或可商榷，但汪端據此展開論述而推導的「惑於法正之言，別立吳後，致無以服吳人之心，荊州失、猇亭敗，永安託孤，而漢業從此不振矣」，「法正賣主，小人豈有真愛於昭烈哉？實欲乘隙弄權耳」；並由此總結出「人必先疑也，而後讒人之」，「千金之堤，潰於蟻穴」，可稱令人深思之見[17]。沈善寶所謂「茲讀所論，不禁五體投地」，並且推崇「小韞議論古人，具有特識」，「議論英偉，可破拘墟之見」（俱見卷六），亦並非妄語諛詞。

清代才媛如此表現的時代背景，當是以經世致用為標誌的實學風氣。[18]明清之際，作為宋明理學空疏之弊的反動，以經世致用為標誌的實學重新崛起而為社會學術思想的主流，這在史學上的反映尤為顯著。明清之際的黃宗羲（1610-1695）即認為：「明人講學，襲語錄之糟粕，不以六經為根柢，束書而從事於游談。故問學者必先窮經，經術所以經世。不為迂儒，必兼讀史。讀史不多，無以證理之變化；多而不求於心，則為俗學。」[19]顧炎武（1613-1682）進一步主張：「夫史書之作，鑒往所以訓今。」[20]章學誠

---

15 蔡英俊：〈導論〉，《興亡千古事》（臺北：故鄉出版社，1980年），頁3。
16 如白居易「周公恐懼流言日，王莽謙恭未篡時；向使當時身先死，一生真偽有誰知」（〈放言五首〉其三）、王令「去梁無故又辭齊，弟子紛紛益不知；天下未平雖我事，己身已枉更何為」（〈讀孟子〉）可為例。
17 但「女子小人」並舉，卻不免有陳腐意識之嫌，詳見後。
18 參王力堅：〈《名媛詩話》與經世實學〉，《蘇州大學學報》2006年第3期，頁46-52。
19 清史稿校注編纂小組：《清史稿校注》（臺北：國史館，1986年），第14冊，頁10971。
20 顧炎武：〈答徐甥公蕭書〉，《顧亭林詩文集》（華忱之點校）（北京：中華書局，1983年），頁138。

（1738-1801）即鮮明地提出了「經世史學」的觀念：「史學所以經世，固非空言著述也。」[21]前引李世治論沈善寶「吐屬風雅，學問淵博，與之談天下事，衡量古今人物，議論悉中竅要」（〈鴻雪樓詩選初集序〉），顯見沈善寶深受經世史學風氣的影響。在現實生活中，沈善寶亦不乏與閨友「縱談今古，相得甚歡」（卷六）之類的表現。在《名媛詩話》卷八，沈善寶描述跟閨友張孟緹「因論夷務未平養癰成患，相對扼腕」，因而二人合作〈念奴嬌〉詞：

> （張孟緹）良辰易誤，盡風風雨雨，送將春天。蘭蕙忍教，摧折盡，剩有漫空飛絮。塞雁驚弦，蜀鵑啼血，總是傷心處。已悲衰謝，那堪更聽鼙鼓。（沈善寶）聞說照海妖氛，沿江毒霧，戰艦橫瓜步。銅炮鐵輪，雖猛捷，豈少水犀強弩。壯士衝冠，書生投筆，談笑擒夷虜。妙高臺畔，蛾眉曾佐神武。

雖然通篇照應鴉片戰爭現實，但篇末的「妙高臺畔，蛾眉曾佐神武」卻指向了南宋抗金名將韓世忠（1090-1151）的夫人梁紅玉（1102-1135）為韓世忠神武軍擊鼓退金兵的史實。沈善寶隨即再引張孟緹〈感事·念奴嬌〉：

> 秋光正好，甚浮雲翳日，才情還雨。做弄秋容，狼藉甚，宋玉悲秋正苦。括耳商飆，填膺幽憤，咄咄終何補。流波欲挽，可堪更惜遲暮。極目衰草繁霜，荒煙獨樹，搖落渾無主。啼殺鷓鴣，行不得，一片精誠難訴。伍相潮飛，汨羅江闊，只共冤魂語。沉埋諫草，誰教飲恨千古。

詞中徵引宋玉、伍子胥（？-484）、屈原（前340？-前278？）等令人「填膺幽憤」的歷史典事，以「沉埋諫草，誰教飲恨千古」結語，貫串古今，強化了前述「養癰成患，相對扼腕」的現實情懷，進而感慨：「孟緹弱不勝衣，而議論今古之事，持義凜然，頗有烈士之風，與余尤為肺腑之交。」（卷八）雖然沈善寶的敘述聚焦於與張孟緹的知己交情，但從中亦顯示了二人以古鑒今的史家胸襟。

四 自強自立 VS 謹守女德

作為清代才媛精英，議論古今，以古誡今，自然會更多聚焦於女性。沈善寶所處的道咸年間，經歷了兩次鴉片戰爭外患與太平天國內亂，是中國歷史由傳統社會向近代社會轉型的關鍵時期，才媛的歷史觀無疑也經受了這一時代轉型的深刻影響。《名媛詩話》卷四所載可見一斑：

---

21 章學誠：《文史通義·內篇二·浙東學術》，《章學誠遺書》（影印本）（北京：文物出版社，1985年），頁14。

> 文人筆墨，皆喜回護同類，亦自占身分，閨閣亦然。如吳縣鄒朗岑（溶）〈讀漢書〉云：「信史偏成女弟成，漢家巾幗擅才名。等閒莫笑裙釵侶，一代人才待品評。」

「自占身分，閨閣亦然」、「等閒莫笑裙釵侶，一代人才待品評」云云，表現出一種女性自我身份的自覺認同，亦自強自立的意識。前引沈善寶〈念奴嬌〉「壯士衝冠，書生投筆，談笑擒夷虜。妙高臺畔，蛾眉曾佐神武」，及其〈滿江紅·渡揚子江感成〉「滾滾銀濤，瀉不盡、心頭熱血；想當年、山頭擂鼓，是何事業……數古來、巾幗幾英雄」之類的表述，充分展現了這一時代的新氣象，佟景文（1776-1836）為沈善寶《鴻雪樓詩選初集》所作序中，便有如此評價：

> 閨閣中有此如椽巨筆，不特掃盡脂粉之習，且駕蕉園七子而上之。豈惟巾幗中不易得，正恐翔步木天，入金馬堂之選，亦不數數覯也。……吊古詠物，遣興感懷之作，揆度事理，言中有物，一空前人窠臼，尤徵卓識，非尋常裁紅刻翠者所能望其肩背。

沈善寶為閨友吳藻（1799-1862）詞稿的點評，也正是「續史才華，掃除盡脂香粉膩」（〈滿江紅·題吳蘋香夫人花簾詞稿〉），從而在詩詞創作中展現史家的胸襟與氣概。

然而，歷史的傳統因襲，在沈善寶及其《名媛詩話》所載錄的清代才媛身上，仍留下了深淺不同的印記，且看以下卷四所引二例：

> 吾鄉戴衣仙〈讀明史〉云：「三傑孤危入虎強，對山能不救三楊。攤書更讀《婁妃傳》，一曲淒清片石頭荒。養士恩深三百年，國殤能得幾人賢。紅顏力弱能誅賊，長向思陵泣杜鵑。」陽湖劉撰芳〈詠昭君〉云：「琵琶一曲總堪哀，環佩何嘗夜月回。春草有靈青作塚，幾曾生向李陵臺。」吾鄉顧螺峰（韶）〈詠昭君〉云：「紫臺人去最銷魂，冷抱琵琶出玉門。太息麒麟高閣上，漢家諸將也承恩。」滿洲瓜爾佳氏，自號吟香主人，〈讀漢書偶題〉云：「鴻溝割據各東西，楚漢爭雄震鼓鼙。試聽劉家大風曲，何如垓下泣虞兮。不聽蒯通言至此，龍門妙筆表純臣。淮陰功業空千古，生死偏由兩婦人。」

前例在形式上回歸到魏晉時的詠史詩類型，一詩詠一人一事；內涵上則是淒清哀婉的情調交織著承恩報國的意識。後例在短短的篇幅中，運用項羽（前232-前202）別虞姬（？-前202）、呂后（前241-前180）斬韓信（前230？-前196）的典故，對歷史興衰與個人因素關係發表不無新意的獨到見解，但其間卻隱然可見紅顏禍水的陳腐意念（前引「千金之堤，潰於蟻穴，女子小人之際，其慎之哉」亦有此意）。

《名媛詩話》卷六稱譽汪端：「小韞史學既深，其激揚忠孝表彰貞烈之詩，取材宏

富，比例經當，即鬚眉大家亦當卻步。」隨後所舉詩例，即既有「行吟屈子常懷楚，避地留侯矢報韓」（〈吊戴叔能〉）、「僧帽儒衣逃世盛，殘山剩水故宮愁」（〈顧仲瑛〉）、「蜀道流人悲李特，秦家壯士哭符融」（〈張士德〉）、「柴桑甲子遺民錄，薇蕨壬辰野史亭」（〈元王吉〉）之類「激揚忠孝」者；更有「孟昶偏親遲又宋，陳嬰賢母解尊秦」（〈曹太妃〉）、「烈性難凋霜裡柏，貞魂應化火中蓮」（〈劉夫人〉）、「新婚慘別辭巢燕，古戰場空啄肉鳥」（〈劉節婦〉）、「銅仙淚下春難駐，玉女星明夜有霜」（〈齊雲樓殉難諸宮女〉）、「雲中紫鳳長離鳥，池上天桃薄命花」（〈悼姬人紫湘〉）之類「表彰貞烈」者。而後者，正是彰顯了沈善寶編纂《名媛詩話》以「奉揚貞德」（卷十一）的意旨。《名媛詩話》卷五所載錄的陳煒卿（1783-1820）與惲珠，便是以「援古誡今」、「論古今世運」發揚光大傳統女德而成為女界典範：「（陳煒卿）矧能闡發經旨，洋洋灑灑數萬言，婉解曲喻，援古誡今，嘉惠後學不少，洵為一代女宗。因擇尤切閨閫者四條於此集中，載有〈婦職集編序〉，〈輯歷代後妃表成詩以落之〉。此二書必然大觀，惜未得讀耳。」「（惲珠）嘗論古今世運，有治亂維持不敝者，全在綱常。乃仿《列女傳》，博采史志，纂《蘭閨寶錄》六卷，先孝行賢德慈範節烈，而以智略才華殿焉。又廣搜國朝女士之作，選為《正始集》二書，可為閨中之文獻。」陳、惲二人的表現，以及沈善寶的讚頌，莫不共同聚焦於閨閫綱常的維繫及賢德慈范的建樹。

毋庸置疑，這是一種因循守舊的歷史觀。遍覽《名媛詩話》，所記述才媛，遵循傳統謹守女德為十分普遍的現象。如卷三稱何梅隣「詠史諸作，頗見特識」，所引詩作卻並非詠史詩而是訓子詩〈勖兒〉，不過，詩中倒也表達了其根植於傳統道德的歷史觀：「六經為根柢，諸史亦藩籬。不知千古事，悵悵欲何之。源遠流浩瀚，膏沃光陸離。有本者如是，吾兒知未知？」卷十一稱汪雅安（1781-1842）「能闡發經史微奧，集中多知人論世經濟之言，洵為一代女宗」，但沈善寶所推崇的卻是其「〈閨訓篇〉足與曹大家《女誡》並傳」，全文載錄於卷十一的〈閨訓篇〉足見清代才媛的女德觀與歷史觀：「男兒希聖賢，女亦貴自立。禮義與廉恥，四維毋缺一。千秋傳女宗，在德不在色。德厚才自正，才華本經術……三從有定臬，女戒恒慄慄。熟讀四子書，義理都洞悉。經史苟旁通，萬卷盈胸臆……」

這些現象，體現出編撰者本身的思想局限，秦煥（1818-1891）〈名媛詩話序〉即稱：「十二卷中，所載信乎，德必有言；性情之章，修齊之助也；學問之什，陶淑之原也；贈答之文，道義之範也；感慨之語，名節之箴也。傳在古人，勸在今人，覺在後人，厥功偉哉！」在這些稱頌沈善寶為清代才媛立傳紀史的言辭中，也概括了她以傳統道德為基礎的歷史觀，由此也可見沈善寶所謂「奉揚貞德，詎敢論文字乎」（卷十一），並非謙辭。同時，也反映了當時清代才媛普遍的思想局限：「陳眉公謂女子無才便是德。吾姊嫻筆墨，工詩文，可稱絕世。以妹言之，雖則繡虎嘉名，實非祥鸞本色。戒之

慎之。」[22]「（王貞儀）雖喜耽翰墨，而從不輕易出以示人……唯守內言不出之訓，以存女子之道耳。」[23]「（王如沂妻）博涉經史，善吟詠，年二十五，夫歿，盡焚所作詩，守節二十年卒。」[24]諸如此類自發自覺而又病態可悲的現象比比皆是。歸根結底，這也就是時代的局限。[25]當然，或許這就是清代知識女性在中國歷史由傳統社會向近代社會轉型之際，所必須經受的蛻變衝擊與成長陣痛。

五　結語

如前所述，沈善寶生活的年代，正處於中國歷史由傳統社會向近代社會轉型之際，其時流行者為變易歷史觀。[26]龔自珍（1792-1841）認為：「自古及今，法無不改，勢無不積，事例無不變遷，風氣無不移易。」[27]魏源（1794-1857）亦指出：「三代以上，天皆不同今日之天，地皆不同今日之地，人皆不同今日之人，物皆不同今日之物。」[28]即強調「變」是自然界和人類社會的共同規律，歷史亦是一往無前的發展。[29]這種變易歷史觀，顯然是繼承並發揚了前述史學（實學）經世致用的價值取向，龔自珍便開啟了近代「去經就史」的學風，提出「智者受三千年史氏之書，則能以良史之憂憂天下……探世變也，聖之至也」[30]，從而導致中國近代歷史觀念的轉折變化。[31]沈善寶及其《名媛詩話》，誠如李世治〈鴻雪樓詩選初集序〉所云：「談天下事，衡量古今人物，議論悉中窾要。」其以古鑒今的表現，尤其是為女性紀史立傳的努力，以及「一代人才待品評」（卷四）的企圖心，在相當程度體現了變易歷史觀的精神，反映清代中後期的才媛——女性世界的先鋒——已然從傳統社會向近代社會日漸過渡。當然，沈善寶及其《名媛詩話》所載錄的清代才媛對傳統女德的固守，仍無疑是因循守舊歷史觀的體現。或許，這就是在走向近代社會的清代才媛身後一道揮之不去的歷史陰影。

---

22 周浣月：〈與姊書〉，王秀琴編輯、胡文楷選訂：《歷代名媛書簡》（長沙：商務印書館，1941），頁76。

23 王貞儀：〈答白夫人〉，王秀琴編輯、胡文楷選訂：《歷代名媛文苑簡編》（上海：商務印書館，1947），卷下，頁69。

24 見胡文楷：《歷代婦女著作考》（上海：商務印書館，1957），頁408。

25 參王力堅：《清代才媛文學之文化考察》（臺北：文津出版社，2006），頁17-25。

26 參王晴佳：〈中國史學的西「體」中用——新式歷史教科書和中國近代歷史觀之改變〉，《北京大學學報》第51卷第1期（2014年1月），頁104-114；馬慶玲：〈近代歷史觀的嬗變——從變易史觀到進化史觀〉，《哈爾濱市委黨校學報》總第59 期第5期（2008年9月），頁65-68；劉天喜、張岩冰：〈從前提出發的近代歷史觀內涵與性質新探〉，《延安大學學報》第39卷第5期（2017年10月），頁5-18。

27 龔自珍：〈上大學士書〉，《龔自珍全集》（上海：上海人民出版社，1975年），頁319。

28 魏源：〈默觚下·治篇五〉，《魏源集》（北京：中華書局，1983年），頁47-48。

29 參馬慶玲：〈近代歷史觀的嬗變——從變易史觀到進化史觀〉，頁65。

30 龔自珍：《乙丙之際箸議第九》，《龔自珍全集》，第7頁。

31 參王貴仁：〈20世紀初中國新史學思維方式析論〉，《江西社會科學》2009年第11期，頁113-120。

徵引書目

王力堅：〈《名媛詩話》的自我指涉及其內文本建構〉，《中山大學學報》2008年第1期，頁17-26。

王力堅：〈《名媛詩話》與經世實學〉，《蘇州大學學報》2006年第3期，頁46-52。

王力堅：《清代才媛文學之文化考察》，臺北：文津出版社，2006年。

王秀琴編輯、胡文楷選訂：《歷代名媛文苑簡編》，上海：商務印書館，1947年年。

王秀琴編輯、胡文楷選訂：《歷代名媛書簡》，長沙：商務印書館，1941。

王貴仁：〈20世紀初中國新史學思維方式析論〉，《江西社會科學》2009年第11期，頁113-120。

王晴佳：〈中國史學的西「體」中用——新式歷史教科書和中國近代歷史觀之改變〉，《北京大學學報》第51卷第1期（2014年1月），頁104-114；

朱崇儀：〈女性自傳：透過性別來重讀／重塑文類〉，載《中外文學》第26卷第4期（1997年9月），頁134-135。

沈善寶：《名媛詩話》，清光緒鴻雪樓刻本十五卷（包括續集上中下），收錄於《續修四庫全書》集部詩文評類，1706冊，上海：古籍出版社，2002年。

沈善寶：《鴻雪樓詩選初集》，十五卷本，出版時間不詳，北京國家圖書館藏。

馬慶玲：〈近代歷史觀的嬗變——從變易史觀到進化史觀〉，《哈爾濱市委黨校學報》總第59 期第5期（2008年9月），頁65-68。

胡文楷：《歷代婦女著作考》，上海：商務印書館，1957年。

胡曉真：〈藝文生命與身體政治——清代婦女文學史研究趨勢與展望〉，《近代中國婦女史研究》第13期（2005年），頁27-63。

徐乃昌：《小檀欒室匯刻閨秀詞》，第三冊，清光緒二十二年（1896）南陵刊本。

清史稿校注編纂小組：《清史稿校注》，臺北：國史館，1986年，第14冊，頁10971。

張寅彭：〈從《漁洋詩話》觀清人分辨「詩話」與「詩說」兩種體例的意識〉，《追求科學與創新——復旦大學第二屆中國文論國際學術會議論文集》，北京：中國文聯出版社，2006年，頁328-336。

章學誠：《文史通義・內篇二・浙東學術》，《章學誠遺書》（影印本），北京：文物出版社，1985年。

蔣　寅：《清詩話考》，北京：中華書局，2005年。

蔣　寅：〈清詩話的寫作方式及社會功能〉，《文學評論》2007年第1期，頁13-22。

蔡英俊：《興亡千古事》，臺北：故鄉出版社，1980年。

劉天喜、張岩冰：〈從前提出發的近代歷史觀內涵與性質新探〉，《延安大學學報》第39卷第5期（2017年10月），頁5-18。

魏源：《魏源集》，北京：中華書局，1983年。

顧炎武：《顧亭林詩文集》（華忱之點校），北京：中華書局，1983年。

顧敏耀：〈清代女詩人的空間分佈析探──以沈善寶《名媛詩話》為論述場域〉，中央大
　　　學中文系：《中國文學研究所論文集刊》第11期（2006年6月），頁102-156。

龔自珍：《龔自珍全集》，上海：上海人民出版社，1975年。

Grace S. Fong, "Writing Self and Writing Lives: Shen Shanbao's (1808-1862) Gendered
　　　Auto/Biographical Practices." *Nan Nü: Men, Women and Gender in Early and
　　　Imperial China*, Bill, Leiden, 2.2 (2000).

Harold Bloom, *The Anxiety of Influence: A Theory of Poetry,* Oxford: Oxford University Press,
　　　1973.

輯四

古典文學

〈登徒子好色賦〉重探

郭永吉

中央大學中國文學系副教授

摘要

　　本文針對〈登徒子好色賦〉的一些問題進行探索，首先，透過全賦的結構分析、與《詩經・鄭風》中某些篇章的比較，以及參考近世相關的出土文獻，可知此賦之主旨，乃宣揚儒家《詩》教「好色而不淫」的理念；其次，藉由賦文本身提供的訊息，以及其他相關作品、資料之佐證，並配合時代風氣等因素，試著釐清此賦是否為宋玉所作這一訟議已久的爭論；其三，從思想的角度切入，根據賦中宋玉與章華大夫二人對自身行為的認定，提出此賦可能涉及魏晉玄學一個重要課題——聖人有情、無情；最後，從此賦主人翁章華大夫的認知來看，對於登徒子是否為好色之徒，予以重新理解。

關鍵詞：登徒子好色賦、詩教、好色而不淫、有情、無情

一 前言

歷來研究〈登徒子好色賦〉，在內容主旨方面，多根據李善注：「此賦假以為辭，諷於婬也」，將重點放在「好色」之上，並因此以登徒子作為好色之徒的代稱。但真正深入探索其內容涵意者，尚付闕如。首先，若從賦文本身來看，此賦之主旨實乃用以宣揚儒家「好色而不淫」、「發乎情，止乎禮義」的理念，也就是以禮教來規範人之情感的實際例示，並與《詩》教有密切關連。其次，有關此篇作者是否為宋玉，學界亦頗多爭論，然多將之置於所有掛名宋玉底下的作品中一併討論，顯得不夠深入；其三，藉由宋玉與章華大夫的論述，可以發現兩人對於情感的處理方式有不同的認知與主張，其間關係與六朝玄學中的一個重要課題──聖人有情或無情，極為類似；最後，有關登徒子在本文中是否為好色之徒，亦可重新考量。本文即針對以上這些部份進行探討。

二 此賦之結構與主旨

歷來對於〈登徒子好色賦〉[1]的認知，多著重於好色與否之上，或根據李善的注而將之歸於諷諫之作。若欲明確掌握此賦的主旨，需先對全文的結構有清晰的瞭解。本賦依照《文選》所錄，形式上分兩部分：序與正文，序的部分主要是針對宋玉與登徒子分別向楚王指說對方好色；正文部分則是章華大夫舉親身經歷為例，說明自己對於「好色」的態度。如此，則可根據說話者將全文分為三個段落：

第一，登徒子向楚王指說宋玉好色。

第二，宋玉辯說自己不好色，並且反過來指登徒子才是好色之徒。

第三，章華大夫針對宋玉說自己不好色的部分表示質疑（愚亂之邪），並以個人的親身經歷表明自己好色，但有所節制（終不過差）。

就情節發展觀之，宋玉反控登徒子為好色之徒乃作為對比、補充的辯駁之語，可先略過不論。則全文之段落結構及各段重點可進一步歸納如下：

第一，登徒子向楚王指稱宋玉好色──好色。

第二，宋玉辯說自己不好色──不好色。

第三，章華大夫表明自己好色，但有所節制，未有過差之行為──好色而不淫。

明顯可見其間的文意邏輯乃：好色─不好色─好色而不淫。若再加上自古以來一般對「色」的認知與評價，好色為負面，不好色為正面，則其間之關係可圖示為：

1　本文所引〈登徒子好色賦〉均出自李善注，《文選》（臺北：藝文印書館，1989），卷十九〈賦癸·情〉，頁274-275。為免贅累，後不再出注。

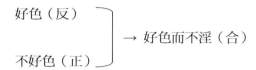

由以上分析可知：此篇的正文乃章華大夫針對序中宋玉自言己不好色而發的，以為對比。因此在文意上相互連貫，序在此並非只是單純作為全賦寫作背景的簡介，[2]或是與賦正文相重複。[3]是則，我們重新檢視此賦時，應該把握住兩個原則：第一，在分段上，應將序與正文合併論述；第二，全文的主旨重心應該放在正文部分，序文的鋪述僅是作為正文對照之用。

然而，歷來學者討論此篇的重點所在多將注意力集中於「好色」與否，至於章華大夫「唯唯」以下的正文，獲得的關注則明顯要少的多，導致全賦之主旨未被深入探索。欲正確掌握本文主旨，就必須先對賦之正文有清楚的瞭解，此即本小節接著所要處理的問題。

首先，賦之正文既說發生場景在於鄭地「溱洧之間」，賦文中所稱引之《詩》又為〈鄭風〉，則欲確切掌握其文意，不得不先針對《詩經・鄭風》進行考察。經過仔細比對，可以發現〈登徒子好色賦〉不論在字句辭語使用上、情節背景上以及內容主旨方面，均有相當程度與〈鄭風〉的某些篇章類似，其詳細情形列表如下：

登徒子好色賦	詩經・國風・鄭風
從容鄭衛溱洧之間。	溱與洧，方渙渙兮。〈溱洧〉
是時向春之末，迎夏之陽。鶬鶊喈喈，群女出桑。	出其東門，有女如雲。〈出其東門〉
此郊之姝，華色含光。體美容冶，不待飾裝，臣觀其麗者。	雖則如雲，匪我思存。縞衣綦巾，聊樂我員。〈出其東門〉
因稱詩曰：「遵大路兮攬子袪。」	遵大路兮，摻執子之袪兮。〈遵大路〉
贈以芳華辭甚妙。	維士與女，伊其相謔。贈之以勺藥。〈溱洧〉
於是處子怡若有望而不來，忽若有來而不見，意密體疏，俯仰異觀，含喜微笑，竊視流眄。	子之丰兮，俟我乎巷兮，悔予不送兮。子之昌兮，俟我乎堂兮。悔予不將兮。〈丰〉 東門之墠，茹藘在阪。其室則邇，其人甚遠。〈東門之墠〉

2　如李善注，《文選》，卷十九〈賦癸・情〉，所錄宋玉〈高唐賦〉，頁270、卷十三〈賦庚・鳥獸〉，所錄賈誼〈鵩鳥賦〉，頁202-203。

3　如另一篇掛名宋玉名下的〈神女賦〉，序的大半段描述夢中神女的型態，則與正文前半相重複了。見李善注，《文選》，卷十九〈賦癸・情〉，頁273。

登徒子好色賦	詩經・國風・鄭風
	青青子佩，悠悠我思。縱我不往，子寧不來。〈子衿〉
復稱詩曰：「寤春風兮發鮮榮，絜齋俟兮惠音聲。贈我如此兮，不如無生[4]。」	子惠思我，褰裳涉溱。子不我思，豈無他人？〈褰裳〉 衣錦褧衣，裳錦褧裳。叔兮伯兮，駕予與行。〈丰〉 東門之栗，有踐家室。豈不爾思，子不我即。〈東門之墠〉 青青子衿，悠悠我心。縱我不往，子寧不嗣音。〈子衿〉
因遷延而辭避，蓋徒以微辭相感動，精神相依憑。目欲其顏，心顧其義，揚詩守禮，終不過差，故足稱也。	

賦文最後說章華大夫雖「目欲其顏」，但並未肆情逐欲，而是藉由「揚詩守禮」，使自己「心顧其義」，遂能「終不過差」。由此，也可清楚看到這一部份實乃遵循著〈詩大序〉的教誨：

> 風，風也，教也。風以動之，教以化之……先王以是經夫婦，成孝敬，厚人倫，美教化，移風俗……故變風，發乎情，止乎禮義。發乎情，民之性也；止乎禮義，先王之澤也。[5]

「觀其麗者，因稱《詩》」、「目欲其顏」，均乃「好色」而「發乎情」的具體展現；「心顧其義，揚詩守禮，終不過差」，則是「止乎禮義」而「不淫」的另一種表示。是則，此賦所言也符合兩漢時期對《詩經・國風》的認知：「〈國風〉，好色而不淫」。[6] 而且，這種僅以「微辭相感動」，使自己內心的情感得以傳達，在「精神」上「相」互「依憑」的行為，與《詩經・國風》首篇〈關雎〉所言：

---

4 孔穎達，《毛詩正義》（北京：北京大學出版社，1999），卷十五〈小雅・魚藻之什・苕之華〉，頁946：「苕之華，芸其黃矣。心之憂矣，維其傷矣。苕之華，其葉青青。知我如此，不如無生。」言青春歲月老去，如花之落，故生感嘆。

5 孔穎達，《毛詩正義》，卷一〈國風・周南・關雎〉，頁6-15。

6 見瀧川龜太郎，《史記會注考證》（臺北：洪氏出版社，1986年），卷八四〈屈原賈生列傳〉，頁1010。根據洪興祖，《楚辭補注》（臺北：長安出版社，1991年），〈離騷經章句第一〉，頁49，王逸〈敘〉所引班固〈離騷序〉：「昔在孝武，博覽古文。淮南王安敘《離騷傳》，以《國風》好色而不淫，《小雅》怨誹而不亂，若〈離騷〉者，可謂兼之。」則此似為劉安所言，但可能是舉當時普遍的認知以為比擬。

> 參差荇菜，左右采之。窈窕淑女，琴瑟友之。參差荇菜，左右芼之。窈窕淑女，
> 鍾鼓樂之。

可謂異曲同工。正如《論語‧八佾》就載孔子說：「〈關雎〉，樂而不淫。」這由近年上
海博物館自海外購回的一批竹簡中，有一篇整理者命名為〈孔子詩論〉，其中論及〈關
雎〉的部分：

> 關雎之改……害（曷）？曰：「童（終）而皆賢於其初者也」。關雎以色喻於
> 禮……關雎之改，則其思賹（益）矣……好，反納於禮，不亦能改乎？……其四
> 章則愉矣。以琴瑟之悅，擬好色之願；以鐘鼓之樂……[7]

可以獲得佐證。依〈孔子詩論〉的詮釋，〈關雎〉一篇之主旨乃在於「以色喻於禮」，雖
有「好色之願」，但能「反納於禮」。又如馬王堆漢墓帛書《五行‧說25》也有相同論述：

> 「喻而知之，謂之進之。」弗喻也，喻則知之矣。知之，則進耳。喻之也者，自
> 所小好喻乎所大好。「窈窕淑女，寤寐求之」，思色也；「求之弗得，寤寐思伏」，
> 言其急也；「悠哉悠哉，輾轉反側」，言其甚□□（急也）。□如此其甚也，交諸父
> 母之側，為諸？則有死弗為之矣；交諸兄弟之側，亦弗為也；交諸邦人之側，亦
> 弗為也。畏父、兄，其殺畏人，禮也。由色喻於禮，進耳。[8]

「思色」即「好色」也，此處同樣認為〈關雎〉之旨在於「由色喻於禮」。[9]根據以上的

---

7 原釋文見於馬承源主編，《上海博物館藏戰國楚竹書（一）》（上海：上海古籍出版社，2001年），
〈孔子詩論〉第10-14簡，頁139-144。然學者對此篇簡序的編排多有不同意見，本文採用之簡序編
排及釋文請見李學勤，《中國古代文明研究》（上海：華東師範大學出版社，2005年），所收錄〈《詩
論》簡的編聯與復原〉，頁247-249、〈《詩論》分章釋文〉，頁250-251、〈《詩論》說〈關雎〉等七篇
釋義〉，頁272-273。並參考其他研究成果對某些字詞進行修訂，詳見黃懷信，《上海博物館藏戰國
楚竹書《詩論》解義》（北京：社會科學文獻出版社，2004年），頁3-6、23-31；劉信芳，《孔子詩
論述學》（合肥：安徽大學出版社，2003年），頁25-29；周鳳五，〈《孔子詩論》新釋文及注解〉，上
海大學古代文明研究中心、清華大學思想文化研究所編，《上博館藏戰國楚竹書研究》（上海：上海
書店出版社，2002年），頁152-165；王志平，〈《詩論》箋疏〉，《上博館藏戰國楚竹書研究》，頁
215-218；饒宗頤，〈竹書〈詩序〉小箋〉，《上博館藏戰國楚竹書研究》，頁228-230；廖名春，〈上
海博物館藏詩論簡校釋劄記〉，《上博館藏戰國楚竹書研究》，頁263；胡平生，〈讀上博藏戰國楚竹
書《詩論》劄記〉，《上博館藏戰國楚竹書研究》，頁284-285。
8 引文根據龐樸，《竹帛《五行》篇校注及研究》（臺北：萬卷樓圖書有限公司，2000年），頁82。並
參考魏啟鵬，《簡帛《五行》箋釋》（臺北：萬卷樓圖書公司，2000年），頁126-128。
9 相關論述，請參劉信芳，《孔子詩論述學》，頁43-45、《簡帛五行解詁》（臺北：藝文印書館，2000
年），頁159；饒宗頤，〈竹書〈詩序〉小箋〉，《上博館藏戰國楚竹書研究》，頁228-230；蕭兵，《孔
子詩論的文化推繹》（武漢：湖北人民出版社，2006年），頁62、131；池田知久，《馬王堆漢墓帛書
五行研究》（北京：線裝書局，2005年），頁462-473。

分析、比對，可以清楚看到章華大夫所言的部分，不論是用辭或情境上，多化用自〈鄭風〉中的某些篇章，而且主旨與先秦時期對〈關雎〉理解相同。也就是說，這一部份很可能是根據《詩經‧鄭風》中許多篇章的情節、用辭，重新塑造而成，採用的手法乃為「以色喻於禮」，並在最後以圖窮匕見的方式，提出本文之主旨—宣揚《詩經》中〈國風〉「好色而不淫」、「發乎情，止乎禮義」的教化。

其次，章華大夫的這種行為，的確合乎儒家的主張。告子就曾說：「食色，性也」，[10]孟子也稱：「好色，人之所欲。」[11]前引〈詩大序〉不也說：「發乎情，民之性也。」可見：好色為人天生屬性之一，只是一般人容易惑於所欲而不知自持，所以孔子才會感嘆：「吾未見好德如好色者也」。[12]但，儘管如此，按照儒家的觀點，對於「好色」此一情慾並非斷然予以否定、壓抑，而是透過某些規範予以適度的宣導，[13]如《韓詩外傳》卷五所說：

> 人有六情：目欲視好色，耳欲聽宮商，鼻欲嗅芬香，口欲嗜甘旨，其身體四肢欲安而不作，衣欲被文繡而輕暖，此六者、民之六情也，失之則亂，從之則穆。故聖王之教其民也，必因其情，而節之以禮，必從其欲，而制之以義，義簡而備，禮易而法，去情不遠，故民之從命也速。孔子知道之易行，曰：「《詩》云：『牖民孔易。』」非虛辭也。

人之情欲若一味的被壓抑、排斥，將導致「亂」的結果。因此一方面「因其情」、「從其欲」，一方面以「禮」「義」「節」「制」之，使其能得到適當的抒解管道。[14]正如《荀子‧大略》說：

> 國風之好色也，傳曰：「盈其欲而不愆其止。」

---

10 孫奭，《孟子注疏》（北京：北京大學出版社，1999年），卷十一上〈告子上〉，頁296。

11 孫奭，《孟子注疏》，卷九上〈萬章上〉，頁244。

12 邢昺，《論語注疏》（北京：北京大學出版社，1999年），卷九〈子罕〉，頁119。有關這一部份，可參劉剛，〈宋玉《諷賦》《登徒子好色賦》與司馬相如《美人賦》比較研究〉，氏著《宋玉辭賦考論》（瀋陽：遼海出版社，2006年），頁79-80。

13 何寧，《淮南子集釋》（北京：中華書局，1998年），卷二十〈泰族訓〉，頁1384-1386也說：「聖人之治天下，非易民性也，拊循其所有而滌蕩之。故因則大，化則細矣……禹鑿龍門，闢伊闕，決江濬河，東注之海，因水之流也……民有好色之性，故有大婚之禮……故先王之制法也，因民之所好而為之節文者也。因其好色而制婚姻之禮，故男女有別」。

14 當然，也不能放任人這種天生的情欲肆無忌憚的發展，所以必須有所節制。王先謙，《荀子集解》（臺北：世界書局，1991年），卷十七〈性惡篇〉，頁289就說：「人之性惡……生而有耳目之欲，有好聲色焉，順是，故淫亂生而禮義文理亡焉。然則從人之性，順人之情，必出於爭奪……故必將有師法之化，禮義之道，然後出於辭讓，合於文理，而歸於治。」也就是過與不及均非正道，唯有適度的引導、規範，方能維持社會秩序而不為亂。

楊倞即解釋為：

> 此言好色，人所不免，美其不過禮也。[15]

這不就是前引〈詩大序〉所說的「發乎情，止乎禮義」？也就是賦文最後所稱的：「心顧其義」，「揚詩守禮，終不過差」。是則，我們可以說此賦乃《詩》教中何謂「發乎情，止乎禮義」、何謂「好色而不淫」的具體例示。[16]

三　此賦之作者

有關此賦的作者是否為宋玉，歷來學者持不同看法，以筆者目前所見，早期學者多持懷疑態度，後來的學者則多主肯定。[17]前人有關這個議題的論述，多將所有掛名宋玉的作品併合討論，致使針對單一篇作品的探討不夠深入，故所言並無多大出入。筆者預計從兩方面進行探索，希望能夠跳脫研究此議題的既有窠臼，對釐清這個問題略有所助。

首先，就內證部分而言。

---

15 王先謙，《荀子集解》，卷十九〈大略篇〉，頁336。

16 以筆者目前所見，唯康金聲，〈宋玉和賦體的形成〉，《晉陽學刊》1986年3期，頁93-94；以及許東海，《風景·夢幻·困境——辭賦書寫新視界》（臺北：里仁書局，2008年），頁117，曾略論及，煩請自行參看。

17 持否定意見者有：崔述，《考古續說·觀書餘論》，氏著，《東壁遺書》（上海：上海古籍出版社，1983年），頁446-447、劉大白，〈宋玉賦辨偽〉，楊金鼎等選編，《楚辭研究論文選》（武漢：湖北人民出版社，1985年），頁657-666、陸侃如，〈宋玉評傳〉，袁世碩、張可禮主編，《陸侃如馮沅君合集》（合肥：安徽教育出版社，2011年），頁352-368、游國恩，《楚辭概論》，游寶諒編，《游國恩楚辭論著集》（北京：中華書局，2008年），頁153-155、劉大杰，《中國文學發展史》（臺北：華正書局，2001年），頁137-138、鄭振鐸，《插圖本中國文學史》（上海：上海人民出版社，2005年），頁67、姜書閣，〈宋玉及其辭賦考辨〉，氏著，《先秦辭賦原論》（濟南：齊魯書社，1983年），頁121-122、袁梅，《宋玉辭賦今讀》（濟南：齊魯書社，1986年），頁6-9、康金聲，〈宋玉和賦體的形成〉，頁91-94。持肯定意見者有：胡念貽，〈宋玉作品的真偽問題〉，《文學遺產》增刊第一輯（北京：作家出版社，1955年），頁40-55、湯漳平，〈宋玉作品真偽辨〉，《文學評論》1991年5期，頁64-75、金榮權，《宋玉辭賦箋評》（鄭州：中州古籍出版社，1991年），頁161-165、朱碧蓮，〈宋玉辭賦真偽辯〉，氏著，《楚辭論稿》（上海：上海三聯書店，1993年），頁197-202、李誠，《楚辭文心管窺》（臺北：文津出版社，1995年），頁123-133、譚家健，〈《唐勒》賦殘篇考釋及其他〉，氏著，《先秦散文藝術新探》（北京：首都師範大學出版社，1995），頁363-376、馬積高，《賦史》（上海：上海古籍出版社，1998年），頁38-48、曹明剛，〈宋玉賦真偽辨〉，氏著，《賦學論稿》（上海：上海古籍出版社，2012年），頁82-90。各家說法已有學者進行綜合論述，請參鄭良樹，〈論宋玉賦的真偽〉，氏著，《辭賦論集》（臺北：學生書局，1998年），頁15-55、高秋鳳，《宋玉作品真偽考》（臺北：文津出版社，1999年），頁171-237、吳廣平，《宋玉研究》（長沙：岳麓書社，2004），頁86-103、曹文心，《宋玉辭賦》（合肥：安徽大學出版社，2006年），頁23-31。其中尤以高秋鳳之作論辨最詳盡，可謂此一議題的集大成之作。為免贅累，除與本文論述有密切相關者，會另出注說明，其餘不再一一陳述。

考察現存宋玉名下的作品中，但凡涉及論爭辯駁者，論述時有其固定模式，如：

作品	發言次序	結果
登徒子好色賦	登徒子—宋玉—章華大夫	針對章華大夫之言，楚王稱善。 宋玉遂不退。
大言賦	楚襄王—唐勒—景差—宋玉	宋玉受賞
小言賦	景差—唐勒—宋玉	宋玉受賜雲夢之田
釣賦	登徒子—宋玉	
諷賦	唐勒—宋玉	楚襄王自愧不如宋玉之不好色
銀雀山漢簡〈唐勒〉殘篇	唐勒—宋玉	

都是針對同一課題採二段或三段的漸升論式，先稱者皆為後稱者的陪襯。由上表中可以清楚看到：在〈大言賦〉以下的作品中均以宋玉作最後論述且勝出收場，主人公乃宋玉，[18] 唯〈登徒子好色賦〉不然。[19] 此賦由登徒子先發，接著宋玉進行辯解、反擊，最後是章華大夫出面論述作結，此其一；此賦「唯唯」以下正文部分乃章華大夫之言，參對〈神女賦〉的模式，則作者當為章華大夫，而非宋玉，此其二；[20] 序文載章華大夫說：「且夫南楚窮巷之妾，焉足為大王言乎？若臣之陋，目所曾覩者，未敢云也。」不管對宋玉或楚國均有所批評，但卻未見楚王與宋玉對此提出抗議或反駁，若作者是宋玉，豈能有此辱國傷己之語？[21] 此其三。

---

18 銀雀山漢簡〈唐勒〉殘篇結尾部分雖已殘缺不可見，但參照傳世文獻中與之類似的記載，可知此賦仍符合這種模式。請參朱曉海，〈賦源平章隻隅〉，氏著，《漢賦史略新證》（西安：陝西人民出版社，2004年），頁29。

19 此賦最後論述者乃章華大夫，是則文中三人（登徒子、宋玉、章華大夫）之高下，按照上舉同類型論述模式的作品來看，當為掌握正文發言權的章華大夫，許結、郭維森，《中國辭賦發展史》（南京：江蘇教育出版社，1996年），頁75-76即主此說。而朱碧蓮，〈唐勒殘簡作者考〉，《楚辭論稿》，頁213，比較掛名宋玉諸作品中的人物發言模式時也說：「誰最後說話誰就說得最好，宋玉總是最後說，故他總是後來居上，超過前面說話的人」，但文中又說：「〈登徒子好色賦〉的次序則是登徒子、楚王、宋玉，說話的次序亦同」，則顯然失察，遺漏了全賦正文的發言者章華大夫才是最後說話的人（楚王稱善乃交代結果，故不計入）。有關這一部份的論述，請詳下文。

20 或有認為此賦安排章華大夫乃作為宋玉的陪襯，用以附和，甚至是推崇宋玉，故全賦仍當以宋玉為主角。但這並不符合同類作品的敘述模式，且章華大夫並非贊同宋玉，而是以自身與宋玉比較，論爭較勁的意味濃厚（請詳下文）。若此賦作者真為宋玉，當章華大夫發言完畢後，豈能無反駁論辯之語？

21 如宋玉名下諸賦涉及論辯者，以及兩漢的作品，如司馬相如〈子虛上林賦〉、班固〈兩都賦〉、張衡〈二京賦〉來看，均是誇耀自身陣營，以凌駕對方為訴求。

其次，就外證部分來看。

第一，此賦與宋玉名下另一篇作品〈諷賦〉、司馬相如名下〈美人賦〉在題材內容上有許多相似重複之處，對於這三篇作品之間的關係，學者多有論述，然似仍有可綴補之處。為便於分析，先將三篇作品之內容主旨簡化歸納如下：

	諷賦	美人賦	登徒子好色賦
1	唐勒讒宋玉	鄒陽譖相如	登徒子短宋玉
2	楚王問宋玉	梁王問相如	楚王問宋玉
3	宋玉辯解	相如辯解	宋玉辯解
4		梁王要相如說明（與孔、墨比較）	楚王要宋玉說明
5		相如說明孔、墨乃避色	
6	宋玉舉一例為證：途中遇主人之女	相如舉二例為證。 其一：東鄰之女 其二：途中之女	宋玉舉一例為證：東家之子
7			宋玉反控登徒子好色
8			章華大夫質疑宋玉
9			章華大夫舉親身經歷（「採桑女」）為例說明自己好色而不淫
10	王信宋玉		王稱善，宋玉不退

三篇作品均舉男女之關係為例以闡明其主旨，三篇之間互有關連，整理如下：

1. 〈諷賦〉僅舉一例，另二篇則皆舉二例。但〈登徒子好色賦〉中二例分別為宋玉、章華大夫所舉（屬性不同），與〈美人賦〉均為相如所舉（屬性相同），有所差異。
2. 〈美人賦〉「東鄰之女」、「途中之女」二例的情景分別與〈登徒子好色賦〉「東家之子」、〈諷賦〉「途中遇主人之女」相雷同。
3. 〈美人賦〉的第二個例子（途中之女）與〈登徒子好色賦〉章華大夫之例（採桑女）場景看似相類，但所欲傳達的意旨卻完全不同。

其中，〈諷賦〉與〈美人賦〉相較，〈諷賦〉文中宋玉只是單純回應讒言；〈美人賦〉裏的司馬相如則多出與孔墨比較的部分，藉此提出了「避色」、「未見其可欲」，將無法評斷是否真不「好色」的論點。之後所舉二例均為論證此點，說明自己的不好色是真正經得起考驗，這比孔、墨一味的「避色」還要難得。〈登徒子好色賦〉中章華大夫質疑宋

玉的部分，應是針對〈美人賦〉所提「避色」之論點進一步申述，而後以自身經歷提出不同看法。主張見可「欲」之色而情發好之，乃屬自然天性，重點在於要能以禮、義為規範以自持，使自己的行為「終不過差」，這才是最高明的境界。若只是全然的拒絕、否定好色之情，尚未足「稱」也。是則，三者面對「色」的態度，可整理如下：

孔子、墨子 ——————— 避色
司馬相如（宋玉）— 不避色 —— 不好色
章華大夫 ——————— 不避色 —— 好色 —— 不淫

因此，明顯可見這三篇的結構佈局及其內容主旨，是由簡單而至繁複。在人物上，除了進讒言者、被讒者，〈登徒子好色賦〉多出章華大夫這一仲裁者的角色；在情節發展上，〈登徒子好色賦〉多出被讒者反控進讒言者方為好色之徒一節，以及章華大夫一節，呈三段式論述，另兩篇則均僅為二段；在內容主旨上，除了好色、不好色（不避色）之外，〈登徒子好色賦〉再上一層論及好色而不淫，使其邏輯結構更顯完整。[22]是則，若說三篇作品之間有所承繼，當是〈諷賦〉先問世，次有〈美人賦〉登場，最後才是〈登徒子好色賦〉以集大成的角色現身，這也符合後出者轉精的常態。[23]那麼，如果〈諷賦〉、〈美人賦〉分別為宋玉、司馬相如之作，有可能後出的〈登徒子好色賦〉就不應再掛於宋玉名下。

第二，東漢中後期以至漢魏之際，大量出現描述男女情慾的作品，如張衡〈定情賦〉、蔡邕〈檢逸賦〉、陳琳〈止欲賦〉、阮禹〈止欲賦〉、王粲〈閑邪賦〉、應瑒〈正情賦〉、曹植〈靜思賦〉，雖多僅留殘篇，內容均為主人翁對女色之想望，但由其賦題應可知：其結構上概是先大量鋪陳男女情慾之纏綿悱惻與遐思慾念，最後才採懸崖勒馬的方

---

22 若單從本段上文所列第2點來看，似乎〈美人賦〉乃綜合另二賦而成，應屬後出，高秋鳳，《宋玉作品真偽考》，頁345-346即主此說。但不可忽略第3點中所說〈登徒子好色賦〉也是舉了二例，且與〈美人賦〉的例子背景均相似，則無法依此判斷二賦的寫作年代孰先熟後。然而，根據第1點，〈美人賦〉的兩例在文意邏輯上是屬於平行的，用來闡述同一論點；〈登徒子好色賦〉中的二例在文意邏輯上則是有層次，論述的重點有相關性但不同，且與〈美人賦〉有一根本上的不同——男主角非同一人。

23 譚家健，〈《唐勒》賦殘篇考釋及其他〉，頁374認為：「只要我們拿〈登徒子好色賦〉與〈美人賦〉相比，不難發現，後者比前者藝術上明顯的提高，這正符合後出轉精的發展規律」，但僅此數語，未有任何論證以支持其說；高秋鳳，《宋玉作品真偽考》，頁443也認為：「〈好色賦〉在藝術上較〈美人賦〉不成熟」。但同樣主張〈登徒子好色賦〉早於〈美人賦〉的馬積高，《賦史》，頁42卻說：「司馬相如〈美人賦〉明明模擬〈好色賦〉，而論者卻偏偏顛而倒之。推其意，大概是認為司馬相如是大賦家，不應寫得比宋玉差，殊不知擬作往往不及原作」，然亦未有進一步的申論。針對這三篇作品進行較詳細比較者，當屬劉剛，〈宋玉《諷賦》《登徒子好色賦》與司馬相如《美人賦》比較研究〉，頁64-90；以及高秋鳳，《宋玉作品真偽考》，頁340-348，二人論點與本文多有不同，煩請自行參看。

式，以道德名教終不可逾越作結。[24]此種論式基本上乃延續兩漢大賦的傳統，正如《漢書》卷八七〈揚雄傳〉所載：

> 雄以為賦者，將以風也，必推類而言，極麗靡之辭，閎侈鉅衍，競於使人不能加也，既乃歸之於正，然覽者已過矣。

也就是揚雄所批評的「曲終而奏雅」、「勸百而風一」。[25]〈登徒子好色賦〉正文敘章華大夫之事，形式上有關男女情慾的描述較為含蓄，未如上舉諸賦般極力而裸露地予以鋪陳；就內容上而言，以《詩》教貫穿全文，主旨確切，禮義教化的功能相當明顯。這種關係，與兩漢大賦的發展軌迹——內容主旨上逐漸偏離原始諷諫的正面積極之精神，形式技巧上卻愈為工整繁瑣，如出同轍。[26]若說文學創作上某一類題材的出現與盛行，會受到時代風氣的影響，則〈登徒子好色賦〉極可能是此類以描述男女情慾為主的作品之先風，但情節發展未至如此露骨濃烈、內容主旨猶能謹守《詩》教而尚未墮落。因此，此賦之寫作年代應早於張衡、蔡邕等人，但也不至於差距過遠。

然則〈登徒子好色賦〉若真非宋玉之作，後人（如南朝齊梁時的劉勰、蕭梁昭明太子等）何以將其歸屬於宋玉？其原因可能有二：一，原作者乃假宋玉之事進行創作，但在流傳抄錄過程中作者之名不小心被遺漏，後人見其文中人物以宋玉最為名高，遂題為宋玉之作。這種假借古人口吻為創作題材的情形，至晚自東漢初即有，[27]如《文選》卷十七〈賦壬・音樂〉所錄東漢傅毅〈舞賦・序〉：

> 楚襄王既游雲夢，使宋玉賦高唐之事。將置酒宴飲，謂宋玉曰：「寡人欲觴群

---

24 這可由後出的陶淵明〈閑情賦・序〉所言：「初張衡作〈定情賦〉、蔡邕作〈靜情賦〉，檢逸辭而宗澹泊，始則蕩以思慮，而終歸閑正。將以抑流宕之邪心，諒有助於諷諫。綴文之士，奕代繼作，並因觸類，廣其辭義」，獲得佐證。見逯欽立校注，《陶淵明集》（臺北：里仁書局，1985），頁152。至於這類賦作是否真能如陶淵明所說發揮「有助於諷諫」的功用，不敢必。相關論述，請參朱曉海，〈漢賦漢俗互注示例並推論〉，《漢賦史略新證》，頁517-520、郭建勛，《先唐辭賦研究》（北京：人民出版社，2004年），頁354-365。

25 王先謙，《漢書補注》（臺北：藝文印書館，1955年），卷五七〈司馬相如傳・贊〉，頁1213。

26 兩漢大賦的發展，若以漢賦四大家司馬相如、揚雄、班固與張衡來看，早期的司馬相如賦作猶多有諷諫之意，希望藉由誇張鋪排敘述所引發的荒謬，使當政者覺悟而改弦易轍，謹守賦之原始精神；兩漢之交的揚雄，已知賦之諷諫精神難以真正發揮功效，更可悲的是反倒成為受諫者荒淫奢侈推波助瀾之力，因此揚雄賦中對當政者的態度是譏貶、不再帶有希望的諷刺，賦成為負面評價的工具，不再如司馬相如時具有倒反為正的積極意圖與作用；到了班、張二人之手，賦之職能轉為「宣上德而盡忠孝」，更淪落為政治教化的櫥窗、替在上位者擦粉的工具，所謂「潤色鴻業」。以上引文見《文選》，卷一〈賦甲・京都〉所收班固〈兩都賦・序〉，頁2。相關研究，請參朱曉海，《漢賦史略新證》所收之〈序論〉，頁4-6、〈賦源平章隻隅〉，頁31-42、48-49、〈揚雄賦析論拾餘〉，頁253-258、〈《兩都》、《二京》義疏補〉，頁300-302、304-305、334、348。

27 崔述，《考古續說・觀書餘論》，頁446-447已舉出這種情形。

臣，何以娛之？」玉曰：「臣聞歌以詠言，舞以盡意。是以論其詩，不如聽其
聲；聽其聲，不如察其形。〈激楚〉、〈結風〉，陽阿之舞，材人之窮觀，天下之至
妙。」王曰：「如其鄭何？」玉曰：「小大殊用，鄭雅異宜，弛張之度，聖哲所
施。是以《樂》記干戚之容，〈雅〉美蹲蹲之舞，《禮》設三爵之制，〈頌〉有醉
歸之歌。夫〈咸池〉、〈六英〉，所以陳清廟、協神人也；鄭、衛之樂，所以娛密
坐、接歡欣也。餘日怡蕩，非以風民也，其何害哉？」王曰：「試為寡人賦
之。」玉曰：「唯唯。」

以及《後漢書》卷八十〈文苑列傳・邊讓傳〉所載邊讓〈章華賦・序〉：

楚靈王既游雲夢之澤，息於荊臺之上，前方淮之水，左洞庭之波，右顧彭蠡之
隩，南眺巫山之阿。延目廣望，騁觀終日……於是遂作章華之臺，築乾谿之室，
窮木土之技，單珍府之實，舉國營之數年迺成。設長夜之淫宴，作北里之新聲。
於是伍舉知夫陳、蔡之將生謀也，迺作斯賦以諷之。

六朝時依然可見，《文選》卷十三〈賦庚・物色〉南朝宋謝惠連〈雪賦・序〉：

歲將暮，時既昏。寒風積，愁雲繁。梁王不悅，游於兔園。迺置旨酒，命賓友。
召鄒生，延枚叟。相如末至，居客之右。俄而微霰零，密雪下。王迺歌北風於
〈衛詩〉，詠南山於〈周雅〉。授簡於司馬大夫，曰：「抽子秘思，騁子妍辭，侔
色揣稱，為寡人賦之。」

《文選》卷十三〈賦庚・物色〉南朝宋謝莊〈月賦・序〉：

陳王初喪應、劉，端憂多暇。綠苔生閣，芳塵凝榭。悄焉疚懷，不怡中夜。迺清
蘭路，肅桂苑。騰吹寒山，弭蓋秋阪。臨濬壑而怨遙，登崇岫而傷遠。於時斜漢
左界，北路南躔。白露曖空，素月流天。沉吟齊章，殷勤陳篇。抽毫進牘，以命
仲宣。

由以上所引，我們可以發現被假託的對象：戰國晚期的楚王、西漢景武帝時的梁孝王、
漢魏之際的曹氏父子，彼此之間具有某種共通的特性。他們都是由某位對文學有興趣的
君王或諸侯為主，底下供養、帶領一批文學之士，進行文學創作，在歷史上留下美名。
這些都是後世文人所嚮往的年代，因此在創作時，會想像自己彷彿化身其中佼佼者，馳
騁文采於當世，作為心靈上的慰藉與補償。[28]試想，上舉這些作品如果作者之名也被遺

---

28 請參王夢鷗，〈貴遊文學與六朝文體的演變〉，《中外文學》8卷1期（1979年6月），頁4-19、王夢
鷗，〈從雕飾到放蕩的文章論〉，《中外文學》8卷5期（1979年10月），頁6-7；郭英德，《中國古代文
人集團與文學風貌》（北京：中國人民大學出版社，2012），頁28-37。

漏的話，後人就很有可能因為序文而將作品歸於宋玉、伍舉、司馬相如等人名下了。二，或許原作者本就刻意假託古人之名進行創作，藉以抬高作品的知名度及價值。這種情形一樣自兩漢即有，如《西京雜記》卷三〈賦假相如〉曾言：

> 長安有慶虯之，亦善為賦，嘗為〈清思賦〉，時人不之貴也，乃託以相如所作，遂大見重於世。

《晉書》卷五十〈曹志傳〉則記載：

> （晉武）帝嘗閱〈六代論〉，問志曰：「是卿先王所作邪？」志對曰：「先王有手所作目錄，請歸尋按。」還奏曰：「按錄無此。」帝曰：「誰作？」志曰：「以臣所聞，是臣族父冏所作。以先王文高名著，欲令書傳于後，是以假託。」帝曰：「古來亦多有是。」

《晉書》卷五四〈陸喜傳〉也說：

> 吳平，又作《西州清論》傳於世，借稱諸葛孔明以行其書也。

直到南北朝仍有其事，《顏氏家訓・雜藝》就說：

> 江南閭里間有畫書賦，乃陶隱居弟子杜道士所為；其人未甚識字，輕為軌則，託名貴師，世俗傳信，後生頗為所誤也。

既言「古來亦多有是」，可見此種情形並非罕見。有些作品若未被發現而誤傳下來，則原作者名湮不傳乃必然之事。

不論是以上哪一種原因，都有可能造成後代誤將〈登徒子好色賦〉視為宋玉之作，尤其是被收入《文選》之後，其名分更是屹立不搖。

由上文所舉之內證、外證觀之，若說〈登徒子好色賦〉的作者不是宋玉，當非瞽說夢囈。

四　此賦涉及的另一思想主題

歷來學者對於此賦的內容探討，多僅止於好色與否，或從李善之說以此篇為諷諫之作。而根據上文的探索，其主旨應是闡揚《詩經》中「好色而不淫」之教化的具體例示。然除此之外，本文試著從另一個角度進行分析，希望能獲得一些新的看法，以就教於先進。

由賦中秦章華大夫所說：「臣自以為守德，謂不如彼矣」、「終不過差，故足稱也」，可知此次論爭的主題在於：面對女色，誰的人格德行較高。本賦序文主要由宋玉發言，

正文則為章華大夫之語，楚王與登徒子顯然只是陪襯的角色。宋玉與章華大夫想要表達的都是自己為最有德行之人，只是二人的論點不同。以宋玉而言，他認為最有德行的表現應該是面對美色能完全不動於心，即所謂「不好色」。章華大夫對此則持懷疑態度，[29]其質疑點有二：一，何謂美色？二，何謂守德？接著於正文部分舉自己親身經歷以與宋玉作比較，並藉此進行說明。

對於美色的認定，首先，於外表體態部分，宋玉極盡筆墨以描繪之；章華大夫則僅簡單二語帶過。其次，於其身份行為上，宋玉東家之子連續三年「登牆窺」鄰家之男，實有違婦道，且可見平日無所事事；章華大夫所見「出桑」之女，為一勞動女子身份，而當她面對心儀之人時，僅敢以「流眄」「竊視」，基本上維持了女子該有的矜持。[30]是則，宋玉所重唯外在美，章華大夫則兼及內在美、德行美。而且宋玉孤陋寡聞，所見僅限於「南楚窮巷之妾，焉足」「言乎」？未必真是美色；相對的，章華大夫自少即曾「周覽九土，足歷五都」，見聞自然要比宋玉寬廣多了，對美色的眼界自然也高於宋玉。至於對守德的表現，宋玉以不動心而「未許」來顯示自己不好色，認為這就是最高品德的展現；章華大夫則是誠實的表示自己動心了，並稱引《詩》以「感動」對方，但他並沒有因此任由情感愛欲肆意氾濫，而是能夠有所節制，使自己的行為不逾越禮教大防，「顧」「守」住「禮」「義」之道德界線而「不過差」。[31]在章華大夫的認知中，這才是真正的「守德」，值得「稱」讚。

由上述可見二人對女色的態度形成對比：宋玉──不好色；章華大夫──好色。根據前引〈詩大序〉的說法，好色乃是「發乎情」，即有情的表現；則不好色當為情未發，因其無情也。如此便可推導出：

---

29 有學者根據章華大夫說：「今夫宋玉盛稱鄰之女，以為美色，愚亂之邪！臣自以為守德，謂不如彼矣」，認為章華大夫自愧不如宋玉，肯定宋玉尚德而不好色。然此說恐有待商榷。章華大夫此話的意思應該是：宋玉盛稱鄰之女，「認為」這就是美色，令「我」感到「迷惑」了！我自認為是個守德之人，「如此說來反不如他囉？」實乃是對宋玉的眼光、行為抱持懷疑態度。所以下面緊接著說：「且夫南楚窮巷之妾，焉足為大王言乎？若臣之陋，目所曾觀者，未敢云也」，表明宋玉眼界不寬，猶如井底之蛙，就算如我曾「遠遊，周覽九土，足歷五都」，都還不敢說見過天下最美的女子。這由正文最後章華大夫敘述完自身經歷後，以「故足稱也」作總結，可以獲得佐證。既強調「故足」，顯然表示對方（宋玉）是「不足稱也」，如此前後文意方能連貫。如果說前面是自愧不如宋玉，那「故足」二字就不知所云而沒有著落了！相關論述，請見曹文心，《宋玉辭賦》，頁165、馬積高，《賦史》，頁47、袁梅，《宋玉辭賦今讀》，頁128、高秋鳳，《宋玉作品真偽考》，頁233、金榮權，《宋玉辭賦箋評》，頁105。

30 有學者將東家之子與採桑女二人均視為主動「放縱情欲，施展誘惑」之「惡的化身」。請見郭建勛，《先唐辭賦研究》，頁359-360。由賦中描述二女的情形來看，此說或猶可商榷。

31 先秦儒家制訂禮樂的目的，並非是要箝制人們的思想行為，而是將人們原始的情慾因勢利導，不使之如洪水猛獸般氾濫爭奪，藉由禮教做為人們行為因循的軌道，如同以溝渠來導引洪水，以維護社會秩序，不至成災。有關這一部份，請詳下文。

　　宋玉 ——— 不好色 —— 無情
　　章華大夫 —— 好色 ——— 有情

章華大夫雖「發乎情」，但能「止乎禮義」，也就是「好色而不淫」，易言之，有情而不淫也。這讓我們想起魏晉時一個重要玄學課題—聖人有情、無情—的論辯景況，《三國志》卷二八〈鍾會傳〉裴注引何劭所作《王弼傳》記述：

> 何晏以為聖人無喜怒哀樂，其論甚精，鍾會等述之。弼與不同，以為聖人茂於人者神明也，同於人者五情也，神明茂故能體沖和以通無，五情同故不能無哀樂以應物，然則聖人之情，應物而無累於物者也。今以其無累，便謂不復應物，失之多矣。

好色、發乎情均是有情的展現，而情乃人天生自然的本性之一，[32]聖人同樣有之。但聖人之所以為聖人，在於其「神明茂」，所以能夠「應物而無累於物」。所謂「神明」即「道」也，《春秋穀梁傳注疏・莊公三年》楊士勛注引王弼說：

> 一陰一陽者，或謂之陰，或謂之陽，不可定名也……故無方無體，非陽非陰，始得謂之道，始得謂之神。

神、道互文而言；《老子》三十二章：

> 道常無名，樸雖小，天下莫能臣也。侯王若能守之，萬物將自賓。

王弼注云：

> 道，無形不繫，常不可名。以無名為常，故曰「道常無名」也……抱樸無為，不以物累其真，不以欲害其神，則物自賓而道自得也。

「真」、「神」均為「道」也。是則，聖人因為體道（無）故能不累於物，章華大夫則是藉由「揚詩守禮」而不淫於色。《詩》、《禮》乃儒家經書系統，根據《漢書》卷七五〈翼奉傳〉載翼奉奏封事說：

> 臣聞之於師曰，天地設位，懸日月，布星辰，分陰陽，定四時，列五行，以視聖人，名之曰道；聖人見道，然後知王治之象，故畫州土，建君臣，立律曆，陳成敗，以視賢者，名之曰經；賢者見經，然後知人道之務，則《詩》、《書》、《易》、《春秋》、《禮》、《樂》是也。《易》有陰陽，《詩》有五際，《春秋》有災

---

32 皇侃，《論語集解義疏》（臺北：廣文書局，1991年），卷四〈泰伯〉，頁272引王弼說：「夫喜懼哀樂，民之自然，應感而動」。

異，皆列終始，推得失，考天心，以言王道之安危。至秦乃不說，傷之以法，是以大道不通，至於滅亡。

建構了「道──聖人──經」的模式。而經書之作用，《漢書》卷八一〈匡衡傳〉載匡衡上書成帝時說：

臣聞六經者，聖人所以統天地之心，著善惡之歸，明吉凶之分，通人道之正，使不悖於其本性者也。故審六藝之指，則人天之理可得而和，草木昆蟲可得而育，此永永不易之道也。

《漢書》卷八八〈儒林傳〉也載：

六藝者，王教之典籍，先聖所以明天道，正人倫，致至治之成法也。

乃聖人體「明天道」，以「通人道之正，使不悖於其本性者也」。這也就是《白虎通》卷九〈五經〉所說：

經所以有五何？經，常也。有五常之道，故曰五經。《樂》仁，《書》義，《禮》禮，《易》智，《詩》信也。人情有五性，懷五常不能自成。是以聖人象天五常之道而明之，以教人成其德也。

亦即：章華大夫所據之《詩》、《禮》乃天道於人間的具體展現。則「好色而不淫」於色與「應物而無累於物」實乃相同指謂。

最後，我們可以將宋玉、章華大夫的說法與何晏、王弼的論點作一比較：

何晏	無情─不應物─無累（於物）	王弼	有情─應物─無累（於物）
宋玉	不動心─不好色─不淫（於色）	章華	動心─好色─不淫（於色）

前賢已指出：何晏「似猶未脫漢代之宇宙論，未有本無分為二截」；王弼則「主體用一如」，「體而無用，失其所謂體矣。輔嗣既深知體用之不二」，「故聖人雖德合天地（自然），而不能不應物而動」。「聖人既應物而動，自不能無情」。[33]在宋玉的觀念裡，好色為惡，不好色為善，此與兩漢論性情最流行的說法：性善情惡，論主二元，極為類同。[34]章華大夫則提出「好色而不淫」，超脫此二元論之拘限，以化消其間對立關係，讓「守德」與「好色」也能達到協和，這才足以顯現其彌高一籌的境界。[35]

---

33 請參湯用彤，〈王弼聖人有情義釋〉，氏著，《魏晉玄學論稿》（臺北：里仁書局，1995年），頁86。

34 有關兩漢性情之論，請參湯用彤，〈王弼聖人有情義釋〉，頁83-84。

35 章華大夫「好色而不淫」、「發乎情，止乎禮義」乃屬儒家學說；至於宋玉摒絕人世間的好色情感，或許是來自莊學系統「無情」的主張。郭慶藩，《莊子集釋》（臺北：貫雅文化，1991年），卷二下

　　兩漢雖是以聖人無情為主要潮流，但並不代表其他觀念或思想完全不存在。[36]而當王弼提出「聖人有情」的觀點時，可能是他慧眼獨具的洞察，但不能排除有其綿遠的傳承。一種觀念的提出到成熟，往往需經歷漫長時間的醞釀、驗證、修改、成型，在這過程當中，有些人或許是有意識的參與，有些人則無意間闇與之合。因此，我們雖無法確定〈登徒子好色賦〉的作者是否真有意涉及聖人有情、無情的論辯，[37]然其賦與此論題相關應是可以肯定的。

五　登徒子好色乎？

　　因為此賦，登徒子歷來被當成好色之徒的代稱，然而這是從宋玉的角度來看。如果我們根據本賦的真正主角章華大夫的認知，給予登徒子的評價會是什麼？儒家向來極重夫妻人倫，《易‧序卦》就說：

> 有天地，然後有萬物。有萬物，然後有男女。有男女，然後有夫婦。有夫婦，然後有父子。有父子，然後有君臣。有君臣，然後有上下。有上下，然後禮義有所錯。夫婦之道，不可以不久也。

《禮記‧昏義》也說：

> 昏禮者。將合二姓之好。上以事宗廟。而下以繼後世也。故君子重之……而所以成男女之別，而立夫婦之義也。男女有別，而后夫婦有義。夫婦有義，而后父子有親。父子有親，而后君臣有正。故曰：「昏禮者禮之本也」。

夫婦結合不但是人類得以延續的根本，所謂「夫婦，生化之本」，[38]「所以傳重承業，繼續先祖，為宗廟主也」。[39]同時也是維持社會秩序的重要規範，如《列女傳‧楚平伯嬴》載：

〈德充符〉，頁220-222載莊子與惠子討論人有情或無情。相關論述，請參吳冠宏，〈莊子與郭象「無情說」之比較——以《莊子》「莊惠有情無情之辯」及其郭注為討論核心〉，《東華人文學報》第二期（2000年7月），頁83-102。

36 根據湯用彤的意見，認為從《禮記》到西漢劉向、東漢荀悅均主聖人有情之說，詳參湯用彤，〈王弼聖人有情義釋〉，頁84-85。

37 或有疑宋玉、章華大夫均非聖人，故本文中二人立場不能以聖人有情、無情來詮釋。然〈對楚王問〉載宋玉稱：「故非獨鳥有鳳而魚有鯤也，士亦有之。夫聖人瑰意琦行，超然獨處，夫世俗之民，又安知臣之所為哉？」〈釣賦〉也載宋玉說：「釣道微矣，非聖人其孰能察之？」均是以聖人自比。以上引文見吳廣平編注，《宋玉集》（長沙：岳麓書院，2001年），頁89、122。

38 王先謙，《漢書補注》，卷二七上〈五行志上‧火〉，頁602引董仲舒之語。

39 梁端校注，《列女傳》（臺北：臺灣中華書局，1981年），卷之四〈召南申女〉，頁73。

> 伯嬴者，秦穆公之女，楚平王之夫人，昭王之母也。當昭王時，楚與吳為伯莒之戰。吳勝楚，遂入至郢。昭王亡，吳王闔閭盡妻其後宮，次至伯嬴，伯嬴持刃曰：「妾聞：天子者，天下之表也；公侯者，一國之儀也。天子失制則天下亂，諸侯失節則其國危。夫婦之道，固人倫之始，王教之端。是以明王之制，使男女不親授，坐不同席，食不共器，殊椸枷，異巾櫛，所以施之也。若諸侯外淫者絕，卿大夫外淫者放，士庶人外淫者宮割。夫然者，以為仁失可復以義，義失可復以禮。男女之喪，亂亡興焉。夫造亂亡之端，公侯之所絕，天子之所誅也。

也就是說，若每人都能謹守「夫妻之義」，而有「男女之別」，則淫慾之心不生，因此才會說「夫婦之際，人道之大倫也」。[40]反之，若「男女之喪」，國家社會將失去秩序，則「亂亡興焉」。可見「夫婦之道，固人倫之始」也。甚至連「君子之道，造端乎夫婦；及其至也，察乎天地」。[41]

既然「夫婦之道，天性也」，[42]則人們豈可逆天而違？以此觀之，登徒子與其妻有五子，乃屬人倫之常，有何可非？更有甚者，其妻甚醜而猶不棄，豈不較一般好色者更為難得？《論語·學而》載子夏就說：

> 賢賢易色，事父母，能竭其力；事君，能致其身；與朋友交，言而有信。

「賢賢易色」即好德重於好色。[43]君不見歷史上時見不嫌妻醜、納而不棄之者，多能作為榜樣而傳為美談。《後漢紀》卷十一〈孝章帝紀·建初五年〉就曾記載：

> （梁）鴻⋯⋯扶風世家多慕其名，欲以女妻之，被服華麗，鴻甚惡之。後鄉里孟氏有女，容貌醜而有節操，多求者，女不肯往，至年三十無嫁處。父母問其所欲，曰：「得賢如梁伯鸞者可矣。」父母曰：「伯鸞清高，汝安能稱之哉？」後鴻聞而求之，遂許焉。為服畢，女求作布麻履及織作之具，乃衣新婦衣。入門積七日，鴻不答，婦跪牀下曰：「竊聞夫子高義，曾逐數婦，而妾亦偃蹇數夫，故來歸夫子，而不見采擇。」鴻曰：「吾欲得裘褐之人，可與俱隱深山爾。今若乃衣綺縞，[傅]白黑，豈梁鴻所願者哉！」於是婦對曰：「妾恐夫子不願爾，妾有隱居之具。」乃起，椎髻衣布，操作具而前。鴻大悅曰：「此真梁鴻之妻也，能成我矣！」字之德耀，名孟光。

以及《世說新語》下卷上〈賢媛〉所載：

---

40 瀧川龜太郎，《史記會注考證》，卷四九〈外戚世家〉，頁773。
41 孔穎達，《禮記正義》（北京：北京大學出版社，1999年），卷五二〈中庸〉，頁1429
42 王先謙，《漢書補注》，卷八〈宣帝本紀·地節四年〉，頁113。
43 相關論述，請參蕭兵，《孔子詩論的文化推繹》，頁130-131。

> 許允婦是阮　尉女，德如妹，奇醜。交禮竟，允無復入理，家人深以為憂。會允
> 有客至，婦令婢視之，還答曰：「是桓郎。」桓郎者，桓範也。婦云：「無憂，桓
> 必勸入。」桓果語許云：「阮家既嫁醜女與卿，故當有意，卿宜察之。」許便回
> 入內，既見婦，即欲出。婦料其此出，無復入理，便捉裾停之。」許因謂曰：
> 「婦有四德，卿有其幾？」婦曰：「新婦所乏唯容爾。然士有百行，君有幾？」
> 許云：「皆備。」婦曰：「夫百行以德為首，君好色不好德，何謂皆備？」允有慚
> 色，遂相敬重。[44]

從這個角度來看，登徒子，其聖人乎！正符合前文所引孔子所期許的「好德如好色者
也」，恐怕連自詡「守德」然猶「好色」的章華大夫都自嘆不如。

六　結論

　　歷來學者對於宋玉名下作品的著作權歸屬，自晚清崔述首先發難後，經劉大白、鄭
振鐸、陸侃如、游國恩等大家相繼提出質疑，針對這一議題，就此掀起一股論辯風潮。
可是後來參與此論爭之學者大多綜述前人既有論點，或贊成而闡述之、或反對而辯駁
之，爭論重點均圍繞著作者是否為宋玉。但是，因古籍中有關宋玉的相關記載、資料過
少，以致論證過程中常見支絀之狀。就筆者所見，目前僅〈登徒子好色賦〉一篇有較充
足的資料可供研討，其餘諸作蓋未易可論，是以本文僅就此賦進行分析探索。由諸多層
面來看，此賦當非宋玉之作。至於確切的著成年代，根據其結構、內容及涉及之議題等
方面進行推敲，佐以同類題材作品的比較，或為東漢時期。

　　也正因眾人目光多聚焦於作者真偽之上，導致對於此賦的結構佈局、內容主旨等，
多為人所忽略，大部分僅能就字面予以解釋，未能作深入的分析探討。本文希望能跳脫
此窠臼，針對作品本身進行詳細研析，以期能恰當的理解本賦之內容主旨。根據上文所
述，此賦實乃《詩經》「好色而不淫」、「發乎情、止乎禮義」之教化的具體例示，尤其
與《詩經‧鄭風》有密切關連。本賦所欲闡發者在於：好色乃屬天性，面對美色要真正
做到不動於心，非人之常情，也不易做到。故人之好色，實無可厚非，要緊的是不能任
由此種情慾氾濫，甚至肆意妄為，需有所節制，如能妥適給予引導，對社會而言甚至能
化危機為助力。本賦於此乃以儒家禮義為軌模，作為好色而不淫的理想示範。另外，借
由宋玉、章華大夫對於「好色」的不同態度與認知，個人認為這與魏晉時期聖人有情、

---

44 盧弼，《三國志集解》（臺北：藝文印書館，1955年），卷三五〈諸葛亮傳〉，頁799裴注引《襄陽
記》說：「黃承彥者，高爽開列，為沔南名士。謂諸葛孔明曰：『聞君擇婦，身有醜女，黃頭黑色，
而才堪相配。』孔明許，即載送之。時人以為笑樂，鄉里為之諺曰：『莫作孔明擇婦，正得阿承醜
女。』」亦是重德不重貌。

無情的玄學論題若符合契，可能是此一論題醞釀過程中的產物，此點乃前賢研究此賦所未曾論及者。是則，此賦不僅上承兩漢《詩》教之餘緒，並且下啟魏晉玄學之新風，既不悖逆於當時的傳統潮流，又能慧眼獨具的點化新途（隱伏於主流思想之下的暗潮），實令人嘆賞。這也是本文將此賦的寫作年代推定於東漢的原因之一。

　　由此即可見本賦高明之處，一方面在於凸顯過去認為最好、最高境界的「不好色」，其實未屬上乘。既能使人類天生情慾得到宣洩，又能不使之為亂，社會秩序得以維持與延續，方為至道，此實非〈諷賦〉、〈美人賦〉得以望其項背；另一方面，相較於東漢後期出現許多以男女情慾為主題的作品，雖然最終也多能藉由以禮制情收場，然也就僅止於此。本賦則能跳脫此一框架，不但以此賦作為《詩》教的具體示例，符合孔子：「我欲載之空言，不如見之於行事之深切著明」的遺訓。[45]而且更可能深入觸及到聖人有情、無情的論題。凡此都使得此賦不論在結構、情節轉折方面，或內容含意之深度，均卓犖於同類型題材的眾作之上。

---

45 瀧川龜太郎，《史記會注考證》，卷一百三十〈太史公自序〉，頁1370。

徵引文獻

一　古籍：

孔穎達：《毛詩正義》，北京：北京大學出版社，1999年。

孔穎達：《禮記正義》，北京：北京大學出版社，1999年。

邢　昺：《論語注疏》，北京：北京大學出版社，1999年。

皇　侃：《論語集解義疏》，臺北：廣文書局，1991年。

孫　奭：《孟子注疏》，北京：北京大學出版社，1999年。

瀧川龜太郎：《史記會注考證》，臺北：洪氏出版社，1986年。

王先謙：《漢書補注》，臺北：藝文印書館，1955年。

盧　弼：《三國志集解》，臺北：藝文印書館，1955年。

梁端校注：《列女傳》，臺北：台灣中華書局，1981年。

郭慶藩：《莊子集釋》，臺北：貫雅文化，1991年。

王先謙：《荀子集解》，臺北：世界書局，1991年。

何　寧：《淮南子集釋》，北京：中華書局，1998年。

洪興祖：《楚辭補注》，臺北：長安出版社，1991年。

吳廣平編注：《宋玉集》，長沙：岳麓書院，2001年。

李善注：《文選》，臺北：藝文印書館，1989年。

逯欽立校注：《陶淵明集》，臺北：里仁書局，1985年。

二　近人著作：

王志平：〈《詩論》箋疏〉，上海大學古代文明研究中心、清華大學思想文化研究所編，《上博館藏戰國楚竹書研究》，上海：上海書店出版社，2002年。

王夢鷗：〈貴遊文學與六朝文體的演變〉，《中外文學》8卷1期（1979年6月）

王夢鷗：〈從雕飾到放蕩的文章論〉，《中外文學》8卷5期（1979年10月）

朱碧蓮：〈宋玉辭賦真偽辯〉，《楚辭論稿》，上海：上海三聯書店，1993年。

朱曉海：〈賦源平章隻隅〉，《漢賦史略新證》，西安：陝西人民出版社，2004年。

朱曉海：〈漢賦漢俗互注示例並推論〉，《漢賦史略新證》

朱曉海：〈賦源平章隻隅〉，《漢賦史略新證》

朱曉海：〈揚雄賦析論拾餘〉，《漢賦史略新證》

朱曉海：〈〈兩都〉、〈二京〉義疏補〉，《漢賦史略新證》

池田知久：《馬王堆漢墓帛書五行研究》，北京：線裝書局，2005年。

李　　誠：《楚辭文心管窺》，臺北：文津出版社，1995年。

李學勤：《中國古代文明研究》，上海：華東師範大學出版社，2005年。

金榮權：《宋玉辭賦箋評》，鄭州：中州古籍出版社，1991年。

吳廣平：《宋玉研究》，長沙：岳麓書社，2004年。

吳冠宏：〈莊子與郭象「無情說」之比較——以《莊子》「莊惠有情無情之辯」及其郭注
　　　　為討論核心〉，《東華人文學報》第二期（2000年7月）

胡平生：〈讀上博藏戰國楚竹書《詩論》劄記〉，《上博館藏戰國楚竹書研究》

胡念貽：〈宋玉作品的真偽問題〉，《文學遺產》增刊第一輯（1955年）

姜書閣：〈宋玉及其辭賦考辨〉，《先秦辭賦原論》（濟南：齊魯書社，1983年。

周鳳五：〈《孔子詩論》新釋文及注解〉，《上博館藏戰國楚竹書研究》

高秋鳳：《宋玉作品真偽考》，臺北：文津出版社，1999年。

馬承源主編：《上海博物館藏戰國楚竹書（一）》，上海：上海古籍出版社，2001年。

馬積高：《賦史》，上海：上海古籍出版社，1998年。

許東海：《風景‧夢幻‧困境——辭賦書寫新視界》，臺北：里仁書局，2008年。

許結、郭維森：《中國辭賦發展史》，南京：江蘇教育出版社，1996年。

崔　　述：《考古續說‧觀書餘論》，《東壁遺書》，上海：上海古籍出版社，1983年。

袁　　梅：《宋玉辭賦今讀》，濟南：齊魯書社，1986年。

郭建勛：《先唐辭賦研究》，北京：人民出版社，2004年。

郭英德：《中國古代文人集團與文學風貌》，北京：中國人民大學出版社，2012年。

康金聲：〈宋玉和賦體的形成〉，《晉陽學刊》1986年3期

曹明剛：〈宋玉賦真偽辨〉，《賦學論稿》，上海：上海古籍出版社，2012年。

曹文心：《宋玉辭賦》，合肥：安徽大學出版社，2006年。

黃懷信：《上海博物館藏戰國楚竹書《詩論》解義》，北京：社會科學文獻出版社，2004
　　　　年。

湯用彤：〈王弼聖人有情義釋〉，《魏晉玄學論稿》，臺北：里仁書局，1995年。

湯漳平：〈宋玉作品真偽辨〉，《文學評論》1991年5期

陸侃如：〈宋玉評傳〉，袁世碩、張可禮主編，《陸侃如馮沅君合集》（合肥：安徽教育出
　　　　版社，2011年。

劉信芳：《孔子詩論述學》，合肥：安徽大學出版社，2003年。

劉信芳：《簡帛五行解詁》，臺北：藝文印書館，2000年。

劉　　剛：《宋玉辭賦考論》，瀋陽：遼海出版社，2006年。

劉大白：〈宋玉賦辨偽〉，楊金鼎等選編，《楚辭研究論文選》，武漢：湖北人民出版社，
　　　　1985年。

劉大杰：《中國文學發展史》，臺北：華正書局，2001年。

廖名春：〈上海博物館藏詩論簡校釋劄記〉，《上博館藏戰國楚竹書研究》

龐　樸：《竹帛《五行》篇校注及研究》，臺北：萬卷樓圖書有限公司，2000年。

魏啟鵬：《簡帛《五行》箋釋》，臺北：萬卷樓圖書有限公司，2000年。

蕭　兵：《孔子詩論的文化推繹》，武漢：湖北人民出版社，2006年。

游國恩：《楚辭概論》，游寶諒編，《游國恩楚辭論著集》，北京：中華書局，2008年。

鄭振鐸：《插圖本中國文學史》，上海：上海人民出版社，2005年。

鄭良樹：〈論宋玉賦的真偽〉，氏著，《辭賦論集》，臺北：學生書局，1998年

饒宗頤：〈竹書〈詩序〉小箋〉，《上博館藏戰國楚竹書研究》

譚家健：〈《唐勒》賦殘篇考釋及其他〉，氏著，《先秦散文藝術新探》，北京：首都師範
　　　　大學出版社，1995年。

論西域物質文化在中晚唐詩中的投影
—— 以瑪瑙器皿為例[*]

李宜學

中央大學中國文學系副教授

摘要

　　西域文化對中原影響深遠；尤其李唐一朝，胡風特熾。這似乎已是中國文學史、文化史、文明交流史上的常識。向達（1900-1966）〈唐代長安與西域文明〉、〔美〕Edward Schafer（1913-1991）*The Golden Peaches of Samarkand：A Study of T'Ang Exotics*，更從學術的角度證實了上述印象。準此，唐人「胡化」之廣之劇，幾可定讞。然而，葛曉音〈論唐前期文明華化的主導傾向——從各族文化的交流對初盛唐詩的影響談起〉一文卻對此成說提出異議：初盛唐詩中罕見胡俗描寫，能進入詩人視野的西域新奇事物並不多，這反映了唐人對自身文化的信心：以中華禮教化成天下，所以，彼時的文化主導力量是「華化」，而非「胡化」。至其消長之機，則為安史之亂，士人懲於胡人叛變，深戒胡風，因此，詩歌中反映胡俗遂亦寖多。所論發人深省，也引起了本文的研究興趣，乃欲考察西域物質文化在中晚唐詩中的投影，並以「新史學」（New History）中「新文化史」（New Cultural History）之「物質文化研究」（material culture studies）為進路，尤借鏡其「物品的文化傳記」（cultural biography of things）與「物質藏品中的文化再現」（the representation of culture in material objects）此二觀點，討論西域器皿：一方面，藉中晚唐詩歌文本作為西域物質文化滲入中原的例證；二方面，透過物質文化的視角，重新解讀這些涉及西域器皿的詩歌文本，期能勾掘出前人較少留意的詮釋層面。惟限於篇幅，茲先以瑪瑙器皿為例，進行個案研究。

關鍵詞： 西域、物質文化、中晚唐詩、瑪瑙器皿

---

[*] 本文已收錄李瑞騰、卓清芬主編：《物我交會——古典文學的物質性與主體性》（臺北：萬卷樓圖書股份有限公司，2017年），頁3-47。

一　前言

　　自〔漢〕武帝（劉徹，前156-前87）建元二年（前139）遣張騫（？-前114）鑿空西域[1]，中西交通便日趨頻繁[2]，而西域文化對中原的影響，亦日漸深遠；洎至李唐一朝，浸明浸昌，上起朝廷，下迄市井，靡不為胡風所被。這似乎已是中國文學史、文化史、文明交流史上的常識。另自學術角度言之，向達（1900-1966）〈唐代長安與西域文明〉（1933）一文[3]，詳考唐代長安、洛陽[4]之宮室、服飾、飲食、繪畫、舞樂、打球、宗教各層面，證實了其莫不習染西域風俗，並言：「有唐之西京，亦可謂極光怪陸離之致矣。」[5]；〔美〕Edward Schafer（1913-1991）所著 *The Golden Peaches of Samarkand: A Study of T'Ang Exotics*（1963）[6]，竭澤而漁網羅了唐代舶來品一百七十餘種，析為十八類，就中來自西域者，所在多有，佔了極大份量。中西學者，異口同聲，所見略同，總此，唐人「胡化」之廣之劇，差無疑義，幾可定讞。

　　然而，葛曉音卻對此成說提出異議。其〈論唐前期文明華化的主導傾向——從各族文化的交流對初盛唐詩的影響談起〉（1997）一文，持向達所述「胡化」諸現象與初、盛唐詩歌內容相對照，發現：「宮室、服飾、飲食等在詩裡基本上沒有反映，唯樂舞、游樂、繪畫有所涉及」，但後者在「全部初盛唐詩中所佔數量的比例很小」，且其雜染胡風，並不始於初、盛唐，南北朝時期已然如此；進一步言，此之所謂受胡風影響，實僅屬表層、外部形式的「化」，而非深層、內在精神的「化」，故不得為真正的「胡化」。與此相反的是，「唐朝政府對於『入唐蕃夷』，既有以禮教改造異族的明確意識，又能輔以強有力的行政手段」，例如：令胡人改習農耕、透過禮樂詩書宣揚中華文化、藉由公主和蕃等管道傳播中原先進文明。所以，「入唐以後接受此教育的胡人漢化速度極快，僅過一兩代人即完全成為華人。」據此，唐代前期文明乃是以「華化」為主導，而這也

---

[1] 〔漢〕司馬遷著，〔日〕瀧川龜太郎注：〈大宛列傳〉，《史記會注考證》（臺北：大安出版社，1998年），卷一百二十三，頁2，總頁1273：「大宛之迹，見自張騫。」〔漢〕班固著，〔唐〕顏師古注：〈西域傳〉，《漢書》（一二）（北京：中華書局，1987年），卷九十六上，頁3871-3873：「西域以孝武時始通，……而張騫始開西域之迹。」但這只是史有明文的記載，晚近考古學界的研究成果則顯示，遠自公元前六世紀起，中西交通便已然展開。參方豪：〈先秦時代中國與西方之關係〉，《中西交通史》（一）（臺北：中華史典編印會，1974年），第四章，頁51-70；葛承雍：〈絲綢之路與古今中亞〉，《唐韵胡音與外來文明》（北京：中華書局，2006年），頁28。

[2] 〔漢〕司馬遷前揭書，頁22，總頁1278：「烏孫使既見漢人眾富厚，歸報其國。其國乃益重漢。其後歲餘騫所遣使通大夏之屬者，皆頗與其人俱來。於是西北國始通於漢矣。」

[3] 向達：〈唐代長安與西域文明〉，《唐代長安與西域文明》（重慶：重慶出版社，2009年），頁1-97。

[4] 向達〈唐代長安與西域文明〉，《唐代長安與西域文明》，頁2云：「本篇以長安為限，有關洛陽之新材料亦偶爾迹及。其所以如此，非敢故亂其例，以為或可以稍省覽者翻檢之勞云爾，……。」

[5] 向達〈唐代長安與西域文明〉，《唐代長安與西域文明》，頁67。

[6] 〔美〕薛愛華（Schafer, E.H.）著，吳玉貴譯：《撒馬爾罕的金桃：唐代舶來品研究》（北京，社會科學文獻出版社，2016年）。該書一度譯為《唐代的外來文明》，作者名則譯為愛德華‧謝弗。

「正是初盛唐詩人描寫境內胡俗的作品很少的基本原因。」至於面對「胡化」問題，時人則採取既開放又抵制的態度，在兩者間求其均衡。這樣的立場，反映了唐人「對本土文化力量的充分自信」：欲以中華禮教化成天下。但安史之亂後，「兩京屢遭胡兵掃蕩，國勢衰落，開放和抵制間的均勢被打破。對社會風俗胡化的憂慮也隨之產生。」中唐人於是開始批判胡風，且已不祇是文化上的、更是政治上的批判。文末，葛曉音認為：「對於『胡化』的政治警覺性大大提高，是中唐詩歌反映『胡俗』多於初盛唐的主要原因。」[7]

葛氏此論，別具隻眼，發人深省，也引起了本文的研究興趣：究竟中唐以降所受西域文化之影響如何？時人又如何理解、接受、詮釋這些外來文化？茲仍以唐詩為樣本，試加考察。

中唐的時間上限，文學史上各有不同提法。[8]細繹葛曉音文，所稱唐前期、後期，雖未有明確定義，但略以安史之亂為分界，而所舉詩作，似未詳於杜詩。故本文所述，以安史之亂前後為起點，而仍將杜詩納入討論。

古人概念中的「西域」，有廣、狹二義，前者指「包括蔥嶺以西的中亞、西亞和南亞的部份，乃至東歐、北非地區，是中當時對西方的統稱」；後者指「玉門關（今甘肅敦煌西北）、陽關（今甘肅敦煌西南）以西、蔥嶺以東，即今巴爾喀什湖東、南和新疆廣大地區」。[9]隨論題不同，認定亦殊。為更確切掌握唐代語境下的「西域」，本文合參《舊唐書・西戎列傳》、《新唐書・西域列傳》[10]所述，去其重，共得二十五國，分別

7 葛曉音：〈論唐前期文明華化的主導傾向——從各族文化的交流對初盛唐詩的影響談起〉，《詩國高潮與盛唐文化》（北京：北京大學出版社，1998年），頁301-323。

8 如：傅璇琮「天寶十五載也就是肅宗至德元載（756）」之說（見傅璇琮主編，陶敏、傅璇琮著：〈自序〉，《唐五代文學編年史》〔瀋陽：遼海出版社，1998年〕，初盛唐卷，頁6-7）、葛曉音「唐代宗大曆元年（766）」之說（見氏著：《唐詩宋詞十五講》，〔北京：北京大學出版社，2003年〕，頁119）、蔣寅「唐代宗寶應元年（762）」之說（見氏編：《中國古代文學通論・隋唐五代卷》，〔沈陽：遼寧人民出版社，2005年〕，頁6）……等。

9 何芳川、萬明：〈兩漢時期中西交通與文化交流的勃興〉，《古代中西文化交流史話》（北京：商務印書館，1998年），頁14。余太山有較簡潔的敘述，所論近似。見氏著：《兩漢魏晉南北朝與西域關係史研究》（北京：商務印書館，2011年），「緒說」，頁1：「『西域』……在多數情況下泛指玉門關、陽關以西的廣大地區，有時也用來稱呼塔里木盆地及其周臨地區，就是說有廣、狹二義。」又，其中狹義「西域」之說，大約出自《漢書・西域傳》裡的這段話：「西域……皆在匈奴之西，烏孫之南。南北有大山，中央有河，東西六千餘里，南北千餘里。東則接漢，阨以玉門、陽關，西則限以蔥嶺。其南山，東出金城，與漢南山屬焉。其河有兩原：一出蔥嶺山，一出于闐。于闐在南山下，其河北流，與蔥嶺河合，東注蒲昌海。蒲昌海，一名鹽澤者也，去玉門、陽關三百餘里，廣袤三百里。其水亭居，冬夏不增減，皆以為潛行地下，南出於積石，為中國河云。」

10 〔五代〕劉昫等著：〈西戎列傳〉，《舊書》（一六）（北京：中華書局，1997年），卷一百九十八，頁5289-5318。〔宋〕歐陽修、宋祁著：〈西域列傳〉，《新唐書》（二十）（北京：中華書局，2011年），卷二百二十一上、卷二百二十一下，頁6213-6266。

為：泥婆羅、黨項（《舊唐書》稱黨項羌）、東女、高昌、吐谷渾、焉耆、龜茲、疏勒、于闐、天竺、摩揭陀、罽賓、康（《舊唐書》稱康國）、寧遠、大勃律、吐火羅、謝颲、識匿、箇失蜜、骨咄、蘇毗、師子、波斯、拂菻、大食。下文論及「西域」物質文化之所來自，即以此諸國為範圍。

本文論述進路，將取徑二十世紀「新史學」（New History）中「新文化史」（New Cultural History）之「物質文化研究」（material culture studies），尤借鏡其「物品的文化傳記」（cultural biography of things）與「物質藏品中的文化再現」（the representation of culture in material objects）此二觀點。[11]據考，「物質文化」最早的概念，「依據的證物並不是語言文字，而是墨西哥和祕魯的印第安人和本土人的古老文明器皿和藝術品上的造型和條紋。」[12]緣此，器皿便一直是日後該研究中不可或缺的一環——儘管其最初是用以指稱「第三世界的文明和藝術，以及非西方、非現代的部落生活的器皿用具藝術品」。[13]職是之故，本文亦將先論器皿：一方面，藉中晚唐詩歌文本作為西域物質文化滲入中原的例證；二方面，透過物質文化的視角，重新解讀這些涉及西域器皿的詩歌文本，期能勾掘出前人較少留意的詮釋向度。惟限於篇幅，茲先以瑪瑙器皿為例（理由詳下文），進行個案研究。

---

11 「物質文化研究」中的這兩個觀點，參陳玨：〈高羅佩與「物質文化」——從「新文化史」視野之比較研究〉，《漢學研究》第27卷第3期（2009年9月），頁317-346。前一觀點，出自〔德〕伊戈爾·科普托夫（Igor Kopytoff）著，杜宇譯，丁泓校：〈物的文化傳記：商品化過程〉（收入羅鋼、王中忱編：《消費文化讀本》〔北京：中國社會科學出版社，2003年〕，頁397-427）一文，其意據巫仁恕《品味奢華：晚明的消費社會與士大夫》（臺北：聯經出版事業公司，2007年，頁17-18）之說，可概括如下：「視物的一生為傳記，有純商品化的過程，也有非商品的象徵化過程。Igor Kopytoff 指出物的商品化過程也會遭遇文化力量的對抗，亦即使物品特殊化（singularization），來抵制其他物品的商品化，或把商品化的物品再特殊化，限制於狹隘的交換領域。社會內部群體對某物品的特殊化，使該物具有集體共識的烙印，引導個體對特殊化的慾望，並背負文化神聖化的重擔。」後一觀點，出自 George W. and Stocking,Jr. ed., *OBJECTS AND OTHERS: Essays on Museums and Material Culture* (Madison, Wis.: University of Wisconsin Press, 1985) 之說，其意據陳玨前揭文所述，為：「透過『物質藏品』（material objects），看到『文化再現』（the representation of culture）。」
承匿名審查委員對「理論的適切性」提供建議，認為本文「應該比較適合以布迪厄的場域觀與象徵意涵來檢視瑪瑙表達社會價值的工具性，透過場合及文化脈絡如何將價值銘刻在物之上，並帶來品味的區隔。」為筆者開啟另一視野，獲益良多。惟囿於時間、學力，未能大幅修改，後續研究將會納入思考，謹此致謝。
12 孟悅、羅鋼編：〈什麼是「物」及其文化？——關於物質文化的斷想〉，《物質文化讀本》（北京：北京大學出版社，2008年），前言，頁5。按，該「前言」由孟悅所撰。
13 孟悅、羅鋼編：〈什麼是「物」及其文化？——關於物質文化的斷想〉，《物質文化讀本》，前言，頁5。

二 中唐前的瑪瑙身世

（一）物理身世

　　「瑪瑙」是一種天然礦物，屬微晶（Microcrystalline）石英類，多出產於火山岩的裂隙及空洞中，主要成份為二氧化硅（SiO_2），硬度7，比重（SG，即：密度）2.61，折射率（RI）1.53-1.54，雙折射（DR）0.004，呈半透明狀，具光澤。[14] 瑪瑙的材質與「玉髓」極其相近，為同一家族[15]，兩者異同，歷來說法分歧，〔美〕Edward Schafer 為之辨析如下：

> 英文字「carnelian」（光玉髓），一般是指淡紅色的玉髓，即一種呈半透明狀的隱晶質硅。在現代漢文中，大多都將這個字譯作「瑪瑙」（這個詞來源於「馬腦」），而「瑪瑙」這個詞在英文中則更多地是指「agate」。在一般情況下，我們將條帶構造的玉髓叫作「agate」，但是「瑪瑙」通常都帶有一些紅暈——至少在唐朝說的「瑪瑙」是如此——所以，如果我們說「瑪瑙」就是「agate」的話，那麼就有必要講清楚，我們所說的瑪瑙是一種色彩很鮮豔的瑪瑙。而更直接的做法則是將漢文史料中的「瑪瑙」譯作「carnelian」（光玉髓）。[16]

究言之，更簡要的區別是：瑪瑙具有紋帶結構，玉髓則無。此紋帶結構「是瑪瑙所含微量元素（如鐵、錳、鎳等）發生韻律變化造成的」[17]，故其原石或經拋光加工後的寶石，常呈現出「紅、白、灰各種顏色相間呈平行層狀環形排列」[18]，燦爛奪目，更因而使人聯想到馬腦的形象，招來一場為期甚久的美麗錯誤。（詳下文）。

　　總結前文，可將瑪瑙的物理特徵歸納如下：

　　1. 堅硬：硬度達7，僅次於少數玉石，如：鑽石（硬度10）、紅寶石（硬度9）、藍寶石（硬度9）等[19]，而硬度越高，價格亦越高，故知瑪瑙極為貴重。

---

14 〔英〕卡莉・霍爾（Cally Hall）著，哈里・泰勒攝影，貓頭鷹出版社編輯小組翻譯：〈切磨寶石〉，《寶石圖鑒》（臺北：貓頭鷹出版社，1996年），頁87-93、頁150。正文中述及的專有名詞，該書均有簡要定義，可參看。

15 〔英〕卡莉・霍爾（Cally Hall）著，哈里・泰勒攝影，貓頭鷹出版社編輯小組翻譯：〈切磨寶石〉，《寶石圖鑒》，頁87-93、頁150。又參傳世文化編：《古玩圖鑒雜項篇》（北京：文物出版社，2007年），頁26。按，該書係據〔清〕趙汝珍《古玩指南》一書改編。

16 〔美〕薛愛華（Schafer, E.H.）著，吳玉貴譯：〈寶石〉，《撒馬爾罕的金桃：唐代舶來品研究》，第十五章，頁558。

17 吳聿立：〈無紅一世窮——說瑪瑙〉，《21世紀》2010年第1期，頁40-41。

18 傳世文化編：《古玩圖鑒雜項篇》，頁26。

19 〔英〕卡莉・霍爾（Cally Hall）著，哈里・泰勒攝影，貓頭鷹出版社編輯小組翻譯：〈特性表〉，《寶石圖鑒》，頁150-155。

2. 晶瑩：「寶石越硬，亮度越高」，由於瑪瑙的硬度高，故使其呈現出「玻璃般的」[20]光澤，有剔透之感。

3. 顏色繽紛，以紅為貴：瑪瑙的顏色眾多，有：紅、藍、紫、綠、黑、白等，曾贏得「千種瑪瑙萬種玉」的美稱，但終究以紅色為上品；且紅色瑪瑙的品類尚可再分為：火瑪瑙、縞瑪瑙、紅玉瑪瑙、紅縞瑪瑙等[21]，〔明〕曹昭（元末明初人）《格古要論》因而有「瑪瑙無紅一世窮」之說。[22]

4. 紋理斑斕：特殊的紋帶結構，彷若層層漣漪擴散，溢彩流光，令人讚嘆，而依紋帶之寬、細，又可分為帶狀瑪瑙、纏絲瑪瑙等。[23]

而此四點，便是詩人想像瑪瑙、書寫瑪瑙，進而建構文學世界中瑪瑙知識體系的憑藉與起點。

（二）在中國流傳的身世

據地質學家章鴻釗（1877-1951）之說，「瑪瑙」在中國本稱「瓊」、「赤玉」、「赤瓊」、「玉赤首瓊」等，東漢以後，因佛教流傳中土，始改稱「馬腦」，而首見於〔東漢〕安世高（生卒年不詳）所譯《阿那邠邸七子經》，對譯的是梵語中「阿濕縛揭波」（Asmargarbha）一詞。[24]〔唐〕釋慧琳（737-820）《一切經音義》曰：

> 馬腦，梵音謂之阿濕嚩揭波。言阿濕嚩者，此云馬也。……揭波者，腦也，藏也。若言阿濕摩揭波，此云石藏。按此寶出白石中，故應名石來。以馬聲濫石，藏聲濫腦，故謬云馬腦。[25]

清楚說明將「阿濕縛揭波」譯為「馬腦」的理由，也駁斥了或人對此望文生義所衍生的謬論。〔唐〕窺基（632-682）《妙法蓮華經玄贊》則曰：

> 馬腦，梵云遏濕摩揭婆，此云杵藏，或言胎藏者，堅實故也。色如馬腦，故從彼

---

20 〔英〕卡莉・霍爾（Cally Hall）著，哈里・泰勒攝影，貓頭鷹出版社編輯小組翻譯：〈切磨寶石〉，《寶石圖鑑》，頁22。此為描述寶石光澤的專門術語。

21 〔英〕卡莉・霍爾（Cally Hall）著，哈里・泰勒攝影，貓頭鷹出版社編輯小組翻譯：〈切磨寶石〉，《寶石圖鑑》，頁90。

22 〔明〕曹昭：《格古要論》，收入《景印文淵閣四庫全書》（八七一）（臺北：臺灣商務印書館，1983年），卷中，頁9a，總頁101。

23 劉道榮、劉婧編著：〈美麗華貴的有機寶石篇〉，《珠寶玉石鑑賞常識》（天津：百花文藝出版社，2011年），頁248。

24 章鴻釗：〈玉石〉，《石雅》（天津：百花文藝出版社，2010年），上編，頁29-32。

25 徐時儀校注：《一切經音義：三校本合刊》（中）（上海：上海古籍出版社，2008年），卷第二十一，頁870。

名，作馬腦字。以是寶類，故字從玉，或如石類，字或從石。[26]

為意譯之「馬腦」一詞正名，正可與上引釋慧琳的解釋相印證。文末則說明後世輾轉寫成「瑪瑙」、「瑪腦」、「碼瑙」、「碼磠」等不同字形的緣故，而這便涉及瑪瑙的屬性問題了。

按，〔魏〕張揖（生卒年不詳）《廣雅》云：

> 馬瑙，石次玉。[27]

將其界定為石類：一種等級次於玉的石頭。另，〔魏〕文帝（曹丕，187-226）曾得一方瑪瑙，遂製成有嚼口的馬駱頭[28]，並撰〈馬瑙勒賦〉以誌之，賦前有序，曰：

> 馬瑙，玉屬也，出自西域，文理交錯，有似馬腦，故其方人因以名之。……。[29]

在此，曹丕指出了瑪瑙的四項重點：其一，屬性：玉類；其二，產地：西域；其三：特徵，紋路綺靡；其四，得名之由：彼時西域人[30]認為其紋路「有似」馬腦。

第一點，與張揖的界定不同。瑪瑙究係屬石？屬玉？字形究竟從「石」部？抑或「玉」部？自此成了爭論未休的話題。

第三點，完全符合瑪瑙的物理身世。

第四點，顯示自《阿那邠邸七子經》譯出「馬腦」一詞後，便開啟漢、魏人從動物「馬」的角度理解「阿濕縛揭波」之權輿。曹丕所述，尚語帶保留，僅言「『有似』馬腦」；其後，〔晉〕王嘉（？-390）《拾遺記》則逕予落實，發揮如下：

> 碼磠，石類也，南方者為之勝。今善別馬者，死則破其腦視之，其色如血者，則日行萬里，能騰空飛；腦色黃者，日行千里；腦色青者，嘶聞數百里；腦色黑者，入水毛鬣不濡，日行五百里；腦色白者，多力而怒。今為器多用赤色，若是

---

26 〔唐〕窺基：《妙法蓮華經玄贊》，收入《大藏經》（三十四）（臺北：新文豐出版股份有限公司，1983-1988年），卷二，頁685。

27 引自〔唐〕歐陽詢撰，汪紹楹校：《藝文類聚》（下）（上海：上海古籍出版社，2007年），卷八十四，頁1441。按，該句不見於今本《廣雅》。又，〔清〕陳夢雷原編，楊家駱編：〈食貨典〉，《古今圖書集成》（臺北：鼎文書局，1977年），頁3188，引《廣雅‧釋器》云：「瑪瑙，石次玉，鬼血所化，南方者為勝。」此數句亦未見於今本《廣雅》。

28 〔漢〕鄭玄注、〔唐〕賈公彥疏：〈既夕禮〉，《儀禮注疏》（臺北：藝文印書館，1993年），卷第三十八，頁8a，總頁451：「纓轡、貝勒縣于衡。」

29 〔魏〕曹丕：〈瑪瑙賦勒〉，見〔唐〕歐陽詢撰，汪紹楹校：《藝文類聚》，卷八十四，頁1441。

30 黃懷信、張懋鎔、田旭東著，黃懷信修訂，李學勤審定：〈王會解〉，《逸周書彙校集注（修訂本）》（下）（上海：上海古籍出版社，2007年），卷七，頁863：「方人以孔鳥」句，孔晁注：「亦戎別名。」

> 人工所製者，多不成器，亦殊樸拙。其國人聽馬鳴則別其腦色。⋯⋯。[31]

繪聲繪影，煞有介事，將碼磟、馬的腦色、馬的鳴叫聲，一一對應起來。此應即前引釋慧琳批評「馬聲濫石，藏聲濫腦」謬論的其中之一。不惟如此，王嘉更在承襲前人舊說之餘，提出新解，其言曰：

> 丹丘之地，有夜叉駒跋之鬼，能以赤馬腦為瓶、盂及樂器，皆精妙輕麗。中國人有用者，則魑魅不能逢之。一說云：馬腦者，言是惡鬼之血，凝成此物。昔黃帝除蚩尤及四方群兇，并諸妖魅，填川滿谷，積血成淵，聚骨如岳。數年中，血凝如石，骨白如灰，膏流成泉。故南方有肥泉之水，有白堊之山，望之峨峨，如霜雪矣。又有丹丘千年一燒，黃河千年一清，至聖之君，以為大瑞。丹丘之野多鬼血，化為丹石，則碼瑙也。不可斫削雕琢，乃可鑄以為器也。⋯⋯。[32]

為瑪瑙一物添上詭異魅影，染上血腥意象。但，這看似荒誕不經的謬悠之辭，卻可能正體現了王嘉及其同時代某些人的焦慮：如何解釋此一不產自中國、卻又瑰奇美麗的玉石？其策略是：將它本土化，納入中國的神話傳說、文化版圖。如此一來，也就解除了自身匱乏的警報，確保中國無奇不有、包羅萬象的博物想像。細繹其辭，實亦不乏合理的「誤解」，如云瑪瑙為鬼血所化丹石，寧非試圖回答何以此物多呈紅色？王嘉畢竟還是說中了瑪瑙的幾分真相。

儘管時人有上述焦慮，但「瑪瑙出自西域」已漸成共識，除前引曹丕〈馬瑙勒賦〉序的第二要點之外，相同的見解還可再撮舉數條如下：

> 大秦多金、銀、銅、⋯⋯馬瑙、⋯⋯。（〔魏〕魚豢《魏略》）[33]
> 馬瑙出西南諸國。（〔晉〕郭義恭《廣志》）[34]
> 馬瑙出月氏國。（〔晉〕郭璞《玄中記》）[35]

按，大秦：中國古代對羅馬帝國的稱呼[36]，地屬南歐；西南諸國：約當指今西南亞；月氏：原居今甘肅蘭州以西至敦煌河西走廊一帶，為匈奴所破後，西遷至伊犁河流域[37]，

---

31 〔晉〕王嘉著，石磊注譯：〈高辛〉，《新譯拾遺記》（臺北：三民書局股份有限公司，2012年），卷一，頁24-25。

32 〔晉〕王嘉著，石磊注譯：〈高辛〉，《新譯拾遺記》，卷一，頁24-25。

33 〔清〕張鵬編：《魏略輯本》，收入楊家駱主編：《三國志附編》（臺北：鼎文書局，1979年），卷二十二，頁6a-b，總頁85。

34 引自〔唐〕歐陽詢撰，汪紹楹校：《藝文類聚》，卷八十四，頁1441。

35 引自〔唐〕歐陽詢撰，汪紹楹校：《藝文類聚》，卷八十四，頁14417。按，唐以後因避諱故，改名《元中記》。

36 正史中，《後漢書》始稱羅馬為「大秦」；前此，如《史記》、《漢書》，則稱為「黎軒」、「犁軒」等。

37 〔漢〕司馬遷著，〔日〕瀧川龜太郎注：〈大宛列傳〉，《史記會注考證》，頁2-5，總頁1273-1274。

地屬中亞。總此三者,均包含在廣義的西域範圍內,併皆瑪瑙的故鄉。準此,魏、晉人已能正確掌握瑪瑙的產地,知其為外國貨。

至於瑪瑙的製成品,最初多為馬勒,曹丕的〈瑪瑙勒賦〉即是一例。此外,〔晉〕葛洪(284-363)《西京雜記》亦載:

> (按,漢)武帝時,身毒國獻連環羈,皆以白玉作之,馬瑙石為勒,白光琉璃為鞍。鞍在闇室中常照十餘丈,如晝日。自是,長安始盛飾鞍馬,競加雕鏤,或一馬之飾直百金。皆以南海白蜃為珂,紫金為華,以飾其上。猶以不鳴為患,或加以鈴鑷,飾以流蘇,走則如撞鐘磬,若飛幡葆。……。[38]

漢之身毒國,即今印度,其所進獻的豪華馬車,曾在漢武帝朝長安城的上層社會中,掀起一股競相爭逐奢侈的風氣,展開一場「類似」晚近學者所提「炫耀性消費」(conspicuous consumption)[39]的行為:一種「看似毫無實際用處卻所費不貲的消費」[40],而瑪瑙,正是其表現奢侈、進行「炫耀性消費」的媒介之一。

其後,瑪瑙多製為酒器,如:

> 琛(按,元琛)常會宗室,陳諸寶器。……自餘酒器,有水晶鉢、瑪瑙盃、琉璃碗、赤玉巵數十枚。作工奇妙,中土所無,皆從西域而來。(〔北魏〕楊衒之《洛陽伽藍記》)[41]
>
> 呂纂咸和二年盜發張駿陵,得馬腦鍾檻。(〔北涼〕段龜龍《涼州記》)[42]
>
> 武平六年,(按:傅伏)除東雍州刺史,……周克并州,遣韋孝寬與其子世寬來招伏曰:「……」授上大將軍、武鄉郡開國公,即給告身,以金馬磠二酒鍾為信。(〔唐〕李百藥《北齊書·傅伏傳》)[43]
>
> 梁主蕭詧曾獻馬瑙鍾,周文帝執之顧丞郎曰:「能擲拚蒱頭得盧者,便與鍾。」

余太山:〈西漢與西域〉、〈張騫西使新說〉,《兩漢魏晉南北朝與西域關係史研究》,頁7-93、頁285-298。

38 〔晉〕葛洪編,成林、程章燦譯注:《西京雜記》(臺北:地球出版社,1994年),卷二,頁69。

39 〔美〕索爾斯坦·維布倫(Thorstein Veblen)著,蕭莎譯:〈誇示性消費〉,收入羅鋼、王中忱編:《消費文化讀本》,頁3-24。惟此種消費行為,係以高度「商業化」帶來的「消費革命」與「消費社會」(consuming society)為前提,盱衡彼時漢朝,自尚無此條件,故本文未敢遽下斷言,但稱「類似」。相關討論,可參汪榮祖:〈晚明消費革命之迷:巫仁恕,《品味奢華:晚明的消費社會與士大夫》〉,《中央研究院近代史研究所集刊》第58期(2007年12月),頁194-195。

40 巫仁恕:〈導論:從生產的研究到消費的研究〉,《品味奢華:晚明的消費社會與士大夫》,頁18。

41 〔北魏〕楊衒之著,楊勇校箋:〈法雲寺〉,《洛陽伽藍記校箋》(北京:中華書局,2006年),卷四,頁179。

42 引自〔唐〕歐陽詢撰,汪紹楹校:《藝文類聚》,卷八十四,頁1441。

43 〔唐〕李百藥:〈傅伏傳〉,《北齊書》(二)(北京:中華書局,1972年),卷四十一,頁546。

已經數人不得。頃至端（按：薛端），乃執撝捕頭而言曰：「非為此鍾可貴，但思露其誠耳。」便擲之，五子皆黑。文帝大悅，即以賜之。（〔唐〕李延壽《北史·薛辯傳》）[44]

銜雲酒杯赤瑪瑙，照日食螺紫琉璃。……（〔北周〕庾信〈楊柳歌〉）[45]

翠羽流霞之杯，諒無聞於瑋麗，豈匹此之奇瓌。……（〔隋〕江總〈馬腦盌賦〉）[46]

從南北朝至隋朝，皆可見瑪瑙酒器（缽、杯、碗、卮、鍾、榼）的身影，且形製多樣：或圓形，或方形；或敞口，或斂口；或長頸，或短頸……，不一而足。需特別說明的是「榼」。據孫機之論，「漢代將繭形壺、蒜頭壺、橫筩形壺、扁壺等盛酒之器統稱為榼」，此類盛酒器，外觀與壺近似，但上孔可以草塞住，故其開口不大。[47]總此，毋論何種造型，瑪瑙均能切磋砥礪，從而成為製作各式酒器的常用材質。

降至唐代，時人對於瑪瑙的認知，可以開元年間陳藏器（681-757）《本草拾遺》所載內容為代表，其言曰：

> 燙目赤爛，紅色似馬之腦，亦美石之類，重寶也。生西國玉石間，來中國者，皆以為器，……。[48]

描述了瑪瑙的幾項特徵：紅色、似馬之腦、石類、貴重、產自西方……等，所論不出前人，大抵也都符合瑪瑙自身的物理。值得注意的是引文最後一句話，指出西域人多將瑪瑙製成器皿[49]，再銷往中國。可見，以瑪瑙製成器皿，相較於其他玉石而言，有其優先性與優越性：或者彼時唐朝人喜歡瑪瑙器皿，或者彼時西域人所想像的唐朝人喜歡瑪瑙器皿。本文論西域器皿，之所以獨舉瑪瑙為例，其故一也；其二，從考古資料來看，未見唐代以前任何瑪瑙器皿，而出土的唐代瑪瑙器皿，數量又非常有限[50]，因此，研究該器皿誠有其獨特性。

徵之史料，瑪瑙及其製品確是西域諸國極常進獻唐朝的貢品。茲整理相關文獻，製表如下：

---

44 〔唐〕李延壽：〈薛辯傳〉，《北史》（五）（北京：中華書局，1974年），卷三十六，頁1328。

45 〔北周〕庾信著，〔清〕倪璠注，許逸民校點：〈楊柳歌〉，《庾子山集校》（二）（北京：中華書局，2000年），卷五，頁411。

46 引自〔唐〕歐陽詢撰，汪紹楹校：《藝文類聚》，卷七十三，頁1263。

47 孫機：〈飲食器VI〉，《漢代物質文化資料圖說（增訂本）》（上海：上海古籍出版社，2008年），頁370-372。

48 〔唐〕陳藏器著，尚志鈞輯釋：〈玉石部〉，《本草拾遺輯釋》（合肥：安徽科學技術，2004年），卷第二，頁25。

49 〔漢〕許慎：《說文解字》，第三篇上：「器，皿也。象器之口，從犬，犬所以守之。」〔清〕段玉裁注：《說文解字注》（臺北：藝文印書館，1997年），頁1b，總頁87：「皿，專謂食器。」

50 董潔：〈淺析唐代瑪瑙器皿〉，《文博》2010年第5期，頁71。

表一：唐朝西域諸國入貢年表

貢期	貢國	瑪瑙貢品	原文
高宗麟德二年（665）	吐火羅	瑪瑙燈樹兩具	〔五代〕王溥《唐會要》卷九十九： 麟德二年，遣其弟祖紇多獻瑪瑙燈樹兩具，高三尺餘。
			〔宋〕歐陽修、宋祁《新唐書》卷二百二十一〈西域列傳下〉： 後二年，遣子來朝，俄又獻碼磠鐙樹，高三尺。
玄宗開元五年（717）	康安國 突騎施	瑪瑙	〔宋〕王欽若《冊府元龜》卷一百六十八： 玄宗開元五年，以康安國、突騎施等貢獻多是珍異，謂之曰：「朕所重惟穀；所寶惟賢，不作無益之費；不貴遠方之物。故錦繡、珠玉焚於殿庭；車渠、瑪瑙總賜蕃國。今之進獻，未識朕懷，宜收其情，百中留一，計價酬答，務從優厚，餘竝卻還。」
玄宗開元六年（718）	康國	瑪瑙瓶	〔五代〕劉昫等著《舊唐書》卷一百九十八〈西戎列傳〉： 康國，……開元六年，遣使貢獻鎖子甲、水精杯、馬腦瓶、鴕鳥卵及越諾之類。
			〔宋〕歐陽修、宋祁《新唐書》卷二百二十一〈西域列傳下〉： 康者，……開元初，貢鎖子鎧、水精杯、碼磠瓶、鴕鳥卵及越諾、侏儒、胡旋女子。
			〔宋〕王欽若《冊府元龜》卷九百七十一： 唐玄宗……開元……六年……是年，康國遣使貢獻鎖子甲、水精盃、瑪瑙瓶、馳鳥卵及越諾之類，史不書月。
玄宗開元二十八年（740）十月	康國	瑪瑙	〔宋〕王欽若《冊府元龜》卷九百七十一： 康國遣使獻寶香爐及白玉環、瑪瑙、水精眼藥瓶子。
玄宗開元二十九年（741）三月	吐火羅	生瑪瑙	〔宋〕王欽若《冊府元龜》卷九百七十一： 吐火羅遣使獻紅頗梨、碧頗梨、生瑪瑙、生金精及質汗等藥

貢期	貢國	瑪瑙貢品	原文
玄宗天寶六載（747）四月	波斯	瑪瑙床	〔五代〕劉昫等著：《舊唐書》卷一百九十八〈西戎列傳〉： 自開元十年至天寶六載，凡十遣使來朝，并獻方物。四月，遣使獻瑪瑙床。
			〔五代〕王溥《唐會要》卷一百： 自開元十年至天寶六載，凡十遣使朝貢，獻方物。夏四月，遣使獻瑪瑙牀。
			〔宋〕歐陽修、宋祁《新唐書》卷二百二十一〈西域列傳下〉： 波斯，……開元、天寶間，遣使者十輩獻碼磁牀、火毛繡舞筵。
			〔宋〕王欽若《冊府元龜》卷九百七十一： 天寶……六載……四月，突厥九姓獻馬一百五十匹，堅昆獻馬九十八匹，波斯遣使獻瑪瑙床。
玄宗開元、天寶年間	龜茲	疑似瑪瑙枕	〔五代〕王仁裕《開元天寶遺事》卷一： 龜茲國進一枕，色如瑪瑙，枕之則十洲、三島、四海、五湖盡入夢中，帝名遊仙枕。

透過上表可知，西域胡商之貢瑪瑙，始於〔唐〕高宗（李治，628-683）麟德二年（665），終於〔唐〕玄宗（李隆基，685-762）天寶六載（747）四月，計進貢七次，時間跨度長達八十三年，比率雖不甚高，但這應該只是見存史料所載的訊息，其他湮沒在歷史塵埃底下的瑪瑙蹤迹，諒必更多。

此外，進貢的瑪瑙種類，有瑪瑙、生瑪瑙、瑪瑙燈樹、瑪瑙瓶、瑪瑙床、瑪瑙枕……等，再次顯示瑪瑙可塑性強，能搏塑成各種器物，胡商因而樂於推陳出新，變換花樣，以滿足唐朝皇帝好奇的眼光，同時也獲得相應的利益與好處。

至於進貢國，則有：康國、吐火羅、突騎施、龜茲；其中，康國的次數最頻繁，態度也最積極。蓋康國人「善商賈，爭分銖之利」，「利之所在，無所不往」[51]，乃天生的商人，兼以「機巧之伎，特工諸國」[52]，後天高超的手工技藝，更讓他輕易從昭武九姓胡商中，脫穎而出。觀其玄宗開元六年（718）所貢「瑪瑙瓶」，令人連想到前述王嘉《拾遺記》所載「丹丘之地，有夜叉、駒跋之鬼，能以赤馬腦為瓶、盃及樂器」諸句，

---

51 〔五代〕劉昫等著：〈西戎列傳〉，《舊唐書》，頁5310。

52 〔唐〕釋玄奘著，陳飛、凡評注釋：《新譯大唐西域記》（臺北：三民書局股份有限公司，1998年），卷一，頁24。

則此瑪瑙瓶，當亦是「精妙輕麗」了。猶有進者，康國所處位置，向東，遙接唐朝；向西，遠挹波斯、拂菻，扼絲綢之路[53]要衝，居東、西幾大國之中，有地理上的優勢，掌控著國際往來貿易的關鍵樞紐，因此，唐朝的瑪瑙及其製品除產自康國之外，也可能產自波斯、拂菻，透過康國中介轉販而來。蓋此二國固亦盛產瑪瑙，《舊唐書．西戎列傳》即載：

> 波斯國……出騾及大驢、師子、白象、珊瑚樹高一二尺，琥珀、車渠、瑪瑙、火珠、玻瓈、琉璃……。
>
> 拂菻國……土多金銀奇寶，有夜光璧、明月珠、駭雞犀、大貝、車渠、瑪瑙、孔翠、珊瑚、琥珀，凡西域諸珍異多出其國。[54]

拂菻尤其受到重視，為西域珍奇異寶的淵藪、發源地，這對當時有意獵奇、追求時髦的人來說，無疑具有強大的吸引力，難以抗拒；位於東方的唐朝人，諒亦如是，樂於收購、賞玩。

這些遠自西域來的瑪瑙製品進入唐朝宮殿後，身世又如何呢？一者，成了皇家御用品；二者，成了皇帝賜與有功大臣、無功寵佞的恩賞；三者，成了皇家工匠模擬仿製的樣本。前二者不難理解，請申述其三。

唐百官中有「少府監」（武后改稱「尚方監」），屬「五監」之一，執「掌百工技巧之政」，具體工作為「供天子器御、后妃服飾及郊廟圭玉、百官儀物。」為此，該監還需負責培訓各類工匠，訂下教學期限，定時考課，如：

> 鈿鏤之工，教以四年；車路樂器之工，三年；平漫刀槊之工，二年；矢鏃竹漆屈柳之工半焉；冠冕弁幘之工，九月。教作者傳家技，四季以令丞試之，歲終以監試之，皆物勒工名。[55]

據《唐六典》，彼時工匠數量高達一萬九千八百五十人。[56]「少府監」底下，再分諸署，其中之一為「中尚署」，「掌供郊祀圭璧及天子器玩、后妃服飾雕文錯綵之制。凡金木齒革羽毛，任土以時而供。」底下又設專為皇家打造金銀器的機構「金銀作坊院」。[57]

---

53 「絲綢之路」一詞，相當晚出。十九世紀末，〔德〕地理學家 Ferdinand von Richthofen 在其所著 *China, Ergebnisseeigener Reisen*（《中國：我的旅行成果》）書中，把連接歐、亞、非的道路網命名為 SILK ROAD（絲綢之路），此詞始漸流行。

54 〔五代〕劉昫等著：〈西戎列傳〉，《舊唐書》，頁5312、頁5314。

55 〔宋〕歐陽修、宋祁著：〈百官〉三，《新唐書》（四），卷四十八，頁1268-1269。

56 〔唐〕李林甫等撰，陳仲夫點校：〈尚書工部〉，《唐六典》（北京：中華書局，2005年），卷第七，頁222。

57 〔宋〕歐陽修、宋祁著：〈百官〉三，《新唐書》（四），卷四十八，頁1269-1270。

〔唐〕宣宗大中八年（854），更增設「文思院」[58]，仍負責鍛金鍊銀。[59]由此可見，皇室貴族恆需大量精美器物，既彰顯身分，也刺激感官，而珍貴的西域貢品，往往便成了他們追新逐好的首選。惟貢品數量有限，異常稀有，皇家工匠遂得仿作，以滿足貴族的物慾需求；仿作過程中，不免有意無意添入自己所熟悉的中原本土元素，對西域器物進行微調、改造，間接促成了東、西文化的融合與交流。

從出土的唐代金銀器來看，帶有相當濃厚的西方文化色彩，齊東方將其歸納為三大系統：粟特系統、薩珊系統、羅馬－拜占廷系統；每一系統，又分「輸入品」與「仿製品」。[60]瑪瑙器皿的地下實物雖不多，卻也呈現著與金銀器皿相同的現象，如：一九七〇年秋，西安何家村（唐長安城興化坊）窖藏出土的兩件瑪瑙長杯，其「材質、造型都來自西域，而且器物本身也應來自西域。」[61]另一件瑪瑙獸首杯，孫機認為「應出自在工藝品中不習用羚羊形象的唐人之手。」[62]這類金銀器、瑪瑙器「仿製品」的仿製者，當即皇家工匠；仿製的樣本，可能便是胡商進貢的「輸入品」。「仿製品」加速、擴大「輸入品」的流傳，使其更具普遍性，更有能見度；循此，充滿西域情調的器皿對唐朝人而言，當不陌生，縱無財力購買、擁有，應也有機會目擊耳聞，遠觀近玩。詩人之所以能將上層社會圈的西域瑪瑙器皿寫入詩中，其前提在此。

今存《全唐詩》，瑪瑙一詞首見於〔唐〕孟浩然（689-740）〈襄陽公宅飲〉，且正是以器皿的形象出場。詩曰：

> 窈窕夕陽佳，豐茸春色好。欲覓淹留處，無過狹斜道。綺席卷龍鬚，香杯浮瑪
> 瑙。北林積修樹，南池生別島。手撥金翠花，心迷玉紅草。談笑光六義，發論明
> 三倒。座非陳子驚，門還魏公掃。榮辱應無間，歡娛當共保。[63]

襄陽公，指的是〔東漢〕習郁（文通，生卒年不詳），有宅位於襄陽城南十里鳳凰山南麓下，以池著稱，原屬私家園林，日後輒成仕宦名流燕飲盤桓之所。

此詩即孟浩然參加襄陽公宅中宴會的所見、所聞、所感。首四句點出宴飲的時地：春天、傍晚，幽僻的巷弄內；次四句，寫宴飲場所的室內、室外，近景、遠景；再次四

---

58 〔唐〕裴庭裕撰，田廷柱點校：《東觀奏記》（北京：中華書局，2006年），上卷，頁93。

59 這從法門寺出土的八件金銀器均刻有「文思院造」銘文，即可知之。詳細討論，可參王顏、杜文玉：〈論唐宋時期的文思院與文思院使〉，《江漢論壇》2009年第4期，頁89-96。

60 齊東方、張靜：〈唐代金銀器皿與西方文化的關係〉，《考古學報》1994年第2期，頁173-189。

61 董潔：〈淺析唐代瑪瑙器皿〉，頁73。

62 孫機：〈瑪瑙獸首杯〉，《中國聖火》（瀋陽：遼寧教育出版社，1996年），頁192。齊東方對此有不同意見，認為這件瑪瑙獸首杯是道地的輸入品。見齊東方、申秦雁：〈鑲金獸首瑪瑙杯〉，《花舞大唐春：何家村遺寶精粹》（北京：文物出版社，2003年），頁40。

63 〔唐〕孟浩然著，徐鵬校注：〈襄陽公宅飲〉，《孟浩然集校注》（北京：人民文學出版社，1998年），卷一，頁57。

句，寫宴飲場合中衣香鬢影、杯觥交錯的歡樂氣氛；末四句，自謙且推崇主人，並抒發窮達無常，當及時行樂的感觸。

詩中第五、第六句，與本文論題相關，惟此聯頗多異文：上句，一作「倚席卷龍鬚」；下句，一作「香極浮瑪瑙」或「香床浮瑪瑙」。盱衡全詩，通篇對仗，須作「綺席卷龍鬚，香杯浮瑪瑙」，較符規範，所以本文採用此版本。歷來箋注這兩句，往往但云「言室內器物名貴」，不免失之籠統。究竟為何名貴？如何名貴？猶待發覆。

上句「龍鬚」，草名，據《爾雅》「藐，鼠莞」〈注〉：「纖細似龍鬚，可以為席，蜀中出好者。」[64]又據《初學記》：「晉《東宮舊事》曰：『太子有獨坐龍鬚席、赤皮席、花席、經席。』」[65]知龍鬚席的物質性材料較為高級，故多身分尊貴者所用，今竟又「卷」「綺」，亦即織成美麗的花紋，遂使這領席子於優越的天然質地之外，兼具傑出的人為技術，因而顯得工巧精緻，身價不菲。下句詩意，或有學者解為「酒色如瑪瑙」[66]，恐非，其故有二：一、詩句寫的是「香」，非「（酒）色」。二、唐前或唐代詩人使用瑪瑙一詞，泰半指涉具體器皿（詳下），鮮少用來形容酒色；若真要形容，更常選用的是「琥珀」。[67]因此，該句要表達的，當是「瑪瑙杯浮盪著酒香」。又，慮及瑪瑙器皿在唐代多屬西域貢品，只在貴族階層流通，則此設宴主人極可能是朝中現任或致仕的官員，非僅僅是一般富貴人家。合此上、下二句，見主、客雙方身分皆不凡，宴會排場豪奢闊綽，更有意味的是，呈現出一幅東、西合璧的宴飲圖：地上鋪著中原本土的精美龍鬚席；席上擺著源自西域的貴重瑪瑙杯。瑪瑙杯和諧地融入唐人的生活，成為日常的一部分，絲毫不覺突兀。

一只原屬西域的瑪瑙酒杯，靜靜沐浴在唐朝的豐茸春色、窈窕夕陽中。這也是瑪瑙器皿在初盛唐詩中，唯一一次的現身。

三　中晚唐詩中的瑪瑙器皿

盛唐之後，詩中出現瑪瑙器皿的次數增繁，樣貌、形制也漸趨多樣。茲分述如下：

64　〔晉〕郭璞注，〔宋〕邢昺疏：〈釋草〉，《爾雅注疏》（臺北：臺灣商務印書館，1993年），卷第八，頁2b，總頁134。

65　〔唐〕徐堅等著：《初學記》（下）（北京：中華書局，2005年），卷二十五，頁603-604。按，《舊唐書》始錄《東宮舊事》一書，題為張敞所撰。

66　〔唐〕孟浩然著，徐鵬校注：〈襄陽公宅飲〉，《孟浩然集校注》，卷第一，頁57。

67　〔美〕薛愛華（Schafer, E.H.）著，吳玉貴譯〈寶石〉，《撒馬爾罕的金桃：唐代舶來品研究》，第十五章，頁604，云：「唐朝詩人發現，『琥珀』是一個很有用的顏色詞，他們用琥珀來形容一種半透明的紅黃色，尤其是用來作『酒』的性質定語。」

（一）瑪瑙碗

　　〔唐〕玄宗天寶五載（746），杜甫（712-770）結束「快意八九年」的漫遊生涯，「西歸到咸陽」（〈壯遊〉），一腳踏進了大唐帝國的首都長安，信心滿滿，躍躍欲試，準備一展身手，「立登要路津」。期間，杜甫廣結京城權貴，也參加是輩所舉辦的宴會，〈鄭駙馬宅宴洞中〉便反映了當時的生活情景，詩云：

> 主家陰洞細煙霧，留客夏簟青琅玕。春酒杯濃琥珀薄，冰漿碗碧瑪瑙寒。誤疑茅堂過江麓，已入風磴霾雲端。自是秦樓壓鄭谷，時聞雜佩聲珊珊。[68]

「鄭駙馬」，名明，字潛曜（生卒年不詳）。家世顯赫，自漢、魏以來，便是高門大族。[69]其父鄭萬鈞（生卒年不詳），娶唐睿宗（李旦，662-716）第四女代國公主[70]；鄭潛曜自己，則娶唐玄宗第十二女臨晉公主（？-773）。[71]一門兩世駙馬，其家世之尊貴可知。據載，鄭潛曜在長安城南「神禾原」有宅，名「蓮花洞」[72]。杜甫詩所寫宴飲場地，即在此洞中。[73]

　　首聯綰題，正寫「蓮花洞」：上句洞口；下句洞內。「陰」字捕捉甫至洞口迎面而來的一股涼意，「細煙霧」三字，則藉輕煙軟霧裊裊的視覺，進一步「狀洞口之幽陰」；洞內，地面上盡鋪「青琅玕」般的「夏簟」，這除了暗寫鄭駙馬家之富麗，主意仍是「陰」字，蓋「琅玕」質感亦屬冰涼。頷聯寫題中「宴」字，藉兩件西域器皿：琥珀杯、瑪瑙碗，「言主家器物之瑰麗」，並搭配刻意錘鍊的字句，「將杯、碗倒拈在上，而以濃、薄、碧、寒四字互映生姿，得化腐為新之法。」[74]頸聯寫洞中宴飲感受：時而恍如行於江底，沁脾生涼；時而疑似搏扶雲端，習習生風。再次呼應首句「陰」字。尾聯，巧妙運用同為鄭姓人：鄭樸典故，以略帶戲謔的口吻恭維主人，斯宅斯洞一定遠勝

68　〔唐〕杜甫著，〔清〕仇兆鰲注：〈鄭駙馬宅宴洞中〉，《杜詩詳注》（一）（臺北：里仁書局，1980年），卷之一，頁46-47。

69　鄭潛曜叔父，即被唐玄宗譽為詩書畫「三絕」的廣文先生：鄭虔。而據陳尚君〈鄭虔墓誌考釋〉（《傳統中國研究集刊》第三輯〔2007年11月〕，頁315-334）所考：「鄭虔是北齊名臣鄭述祖的五世孫」，且「其家族譜系可以追溯到西漢的大司農鄭當時。」

70　〔宋〕歐陽修、宋祁：〈諸帝公主〉，《新唐書》（一二），卷八十三，頁3656。

71　〔宋〕歐陽修、宋祁：〈諸帝公主〉，《新唐書》（一二），卷八十三，頁3658。

72　〔元〕李好文：《長安志圖》（臺北：臺灣商務印書館，1979年），卷中，頁16b：「蓮花洞在神禾原，即鄭駙馬之居，所謂『主家陰洞』者也。」

73　施蟄存：〈曹唐：游仙詩〉，《唐詩百話》（上海：華東師範大學出版社，2001年），頁636曾云：「古人用『洞』字，意義和現在不同。……並不是指山的岩穴，而是指四山環繞的一片平地，就是西南各省所謂『壩子』。道家所謂『洞天福地』，也就是與世隔絕的一塊山中平原。」可備一說。

74　正文引號中所述，出自仇注。詳〔唐〕杜甫著，〔清〕仇兆鰲注：〈鄭駙馬宅宴洞中〉，《杜詩詳注》（一），卷之一，頁47。

鄭樸所耕巖下，蓋有女子儷影穿梭，時時發出玉佩相擊的清脆聲響，極視、聽之享受。

　　該詩難躋杜甫傑作之列，歷代杜詩選本、唐詩選本亦罕收錄。但從物質文化的角度觀之，訊息卻頗豐富，試說如下：

　　本詩充滿濃厚的西域色彩，這固與頷聯的「琥珀杯」、「瑪瑙碗」有關。先說後者。從「冰漿碗碧瑪瑙寒」句可知，杜甫形容瑪瑙碗的重點，在一「寒」字，既是觸覺，也是視覺，兩種感官雜揉交錯，體現出瑪瑙玉石本身具備的質感：冰寒、光滑、細膩。鄭駙馬即用此冰寒、光滑、細膩的西域瑪瑙碗，盛著碧綠色的冰漿饗客，冰上增冰，更可消暑；而碗呈暗紅，漿則偏綠，二色相互輝映，啜飲之際，同時又滿足了視覺美感。

　　再說前者：「春酒杯濃琥珀薄」。琥珀（Amber）也是一種礦物，白堊紀（Cretaceous Period）的地質年代中，松柏科樹木流出的樹脂，因地殼變動深埋地底，石化之後，即成此物，多呈「金黃色至金橙色」，「透明至半透明」。[75] 據傳，西元前九世紀，地中海東岸的腓尼基人已曾在波羅的海沿岸採集到琥珀[76]，因此，琥珀亦出自西域，是西域諸國常見的貢品之一。

　　中國最早談及的琥珀資料，來自罽賓，接著是大秦、薩珊王朝波斯[77]，常寫成「虎魄」，以其一度被視為猛虎的魂魄幻化而成之故；而虎為百獸之王，故琥珀在古人心目中，具有崇高地位，相信它可以降妖除魔、鎮邪避凶。入唐後，為避開國始祖李虎（？-551）諱，《隋書》便以「獸」字代「虎」，改名「獸魄」。[78]〔美〕Edward Schafer 云：

> 據唐人所知，琥珀是拂林的出產之一，而唐朝的琥珀則是從波斯輸入的。唐朝輸入的琥珀，很可能是從波羅的海沿岸地區得到的。[79]

琥珀不但輸入唐朝，也進入唐詩，且多與酒相關，最為人所熟知者，厥為〔唐〕李白（701-762）的〈客中作〉，詩云：

> 蘭陵美酒鬱金香，玉椀盛来琥珀光。但使主人能醉客，不知何處是他鄉。[80]

75　〔英〕卡莉‧霍爾（Cally Hall）著，哈里‧泰勒攝影，貓頭鷹出版社編譯小組翻譯：〈有機寶石〉，《寶石圖鑑》，頁148。

76　劉道榮、劉婧編著：〈美麗華貴的有機寶石篇〉，《珠寶玉石鑑賞常識》（天津：百花文藝出版社，2011年），頁164。

77　〔美〕Berthold Laufer（勞佛）著，杜正勝譯，劉崇鋐校訂：《中國與伊朗──古代伊朗與中國之文化交流》（臺北：國立編譯館，1975年），頁396。

78　〔美〕Berthold Laufer（勞佛）著，杜正勝譯，劉崇鋐校訂：《中國與伊朗──古代伊朗與中國之文化交流》，頁411，註145。又，王彥坤：《歷代避諱字彙典》（北京：中華書局，2009年），頁108-112。

79　〔美〕薛愛華（Schafer, E.H.）著，吳玉貴譯：〈寶石〉，《撒馬爾罕的金桃：唐代舶來品研究》，第十五章，頁603。

80　〔唐〕李白著，瞿蛻園校注：〈客中行〉，《李白集校注》（二）（臺北：里仁書局，1981年），卷二十二，頁1269。

首二句描寫玉碗盛著鬱金香調過味的美酒，蕩漾著宛如琥珀色的光澤。色香味俱全。在這兩句詩中，不但琥珀出自西域，鬱金香亦是，乃波斯附近、印度西北地區的名貴花種，很早便為中國人所知。《說文解字》曰：

> 鬱，芳艸也。十葉為貫，百廿貫築以煮之為鬱。……。一曰鬱鬯，百艸之華，遠方鬱人所貢方艸，合釀之以降神。鬱，今鬱林郡也。[81]

《魏略》曰：

> 大秦多……白附子、薰陸、鬱金……，十二種香。[82]

《梁書·諸夷列傳》曰：

> 鬱金獨出罽賓國，華色正黃而細，與芙蓉華裏被蓮者相似。國人先取以上佛寺，積日香槁，乃冀去之，賈人從寺中徵雇，以轉賣與佗國也。[83]

唐人陳藏器《本草拾遺》則綜合《說文》、《魏略》而言曰：

> 生大秦國，花如紅藍花，即是香也。《說文》鬱香，芳草也。十二葉為貫，抒以煮之，用為鬯，為百草之英，合而釀酒，以降神也。[84]

一致指出鬱金香產自國外。李白詩中寫到的「蘭陵」，位於山東；循此，盛唐時東海郡的某次高級宴會中，出現過一只盛著鬱金香酒的琥珀玉碗，酒與酒器，併皆西域物質，都被李白寫入詩中，成為一幅永恆的文化場景。

李白此詩，極易使人聯想起〔唐〕王翰（？-735以後[85]）的〈涼州詞〉，詩云：

> 葡萄美酒夜光杯，欲飲琵琶馬上催。醉臥沙場君莫笑，古來征戰幾人回。[86]

詩中盛著葡萄酒的「夜光杯」，如眾所知，係用和闐或祁連山美玉製成，自古即負盛名，幾已成為甘肅酒泉的土產。但徐波卻認為，夜光杯真正的起源，可能來自更遙遠的西方：羅馬帝國。徐氏根據《後漢書·西域》「大秦國……有夜光璧、明月珠、駭雞犀、珊瑚、琥珀、琉璃……」諸句而言曰：

> 古人有云：「玉碗盛來琥珀光」，加之中國古代玻璃製作技術的缺失，使夜光璧、

---

81 〔漢〕許慎著、〔清〕段玉裁注：《說文解字注》，第五篇注下，頁4a-b，總頁219-220。

82 〔清〕張鵬編：《魏略輯本》，收入楊家駱主編：《三國志附編》，卷二十二，頁6b，總頁85。

83 〔唐〕姚思廉撰：《梁書》（三）（北京：中華書局，1973年），卷五十四，頁798。

84 〔唐〕陳藏器著，尚志鈞輯釋：〈木部〉，《本草拾遺輯釋》，卷第四，頁162。

85 據傅璇琮：〈王翰考〉，《唐代詩人叢考》（北京：中華書局，2003年），頁40-52。

86 〔唐〕王翰：〈涼州詞〉，收入〔清〕聖祖御製：《全唐詩》（北京：中華書局，1996年）。

琥珀、琉璃等作為夜光杯原材料的可能性有所增加。[87]

故知琥珀亦夜光杯的材質之一，唐朝富貴人家的筵席中，常見此酒器。「春酒杯濃琥珀薄」的琥珀杯，或許便是一只夜光杯，以其極佳的透光性，給予杜甫強烈的視覺印象，所以特別強調其杯壁之「薄」。

除此之外，本詩首聯下句用以比喻「夏簟」的喻依：「青琅玕」，也從西域而來。請先看以下數則資料：

> 西北之美者，有崑崙虛之璆琳、琅玕焉。（《爾雅・釋地》）[88]
>
> 崑崙之墟不朝，請以璆琳、琅玕為幣乎。（《管子・輕重甲》第八十）[89]
>
> 大秦國多……琉璃、璆琳、琅玕、……。（〔魏〕魚豢《魏略》）[90]

「大秦」，指羅馬帝國；「崑崙之墟」，據章鴻釗《石雅》稱：「今巴達克山，亦古崑崙之虛也。」而巴達克山，據其所引〔美〕洛烏弗爾（Berthold Laufer）〈東方綠松石〉一文之說：當在「康居波斯于闐之間，興都庫施山脈之北」。[91]如是，則琅玕產地在西域，誠無疑義。

至於琅玕所指為何？歷代眾說紛紜，如：

> 琅玕，石之似玉者。（〔漢〕許慎《說文解字》）[92]
>
> 說者皆云：球琳，美玉名，琅玕，石而似珠者。必相傳驗，實有此言也。（〔唐〕孔穎達注疏《尚書・禹貢》）[93]

對此，章鴻釗即說：「或曰石，或曰玉，或曰樹，或曰珠，或曰石似玉，或曰石似珠，或以為琉璃類，或更以為珊瑚類，箋釋各出，是非淆亂，非一日矣。」王炳華〈也釋「琅玕」〉據百年前〔英〕斯坦因（Marc Aurel Stein，1862-1943）在新疆尼雅遺址N14、漢晉時期精絕王國故址出土的八枚漢簡，首先確定：

> 「琅玕」是當年精絕王室成員們持以互贈、聯絡感情的瑰寶。[94]

---

87 胡孝文、徐波主編，徐波主講：〈漢唐中國的「西域」情結：與中亞西亞的政治文化互動〉，《永遠的「西域」：古代中國與世界的互動》（合肥：黃山書社，2011年），第一講，頁33。

88 〔晉〕郭璞注，〔宋〕邢昺疏：〈釋地〉，《爾雅注疏》，卷第一，頁11b，總頁77。

89 馬非百：〈管子輕重〉十三，《管子輕重篇新詮》（下）（北京：中華書局，1979年），頁560。

90 〔清〕張鵬編：《魏略輯本》，收入楊家駱主編：《三國志附編》，卷二十二，頁6a-b，總頁85。

91 章鴻釗：〈玉石〉，《石雅》，頁24。

92 〔漢〕許慎著，〔清〕段玉裁注：《說文解字注》，第一篇上，頁36b，總頁18。

93 〔魏〕王肅偽孔安國傳，〔唐〕孔穎達等正義：〈禹貢〉，《尚書正義》（臺北：臺灣商務印書館，1993年），卷六，頁21a，總頁87。

94 王炳華：〈也釋「琅玕」〉，《西域考古歷史論集》（北京：中國人民大學出版社，2008年），頁726。

又據一九九五年尼雅一號墓地出土文物，判定：

> 「琅玕」，就是精絕王墓中出土的「蜻蜓眼料珠」，一種早期玻璃製品。[95]

這種料珠，當時的精絕王室貴族認為可以驅邪，具巫術功能，因而特別珍視，即連死去，亦懸掛胸前，深藏於貼身內衣裡。總此，「琅玕」其實就是玻璃。

中國固然也產玻璃，卻屬鉛鋇玻璃一系：「成色不美、成品不精、易褪色」，不同於西方的鈉鈣玻璃：清亮透明，色彩鮮豔。[96]因此，春秋晚期的貴族對於來自西域、品質極佳的玻璃，趨之若鶩，視若珍寶，遂「給了它一個十分美好、令人聯想到美玉的名字：『琅玕』。」[97]

再回到杜甫詩。「留客夏簟青琅玕」句，用了源自西域的琅玕來形容、譬喻中原本土的常用物：簟，比喻可謂貼切。一方面，兩者均身分尊貴者所用之物。《禮記》云：

> 君以簟席，大夫以蒲席，士以葦席。[98]

不同身分，所用「席」子亦有分別；而「簟席」，乃君主所用。至於「琅玕」，進入中原以後，也只有上層統治階級才配使用，這從春秋晚期太原晉國趙卿墓、春秋晚期長子牛家波 M7墓、河南固始侯古堆 M1等墓主人身上，可以得到證明。[99]二方面，兩者清亮光潤的色澤，有共通處。據《嘉靖蘄州志》載：

> 蘄竹，一名笛竹，以色潤者為簟，節疏者為笛，帶須者為杖。[100]

竹要能製成「簟」，先決條件是「色潤」，而「琅玕」，其色亦潤，故能「比竹簟之蒼翠」。[101]

總上所述，本文所以稱此詩帶有濃厚的西域情調。

95　王炳華：〈也釋「琅玕」〉，《西域考古歷史論集》，頁729。

96　許進雄：〈工藝〉，《中國古代社會——文字與人類學的透視（修訂本）》（臺北：臺灣商務印書館，年2008年），第八章，頁208-211。又，氏著：〈玻璃飾珠——古代玻璃的使用〉，《文物小講》（北京：中國人民大學出版社，2007年），頁167-168。

97　王炳華：〈也釋「琅玕」〉，《西域考古歷史論集》，頁737。

98　〔漢〕鄭玄注，〔唐〕孔穎達等正義：〈喪大祭〉，《禮記正義》（臺北：臺灣商務印書館，1993年），卷第四十四，頁24a，總頁772。

99　王炳華：〈也釋「琅玕」〉，《西域考古歷史論集》，頁733。

100　〔明〕甘澤纂輯，趙士讓編次，王舜卿校正：《嘉靖蘄州志》，收入《天一閣藏明代方志選刊》（一六）（臺北：新文豐出版股份有限公司，1985年），卷之二，頁33a，總頁537。

101　〔唐〕杜甫著，〔清〕仇兆鰲注：〈鄭駙馬宅宴洞中〉，《杜詩詳注》（一），卷之一，頁47。

（二）瑪瑙盤

〔唐〕代宗廣德二年（764），杜甫流寓成都，於〔唐〕韋諷（生卒年不詳）宅中偶然得見〔唐〕曹霸（約704-約770）所繪〈九馬圖〉，感慨系之，遂作〈韋諷錄事宅觀曹將軍畫馬圖歌〉，曰：

> 國初已來畫鞍馬，神妙獨數江都王。將軍得名三十載，人間又見真乘黃。曾貌先帝照夜白，龍池十日飛霹靂。內府殷紅瑪瑙盤，婕妤傳詔才人索。……。[102]

曹將軍，即曹霸，魏武王曹操（155-220）曾孫曹髦（241-260）後人，唐開元年間，以善畫御馬、功臣著稱，官至左武衛將軍；安始亂後，流徙成都，與杜甫相識，同為天涯淪落人。

首四句，先以同樣擅長畫馬的江都王李緒（生卒年不詳）陪起，藉賓顯主，凸顯曹霸畫功之「神妙」，足以踵繼前賢，獨步當代。次四句追憶曹霸當年嘗為玄宗御馬「照夜白」寫真，所畫出神入化，栩栩如生，贏得皇帝歡欣，御賜紅瑪瑙盤。其後，「記〈九馬〉之圖，正寫本題」，並讚許韋諷具備相馬之才。詩末，「就馬之盛衰，想國之盛衰」，以「君不見金粟堆前松柏裏，龍媒去盡鳥呼風」作結，「不勝其痛」。[103]

此詩常見於杜詩、唐詩選本，或著眼於詠畫之難，或著眼於詩中流露的身世之感，闡釋已極精彩，不勞贅述；惟詩中的瑪瑙盤，尚有可說：

從杜甫特別強調其色澤「殷紅」來看，此盤或由紅玉瑪瑙、紅縞瑪瑙甚至是火瑪瑙製成，前文曾引〔美〕Edward Schafer 之說，認為唐朝人所說瑪瑙，通常帶有紅暈，於此可得到印證。總之，這方瑪瑙本身，自屬上品、珍品；循此，曹霸所獲贈之此一殷紅瑪瑙盤，其貴重也就不言而喻了。再由「內府殷紅馬腦盤」句之「內府」可知，此盤當出自「中尚署」，或其轄下的某一作坊，許是內府所藏，也許是內府所製；換言之，可能是「輸入品」，也可能是「仿製品」。但毋論如何，應該都帶有西域胡風。又，此瑪瑙盤是皇上賞賜有功大臣的獎勵品，其政治性、象徵性顯然大過實用性，毋怪乎「盤賜將軍拜舞歸」後，「清紈細綺相追飛。貴戚權門得筆迹，始覺屏障生光輝。」為曹霸帶來不少附加效益。

另有一點是杜甫詩中沒有涉及的：此瑪瑙盤的面積可能不小。《新唐書・裴行儉列傳》云：

---

102 〔唐〕杜甫著，〔清〕仇兆鰲注：〈韋諷錄事宅觀曹將軍畫馬圖歌〉，《杜詩詳注》（二），卷之十三，頁1152。

103 正文引號中所述，出自仇注。詳〔唐〕杜甫著，〔清〕仇兆鰲注：〈韋諷錄事宅觀曹將軍畫馬圖歌〉，《杜詩詳注》（二），卷之十三，頁1154。

（按，裴行儉）初，平都支、遮匐，獲瑰寶不貲，藩酋將士願觀焉，行儉因宴，遍出示坐者。有瑪瑙盤廣二尺，文彩粲然，軍吏趨跌盤碎，惶怖，叩頭流血。[104]

於平定西突厥後所獲眾多戰利品的「瑰寶」中，獨標「瑪瑙盤」，已見出其獨特性；又強調「廣二尺」，則面積大小必與一般食用的盤器不同。《唐六典》載：

凡度以北方秬黍中者一黍之廣為分，十分為寸，十寸為尺，一尺二寸為大尺，十尺為丈。[105]

萬國鼎〈唐尺考〉為之考證如下：

唐大尺的標準長度在0.2949米與0.2959米之間，……後期漸有放長，有長到0.31米左右的……。[106]

則「廣二尺」的瑪瑙盤，寬約六十餘公分。依此類推，唐玄宗恩賜給曹霸的「殷紅瑪瑙盤」，庶幾亦如此規模？

還可附論的是，瑪瑙盤似乎是唐玄宗慣以賞賜大臣的禮物之一。天寶十載（751）正月一日，安祿山（703-757）生日，玄宗有賞，計以下諸項：

先日賜諸器物衣服，太真亦厚加賞遺。元宗賜金花大銀盆二，金花銀雙絲瓶二，金鍍銀蓋椀二，金平脫酒海一，幷蓋金平脫杓一，小瑪瑙盤二，金平脫大盞四，次盞四，金平脫大瑪瑙盤一，玉腰帶一，幷金魚袋一，及平脫匣一，紫紬綾衣十副，內三副錦袷子幷半臂，每副四事，熟錦紬綾三十六具。太真賜金平脫裝一具，內漆半花鏡一，玉合子一二，玳瑁刮舌篦耳各一，銅鑷子各一，犀角刷子梳篦一，骨骰合子三，金鍍銀合子二，金平脫合子四，碧羅帕子一，紅羅繡帕子二。紫羅枕一。氈一。金平脫鐵面枕一。幷平脫鎖子一。紅羅繡帕子二，銀沙羅一，銀沙枕一，紫衣二副，內一副錦。

其日，又賜陸海諸物，皆盛以金銀器竝賜焉。所賜祿山食物，香藥，皆以金銀器盛之，其器竝賜，前後又不可勝數也。[107]

在這份洋洋灑灑的生日賀禮清單中，瑪瑙盤一律製成盤狀，且有三件：兩小、一大；其大者，還是一件「金平脫瑪瑙盤」。所謂「平脫」，係指一項特殊的器物裝飾工藝，其內涵與技法大約如下：

---

104 〔宋〕歐陽修、宋祁著：〈裴行儉列傳〉，《新唐書》（一三），卷一百八，頁4089。

105 〔唐〕李林甫等撰，陳仲夫點校：〈尚書戶部〉，《唐六典》，卷第三，頁81。

106 萬國鼎：〈唐尺考〉，收入中國農業科學院南京農學院中國農業遺產研究室編：《農史研究集刊》（第一冊）（北京：中華書局，1959年）。

107 〔唐〕姚汝能：《安祿山事迹》（北京：中華書局，2006年），卷上，頁81-82。

利用金銀延展性能好的特點，於極薄的金銀箔片上雕鏤出多姿多彩的複雜圖案，剪裁成一定形狀，將它們按照設計用大漆黏合於器物表面，然後在其表面多次髹漆，待乾透後打磨推光，於漆地上顯露出金銀花紋。因紋樣與漆地平齊，故而得名金銀平脫。這是一種將髹漆與金屬鑲嵌相結合的工藝技術。[108]

可見要完成一件金銀平脫器，非常費工。而「金平脫瑪瑙大盤」，便是將金平脫的技法，施之於大型的瑪瑙盤上；完成後，赭紅的瑪瑙盤面，點綴、閃爍著若隱若現的金漆花紋，格外有種沈穩、大器的低調奢華感，符合皇家氣象。此外，平脫術係由「商代的金銀箔貼花技術發展而來」，乃根源於中國本土的工藝，而瑪瑙則屬道地的舶來品；換言之，「金平脫瑪瑙大盤」實為東、西文化相碰撞，攜手完成的一件內府仿製品。

透過上述裴行儉二尺寬的瑪瑙盤、唐玄宗賜與安祿山的金平脫瑪瑙大盤，均有助於想像「內府殷紅馬腦盤」的形貌與文化意蘊，進而豐富對杜甫〈韋諷錄事宅觀曹將軍畫馬圖歌〉的理解。

（三）瑪瑙杯

瑪瑙杯是初、盛唐詩中唯一出現過的瑪瑙器皿，且僅出現一次；中唐以降，增為三次，是所有瑪瑙器皿中，數量最多的一種。

第一首，錢起（718-719-約780[109]）〈瑪瑙杯歌〉，詩云：

> 瑤溪碧岸生奇寶，剖質披心出文藻。良工雕飾明且鮮，得成珍器入芳筵。含華炳麗金尊側，翠萼瓊觴忽無色。繁弦急管催獻酬，倏若飛空生羽翼。湛湛蘭英照豹斑，滿堂詞客盡朱顏。花光來去傳香袖，霞影高低傍玉山。王孫彩筆題新詠，碎錦連珠復輝映。世情貴耳不貴奇，謾說海底珊瑚枝。寧及琢磨當妙用，燕歌楚舞長相隨。[110]

這是一首詠物詩，故有較多「物質性」的描寫，反映了錢起所認知的瑪瑙。要言之，約有以下幾點：

---

108 劉中偉、吳磊：〈唐代金銀平脫工藝探討〉，《內江科技》2008年6期，頁14-15。

109 生年據蔣寅：〈錢起生平繫年補正〉，《大曆詩人研究》（北京：中華書局，1995年），下編，頁732-748；卒年據傅璇琮：〈錢起考〉，《唐代詩人叢考》（北京：中華書局，2003年），頁445-468。又傅氏書，頁446：「從現存他的詩作看來，可以確定寫於開元、天寶年間的只寥寥幾篇，而他的大部分作品還是寫作於肅宗、代宗時期，因此說他是中唐前期的詩人，是可以的。」

110 阮廷瑜校注：《錢起詩集校注》（上）（臺北：新文豐出版股份有限公司，1996年），卷一，頁5-9。

1 產自西域

首句點明瑪瑙出產於「瑤池」邊；而瑤池，即《穆天子傳》中周穆王與西王母相會處[111]，據余太山之說，西王母應是一部落首領，兩人會晤之所，當即今哈薩克斯坦的齋桑泊，[112]地處西亞，屬西域範圍。

2 「奇寶」

首句即拈出此二字，結尾處感嘆世人「貴耳不貴奇」，重出「奇」字，兩處所指，均為瑪瑙。首尾呼應。又稱讚瑪瑙較珊瑚有更多「妙用」，一旦製成「珍器」，可於「芳筵」中常伴「詞客」與歌舞。

3 外樸而內華

次句描寫瑪瑙其貌不揚（「質」），須後天加工，抉其內在（「心」），始能見其美。詩中用了許多動詞：「剖」、「披」、「雕飾」、「琢磨」，既強調切磋之必要，也見出瑪瑙的硬度；至於「文藻」、「明且鮮」等形容，則是力圖捕捉其紋帶結構與「玻璃般的」光澤。

4 紋理燦然

第五句起描寫瑪瑙杯：「含華炳麗」，強調其色澤斑斕，渾然天成，足使「翡翠」、「瓊瑤」所製酒器相形失色。「湛湛蘭英」，指香酒清澈，一至於「照豹斑」：映照出杯壁豹紋般的條理，間接暗示了瑪瑙杯晶瑩剔透的質地。

透過〈瑪瑙杯歌〉，除了能探測錢起對瑪瑙的掌握程度，亦可由此窺見彼時中土人士接受瑪瑙、詮釋瑪瑙的角度，從而挖掘出其背後更複雜的「文化再現」問題。

第二首，元稹（779-831）〈春六十韻〉，寫於〔唐〕憲宗元和九年（814），時任江陵士曹參軍。在「春生返照」，積雪未融的早春時節，元稹的思緒飛度關山，回到北方長安，揣想著京城貴冑公子正恣意遊春，追逐飲、食、聲、色各方面的極致享受；其中，「飲」這一項目，詩曰：

酒愛油衣淺，盃誇馬腦烘。[113]

上句寫酒色。「油衣」，指舊時雨衣，「油衣淺」，即淺色油衣，「酒愛油衣淺」，意謂：

111 〔晉〕郭璞注：《穆天子傳》，收入羅愛萍主編：《百子全書》（三十一）（臺北：黎明文化事業股份有限公司，1996年），卷三，頁9583。

112 余太山：〈《穆天子傳》所見東西交通路線〉，《傳統中國研究集刊》第三輯（2007年11月），頁192-206。又，胡孝文、徐波主編，徐波主講：〈漢與羅馬：失之交臂的千年遺憾〉，《永遠的「西域」：古代中國與世界的互動》，第二講，頁56。

113 楊軍箋注：〈春六十韻〉，《元稹集編年箋注》（西安：三秦出版社，2002年），頁584。

酒，以呈淺油衣色的為最愛。下句寫酒器。「馬腦烘」，楊軍箋注：

> 即瑪瑙烘。……烘，火紅色。[114]

意謂：杯，以紅瑪瑙製成的最堪誇。

乍看之下，上述解釋符合瑪瑙特徵，似無問題。但王繼如〈詞語的潛在及其運動〉透過排比資料發現，唐詩中的「烘」字，實為「光線透出」之意，並據此認為，〔唐〕劉禹錫（夢得，772-842）〈劉駙馬水亭避暑〉的第三句異文，當作「琥珀琖『烘』疑漏酒」，而非「琥珀琖『紅』疑漏酒」，意指「琥珀琖透光竟至於疑其漏酒。」[115] 其說亦切合瑪瑙的特徵。準此，則「盃誇馬腦烘」應理解為：杯，以有光線透出的瑪瑙最堪誇。上、下兩對仗句，「淺」對「烘」，「淺淡」對「透明」，形容詞相對，堪稱工穩。本文從之。

檢索元稹全部詩作，「烘」字共出現五次，都用在器皿上，也都可解為「光線透出」。除上例之外，餘者如下：

> 素液傳烘盞，鳴琴薦碧徽。（〈月三十韻〉）
> 雕鑴荊玉盞，烘透內丘缾。（〈飲致用神麴酒三十韻〉）
> 琥珀烘梳碎，燕支懶頰塗。（〈感石榴二十韻〉）
> 缽傳烘瑪瑙，石長翠芙蓉。（〈度門寺〉）

故知「烘」是元稹形容器皿時，偏愛使用的字眼、形容詞，而「透光」便是瑪瑙與其它器皿最引人注目的的物質特性。

第三首，李商隱（812-858）〈小園獨酌〉，詩中極陳「年年春不定」的寂寥心緒，只能藉「獨酌」以排遣，其言曰：

> 半展龍鬚席，輕斟瑪腦杯。[116]

場景與前引孟浩然〈襄陽公宅飲〉的「綺席卷龍鬚，香杯浮瑪瑙」，幾乎如出一轍，而詩句表達方式更為直接明白。「龍鬚席」搭配「瑪瑙杯」，大約便是唐人炫耀豪華宴會，或想像豪華宴會，絕佳的組合、呈現方式。

此詩無確切的寫作年代線索，舊注多繫於〔唐〕武宗會昌五年（845）或六年春，

---

114 楊軍箋注：〈春六十韻〉，《元稹集編年箋注》，頁588。

115 參王繼如：〈詞語的潛在及其運動〉（3），網址：http://webcache.googleusercontent.com/search?q=
cache:Ls6gZs2me4AJ:www.confucianism.com.cn/html/hanyu/15517802.html+&cd=6&hl=zh-TW&ct=cl
nk&gl=tw

116 〔唐〕李商隱：〈小園獨酌〉，收入劉學鍇、余恕誠：《李商隱詩歌集解》（上）（臺北：洪葉文化事
業有限公司，1992年），頁500。

李商隱守母喪後，移家永樂（今山西芮城）時作[117]，以其詩中景物相似之故，如劉學鍇〈居母喪和永樂閑居〉便曰：

> 商隱所居，當在永樂縣城交接處。……離街巷不會太遠。但小縣本就清簡，商隱所居之地又較偏僻，故永樂詩中每提及「丘園」、「郊園」、「小園」、「小桃園」。[118]

遂因此將〈永樂縣所居一草一木無非自栽今春悉已芳茂因書即事一章〉、〈小園獨酌〉、〈小桃園〉等詩排比羅列，俱視為一時一地之作。推論固有其理，然而，偏僻小縣、清寂詩境，竟出現這麼一組最能展現奢華風的器物，毋論其為寫實還是虛構，總有突兀之感。進一步言，李商隱當時尚在守喪，官職為秘書省正字，官階不過正九品下，家境向來又不富裕，嘗自稱「樊南窮凍人」，此次搬家，還「可能是由於長安米珠薪桂，生活費用太高，居大不易。」[119]如許處境、位階、經濟狀況，李商隱適合、夠資格、有能力使用「龍鬚席」與「瑪瑙杯」？不能無疑。

或許可以換個角度重新閱讀此詩。與李商隱關係密切的令狐楚（766-837）、王茂元（？-843），擔任過宰相、節度使等高級官員，於長安城中又俱有宅第，相較於李商隱，更有條件擁有「龍鬚席」、「瑪瑙杯」。職是，若將〈小園獨酌〉的時空背景抽離母喪、永樂，改置於京城中的令狐家或王家，將其理解為李商隱於某一春日過府，於其園中坐「龍鬚席」、持「瑪瑙杯」，觸景獨飲，從而抒發了根觸無端的苦悶，似乎更順理成章，詩意也較融通寬泛，不受特定事件所侷限。

中國出現瑪瑙、使用瑪瑙器皿的歷史悠遠，次數也相當頻繁，但誠如前文所述，迄今為止，尚未見唐以前的出土瑪瑙實物；唐以後，數量亦寥若星辰，頗不能與進貢史、文獻記載的實況相稱。在為數不多的幾件瑪瑙器皿中，恰有三件杯具，適足以與錢起、元稹、李商隱筆下的瑪瑙杯相參照，以收圖文對讀、圖文互證之效。[120]

這三件杯具是：西安何家村遺寶的獸首瑪瑙杯一件、瑪瑙長杯兩件。其中，獸首瑪瑙杯的屬性爭議較大，造型又絕無僅有，乃一特例，與唐詩對讀的意義不大，故可不論；兩件瑪瑙長杯，今均藏於陝西歷史博物館（見書後彩圖一、彩圖二），據董潔〈淺析唐代瑪瑙器皿〉所述，其體製特徵分別如下：

---

117 〔清〕馮浩《玉谿生詩集箋注》（臺北：里仁書局，1981年，頁864）繫於會昌六年，但也說：「五年六年之詩，亦有不可細分者，仍當統玩。」（頁863）劉學鍇〈居母喪和永樂閑居〉（《李商隱傳論》〔上〕，合肥：安徽大學出版社，2002年，上編，第八章，頁178）則大約繫於會昌五年。

118 劉學鍇：〈居母喪和永樂閑居〉，《李商隱傳論》（上）（合肥：安徽大學出版社，2002年），上編，第八章，頁178。

119 劉學鍇：〈居母喪和永樂閑居〉，《李商隱傳論》（上），上編，第八章，頁213。

120 承匿名審查委員提醒，「物質文化研究強調可觸摸的實體性」，當「擇要參照」「瑪瑙器皿的文物圖錄」。謹此致謝。

通高3.7、長徑13.5，短徑6.6釐米，以深褐色夾乳白縞帶及纏絲等多種文理的瑪瑙雕琢，長橢圓形杯體，口沿微斂，腹部外鼓，下端內收，杯腔內底光滑，外底附一矮圈足。[121]

高4.2、長徑11.2、短徑7釐米，以紅褐色瑪瑙琢製，俯視杯口為橢圓形，但兩頭上翹，中間下凹，圓底，形似一彎新月。光素的杯身上散布著黃、白色的天然文理，為飲酒器。[122]

「長杯」，顧名思義，即杯面呈長條狀（或長橢圓狀），與圓形的中國杯不同，且不帶雙耳。這樣的造型，經學者討論，已確定源自西域；今僅見的兩只瑪瑙杯都作長形，若謂中、晚唐詩中的瑪瑙杯形狀近似於此，諒也不無可能。又，此二瑪瑙長杯均以醬紅為底色，而雜乳白縞帶、纏絲，流光溢彩，豪華感十足；循此，則三位中、晚唐詩人眼中的瑪瑙杯，當亦近是。此外，西安何家村遺寶的埋藏年代，雖有「德宗建中四年（783）涇源兵變爆發」[123]與「代宗廣德元年（763），吐蕃人入長安」之不同見解[124]，但毋論如何，都屬中唐，正是本文所論瑪瑙器皿的時間範圍，故以這兩件瑪瑙長杯為基礎，設想中、晚唐東、西物質文化交流，確實有效。

（四）瑪瑙缽

〔唐〕憲宗元和九年，元稹於江陵士曹參軍任上，除〈春六十韻〉言及瑪瑙杯，又有〈度門寺〉一詩寫到瑪瑙器皿：缽，詩云：

……寶界留遺事，金棺減去蹤。缽傳烘瑪瑙，石長翠芙蓉。影帳紗全落，繩床土半壅。[125]

描述其遊覽湖北當陽山度門寺，寺中所見。「繩床土半壅」句下，元稹自注：「金棺已下，並寺中所有。」換言之，引文後四句俱為寫實，而句中「烘瑪瑙」、「翠芙蓉」、「影帳」、「繩床」，俱有實物。

按，缽是中國本土器皿之一，早在新石器時代即已屢見，圓形，多為陶製，用以飲、食或洗滌什物。後亦成為梵語 patra（缽多羅）的省稱，指的是僧人的食器、法器，多為瓦製或鐵製，容量普遍不大，以符合佛教戒律。

元稹「缽傳烘瑪瑙」句，寫的應該是佛缽，且從其「傳」字可知，這只「烘瑪瑙」

---

121 董潔：〈淺析唐代瑪瑙器皿〉，頁72。
122 董潔：〈淺析唐代瑪瑙器皿〉，頁71。
123 齊東方、申秦雁：〈鑲金獸首瑪瑙杯〉，《花舞大唐春：何家村遺寶精粹》，頁40。
124 杭志宏：〈對何家村遺寶的一些新認識〉，《文物天地》2016年第6期，頁42。
125 楊軍箋注：〈度門寺〉，《元稹集編年箋注》，頁595。

缽是度門寺世代相傳的佛門器物，有一定的年份；除此之外，元稹對於瑪瑙缽的描寫，一如其〈春六十韻〉「盃誇馬腦烘」句，僅著一「烘」字，強調透光特質，而餘者闕如，所幸地下出土的唯一一只瑪瑙缽[126]，提供了讀者可茲想像的空間。

這只瑪瑙缽，今藏西安博物院（見書後彩圖三），據楊伯達《中國玉器全集5 隋‧唐—明》，其規格具如下：

> 高七點五厘米，口徑十三點五厘米。敞口，深腹，圓底。

是一小缽，造型簡單大方，無繁複雕琢修飾，「色澤鮮潤」，有明顯透光性，清楚呈現瑪腦「深紅褐色與白色相間，呈纏絲狀」[127]的美麗紋路。

此缽身分，楊伯達從其「質地和色澤與西安市南郊何家村的唐代瑪瑙羚羊首杯為同料所製」判斷，「應屬外來品」[128]；李炳武主編，王長啟分冊主編的《中華國寶：陝西珍貴文物集成‧玉器卷》，所見雷同，認為應是從「西亞、中亞一帶傳入」[129]。董潔〈淺析唐代瑪瑙器皿〉則從缽口特徵進一步證成此說，其言曰：

> 瑪瑙缽的造型跟中國常見缽的形狀還有所區別，唐代陶瓷缽都是斂口，而瑪瑙缽是敞口，所以它有可能是西域傳入的。[130]

要之，這是一件「輸入品」。又從其出土地點在長安，則還可能是一件貢品。

至其用途，據推測應是「研藥用器」，李炳武、王長啟即云：

> 在西安南郊何家村同時出土大量珍貴的文物中，還出土很多銀藥盒和藥具，盒內還裝有藥品，並以筆墨書寫藥名及重量，反映了當時皇家醫藥的一個側面。
> 這件瑪瑙缽，不但是一件可供觀賞的藝術實用醫療用品，同時為研究當時西域各國醫學提供了實物資料。[131]

換言之，此為「藥缽」，用來研磨藥物——而且主要可能是來自西域的藥物，以供唐朝上層貴族、官員平日養生或病中治療。

---

126 毛陽光、石濤、李婉婷著〈外來文明與唐代黃河流域的社會〉（《唐宋時期黃河流域的外來文明》，頁161）云：「西安博物院還藏有一件1968年在西安東郊唐墓中出土的瑪瑙缽」，又云：「1955年西安南郊沙坡磚廠也出土了瑪瑙缽」。前者，所據為李炳武主編，王長啟分冊主編：《中華國寶：陝西珍貴文物集成‧玉器卷》；後者，所據為楊伯達：《中國玉器全集5 隋‧唐—明》。據其說，傳世當有兩件出土瑪瑙缽。但細讀這兩部書所記瑪瑙缽資料，形制、特色完全相同，故本文判斷，應只是所載有異，實屬同一件器皿，。

127 楊伯達：《中國玉器全集5 隋‧唐—明》（臺北：錦繡出版事業股份有限公司，1994年），頁235。

128 楊伯達：《中國玉器全集5 隋‧唐—明》，頁235

129 李炳武主編，王長啟分冊主編：《中華國寶：陝西珍貴文物集成‧玉器卷》，頁268。

130 董潔：〈淺析唐代瑪瑙器皿〉，頁73。

131 李炳武主編，王長啟分冊主編：《中華國寶：陝西珍貴文物集成‧玉器卷》，頁268。

透過這只西域藥缽回觀元稹〈度門寺〉的瑪瑙缽，可為其形象略事補充：除陳年舊物、透光之外，色澤應該偏紅，紋路諒必流麗，雖屬佛缽，非用以研藥，但因材質同為瑪瑙，故其造型可能是敞口，與中國本土形製的斂口有別。一言以蔽之，猶帶西域風格。

（五）瑪瑙罍

〔唐〕開成三年（838），白居易（772-846）六十七歲，居洛陽，收到牛僧孺（779-848）寄來一首長詩，寫太湖石之奇，遂有〈奉和思黯相公以李蘇州所寄太湖石奇狀絕倫因題二十韻見示兼呈夢得〉，詩中描摹太湖石形貌，有如下兩句：

尖削琅玕笋，窪剜瑪瑙罍。[132]

以削尖的笋、剜窪的罍形容太湖石之凸、凹有致，神態畢肖，歷然在目。

從物質文化的角度出發，值得留意的是白居易此二詩句所選用的詞組：琅玕笋、瑪瑙罍。中心語為：「笋」、「罍」，修飾限定此中心語的定語，分別為：「琅玕」、「瑪瑙」，而此二定語恰好都是西域玉石。前文已述，琅玕呈青色，瑪瑙多呈紅色，青、紅相間，捕捉太湖石向光、背光下的明暗光影，可謂傳神。這除了見出白居易高超的文學技巧之外，也可知「琅玕」、「瑪瑙」這兩個辭彙，已融入中唐文人的日常生活，其意象亦已深入文人的創作活動中，以致於當白居易試圖描摹中原本土物質文化：太湖石，自覺或不自覺地拈出西域物質以形容之。

又，「罍」是一種中原本土酒器、禮器，殷商、西周時期便已出現，原型為口小、肩廣、腹深、圈足、有蓋；逮至春秋、戰國，器型發生變化：頸部縮短、腹部鼓起，顯得較為矮胖；漢代襲之，仍維持此造型，河北保定滿城一號墓出土的一件土銅罍，即此造型。[133]古代文獻中的記載，可見《詩經・小雅・蓼莪》，詩云：

蓼蓼者莪，匪莪伊蔚。哀哀父母，生我勞瘁。缾之罄矣，維罍之恥。[134]

「缾」、「罍」對舉，兩者皆為酒器，而形體有別：一小、一大。毛《傳》云：

缾小而罍大。[135]

---

132 〔唐〕白居易著，謝思煒校注：〈奉和思黯相公以李蘇州所寄太湖石奇狀絕倫因題二十韻見示兼呈夢得〉，《白居易詩集校注》（六）（北京：中華書局，2009年），卷第三十四，頁2594。

133 孫機：〈飲食器Ⅴ〉，《漢代物質文化資料圖說（增訂本）》，頁367。

134 〔漢〕毛亨傳、鄭玄箋，〔唐〕孔穎達等正義：〈蓼莪〉，《毛詩注疏》（臺北：臺灣商務印書館，1993年），卷第十三之一，頁4a-b 總頁436。

135 〔漢〕毛亨傳、鄭玄箋，〔唐〕孔穎達等正義：〈蓼莪〉，《毛詩注疏》，卷第十三之一，頁4a-b 總頁436。

〔宋〕邢昺疏《爾雅‧釋器》亦云：

> 罍者，尊之大者也。[136]

此所以白居易能用罍擬寫太湖石，蓋兩者體積相當。而這一大型酒器，當時乃上層貴族所用之物，〔唐〕孔穎達（衝遠，574-648）疏《詩經‧卷耳》「我姑酌彼金罍，維以不永懷」句云：

> 《異議‧罍製》：「《韓詩》說：『金罍，大夫器也，天子以玉，諸侯、大夫皆以金，士以梓。』」[137]

不同位階者所使用的罍，材質尚有區別：其上者，用玉；其下者，用金；等而下之者，用梓。在此，材質非僅是不同物類，同時還具備了身分等級的象徵意涵，有高下尊卑之義。白居易形容的瑪瑙材質罍，固不在傳統體制規範內，而係想像下的產物，卻正好為東、西文化在文學場域中的交融，提供了又一例證。

四　結語

　　瑪瑙器皿的物理身世、流傳中國身世、胡華貿易或進貢的交流中所生發的意義，及其在中晚唐詩中出沒的身影，已如上述；下文則試圖勾勒其「商品化」的過程，並結束本文。

　　欲勾勒瑪瑙器皿「商品化」的過程，須先確立一項前提，即：來自西域的瑪瑙器皿能否視為「商品」？之所以可能有此疑慮，蓋因從前引文獻資料可知，瑪瑙多屬西域人的貢物，似不涉及交易、商業行為。但這樣的認知，並沒有真正了解漢唐西域商胡的動機、行為，有一間未達。謝海平《唐代蕃胡生活及其對文化之影響》一書云：

> 唐代推動國際貿易甚力，設「互市」之制，以誘致蕃商。外人之來，亦多以「朝貢」為名，貿易為實。[138]

「互市」即顯示了交易、商業行為，「朝貢」與貿易，實為一體的兩面。蔡鴻生〈唐代九姓胡的貢表和貢品〉一文有更仔細的說明，其言曰：

136　〔晉〕郭璞注，〔宋〕邢昺疏：〈釋器〉，《爾雅注疏》（臺北：臺灣商務印書館，1993年），卷第一，頁11b，總頁77。

137　〔漢〕毛亨傳、鄭玄箋，〔唐〕孔穎達等正義：〈卷耳〉，《毛詩正義》，卷第一之二，頁9a，總頁34。

138　謝海平：〈蕃胡在唐生活情形〉，《唐代蕃胡生活及其對文化之影響》（臺北：國立政治大學中國文學研究所博士論文，1975年），第二編，第三章，頁158。

商胡販客的貢使化，是漢唐時期習以為常的歷史現象。九姓胡與唐帝國的交往，基本上也是通過「貢」與「賜」實現的。在借「貢」行「賈」的條件下，供品具有二重性，是以禮品為形式的特殊商品。因而，貢品結構曲折地反映了商品結構，經濟內涵十分豐富。……輸入唐帝國的西胡貢品，也曾由內府向外廷擴散，若干品種被民間仿製和吸收，從貢品轉化為日用品（如葡萄酒、石蜜之類），豐富了唐代的物質生活。從實質上看，貢品史就是物質文化交流史。[139]

據此，瑪瑙器皿其為商品，可以無疑，而其諒必有一「商品化」的過程，亦可以勉力從事矣！

透過前文討論，西域物質文化在中晚唐詩中的投影，確如葛曉音所論，較初盛唐為深，但整體而言，影像仍頗模糊。以瑪瑙器皿為例，對照正史或出土文物中琳琅滿目的名目、品類，其於詩中的表現，顯得單調寂寥許多。〔美〕Edward Schafer 亦曾云：

外來事物傳入的歷史在唐代詩歌中並沒有得到充分的反映，關於外國題材的傳奇文學比反映外來事物的詩歌要有名氣得多，反映外來事物的傳奇故事構成了唐代傳奇的一個重要流派。[140]

許多見諸文獻的西域器皿，並未在詩中出現——這固然牽涉到文體表現的問題，亦與當時的政治社會環境息息相關。

中國歷朝歷代對於不同身分階級者所使用的舍宅、車服、器物，均有嚴格規定；唐朝亦不例外。《唐律疏議》即明言：

器物者，一品以下，食器不得用純金、純玉。[141]

如有違令者，仗一百。《唐會要》卷三十一〈輿服〉「雜錄」條亦載：

神龍二年九月，〈儀制令〉：「諸一品已下，食器不得用渾金玉，六品已下，不得用渾銀」。[142]

按，「渾金玉」即「純金、純玉」。兩條律法相互對照，所論差近，「由此可見，純玉（包括瑪瑙、水晶）容器的使用者，至少是一品官員。」[143]這便使得瑪瑙器皿的消費圈、使用者，只能侷限在極少數的範圍、對象內。董潔〈淺析唐代瑪瑙器皿〉稱：「唐

139 蔡鴻生：〈唐代九姓胡的貢表和貢品〉，《中外交流史事考述》（鄭州：大象出版社，2007年），頁3。
140 〔美〕薛愛華（Schafer, E.H.）著，吳玉貴譯：〈大唐盛世〉，《撒馬爾罕的金桃：唐代舶來品研究》，第一章，頁107-108。
141 劉俊文：〈雜律〉，《唐律疏議箋解》（下）（北京：中華書局，1996年），卷第二十六，頁1818。
142 〔宋〕王溥：《唐會要》（上），卷三十一，頁668。
143 董潔：〈淺析唐代瑪瑙器皿〉，頁74。

瑪瑙器皿都發現於京城，而其它地區則不見，這說明它的稀少和尊貴。」[144]其實，這也說明了瑪瑙器皿的傳播圈極其狹隘。

然而，正因如此，保證了唐代瑪瑙器皿不至於「商品化」，而有了「特殊化」的可能。

巫仁恕撮述〔德〕Igor Kopytoff〈物的文化傳記：商品化的過程〉一文觀點而言曰：

> 遭遇文化力量的對抗，亦即使物品特殊化（singularization），來抵制其他物品的商品化，或把商品化的物品再特殊化，限制於狹隘的交換領域。社會內部群體對某物品的特殊化，使該物具有集體共識的烙印，引導個體對特殊化的慾望，並背負文化神聖化的重擔。[145]

持此說以觀本文，當瑪瑙、瑪瑙器皿被西域商賈千里迢迢從絲路彼端帶到中原，預備待價而沽，或進行一場有利的談判，就脫離了「物」（things）此一單純的身分，而具備了「商品」的性格；因為成了一件「商品」，故有機會進入長安城，進入長安城的市場，甚至進入皇宮，呈於唐朝天子、滿朝文武眼前，最後藏入內府。〔德〕Igor Kopytoff 論道：

> 是什麼使某物成為商品？商品是一種具有使用價值、能在獨立的交易中交換成等價物的物品，交換的事實本身表示，等價物在直接的語境中具有相等的價值。同樣，等價物在交換發生的時刻也是商品。[146]

西域胡商、使者，正是透過進獻各種珍貴的玉石、玉石製品，如瑪瑙器皿，用以「交換」唐朝的政治保護、軍事支援或商業利益，也就在這一刻，這些玉石都成了一件「商品」。

但是，由於唐朝的法律規定，使用瑪瑙器皿者只能限於少數一品官員，遂讓瑪瑙更具備了「特殊化」。〔德〕Igor Kopytoff 續論道：

> 文化是商品化這一潛在的突進趨勢的對抗力量。商品化使價值同值化，而文化的本質在於區別，在這個意義上說，過度的商品化是反文化的，……如果社會必須從它們的環境中分出一部份設置成「神聖」的東西，那麼特殊化（singularization）就是一種達成此目的的手段。文化確保一些物品明顯是特殊的，並抵制其

---

144 董潔：〈淺析唐代瑪瑙器皿〉，頁72。

145 巫仁恕：〈導論：從生產的研究到消費的研究〉，《品味奢華：晚明的消費社會與士大夫》，頁17-18。

146 〔德〕伊戈爾‧科普托夫（Igor Kopytoff）著，杜宇譯，丁泓校：〈物的文化傳記：商品化過程〉，頁402。

他物品的商品化；有時也會把已商品化的物品再特殊化。[147]

把物品排除於商品化之外的手段可以有：國家的法律、文化禁令，把某些物品限定在一個非常狹小的交換領域……等，準此，瑪瑙、瑪瑙器皿因「交換」行為從「物」變成「商品」，進而流入市場機制中，不可避免地「商品化」：又由於中國自身相對缺乏瑪瑙，物以稀為貴，因而寶愛瑪瑙器皿、收藏瑪瑙器皿，將它限制在極小的階層領域中流傳，如：有功的大臣、寵愛的妃嬪，從而讓瑪瑙避免流於「商品化」的危險，並透過文化、法令，使其「特殊化」，終至達到「神聖化」。

這便是瑪瑙器皿在中晚唐時期的一部文化傳記。

彩圖一

陝西歷史博物館藏瑪瑙長杯[148]

彩圖二

陝西歷史博物館藏瑪瑙長杯[149]

---

147 〔德〕伊戈爾・科普托夫（Igor Kopytoff）著，杜宇譯，丁泓校：〈物的文化傳記：商品化過程〉，頁407-408。

148 圖片引自陝西歷史博物館

　　網址：http://www.sxhm.com/index.php?ac=article&at=read&did=10577。

彩圖三

西安博物院藏瑪瑙缽[150]

---

149 圖片翻拍自董潔：〈淺析唐代瑪瑙器皿〉，頁72。

150 圖片翻拍自李炳武主編，王長啟分冊主編：《中華國寶：陝西珍貴文物集成・玉器卷》（西安：陝西人民教育出版社，1998年），頁271。

參考書目

一　傳統文獻

〔漢〕司馬遷著，〔日〕瀧川龜太郎注：《史記會注考證》，臺北：大安出版社，1998
　　年。

〔漢〕班固著，〔唐〕顏師古注：《漢書》，北京：中華書局，1987年。

〔漢〕毛亨傳、鄭玄箋，〔唐〕孔穎達等正義：《毛詩注疏》（臺北：臺灣商務印書館，
　　1993年。

〔漢〕鄭玄注、〔唐〕賈公彥疏：《儀禮注疏》，臺北：藝文印書館，1993年。

〔漢〕鄭玄注，〔唐〕孔穎達等正義：《禮記正義》，臺北：臺灣商務印書館，1993年。

〔魏〕王肅偽孔安國傳，〔唐〕孔穎達等正義：《尚書正義》，臺北：臺灣商務印書館，
　　1993年。

〔晉〕郭璞注，〔宋〕邢昺疏：《爾雅注疏》，臺北：臺灣商務印書館，1993年。

〔晉〕郭璞注：《穆天子傳》，收入羅愛萍主編：《百子全書》，臺北：黎明文化事業股份
　　有限公司，1996年。

〔晉〕葛洪編，成林、程章燦譯注：《西京雜記》，臺北：地球出版社，1994年。

〔晉〕王嘉著，石磊注譯：《新譯拾遺記》，臺北：三民書局股份有限公司，2012年。

〔北魏〕楊衒之著，楊勇校箋：《洛陽伽藍記校箋》，北京：中華書局，2006年。

〔北周〕庾信著，〔清〕倪璠注，許逸民校點：《庾子山集校》，北京：中華書局，2000
　　年。

〔唐〕歐陽詢撰，汪紹楹校：《藝文類聚》，上海：上海古籍出版社，2007年。

〔唐〕姚思廉撰：《梁書》，北京：中華書局，1973年。

〔唐〕李百藥：《北齊書》，北京：中華書局，1972年。

〔唐〕李延壽：《北史》，北京：中華書局，1974年。

〔唐〕釋玄奘著，陳飛、凡評注釋：《新譯大唐西域記》，臺北：三民書局股份有限公
　　司，1998年。

〔唐〕窺基：《妙法蓮華經玄贊》，收入《大藏經》，臺北：新文豐出版股份有限公司，
　　1983-1988年。

〔唐〕徐堅等著：《初學記》，北京：中華書局，2005年。

〔唐〕陳藏器著，尚志鈞輯釋：《本草拾遺輯釋》，合肥：安徽科學技術，2004年。

〔唐〕李林甫等撰，陳仲夫點校：《唐六典》，北京：中華書局，2005年。

〔唐〕孟浩然著，徐鵬校注：《孟浩然集校注》，北京：人民文學出版社，1998年。

〔唐〕李白著，瞿蛻園校注：《李白集校注》，臺北：里仁書局，1981年。

〔唐〕杜甫著，〔清〕仇兆鰲注：《杜詩詳注》，臺北：里仁書局，1980年。

〔唐〕姚汝能：《安祿山事跡》，北京：中華書局，2006年。

〔唐〕白居易著，謝思煒校注：《白居易詩集校注》，北京：中華書局，2009年。

〔唐〕裴庭裕撰，田廷柱點校：《東觀奏記》，北京：中華書局，2006年。

〔五代〕劉昫等著：《舊唐書》，北京：中華書局，1997年。

〔宋〕歐陽修、宋祁著：《新唐書》，北京：中華書局，2011年。

〔元〕李好文：《長安志圖》，臺北：臺灣商務印書館，1979年。

〔明〕曹昭：《格古要論》，收入《景印文淵閣四庫全書》，臺北：臺灣商務印書館，
　　　1983年。

〔明〕甘澤1416纂輯，趙士讓編次，王舜卿校正：《嘉靖蘄州志》，收入《天一閣藏明代
　　　方志選刊》，臺北：新文豐出版股份有限公司，1985年。

〔清〕聖祖御製：《全唐詩》（北京：中華書局，1996年。

〔清〕陳夢雷1650原編，楊家駱編：《古今圖書集成》，臺北：鼎文書局，1977年。

〔清〕馮浩：《玉谿生詩集箋注》，臺北：里仁書局，1981年。

〔清〕段玉裁1735注：《說文解字注》，臺北：藝文印書館，1997年。

〔清〕張鵬編：《魏略輯本》，收入楊家駱主編：《三國志附編》，臺北：鼎文書局，1979
　　　年。

二　近人論著

方豪：《中西交通史》，臺北：中華史典編印會，1974年。

毛陽光、石濤、李婉婷著：《唐宋時期黃河流域的外來文明》，北京：科學出版社，2010
　　　年。

王彥坤：《歷代避諱字彙典》，北京：中華書局，2009年。

王炳華：《西域考古歷史論集》，北京：中國人民大學出版社，2008年。

王顏、杜文玉：〈論唐宋時期的文思院與文思院使〉，《江漢論壇》2009年第4期，頁89-
　　　96。

王繼如：〈詞語的潛在及其運動〉（3），網址：http://webcache.googleusercontent.com/sea
　　　rch?q=cache:Ls6gZs2me4AJ:www.confucianism.com.cn/html/hanyu/15517802.htm
　　　l+&cd=6&hl=zh-TW&ct=clnk&gl=tw。

向達：《唐代長安與西域文明》，重慶：重慶出版社，2009年。

何芳川、萬明：《古代中西文化交流史話》，北京：商務印書館，1998年。

余太山：〈《穆天子傳》所見東西交通路線〉，《傳統中國研究集刊》第三輯（2007年11
　　　月），頁192-206。

余太山：《兩漢魏晉南北朝與西域關係史研究》，北京：商務印書館，2011年。

吳聿立：〈無紅一世窮——說瑪瑙〉，《21世紀》2010年第1期，頁40-41。

巫仁恕：《品味奢華：晚明的消費社會與士大夫》，臺北：聯經出版事業公司，2007年。

汪榮祖：〈晚明消費革命之迷：巫仁恕，《品味奢華：晚明的消費社會與士大夫》〉，《中央研究院近代史研究所集刊》第58期（2007年12月），頁194-195。

阮廷瑜校注：《錢起詩集校注》，臺北：新文豐出版股份有限公司，1996年。

孟悅、羅鋼編：《物質文化讀本》，北京：北京大學出版社，2008年。

杭志宏：〈對何家村遺寶的一些新認識〉，《文物天地》2016年第6期，頁42。

施蟄存：《唐詩百話》，上海：華東師範大學出版社，2001年。

胡孝文、徐波主編，徐波主講：《永遠的「西域」：古代中國與世界的互動》，合肥：黃山書社，2011年。

孫機：《中國聖火》，瀋陽：遼寧教育出版社，1996年。

孫機：《漢代物質文化資料圖說（增訂本）》，上海：上海古籍出版社，2008年。

徐時儀校注：《一切經音義：三校本合刊》，上海：上海古籍出版社，2008年。

馬非百：《管子輕重篇新詮》，北京：中華書局，1979年。

章鴻釗：《石雅》，天津：百花文藝出版社，2010年。

許進雄：《文物小講》，北京：中國人民大學出版社，2007年。

許進雄：《中國古代社會——文字與人類學的透視（修訂本）》，臺北：臺灣商務印書館，2008年。

陳尚君：〈鄭虔墓誌考釋〉，《傳統中國研究集刊》第三輯（2007年11月），頁315-334。

陳玨：〈高羅佩與「物質文化」——從「新文化史」視野之比較研究〉，《漢學研究》第27卷第3期（2009年9月），頁317-346。

傅璇琮：《唐代詩人叢考》，北京：中華書局，2003年。

傅璇琮主編，陶敏、傅璇琮著：《唐五代文學編年史》，瀋陽：遼海出版社，1998年。

黃懷信、張懋鎔、田旭東著，黃懷信修訂，李學勤審定：《逸周書彙校集注（修訂本）》，上海：上海古籍出版社，2007年。

傳世文化編：《古玩圖鑒雜項篇》，北京：文物出版社，2007年。

楊伯達：《中國玉器全集5　隋・唐－明》，臺北：錦繡出版事業股份有限公司，1994年。

楊軍箋注：《元稹集編年箋注》，西安：三秦出版社，2002年。

萬國鼎：〈唐尺考〉，收入中國農業科學院南京農學院中國農業遺產研究室編：《農史研究集刊》（第一冊），北京：中華書局，1959年。

葛承雍：《唐韵胡音與外來文明》，北京：中華書局，2006年。

葛曉音：《唐詩宋詞十五講》，北京：北京大學出版社，2003年。

葛曉音：《詩國高潮與盛唐文化》，北京：北京大學出版社，1998年。

董潔：〈淺析唐代瑪瑙器皿〉，《文博》2010年第5期，頁71。

齊東方、申秦雁：〈鑲金獸首瑪瑙杯〉，《花舞大唐春：何家村遺寶精粹》，北京：文物出版社，2003年，頁40。

齊東方、張靜：〈唐代金銀器皿與西方文化的關係〉，《考古學報》1994年第2期，頁173-189。

劉中偉、吳磊：〈唐代金銀平脫工藝探討〉，《內江科技》2008年6期，頁14-15。

劉道榮、劉婧編著：《珠寶玉石鑑賞常識》，天津：百花文藝出版社，2011年。

劉學鍇、余恕誠：《李商隱詩歌集解》，臺北：洪葉文化事業有限公司，1992年。

劉學鍇：《李商隱傳論》，合肥：安徽大學出版社，2002年。

蔡鴻生：《中外交流史事考述》，鄭州：大象出版社，2007年。

蔣寅：《大歷詩人研究》，北京：中華書局，1995年。

蔣寅編：《中國古代文學通論・隋唐五代卷》，瀋陽：遼寧人民出版社，2005年。

謝海平：《唐代蕃胡生活及其對文化之影響》，臺北：國立政治大學中國文學研究所博士論文，1975年。

〔美〕薛愛華（Schafer, E.H.）著，吳玉貴譯：《撒馬爾罕的金桃：唐代舶來品研究》，北京，社會科學文獻出版社，2016年。

〔美〕Berthold Laufer（勞佛）著，杜正勝譯，劉崇鋐校訂：《中國與伊朗——古代伊朗與中國之文化交流》，臺北：國立編譯館，1975年。

〔英〕卡莉・霍爾（Cally Hall）著，哈里・泰勒攝影，貓頭鷹出版社編輯小組翻譯：《寶石圖鑑》，臺北：貓頭鷹出版社，1996年。

〔德〕伊戈爾・科普托夫（Igor Kopytoff）著，杜宇譯，丁泓校：〈物的文化傳記：商品化過程〉，收入羅鋼、王中忱編：《消費文化讀本》，北京：中國社會科學出版社，2003年，頁397-427。

George W. and Stocking, Jr. ed. *OBJECTS AND OTHERS: Essays on Museums and Material Culture*. Madison, Wis.: University of Wisconsin Press, 1985.

時文如何取法古文[*]
── 以《蛟峰批點止齋論祖》為例

鄭芳祥

中央大學中國文學系專案助理教授

摘要

　　本文旨在討論方逢辰《蛟峰批點止齋論祖》如何藉由評點陳傅良論體時文，指出時文取法古文的對象與方法，以及其文學史意義為何。論及對象，此書認為陳氏論體時文所取法集中在先秦與唐宋名家，特別是韓、柳、三蘇。論及方法，此書則認為陳氏論體時文從字句到篇章、論證到敘事等各方面學習古文。其批語亦體現時文和古文，可以在創作與批評有著共同美學追求。而大談時文以古文為法的同時，也不廢古今辨體。此書的文學史意義，在於保存文學史、文章學史史料，以及呈現宋元之際「時文取法古文」的內涵。

關鍵詞：陳傅良、方逢辰、《蛟峰批點止齋論祖》、時文、古文

---

* 拙文另見於《淡江中文學報》第39期（2018.12），頁69-101。

一 前言

　　「學古」，亦即學習取法前人著作，是提升寫作能力的重要途徑。在宋代眾多文體中，為了符合科舉考試的需要，論說體學古論成為重要議題，各種討論資料散見於文話著作中，學者亦曾撰文探討之。[1]然而，或許因為世人對於評點的各種誤解[2]，而使得文章評點中的學古論卻被忽略了，實在不無遺憾。這藏身於文章評點，特別是時文評點中的學古論，其實正是宋元文章學的重要基礎——「時文以古文為法」。[3]綜觀前人「時文以古文為法」的研究成果，多集中在明清八股時文，較少往上溯源到宋代。[4]然而，此觀點的發源處，正是在北宋末年，並且在南宋藉由文章評點逐步豐富起來。[5]我們應重視對於南宋的研究。

　　祝尚書認為：「宋元文章學家們，正是通過包括《古文關鍵》在內的古文評點以及如《止齋論祖》等的時文評點，架起了一座時文通向古文的橋梁。」[6]簡言之，文章（筆者案：包括古文與時文）[7]評點是時文以古文為法的途徑。呂湘瑜綜論評點研究成果，指出古文評點不受重視的現象。[8]但相較於呂祖謙（1137-1181）《古文關鍵》等重要古文評點日漸繁榮的研究成績[9]，時文評點的研究則更顯得冷清，多集中於魏天應（晚宋元初人，生卒年不詳）編選、林子長（晚宋元初人，生卒年不詳）箋解的《論學繩尺》。諸多學者從文獻學、文體學、文藝學、文學史等等角度論該書，為本文研究奠下基礎。[10]本文即是以文體學、文藝學、文學史的視角，研究南宋另一部時文評點——

1　鄭芳祥：〈宋代文話學古論研究——以論說體為例〉，《輔大國文學報》第37期（2013年10月），頁107-133。

2　侯美珍曾經舉出世人對於評點的11種反對意見。詳參氏著：《晚明「詩經」評點之學研究》，（新北：花木蘭文化出版社，2009年），頁250-263。

3　祝尚書：〈宋元文章學的基礎：時文以古文為法〉，《宋元文章學》，（北京：中華書局，2013年），頁61-78。

4　關於明清「時文以古文為法」的研究，可參鄺健行：〈明代唐宋派古文四大家「以古文為時文」說〉，《科舉考試文體論稿——律賦與八股文》，（臺北：臺灣書店，1999年），頁189-222。餘者尚多，讀者或可旁參。

5　祝尚書指出，就連明人自己也承認「時文以古文為法」在南宋已成為潮流。詳見祝尚書：〈宋元文章學的基礎：時文以古文為法〉，《宋元文章學》，頁61-65。

6　祝尚書：〈宋元文章學的基礎：時文以古文為法〉，《宋元文章學》，頁71。

7　所謂的「時文」所指究竟為何？學界有許多看法。祝尚書由「時文」與「古文」相較而論，較能符合本文的需求，故採用之。其文曰：「（時文）乃相對於『古文』而言，指時下流行的、按程式寫作的、專用於考試的文章。」祝尚書：〈緒論〉，《宋元文章學》，頁9。

8　呂湘瑜：《通代古文評點選本研究》，（新北：輔仁大學中國文學系博士論文，2007年），頁5。

9　除前注所揭書之外，尚有多部學位論文與專著，仇小屏曾加以整理，詳參氏著：《呂祖謙〈古文關鍵〉文章論研究》，（臺北：萬卷樓圖書股份有限公司，2010年），頁27-30。仇著亦是近年重要著作。

10　從文體學、論學角度論者，有張海鷗、孫耀斌：〈《論學繩尺》與南宋論體文及南宋論學〉，《文學遺

《蛟峰批點止齋論祖》。其他與本文相關的課題，如陳傅良論體文、永嘉學派／文派、浙東學派／文派等等的研究成果，特別是文學與學術、科舉、地域等等其他領域交融重疊關係的研究，亦值得參考借鑑。[11]

祝尚書認為：「古文評點是教人如何運用古文的寫作經驗和技巧寫時文，而時文評點，則是反向發掘時文中的古文元素，表明時文『以古文為法』的良好效果。」[12]編選優秀時文，輔以評點提示作法，揭示時文中的古文元素何在？應如何運以古文法度？方能提升文章水準。應該是最能切中舉子需求。對當時人如此重要的時文評點，卻不受今人重視，顯然不妥。本文認為，在前述研究成果基礎之上，學界應正視時文評點在文章學中的意義。

為了避免宋元文章學基礎──「時文以古文為法」的研究，陷入僅注意古文評點的偏頗。本文即針對南宋陳傅良（1137-1203）所著，題為方逢辰（1221-1291）批點的論體時文評點──《蛟峰批點止齋論祖》，筆者案：以下簡稱《方批論祖》）進行研究，嘗試探討時文如何取法古文？取法的對象為何？取法的方法為何？以及其文學史的意義又為何？

二　陳傅良、方逢辰與《方批論祖》

（一）論體時文高手陳傅良主張學古

陳傅良是永嘉事功學派重要學者[13]，是永嘉文派一大家[14]，更是論體科場時文寫作高手[15]。這些皆已見於前人豐碩的研究成果，本文不再贅述。與本文相關的，是陳傅良對於文章寫作學習古人的看法。陳傅良曾明確的主張學古。〈送趙叔靜教授閩中〉詩曰：「讀書須讀經，學文須學古」。[16]〈答天台張之望書〉曾說：「僕雖愚，頗好古道及

產》2006年第1期，頁90-101。從文獻學角度論者，有慈波：〈《論學繩尺》版本問題再探〉，《文學遺產》2015年第4期，頁94-102。從文藝學角度論者，有吳建輝：〈從《論學繩尺》看南宋文論範疇──「老」〉，《湖南科技大學學報》第10卷第3期（2007年5月），頁106-111。從文學史角度論者，有黃振萍：〈八股文起源與《論學繩尺》〉，《中國典籍與文化》1997年第4期，頁43-46。

11　李建軍研究浙東文派，陳傅良論體文即是其重點之一。詳參氏著：《宋代浙東文派研究》，（北京：中華書局，2013年）。王宇關注永嘉、浙東學術與地域文化，亦論其與科舉文章的關係。詳參氏著：《道行天地：南宋浙東學派論》，（北京：中國社會科學出版社，2012年）。

12　祝尚書：〈宋元文章學的基礎：時文以古文為法〉，《宋元文章學》，頁73。

13　周夢江：〈承先啟後的陳傅良〉，《葉適與永嘉學派》，（杭州：浙江古籍出版社，1992年），頁85-106。

14　馬茂軍：〈「永嘉文派」研究〉《宋代散文史論》，（北京：中華書局，2008年），頁193-239。

15　閔澤平：〈作為時文高手的陳傅良〉，《南宋「浙學」與傳統散文的因革流變》，（杭州：浙江大學出版社，2014.1），頁156-161。

16　〔宋〕陳傅良著，郁震宏校注：《陳傅良詩集校注》，（杭州：浙江古籍出版社，2010年），頁39。

其文辭」。[17]綜觀這些詩文，頗有與對方論學，相互以「古道」砥礪之意。陳傅良曾表達對元祐風俗的傾慕。〈跋劉元城帖〉曰：

> 余讀元城諫疏，徧剌元祐大臣，而獨不及司馬文正公。徧剌元祐大臣而不以為訕，獨不及司馬文正公而不以為黨，豈惟諫議之賢哉，亦足以想見元祐以前深厚之俗矣！余懷此久，因與子厚□得公遺墨，遂書其後。[18]

劉安世（1048-1125），人稱元城先生，以正色立朝，亦有「殿上虎」之稱。藉著讀劉安世的諫疏，陳傅良對元祐「深厚之俗」傾慕不已。元祐學術包括蜀學、洛學、朔學三者。[19]陳傅良學習三蘇文章的具體表現，文後將詳論。

　　雖然慕古學古，但陳傅良也曾感嘆因為科舉興盛而古道不行。〈題張之望文卷後〉文曰：

> 〈顏子不貳過論〉，殆是慚筆。今讀韓子書者，於斯文特熟甚。科舉之累，自韓子不免，宜夫人盡然。於此可以興古道不行之嘆。[20]

〈顏子不貳過論〉是韓愈應舉文章。今人讀韓愈書，未能詳讀「五原」等傳世名作，反而「特熟」此篇。真如陳傅良所言，「科舉之累」唐以來無人能幸免之，「古道不行」的感慨亦油然而生。其實，也不只有徒發感慨而已，陳傅良已在論體時文寫作中表現對於韓愈文章崇敬與學習。待後文詳論之。

（二）方逢辰與《方批論祖》

　　方逢辰的生平事蹟，以文及翁（生卒年不詳，南宋理宗寶祐元年一二五三進士）所撰〈故侍讀尚書方公墓誌銘〉記載最為豐富。[21]林順夫對此文有詳盡的研究，認為藉由記述方逢辰重要仕宦事蹟，呈現了南宋亡國的原因。[22]然而，文及翁記載方逢辰曾著有

---

17 〔宋〕陳傅良著，周夢江點校：《陳傅良先生文集》，（杭州：浙江大學出版社，1999年），頁450。

18 〔宋〕陳傅良著，周夢江點校：《陳傅良先生文集》，頁529。「□」為缺漏字。

19 沈松勤：〈「元祐學術」與「元祐敘事」〉，《宋代政治與文學研究》，（北京：商務印書館，2010年），頁82-94。

20 〔宋〕陳傅良著，周夢江點校：《陳傅良先生文集》，頁521。〈題張之望文卷後〉現存七則，陳傅良所論涉及文史哲各領域。論及史學，則有《春秋》、《史記》、《漢書》、《史通》等書之書法；論及文學，則論賈誼〈治安策〉之「論事次第」，論韓愈科舉時文；論及哲學，則論北宋洛學。由此可見陳、張兩人以古道相砥礪之意。

21 文章收錄於〔宋〕方逢辰，〔明〕方中續輯：《蛟峰文集‧外集》，（臺北：臺灣商務印書館，1986年，景印《文淵閣四庫全書》本），卷3，頁5-20。

22 詳參林順夫：〈論南宋末期文及翁其人、其事及其西湖詞〉，《清華學報》第39卷第1期（2009年3月），頁102-106。

《孝經解》、《易外傳》、《尚書傳》，以及「《中庸》、《大學》註釋凡若干卷」，但卻未曾言及《方批論祖》一書。以下對此書之形成、刊行、體例稍作說明。

　　南宋省試考試內容，自紹興三十一年（1161）後，不論報考經義或詩賦進士，「論」與「策」都是必考文體。[23]陳傅良雖為擅長寫作「論」體時文的高手，眾人爭相效法之，但作品卻不為作者本人所重。甚至在門人曹叔遠（1129-1234）編輯《止齋先生文集》時，陳傅良即表達悔其少作之意，並囑意不需收錄之。所幸，這些見棄於作者的論體時文，保存於《止齋論祖》中。清人瞿鏞（1794-1846）《鐵琴銅劍樓藏書目錄》曾著錄《止齋論祖》之元刊本，今佚。書名未見方逢辰批點，然瞿氏著錄謂該書有元人傅參之（生卒年不詳，序文作於元泰定五年1328）序，其文曰：「今邵君清叟復加蛟峰批點，其體製大意則見於各篇之評文，其法度微旨則見於各段之注腳。」可推測此元刊本即有方氏批點。[24]而《方批論祖》一書，目前所存以明成化六年（1470）刊本最早，收錄於《四庫全書存目叢書》。[25]全書以〈蛟峰批點止齋論訣〉冠其首，包括「認題」、「立意」等時文程式作法。後分為「甲之體」、「乙之體」、「丙之體」、「丁之體」四部分，共收三十九篇陳傅良文章，皆為論說體。每篇文章題目與正文間皆有「評曰」，「以見體製大意」；有夾批，「以見法度微旨」。此書於成化年間一再被刊刻，所知如《新編名儒類選單編大字止齋論祖》、《新刊批點止齋論祖》等書即是。[26]

（三）時文刊刻與學古風氣

　　無獨有偶的是，另外一部著名的時文評點《論學繩尺》，現存明天順年間（1457-1464）版，以及成化五年（1469）版。在短短十年內，兩部時文評點本一再的被出版刊行，這顯然不是巧合。劉祥光認為明代坊刻時文流行於成化年間。[27]書商密集的出版，

23 何忠禮：《南宋科舉制度史》，（北京：人民出版社，2009年），頁100-101。

24 據傅序，方逢辰評點由邵澄孫從他本過錄。祝尚書對此也語帶保留的說：「不知真偽如何。」除了評點文字來源不明外，由目錄學觀之亦能見出問題。若由清代《鐵琴銅劍樓藏書目錄》所著錄的元刊本確實曾存於天壤間，為何遲至明代中葉嘉靖年間高儒之《百川書志》始見著錄？雖似有些疑點，然在尚未有確定證據證明《方批論祖》為後人偽造以前，本文暫且將其視為宋末元初的一部時文評點。祝說詳參氏著：《宋人別集敘錄》冊下（北京：中華書局，1999年），頁1071。

25 本文所引《方批論祖》文字，皆錄自〔宋〕陳傅良撰，〔宋〕方逢辰批點：《蛟峰批點止齋論祖》，（臺南：莊嚴文化事業公司，1997年，《四庫全書存目叢書》影印明成化6年朱瑄嚴陵郡齋刻本）。引用文字後以「頁（原頁碼／新頁碼）」注明之。

26 《止齋先生文集》的編輯過程、《方批論祖》元明間各版本訊息，詳參祝尚書：《宋人別集敘錄》冊下，頁1065-1073。

27 劉祥光結合彭韶（1430-1495）與顧炎武（1613-1682）對明憲宗成化年間科舉時文流行的觀察，認為：「在宋代坊刻時文流行的現象，至少在成化時再度出現。」這些時文刊本，即是舉子的必讀書目。詳參氏著：〈時文稿：科舉時代的考生必讀〉，《近代中國史研究》第22期（1996年9月），頁53-54。

讓我們隱約體察到一股學古的文化風氣。

據《大明會典》所載，明代科舉時文文體包括了經義與論體等文體。[28]為了應考，明人必然勤於閱讀、習作之。而明人仍熱衷出版、閱讀距當時已近三百年的宋人論體時文，想來是這些作品有助於應考。這正是明代時文取法古文的綜合現象。《論學繩尺》、《方批論祖》兩本南宋論體時文評點皆於明成化初期重刊，也許並不是時間巧合，而正是為了提供明代舉子準備科舉考試之用。

（四）《方批論祖》「時文取法古文」的對象

綜觀《方批論祖》的批語後，首先可發現直接論及時文取法古文對象者其實並不多，尚須結合其他批語綜合論述，方能詮釋「時文如何取法古文」的問題。再者，除了少數幾次以「古文」泛指，或根本語焉不詳者外，批語絕大多數皆明確指出學習的古文對象。筆者發現，批語僅注意先秦兩漢與唐宋諸家，未見魏晉六朝任何作家。此與「先秦兩漢唐宋古文成就，高於魏晉六朝」的習見評價相仿。這讓我們開始反思，文學史上經典作品確實其來有自，不僅僅是來自著名批評家，如蘇軾（1036-1101）的韓愈（768-824）「文起八代之衰」說。坊間所出版的時文評點，其批語亦在「字裡行間」中，參與了整個文學價值判斷的工程。

誠如前論，宋元文章評點可分為古文評點、時文評點兩類，皆是學習舉業的基礎。其中古文評點受學界重視，甚至視為建立唐宋八大家的推手。[29]反觀舉子閱讀時文選本，那些評點家「時文如何取法古文」的批語，直接以時文為例，指出究竟何處取法、取法何人、所法為何。對舉子來說，應能直接受益。只是，時文評點家所提出的學古對象，隱藏在「評曰」、夾批的字裡行間中，並非如《古文關鍵》等古文選文篇目如此一目瞭然。再者，凡是評點批語專注於時文本身，易操作、易指導的時文寫作程式才是其評論重點所在，而非「時文取法古文」這類似乎有些高深莫測的方法。易言之，對於今人來說，時文評點只能「隱微的」參與此文學經典建構過程，以致於長久以來為我們所忽略。

若就僅存的幾部南宋時文評點綜合觀察，亦能支持此說。祝尚書研究宋代科舉用書，將之分為「類編類」、「時文類」、「文法研究類」。《方批論祖》屬最後者，該類

---

28 詳參〔明〕李東陽等奉撰、申時行等重修：《大明會典》，（臺北：新文豐出版公司，1976年7月，影印明萬曆15年刊本），卷77，頁10-11，「科舉通例」條。

29 唐宋八大家名目形成與古文選本有關的論點，就筆者所見，在近代學術發展中，當以方孝岳（1897-1973）較早提出。其於1934出版的《中國文學批評》書中，已論及此議題。詳參氏著：《中國文學批評》，（北京：三聯書店，2007年），頁164。

「『授人以漁』，即傳授作文法門」，共存世五種。[30]五部中僅《論學繩尺》收入《四庫全書》，其重要性不言而喻。也正因此而有資料庫供人檢索。吾人可以輕易找到該書評點中時文取法唐宋古文的資料。這或可說明，《方批論祖》中時文取法古文的評點並非單一現象，時文評點確實曾在字裡行間隱微的參與唐宋古文名家名作經典建構的過程。

三　《方批論祖》「時文取法古文」的方法之一

《方批論祖》的評點文字，呈現「以精練見稱」[31]的基本現象。由於評點者惜墨如金，讓我們無法精確的闡釋所有評點，也就很難全盤理解此書文章學理論內涵。本文兼採《方批論祖》「時文取法古文」的評點文字及其他，按字法、句法、章法、論證與敘事、其他古文文學質素、古今辨體等諸項，嘗試說明其「時文取法古文」的方法為何。並依據《文心雕龍・章句》：「夫人之立言，因字而生句，積句而成章，積章而成篇。」[32]的觀念，將「學字法」、「學句法」、「學章法」三者，概括為「方法之一」；將其餘三者，概括為「方法之二」。分論如下：

（一）學字法

《方批論祖》發掘的陳傅良下字取法古文處並不多，且皆與《左傳》有關。共計有三篇文章，其文曰：

〈使功不如使過〉

昔者留侯以其讎秦之志（留侯子房互用，蓋用《左傳》敘事法），不勝其忿，而奮於一擊之間。當是時，子房蓋幾死矣。及其以謀輔高帝，則能舒徐陰伺，以決楚漢之雌雄。（頁甲14／集20-13）

〈魏相稱上意如何〉

魏相輔之，總領眾職，使上下無苟且之意，而公卿多稱位之人，真無負於宣帝之為者，相知以心，孰如相之於帝也哉！惜乎！徒相知而無道以濟其短，君子不能

---

30 祝尚書：〈宋代的科舉用書〉，《宋代科舉與文學》，（北京：中華書局，2006年），頁397-425。本文以下僅論《論學繩尺》為代表。《龍川水心二先生文粹》、《策學繩尺》海內外僅存孤本，取得相對不易。《誠齋先生文膾》批語較《方批論祖》更為簡要、數量亦少，又以類書的方式編輯楊萬里零星文句，導致文不成篇。詳參〔宋〕李誠父輯：《批點分類誠齋先生文膾》，（臺南：莊嚴文化事業有限公司，1997年，《四庫全書存目叢書》影印北京圖書館藏元刻本）。

31 孫琴安：《中國評點文學史》，（上海：上海社會科學院出版社，1999年），頁6。

32 〔南朝梁〕劉勰：〈章句〉，見周振甫著：《文心雕龍注釋》，（臺北：里仁書局，1998年，初版3刷），頁647。

無恨於弱翁也。（忽用弱翁字，法《左傳》）（頁甲21／集20-16）

〈子貢與回孰愈〉

如子使漆雕開仕，而開不仕；子游以弦歌宰武城，而夫子謂割雞焉用牛刀。此夫
子以正幾試之也。開也、偃也（《左傳》文法），識夫子所試之幾。（頁丙12／集
20-37）

〈使功不如使過〉中論漢初三傑中的張良。張良，字子房，封為留侯。〈魏相稱上意如
何〉中論西漢名相魏相。魏相，字弱翁。〈子貢與回孰愈〉中論孔子學生漆雕開、言偃
兩人。漆雕開，名啟，字子開。言偃，字子游。此處方逢辰批語所指出的，是《左傳》
人名、字號、封號交互使用的寫作法。對此，章學誠曾提出批評，認為是「隨意雜舉，
而無義例」，甚至說後世不應學。[33] 批語卻認為此是「《左傳》文法」。真可謂南轅北轍。

張高評以修辭學角度論之，認為此是《左傳》「避複」的練字方法。[34] 本文以為，
章氏以史書「義例」立論，推尊「史法」；方氏以文章作法立論，崇尚「文法」，兩者主
張皆有所本。本文旨在論文章作法，故取《方批論祖》與張高評之說，將之視為修辭手
段，認為《方批論祖》主張後人取法陳文中體現的《左傳》煉字法。

（二）學句法

《方批論祖》所指出陳傅良造句取法古人處，資料較為豐富。取法對象分別是先秦
的《莊子》，以及唐代的韓愈、柳宗元（773-819）。分述如下：

1 《莊子》

〈學者學所不能學〉

凡天下之事，極於精者心不與偕，而熟之至者無所容吾技。夫極精之後無心
（《莊子》題學《莊子》語），而至熟之餘無技者，何也？。夫惟精且熟者，率性
之真而任天理之便也。凡適性之真者無餘巧，而任天理之便者無奇功。（頁乙10
／集20-24）

此處顯然是針對「極精之後無心，而至熟之餘無技者」兩句所呈現的特殊句型而論。批
語明確指出題目出處，詳考後得知出自《莊子·庚桑楚》，其文曰：

學者，學其所不能學也；行者，行其所不能行也；辯者，辯其所不能辯也。知止

---

33 〔清〕章學誠：〈繁稱〉，見葉瑛校注：《文史通義校注》，（新北：頂淵文化事業有限公司，2002年），
頁393。

34 張高評：《左傳文章義法撢微》，（臺北：文史哲出版社，1988年，再版），頁184。

乎其所不能知，至矣；若有不即是者，天鈞敗之。[35]

將陳傅良文章、批語，以及《莊子》出處三者，綜合觀察後不難發現，陳氏巧妙的借用了《莊子》書中一個常見的語言形式──「至 x 无 x」。《莊子》最為人所熟知的，應是「至人无己」。此外。尚有「至樂」、「至言」等類似句型的論述。姚彥淇指出，這不僅僅只是《莊子》一種語言形式或句型，更是一種「思維結構」與「觀念叢」，以此提高思想義理的層次。[36]本文認為，早在近千年前，《方批論祖》即對此《莊子》書中普遍的思維結構做出隻言片語的提示，所謂「《莊子》語」三字正有此深意。《方批論祖》乃時文評點，並未將之開展為思想義理的深入詮釋，而專注文章作法，亦是情理之常。雖然《方批論祖》未施評點，但類似的「《莊子》語」寫法，在〈學者學所不能學〉中不只前述一見。陳傅良論曰：

> 微聞見不足以致道，必將屏聞見而後已。微思慮不足以致道，必將冥思慮而後已。微仁義禮智不足以盡道，亦必將絕仁義退禮智而後已。（頁乙11／集20-25）

「已」，作為表述「致道」、「盡道」的最高境界，而「屏」、「冥」、「絕」則皆是體現了減損、消解的理念。這段話確乎與「至 x 无 x」相似。本文以為，《方批論祖》所揭示的，是陳傅良取法《莊子》語言形式、思維結構，成為他作文批判論述的一種「武器」，一種值得後人學習的句法。時文學習者思想義理之境界能做到多少，當然不得而知。《方批論祖》提出的，也僅只是可學的句法，並非一套完整的工夫論。

2 韓愈

〈博愛之謂仁〉

> 凡為天下利悉為之備，其寒也衣，其飢也食。其居之陋也，宮室之；其涉之危也，舟楫之（韓文法），其群之爭也，書契之。是果何心為之耶？此以仁心為之也。（頁乙9／集20-24）

陳傅良此題典出韓愈名作〈原道〉破題兩句「博愛之謂仁，行而宜之之謂義」因此，《方批論祖》之「評曰」與夾批屢言及韓愈。除了「評曰」論如何在褒貶韓愈之間，取得一個恰當好處的切入點「尊題」，夾批亦有4次論之，前引是其中一次，與取法韓文作法有關。雖然批語僅僅三個字，但讀者不難體會批語前後陳傅良文字確有匠心安排，並且與〈原道〉頗為相似。〈原道〉曰：

35 〔清〕郭慶藩撰，王孝魚點校：《莊子集釋》冊下（北京：中華書局，2010年，初版13刷），頁792。

36 姚彥淇：〈莊子的「至論」思想探析〉，《嘉大中文學報》第9期（2013年3月），頁27-47。文後的「武器」隱喻，亦借鏡姚說。

寒然後為之衣；飢然後為之食。木處而顛，土處而病也，然後為之宮室。為之工以贍其器用，為之賈以通其有無，為之醫藥以濟其夭死，為之葬埋祭祀以長其恩愛，為之禮以次其先後，為之樂以宣其湮鬱；為之政以率其怠倦，為之刑以鋤其強梗。相欺也，為之符璽斗斛權衡以信之。相奪也，為之城郭甲兵以守之。[37]

陳傅良此段確實有取法韓愈的痕迹。從思想內涵到語言形式皆然。就語言形式而言，韓文頻繁使用整齊句型以蓄積文勢，又展現變化以避免呆板。首先，「然後為之」連用三次以齊整之，其中又以「寒」、「飢」、「木處而顛，土處而病」變化之。再者，則是「為之……以……」連用十次齊整之，再濟以「相欺也」、「相奪也」變化之。而在整齊與變化中，又輔以詞類活用。如「衣」、「食」、「宮室」、「工」、「賈」、「醫藥」、「葬埋祭祀」、「禮」、「樂」、「政」、「刑」，甚至是「符璽斗斛權衡」、「城郭甲兵」等名詞，皆作動詞用。反觀陳傅良，「其……也……」連用兩次後，則是繼之以「其……之……也……之」，整齊中亦見變化。此外，則是「衣」、「食」、「宮室」、「舟楫」、「書契」等名詞，亦皆作動詞用。以上兩種語言形式，我們都不難見出陳傅良以韓愈為法的痕迹。

就思想內涵而言，我們不難讀出所引韓、陳兩段文字，皆主張儒家聖王為百姓之食衣住行等日常生活，促進福祉或制定規範，讓人類文明得以進展。而在《方批論祖》「評曰」中，亦認為陳氏「以博愛之說大吾仁尊，則本題甚好」。可見在思想內涵上，陳傅良依據程式「尊」題，或亦可視作取法韓文之迹。

若《方批論祖》未能明言取法對象，則研究工作必然較為困難。陳傅良〈子貢與回孰愈〉曰：

> 爾於顏回何如也？爾自省於多知之智有弗若顏子歟，則夙夜以思（古文法），就其所以如顏子者，去其所以不如顏子者，雖為顏子可也。自省其克己之仁有弗類於顏子歟，則夙夜以思，就其所以如顏子者，去其所以不如顏子者，雖為顏子可也。（頁丙11／集20-36）

此則批語同樣僅三個字，卻未詳言所謂的「古文」，究竟是何家何篇，因而留下更多謎團。經考察後可知，應為韓愈〈原毀〉中的一段，其文曰：

> 聞古之人有舜者，其為人也，仁義人也，求其所以為舜者責於己曰：「彼，人也；予，人也；彼能是，而我乃不能是？」早夜以思，去其不如舜者，就其如舜者。聞古之人有周公者，其為人也，多才與藝人也，求其所以為周公者，責於己曰：「彼，人也；予，人也；彼能是，而我乃不能是？」早夜以思，去其不如周

---

37 〔唐〕韓愈著，劉真倫、岳珍校注：《韓愈文集彙校箋注》第1冊（北京：中華書局，2013年，初版2刷），頁2。

公者，就其如周公者。[38]

很明顯的，陳傅良取法韓文「早夜以思，去其不如……，就其如……」句，僅僅只是在「不如」與「如」的次第上稍有不同。此外，韓愈以舜和周公為例論之，陳傅良則以顏回「多知之智」與「克己之仁」論之。韓、陳兩人皆兩次運用此句型形成排比對偶，是《方批論祖》所著意處，亦是歷代評論者關注〈原毀〉的焦點所在，茅坤（1512-1601）、儲欣（1631-1706）、方苞（1668-1749）三人皆注意到〈原毀〉通篇排比的現象，方苞更將宋以後的對語、時文，上接漢、唐，表達古文、時文一脈相承的觀點。[39] 本文認為：《方批論祖》此處「古文法」短短三字夾批，所論亦同。

我們還能在〈子貢與回孰愈〉中發現其他長篇排比對偶的句子，其文曰：

> 如子使漆雕開仕，而開不仕；子游以弦歌宰武城，而夫子謂割雞焉用牛刀。此夫子以正幾試之也。開也、偃也，識夫子所試之幾，卓然自立而不墮其語，故夫子一則以悅，一則曰「前言戲之耳」者，蓋所以深與之也。
>
> 至語子路以「道不行，乘桴浮於海」，與夫「衣敝縕袍而不恥」之說，此夫子以變幾試之也。子路不悟聖人所以試之意，故或聞之喜，或請終身誦之。夫子於是斥之曰：「由也好勇過我，無所取材。」又曰：「是道也，何足以臧？」蓋所以深貶之也。（頁丙12／集20-37）

這兩段以「正幾／變幾」、「識／不悟」、「深與／深貶」兩兩相對，運以鬆散的文句。其他尚有諸例，本文無法遍舉詳論，凡此皆為陳傅良取法韓愈文章「通篇排比開闊」、「長排」等語言藝術形式之處。綜合以上討論，《方批論祖》論陳傅良〈子貢與回孰愈〉有「古文法」，是南宋論體時文向上取法古文的例證，以及下開明清八股時文之旁證。[40]

3 柳宗元

《方批論祖》中有兩處「柳文法」的夾批，如下所示：

> 〈學止諸至足〉
>
> 學不可止也，況非所止而止乎？卿以其如是也，不敢高為之論以誘之，慮其以太高而止也；不敢持不可止之論以塞之，慮其以無所歸宿而止也（柳文法）。明言其可止，而默寓其不可止之意焉。（頁丙16／集20-39）

---

38 同前注，頁58。

39 葉百豐編著：《韓昌黎文彙評》，（臺北：正中書局，1999年，初版2刷），頁16。

40 朱瑞熙有宋人時文為八股文雛形之說，詳參氏著：〈宋元時文──八股文的雛形〉，《暨城集》，（上海：華東師範大學出版社，2001年），頁1-22。

〈學至乎禮而止〉

蓋道至於中而定，中至於禮而定，一定於禮，截然有不敢越者。不敢以貪為言，懼其侈而泛也（柳文法）。不敢以固為言，懼其迂而避也。不敢以傲為言，懼其卓驚而笑也。不敢以夸為言，懼其□□而怪也。（頁乙23／集20-31）

我們可以觀察出陳傅良這兩段文字，前者以「不敢……慮其……」的句型排比，後者以「不敢……懼其……」的句型排比，兩段不僅語言形式極為相似，就連描繪聖人、荀卿引領後學者的謹慎心境亦雷同。經考察後得知，陳傅良確實可能取法自柳宗元名作〈答韋中立論師道書〉，其文曰：

故吾每為文章，未嘗敢以輕心掉之，懼其剽而不留也；未嘗敢以怠心易之，懼其弛而不嚴也；未嘗敢以昏氣出之，懼其昧沒而雜也；未嘗敢以矜氣作之，懼其偃蹇而驕也。[41]

柳宗元連用四次「未嘗敢……懼其……」，強調文章寫作應與道德修養相結合，不可有「輕心」、「怠心」、「昏氣」、「矜氣」。同樣的，就語言形式而言，柳、陳兩文確實相似。進一步論，柳宗元此段似為自我警惕，但實為引領後學（韋中立）之語，柳、陳兩文在思想內涵上亦頗見雷同。

（三）學章法

《方批論祖》論陳傅良論體時文在章法上如何取法古文時，不吝直指核心，明確道出陳文所取法者，讓我們更能明白古文、時文寫作用心與相通之處。批語認為陳傅良〈唐制度紀綱如何〉，取法賈誼（B.C.200-B.C.168）〈過秦論〉、韓愈〈原道〉兩篇文章的章法[42]，特別注意「轉合、結尾」之處。〈唐制度紀綱如何〉曰：

唐之法粗可以傳後，非偶然者。雖然，一再傳之後，民猶有在官之田也；廣騎未立，府兵尚無恙也；兩稅未併，租庸調如故也；樞管未分於中書，則府省猶前日之舊也；藩鎮之擁兵未彊，則權姦殆無以陸梁也（此非別立一段。自是文勢轉合如此，法〈過秦論〉「天下非小弱」一段）。法猶在，而唐之亂形已見，藩牆之間，敵國生焉，獨何歟？儒者因是謂紛晝益詳，維持益密，而道德益薄之效，遂將藉口以盡去先王之舊。嗚呼，吾獨以為唐之三百年而存者，為其猶

---

41 〔唐〕柳宗元著，尹占華、韓文奇校注：《柳宗元集校注》第7冊（北京：中華書局，2013年），頁2178。

42 由於賈、韓文屬名作，容易取得參照，又因為所須徵引陳文較長，方能體現文章章法。故略去賈、韓文，以省篇幅。

詳且密也；唐之一再傳而亂者，為其猶不詳且密也。（頁甲3／集20-7）[43]

夾批所論，顯見其注意「文勢轉合」的章法安排。賈誼在〈過秦論〉「天下非小弱」之前，論秦國逐漸壯大的發展歷史，而該句後，則轉而論何以在短時間內徹底敗亡的根本原因，最後得出著名的「仁義不施，而攻守勢異」論斷。而陳氏則在《方批論祖》夾批前，論唐人制度紀綱之大要。此處後，則轉而論「法猶在，而唐之亂形已見」，亦即唐制度紀綱之缺失何在。陳傅良又論曰：

> 身者，人之儀也；家者，天下之本也；宗廟朝廷者，州閭鄉黨之所從始也。唐世之法，大凡嚴於治人臣，而簡於人主之一身；偏於四境，而不及於其家；州閭鄉井斷斷然施之實政，而朝廷宗廟之上所謂禮樂者則皆虛文也。當是時，坊圍有伍，而閨門無度，古人制度宜不如此。上下足以相維，而父子夫婦不能相保，古人紀綱宜不如此。若是而又曰唐法之病於詳且密，夫詳且密固闊略於其上而纖悉於其下，捨本而重末邪？。然則為唐之制度紀綱宜何如焉？曰：自其身之衽席冕服始（應原題。下法〈原道〉轉），而放之於表著之位、鄉校之齒、井牧之畫、軍旅之伍，則唐之制度非唐之制度，而三代之制度也；自其家之父子兄弟始，而達之於尊卑之秩、長幼之序、內外之權、輕重之勢，則唐之紀綱非唐之紀綱，三代之紀綱也。（頁甲3-4／集20-7.8）

夾批「法〈原道〉」，應指取法該文「夫所謂先王之教者，何也？」一段。韓愈在否定了佛、道兩家對於「君臣民」的主張後，轉而論述儒家的「先王之教」。而陳傅良則是接連兩度否定了唐代制度與紀綱之失，謂「古人制度宜不如此」、「古人紀綱宜不如此」。而後轉而自問自答，提出「唐之制度紀綱宜何如焉？曰：自其身之衽度冕始……。」之說。在檢視兩篇後，可發現由否定他說「轉」而到建立己說的文意發展脈絡，兩者極為相似。《方批論祖》評點的「轉」字，即道出韓愈為文用心，以及陳傅良取法之處。陳傅良又論曰：

> 至於唐略定而多缺，幾舉而卒不遂，是將安咎？夫以太宗之英明，可與行仁義矣，而纔若此，何也（法〈過秦論〉「何也」一段）？彼固出於好名，而非由內心以生也。（頁甲4／集20-8）

〈過秦論〉在結尾時，總結秦朝瓦解的原因時如是說：「一夫作難而七廟墮，身死人手，為天下笑者，何也？仁義不施，而攻守勢異也。」賈誼用自問自答的方式收束全文。而陳傅良則亦藉此法，總說唐制度紀綱不如三代，唐太宗不徹底行仁義的緣故。

---

43 此段《方批論祖》尚有數則夾批，但是皆與本文所論「時文如何取法古文」關係不大。為省篇幅，略去不引。以下同。

四　《方批論祖》「時文取法古文」的方法之二

（一）學論證與敘事

論證無疑是論說體文章的關鍵組成要素，是證明論點的方式，亦是重要藝術手法。論證時，作者常必須舉出事例以說明文章旨意。這時，需要善用敘事手法剪裁材料，使之條理得宜、論點突出。關於這兩點，《方批論祖》的批評皆有所揭示，以下分別論述之。

1　學論證

〈仲尼不為已甚〉

夫道之不行也，未必皆天下之過也，或有道焉而不善用之也。蓋立己於峻，則其迹固不可犯，而強人於太難者，中才皆有所弗堪。以是不可犯之形，以求當乎弗堪之情，則其道始不可行於天下。昔者子游謂曾子曰（旁引用事，全法三蘇、昌黎）：「吾友張也，為難能也，然而未仁。」曾子曰：「堂堂乎張也，難與并為仁矣。」夫以其堂堂也，疑似足以拒人，則人雖有樂為善之心，而不敢與之并立。使人有為善之心而不敢與我并立，則凡沮人之善心者，皆子張之為也（此篇用子張事與〈為天下得人謂之仁〉用子文事一般機軸）。彼子張一賢者爾，子游、曾子皆其深交，而猶以其堂堂而病其難，況以夫子之聖而甚為之，吾見天下之病夫子者多於病子張者矣。是則夫子之所憂也。（頁甲5-6／集20-8.9）

夾批「旁引用事……」，明確指出徵引事例以證明論點時，陳傅良是取法三蘇與韓愈。夾批「此篇用子張事……」，則指引讀者參照他篇用事例證。考〈為天下得人謂之仁〉後得知，蓋「以小形大」。此批語另見於〈舜禹有天下而不與〉夾批。如此一來，《方批論祖》中共計三次出現「以小形大」的夾批，但只有〈仲尼不為已甚〉言及取法韓愈、三蘇。本文為論陳傅良論體時文如何取法古文，故綜合三篇作品後，詳論〈仲尼不為已甚〉。

所謂「以小形大」，或即是邏輯學中的「類比」。[44] 而「類比」的邏輯思維常作為撰寫論說文的論證方式。[45] 陳氏於文中所引用的「子張事」，典出《論語》。[46] 陳傅良認為

44　「類比推理」，參陳大齊：《大眾理則學》，（臺北：臺灣中華書局股份有限公司，2015年，3版），頁445。

45　蘇越、于德禮主編：《文章寫作中的邏輯技巧》，（北京：北京師範大學出版社，1990年），頁38-40。

46　《論語・子張》：「子游曰：『吾友張也，為難能也，然而未仁。』」《論語・子張》：「曾子曰：『堂堂乎張也，難與並為仁矣。』」

「子張一賢者爾」，尚且會因為「堂堂乎」的緣故，而使得人們「難與并為仁」。更何況是聖人如孔子，若「甚為之」，則必然使人更加無法親近了。

在此類比推理中，陳傅良認為孔子與子張有「做得太過」的共同點，並推論孔子會與子張相同，讓人難以親近。此外，更進一步認為，由於子張只是「賢者」，而以孔子之「聖」，這「讓人難以親近」的情形將較之子張尤甚。前引「『況』以……病子張者矣」，陳傅良文中「況」、「見」兩字，正蘊涵類比推理的論證過程。《方批論祖》以為，此文中的子張是「小」，而孔子是「大」。其間透過「做得太過」的共同點，進行了「以小形大」的類比論證。

與本文相關的，是《方批論祖》指出此論證方法學習自韓愈、三蘇。陳秉貞認為，「類比論證」是三蘇史論的重要寫作手法。[47]《方批論祖》不僅指出陳傅良論體時文之論證方式，更注意到其取法古文的對象。若將古今學者對於時文、古文的研究合觀，頗能收互相參照之效。也許有人認為，「類比論證」是進行議論說理常見的手法，散見於各種文體、各個時代與作者，並非韓愈、三蘇所獨有。本文認為，《方批論祖》這似乎有些「強加比附」的論述，正突顯了其在歷代諸作家作品中，特別青睞韓愈、三蘇。也再次印證前小節所論，除了《古文關鍵》等古文選本外，時文選本亦為唐宋古文名家名作經典建立的推手。

除了類比論證，「比喻論證」亦是論說文重要論證法。《方批論祖》亦曾論及。陳傅良〈為國之法似理身〉曰：

> 聖人之視天下，猶視一身也。人之一身，豈不樂其常安而無事也哉？而至於悍藥毒石搏去其疾者，是深不愛其身，不愛之者乃所以深愛之也。（學蘇文）吾故知聖人以其處身者處天下，而至於以刑繩之，決非忍於用刑矣。崔寔以刑罰勸其君，而論之曰：「為國之法似理身。」蓋以聖人之處身見聖人之處天下也。（頁丙13／集20-37）

此處批語簡略，僅僅「學蘇文」三字。此文破題、承題處，皆據典出《後漢書‧崔駰列傳》的題目立論，陳傅良「悍藥毒石」之喻與《後漢書》所錄崔寔〈政論〉相近，即為闡明題意而設。[48]以譬喻法闡述說理，是論說文常見的手段。陳秉貞指出，以「人體的狀態和養生」為喻依，是三蘇史論寫作法特色之一，三人中又以蘇軾最為常見，其〈儒者可與守成論〉、〈論管仲〉、〈休兵久矣而國益困〉三篇亦皆以藥石為喻。[49]此比喻論證雖然三蘇並非首創，若就〈為國之法似理身〉而言，主張陳傅良藥石之喻承襲崔寔亦

---

47 陳秉貞：《三蘇史論研究》，（新北：花木蘭文化出版社，2011年），頁280-282。

48 〔南朝宋〕范曄：〈崔駰列傳〉，《後漢書》第6冊（北京：中華書局，1965年），卷52，頁1725。

49 陳秉貞：《三蘇史論研究》，頁295-296。

可。但由是觀之，我們或可推測《方批論祖》「學蘇文」之批語，意在提醒讀者三蘇譬喻說理處，特別是蘇軾以身為喻的寫作法。

2 學敘事

論說文進行論證時，「旁引用事」（前引《方批論祖》夾批）是必要的手段，為了證明論點，作者必須舉出事證。對此，陳傅良曾金針度人，他於《止齋論祖・論訣》所揭示的使事標準是：「故善使事者但一二句至三五句，而題意已了然。前輩嘗謂善使事，不可反為事使，此至論也。」（頁〈論訣〉3／集20-5）如何剪裁故事，條理敘事而不紊亂，做到「善使事，不可反為事使。」這點我們以陳傅良〈博愛之謂仁〉為例說明。其文曰：

> 天下不知易，仲尼是以生生名易；天下不知中，子思是以喜怒哀樂名中；天下不知善，孟子是以可欲名善。（引證精神）
> 堯舜以仁官天下，禹湯以仁家天下，伊周以仁相天下，孔孟以仁師天下。
> 魯哀公小儒，孔子大之，而儒始尊。叔孫武叔毀聖人，子貢大之，而聖人始尊。
> 佛老小吾仁，韓愈大之，而仁始尊。（頁乙8-9／集20-23.24）

柯慶明論「論」與「說」的美感特質，指出「修辭企圖」與「虛構敘事」的兩個寫作手法，是近古論說體文章的重要文學表現。[50]前文已詳論韓、陳兩人有著相近的修辭手法。其實，在「虛構敘事」中，我們也能看到陳氏取法韓文之迹。前引韓愈〈原道〉中，作者將典籍中三皇五帝等遠古聖王開啟人類文明發展的故事，透過「綜輯辭采」、「錯比文華」的修辭手法，改寫為一段可單獨欣賞的敘事美文，用來作為理論依據，加強說理的力量。[51]陳傅良的敘事表現手法、作用亦是如此。以上所引，陳氏皆以非常精鍊與相近的語言形式，再現原典籍中的故事內容，敘事可說簡省與齊整，成為說理力量強大的論據。例如「魯哀公小儒，孔子大之，而儒始尊。」，典出《大戴禮記》。[52]魯哀公問孔子穿著「章甫、句屨、紳帶而搢笏者」是否為賢人。此問頗有輕視儒者之意。孔子在其後與哀公的對話中，詳論了庸人、士、君子、賢人、聖人的不同境界。「叔孫武叔毀聖人，子貢大之，而聖人始尊。」，典出《論語・子張》。[53]子貢以「仲尼不可毀」，直接的為孔子辯護。顯而易見的，陳傅良皆對原故事內容做了必要的「加工」，分別皆以「小／大」概括之，使得原典篇幅雖或有長短，但在陳傅良文中卻得以簡省與齊

---

50 柯慶明：〈「論」、「說」作為文學類型之美感特質的研究〉，《古典中國實用文類美學》，（臺北：國立臺灣大學出版中心，2016年），頁47-51。
51 同前注。
52 方向東：《大戴禮記彙校集解》冊上（北京：中華書局，2008年），頁42-64。
53 《論語・子張》：「叔孫武叔毀仲尼。子貢曰：『無以為也！仲尼不可毀也。』」

整。為的是配合此文旨意「佛老小吾仁，韓愈大之」。故夾批曰「引證精神」。我們認為陳傅良此文除了思想內涵、語言形式，在敘事方法上亦可見「法韓文」之處。

（二）其他古文的文學質素：意、氣、辭、情、法

長久以來，「重建中國古代文論話語」的呼聲一直存在，學術界也取得了許多成績，對古文的討論亦夥。吳小林、易鑫鼎的研究成果，皆是重建古文文論話語的重要資源。[54]本文以熊禮匯提出的古文文學質素：「意、氣、辭、情、法」為基礎[55]，思考時文究竟如何取法古文。筆者認為，《方批論祖》時文批點亦頗為關注此五項古文文學質素，時文評點與古文評點有著同樣的美學焦點。以下舉若干評點為例。

> 論「意」
> 於〈為治顧力行何如〉評曰：「只一況字便轉，餘意不見圭角。」（頁甲12／集20-12），於〈告子先孟子不動心〉評曰「文意淵永，獨有餘味。」（頁乙19／集20-29）
>
> 論「氣」
> 於〈仲尼不為已甚論〉評曰：「自君子誠不可孤立別是頭緒，至此又應群鳥獸而已矣。則上段氣脈復貫。」（頁甲6／集20-9）於〈為治顧力行何如〉評曰：「批判不隔氣脈。蓋得古文之法。」（頁甲12／集20-12）
>
> 論「辭」
> 於〈仁不勝道〉評曰：「言語自然老成。」（頁乙7／集20-23）於〈學者學所不能學〉評曰：「題本枯淡而文字豐腴。」（頁乙10／集20-24）
>
> 論「情」
> 於〈子貢與回孰愈〉評曰：「後復引夫子告二三子之事，尤於『幾』字有情。」（頁丙10／集20-36）於〈仲尼焉學〉評曰：「一箇『畏』字生出許多議論。有情。」（頁乙18／集20-28）
>
> 論「法」
> 於〈為治顧力行何如〉評曰：「上三段一律，此一段獨轉，深得錯綜成文之法。」

---

54 吳小林：《中國散文美學》冊上（臺北：里仁書局，1995年），頁8-9。易鑫鼎：《中國古代散文研究論辯》，（南昌：百花洲文藝出版社，2006年），頁20-31。

55 熊禮匯：〈從選本看南宋古文家接受韓文的期待視野——兼論南宋古文選本評點內容的理論意義〉，《周口師範學院學報》第24卷第4期（2007年7月），頁1-8。熊氏另於〈略談古文的文學性、藝術美和鑒賞方法〉一文中，綜論唐宋明清古文家對古文「要件」或文之「所以為文」要素的看法，提到「理、氣、辭、法、情」等五要素。由於本文旨在論南宋時文評點如何取法古文，故選擇熊氏前說。後文見熊氏主編：《中國古代散文藝術二十四講》，（武漢：武漢大學出版社，2010年），頁1-22。

（頁甲12／集20-12）於〈仁不勝道〉評曰：「最是行文簡潔，用事老成可以為法。」（頁乙6／集20-22）

從以上的例子可見，時文評點與古文評點有著同樣的美學焦點。而這五項古文質素中，無疑又以「意」為最重要。《方批論祖》論文意的方式，是方逢辰於時文評點中指導後學取法古文的例證。以下詳論之。

我們若綜觀《方批論祖》之「評曰」，絕大多數皆是就文意立說，偶見兼論時文程式，但內容分量明顯較前者少得多。方逢辰論文意時，大多數的作法是提要陳傅良文章旨意，亦見跳脫陳文所限展開論述。然而，方氏並不局限於如何「認題」，進一步又如何「立意」，更鮮少見陳傅良〈論訣〉中「破題」、「原題」、「講題」等程式作法。易言之，方氏「評曰」不囿於時文程式之論「題」與「意」，而是藉此論思想義理，可說更向古文批評靠攏些。

方逢辰的父親方鎔（生卒年不詳，曾任奉直大夫），於《宋元學案》中名列「北山四先生學案」，被視為「朱學續傳」。方逢辰為長子，名列「奉直家學」。王梓材案語曰：「先生為奉直長子，自承家學，別無他師。」[56]由是可見，方逢辰應屬朱學系統中。值得吾人注意的，是方氏「評曰」所論亦呈現如此學脈。例如，方逢辰〈仲尼不為已甚〉之「評曰」：

> 已甚者，太甚也。龜山曰：「聖人處本分外不加毫末。」此仲尼不為已甚之本旨也。（頁甲4／集20-8）

又如〈子謂武未盡善〉之「評曰」：

> 橫渠曰：「舜之孝，武王之武，聖人之不幸也。征伐豈其所欲，不得已焉耳，故曰未盡善。帝王之號亦因時而已，非有心迹之異也。」此篇正用橫渠無心迹之異一句作主。大抵人惟有心之過，乃欲瞞人，非其本心之過者，何必畏人之知。（頁甲17／集20-14）

又如〈舜禹有天下而不與論〉之「評曰」：

> 評曰，此篇只以舜禹自視者若不足，故不見天下之可樂為主，其微意謂舜禹之有天下，為無故之獲。若後世人主一朝而受天下，無故而來附己，則必偏然以首出庶物自居。舜禹則曰：「我何以得此也，我何以居此也。與之之初則辭而避之，得之之後則推而去之。常見天下之不足樂，此無他，其自視者小，常若擔當天下

---

56 〔清〕黃宗羲原著，〔清〕全祖望補修，陳金生、梁運華點校：《宋元學案》第4冊（北京：中華書局，2007年，初版3刷），卷82，頁2728、2744。

不起也。不與之說○明道以為治天下只順他天理，聖人元不以己與之○伊川則以
不與為不與求而得天下○呂氏以為舜禹有心於天下，而無心於得喪。朱子曰：不
與猶言不相關也，言其不以位為樂也。（頁甲15／集20-13）

〈仲尼不為已甚〉所引楊時語，另見於朱熹《四書集注》。[57]〈子謂武未盡善〉所引張
載語，則另見於朱熹《論孟精義》。[58]最後〈舜禹有天下而不與論〉「評曰」所引論「不
與」諸說，二程與呂氏語見於《論孟精義》[59]，朱子之說則見於《四書集注》。[60]由此三
篇「評曰」，可見方逢辰之程朱學脈。進一步觀察〈舜禹有天下而不與論〉之「評曰」，
方逢辰所論，以朱熹「不以位為樂」為基礎，主張舜禹「天下之不足樂」的政治高度。
整段總評，未見方氏論程式，取而代之的是論舜禹立下的政治典範。

　　前引所謂《方批論祖》「體製大意則見於各篇之評文」者，亦即「評曰」較注重文
意而較少見程式作法的情形。方氏此舉，可視為重視古文文學質素的批評方式，提示時
文取法古文的方法。

　　除此之外，尚見有「味」、「老」、「簡潔」、「枯淡／豐腴」等等詩學批評常見的話
語。古文評點或已多所借鑑，如今我們可以發現，時文評點亦是如此。[61]《方批論祖》
這些評點文字，雖未如前論明言時文取法古文，但卻體現了其全面借鑑古文文學質素，
並以之論斷時文寫作優劣的評點原則。這其實是時文的「寫作」、「批評」兩方面，同時
以古文為法的具體呈現。

（三）古今辨體

　　經過以上論述，從字句到篇章、論證到敘事，以及各種批評話語，《方批論祖》似
乎認為時文應全盤取法古文，但其實也不盡然。《方批論祖》依舊非常重視「古今辨
體」，認為時文應與古文有所區隔。時文所注意的程式規範，是古文所無，亦是兩者辨
體的關鍵處。陳傅良對此亦著力甚深，前文所言及《方批論祖》書首所收錄的陳氏〈論
訣〉，正是顯例。可見陳、方兩人對此之重視。然而，在方逢辰眼中，陳傅良論體時文

57 〔宋〕朱熹集注：《四書集注（甲種本）‧孟子‧離婁下》，（臺北：世界書局，1956年），頁317。

58 凡兩見，詳參〔宋〕朱熹：《論孟精義‧論語精義》，（臺北：臺灣商務印書館，1983年，《文淵閣四
　　庫全書》本），卷2上，頁45。《論孟精義‧孟子精義》，卷9，頁6。

59 〔宋〕朱熹：《論孟精義‧論語精義》，卷4下，頁30-31。

60 〔宋〕朱熹集注：《四書集注（甲種本）‧論語‧泰伯》，卷4，頁113。

61 吳建輝曾論南宋試論的美學追求，指出《論學繩尺》多以「老」字評點的現象，並主張時文常取法
　　古文。此說可以與本文互參。詳見氏著：《宋代試論與文學》，（長沙：嶽麓書社，2009年），頁157-
　　173。這五項古文文學質素，乃至於其他詩文兼用的批評話語，其內涵究竟為何？運用在時文、古
　　文之際，是否有名同實異或名異實同的現象。這些都有待在已有基礎上，例如文學審美範疇、詩學
　　批評的研究成果，繼續專注於文章學的考察。

雖「深得論體」[62]，但還是有某些作品不符合程式。《方批論祖》論陳傅良〈動靜見天地之心〉之冒子「非今體」，論〈君子學道則愛人〉則謂「此篇只可作一篇古文看」，可知其古今辨體之意識明晰。所謂的「非今體」與「只可作古文看」，指的即是該文並沒有依照時文程式寫作。以下摘錄〈動靜見天地之心〉與《方批論祖》夾批為例，參考陳傅良〈論訣〉所論時文程式，說明何以此文被視為未符合時文規範的「非今體」。

> 凡人之心，果孰為之初也？世之言曰：天地之生之初也。天地之心抑果孰為之初也？世之言曰：太虛之生之初也。噫，論至於此，蓋亦邈焉歸諸茫昧隱幽而已矣（破題承題皆非今體），其所謂心，則卒莫能見。於是始有離形器事為而求心於空者矣。求之於空，見空而不見心。然則心不可見乎？文中子知天下之均有是心也，而不能以自見也，於是乎言曰：「圓者動，方者靜，其見天地之心乎。」且既有方圓矣，是未離乎形器也；既有動靜矣，是未離乎事為也，烏在乎離形器事為以求心也？動靜見天地之心。嘗試觀夫形器之所以為形器者誰乎，事為之所以為事為者誰乎，則心之用也昭昭矣。今夫物（原題。用人、物譬喻議論心之用，卻入題似失之泛。然此只當作古文看），草之腐也螢生，木之朽也蠹生，果蓏之壞也蛆生。以至穢積而菌榮，石碎而火見。凡天下之物，殘敗毀棄之餘，而往往英華發焉，蠢動生焉。而其神奇臭腐，更衰更盛，更生更死，相禪而無窮也。是果孰為之也邪？（此段議論佳）……由是而觀天地（方入題），彼其方圓也者，不猶吾之口腹手足也邪？彼其動靜也者，不猶吾之噓吸屈伸也耶？彼其動靜之所以動靜也者，不猶吾之開闔弛張也耶……（頁丁12／集20-48）

首先，夾批曰：「破題承題皆非今體。」破題、承題皆屬於時文程式的冒頭段落。〈論訣〉論破題曰：「破題為論之首，一篇之意皆涵蓄於此，尤當立意詳明，句法嚴整，有渾厚氣象。」（頁論訣2／集20-5）其意即破題首重在點破題目，並將全文內容「涵蓄」（即高度濃縮）於此。但是，〈動靜見天地之心〉一文的破題，卻不那麼乾淨俐落。該文破題非專論天地之心，而是以人之心並論，之後又歸結到太虛，留下一團迷霧。此破題真如該文所謂的「茫昧隱幽」。

再者，夾批曰：「原題……只當作古文看。」〈論訣〉論原題曰：「題下正咽喉之地，推原題意之本原皆在於此。若題下無力，則一篇可知。或設議論，或便說題目，或使譬喻，或使故事，要之皆欲推明主意而已。」（頁論訣2／集20-5）其意即原題首重「推明主意」，並舉出四種方法。若觀察陳傅良此文，正如《方批論祖》所言「用人、物譬喻議論心之用」，似乎符合原題程式。但是，由於冒頭已「非今體」，立意未能詳

---

62 閔澤平研究《方批論祖》「深得論體」的批語，認為所謂的「論體」，就是時文寫作規範，亦即是陳傅良的〈論訣〉。詳參氏著：《南宋「浙學」與傳統散文的因革流變》，頁189-191。

明。故處「咽喉之地」的原題,雖然夾批認為「此段議論佳」,但也「失之泛」。

最後,文章於接近中後段時夾批曰:「方入題」。「入題」亦屬冒頭,作用在回歸原題。全文旨意應置於文章前、中、後何處,於古文本無定法,但時文程式卻規定置於冒頭,而冒頭中的入題應點出題目出處。〈動靜見天地之心〉雖早已明載典出王通《文中子》,但卻至此方才論及「天地」,顯然太遲。

《方批論祖》夾批點出許多陳傅良〈動靜見天地之心〉不符程式規範處,雖可「當作古文看」,但畢竟「非今體」。由是可見該書古今辨體意識。同時,亦可見陳傅良撰文時所處的南宋孝宗時期,至《方批論祖》評點可能所處的宋元之際,這相距百年的時間裡,論說體文章觀念的古今不同處。

(四)小結

循著《方批論祖》的指引,我們觀察分析了陳傅良論體時文學習古文的幾個方法。此外,我們也能發現,《方批論祖》著重發掘時文取法唐宋名家古文的寫作方法,而非先秦兩漢。更具體來說,是韓愈、柳宗元與三蘇父子。從句法、章法、論證、敘事等等,都可見精要批語。而反觀先秦兩漢,就顯得比較單薄了。本文三、四小節所論,可與第二小節論「時文以古文為法的對象」互參。

五　結語

廢除科舉、五四新文化運動以來,歷代八股、經義、論體等時文文體一下被各種近代思潮所湮沒,幾乎無人聞問。近年來研究風氣漸開。本文旨在討論《方批論祖》如何藉由評點陳傅良論體時文,指出時文取法古文的對象與方法。論及對象,《方批論祖》認為陳氏論體時文所取法集中在先秦與唐宋名家,特別是韓、柳、三蘇。結合少數現存時文評點觀察,亦得此現象。這讓時文評點,在字裡行間隱微的參與唐宋古文名家名作經典的建立。論及方法,《方批論祖》則認為陳氏論體時文從字句到篇章、論證到敘事等各方面學習古文。《方批論祖》亦體現時文和古文,可以在創作與批評有著共同美學追求。而在大談時文以古文為法的同時,也不廢古今辨體。取法對象與方法的研究成果,兩者之間是可以互相反饋、彼此補充的。

總結來說,《方批論祖》應具有以下文學史意義:其一,藉由《方批論祖》,陳傅良自己並不看重的論體時文創作得以保存,時文評點也因此流傳後世。此書為後人保存南宋論體時文創作與評點的文學史料,讓我們得以探索凡此文學活動與科舉社會文化間的關係。其二,陳傅良「以古文為時文」的創作實踐,透過評點,方得以由對象和方法,由字句、篇章、論證、敘事,到古文審美素質,皆完整的朗現於世。「時文取法古文」

的學古論，是文章學中「作者論」相關議題的重要內涵。此學古論盛行於明清，如今吾人可藉《方批論祖》略知宋元之際梗概。

徵引文獻

仇小屏：《呂祖謙〈古文關鍵〉文章論研究》，臺北：萬卷樓圖書股份有限公司，2010年。

方向東：《大戴禮記彙校集解》，北京：中華書局，2008年。

方孝岳：《中國文學批評》，北京：三聯書店，2007年。

方逢辰著，方中續輯：《蛟峰文集・外集》，收入《文淵閣四庫全書》第1187冊，臺北：臺灣商務印書館，1986年。

朱瑞熙：《疁城集》，上海：華東師範大學出版社，2001年。

朱　熹：《論孟精義》，收入《文淵閣四庫全書》第198冊，臺北：臺灣商務印書館，1983年。

朱熹集注：《四書集注（甲種本）》，臺北：世界書局，1956年。

何忠禮：《南宋科舉制度史》，北京：人民出版社，2009年。

吳小林：《中國散文美學》，臺北：里仁書局，1995年。

吳承學：《中國古代文體學研究》，北京：人民出版社，2011年。

吳建輝：《宋代試論與文學》，長沙：嶽麓書社，2009年。

李東陽等奉撰、申時行等重修：《大明會典》，臺北：新文豐出版公司，1976年，影明萬曆15年刊本。

李建軍：《宋代浙東文派研究》，北京：中華書局，2013年。

李誠父輯：《批點分類誠齋先生文膾》，收入《四庫全書存目叢書》集部別集類第16冊影印北京圖書館藏元刻本，臺南：莊嚴文化事業有限公司，1997年。

沈松勤：《宋代政治與文學研究》，北京：商務印書館，2010年。

周夢江：《葉適與永嘉學派》，杭州：浙江古籍出版社，1992年。

易鑫鼎：《中國古代散文研究論辯》，南昌：百花洲文藝出版社，2006年。

林順夫：〈論南宋末期文及翁其人、其事及其西湖詞〉，《清華學報》第39卷第1期，2009年3月，頁63-124。

侯美珍：《晚明「詩經」評點之學研究》，新北：花木蘭文化出版社，2009年。

姚彥淇：〈莊子的「至論」思想探析〉，《嘉大中文學報》第9期，2013年3月，頁27-47。

柯慶明：《古典中國實用文類美學》，臺北：國立臺灣大學出版中心，2016年。

柳宗元著，尹占華、韓文奇校注：《柳宗元集校注》，北京：中華書局，2013年。

紀昀等著，四庫全書研究所整理：《欽定四庫全書總目（整理本）》，北京：中華書局，1997年。

范曄：《後漢書》，北京：中華書局，1965年。

孫琴安：《中國評點文學史》，上海：上海社會科學院出版社，1999年。

祝尚書：《宋人別集敘錄》，北京：中華書局，1999年。

＿＿＿＿：《宋代科舉與文學》，北京：中華書局，2006年。

＿＿＿＿：《宋元文章學》，北京：中華書局，2013年。

馬茂軍：《宋代散文史論》，北京：中華書局，2008年。

張高評：《左傳文章義法撢微》，臺北：文史哲出版社，1988年，再版。

章學誠著，葉瑛校注：《文史通義校注》，新北：頂淵文化事業有限公司，2002年。

郭慶藩撰，王孝魚點校：《莊子集釋》，北京：中華書局，2010年，初版13刷。

陳大齊：《大眾理則學》，臺北：臺灣中華書局股份有限公司，2015年，3版。

陳秉貞：《三蘇史論研究》，新北：花木蘭文化出版社，2011年。

陳傅良著，方逢辰批點：《蛟峰批點止齋論祖》，收入《四庫全書存目叢書》集部別集類
　　　　第20冊影印明成化6年朱晅嚴陵郡齋刻本，臺南：莊嚴文化事業公司，1997
　　　　年。

＿＿＿＿著，周夢江點校：《陳傅良先生文集》，杭州：浙江大學出版社，1999年。

＿＿＿＿著，郁震宏校注：《陳傅良詩集校注》，杭州：浙江古籍出版社，2010年。

曾棗莊、劉琳主編：《全宋文》，上海：上海辭書出版社，2006年。

閔澤平：《南宋「浙學」與傳統散文的因革流變》，杭州：浙江大學出版社，2014年。

黃宗羲原著，全祖望補修，陳金生、梁運華點校：《宋元學案》，北京：中華書局，2007
　　　　年，初版3刷。

葉百豐編著：《韓昌黎文彙評》，臺北：正中書局，1999年，初版2刷。

熊禮匯：〈從選本看南宋古文家接受韓文的期待視野——兼論南宋古文選本評點內容的
　　　　理論意義〉，《周口師範學院學報》第24卷第4期，2007年7月，頁1-8。

＿＿＿＿主編：《中國古代散文藝術二十四講》，武漢：武漢大學出版社，2010年。

劉祥光：〈時文稿：科舉時代的考生必讀〉，《近代中國史研究》第22期（1996年9月），
　　　　頁49-68。

＿＿＿＿：〈宋代的時文刊本與考試文化〉，《臺大文史哲學報》第75期，2011年11月，頁
　　　　35-86。

劉勰著，周振甫注：《文心雕龍注釋》，臺北：里仁書局，1998年，初版3刷。

鄭芳祥：〈宋代文話學古論研究——以論說體為例〉，《輔大國文學報》第37期，2013年
　　　　10月，頁107-133。

韓愈著，劉真倫、岳珍校注：《韓愈文集彙校箋注》，北京：中華書局，2013年，初版2
　　　　刷。

鄺健行：《科舉考試文體論稿——律賦與八股文》，臺北：臺灣書店，1999年。

蘇越、于德禮主編：《文章寫作中的邏輯技巧》，北京：北京師範大學出版社，1990年。

論《西遊記》的飲食話語

葉振富

中央大學中國文學系教授

摘要

　　《西遊記》裡的飲食話語大致可粗別為葷、素兩類，葷食多是邪魔妖道所吃，往往是墮落的象徵；仙佛則茹素，代表了正義。無論如何，葷食者的法力總不如茹素者。男主角孫悟空即是明顯的例子，自迸出石頭以來，入口無非草木、澗泉、山花、樹果之屬，這些潔淨的天然飲食使他快樂，使他發育良好、耳聰目敏，即使吃得再豐盛，也盡是奇花異果，從不沾葷。後來在天庭偷吃瓊漿玉液、仙桃、仙丹，不僅使法力倍增，也變成一個美食家。

　　《西遊記》恐怕是最早提倡「生機飲食」觀念的小說，通過情節鋪排，賦予生機飲食權力的象徵，使生機飲食結合了修行、醫療，強化了身體及精氣神的功能。

關鍵詞：素食，生機飲食，食人，旅行與飲食，飲食符號學，明代淮安的飲食。

一

　　取經路上的齋食大抵平淡無奇，烹調方式簡單，往往以醃漬、清蒸處理普通的食材，而主食通常是白米和白麵；至於飲料輒為清水、茶；酒則是素酒。

　　西漢末年，東漢初期，佛教傳入中國，齋食開始流行，梁武帝蕭衍作〈斷酒肉文〉，竭力主張素食，素食種類漸多。

　　素食，在《西遊記》裡，總是快樂的，而且充滿了力量。第一回敘述「天地精華所生」的石猴吃些什麼呢？乃是「食草木，飲澗泉，採山花，覓樹果」。跟一般野猴相同，不外乎大自然所供應的生機飲食。

　　美猴王初嚐權力滋味，好不快活，天天帶領群猴遊玩，「春採百花為飲食，夏尋諸果作生涯，秋收芋栗延時節，冬覓黃精度歲華。」

　　美猴王將下山雲遊，尋訪長生不老之術，眾猴設水果盛宴餞別，這頓果宴頗為豐富：

> 金丸珠彈，紅綻黃肥。金丸珠彈臘櫻桃，色真甘美；紅綻黃肥熟梅子，味果香酸。鮮龍眼，肉甜皮薄；火荔枝，核小囊紅。林檎碧實連枝獻，枇杷緗苞帶葉擎。兔頭梨子雞心棗，消渴除煩更解酲。香桃爛杏，美甘甘似玉液瓊漿；脆李楊梅，酸蔭蔭如脂酸膏酪。紅囊黑子熟西瓜，四瓣黃皮大柿子。石榴裂破，丹砂粒現火晶珠；芋栗剖開，堅硬肉團金瑪瑙。胡桃銀杏可傳茶，椰子葡萄能做酒，榛松榧柰滿盤盛，橘蔗柑橙盈案擺。熟煨山藥，爛煮黃精，搗碎茯苓並薏苡，石鍋微火慢炊羹。

這頓餞行宴的內容包括櫻桃、梅子、龍眼、荔枝、林檎、枇杷、兔頭梨、桃、杏、楊梅、西瓜、柿子、石榴、芋栗、胡桃、銀杏、椰子、葡萄、柑橘……這些水果，代表了手足般的深厚情誼，充滿了歡喜。

　　吳承恩對瓜果從來不吝惜筆墨，第五回敘述齊天大聖偷吃蟠桃，雖未描寫蟠桃的滋味，卻細表那些桃樹：

> 夭夭灼灼，顆顆株株。夭夭灼灼花盈樹，顆顆株株果壓枝。果壓枝頭垂錦彈，花盈樹上簇胭脂。時開時結千年熟，無夏無冬萬載遲。先熟的，酡顏醉臉；還生的，帶蒂青皮。凝烟肌帶綠，映日顯丹姿。樹下奇葩并異卉，四時不謝色齊齊。左右樓臺并館舍，盈空常見罩雲霓。不是玄都凡俗種，瑤池王母自栽培。
> 大聖看玩多時，問土地道：「此樹有多少株數？」土地道：「有三千六百株：前面一千二百株，花微果小，三千年一熟，人喫了成仙了道，體健身輕。中間一千二百株，層花甘實，六千年一熟，人喫了霞舉飛昇，長生不老。後面一千二百株，紫紋緗核，九千年一熟，人喫了與天地齊壽，日月同庚。」

這種稀珍蟠桃自然不是現實物產。這麼長的篇幅並未描寫滋味，只著墨於水果的外形、療效。對於那場蟠桃宴，也僅止於外觀的呈現：「瓊香繚繞，瑞靄繽紛，瑤臺舖彩結，寶閣散氤氳。鳳鸞騰形縹緲，金花玉萼影浮沉。上排著九鳳丹霞辰，八寶紫霓墩。五綵描金桌，千花碧玉盆。桌上有龍肝和鳳髓，熊掌與猩唇。珍饈百味般般美，異果嘉殽色色新」。描寫蟠桃宴，極盡所能僅形容各種尊崇的筵席擺設，以及場地布置之豪華，和食材之珍貴、食具之精緻繁飾。就是完全沒有食物的味道。

桃在中國素有吉祥、長壽之意涵。中國文學裡的桃總是美好的。古人常將桃視為仙果，李時珍認為可能是一些巨大的品種之故，其實桃雖然益肺，卻有微毒，不宜多吃，「多食令人有熱」（1169）。

小說杜撰的另一種珍果是萬壽山五莊觀的「草還丹」，又名「人參果」：

> 三千年一開花，三千年一結果，再三千年纔得熟，短頭一萬年方得喫。似這萬年，只結得三十個果子。果子的模樣，就如三朝未滿的小孩相似，四肢俱全，五官咸備。人若有緣，得那果子聞了一聞，就活三百六十歲；喫一個，就活四萬七千年。

吳承恩在乎的是這種人參果的療效和稀罕，而非它的滋味。因此，他描寫了人參果的奇異特性：「這果子遇金而落，遇木而枯，遇水而化，遇火而焦，遇土而入。敲時必用金器，方得下來。打下來，卻將盤兒用絲帕襯墊方可；若受些木器，就枯了，就喫也不得延壽。喫他須用磁器，清水化開食用。遇火即焦而無用，遇土而入者」。他也描寫了果樹的外貌：「青枝馥郁，綠葉陰森，那葉兒卻似芭蕉模樣，直上去有千尺餘高，根下有七八丈圍圓。那行者倚在樹下，往上一看，只見向南的枝上，露出一個人參果，真個像孩兒一般。原來尾間上是個扢蒂，看他丁在枝頭，手腳亂動，點頭幌腦，風過處似乎有聲」。雖然我們看到清風、明月都吃了，孫悟空也偷了三個和豬八戒、沙僧一起享受，卻是完全不提那果子的滋味。

瓜果是好東西似乎是《西遊記》裡的普世價值，地獄亦然。唐太宗遊地府，打算重返陽世後，以瓜果酬謝，十閻王喜道：「我處頗有東瓜，西瓜，只少南瓜（十一回）」。後來新鰥的劉全赴命進瓜，閻王大喜，遂令劉全夫婦還魂。原來地府盛產東瓜、西瓜，通過特殊管道進口的南瓜，自然珍貴欣喜，叫死人變成活人。於是這南瓜被轉喻為善果，劉全因忠得福，還續配了唐太宗的妹妹，不但得回借屍還魂的老婆，更賺到豐厚的妝奩，唐太宗又賜與他永免差徭的御旨。

齋食，雖則不免簡單，往往卻能表示尊敬與感恩，第十三回敘三藏被獵戶伯欽救回，晚餐伯欽款待他以幾盤爛熟虎肉，無奈三藏寧可餓死也不肯破戒，幸虧伯欽的母親出來解難：

> 叫媳婦：將小鍋取下，著火燒了油膩，刷了又刷，洗了又洗，卻仍安在竈上。先
> 放半鍋滾水，別用；卻又將些山地榆葉子，著水煎作茶湯；然後將些黃粱粟米，
> 煮起飯來；又把些乾菜煮熟；盛了兩碗，拿出來鋪在桌上。老母對著三藏道：
> 「長老請齋。這是老身與兒婦，親自動手整理的些極潔極淨的茶飯。」三藏下來
> 謝了，方纔上坐。那伯欽另設一處，鋪排些沒鹽沒醬的老虎肉，香獐肉，蟒蛇
> 肉，狐狸肉，兔肉，點剁鹿肉乾巴，滿盤滿碗的，陪著三藏喫齋。

素食之美，在這段敘述裡表現得相當精采。獵戶奉獻的齋飯，雖然只有山地榆葉、乾菜
佐黃粱粟米煮的飯，卻因為有了母媳兩人虔敬、細心的勞作，使那簡陋的齋食顯得充滿
了美味，值得品嚐、禮讚、感恩。反觀伯欽自己吃了六種豐盛的野味，卻是「沒鹽沒
醬」，試想，古時候缺乏冷藏設備，這些野生動物的屍體不可能新鮮，竟不給他任何醬
料或鹽，腥臭之嚴重不難想像，那六種屍體吃起來不僅了無滋味，簡直是折磨，是把食
肉者的腸胃當成動物墳場。

　　食物不盡然皆帶著止飢、審美、醫療的意義。八十七回敘述鳳仙郡郡侯三年前不慎
推倒齋天的供桌，恰巧被狗吃了素饌，玉帝大怒，責令該郡鬧旱災——

> 披香殿立一座米山，約有十丈高下；一座麵山，約有二十丈高下。米山邊有拳大
> 的一隻小雞，在那裡緊一嘴，慢一嘴的嗛那米喫；麵山邊有一個金毛哈巴狗兒，
> 在那裡長一舌，短一舌的餂那麵喫。左邊又一座鐵架子，架上掛一把黃金大鎖，
> 鎖梃兒有指頭粗細，下面有一盞明燈，燈燄兒燎著那鎖梃。直等那雞嗛米盡，狗
> 餂麵盡，燈燎斷鎖梃，他這裡方纔該下雨哩。

天地不仁，使食物成為一種懲罰工具，一種罪的符碼，類似吳剛所伐的桂樹、薛西弗斯
所推的巨石，象徵著有掌權者（玉帝）的仇恨和剛愎，反映出天下黎民頻遭災難的無
助。

　　懲罰性的飲食也見於第七回，可憐那潑猴，終於被如來佛壓在五行山下，肚子餓了
只能吃鐵丸子，口渴時只能飲溶化的銅汁。

二

　　取經路上，三藏一行若替君王消災解厄，往往有頓好料的，諸如四十七回車遲國國
王以國宴酬謝他們滅了虎、鹿、羊三妖；六十七回行者打殺大蟒精，駝羅莊民東請西邀
地酬謝了好幾天，各家見他們不要財物，「都辦些乾糧果品，騎騾壓馬，花紅綵旗，盡
來餞行」；七十九回比丘國國宴；八十七回鳳仙郡從郡侯到人民，每天筵謝師徒拯救他
們於旱災；八十八回、九十回玉華王父子的大排筵宴；九十二回在天竺國外郡金平府，

被二百四十家燈油大戶輪流請了一個月；一百回大唐國國宴的敘述……六十九回朱紫國
國宴：

> 古云：「珍饈百味，美祿千鍾。瓊膏酥酪，錦縷肥紅。」寶妝花彩豔，果品春
> 濃。斗糖龍纏列獅仙，餅錠拖爐擺鳳侶。葷有豬羊雞鵝魚鴨般般肉，素有蔬穀筍
> 芽木耳並蘑菇。幾樣香湯餅，數次透糖酥。滑軟黃粱飯，清新菰米糊。色色粉湯
> 香又辣，般般添換美還甜。君臣舉盞方安席，名分品級慢傳壺。

這場盛宴是行者、八戒、沙僧三人難得的痛飲。《西遊記》對酒的著墨不深。三藏自然
是不飲酒的。至於孫悟空、豬八戒則不曾斷酒。

又如八十二回妖怪為了誘引唐僧交媾所擺下的盛宴：

> 盈門下，繡纏彩結；滿庭中，香噴金猊。擺列著黑油壘鈿桌，硃漆篾絲盤。壘鈿
> 桌上，有異樣珍饈；篾絲盤中，盛稀奇素物。林檎，橄欖，蓮肉，葡萄，榧柰，
> 榛松，荔枝，龍眼，山栗，風菱，棗兒，柿子，胡桃，銀杏，金橘，香橙，果子
> 隨山有；蔬菜更時新：豆腐，麵觔，木耳，鮮筍，蘑菇，香蕈，山藥，黃精。石
> 花菜，黃花菜，青油煎炒；扁豆角，江豆角，熟醬調成。王瓜，瓠子，白菜，蔓
> 菁。鏇皮茄子鵪鶉做，別種冬瓜方旦名。爛煨芋頭糖拌著，白煮蘿蔔醋澆烹。椒
> 薑辛辣般般美，鹹淡調和色色辛。

以上敘述是《西遊記》少數描寫食物之味的段落。金鼻白毛老鼠精為了三藏，體貼地準
備這頓豐盛的成親素宴，她溫柔地告訴三藏：「我知你不喫葷，因洞中水不乾淨，特命
山頭上取陰陽交媾的淨水，做些素果素菜筵席，和你耍子」。這頓婚宴從布置擺設、飲
食器具、菜餚內容到烹飪手段，堪稱豪華精緻，包括醋烹蘿蔔、糖煨芋頭、醬拌豆角、
熱炒青菜……可惜吳承恩並未言明「陰陽交媾的淨水」究竟是何名堂？我們僅知道妖精
打的是井水。這是三藏第二次飲酒，飲的是葡萄酒。金鼻白毛老鼠精開葡萄酒喝，是很
奢侈的[1]，尤其是對酒完全沒品味的三藏。

越接近目的地，出現的食物越清淡，如距離雷音寺僅八百里時，地靈縣寇員外所設
的筵席：

> 金漆桌案，黑漆交椅。前面是五色高果，俱巧匠新裝成的時樣。第二行五盤小
> 菜，第三行五碟水果，第四行五大盤閒食。般般甜美，件件馨香。素湯米飯，蒸
> 卷饅頭，辣辣饢饢熱騰騰，盡皆可口，真足充腸，七八個僮僕，往來奔奉；四五

---

1 唐以前，葡萄酒非常珍貴，如《後漢書·張讓傳》載：東漢末年，宦官張讓霸佔田地，搜括民財，
　使自己變成萬貫家財，還手握朝廷大權。當時，孟佗想做官，就送了一斛葡萄酒給張讓，由於葡萄
　酒是非常稀罕的東西，張讓一爽，就滿足了孟佗的要求，授他「涼州刺史」的官職。

個庖丁不住手，你看那上湯的上湯，添飯的添飯。一往一來，真如流星趕月。

此外，到了雷音寺，佛祖設齋款待，那一頓「並皆是仙品，仙餚，仙茶，仙果，珍饈百味，與凡世不同」，雖然是脫胎換骨之饌，卻了無滋味，連八戒也失去了平常的吃相。佛祖賜宴是一項人體改造工程，吃過之後，忽然斷了所有人世間的美味，回程路過陳家莊，陳清設筵，食物不再誘人：

> 三藏自受了佛祖的仙品，仙餚，又脫了凡胎成佛，全不思凡間之食。二老苦勸，沒奈何，略見他意。孫大聖自來不喫火食，也道：「彀了。」沙僧也不甚喫。八戒也不似前番，就放下碗。行者道：「獃子也不喫了？」八戒道：「不知怎麼，脾胃一時就弱了。」

忽然大家都不再餓了，生活從此少掉吃食的樂趣，從此，八戒不再嚷肚子餓，不再流口水。師徒四人一路化緣，大抵吃得不好，最後取得經書，回返東土，也只是淺嘗唐太宗豐盛的洗塵、謝恩宴：

> 門懸綵繡，地襯紅氈。異香馥郁，奇品新鮮。琥珀杯，琉璃盞，鑲金點翠；黃金盤，白玉碗，嵌錦花纏。爛煮蔓菁，糖澆香芋。蘑菇甜美，海菜清奇。幾次添來薑辣筍，數番辦上蜜調葵。麵觔椿樹葉，木耳豆腐皮。石花仙菜，蕨粉乾薇。花椒煮萊菔，芥末拌瓜絲。幾盤素品還猶可，數種奇稀果奪魁。核桃柿餅，龍眼荔枝。宣州繭栗山東棗，江南銀杏兔頭梨。榛松蓮肉葡萄大，榧子瓜仁菱米齊。橄欖林檎，蘋婆沙果。慈菰嫩藕，脆李楊梅。無般不備，無件不齊。還有些蒸酥蜜食兼嘉饌：更有那美酒香茶與異奇。說不盡百味珍饈真上品……

這餐恐怕是《西遊記》最豐盛的盛宴，凸顯中華大國優於蠻夷之邦的飲食，可惜卻是師徒四人最沒胃口的盛宴。可見美食在人間，食慾也在人間。

取經途中最讓我動容的盛宴，只是幾盤野菜──八十六回消滅豹子精之後，順便救出同樣被綁的樵夫，這樵夫自幼失父，和八十三歲的老母相依為命，如今死裡逃生，母子二人自然千恩萬謝，不斷地磕頭拜接到家裡，慌忙地安排素齋酬謝：

> 嫩焯黃花菜，酸齏白鼓丁。浮薔馬齒莧，江薺鴈腸英。燕子不來香且嫩，芽兒拳小脆還青。爛煮馬藍頭，白燶狗腳迹。貓耳朵，野落蓽，灰條熟爛能中喫；剪刀股，牛塘利，倒灌窩螺操箒薺。碎米薺，萵菜薺，幾品青香又滑膩。油炒烏英花，菱科甚可誇；蒲根菜並茭兒菜，四般近水實清華。著麥娘，嬌且佳；破破納，不穿他；苦麻臺下藩籬架。雀兒綿單，猢猻腳迹；油灼灼煎來只好喫。斜蒿青蒿抱娘蒿，燈娥兒飛上板蕎蕎，羊耳禿，枸杞頭，加上烏藍不用油。

這是窮苦樵家拚盡全力所張羅出來的盛宴了，母子二人的物質條件自然是寒薄的，不可能端出「香蕈，蘑菰，川椒，大料」，美味的是感恩的態度、深情地備辦，為救命恩人奉獻所有，作者大費筆墨描述這幾盤野菜，使山中溢滿了菜香。

以上馬蘭頭、薺菜……皆是江南特產，周作人散文〈故鄉的野菜〉提到的兒歌：「薺菜馬蘭頭，姐姐嫁在後門頭」是也。

三

在《西遊記》，人物的飲食習慣，關係著角色性格。他們師徒四人，只有孫悟空堪稱美食家，雖然他吃素。唐三藏毫無品味可言；豬八戒則只是貪嘴，只想狠狠地飽餐每一頓；至於沙悟淨就沒什麼個性，對飲食自然也無意見，孫悟空吃什麼，就學著吃什麼。

孫悟空是猴子，猴的生物屬性大約反映在他身上；猴子的習性愛吃桃，孫悟空因偷吃蟠桃而惹禍。

第五回，齊天大聖偷吃太上老君五個葫蘆的金丹，那味道「如喫炒豆相似」。可見天上宮闕連藥丸都美味。孫悟空短暫的天庭供職，因為貪吃，得罪了所有神仙；也因為貪吃，盡吃些美果、喝些瓊漿玉液，遂將嘴巴養刁了，從前愛喝的椰酒已經不堪再入口。

孫悟空雖然吃素，卻吃得內容豐富。他偷吃王母娘娘栽培的蟠桃，偷喝了玉帝的御酒，又盜吃太上老君的仙丹，這三種食物使他變成金鋼之軀，任何武器都傷不了他。第七回敘述，「齊天大聖被眾天兵押去斬妖臺下，綁在降妖柱上，刀砍斧剁，鎗刺劍刳，莫想傷及其身」。

行者雖然是美食家，卻因為責任心重，一心要去降妖，經常忙得無暇細品別人為他準備的美酒佳餚。不過他都是深諳酒之為物的，七十一回他要救出金聖宮娘娘，交待她先侍候妖王喝酒，說「古人云：『斷送一生惟有酒。』又云：『破除萬事無過酒。』酒之為用多端。你只以飲酒為上」。一個懂酒愛酒的人，明白杯中物能令人卸除武裝，坦誠以對。他是一個坦誠者，天性極為狂傲頑梗，直率而急躁；後來經過生活的各種磨練，使他更知曉人情世故，也懂得利用飲料化解危機，製造出有利的條件，他勸金聖宮娘娘飲酒，即從飲酒中領悟了智取之道。

孫悟空的觔斗雲一縱達十萬八千里，他永遠保持樂觀進取、積極奮鬥的精神，不知疲倦地突破前途上的障礙，既奉命保護唐僧，就無時無刻惦記著師父的安危，拼了命力戰群魔，從不向邪惡勢力低頭，從不畏困難險阻。

《西遊記》裡的人物以三藏的日常吃食最簡單，也最乏味，取經途中，他所吃無非化緣來的齋飯。吃的簡單，卻是一行人中最有權力者。有權力者總是依賴性很重，他很少自己去化緣，往往要靠徒弟把食物遞到面前；即使最後耐不住飢餓得自己覓食，也因為缺乏生活技能而落入歹人妖魔的手中。

他是一個疼惜食物、敬重天地的出家人，不受任何沒必要的供養，最多只是把席上吃不完的餅果，會帶一些在路上當乾糧。這自然是普世認定的美德。

另一方面，他又是一個不耐飢餓的人，總是要吃飽了才能上路。我們也許可以說，他的飲食習慣形塑了他的人格特質；或者說，他的個性決定了他的飲食內容。中國民間的宗教信仰以及伴隨的朝山活動，並非是篤信宗教哲理，乃是帶著逢凶化吉或祈求福報的目的，這影響了唐三藏西遊取經的性質；此外，忠君愛國也影響了唐三藏求法的宗旨和安身立命哲學（張錦池 235-236）。正是儒釋道三教形塑了他的意識形態和價值觀念，使他的個性殊少主動，凡事被動，因此不免食不知味。

一個完全忽視飲食的人，只要不沾葷，不管吃喝的是什麼東西，好像都無所謂了。他生平第一次飲酒，是出發赴西天取經，唐太宗備酒為他餞行，竟還故意在那酒裡加入一撮塵土，以示「寧戀本鄉一捻土，莫愛他鄉萬兩金（十二回）」。三藏當然一飲而盡，可憐他喝的，那裡是美酒；他喝的只是符號，是唐太宗對他的期待。

他是《西遊記》裡最不敢吃、最不能知味辨味者，第二十四回，人參果端到面前，他見到那珍果的形狀像嬰孩，竟退避三尺，說什麼也不嚐一口。這樣一個缺乏品味的人，耳不聰目不敏，自然缺乏判斷力，常常不辨是非、不明事理，容易聽信讒言，動不動就念緊箍咒，欺侮捨生護他的徒弟。這樣一個飲食乏味者，表現在性格上是懦弱無能、自私可鄙，徒弟為他誅滅草寇，他竟祝禱說「冤有頭債有主」，森羅殿下要告就告孫悟空，無情無義到了無恥的極點。此外，這樣沒品味的人，動不動就哭哭啼啼，路途困頓就唉聲嘆氣，遭遇妖魔只會慌張流淚。

胡光舟認為，以佛教徒的標準衡量，唐僧的確堪稱「高僧」，他誠信佛法、嚴守戒律到無懈可擊的程度，為什麼性格上出現這麼多可鄙、可笑、可惱、可恨的成分？乃是作者在塑造唐僧形象時，體現了對佛教某些重要教義的批判（135）。

食物不僅是供人止飢解渴而已，進食有其約定俗成的意義，這些意義有著象徵內涵，象徵地傳達思想（Mintz 7）。大概豬八戒是雜食性角色，所以功力不如素食的孫悟空。這傢伙本來是天河裡的天蓬元帥，只因酒後調戲嫦娥，被貶下塵凡，吃人度日。直到受觀音菩薩感化，才「持齋把素，斷絕了五葷三厭」。

雖然持齋把素，卻總是蠢動著葷念，例如在高老莊，剛被收服，即向三藏表示許久不曾動葷，請求師父准許開齋。這是最人性化的行動（action）。這個角色的安排，是一種人性化的編碼。

人類一直對肉食有著渴望，植物性食物可以維繫人的生命，享用動物性食物卻可以在生存必需之外，予人健康和幸福。佛教的宗教原則相當靈活，佛教徒不能宰殺或觀看宰殺動物，然則只要動物的生命不是由他們終結，動物肉還是可以吃的。佛陀本人從來不放棄吃肉，在西藏、斯里蘭卡、緬甸和泰國，佛教僧侶既吃肉也喝奶（Harris 22-25）。他們西行途中大抵以乞食為生，這是小乘佛教的作法。陳健民指出，小乘佛教的

僧侶都依靠乞食為生，卻不像唐僧嚴格茹素，他們從不選擇食物，因此沒有排斥信徒們所提供的肉類食物，除非是不純潔的肉食（11），釋迦牟尼佛為比丘時即以身作則，他既非素食者，也不是喜歡肉食的人，他是一個標準的乞士（9）。大乘佛教禁止肉食，其教義是普渡眾生，他們認為一個佛教徒只吃素食，不但有益身體健康，還保全了其他生物的生命（16）。

豬八戒因錯投豬胎而形貌像豬，行徑乃表現出淫蕩、好吃、貪婪、嗜睡等豬性。為了滿足寬大的食腸，西行途中惹了不少麻煩；也常常因口腹之慾而竅迷心惑（張靜二147,150），快抵達目的地時唐僧還忍不住責罵：「你這夯貨，只知好喫，更不管回向之因，正是那『槽裡喫食，胃裡擦癢』的畜生」；「回轉大唐，奏過主公，將那御廚裡飯，憑你喫上幾年，脹死你這孽畜，教你做個飽鬼」（九十六回）。

八戒能吃敢吃，食慾旺盛，「一頓要喫三五斗米飯；早間點心，也得百十個燒餅纔彀（十八回）」。又如第二十回，師徒來到一村舍借宿，王姓屋主辦齋款待：

> 兒子拿將飯來，擺在桌上，道聲「請齋」。三藏合掌諷起齋經。八戒早已吞了一碗。長老的幾句經還未了，那獸子又喫彀三碗，行者道：「這個饢糠的！好道撞著餓鬼了！」那老王倒也知趣，見他喫得快，道：「這個長老，想著實餓了，快添飯來。」那獸子真個食腸大：看他不抬頭，一連就喫有十數碗。三藏，行者俱各喫不上兩碗。獸子不住，便還喫哩。老王道：「倉卒無餚，不敢苦勸，請再進一筋。」三藏，行者俱道：「彀了。」八戒道：「老兒滴答甚麼，誰和你發課，說甚麼五爻六爻；有飯只管添將來就是。」獸子一頓，把他一家子飯都喫得罄盡，還只說纔得半飽。

這段敘述十分靈活生動，將八戒的食量、食慾和吃相，描寫得宛如一頭異常飢餓的大豬。貪睡如他，即使睡夢中彷彿聽見吃食，也會立刻醒來。悟空要他幹活，不直接吩咐，只消以食物誘引，即輕易搞定，如八十五回要八戒偵查敵情，即唬弄他妖精處是一莊村人家好善，蒸白米乾飯，白麵饅饅齋僧，他立刻趕過去。

這頭懶豬平常懶得要命，只要有頓飽餐就能拚命做事，如68回，行者哄八戒上街買調味料，即以食物誘引：「酒店，米舖，磨坊，並綾羅雜貨不消說；著然又好茶房，麵店，大燒餅，大饅饅，飯店又有好湯飯，好椒料，好蔬菜，與那異品的糖糕，蒸酥，點心」……「那獸子聞說，口內流涎，喉嚨裡嘓嘓的嚥唾」。又如師徒四人阻於七絕山稀柿衕口的惡穢，行者請交待莊民「辦得兩石米的乾飯，再做些蒸餅饅饅來。等我那長嘴和尚喫飽了，變了大豬，拱開舊路」，待莊民「將乾糧等物推攢一處，叫八戒受用。那獸子不分生熟，一澇食之」；那許多人送來的飯食「何止有七八石飯食。他也不論米飯，麵飯，收積來一澇用之」……

《西遊記》描寫飢餓遠比描寫飽食精采，豬八戒總是帶頭喊餓，也隨時保持飢餓狀

態，例如九十二回，金平府官民大排盛宴，款待師徒四人一個月，三藏催促起程，八戒睡夢中被吵醒，抹抹臉，埋怨：「又是這長老沒正經！二百四十家大戶都請，纔喫了有三十幾頓飽齋，怎麼又弄老豬忍餓！」又如八十七回師徒來到鳳仙郡，被招呼進郡府看茶擺齋，「八戒放量吞餐，如同餓虎。諕得那些捧盤的心驚膽戰，一往一來，添湯添飯，就如走馬燈兒一般，剛剛供上，直喫得飽滿方休」。再看豬八戒在通天河畔陳家莊的吃相，簡直就是特技表演：

> 唐長老舉起筯來，先念一卷啟齋經。那獃子一則有些急吞，二來有些餓了，那裡等唐僧經完，拿過紅漆木碗來，把一碗白米飯，撲的丟下口去，就了了。旁邊小的道：「這位爺忒沒算計，不籠饅頭，怎的把飯籠了，卻不污了衣服？」八戒笑道：「不曾籠，喫了。」小的道：「你不曾舉口，怎麼就喫了？」八戒道：「兒子們便說謊！分明喫了；不信，再喫與你看。」那小的們，又端了碗，盛一碗遞與八戒。獃子幌一幌，又丟下口去就了了。眾僮僕見了道：「爺爺呀！你是磨磚砌的喉嚨，著實又光溜！」那唐僧一卷經還未完，他已五六碗過手了。然後卻纔同舉筯，一齊喫齋。獃子不論米飯麵飯，果品閒食，只情一撈，亂嚼口裡，還嚷：「添飯！添飯！漸漸不見來了！」行者叫道：「賢弟，少喫些罷。也強似在山凹裡忍餓，將就穀得半飽也好了。」八戒道：「嘴臉！常言道：『齋僧不飽，不如活埋』哩。」

他待食物的辦法是「風捲殘雲」式的一掃而空，對飲食一事總是充滿了渴望，又是取經路上常常喊餓的人，他最貪吃，也最不懂吃，要緊的是有的吃、吃得飽，吃什麼並非重點，連珍奇的人參果也囫圇吞下肚了事：

> 他三人將三個果各各受用。那八戒食腸大，口又大，一則是聽見童子喫時，便覺饞蟲拱動，卻纔見了果子，拿過來，張開口，轂轆的囫圇吞嚥下肚，卻白著眼胡賴，向行者，沙僧道：「你兩個喫的是甚麼？」沙僧道：「人參果。」八戒道：「甚麼味道？」行者道：「悟淨，不要睬他！你倒先喫了，又來問誰？」八戒道：「哥哥，喫的忙了些，不像你們細嚼細嚥，嘗出些滋味。我也不知有核無核，就吞下去了。哥呵，為人為徹；已經調動我這饞，再去弄個兒來，老豬細細的喫喫。」

無論吃飯吃麵吃水果，豬八戒總是吃碗裡看碗外，彷彿永遠在流口水，即使生死關頭亦然。第三十五回敘述他被金角大王綑吊在梁上，命在旦夕，他還滿腦子計較吃的：「令弟已是死了，不必這等扛喪，快些兒刷淨鍋竈，辦些香蕈，蘑菇，茶芽，竹笋，豆腐，麵劢，木耳，蔬菜，請我師徒們下來，與你令弟念卷『受生經』」。只管吃食，不分好歹的吃相表露無遺。

他誠實面對自己的食色欲望，不掩飾，不虛假，即使自以為有那麼一點點心機，也很透明，而且全是為了吃，二十三回四聖變成美婦試探唐僧不果，故意將師徒撇在門外，茶飯全無，只有八戒心中焦燥，埋怨唐僧：「師父忒不會幹事，把話通說殺了。你好道還活著些腳兒，只含糊答應，哄他些齋飯喫了，今晚落得一宵快活；明日肯與不肯，在乎你我了。似這般關門不出，我們這清灰冷灶，一夜怎過！」九十三回布金禪寺齋供，「長老還正開齋念偈，八戒早是要緊，饅頭，素食，粉湯一攬直下」，沙僧看見別人笑話，暗地捏了一把叫他斯文，「八戒著忙，急的叫將起來，說道：『斯文！』『斯文！』肚裡空空！」他是小說裡最突出的喜劇角色，流露最自然的人性，對食物充滿了讚美。

也幸虧有八戒這樣貪嘴，才使整部《西遊記》充滿了飲食的歡快，和生命的激情。

沙悟淨和豬八戒一樣，被貶謫到塵世後，都吃人度日。他吃人乃迫於無奈，「饑寒難忍，三二日間，出波濤尋一個行人食用」。其實該怪玉皇大帝太殘酷。沙悟淨原是靈霄殿下侍鑾輿的捲簾大將，只因在蟠桃會上失手打碎了玻璃盞，就被玉帝打了八百，貶下界，又七日一次，以飛劍刺穿他的胸脅百餘下。沙和尚的飲食也乏善可陳，顯現性格缺乏特色，是一種「扁平式」的人物。

四

每當孫悟空打敗妖怪、救出師父，往往搗毀妖窟，順便將妖窟裡的食物搜括一空。可能是旅途艱困，又人煙稀少、化緣不易，乃發展出預備存糧的儉省習性。

此外，全書沒寫到湯品。我們有理由推論，吳承恩不識湯之味。

前文提及吳承恩極少描寫到食物的滋味，其實《西遊記》裡的食物通常不知其味，不辨其味，如比丘國國宴：

> 五彩盈門，異香滿座。桌掛繡幃生錦豔，地鋪紅毯幌霞光。寶鴨內，沉檀香裊；御筵前蔬品香馨。看盤高果砌樓臺，龍纏斗糖擺走獸。鴛鴦錠，獅仙糖，似模似樣；鸚鵡杯，鷺鷥杓，如相如形。席前果品般般盛，案上齋餚件件精。魁圓繭栗，鮮荔桃子。棗兒柿餅味甘甜，松子葡萄香膩酒。幾般蜜食，數品蒸酥。油劄糖澆，花團錦砌。金盤高壘大饝饝，銀碗滿盛春稻飯。辣燆燆湯水粉條長，香噴噴相連添換美。說不盡蘑菇，木耳，嫩笋，黃精，十香素菜，百味珍饈。往來綽摸不曾停，進退諸般皆盛設。

這段文字提到不少食物、食器，和盛宴的外觀，餐廳的擺設、布置、氣氛；然則卻是遠觀，不曾親嚐，只是快速點到柿餅是甜的，和葡萄酒很香，我們完全不知道飲食滋味。

吳承恩的飲食書寫大抵在食物外圍繞，鮮少表現食物滋味，多著力於擺設、食具的

描繪。對於茶具，比較講究的一次是在觀音禪院，使用羊脂玉的茶盤、法藍鑲金的茶鍾，以白銅壺斟香茶，那茶「色欺榴蕊豔，味勝桂花香（十六回）」。

第二十三回，四聖變作美女考驗他們師徒求佛的信念，首先端出來的是好茶——「黃金盤，白玉盞，香茶噴暖氣，異果散幽香」。最豪華的可能是西梁女國款待的婚宴，包括：鸚鵡杯、鸕鷀杓、金叵羅、銀鑿落、玻璃盞、水晶盆、蓬萊碗、琥珀鍾，令人眼花撩亂，展現了宮廷飲食的豪華。

這可能跟吳承恩飲食知識、經驗的侷限有關。極少的篇幅寫到味道，卻一語帶過，或頑笑性質，如四十五回悟空、八戒、悟淨分別以尿液戲弄三清觀的妖道。

五

其實，唐三藏才是《西遊記》最令人垂涎的肉品，幾乎所有妖怪都覬覦著至少要吃一口。

三藏乃金蟬子轉生，十世修行的好人，自幼為僧，元陽未泄，吃了他一塊肉即能延生長壽，與天地同休，自然是妖魔垂涎的目標。這樣的美食邏輯，給情節的舖排創造了曲折的條件——三藏的肉質美，因此屢遭險惡；三藏的險惡處境，又給孫悟空表現足智多謀的機會；悟空使出渾身解數救師父，乃增添情節的迂迴和趣味。

中國自古有食人習俗，食人不一定為了營養，也為了療效，《本草綱目》五十二卷即記載人體器官入藥者三十七種，包括汗、淚、屎、尿、髮、血、人骨、人膽、人肉、津唾……

取經途中註定要遭遇無數妖魔，歷經十四年、八十一難，終於能修成正果。妖魔大抵是食人的，而食人的邏輯則不免邪惡，恐怖。七十五回獅駝洞口這樣描寫：「骷髏若嶺，骸骨如林。人頭髮躧成氈片，人皮肉爛作泥塵。人筋纏在樹上，乾焦晃亮如銀。真個是尸山血海，果然腥臭難聞。東邊小妖，將活人拿了剮肉，西下潑魔，把人肉鮮煮鮮烹」，意象十分駭人。

三藏出長安第一場苦難是十三回，在雙叉嶺，他們一行三人誤陷虎狼巢穴，被寅將軍（老虎精）捉拿，準備和特處士（野牛精）、熊山君（熊羆精）以及山精樹鬼一起吞食，可憐三藏兩個從者先被「剖腹剜心，剁碎其屍。將首級與心肝奉獻二客，將四肢自食，其餘骨肉，分給各妖。只聽得啯啅之聲，真似虎啖羊羔。霎時盡。把一個長老，幾乎諕死」；又，第六十七回，在駝羅莊，妖精「將人家牧放的牛馬喫了，豬羊喫了，見雞鵝囫圇嚥，遇男女夾活吞」；再如七十四回敘述獅駝國妖王將這個城邦的國王、文武官僚、滿城百姓統統吃乾淨……這些，俱是野獸吃肉的意象。

黃風嶺的黃風怪對食人就比較講究，他捕捉到三藏，並未急著吃掉，而是綁在後園定風椿上，先等待三五日，一方面自然是怕孫悟空、豬八戒來攪擾，再方面是讓三藏的

身體乾淨，不管蒸、煮、炒、煎都會更美味。

這種烹調準備工作同樣見於八十五回，豹子精逮了唐僧綁在樹上，先餓他兩三天再宰來吃，就為了淨空肉品內部，乃是一種清潔食物的手段。淨空之後如何烹製呢？有小妖建議「碎劙碎剁，把些大料煎了，香噴噴的大家喫一塊兒」，這是肉末漢堡的吃法；另有較講究口的小妖持不同意見：「還是蒸了喫的有味」；另一個說：「煮了喫，還省柴」；又一個道：「他本是個稀奇之物，還著些鹽兒醃醃，喫得長久」。小妖們品味、喜好各異，搞肉的辦法不同，珍惜好肉的基本心態則一。

妖怪想要烹製唐三藏的肉，大抵提到以蒸籠蒸熟了吃，大概三藏乃肉類之精品，清蒸最能保留原味之鮮美。至於豬八戒的肉，大抵以烹調豬肉的方法對待，如三十三回銀角大王先捉住豬八戒，雖然覺得肉質不佳，卻棄之可惜，乃把他「浸在後邊淨水池中，浸退了毛衣，使鹽醃著，晒乾了，等天陰下酒」；七十六回敘述妖怪綑了八戒，也說「送在後邊池塘裡浸著。待浸退了毛，破開肚子，使鹽醃了晒乾，等天陰下酒」……俱是製作臘肉的辦法，可見八戒、三藏的肉類品質差別甚大。八戒的肉隨便醃製，權當佐酒用；至於三藏，乃肉類極品，需謹慎對付，甚至嚴禁小妖嚇著了他，因為「一嚇就肉酸不中喫了」，此處十分之講究肉品的口感。

到了七十七回，三個妖怪逮到師徒四眾，遂綑在籠裡蒸，老魔打算蒸爛了再沾「蒜泥鹽醋」吃——這是吃五花肉的辦法，恐怕不是吃唐僧肉的手段，可見這老魔雖然講究口感，卻不諳烹飪之道。還是三怪比較內行，他提醒大哥：「此物比不得那愚夫俗子，拿了可以當飯；此是上邦稀奇之物，必須待天陰閑暇之時，拿他出來，整製精潔，猜枚行令，細吹細打的喫方可」。三妖中以老三最諳美食，他知道食不厭精、膾不厭細的道理，明白飲食情境非常重要，特別是美食當前，除了要配合用餐者的心境，也得營造高雅的用餐環境。

對於烹調人肉，也很講究準備功夫的是七十二回盤絲洞裡的蜘蛛精，她們剛抓到三藏，即到廚房炊火刷鍋，端出兩盤「人油炒煉，人肉煎熬；熬得黑糊充作麵觔樣子，剜的人腦煎作豆腐塊片」，款待三藏。

此外，青龍山玄英洞的三個妖精更講究烹調手段和刀工，由於他們愛吃酥合香油，捕獲唐僧後，即命囉嘍剝去衣服，在澗中清洗乾淨，細切細剉，以酥合香油煎著吃。

其實吃人的不僅妖怪，名列天庭二十八星宿之一的奎星就變作妖魔下凡，大啖人肉。第三十回敘述奎星化身的黃袍老怪來到寶象國，昏庸的國王被騙得團團轉，還選了十八個宮娥「吹彈歌舞，勸妖魔飲酒作樂」：

> 那怪物獨坐上席，左右排列的，都是那艷質嬌姿。你看他受用飲酒，至二更時分，醉將上來，忍不住胡為。跳起身，大笑一聲，現了本相。陡發兇心，伸開簸箕大手，把一個彈琵琶的女子，抓將過來，扢咋的把頭咬了一口。

妖怪現形吃人，嚇得宮娥四處竄逃，只剩怪物「坐在上面，自斟自酌。喝一盞，扳過人來，血淋淋的啃上兩口」，那模樣好像在吃雞腿。值得注意的是，這黃袍老怪原是天上神仙，神仙酒後亂性，竟跟妖魔一樣吃人，而且吃相殘酷。

再如九十二回，天庭的井星官來到青龍山幫助悟空伏魔，他來不及聽悟空要活口的命令，按住辟寒兒即大口大口咬著喫，瞬間將辟寒兒的頸項咬斷，這景象乃飢餓的野獸殘食。悟空看那犀牛精被井星官吃了，乾脆取鋸子鋸下辟寒兒的兩隻角，剝了皮，把肉送給助戰有功的龍王父子，這景象倒彷彿殺伐旅（safari）。

此外，妖怪準備吃三藏肉，總是打算奏樂享用，這吻合了古人筵席總會侑以音樂、甚至舞蹈助興，堪稱講究餐飲樂趣。

綜觀妖怪食人，烹飪方式活潑多變，包括燒烤、蒸、煮，有時作成人肉包子，或切片生食。這些料理辦法，和人類料理其它動物的肉完全一樣，可見《西遊記》歌頌素食之餘，也暗諷了葷食的殘忍。此外，西行途中所遭遇的妖怪，常常是變成道士出現（如比丘國的國丈，欺哄國王用一千一百一十一個小兒的心肝，煎湯服藥），作威作福，我們幾乎可以從中看出作者對道士的反感，因此這些情節布局，暗藏著對明代宮廷政治的批判。

六

表面上，《西遊記》敘述發生於唐代的故事，然而吳承恩生活在明代中期，《西遊記》大抵植根於這個時期的土壤，反映了當時的飲食生活。

明代的養生、食療風氣興盛，李時珍、孫思邈的著作影響深遠，《西遊記》略為注意到藥膳問題，如六十八回，孫悟空為朱紫國王診脈，提及中醫的望聞問切，和病患的日常飲食習慣，據以開藥方。

明代江南的商品市場打破了「墟」、「集」、「場」的時空限制，密佈於江南水鄉平原上的許多中小市鎮，由密集的河流水道相互貫通，並結合了陸路交通，形成各市鎮平均距離約十多里水陸路的小鄉市場網絡體系，從而改變了傳統零散分布的市場格局。這些市鎮大部分是農產品、手工業品的集散地，也是農民日常生活用品交換調劑的場所（張海英 163）。吳承恩生活在這樣的環境中，對飲食的便利和改變不會沒有感受。

吳承恩是淮安（今江蘇淮安市）人，明代的淮安「為南北喉嚨，江浙衝要」，乃漕運的咽喉要地，交通發達，經濟繁榮；然則由於政治不修，加上天災頻仍，人民的經濟生活日漸困頓凋蔽（胡光舟 9），吳承恩在〈送郡伯古愚邵公擢山東憲副序〉也說：「淮蔽極矣，匪獨天數也，人亦與有責焉」。他的仕途失意，不免萌生隱意，遂而嚮往漁樵閒話式的生活，《西遊記》反映的比較不是淮安的物產和飲食生活，而是鄉野飲食生活，如第十回張稍、李定兩人的幾段漁樵攀話：

活刮鮮鱗烹綠鱉，旋蒸紫蟹煮紅蝦。青蘆笋，水荇芽，菱角雞頭更可誇。嬌藕老蓮芹葉嫩，慈菇菱白鳥英花。

……醃臘雞鵝強蟹鱉，麞䶆兔鹿勝魚蝦。香椿葉，黃練芽，竹笋山茶更可誇。紫李紅桃梅杏熟，甜梨酸棗木樨花。

這兩個人的應和頗有捕撈、烹調食物，和釀酒、買酒、飲酒的描寫，諸如「垂釣撒網捉鮮鱗，沒醬膩，偏有味，老妻稚子團圓會。魚多又貨長安市，換得香醪喫個醉」；「入網大魚作隊，吞鈎小鱖成叢。得來烹煮味偏濃」；「蒸梨炊黍旋鋪排，甕中新釀熟」；「龍門鮮鯉時烹煮……魚多換酒同妻飲，柴剩沽壺共子叢……烹蝦煮蟹朝朝樂，炒鴨爆雞日日豐。愚婦煎茶情散淡，山妻造飯意從容」；「隨時一酌香醪酒，度日三餐野菜羹……夏天避暑修新竹，六月乘涼摘嫩菱。霜降雞肥常日宰，重陽蟹壯及時烹」。

漁樵互道詞章、相聯詩句，自然是吳承恩功名困頓之後，藉放浪詩酒抒發情懷，也透露出當時平民百姓的吃食，其中水產包括魚、鱉、蟹、蝦、荇、芹、菱角、蓮藕；山產包括蘆筍、菇、筍、李、桃、梨、棗等蔬果，和雞、鵝、豬、兔及野味。

其實這樣的吃食也僅能是理想，天災侵襲的明代中期，使華東、華中某些地區的半數人口死於饑饉，其餘的則靠吃人肉維生。一部地方志記載一五二八年的旱災，「間有父子夫妻相殘」；一五三一年又發生旱災，「夏飛蝗遮天蔽日……遺民大荒，相食者甚多。餓莩枕藉於道」；一五三九年旱災、蝗患尤其熾烈，導致春夏瘟疫大流行；一五四五年秋天的水災，使米麥價格上揚，和大量人口逃亡，那些不能離開的只能以樹葉、樹皮和人肉來充饑（Brook 104-105）。這些場景，令人聯想《西遊記》裡許多場景，可見小說裡吃人的場景並非無中生有，不僅僅是小說象徵或諷刺，只是轉移時空背景，反映政治不修、天地不仁的社會，芻狗般的人民百姓生活情景。

考察《西遊記》的飲食內容，鮮有真正的盛宴，多為一般庶民日常飲食。證諸明代民間的日用飲食，即充分反映最低廉、粗俗的常食簡饌，乃是每日可得飽足的茶水菜餚，王爾敏認為有三種特色：一、重視基礎食品的製作，如焙茶、釀酒、造醋、製醬等等；二、重視腌藏食物，備慢慢日用；三、絕無山珍海味（43）。他們師徒四人取經路上所吃的素食，固然無山珍海味；盡是一些簡單的基礎食物，和醃漬品，這和冷藏條件有關，在冷藏設備不足的明代，食物藉醃漬處理，可保存比較久。

七

《西遊記》裡的飲食頗為怪異，諸如不論男女老少，喝了就懷孕的子母河水；還有喝了就會墮胎的「落胎泉」。又如孫悟空醫治朱紫國王宿疾，欲以馬尿丸藥，那匹三藏的坐騎厲聲高叫，「我若過水撒尿，水中遊魚，食了成龍；過山撒尿，山中草頭得味，

變作靈芝，仙僮採去長壽」，語氣十分驕傲。

然則，《西遊記》裡的菜肴蔬果重複性頗高，作者恐怕不諳飲食之道，也有可能是囿限於生活經驗。綜觀吳承恩一生，幾乎都過著清貧的生活，對於江浙美食，大約也僅能憑想像編織了。

第三回敘述孫悟空宴請牛魔王等六個結拜兄弟，「殺牛宰馬，祭天享地」思慮欠周，宰牛請牛魔王吃？那牛精竟無異議，還能「喫得酩酊大醉」。同樣亂吃一通的還見五十一回，太上老君的青牛偷走下界，不僅要吃唐僧肉，還在妖洞內大擺筵席，盡吃些蛇肉、鹿脯、熊掌、駝峯，牛是草食性動物，吳承恩竟有所不知，令這頭青牛吃盡野生動物，簡直匪夷所思。

第七回，如來佛收服了齊天大聖，玉皇大帝擺慶功宴奉謝，那筵「安排龍肝鳳髓，玉液蟠桃」；壽星也特別奉獻「紫芝瑤草，碧藕金丹」；赤腳大仙也孝敬了「交梨二顆，火棗數枚」。玉液、蟠桃可謂天庭的尋常伙食；可龍肝、鳳髓就有點匪夷所思。在天庭，請如來佛吃素容易理解，宰殺這種稀有動物，吃牠們的肝、髓就顯得恐怖了。

龍肝鳳髓在《西遊記》裡又見於第五回的蟠桃宴，在這場天廷的宴會，除了龍肝鳳髓，還有熊掌、腥唇，有點無厘頭，恐怕是吳承恩信口吹牛，玩得過度，一時疏忽之作。

第八十二回姹女求陽，妖精準備素筵討好三藏，橘、橙、桃、龍眼、葡萄、荔枝、柿子、棗子……竟同時出現四季水果，又見吳承恩在飲食方面的粗心大意。

綜觀《西遊記》，編織許多有特殊療效的食物，舖排出迂迴曲折的情節，如吃了會長生不老的蟠桃、人參果、太上老君的仙丹、三藏肉，除了三藏肉，其他都是素食，可見素食是權力之源。

徵引文獻

王爾敏：《明清時代庶民文化生活》，長沙：岳麓書社，2002年。

李土生：《儒釋道論養生》，北京：宗教文化出版社，2002年。

李時珍：《本草綱目》，劉衡如、劉山水校注，北京：華夏出版社，2002年。

胡光舟：《吳承恩和西遊記》，臺北：萬卷樓圖書公司，1993年。

陳健民：《佛教飲食療法》，巴安國初譯，袁曉明、卞世澄合譯，汐止：大千出版社，
　　　　2001年。

張海英：《明清江南商品流通與市場體系》，上海：華東師範大學出版社，2002年。

張靜二：《西遊記人物研究》，臺北：學生書局，1984年。

張錦池：《西遊記考論》，哈爾濱：黑龍江教育出版社，2003年。

趙榮光：《中國古代庶民飲食生活》，臺北：臺灣商務印書館，1998年。

鄭麒來：《中國古代的食人：人吃人行為透視》，黃燕民譯，北京：中國社會科學出版
　　　　社，1994年。

Brook, Timothy. *The Confusions of Pleasure: Commerce and Culture in Ming China.*
　　　　London: California UP, 1999.

Harris, Marvin. *Good to Eat: Riddles of Food and Culture.* Illinois: Waveland Press, 1998.

Mintz, Sidney W. *Tasting Food, Tasting Freedom: Excursions into Eating, Culture, and the*
　　　　Past. Boston: Beacon Press, 1996.

李卓吾的文化身分與話語權力的關係*

康珮

中央大學中國文學系專案助理教授

摘要

在晚明思潮中，李卓吾因其「異端」成為現今學界關注的研究焦點，他的學思傾向始終是學界爭論的重要問題，或說其為儒家叛徒，或說其為三教合一。本文認為探究李卓吾的學思傾向和他的身體形象都是為了釐清他的文化身分（儒者／和尚），借用西方的文化研究更可觀察出這個議題存在著身分認同的話語權力關係。本文將以「文化身分」作為切入，探討李卓吾用佛家的身體語彙挑戰顛覆儒家的身體威儀，並對儒家聖人及經典文本重新詮釋，以解消、反諷的修辭策略，回應自我認同的焦慮心理。李卓吾在當時的身分曖昧不定，現今在學界研究中的樣貌也是一樣，「李卓吾」已經是一個具多義性的符號，他是在不同歷史空間中，因其主流思潮的改變所賦予的不同意義。

關鍵詞：李卓吾、話語、權力、文化身分、異端、認同

---

* 本文發表於《清華學報》，第47卷第1期，2017年3月，頁85-116。

一　前言

　　身為明代儒生中的異端，李贄（1527-1602）一直都是學術史上爭論不已的問題。在《明史》當中，李贄並未被單獨成傳，僅於論敵耿定向的傳記當中被附帶一提：「嘗招晉江李贄於黃安，後漸惡之，贄亦屢短定向。士大夫好禪者往往從贄遊。贄小有才，機辨，定向不能勝也。贄為姚安知府，一旦自去其髮，冠服坐堂皇，上官勒令解任。居黃安，日引士人講學，雜以婦女，專崇釋氏，卑侮孔、孟。後北遊通州，為給事中張問達所劾，逮死獄中。」[1]李卓吾不像傳統儒生，辭官之後剃髮蓄鬚，寓居佛寺，批判假道學偽君子，終究被明神宗以「敢倡亂道，惑世誣民」的罪名治罪，在獄中以剃刀自盡。如此難以歸類的人物，過去僅能以「異端」視之。[2]因此不僅《明史》無李贄列傳，卷帙浩繁的《四庫全書》、《明儒學案》也都將這位充滿爭議的思想家摒除在外。

　　五四之後，學者開始重新關注李卓吾，[3]但是李卓吾的定位仍然曖昧不明。撰述思想史的學者如勞思光、韋政通仍不認同李卓吾的重要性，並未將李卓吾列入正統中國哲學史的討論之中。[4]但在另外一派學者眼裡，李卓吾思想中反傳統的特色，使他搖身一變成為進步的代表，日本學者溝口雄三稱其「孤絕或『個』是先於他的時代的」，[5]張建業則認為李卓吾「使中國文化思想的啟蒙思潮發展到一個新時期，更強烈地顯示出人文主義啟蒙思想的特色。」[6]在這個研究潮流中，李卓吾成為一個有待詮釋的符號，其「多義性」受到矚目。

　　楊玉成〈啟蒙與暴力──李卓吾與文學評點〉與美國學者艾梅蘭（Maram Epstein）《競爭的話語：明清小說中的正統性、本真性及所生成之意義》對本文的啟發很大。楊

1　張廷玉：《明史》，《四部備要》史部第10冊（臺北：臺灣中華書局，196，據武英殿本校刊），卷221，〈耿定向列傳〉，頁4-5。

2　紀昀抨擊李贄著作「皆狂悖乖謬，非聖無法。」永瑢等撰，《四庫全書總目》，（北京：中華書局，2003年），史部卷50，頁455。又侯外廬：「為了打擊儒教和道學家的特權地位，為了剝奪封建社會的『神聖的外衣』，李贄寫作了大量的批判性的文章。……李贄解經之作《四書評》，一反傳統的態度，不稱作經學家們的注、疏、解、詁、訓、釋之類，而大膽地稱為『評』，這分明是一種『異端』的提法，顯示了要站在平等地位外對經典加以分析批判的意義。」侯外廬主編，《中國思想通史》第4卷下冊（北京：人民出版社，1960年），頁1076-1077。

3　龔鵬程：《晚明思潮》（臺北：里仁書局，1994年），〈自序〉，頁2-3。

4　勞思光：《新編中國哲學史》（臺北：三民書局，1980年）；韋政通：《中國思想史》（臺北：水牛出版社，1989年）。

5　「總的來說，李卓吾恰是志在『個我』的自立，從而他的被認為適於得到繼承的孤絕或『個』，是先於他的時代的，但其結果，由於他的先行性的突出反被視為異端，而他的思想，行為的真髓卻被歷史地繼承下來了。」溝口雄三著，索介然、龔穎譯：《中國前近代思想的演變》（北京：中華書局，2005年），頁34。

6　李贄著，張建業主編：《李贄文集》第1冊（北京：社會科學文獻出版社，2000年），〈前言〉，頁24。

玉成全面審視李卓吾的文學評點，認為其運用大量的反諷修辭，達到特殊的解構傾向和語言策略，反抗一切的權力形式，包括：以死嘲諷名教，採用嬉笑怒罵的評點風格，將小說戲曲的地位提升和《六經》、《論語》、《孟子》並論，重建經典的意義及價值。楊玉成指出李卓吾特別重視語言的語用學，大量的「誤讀」、「反言」、「略言」，消解了真實／虛構間的界線。[7]而艾梅蘭則論述理學家採用禮儀等工具對秩序模式進行再生產的工作，他認為「正」的概念被援引至政治、道德和知識以申明合法性，並說：「正統的立場比較容易界定，它把程朱理學的教導和實踐及其對受個人感情支配的自我的偏見當作根基。本真性卻缺乏更固定的形態，……由於情的捍衛者是在與慣常的『正』相對的意義上界定『真』，所以本真性的標記就變成反傳統的，甚至古怪的。」[8]這二篇文章提示我們，歷來對李卓吾的爭議點往往放在確定其學術性格的歸屬，但這可能不是最重要的癥結。因為李卓吾之所以引發爭議，或許並非在思想的本質上，而是在一種表達思想的方法上。[9]越來越多學者指出李卓吾並非從「本源」上反對儒學，而是從「行徑」上突顯其為「異端」的改革者，[10]李卓吾並非反對儒學的本質，也曾說過自己「雖落髮為僧，而實儒也」，[11]於是他究竟是儒非儒的文化身分認同與爭議，不但是李卓吾不見容於當世的理由，更是日後成為學者研究的關鍵。

　　他被認定是「異端」，源於批判儒家的言論以及介於儒釋之間的穿著打扮，而參劾定罪他的理由正是他的異端身分恐將動搖儒家思想做為明代政治體系的基礎。理解李卓吾如何成為明代的「異端」顯然是值得更進一步思考的問題。身分不單是社會人倫的身分（如職稱、君臣），更是一種文化（儒者、出家人）及思想上的認同。本文所謂的「文化身分」，是指李卓吾對儒釋道三教文化的認同及表現，這也正是學界一直以來談論李卓吾的爭議點。當代「身分認同」[12]的相關討論，適可作為理解此問題的研究方法。

7　楊玉成：〈啟蒙與暴力——李卓吾與文學評點〉，收入林玫儀等：《臺灣學術新視野：中國文學之部（二）》（臺北：五南圖書，2007年），頁902-986。

8　艾梅蘭著，羅琳譯：《競爭的話語：明清小說中的正統性、本真性及所生成之意義》（南京：江蘇人民出版社，2005年），〈導言〉，頁7。

9　如袁光儀即認為耿定向和李卓吾長期的論戰，看似對「名教」表現截然相反的態度，而被視為「偽道學」和「反道學」之爭，其實是一種誤解。其中反映出來的歧見與矛盾，隱含的是儒者「生命學問」本質上所面臨的疑難困境。袁光儀，〈上上人與下下人——耿定向、李卓吾論爭所反映之學術疑難與實踐困境〉，《成大中文學報》，23（臺南：2008年），頁61-88。

10　「他〔李贄〕確曾激烈攻擊宋代理學，但其一部分動機是在於熱切地呼籲有效的道德行動主義。」艾梅蘭，《競爭的話語：明清小說中的正統性、本真性及所生成之意義》，頁59。溝口雄三也表示李卓吾因為極端激烈的行徑讓他陷入孤絕的處境。溝口雄三，《中國前近代思想的演變》，頁34。

11　李贄：《李贄文集》第5冊，《初潭集》，〈初潭集序〉，頁1。

12　Identity 譯作認同，也可譯作身分。克理斯‧巴克（Chris Barker）說明身分認同的定義：「我們利用我們自己與他人可以辨認的再現形式來表達身分／認同，這也就是說，身分／認同是一個經由品味、信仰、態度和生活風格等符號所意指的本質。身分／認同是個人的，也是社會的，它使我們有

　　界定「身分」是不同時代不同社會都不能迴避的問題：「我是誰」的議題牽引出「自我」和「他者」的關係，關乎個人主體性的建立，更與政治社會體系息息相關。儒家思想重視禮法，正是奠基於確認身分以及其所屬的權利義務，型塑了中國長久以來的生活方式乃至政治體系。因此當身分認同隨著環境與時代遷移而變化產生危機時，如何重建身分認同將會是不分古今的重要課題。研究明清遺民身分認同的學者王學玲便曾指出身分的認同關乎主體位置的安放，「當代看似方興未艾的身分『重構行為』，先其而存在的身分『危機意識』實則超越時空，成為古今皆然的迫切疑難。」[13]李卓吾之所以特顯異端，正源於他對身為儒生的身分認同感受到危機，黃仁宇精準指出李卓吾的困境，在於明代物質文明快速發達，但維繫日常生活與施政方針的道德詮釋卻日益保守膚淺僵化：「這種情況的後果是使社會越來越趨於凝固。兩千年前的孔孟之道，在過去曾經是領導和改造社會的力量，至此已成為限制創造的牢籠」，[14]於是他混淆儒生與和尚的文化身分，並且透過言論試圖改革已然僵化的思想體系。

　　李卓吾透過象徵文化身分的服飾、話語與行動希望改革明代僵化思想，但是當時儒者對於儒家經典的詮釋，儒釋二分的文化身分都已有相關的定見規範。[15]李卓吾特殊的行事和文字，在在挑戰當時共同使用這套再現的象徵系統（symbolic system）的儒生官員，終究使他陷入一場「正統」或「反正統」的話語競爭之中。從日後的發展來看，「李卓吾」本身就是個權力對峙的場域及符號，「它」是歷來思想派別爭論的具象存在，施加在他身上的，是時代劇烈變動中必然出現的結果。晚明儒者抨擊李卓吾並試圖釐清誰是「正統」的論述背後隱含著政治、社會、文化等複雜的權力支配網絡。因此要討論李卓吾的文化身分，需要進一步討論李卓吾與其對立一方誰對儒家經典具有更大的解釋權。傅柯（Michel Foucault, 1926-1984）對於「話語」、[16]「權力」的思考正適合我

別於別人，或與其他人相似。」Chris Barker 著，羅世宏譯，《文化研究：理論與實踐》（臺北：五南圖書，2010），頁237-238。Kathryn Woodward 進一步說明：「認同是關係取向的（relational），而差異則是由與他者相關的象徵記號（symbolic marking）所建立的。……認同也藉由社會與物質條件得到維持。一旦某個團體被象徵性地標示成敵人或禁忌，那麼這種認同將擁有其真實效果，因為這個團體將會被社會排除在外，並且產生實質上的損失。」Kathryn Woodward 編，林文琪譯：《認同與差異》（臺北：韋伯文化，2006年），頁21。

13 王學玲：《明清之際辭賦書寫中的身分認同》（臺北：輔仁大學中國文學系博士論文，2002年），頁2。

14 黃仁宇：《萬曆十五年》（臺北：臺灣食貨出版社，1994年），頁288。

15 「認同在文化中被生產、消費與管制，並透過再現的象徵系統，進而產生與我們可能採取的認同位置有關的意義。」Kathryn Woodward 編，《認同與差異》，頁3。在明代佛教出家人拋棄家庭居於僧院，剃髮著僧服，言談不涉世事，儒生官員恪守人倫維護家庭，言論以詮釋儒家經典以助世道人心。李卓吾恰恰在這種再現的象徵系統之間有意混淆。

16 傅柯指出：「傳統形式的歷史僅致力『記憶』過去的各項遺文遺物（monuments），將這些『文物』轉化成為『文獻』，振振有辭的附會甚而至於曲解它們的意義。」米歇‧傅柯著，王德威譯，《知識的考掘》（臺北：麥田出版社，1998），〈緒論〉，頁75。傅柯希望擺脫過去用「一貫」「統一」的主

們借用作為討論的方法進路。

傅柯在《知識的考掘》說明社會是由各種不同特殊領域所構成，每個領域諸如醫學、政治、經濟、大眾傳媒都有各自特殊的的語言特色與詞彙，傅柯稱為「話語」（discourse），這些話語背後代表著該領域特殊的規則條例，傅柯稱這些規則為「聲明」。傅柯說：「『聲明』這一模式使那組符號與一客體的領域發生關係，並確立任何可能的主體的地位，並可置身於其他語言表現中，被賦予一可重複的物質性。」[17]例如醫學話語必須由醫學界所界定，醫學話語背後是醫學界所賦予的聲明，使用醫學話語是人（主體）進入醫界（客體領域），身為醫生的身分象徵，而醫生使用醫學話語時，患者往往不能理解也無法對話，只能單方面接受。王德威提醒我們，傅柯所謂的「話語」，「本質永遠是動態的、意有所圖的（intentional）。被話語所含括或排斥的事物狀態永遠是處在相對立競爭的局面中（如瘋狂和理性之爭）。它並隱含了權力（甚或暴力）的過程。」[18]李卓吾有意混淆自己儒釋之間的「文化身分」，寄望藉此糾正假道學之風氣，他筆下對儒家佛教經典的詮釋以及對時人的諷刺批評，而儒者此一「文化身分」所屬的領域，擁有自己獨特的話語體系，於是李卓吾與當時儒者們的爭議，實則牽涉了複雜的權力關係。時代變異、社會結構更迭而導致的權力關係變化，也就導致話語及其背後聲明的轉變。李卓吾身處三教合一思潮盛行的明代，儒家話語背後所代表穩定的國家權力，在時代的劇變下，面臨了挑戰和變動。

必須說明的是，本文關心的不是李卓吾的學思傾向到底是儒還是佛道，而是希望從文化研究的基礎上，探看李卓吾的「身分」如何被建構或被評價，權力關係如何演變。本文認為李卓吾被學界從忽略到重視的轉變，實與時代關注的議題不同有關，現今文化研究重視「差異」和多元，李卓吾重視「情」與「私」的主張相對於講究群體的儒家文化來說更體現了個人「差異」的重要性。雖然他在十七世紀的影響力不大，[19]但他對個人自主性的強調以現代眼光來看確實是相當吸引人的研究題材。

題加以附會曲解文獻的傳統歷史研究方法。因此他提出「話語」（discourse）表明他的史學研究方法。王德威解釋話語是：「話語一詞指談話時，說話者（speaker）將其理念或訊息以一可以辨認而又組織完整的方式，傳送給一聽者（listener）的過程。但傅柯擴大其定義，泛指人類社會中，所有知識訊息之有形或無形的傳遞現象，皆為話語。」因此李卓吾的著作乃至他行動的相關歷史記載，都是他想傳達理念的一環，故在本文中以「話語」指稱之。同前引，〈導讀一：淺論傅柯〉，頁29。

17 同前引，〈「聲明」的描述〉，頁217。

18 同前引，〈導讀一：淺論傅柯〉，頁30。

19 「有一些思想文化史學家認為他〔李卓吾〕的重要性是被誇大了的，因為他對17世紀的思想影響不大，或者說沒有直接的影響。」艾梅蘭，《競爭的話語：明清小說中的正統性、本真性及所生成之意義》，頁59。又龔鵬程：「我對於討論晚明而以公安及泰州為主，深表懷疑。此二派在當時之代表性如何？……即使在王學中，泰州也只是王學諸派之一支而已。我們單拈這一小部分事例，便來綜論整個社會的變遷，豈非管中窺斑，誤把花紋看成了花鹿？」龔鵬程，《晚明思潮》，〈自序〉，頁5。

李卓吾的多義性來自於他的「駁雜」思想，過去研究他的學者多偏重於探究他學術性格的傾向，有人稱他為儒教叛徒，有人說他三教合一，[20]究竟李卓吾的思想是雜亂無序的，還是他刻意使其如此？如果是刻意為之，他為何要如此？作為儒者的李卓吾，在主流的意識形態中，是否擁有話語權？他如何透過怪誕行為進行發聲，又如何對自身的處境進行反思並表述？在論述李卓吾的「文化身分」和「話語權力」之關係時，我們可以觀察「知識」、「權力」和「身體」三者相互牽引，互為影響的微妙關係。本文將先釐清李卓吾在文化身分的爭議中，如何被歸類為「異端」？他如何落入「誰能代表儒家」的「正統」話語權競爭之中？再進一步從李卓吾的身體符號分析他如何運用自己的身體話語權力向世人發聲，又如何試圖透過解構儒家經典與聖人形象重建話語權。

二 自我／他者的區分：文化身分的現代論述

李贄，字宏甫，號卓吾，明神宗萬曆三十年（1602），他在獄中以剃刀自刎，結束了他驚世駭俗的一生。在思想史上，李卓吾不否認自己就是異端，「弟異端者流也，本無足道者也」，「此間無見識人多以異端目我，故我遂為異端以成彼豎子之名」，[21]既然世人將其視為異端，他就索性當個異端，這也可以看出李卓吾借「異端」嘲諷世人。他認為「道之卓爾，具在吾人」，[22]故以「卓吾」為號。林其賢說：「卓吾立足於超越的道和平凡的俗中間。」[23]便點出了李卓吾一生同時並存著理想與現實，堅持與妥協的矛盾處境。李卓吾曾說「余自幼倔強難化，不信學、不信道，不信仙釋。故見道人則惡，見僧則惡，見道學先生則尤惡。」[24]可見他自幼就具有反抗的性格。但是，他仍然在二十

---

20 如王煜說他「簡直可謂儒、道、墨、法、佛、回六不像。」王煜，《明清思想家論集》（臺北：聯經出版，1981），〈李卓吾雜揉儒道法佛寺家思想〉，頁3。吳澤說李卓吾「是在野的革新派儒學批判主義者。」又說「本質上，儒學正統派保守主義是儒；儒學革新派批判主義，仍然是儒！」吳澤，《儒教叛徒李卓吾》，頁227。許建平說李卓吾「所以棄官、棄鄉、棄家、以道為命的根本原因是他以三教聖人為人生楷模的成聖意識作用的結果。」許建平，《李贄思想演變史》（北京：人民出版社，2005年），頁15-16。

21 李贄，《李贄文集》第1冊，《焚書》，卷1，〈復鄧石陽〉，頁11；卷2，〈與曾繼泉〉，頁48。

22 「從豫章李材、蘭谿徐用檢講學都門，譚論數日耳，而二公咸服其聞道早而見道卓，因自號卓吾。謂顏子嘗苦孔之卓，道之卓爾，具在吾人，何苦之與有？」沈鈇，〈李卓吾傳〉，收入何喬遠編撰：《閩書》第5冊（福州：福建人民出版社，1995年），卷152，《蓄德志》，頁4505。

23 「站在『道』一邊看，卻覺得他軌徑反怪，與吾道不符；站在『俗』一邊看，方能感覺到卓吾搔著癢處，契合我心。這些在別人看來是極端不容的兩種路向，卓吾卻能兼容並蓄，處之泰然。」林其賢：《李卓吾事蹟繫年》（臺北：文津出版社，198年8），〈自序〉，頁1。

24 李贄，〈陽明先生年譜後語〉，收入王守仁撰：《陽明先生道學鈔》，《續修四庫全書》子部第937冊（上海：上海古籍出版社，1995年，北京大學圖書館藏明萬曆三十七年（1609年）武林繼錦堂刻本），卷8，《年譜下》，頁699。

六歲時參加科舉考中舉人，並於三十歲時開始做官，雖然期間有些波折，他依舊不離士人的生活方式。[25]他明顯轉變思想是因為接觸王學，從原來謀衣謀食的生活中打開了生命之門。四十歲時，因為好友李逢陽、徐用檢的關係，得此機緣接觸陽明、龍溪的學問，並稱許儒者王陽明、王龍溪與「真佛」、「真仙」同，[26]李卓吾三教合一的思想「實為王龍溪三教思想之發揚」，[27]他認為「凡為學皆為窮究自己生死根因，探討自家性命下落……唯真實為己性命者默默自知之，此三教聖人所以同為性命知所宗也。」[28]由此可見李卓吾的生命轉折，和他開始思索生死大事相關。[29]

李卓吾因為貧困，長年依賴好友耿定理相助，因而結識其兄耿定向。耿定向是當時理學的代表人物，李卓吾看不慣耿定向的作為，與耿定向產生衝突，於是移居麻城龍潭湖的芝佛院，並落了髮。李卓吾在麻城期間，落髮但蓄鬚，看似出家卻食肉，身居佛堂卻掛孔子像，同時又著書批孔批儒。種種看似矛盾而怪誕的行徑，宣示了「我遂以異端以成彼豎子之名」的反諷目的。萬曆十八年，李卓吾六十四歲，《焚書》在麻城刻成。書裡除了批判耿定向的偽道學之外，更在〈童心說〉中指出「《六經》、《語》、《孟》……後學不察，便謂出自聖人之口也，決定目之為經矣，孰知其大半非聖人之言乎？……乃道學之口實，假人之淵藪也。」[30]這樣強烈的批判延續至《藏書》中反對「以孔子之是非為是非」的主張，[31]因而被明神宗冠上「敢倡亂道，惑世誣民」的罪名治罪，當時李卓吾七十六歲。汪可受在〈卓吾老子墓碑〉中記載李卓吾曾說：「吾當蒙

---

25 參見容肇祖：《明李卓吾先生贊年譜》（臺北：臺灣商務印書館，1982年），頁2、3。

26 「余自幼倔強難化，不信學、不信道，不信仙釋。故見道人則惡，見僧則惡，見道學先生則尤惡。惟不得不假升斗之祿以為養，不容不與世俗相接而已。然拜揖公堂之外，固閉戶自若也。不幸年甫四十，為友人李逢陽、徐用檢所誘，告我龍溪王先生語，示我陽明王先生書，乃知得道真人不死，實與真佛真仙同，雖倔強，不得不信之矣。」李贄，〈陽明先生年譜後語〉，頁699。

27 陳清輝，《李卓吾生平及其思想研究》（臺北：文津出版社，1993年），頁352-353。

28 「凡為學皆為窮究自己生死根因，探討自家性命下落。是故有棄官不顧者，有棄家不顧者，又有視其身若無有，至一麻一麥，鵲巢其頂而不知者。無他故焉，愛性命之極也。孰不愛性命，而卒棄置不愛者，所愛只於七尺之軀，所知只於百年之內而已。而不知自己性命悠久，實與天地作配於無疆。是以謂之凡民，謂之愚夫愚者也。唯三教大聖人知之，故竭平生之力以窮之，雖得手應心之後，作用各各不同，然其不同者特面貌爾。既是分為三人，安有同一面貌之理？強三人面貌而欲使之同，自是後人不智，何干三聖人事。曷不於三聖人之所以同者而日事探討乎？能探討而得其所以同，則不但三教聖人不得而自異，雖天地亦不得而自異也。非但天地不能自異於聖人，雖愚夫愚婦亦不敢自謂我實不同於天地也。夫婦也，天地也，既已同其元矣，而謂三教聖人各別可乎？則謂三教聖人不同者，真妄也。」李贄，《李贄文集》第1冊，《續焚書》，卷1，〈答馬歷山〉，頁1。

29 「〔徐用檢〕在都門從趙大洲講學。禮部司務李贄不肯赴會。先生以手書金剛經示之曰：『此不死學問也，若亦不講乎？』贄始折節向學。」黃宗羲：《明儒學案》（北京：中華書局，1985年），卷14，〈徐魯源先生用檢條〉，頁304。

30 李贄：《李贄文集》第1冊，《焚書》，卷3，〈童心說〉，頁93。

31 同前引，第2冊，《藏書》，〈藏書世紀列傳總目前論〉，頁7。

利益於不知我者，得榮死詔獄，可以成就死生。……那時名滿天下，快活快活！」[32]李卓吾用極其嘲諷的方式以剃刀自刎，結束了被世人視為「怪物」的一生。[33]

李卓吾的思想在當時並不是突然出現的，他受到泰州學派的影響很大，尤其是王龍溪和羅近溪。[34]李卓吾重視「情」，認為「自然之性」、「率性之真」對道德實踐都是必要的。[35]他說：「自然之性，乃是自然真道學也，豈講道學者所能學乎？」[36]又說：「穿衣吃飯，即是人倫物理；除卻穿衣吃飯，無倫物矣。世間種種皆衣與飯類耳，故舉衣與飯而世間種種自然在其中，非衣飯之外更有所謂種種絕與百姓不相同者也。學者只宜於倫物上識真空，不當於倫物上辨倫物。」[37]這些都可視為泰州學派對「百姓日用即道」思考的進一步發揮，並以一種更激烈的身體實踐去體現它。

李卓吾落髮的舉動對儒家禮儀即是一種挑戰，後又陸續完成《初潭集》、《藏書》、《焚書》等，書中有許多抨擊假道學的言論。他說《藏書》「繫千百年是非」，《焚書》是「因緣語，忿激語，不比尋常套語，恐覽者或生怪憾」，[38]他將與耿定向激辯的書信收錄《焚書》中，造成耿定向之徒的攻擊。[39]艾梅蘭說：「有一些思想文化史學家認為他〔李卓吾〕的重要性是被誇大了的，因為他對17世紀的思想影響不大，或者說沒有直接的影響」，[40]李卓吾的影響性也許不足以動搖當時的理學傳統，但這種激烈表現對長期將傳統視為理所當然，極欲維護儒家話語正當性的朝廷群臣們來說卻已是極大的威脅，[41]

32 汪可受：〈卓吾老子墓碑〉，收入李鴻章等修，黃彭年等撰，《畿輔通志》，《續修四庫全書》史部第636冊（上海：上海古籍出版社，1995年，1934年商務印書館影印清光緒十年（1884）刻本），卷166，頁35。

33 「李卓吾，天下之怪物也，而牧齋目為異人。」尤侗，《艮齋雜說》，《續修四庫全書》子部第1136冊（上海：上海古籍出版社，1995，復旦大學圖書館藏清康熙刻西堂全集本），卷5，頁392。

34 「『我於南都得見王先生者再，羅先生者一。即入滇，復於龍里德再見羅先生者焉。』然此丁丑以前事也。自後無歲不讀二先生之書，無口不談二先生之腹。」李贄，《李贄文集》第1冊，《焚書》，卷3，〈羅近谿先生告文〉，頁115。

35 李贄對「情」的討論可參見傅小凡，《李贄哲學思想研究》（福州：福建人民出版社，2007年），頁245-276。李贄又說：「如好貨，如好色，如勤學，如進取，如多積金寶，如多買田宅為子孫謀，博求風水為兒孫福蔭，凡世間一切治生產業等事，皆其所共好而習，共知而共言者，是真邇言也。」「富貴利達所以厚吾天生之五官，其勢然也。是故聖人順之，順之則安之矣。」李贄，《李贄文集》第1冊，《焚書》，卷1，〈答鄧明府〉，頁36；〈答耿中丞〉，頁16。

36 同前引，《續焚書》，卷3，〈孔融有自然之性〉，頁87。

37 同前引，《焚書》，卷1，〈答鄧石陽〉，頁4。

38 同前引，〈答焦漪園〉，頁7。

39 「侗老原是長者，但未免偏聽，故一切飲食耿氏之門者，不欲侗老與我如初，猶朝夕在武昌倡為無根言語，本欲甚我之過。」同前引，卷2，〈與楊定見〉，頁60。

40 艾梅蘭：《競爭的話語：明清小說中的正統性、本真性及所生成之意義》，頁59。

41 「〔李贄〕角巾皁首，日攜同志遨遊，巷陌縉紳衿佩驛觀駭異之，謗聲四起。黃郡太守及兵憲王君亟榜逐之，謂黃有左道誣民惑世，捕曹吏將載贄急，載贄入衡州，過武昌。」沈鈇，〈李卓吾傳〉，頁4505。另外《泉州府志》卷五十四《文苑傳》也記載：「贄遂至麻城，築室龍湖寺中，著書談

因為這涉及了儒家話語權由誰掌握的權力問題，於是對李卓吾加以壓制並將其冠上邪說的罪名是必要的。理學家將李卓吾視為異教者，乃是質疑他的儒者身分並不純正。

由立場的不同區別了「與我同者」及「與我異者」，同類／不同類的「類」帶出了倫理的命題，區別了君臣、朋友、父子、兄弟，當「身分」已然成形，這個身分究竟由誰認定？在討論李卓吾的文化身分時，我們應該思考到一個觀看視角的問題，也就是「誰是他者」？或許可以換一種問法，「誰是主體」？歷來討論李卓吾時，人們是立足在哪個位置討論？文化身分的定義是由己還是由他？是自我認同還是他人認定？

對自我的界定其實是通過對「他者」的觀看互為「區隔」，在人際網絡中，自我／他者間是互相「觀看」、「影響」的關係，而非截然二分的。歷來對李卓吾的討論大多是站在論者自身的角度加以觀看、評價，發聲的主體是論者而非李卓吾本身，因此對李卓吾的身分認定是來自其他人的或者說是社會的，而非李卓吾自身認可的。那麼李卓吾自我的「認同」又是什麼？每個人都想尋求自我主體安放的位置，自我身分並非與生俱來，雖然血緣是最基本的認同和分類，但社會所賦予的角色並非這樣單純，個人認同和集體認同分屬不同層次，彼此有密切互動的關係，但是在儒家社會當中，社會標籤了什麼顯然比個人認同什麼更為重要。

文化認同或身分認定是相當複雜的社會運作模型，我們以為二者間可以取得平衡、和平的關係，但真正運作時卻並非如此，我們文化當中的認同關係常常否定團體當中的異質性。Nancy Fraser：

> 藉由要求塑造及展示真正的、自我肯定的以及自我生成的集體認同，其加諸道德壓力於個別成員之上，確認其對團體文化的服從。其結果往往是強加一個單一且大幅簡化的團體認同，並否定人類生活的複雜性、認同的多元性，以及各種不同歸屬文化的交錯拉力。除此之外，此模型物化了文化，忽略跨文化流動，而把各種文化視為幾近固定、完全分隔且毫無互動的，彷彿文化是一個清楚結束，另一個才開始。[42]

在文化認同的過程中，存在著對權力的爭奪關係。「類」的界定隱含著自我／他者的區分，社會成員的互動受到文化價值被制度化所影響和規範，「這套制度化模式將某幾類社會行為者建構為應然的，而其他類則為有缺陷、次等的。」[43] 而當這個制度化的

道，聽者日眾。間有官門閨壼，亦致篋帛受業，坐是喧闐郡邑。符卿周公宏禴曰：『李先生學已入禪，行多誕，禍不旋踵矣。』會馮應京為楚僉事，毀龍湖寺，置諸從游者法。」轉引自陳清輝，《李卓吾生平及其思想研究》，頁155。

42 Scott Lash and Mike Featherstone 等著，張珍立譯：《肯認與差異：政治、認同與多元文化》（臺北：韋伯文化，2009），頁35。

43 同前引，頁36。

模式不被李卓吾肯定時，他感到思想認同的強烈焦慮感，他曾經在《道古錄》說過「德禮政刑」束縛了人的個性發展，是「齊人之所不齊以歸於齊」，俗吏的執政只是「強使天下使從己，驅天下使從禮」，[44] 雖然他並不是針對自己的處境抒發，卻顯然注意到了集體對個人的壓迫問題。

李卓吾的身分在他所處的時代是由「異於己者」所定義的，因為意識型態、價值觀念的不同，那些所謂的「正統」將李卓吾區分成「異己文化」。在心理上，對於自己不能肯定或未確定的人事物，有時會產生恐怖感，而急於將之定義、確立下來，有時這樣的批評是為了透過「區分」使自己的立場更清晰，「打擊異己」有明顯的宣示意義。李卓吾死於一種暴力，這種暴力未必只是政治上的，更是一種思想上的。楊玉成從「啟蒙與暴力」來談李卓吾，認為他的死亡符合了他一貫的邏輯，他為「道」而死，屬於一個形上學的暴力，「道既是迫害的原因又是迫害的回應」，「彷彿道的某種暴力顯形，一種道的自我展示與自我摧毀」。[45] 本文將更進一步論證李卓吾是為了「道」的話語權爭奪而犧牲。

三　「正統」話語權的競爭

儒家的教育中，期許每個人都可以成為聖人，開出的內聖外王之學似乎把自我修養和經世致用等齊而觀，事實上卻更重視人倫的和諧關係，儒家要為人間建立秩序，李卓吾卻是「反秩序」甚至是脫序的。艾梅蘭指出：

> 在國家層面，正統理學是被理學教條的價值觀、實踐和哲學闡釋體系所界定的，而此一理學教條是由明清政府授意並支持的。這些教導和實踐相互間並不是統一協調的，但卻由帝國透過國家支持的既針對民眾也針對精英的教育課程進行傳佈，這些課程與儀式和法律制度相呼應，維護著等級制的、獨裁的儒家社會秩序那被自然化了的邏輯。[46]

本文要討論的「正統」話語權，並非指向政權的正統權力，而是何人能代表「儒家」的「正統論述」。當時的晚明帝國用國家的各種權力形式（官制、精神、教育、禮儀）支持理學作為管理人民並使國家穩定的知識理論基礎，而理學的「正統性」內涵應由誰定義？「定義」的合法性由誰認定？「定義者」的權力又由誰賦予？當李卓吾抨擊世人為「假道學」，自己才是「真道學」時，[47] 他已落入對「正統」話語權力的爭奪之中。

---

44 李贄：《李贄文集》第7冊，《道古錄》，卷上，頁364、365。

45 楊玉成：〈啟蒙與暴力——李卓吾與文學評點〉，頁908-909。

46 艾梅蘭：《競爭的話語：明清小說中的正統性、本真性及所生成之意義》，頁14。

47 「又今世俗子與一切假道學，共以異端目我，我謂不如遂為異端，免彼等以虛名加我，何如？」

從縱向時間的維度來說，儒家歷經長久的發展，不能脫離歷史文化的脈絡去理解；從橫向的結構空間來說，當時的儒生組成份子，也會在儒家的知識場域中產生「質」的影響。儒者有信奉的文本（六經），有行為的依循準則（禮），有效法的對象（聖人），有遵行的真理（仁義），在歷史發展中，儒家從對政府進行仁政的道德勸誡者到幫助政府建立國家秩序的實際參與者，這些演變和封建體制瓦解、實行科舉取士都密切相關。在這個獨特的場域中，儒者不僅是道德領袖，同時也是政治領袖。所謂「正統」，英文 orthodoxy 指的是有明確被界定、被認可的文本和行為準則，其中更具備了權威、合法的概念，因而常常是與權力、政府組織相關聯。政府運用儒家思想作為執政的依準與主軸，積極透過特定的「禮」作為社會的規範及秩序，更賦予這些行為道德性的評價。

李卓吾當時正處於陽明心學蓬勃之際，他受教於王學後學王艮之子王襞，同時受到佛、道經典的影響，本就令他對當世程朱之學被法典化、制度化的儒教實踐方式產生反感，因而對當時官僚式的儒學體系有著思想認同上的焦慮感。艾梅蘭認為「16世紀，三教合一在知識界迅速傳播開來，並排斥了宋代理學在文本解讀和修身方法上的霸權控制，從這一現象本身也可看到知識分子的那種普遍的焦慮。」[48]即使李卓吾對當時儒家提出種種質疑，他仍然期待恢復心目中所謂「真」的儒家價值觀。「真」可以從「心」、「性」、「情」來理解。最具代表性的便是〈童心說〉。

> 童心者，真心也。若以童心為不可，是以真心為不可也。夫童心者，絕假純真，最初一念之本心也。若失卻童心，便失卻真心；失卻真心，便失卻真人。人而非真，全不復有初矣。[49]

李卓吾同時又說：「童子者，人之初也；童心者，心之初也。」[50]因此，所謂的「真心」便是人的「初心」。傅小凡說：「作為童心存在的依據的真心，便是不可說的具有本體意義的本心，也是作為感覺能力本身而存在的真心，與人交往時，則是與虛假相反的真實、真誠之心。」[51]而在「性」的範疇，「真」是一種「至性」，不是為了遵守外在的道德規範，而是出於天性的品德。因此，他盛讚屈原的死，不是因為道義名節而死，而是「根於至性」。[52]同時，每個人都有天生獨特的自然稟賦，李卓吾認為按照自己的稟

「今之欲真實講道學以求儒釋道出世之旨，免富貴之苦者，斷斷乎不可以不剃頭做和尚矣。」李贄：《李贄文集》第1冊，《焚書》，卷1，〈答焦漪園〉，頁7；《續焚書》，卷2，〈三教歸儒說〉，頁72-73。

48 艾梅蘭：《競爭的話語：明清小說中的正統性、本真性及所生成之意義》，頁56。

49 李贄：《李贄文集》第1冊，《焚書》，卷3，〈童心說〉，頁92。

50 同前引，頁92。

51 傅小凡：《李贄哲學思想研究》，頁171。

52 「古今死忠者不少，必為道義名節不得不死耳。若論道義名節，則屈子盡可不死。屈子之死，根於至性，實是千古未有。」李贄：《李贄文集》第6冊，《史綱評要》，卷3，頁42。

賦行事便是「率性之真」，他推崇這種「真」是與道合一的。

> 夫以率性之真，推而擴之，與天下為公，乃謂之道。……然此乃孔氏之言也，非
> 我也。夫天生一人，自有一人之用，不待取給於孔子而後足也。若必待取足於孔
> 子，則千古之前無孔子，終不得為人乎？[53]

他曾說：「讀《論語》者，從來都是瞎子。我今指出，孔子又活矣。快活！快活！然亦
孔子知之耳，瞎子仍不知也。」[54]他想把孔子的學思從僵化的教條之中解放出來的企圖
相當明顯。同時，李卓吾歌頌「情真」，但對合乎禮教所表達的情卻深感悲哀。因此他
說：「唯其痛之，是以哀之；唯其知之，是以痛之。故曰哀至則哭，何常之有！非道學
禮教之哀作而致其情也。」[55]明白反對依據禮數的方式表達感情。

李卓吾以「真」作為行事評價的標準，和當時的理學家產生價值上的歧見。「率性」
推而擴之便是「任性」，當個體和團體產生衝突，個體便被當作異類加以排擠，李卓吾
用「妖」諷刺自身的處境：「任性自是，遺棄事物，好靜惡囂，尤真妖怪之物，只宜居
山，不當入城近市者。到城市必致觸物忤人矣。既忤人，又安得不謂之妖人乎！」[56]他深
知自己不能容於世俗，但他只能從對立面用一種看似自嘲的方式嘲笑當時的禮教制度。

和耿定向為代表的權力體系爭執的，其實就是「真」和「名教」之爭，本文暫時擱
置耿定向重視名教究竟是偽道學或是擔憂風俗人心的敗壞？因為這不在本文主要的關懷
之內。本文感興趣的是，「個人」在長久以來的儒學道統中究竟可以擁有多少的話語
權？當李卓吾的態度和大多數儒家知識份子相牴觸時，「身分」的界定如何在話語權力
的場域中被操作？

因此，我們必須回到李卓吾如何和其論敵相互競爭的論辯語境之中。其中，主要的
代表即是耿定向。二人曾經為了耿定向沒有出手營救何心隱，致使何心隱被張居正所殺
一事激烈爭執。耿定向寫信給李卓吾，批評李卓吾「不成模樣」，使「學術澆漓，人心陷
溺」；[57]李卓吾亦嚴厲批評耿定向行事虛偽，言行不一，「反不如市井小夫」之「鑿鑿有
味，真有德之言」。[58]二人陷入「反道學」與「偽道學」之爭。聖人之「道」所指為何？

---

53 同前引，第1冊，《焚書》，卷1，〈答耿中丞〉，頁15。
54 同前引，第5冊，《四書評》，《論語》，卷5，頁57。
55 同前引，《初潭集》，卷19，頁199。
56 同前引，第1冊，《續焚書》，卷1，〈寄焦弱侯〉，頁34。
57 「蓋公志於出世者，出世者亦自有出世的模樣，安敢強聒。乃余固陋。第念降生出世一場，多少不
　盡分處，不成一箇模樣，在此來目見學術澆漓，人心陷溺，雖不敢妄擬孔子模樣，竊亦抱杞人天墜
　之憂矣。」耿定向：《耿天臺先生文集》第1冊（臺北：文海出版社，1970年），卷4，〈與李卓吾七
　首〉其一，頁452。
58 「試觀公之行事，殊無甚異於人者。人盡如此，我亦如此，公亦如此。自朝至暮，自有知識以至今
　日，均之耕田而求食，買地而求種，架屋而求安，讀書而求科第，居官而求尊顯，博求風水以求福

其中內涵和外延的具體內容又該是甚麼？「話語」具備強烈的排他性（exclusion），「上至政府的法令規章以及禮教傳統，下至日常生活裡行事進退的規矩，都充分的顯示了各類話語都有其成文或不成文的規矩存在，冀求人人遵守，勿踰越界線。……每一話語所標榜的，都是對真理的全然瞭解。」[59]在儒家話語權的爭論中，耿定向和李卓吾都堅稱自己對「道」的理解及實踐是符合儒家學說的真諦，但耿定向官至戶部尚書，在當時極具影響力，他的背後是由國家賦予的理學話語權，而不同於俗的李卓吾被貼上標籤，成為思想不夠純粹的「異端」、「妖人」，身分相差懸殊。

身分不只是由血緣決定，同時也是一種複雜的社會文化網絡所建構的。在李卓吾的一生中，他試著對「儒」重新省思定位，從其看似離經叛道的行徑和詭辭的言論中，我們可以從中判讀他對文化身分認同的複雜，「種族、階級、性別、地理位置影響『身分』的形成，具體的歷史過程、特定的社會、文化、政治語境也對『身分』和『認同』起著決定性的作用。」[60]意識形態會隨著所處的社會強化或淡化，並非一成不變的。對儒學的反思分門別派，每一流派都「宣揚正統來為自身尋求合法性」，[61]李卓吾曾說：「罪人著書甚多具在，於聖教有益無損。」[62]這是回應社會對他的質疑，而這些所謂「正統」的建構都必須通過某種身體實踐及經典詮釋來彰顯，李卓吾也正是從這二方面進行解構並重新詮釋。因為他顛覆了儒家歷史傳統中的儒者形象，而被邊緣化，貼上「異端」的標籤，但李氏並非從本源上否定自己對儒家的信仰。從李卓吾對耿定向的評價中，隱含了他對「儒」的認知，他反對的是利用儒家道德的語言行虛假之事。「正統」具備合法性及權威性，同時也要具備穩定性與固定性。李卓吾卻試圖使「正統」變得不確定，他透過解構的方式對一切權力的形式加以反抗。儘管雙方都堅持自己擁有在理學語境中解釋的合法性，但在國家層面，理學詮釋權仍由一套權力的運作方式嚴格保障著。這看似穩定社會秩序的「禮」，乃是透過教育的方式對身體進行訓練，是規訓同時也是宰制，「它既是權力運作，傳承和再生產的主要途徑，同時又由於其超越功利相

蔭子孫。種種日用，皆為自己身家計慮，無一臺為人謀者。及乎開口談學，便說爾為自己，我為他人；爾為自私，我欲利他；我憐東家之餓矣，又思西家之寒難可忍也；某等肯上門教人矣，是孔孟之志也；某等不肯會人，是自私自利之徒；某行雖不謹，而肯與人為善；某等行雖端謹，而好以佛徒害人。以此而觀，所講者未必公之所行，所行者又公之所不講，其與言顧行、行顧言何異乎？以是謂為孔聖之訓可乎？翻思此等，反不如市井小夫，身履其事，口便說是事，作生意者但說生意，力田作者但說力田。鑿鑿有味，真有德之言，令人聽之忘厭之矣。」李贄：《李贄文集》第1冊，《焚書》，卷1，〈答耿司寇〉，頁28。

59 米歇‧傅柯：《知識的考掘》，〈導讀一：淺論傅柯〉，頁31。

60 張京媛：〈前言〉，收入張京媛編：《後殖民理論與文化認同》（臺北：麥田出版，2007年），頁15-16。

61 艾梅蘭：《競爭的話語：明清小說中的正統性、本真性及所生成之意義》，頁14-15。

62 袁中道撰，錢伯成點校：《珂雪齋集》中冊（上海：上海古籍出版社，1989年），卷17，〈李溫陵傳〉，頁722。

對自主性的形式，掩蓋了權力的支配關係。」[63]為了使自己的主張具備更多的話語權，尤其在以理學為主流的晚明帝國，李氏同樣必須藉助理學加以對話。儘管李卓吾和當時理學家或許有學術主張的分歧，但不論是理學、心學；朱子學、陽明學，仍然都屬於儒學，更進一步說，儒釋道三教在生命學問的本質上並無不同，李卓吾仍是在「道」、「理」、「氣」、「心」、「性」「情」等範疇上去把握人生的命題的。袁光儀便認為李卓吾和當時理學領袖耿定向只是在學術實踐上，關切的重點層面有別，並非真有學術看法的本質差異。[64]

其他儒者對李卓吾的批評有如「知識暴力」，他們透過對李卓吾的抵制來建構、保障他們所謂的正統儒學，[65]「異」字本身就含有被排除在「正」之外的意思，雖然現今許多人極力讚揚個人主體性的價值，而大力抨擊所謂的「正統文化」扼殺了藝術和活潑的生命，但我們不能忽略對主流價值的歸屬感確實有穩定社會的力量，為了讓秩序不被破壞，對於像李卓吾這種偏離公認規範太遠的「異端」者必須以懲罰的方式對社會顯出某種宣示的意義。李卓吾「自身」便成為時代價值的對話「空間」，他的命運是展現在權力場域的具體競爭結果。

但李卓吾反而用更暴力極端的方式突顯自己的存在，「禮」是正統理學的核心命題，需要由身體實踐的方式加以展示，李卓吾的身體符號學便是對「禮」的嘲諷與解消。而經典是聖人之教的保證，李卓吾的反諷修辭也是很有趣的話語策略，以下將由這二方面分述之。

四　儒／佛的身體語彙：象徵符碼的認同與差異

李卓吾透過身體實踐以及經典詮釋二個方面建立新的話語權，試圖突顯每個人的主體性（subjectivity）。主體性和認同（identity）的概念具有相當的重疊性，Kathryn Woodward 指出：

> 認同與主體性（subjectivity）這兩個術語偶爾以同一方式來使用，這意味著這兩個術語是可以交替使用的。事實上，這兩個術語之間存在著大量的重疊性。主體性（subjectivity）包括了我們對自我的觀感，它涉及了意識（conscious）與無意識（unconscious）的思維和情感（emotions），這些思維和情感構成了我們對

---

63 朱國華：《權力的文化邏輯》（上海：上海三聯書店，2004年），頁83-84。

64 袁光儀：〈上上人與下下人──耿定向、李卓吾論爭所反映之學術疑難與實踐困境〉，頁61-88。

65 萬曆三十年（1602），禮科給事中張問達上書神宗，攻擊李贄「壯年為官，晚年削髮，近又刻《藏書》、《焚書》、《卓吾大德》等書，流行海內，惑亂人心。……以秦始皇為千古一帝，以孔子之是非為不足據。狂誕悖戾，未易枚舉。大都刺謬不經，不可不毀者也。」黃彰健校勘，《明神宗實錄》（臺北：中央研究院歷史語言研究所，1965），卷369，頁6917-6918。

「我們是誰」的判斷和感受（feelings），而且這些判斷與感受也為我們帶來了在文化中的各種認同位置。[66]

人要怎麼把自己置於某個認同的位置上？認同必須藉由象徵的符號加以識別彼此的同／異，身體是一種疆界，形成自我／他者間的區隔，彼此透過身體為媒介相互認識、理解，藉以獲得自我認同（self-identity）與他人認同（social identity）。李卓吾以身體為一種宣示的語言，藉由「異端」的形象衝撞儒者對身體的莊嚴想像，破除僵硬的形式，身體成為開放的、不確定性的形象。身體同時是「一種源頭、一種場域與一種途徑，唯有透過身體，個人的情緒與形體才能置身於社會並導向社會」，[67]身體受到自然情性的影響與限制，同時具備物質性與精神性（身／心），動物性與神性，感性與理性，個體性與社會性。身體被銘刻、書寫各種意涵：它展現微觀權力、標誌著「差異」、建構不同形式的認同，而這些複雜的文化意涵在李卓吾被標籤為「異端」的身體上都可以有論述的空間。

李卓吾在六十二歲剃髮，他說剃髮是因為「因家中閒雜人等時時望我歸去，又時時不遠千里來迫我，以俗事強我，故我剃髮以示不歸，俗事亦決然不肯與理也。」[68]「身體」是他人觀看自我的一種符號，李卓吾透過落髮的目的是「以示不歸」，拒絕了家庭、倫常、俗事的牽絆。

「禮者，履也。」孔子：「非禮勿視，非禮勿聽，非禮勿言，非禮勿動。」（《論語・顏淵》）儒家把視聽言動的身體實踐納入禮的範疇去規範，荀子也說：「無禮，何以正身？」（《荀子・修身》）儒家的身體觀乃是一種正統化、規範化的「威儀觀」，是一種「在位可畏，施舍可愛，進退可度，周旋可則，容止可觀，作事可法，德行可象，聲氣可樂，動作有文，言語有章，以臨其下」的「理想身體」。[69]李卓吾的身體形象卻是和這樣的君子威儀大相逕庭的。以文化身分的認同來說，「我」究竟是誰？「我」要別人看到的我是如何？身體會說話，李卓吾用剃髮的形象向世人宣告自己對「禮」有不同詮釋。

李卓吾對自我的定位不是肯定積極的建構，而是透過一種解消、解構的方式重新建構。對儒家來說，人倫關係乃是維持社會穩定的秩序，君臣、父子、夫婦、兄弟、朋友

---

66 Kathryn Woodward 編，《認同與差異》，頁65。

67 Chris Shilling 著，謝明珊、杜欣欣譯，《身體三面向：文化、科技與社會》（臺北：韋伯文化，2009年），頁17。

68 李贄，《李贄文集》第1冊，《焚書》，卷2，〈與曾繼泉〉，頁48。

69 「有威而可畏謂之威，有儀而可象謂之儀。君有君之威儀，其臣畏而愛之，則而象之，故能有其國家，令聞長世。臣有臣之威儀，其下畏而愛之，故能守其官職，保族宜家。順是以下，皆如是，是以上下能相固也。《衛詩》曰：『威儀棣棣，不可選也。』言君臣、上下、父子、兄弟、內外、大小，皆有威儀也。」杜預注，孔穎達疏，《春秋左傳正義》（臺北：藝文印書館，1997年，影印阮元校刻《十三經注疏附校勘記》本），卷40，〈襄公三十一年〉，頁690。

除了是一個社會位置之外，同時儒家亦賦予了這個位置的實際行為內容（名／實）。李卓吾卻因不願為人管束，辭官棄家，他說：「我是以寧漂流四外，不歸家也。」[70]這種「為官棄官，有家棄家」的行徑，在耿定向這些官紳看來，無異是違反人倫之常的荒唐行為。萬曆十四年（1586）夏天，李卓吾移居麻城龍潭湖的芝佛院，與耿定向的爭論愈加激烈。耿定向〈與李卓吾〉：「公謂余之不容已者，乃弟子職諸篇，入孝出弟等事。公所不容已者，乃大人明明德于天下事，此則非余所知也。除卻孝弟等，更明何德哉？竊意公所云明德者，從寂滅滅已處，覷得無生妙理，便謂明了，余所謂不容已者，即子臣弟友根心處，識取有生常道耳。」[71]文中便對李卓吾的「棄人倫」表示不能認同的態度。李卓吾當然知道從朱子以來以佛老為異端的意識形態，他曾自述：「弟異端者流也。……自朱夫子以至今日，以老、佛為異端，相襲而排擯之者，不知其幾百年矣。弟非不知，而敢以直犯眾怒者，不得已也，老而怕死也。」[72]「在家」是為了全盡人倫之道，「出家」是為了摒棄人倫的束縛，李卓吾透過儒家、佛家兩套不同的符號系統，作為彼此相互衝撞的元素，透過「差異」讓意義更透顯出來。

實踐禮教象徵著文人的身分標誌，「禮」成為符號不斷在政治、社會、文化、道德各個層面被複製，李卓吾挑戰禮教規範，展現獨特的身體符號學，以身體之「異」形成新的符號標誌，他用佛家的身體語言對儒家進行顛覆與反抗，他剃髮卻蓄鬚，對當時毫無懷疑地信仰禮教的保守主義者而言實在刺眼，必須視之為異端剷除而後快，藉此繼續鞏固自己的「正統」地位。儒家的身體觀透過「禮」的形式展現，哲學常賦予身體負面的意義，因而「修身」便從節制身體來思考。「道德與身體的衝突，用孟子的話講，也可視為人性與欲望的衝突。」從這裡，孟子便有了大體／小體；貴體／賤體的區分，從而提出「修身」即是必須對身體的生理性加以「克制轉化」。[73]李卓吾對待身體的方式正是從這一態度中解脫出來，他透過「棄髮」展現追求個人主體的自由話語，他要摒除一切對身體加諸的權力形式，在他來說，身體不是需要被節制的對象，也沒有大小貴賤之別，只有是否出自生命自然的「真」才是行為善惡的判準。

社會將身體進行分類，透過「禮」的標準將某些身體歸為合宜的身體，某些則是偏差的。正如李氏所言「此身便屬人管」，傅柯對身體規訓的論說提醒我們身體總是在不同形式中被形塑。Chris Shilling 說：

　　人們的身體與生活形式，就像是階級的隱喻與具體表現，身體就是階級的表徵。[74]

---

70 李贄，《李贄文集》第1冊，《焚書》，卷4，〈豫約·感慨平生〉，頁173。

71 耿定向，《耿天臺先生文集》第1冊，卷4，〈與李卓吾七首〉其四，頁455-456。

72 李贄，《李贄文集》第1冊，《焚書》，卷1，〈復鄧石陽〉，頁11。

73 楊儒賓，《儒家身體觀》（臺北：中央研究院中國文哲研究所籌備處，2003年），頁47-48。

74 Chris Shilling：〈身體與差異〉，收入 Kathryn Woodward 編，《認同與差異》，頁153。

儒家和佛家的身體符號明顯不同，儒家強調身體髮膚受之父母，佛家剃髮剃鬚宣稱對身體不再執著，背後各有一套自己的理論系統作為支撐，信奉者則嚴格實踐用以象徵自己的文化身分。李卓吾卻是不儒不佛。若李卓吾就承認自己的出家身分，倒也沒什麼好挑剔的，但是他並不承認自己是出家的僧人，反而說「雖落髮為僧，而實儒也。」[75]這就造成自我認同和社會認同間的爭議點，同時亦成為儒家／佛家話語權爭奪的焦點。[76]所以王宏撰認為若真是出家人倒也令人敬重，李卓吾卻是不儒不僧，狂誕肆言的妖人。王宏撰說：

> 人有真能學佛者，吾亦重之。蓋為佛之徒，服佛之服，行佛之行，言佛之言，是出世之異人也，如沈蓮池是已，雖有謬悠之談，其志堅行修，是難能也。士大夫而學佛，吾實惡之。蓋非佛之徒，不服佛之服，不行佛之行，而獨言佛之言。假空諸所有之義，眇視一切，以騁其縱恣荒誕之說，是欺世之妖人也，如李贄、屠隆是已。[77]

這段話指出了李卓吾被視為異端並非因為他出家或是學佛，而是因為他在兩種身體界線中顯得模糊不清。

汪可受在〈卓吾老子墓碑〉中記載：

> 老子〔指李卓吾〕曰：「吾寧有意剃落耶？去夏頭熱，吾手搔白髮，中蒸蒸出死人氣，穢不可當。偶見侍者方剃落，使試除之，除而快焉，遂以為常。」復以手拂鬚曰：「此物不礙，故得存耳。」[78]

李卓吾「落髮」既非謂了出家，而是為了回應天氣酷熱的身體反應，黃繼立認為這和李卓吾的「癖潔」有關。「這當中充滿矛盾，一方面他認為身體是苦痛的根源而亟欲棄之，但另一方面卻又嚴拒腐敗、骯髒與身體共容。」[79]身體既是展現自我意志的憑藉，又是社會侵逼個體的枷鎖。

---

75 李贄，《李贄文集》第5冊，《初潭集》，〈初潭集序〉，頁1。
76 「而藏身在『落髮』儀式背後，是各種權力（power）衝突和話語詮釋權爭奪的戰場。這當中以兩種話語為主旋律交錯其間：第一種話語是站在儒門立場思考，以大府祝髮作為話語核心，它的提問主題是『棄儒歸佛』的『宗教選擇』，一個『歸儒』、曾為黃品大夫的人，是否適宜作出拋家棄子、宣稱自己是化外僧人的行舉。第二種話語則是發自於佛門的戒律之聲，以祝髮留鬚作為話語核心，它的提問主題是『剃髮染衣卻不除鬚』下的『僧人身分』，一個不符受戒規定即自稱為和尚的『和尚』，能不能被寬鬆地認定為僧人。」黃繼立，〈「病體」重讀「李卓吾」——「棄髮」與「癖潔」中的身體經驗〉，《文與哲》，17（高雄：2010），頁224。
77 王宏撰著，《山志》，《續修四庫全書》子部第1136冊（上海：上海古籍出版社，1995年，復旦大學圖書館藏清初刻本），卷4，頁54。
78 汪可受，〈卓吾老子墓碑〉，頁35。
79 黃繼立，〈「病體」重讀「李卓吾」——「棄髮」與「癖潔」中的身體經驗〉，頁233。

當我們談李卓吾「認同」什麼時，或許從他「不認同」什麼來看更為清晰。當世人把身體當做社會的「禮」的展現，李卓吾更重視的是身體的個體化，他的怪誕行為是一種表演，呈現在世人面前。他在寺廟懸掛孔子像，把儒家／佛門的符號並置，並刻意地揉合，是反諷、是遮蔽、是彰顯。甚至，他以極具戲劇的方式以剃刀自刎，結束了別人口中「妖人」的一生。

社會對李卓吾的裁決來自多數人的暴力，李卓吾卻用驚世駭俗的方式回應之：

> 先生之刎死，蓋先生藏身之法也。老子曰：「知我者希，則我貴矣。」先生不欲見憐于世人，亦不欲見知于道人，以故頸下一刀，為此掃迹滅名之事，令世人聞之笑且詬，道人聞之駭且疑。[80]

其好友馬經綸說這是「障卻天下萬世人眼睛」，[81]這是一種反向的操作，用「破壞」自身的方式解構了權力要施加與我的權威性，讓權力向度有了逆轉，也正符合了李卓吾自己說的「我性本柔順，學貴忍辱，故欲殺則走就刀，欲打則走就拳，欲罵則走而就嘴，只知進就，不知退去。」[82]不是從「你施加於我」轉變為「我施加於你」的暴力型態，而是從「你施加於我」轉變為「我施加於我自身」的施／受者同一的反諷模式。

五　批評的建構：破除聖人及經典的權威性

「經典」與文化的形成有密切的關係，而不同的時代對所謂的「經典」又透過不同的解釋成為當代的思潮主流，國家更以「教育」的形式讓人民學習、認識，並進一步對此思想主流產生認同。晚明帝國以儒家經典為取士的標準文本，儒家經典中要求秩序的穩定對國家管理上有積極的幫助。儘管儒者在討論其學說內涵時，期許自己追求還原經典的純粹性，但文本的留白處卻給了後世詮釋的可能。文本掩蓋的東西和它表述的一樣多，雅克・德希達（Jacques Derrida, 1930-2004）的重要觀念「延異」（différance）即是指出語言的意義是語言本身層層牽延的結果，語言並非一成不變，而是缺乏穩定性的狡詐存在。[83]因此，儒學便成了許多人在不同歷史語境中都參與並製造的混合文化，在儒

---

80 李贄，《李卓吾先生遺書》，《四庫禁燬書叢刊》補編第72冊（北京：北京出版社，2005年，杭州大學圖書館藏明萬曆四十年（1612）刻本），附錄，〈答張又玄先生〉，頁75。

81 同前引。

82 李贄，《李贄文集》第1冊，《續焚書》，卷1，〈與周友山〉，頁14。

83 在德希達的多本著作中提到「延異」，「延異」提出了語言多義性的問題，當語言被用來指涉一項事物時，它區分了此事物和其他事物的區別，但此語言的意義同時也是其他語言延伸的結果。「延異」是指「差異和差異之蹤迹的系統遊戲，也是間隔的系統遊戲，正是透過間隔，各種要素才有了關係。」雅克・德里達著，余碧平譯，《多重立場》（北京：生活・讀書・新知三聯書店，2004），頁31。

者愈強調探究它的純粹性的同時,反而失去了它的純粹性。

從文化研究的途徑,我們了解到文化文本是爭奪意義的場域,爭論者各自提出對其中各種事件狀態的理解,「解讀文本」這個動作隱含了權力或暴力的過程。李卓吾想要反對當代許多不合理的、空具形式卻缺乏實質的道德假象,首先必須挑戰破除的便是這些假道學之士假借「經典」之名而行的種種行為。因此,他必須再詮釋經典,賦予經典新的價值。李卓吾關心的不是恢復儒家經典的純粹性,也並非試圖建立另一套「定型」的意義,他早就深深明白語言一旦定型只是僵化的教條而非絕對的準則:

> 道本大,道因經故不明;經以明道,因解故不能明道。然則經者道之賊,解者經之障,安足用與?雖然,善學者通經,不善學者執經;能者悟于解,而不能者為解悮,其為賊為障也宜也。[84]

李卓吾認為「通/不通經」和「執/不執」相關,顯然受到佛、道的語言策略的影響。「解則通於意表,解則落於言詮」,「解則執定一說,執定一說,即是死語」,[85]文本不可拘泥於一解,否則會逐步僵滯,李卓吾借用「他者」(佛、道)的語言方式對儒家經典賦予新的詮解,並以不確定的鬆動方式進行言說。

在自我論述中,如何通過「語言」鞏固自己的身分定位,李卓吾採取的策略是「反諷」的建構模式。楊玉成認為傳統解釋學用的語言策略是「正言」、「詳言」,李卓吾的語言特徵卻是「反言」、「略言」。[86]例如李卓吾〈童心說〉:

> 夫《六經》、《語》、《孟》,非其史官過為褒崇之詞,則其臣子極為贊美之語,又不然,則其迂腐門徒、懵懂弟子,訪憶師說,有頭無尾,得後遺前,隨其所見,筆之於書。後學不察,便謂出自聖人之口也,決定目之為經矣,孰知其大半非聖人之言乎?縱出自聖人,要亦有為而發,不過因病發藥,隨時處方,以救此一等懵懂弟子、迂闊門徒云耳。藥醫假病,方難定執,是豈可遽以為萬世之至論乎![87]

當讀書人對聖人之教(經典)的鑽研孜孜矻矻時,他卻說經典只是「因病發藥,隨時處方」,即是要破除經典的神聖性,更大聲疾呼要「顛倒千萬世之是非」,認為長期沒有屬

---

84 李贄:《李溫陵集》,《續修四庫全書》集部第1352冊(上海:上海古籍出版社,1995年年,明刻本),卷9,〈提綱說〉,頁123。

85 李贄:《李贄文集》第1冊,《焚書》,卷4,〈書決疑論前〉,頁125。

86 「『反言』大致是一種逆向閱讀,尤具特色的是反諷,適用於字面、語氣、語義各層面;『略言』是一種省略法,擺脫正面詳細的陳述,藉短語遂行一種語言行為(speech act)。受禪宗公案激鋒、棒喝的影響,造成驚奇、暴力、啟發、頓悟等效果。」楊玉成:〈啟蒙與暴力——李卓吾與文學評點〉,頁914。

87 李贄:《李贄文集》第1冊,《焚書》,卷3,〈童心說〉,頁93。

於自己時代的是非，便是因為「以孔子之是非為是非，故未嘗有是非耳。」[88]李卓吾對經典的語言策略是鬆動它長期以來牢不可破的權威性，並說「宋儒解書，病在太明白。」[89]李氏並非從文字語義詳細分解，反而是從一種「提示」、「指點」的方式對經典進行解構，這種閱讀方式還可從他對小說、戲曲的評點中看到。

李卓吾在〈四勿說〉對「禮」似有反動的言論，他說：「人所同者謂禮，我所獨者謂己。學者多執一己之見，而不能大同於俗，是以入於非禮也。……蓋由中而出者謂之禮，從外而入者謂之非禮；從天降者謂之禮，從人得者謂之非禮；由不學、不慮、不思、不勉、不識、不知而至者謂之禮，由耳目聞見、心思測度、前言往行、仿佛比擬而至者謂之非禮。」[90]把世俗的「禮」歸之為「非禮」之後，他更善用反諷修辭，翻轉文字表面的意涵，禮／非禮，善／惡，都不是穩定不變的概念。就如同他將「私」轉化為道德的基本，他刻意強調「本真」的道德必須透過違背僵化的儒學實踐才能被彰顯。而李卓吾的思想行為以現代的眼光來看是有開創意義的。

李卓吾所有誇張的言論是他的一種論辯策略，他突出辛辣的語言特質確實獨樹一格。在以理學為正統、主導的強大知識思想語境中，李卓吾等人企圖衝破這樣的話語權力體系，在當時顯然是面對極大的阻礙壓力的，黃宗羲將其排除在《明儒學案》之外，並將明亡歸咎於這種「狂禪」思想，證明了李卓吾是異於「正統」之外的。李卓吾說：

> 一曰《焚書》，則答知己書問，所言頗切近世學者膏肓，既中其痼疾，則必欲殺我矣，故欲焚之，言當焚而棄之，不可留也。[91]

因為自知著作出版後必然引發輿論撻伐，會為自己招致災禍，著作可能無法傳世，李卓吾不僅是反抗社會對他的壓迫，亦挑戰語言被視為牢不可破的威權語義，他直接將書命名為《焚書》，這是對文字語言的嘲弄，更突顯出他要突破權力以任何形式加諸在他身上的束縛，包括文字本身。德希達說：「解構哲學，自然就是對某種語言指定某種思想這種侷限性的關切。一種語言可以賦予思想以各種資源，同時也限制了它。……我想每回我們藉助解構掙脫一種霸權並從中解放出來，就重新質疑了一種語言的那種沒有被思考過的權威。」[92]文字本身即是權力，李卓吾的語言策略便是為了消解這種看似固定的話語形式。

他對「聖人」同樣是消解其權威，他在佛寺懸掛孔子像，展現特立獨行的行徑，明明是標新立異，卻說此舉乃順應大眾。〈題孔子像於芝佛院〉：

---

88 同前引，第2冊，《藏書》，〈藏書世紀列傳總目前論〉，頁7。

89 同前引，第5冊，《四書評》，《論語》，卷6，頁65。

90 同前引，第1冊，《焚書》，卷3，〈四勿說〉，頁94。

91 同前引，《焚書》，〈自序〉，頁1。

92 雅克·德希達著，張寧譯：《書寫與差異》（臺北：麥田出版，2004年），頁29。

> 人皆以孔子為大聖，吾亦以為大聖；皆以老、佛為異端，吾亦以為異端。……儒
> 先億度而言之，父師沿襲而誦之，小子矇聾而聽之。萬口一詞，不可破也；千年
> 一律，不自知也。不曰「徒誦其言」，而曰「已知其人」；不曰「強不知以為
> 知」，而曰「知之為知之」。至今日，雖有目，無所用矣。余何人也，敢謂有目？
> 亦從眾耳。既從眾而聖之，亦從眾而事之，是故吾從眾事孔子於芝佛之院。[93]

這是以子之矛，攻子之盾的反諷，謙稱自己乃順應大眾，於是懸掛聖人像，但卻是將聖
人與異端並置，模糊正統權威和佛老邊緣的界線。李卓吾利用他人建構的「話語」消解
嘲諷了「大聖」的定義，將「聖人」、「異端」並置，則是李卓吾自己建立的「話語」，
通過這樣的話語，他凸顯了權威並非牢不可破，孔、老、佛其實無別，和自己其實也無
別，聖／凡是可以互為解釋參照的。[94]

〈三教歸儒說〉中，李卓吾認為儒、道、釋「志在聞道，故其視富貴若浮雲」的立
場是一致的，差別在於佛教視富貴為苦的態度較儒家更甚，因此「蓋必出世，然后可以
免富貴之苦也」。接著，李卓吾批評現今講道學者，都是為了求取富貴，「夫唯無才無
學，若不以講聖人道學之名邀之，則終身貧且賤焉，恥矣，此所以必講道學以為取富貴
之資也。」因此，李卓吾解釋自己剃頭的原因，「今之欲真實講道學以求儒、道、釋出
世之旨，免富貴之苦者，斷斷乎不可以不剃頭做和尚矣。」[95]

這段看似以佛收攝三教的言論，卻題為〈三教歸儒說〉，林其賢認為題目和內容不
符，可能是〈三教歸佛說〉的誤寫，[96]姑且不論是否如此，如果真為〈三教歸儒說〉，
內容和題目可能正是李卓吾另一個反諷策略。他利用「異端」的位置，對世人以為的真
理、價值給予嘲弄。

李卓吾在中國文化中最大的影響是他連接了思想文化和小說戲曲，他是小說戲曲重
要的評點者，而他之所以會重視小說戲曲，也和小說語言的非主流性有關。較之經典的
嚴肅性，小說文本並不歸類在聖人之教的「經典」當中，但是即使小說呈現對「本真」
的追求和闡發，當時的詮釋者仍只重視其中可作為教化的精神內涵。但李卓吾的評點中
可以看到他特殊的文化或身分認同：

> 夫忠義何以歸於水滸也？其故可知也。夫水滸之眾，何以一一皆忠義也？所以致
> 之者可知也。今夫小德役大德，小賢役大賢，理也。若以小賢役人，而大賢役於
> 人，其肯甘心服役而不恥乎？是猶以小力縛人，而使大力者縛於人，其肯束手就

---

93 李贄：《李贄文集》第1冊，《續焚書》，卷4，〈題孔子像於芝佛院〉，頁94-95。

94 「夫大人之學，其道安在乎？蓋人人各具有是大圓鏡智，所謂我之明德是也。是明德也，上與天
　同，下與地同，中與千聖萬賢同，彼無加而我無損者也。」同前引，卷1，〈與馬歷山〉，頁3。

95 同前引，卷2，〈三教歸儒說〉，頁72。

96 林其賢：《李卓吾的佛學與世學》（臺北：文津出版社，1992年），頁134-135。

縛而不辭乎？其勢必至驅天下大力大賢而盡納水滸矣。則謂水滸之眾，皆大力大賢有忠有義之人，可也。……否則不在朝廷，不在君側，不在干城心腹，烏乎在？在水滸。此傳之所為發憤矣。若夫好事者資其談柄，用兵者籍其謀畫，要以各見所長，烏睹所謂忠義者哉！[97]

楊玉成就注意到了李卓吾的「反諷」特點，把忠義／盜賊並置本身就是語言的反轉顛覆，如同《水滸》中將邊緣（水滸）的異端（盜匪）帶進核心（朝廷）的主流價值（忠義），[98]李卓吾同樣以自己的異端身分挑戰朝廷，甚至以一死來成其名，將二者做了詭譎的置換。以強人為「真忠義」，也可看出李卓吾對世人的不滿，以「顛倒」、「錯置」的方式給予價值的顛覆和反思。「忠義」本來應屬官方價值，李卓吾卻對「忠義」的命題提出一個新的省思，真正的「忠義」並非由官方界定，它更應該來自人的本心。

從聖人／佛老、經典／小說的移轉，李卓吾透過解消權威的方式，尋找自身可以安放主體的位置。「文化認同」是每一個知識份子都需面臨的課題，「我」的自身界定為何？「我」和「他者」的關係又為何？「聖人」是什麼？「經典」又是什麼？李卓吾挑戰儒家正統話語，「解構」行為代表著對信仰的困惑，不是破壞式的通盤否定，而是批評式的重新建構。他「解放」了孔聖人、解放了儒家經典、解放了做為言詮表徵的文字，更想從中解放困於肉身的自己。李氏從否定的言語中建構真理（「真」不是固定的，是活潑的生機），從反面的論述中闡揚「正」的價值，不是社會規定的虛偽建構，而是如〈童心說〉中嚮往的，來自生命本能對善的理解。

六　反省與結論

李卓吾思想的出現並非偶然，他承接了泰州學派並開啟了後來的反動思潮。他的出現代表宋明理學在經典詮釋上的霸權受到挑戰，也代表「通向徹悟的道路因每個人的性情不同而呈現出多樣性」的可能，[99]李卓吾延續了王畿反對將自我修身限定為遵守外部界定的理想準則，而秉持自我判定的標準，進一步去挑戰社會的觀感，在行徑上大反社會常規而行。「這種向著主觀的非文本標準的良知的轉移，明顯地牽涉到晚明對自我和價值觀傳播的哲學理解」，[100]「情」、「欲」從本來須要被節制的對象，轉變成道德的基礎，甚至是宇宙的創造性動力，具備了合法性，不能不說是亙古以來的一大突破。

李卓吾究竟是異端還是進步的思想者？日本學者溝口雄三說李卓吾沒有提出像陽明

97　李贄：《李贄文集》第1冊，《焚書》，卷3，〈忠義水滸傳序〉，頁102。
98　楊玉成：〈啟蒙與暴力——李卓吾與文學評點〉，頁953-957。
99　艾梅蘭：《競爭的話語：明清小說中的正統性、本真性及所生成之意義》，頁56。
100　同前引，頁58。

「心即理」那樣的哲學命題，因此不能算是思想家，只是個將明末這一時期的歷史性矛盾突顯出來的人。因為是「那一個時代」而不是「這一個時代」，他有了思想上的特殊性，李卓吾成了「現在」學者以現代眼光關注的「晚明」人物。從研究李卓吾的現象中，我們可以看到對他的評價正可印證了歷史不僅是連續的時間，更是橫切面的空間。傅柯在《知識的考掘》中曾經提問：「誰在話語中發號施令？在芸芸說話的個人集合中，誰有權力去運用各種語言（language）？誰能從『語言』中發展出自身獨有的特性或威名？」[101] 傅柯提醒我們握有話語權和所謂的「身分」、「場地」、「地位」密切相關，儒家思想在每一個時期的表現不單只從時間座標中歷史的延續性觀察，也和空間座標裡歷史的斷層性和物質性有關，李卓吾不滿只能在這個話語結構中當個「聽眾」，他試圖透過儒家經典的「文本」重新詮釋賦予其新的想像，為當時的社會建立起新的「秩序」，也完全符應了傅柯對「瘋」的論述，因而成為所謂的「異端」。

特定的社會、文化、政治、歷史語境對「身分」、「認同」都產生影響，李卓吾說自己「雖落髮為僧，而實儒也」，或是〈答李如真〉說「弟，學佛人也」，[102] 儒／佛的身體展演涇渭分明，李氏卻是非儒非佛，亦儒亦佛，他讓社會穩定的秩序變為不穩定，這會讓人心生恐懼感。Kathryn Woodward 對此有進一步的解釋：

> 如同道格拉絲所言：「……與區隔、淨化、劃分界限以及對踰矩行為加以處罰的有關想法，都有其主要的功能：也就是將現存的社會體制，強行加諸在某種原本就不整潔的經驗上。只有誇大範圍之內與範圍之外、上與下、男性與女性、贊成與反對之間的差異，如此一來，才能創造出某種井然有序的假象。」（Douglas, 1966，p.4）上述論點指出，社會秩序的維持是透過二元對立系統，也就是「局內人」與「局外人」的創造，以及藉由社會結構中差異類別的建構而完成。象徵系統與文化中介了上述分類系統。經由類別的生產，社會控制開始運作，人們則根據社會體制的運作，來判定誰違反了社會規範，並且將這個人歸類到「局外人」這個位置上。因此我們可以這麼說：象徵分類系統與社會秩序是密切相關的。舉例而言，罪犯因為違法而成為「局外人」，並受到主流社會的排斥。這種身分的生產，是因為人們將罪犯與目無法紀視為相關，並且把這種身分與危險、受到忽視、邊緣化相連結。[103]

藉由象徵的符號，我們將事物歸置到它應該在的位置，因為能把握事物的性質而覺得放

---

101 米歇・傅柯：《知識的考掘》，頁133。

102 李贄：《李贄文集》第1冊，《焚書》，增補1，〈答李如真〉，頁246。

103 Kathryn Woodward 編，《認同與差異》，〈認同與差異的概念〉，頁55-56。其中 Kathryn Woodward 所引道格拉斯的話出自：M. Douglas, *Purity and Danger:An Analysis of Concepts of Pollution and Taboo* (London, Routledge: 1996), p. 4.

心。但是李卓吾是一個危險的存在，他讓人不知應把他歸到什麼位置，人們無法掌握他的本質。在晚明，社會無法從李卓吾特立獨行的舉止言談中預測他要做什麼，所以只能將其排擠至邊緣以確保秩序不被破壞；在現今，卻因李卓吾的不確定性被思想史給予「進步」的評價，如同日本學者島田虔次氏的看法，認為從李卓吾身上看到中國近代思維的挫折。[104]從黃宗羲將明亡歸咎於他，到現在的學界研究，龔鵬程提醒大家我們是否因為不同時代的「主流」話語，「製造」出來一個進步的浪漫者？[105]

通過現代看李卓吾，或是通過晚明看李卓吾，二者皆是以「他者」的眼光觀看，都是權力話語建構出來的符號而已。「李卓吾」豐富多變的歧義性提供多角度的研究，而如何才能把握這個符號，也只是更顯語言文字的層層歧異罷了。

---

104 溝口雄三：《中國前近代思想的演變》，頁28。
105 「如若晚明確實有這些具有變異精神的部份，無論其是否果為『主流』，吾人亦應予以注意。但我又疑心這些所謂的時代轉變之事例與思想，乃是被『製造』出來的。也就是說，當時未必有此，或雖有之而未必如是，然而在近代研究者特殊的關懷中，此一部分卻被扭曲或放大了。」龔鵬程：《晚明思潮》，〈自序〉，頁5。

徵引文獻

一　傳統文獻

王宏撰著:《山志》,《續修四庫全書》子部第1136冊,上海:上海古籍出版社,1995年,復旦大學圖書館藏清初刻本。

尤侗:《艮齋雜說》,《續修四庫全書》子部第1136冊,上海:上海古籍出版社,1995年,復旦大學圖書館藏清康熙刻西堂全集本。

永瑢等撰:《四庫全書總目》,北京:中華書局,2003年。

汪可受:〈卓吾老子墓碑〉,收入李鴻章等修,黃彭年等撰,《畿輔通志》,《續修四庫全書》史部第636冊,上海:上海古籍出版社,1995年,1934年商務印書館影印清光緒十年(1884)刻本,頁35。

沈　鈇:〈李卓吾傳〉,收入何喬遠編撰,《閩書》第5冊,福州:福建人民出版社,1995年,卷152,《蓄德志》,頁4505-4507。

杜預注,孔穎達疏:《春秋左傳正義》,臺北:藝文印書館,1997年,影印阮元校刻《十三經注疏附校勘記》本。

李　贄:《李溫陵集》,《續修四庫全書》集部第1352冊,上海:上海古籍出版社,1995年,明刻本。

_____:〈陽明先生年譜後語〉,收入王守仁撰,《陽明先生道學鈔》,《續修四庫全書》子部第937冊,上海:上海古籍出版社,1995年,北京大學圖書館藏明萬曆三十七年(1609)武林繼錦堂刻本,頁699-700。

_____:《李卓吾先生遺書》,《四庫禁燬書叢刊》補編第72冊,北京:北京出版社,2005,杭州大學圖書館藏明萬曆四十年(1612)刻本。

李贄著,張建業主編:《李贄文集》,北京:社會科學文獻出版社,2000年。

袁中道撰,錢伯城點校:《珂雪齋集》中冊,上海:上海古籍出版社,1989年。

耿定向:《耿天臺先生文集》第1冊,臺北:文海出版社,1970年。

張廷玉:《明史》,《文津閣四庫全書》第296冊,北京:商務印書館,2006年。

黃宗羲:《明儒學案》,北京:中華書局,1985年。

黃彰健校勘:《明神宗實錄》,臺北:中央研究院歷史語言研究所,1965年。

二　近人論著

Chris Barker著,羅世宏譯:《文化研究:理論與實踐》,臺北:五南圖書,2010年。

Chris Shilling著,謝明珊、杜欣欣譯:《身體三面向:文化、科技與社會》,臺北:韋伯文化,2009年。

Kathryn Woodward編，林文琪譯：《認同與差異》，臺北：韋伯文化，2006年。

Scott Lash and Mike Featherstone等著，張珍立譯：《肯認與差異：政治、認同與多元文化》，臺北：韋伯文化，2009年。

王　煜：《明清思想家論集》，臺北：聯經出版，1981年年。

王學玲：《明清之際辭賦書寫中的身分認同》，臺北：輔仁大學中國文學系博士論文，2002。

朱國華：《權力的文化邏輯》，上海：上海三聯書店，2004年。

艾梅蘭（Maram Epstein）著，羅琳譯：《競爭的話語：明清小說中的正統性、本真性及所生成之意義》，南京：江蘇人民出版社，2005年。

米歇・傅柯（Michel Foucault）著，王德威譯：《知識的考掘》，臺北：麥田出版，1998年。

吳　澤：《儒教叛徒李卓吾》，上海：華夏書店，1949年。

林其賢：《李卓吾事蹟繫年》，臺北：文津出版社，1988年。

_____：《李卓吾的佛學與世學》，臺北：文津出版社，1992年。

侯外廬主編：《中國思想通史》第4卷下冊，北京：人民出版社，1960年。

韋政通：《中國思想史》，臺北：水牛出版社，1989年。

袁光儀：〈上上人與下下人——耿定向、李卓吾論爭所反映之學術疑難與實踐困境〉，《成大中文學報》，23，臺南：2008年，頁61-88。

陳清輝：《李卓吾生平及其思想研究》，臺北：文津出版社，1993年。

容肇祖：《明李卓吾先生贄年譜》，臺北：臺灣商務印書館，1982年。

張京媛編：《後殖民理論與文化認同》，臺北：麥田出版，2007年。

許建平：《李贄思想演變史》，北京：人民出版社，2005年。

傅小凡：《李贄哲學思想研究》，福州：福建人民出版社，2007年。

黃仁宇：《萬曆十五年》，臺北：食貨出版社，1994年。

黃繼立：〈「病體」重讀「李卓吾」——「棄髮」與「癖潔」中的身體經驗〉，《文與哲》，17，高雄：2010，頁215-256。

雅克・德希達（Jacques Derrida）著，張寧譯：《書寫與差異》，臺北：麥田出版，2004年。

雅克・德希達，余碧平譯：《多重立場》，北京：生活・讀書・新知三聯書店，2004年。

勞思光：《新編中國哲學史》，臺北：三民書局，1980年。

楊玉成：〈啟蒙與暴力——李卓吾與文學評點〉，收入林玫儀等，《臺灣學術新視野：中國文學之部（二）》，臺北：五南圖書，2007年，頁902-986。

楊儒賓：《儒家身體觀》，臺北：中央研究院中國文哲研究所籌備處，2003年。

溝口雄三著，索介然、龔穎譯：《中國前近代思想的演變》，北京：中華書局，2005年。

龔鵬程：《晚明思潮》，臺北：里仁書局，1994年。

張岱與石的物我關係探索

龍亞珍

中央大學中國文學系講師

摘要

　　張岱言「人無癖不可與交，以其無深情也。」他有眾多癖好，且一往情深。[1] 而眾多一往情深的癖好中，「石」是其中極為特別且重要的一項。他以石為號，並用石、藏石、寫石，以石興寄，「石」對張岱而言，具有非比尋常的意義和象徵。本文是筆者探索人與玉石的物我關係系列論文之一，[2] 主要以張岱二夢和其詩文集為觀察文本，爬梳張岱與「石」之間，多面又多重糾結的「物我關係」內涵。以為張岱以「石公」為字號，有標幟文士品操的意義。其對所居園林各類園石的描寫，暗喻著張氏家風的變遷。其對明末江浙友朋園林的記敘品評，則每以石喻人，以園觀人。物我關係中，他視「石」為心友、知音，石是他坐對孤寂天宇時的靜默之侶。他夢想與營造的生壙—瑯嬛福地也為一石厂，是他一生最後埋骨與寄託的所在。而其人如石，與石同具「龍性難馴」的傲骨。

關鍵詞：張岱、張岱二夢、張岱詩文、石、石文化、園林

1　「一往情深」或「一往深情」是張岱與某些明代文人的習用語，此語反映的是在陽明心性之學流為空疏的時代，對真性情與深情的心性、人格追求，筆者將另為文討論。

2　筆者近年聚焦於「人與玉石」物我關係的探索研究，前此曾發表過的相關論文有：〈天地之寶──《山海經》中的玉石〉（「第五屆兩岸三地人文社會科學論壇」論文集（初稿本），2010年11月6日）、〈物我相契──詩經中的玉石描寫〉（「中國經典與文化國際學術研討會」， 2012年10月26日）、〈張岱與石-以《陶庵夢憶》為主的探索〉（「海上真真：2013紅樓夢暨明清文學文化國際研討會」，2013年10月20日）、〈張岱藏物與藏物詩文探析〉（「物我相契──明清文學學術研討會」，103年11月7日）、〈《陶庵夢憶》中的名物與其比興〉（「再現明清風華」國際學術研討會，2015年12月4日），亦嘗於101年-102年中央大學「邁向頂尖大學」計畫的「古典文學的『物』與『我』」研究計畫中，以〈屈辭中的玉石研究〉為題，探索屈辭中「人與玉石」的物我關係。本文為前此未出版的〈張岱與石-以《陶庵夢憶》為主的探索〉一文的後續修正與改寫，旨在探索張岱以石為號，及用石、藏石、寫石，以石興寄等物我關係面向的內涵。而為與前此一系列物我關係研究相續，故以「張岱與石的物我關係探索」為題。然此題涉及的面向較廣，論文所可發表的篇幅卻有限，因此擬據所探論之石的面向，將此主題，以一至三篇的篇幅論述，此為第一篇。

一　前言：張岱石公之號與文人石癖的關係

　　石之為物，和張岱（1597-1689？）之間的物我關係，最直接的關聯，便是張岱的字號：「石公」。張岱〈自為墓誌銘〉自言：「初字宗子，人稱石公，即字石公。」[3]似「石公」之號來自時人對張岱的稱呼。《粵雅堂叢書》本《陶庵夢憶》序則說：「間策杖入市，人有不識其姓氏者，老人輒自喜，遂更名曰蝶庵，又曰石公。其所著《石匱書》，埋之瑯嬛山中。」[4]序中未明說張岱以「石公」為字號的緣由，但推斷文義，該序似認為張岱不欲人識其名姓，故更名自號。[5]而與張岱時代相接，又為張岱欽仰和學習對象的袁宏道（1568-1610），[6]也自號自號「石公」、「石公山人」、「石頭道人」、「石頭居士」。張岱之喜號石公，首要緣由，可推知當有袁宏道的因素在內。而二人既皆好石，並以石為名號，其興寄之由，亦必有相似之處；故欲探求張岱以「石公」為號的原因，及其以石為名的心態、動機，其與石之間的名實交互關係，不妨借探究袁宏道以石公為號的原因來投石問路。

　　據袁宏道的夫子自道，他以「石公山人」為號，起因於登石公山。他在〈石公解嘲詩〉詩序中說：「石公不知何許人，嘗吏吳，登石公山而樂之，因自命曰石公山人。」[7]「石公山」即西洞庭山，此山景緻在袁氏眼中以怪石為勝，山上怪石也各有姿態：

> 西洞庭之山，高為縹緲，怪為石公，巉為大小龍，幽為林屋，此山之勝也。石公之石，丹梯翠屏；林屋之石，怒虎伏群；龍山之石，吞波吐浪；此石之勝也。[8]

3　見夏咸淳輯校：《張岱詩文集》增訂本（上海：上海古籍出版社，2014年），卷5，頁374。為省篇幅，下文引文出自《張岱詩文集》者，不另加註。出處頁碼，直接附於引文後。已見於前文之篇目，則不再加註出處頁碼。

4　馬興榮點校：《陶庵夢憶/西湖夢尋》（臺北市：漢京文化有限公司，1984年），卷4，頁39。本文參考之《陶庵夢憶》、《西湖夢尋》原典，除部分文字與篇目參校其他版本更正外，皆以此版本為主，下文出現的《陶庵夢憶》、《西湖夢尋》引文，無須說明者，不再加注出版項與說明。為省篇幅，再次引用原典時，除有必要註明外，其卷、頁皆直接附於正文引文之後，不再加注。

5　張岱以石公為字號的原因，蔣金德：〈張岱的祖籍及其字號考略〉以為是「因《石匱書》之作，於是人稱之為石公，他亦因之自承，故以為字」，見《文獻》，第1期（1998年），頁218。章芳〈張岱尚真寫實創作思想成因探討〉則以為是張岱欽慕亦字石公的袁宏道，《長江大學學報（社會科學版）》，卷29，第1期（2006年），頁42。

6　張岱詩初學徐渭，繼學袁宏道（見張岱〈瑯嬛詩集自序〉，《張岱詩文集·文集補遺》，頁474），對袁氏山水遊記尤為推崇，其〈跋寓山注二則〉其二便云：「古人記山水，太上酈道元，其次柳子厚，近時則袁中郎。」《張岱詩文集·文集》，卷5，頁386。

7　〔明〕袁宏道：《梨雲館類定袁中郎全集》二（哈佛燕京圖書館藏本，http://ctext.org/library.pl?if=gb&file=130152&page=89），卷1，頁20。

8　《袁中郎隨筆·西洞庭篇》，同前註，《梨雲館類定袁中郎全集》十六，卷14，頁13。

袁宏道以審美眼光描寫了石公山山石千姿百態的偉構和壯麗，其「登石公山而樂之」者，應是對大自然鬼斧神工傑作的嘆賞，觀石賦形，進而領悟亙古造化之奇與天地之心，豈不樂與同名，故石可謂其與天地精神交通往來的中介與渠道。

對石情有獨衷，袁宏道記遊之作便常以石為描寫對象，遇奇石更常發狂大叫：

> 湖上諸峰，當以飛來峰為第一。峰石逾數十丈，而蒼翠玉立。渴虎奔猊不足為其怒也；神呼鬼立，不足為其怪也；秋水暮煙，不足為其色也；顛書吳畫，不足為其變幻詰曲也。石上多異木，不假土壤，根生石外……每遇一石，無不發狂大叫。[9]

發狂大叫的舉動，十足展現了袁氏心靈深處對發現飛來峰石變幻莫測之奇的的喜悅；從「蒼翠玉立」的審美視覺出發，在「隨物以宛轉」，為石賦形中，心與之徘徊，似了悟石之怒、怪、變幻，而有心物相應、物我相契之感，故發狂大叫，且一往情深，好石成癖，並以之為號。以性靈派主腦袁宏道為學習對象的張岱，推測其同號石公的因素中，當亦含有類此的物我關係內涵。

但古人癖於石，其實由來已久。自古中原文化即以玉石器物為吉貴美善的象徵，玉石更是體現華人獨特思維意識、審美心理，和品德象徵的載體。[10]在此文化土壤的薰習之下，後代文士愛石成癖，以石為字號，更是士流樂於傳述的佳話，故袁氏的石癖實亦踵武前賢。如陶淵明（約365-427）便有坐臥於「醒石」之上賞菊、飲酒、賦詩的美談。[11]唐代文人所作的愛石詩文則甚多，例白居易（772-846）曾作〈太湖石記〉，謂太湖石之奇：「百仞一拳，千里一瞬，坐而得之。」柳宗元（773-819）的永州、柳州諸記，則以他被貶之地的永州、柳州山石，象徵他遭貶斥的各種不平心境。[12]《縐雲石記》即云：

> 子厚謫居永州，歎其地少人而多石。夫石，亦物也。子厚遭時放廢，有淪落之感，思得奇士而結納之，卒不可得，乃寓賞於石，石不由子厚顯耶?[13]

9　袁宏道：〈飛來峰小記〉，見《西湖夢尋・飛來峰》附錄，卷2，頁21-22。

10　拙著：〈物我相契——詩經中的玉石描寫〉對此已有所論述，「中國經典與文化國際學術研討會」論文，頁1-12，2012年10月26日。

11　關於古人對石的癖好，主要參閱：〔宋〕杜綰等著，王云、朱學博、廖蓮婷整理校點：《雲林石譜：外七種》（上海：上海書店，2015年7月）；張岱：《夜航船》（北京：中華書局，2012年）等書，為節約篇幅，不一一附註。

12　拙著：〈苦悶的象徵——永州八記〉曾對此有所探索，《中華學苑》第35期（1987年6月），頁171-192。

13　〔清〕・馬汶：〈縐雲石記〉，《雲林石譜＋縐雲石圖記》（知不足齋叢書，http://ctext.org/library.pl?if=gb&file=86901&page=104）第28集，《雲林石譜》卷下，附錄，頁1。

牛李黨爭中的核心人物—牛僧儒（779-848）、李德裕（787-850），兩人政治立場不同，卻無害兩人共同的好石之癖。李德裕每獲一奇石，更必鐫上「有道」二字。此外，唐代文人以愛奇石聞名者還有劉禹錫（772-842）、杜牧（803-852）等。五代嗜石最著者，為南唐後主李煜（937-978），他著名的靈璧研（硯）山硯石，是歷代文士、藏石家爭相收藏的珍寶。宋代士大夫好石、玩石成風，文人學士也多有石癖，而尤好硯石。最知名者，有蘇軾（1037-1101）、米芾（1051-1107）、蘇仲恭（生卒年不詳）、葉夢得（1077-1148）等人。受晚明文人推崇的蘇東坡喜好賞石、玩石，有「百金歸買小玲瓏」之句，並留有以糖塊易石的趣事。畫作則喜為枯木怪石，用以抒其胸中意氣。米芾更是愛硯、嗜石成癖，一生覓石、賞石、鑑石、藏石，曾得一座硯山，抱眠三日。尊石為兄、為丈，袍笏拜之，並自畫〈拜石圖〉，被稱為米癲，後人則尊他為「石聖」，是晚明文士津津樂道的欽敬對象。他的名居寶晉齋蓄石甚富，他提出的相石「四要」：瘦、漏、透、皺，明清以下雅士文人皆奉為賞石的審美原則，[14]至今不衰。他還有另一類藏石—硯石，並著有《硯史》，尤其他的寶晉齋舊藏有李後主的研山，他因之作〈研山銘〉，並提筆書之，硯、銘、書三璧，〈研山銘〉也成為米芾大字真跡書帖中重要的法書。米芾這兩類石癖，成為後代文人雅士追隨的雅癖和名士標記。[15] 蘇仲恭則是藏石名家，其弟曾以宅第與米芾換回李後主的研山。蘇仲恭所藏之石大多見載於賞石譜錄裡的名著 -《雲林石譜》。葉夢得（1077-1148），亦愛石成癖，晚年卜居湖州卞山石林谷，自號石林居士、石林山人，與米芾同樣抱石而眠，著有〈石林記〉，記載他眠石而病癒的故事。賞石專著也在宋代出現，如杜綰（生卒年不詳）《雲林石譜》、范成大（1126-1193），《太湖石志》、漁陽公《漁陽石譜》、宋末蜀僧祖秀的《宣和石譜》等，宋代也有數種硯譜著作。[16]

---

14 〔宋〕・漁陽公：《漁陽石譜》殘本載：「元章相石之法有四語焉：日秀，日瘦，日皺，日透」，《雲林石譜：外七種》，頁43。《說郛》本《漁陽石譜》（收入《欽定四庫全書》，子部十，雜家類，http://ctext.org/library.pl?if=gb&file=66703&page=198）則作「日秀，日瘦，日雅，日透」，卷96下，頁1。然明代諸書所錄，多作「秀、瘦、皺、透」，以為評石圭臬。例袁宏道〈天目（二）〉：「米南宮所謂秀、瘦、皺、透，大約其體石之變幻奇詭者也。」又其〈宿千像寺東鍾刺史〉詩：「詰曲欹嶇路，皺秀透瘦石。」自注：「『詰曲欹嶇』出李群玉，『皺秀透瘦』出米元章。」見其《瓶花齋集》，袁叔度書種堂本（http://ctext.org/library.pl?if=gb&file=39046&page=80），卷4，頁10。明末清初李漁（1611-1680）：《閒情偶記》（臺北市：長安出版社發行，1978年）則言：「言山石之美者，但在透、漏、瘦三字。」（卷9，居室部，山石第五），頁213。「秀」、「雅」的標準，又易為「漏」；清乾隆年間，鄭板橋因謂「米元章論石，日瘦，日縐，日漏，日透，可謂盡石之妙矣。」見雷瑨註釋：《詳註鄭板橋全集》（臺南市：臺南新世紀出版社發行，1970年），題畫，頁12。

15 米芾事迹見《米芾《研山銘》研究》（易蘇昊主編，北京市：長城出版社，2002年）附錄「歷代諸家評米芾」所錄：《宋史・米芾傳》（頁127）、《石林燕語》卷10（頁131）、《梁谿漫志》卷6（頁132）。

16 《雲林石譜》以下諸書多收入〔元〕陶宗儀輯，〔明〕陶珽重輯：《說郛》（欽定四庫全書，子部十，雜家類，（http://ctext.org/library.pl?if=gb&file=66703&page）卷96。《雲林石譜：外七種》亦收

元代嗜石名家有趙孟頫（1254-1322），曾藏有靈璧石「五老峰」、「靈璧香山」。愛石、畫石名家則有倪瓚（1301-1374）。倪瓚有潔癖，所居有雲林堂、清閟。雲林堂外設奇石，藏玉器書畫等。清閟前有梧石，《雲林遺事》載有他「閟前置梧石，日令人洗拭，及苔蘚盈庭，不留水迹，綠褥可坐。每遇墜葉，輒令童子以針綴杖頭刺出之，不使點壞。」[17]的風雅傳聞。他還寫有〈題米南宮拜石圖〉詩：「元章愛硯復愛石，探瑰抉奇久為癖。石兄足拜自寫圖，乃知顛名傳不虛。」明代承繼前人，收藏、研究各類奇石，愛石、藏石、論石之風更加勃興。藏石家最著者，則首推與米芾同宗，與董其昌齊名，有「南董北米」之譽的米萬鍾（1570-1628），其人心清澹薄，卻好石成癖。游宦四方，袖袍所攜，唯石而已，人稱「友石先生」。明亡後，抗清被俘殉國的黃道周（1585-1646年），為張岱的史學知己，[18]也有石齋之號。明人石譜、論石等著作量之多更逾越前代。而石之為物，不僅是遊觀把玩的對象，在歷代喜石好石文化的積澱下，石對文士而言，除了是一種具有身分認同性質的共同癖好，更是一種區分雅俗品味的標誌。李漁（1610-1680），甚至勸人立石，認為石與竹是令人去俗的良藥：

> 王子猷勸人種竹，予復勸人立石。有此君不可無此丈，同一不急之物，而好為是諄諄者，以人之一生，他病可有，俗不可有。得此二物，便可當醫。與施藥餌濟人，同一婆心之自發也。[19]

嗜古而少即博覽群書的張岱，既霑蓋浸淫於唐宋以下文人癖石的風氣，繼受明代袁宏道等人的影響，不論以石公為號緣於自命或人稱，由上述背景皆可知，對其而言，石公之稱所象徵的名實意涵，都是張岱心領而神受的；何況，從張岱著作觀察，石之於張岱，具有多重含意，不僅以之為號，以之為友，也是他標幟品操而一往情深的品項之一，他在詩文中所賦予石的比興、象徵意涵，及其與石的物我關係，亦較前賢更為多元複雜，值得吾人探討。

二 張氏園林之石與其家風的關係

張岱所居住的浙江山陰，為泉石之鄉，其〈絲社〉一文曰：「幸生盩嶭之鄉」，吳越一帶是他一生主要的生活空間，他在〈芙蓉石〉詩中也說：「吳山為石窟，是石必玲

此所述石譜、石志四種。《宣和石譜》涵芬樓《說郛》本題蜀僧祖秀撰，明末陶珽重輯百二十卷本《說郛》則題常懋撰，此據《雲林石譜：外七種》之考證（頁56），以祖秀撰為是。

17 見〔明〕顧元慶：《雲林遺事》高逸第一、潔癖第三，顧元慶《四十家小說》一（http://ctext.org/library.pl?if=gb&file=132232&page=49），頁1、3。

18 見張岱〈祭周戩伯文〉：「余好作史，則有黃石齋（筆者案：石齋，黃道周之號）李研齋（筆者案：研齋，李長祥之號）為史學知己。」《張岱詩文集‧文集》，卷6，頁444-445。

19 《閒情偶記‧居室部‧山石第五》，卷9，頁213。

瓏。」[20]張氏卜居山陰的第一代先人張遠猷，便葬在山陰雲門石人山。[21]因此，以住籍的地理特質來說，「石」對張氏而言，是家之所在，具有母體本源的意義。張岱對自幼及長所居住的宅邸、園林，每以文記敘之，以詩歌詠之，充滿深情，無限留戀。這些宅邸、園林，在張岱的記憶與記敘中，多栽有松、竹、梅、牡丹、秋海棠等花木，但相對於顯眼的花草喬木，園中素樸的石基、石臺、石階、石床、石几、石磴等，才是張岱筆下必然關注而出現的角色。它們是構成園林雅逸品味的關鍵基底，也是園林主人生活恆常流連的所在。而其他園林中的觀賞石：立石、臥石等，張岱更每以之其與具有文化象徵意義的老松、疏竹、古梅等人文植株相襯，令其相得益彰，形成具有興象意義的象外旨趣和寄託。

如《陶庵夢憶》卷一的「筠芝亭」，為張岱高祖父張天復（1513-1573）所造。[22]張天復為嘉靖丁未年（1547）進士，官雲南臬副任上，曾嚴詞拒絕雲南沐氏的賄賂。[23]張天復是越中園林的開創者，張岱認為張氏後來所營造的諸亭、樓、閣、齋等皆不及此亭：「吾家後此亭而亭者，不及筠芝亭。後此亭而樓者、閣者、齋者，亦不及。」此亭的特出之處，在於「亭之外更不增一椽一瓦，亭之內亦不設一檻一扉」，張岱認為「此其意有在也。」但亭前有石臺，臺下則有曲磴：

> 筠芝亭……亭前後，太僕公手植樹皆合抱，清樾輕嵐，滃滃翳翳，如在秋水。亭前石臺，躥取亭中之景物而先得之，升高眺遠，眼界光明。敬亭諸山，箕踞麓下；谿壑瀠迴，水出松葉之上。臺下右旋曲磴三折，老松僂背而立，頂垂一幹，倒下如小幢，小枝盤鬱，曲出輔之，旋蓋如曲柄葆羽。癸丑以前，不垣不臺，松意尤暢。（卷1，頁5）

亭前石臺不僅可先得觀亭中景物，而且「升高眺遠，眼界光明」。臺下曲磴則老松僂背而立，小枝盤鬱，蓋如葆羽，松石合一的形象，與張岱高祖太僕公張天復在張氏家族中的德望，所肇造的張氏家風宛然相符。而文中「癸丑以前，不垣不臺，松意尤暢」的「癸丑」（神宗萬曆41年，〔1613〕），或許就是張氏家風的生變的開始。

張氏園林中的「表勝庵」，是張岱祖父張汝霖（1561？-1625）興建的，用以迎奉一金和尚住茆，[24]該庵本身就是石屋。張汝霖也有石癖，他曾從瀟江江口神祠中得到被土

---

20 分見：《陶庵夢憶‧絲社》，卷3，頁20、《西胡夢尋‧芙蓉石》附錄，卷5，頁95。

21 參閱：蔣金德：〈張岱的祖籍及其字號考略〉所錄康熙二十二年《紹興府志》，頁214。

22 據〔明〕祁彪佳：《越中園亭記》，（影印〔清〕宣統三年〔1912〕《越中文獻輯存書》本，收入《續修四庫全書》第718冊），對筠芝亭的描述，亭主為張懋之，頁235。林邦鈞：《陶庵夢憶注評》（上海：上海古籍出版社，2014年）以為祁彪佳所稱「不知何故」（頁19-20）。筆者以為筠芝亭為張氏園林，張岱所記當較可信。

23 《張岱詩文集‧文集‧家傳》，卷4，頁329-330。

24 《陶庵夢憶》，卷1，頁15。

著用來割牲饗神的松木化石，不僅將其舁入官署，親自祓濯石上血漬，效米芾呼松花石為「石丈」，著《松花石紀》，更在石上摹寫銘文：「爾昔鬣而鼓兮，松也；爾今脫而骨兮，石也；爾形可使代兮，貞勿易也；爾視余笑兮，莫余逆也。」（卷7，頁67）頗有以石為知己之意。而張汝霖所築，以用水得宜，又「安頓之若無水」而著名的「砎園」（卷1，頁5），便以石旁的「砎」字為名。張岱雖未提及「砎園」命名之由，然《廣韻》云：「砎，硬也」、「砎，礚砎小石」，「礚砎、硬也」。[25]以「砎」字命園，蓋有意以石之質堅，寄寓園主對耿介品格嚮往之意。[26]類此承襲古來以名寓志的立意，也可從砎園中建物、景觀的命名，得其驗證。如：「小眉山」，眉山之名取自宋・蘇軾之故鄉－四川眉山，以示景慕、嚮往其人之意。他如「天問臺」之慕屈原；「東籬」之慕陶淵明；「鱸香亭」思效張季鷹；「梅花禪」，思效林逋。「貞六居」，則取《周易・文言》「貞固足以幹事。」及陰爻之數「六」命名，謂柔而能貞，蓋以君子之德，謙柔而能守貞幹事自惕自勵。[27]

視園林與園名為主人品操格調的寄託或符號，張岱與先人似有一致的認識。濫觴於張氏祖墓陽和嶺上的玉帶泉，《陶庵夢憶》稱之為陽和泉。該泉之清冽超過當地另一名泉－禊泉，當地土著懼怕日後泉名被張氏家族所奪而欲更名，張岱即堅定的說：

> 陽和嶺實為余家祖墓，誕生我文恭（珍案：張岱曾祖元忭謚號），遺風餘烈，與山水俱長。昔孤山泉出，東坡名之「六一」，今此泉名之「陽和」，至當不易；……銘曰：「有山如礪，有泉如砥。太史遺烈，落落磊磊。……。」（卷3頁24）

陽和嶺是張岱曾祖張元忭（1538 ?-1588）的出生地，「陽和」也是張元忭的號。張元忭是隆慶五年（1571）的狀元，為救父親張天復遭誣的受賄案奔走萬里，鬚鬢盡白。父子倆因修《紹興府志》、《會稽縣志》、《山陰志》，有「談遷父子」之譽。張岱稱曾祖「一生以忠孝為事」。[28]故此文不僅以切磋攻錯的礪石、清泉之砥石自勵，也以太史遺烈的磊落家風，自我肯定。

而張岱幼時跟隨父親讀書的「懸杪亭」，是張岱「兒時怡寄，常夢寐尋往」的園

---

25 〔宋〕陳彭年等重修：《校正宋本廣韻》（臺北縣板橋市：藝文印書館，1976年），頁385、489、490。

26 蔞如松：《陶庵夢憶注箋校》（北京市：群言出版社，2017年）以為砎園名「砎」，是因園中小石－「小眉山」。而將小石命名小眉山，其因有二：一示不忘本；因眉山屬四川，四川為張氏祖籍。一因張氏祖孫三人：天復、元忭、汝霖皆進士，堪與眉山蘇洵父子三人相埒。

27 「天問臺」，出自《楚辭》所錄屈原〈天問〉。「東籬」出陶淵明〈飲酒詩〉之五：「採菊東籬下，悠然見南山」。「鱸香亭」見《世說新語・識鑒》：「張季鷹（名：翰）辟齊王東曹掾，在洛見秋風起，因思吳中菰菜羹、鱸魚膾，……遂命駕便歸。俄而齊王敗，時人皆謂見機。」「梅花禪」蓋取〔宋〕林逋「梅妻鶴子」之典。「貞六居」，《周易・文言》謂君子所行四德：元、亨、利、貞；「貞者，事之幹也。……貞固足以幹事。」

28 張元忭事蹟見《張岱詩文集・文集・家傳》，卷4，頁330-334。

宅，此亭甚至就建築在由木石撐距的峭壁之下：「余六歲隨先君子讀書於懸杪亭，記在一峭壁之下，木石撐距，不藉尺土，飛閣虛堂，延駢如櫛。」(卷7，頁65) 張岱也住過的另一張氏園林「山艇子」，《陶庵夢憶》全篇盡力描述孤子壁立的山艇子石，及大樟樹、竹叢周折生長於山艇子石的情形：

> 龍山自巘花閣而西皆骨立，得其一節，亦盡名家。山艇子石，意尤孤子，壁立霞剝，義不受土。大樟徙其上，石不容也，然不恨石，屈而下，與石相親疏。石方廣三丈，右坳而凹，非竹則盡矣，何以淺深乎石。然竹怪甚，能孤行，實不藉石。竹節促而虯葉毿毿，如蝟毛、如松狗尾，離離蟲蟲，捎揆攢擠，若有所驚者。竹不可一世，不敢以竹二之。或曰：古今錯刀也。[29] 或曰：竹生石上，土膚淺，蝕其根，故輪囷盤鬱，如黃山上松。山艇子樟，始之石，中之竹，終之樓，意長樓不得竟其長，故艇之。然傷於貪，特特向石，石意反不之屬，使去丈而樓，壁出樟出，竹亦盡出。竹石間意，在以淡遠取之。(卷7，頁64)

文中，擬人化的山艇子石，色霞壁立，孤子不受土，是「山艇子」園林景觀的核心；園中大樟樹、竹叢據此石而生。以香氣為著的大樟樹不為石所容，卻不恨石，根榦且屈繞石下，與石親疏枕藉。但樟樹貪心，枝葉恣意游揚，故心雖向石，「石意反不之屬」。竹節短促而葉茂如刺蝟的竹子生於石，根系「輪囷盤鬱於石如黃山上松」，但竹不藉石，孤行不可一世，故反與石有淡遠相通之意。寫物如寫人，意趣橫生，賦物寓理。

　　這些讀書、藏書之所，是張岱悠然為悅的人生寄居之地，而「石」每每是其寓目的焦點。天然山石之外，張氏庭園中也多立有奇石。如張岱自築的「梅花書屋」，是張岱「坐臥其中」的愜意藏書處。因慕倪瓚（字元鎮，號雲林）的清閟閣，又稱「雲林秘閣」。書屋種植梅、竹、牡丹、西番蓮、秋海棠等植物，空地上則砌石臺，臺上插有太湖石數峰，此處是張岱與高流雅客的作詩論藝之所，非其人不得入：

> 陔萼樓後，老屋傾圮，余築基四尺，造書屋一大間。……前四壁稍高，對面砌石臺，插太湖石數峯。西溪梅骨古勁，滇茶數莖嫵媚，其傍梅根種西番蓮，纏繞如纓絡。窗外竹棚，密寶襄蓋之。階下翠草深三尺，秋海棠疏疏雜入。前後明窗，寶襄西府，漸作綠暗。余坐臥其中，非高流佳客，不得輒入。慕倪迂清閟，又以「雲林秘閣」名之。(卷2，頁16)

明代另一位以「梅花屋」住所知名的人是王冕（1287或1310-1359）。[30] 王冕善畫梅，與

---

29 婁如松：《陶庵夢憶注箋校》以為「今」或作「金」，頁281。

30 〔清〕張廷玉等著：《明史‧王冕傳》(《新校本明史并附編六種十》，臺北：鼎文書局)，文苑傳一，卷285，頁7311。陳衍：《元詩紀事》(http://zh.wikisource.org/wiki/%E5%85%83%E8%A9%A9%E7%B4%80%E4%BA%8B)，卷21。

米芾同樣字元章,自號煮石山農、梅花屋主,種梅千株。隱居於會稽九里山,結有茅廬三間,自題為梅花屋,是王冕嘯歌讀書之處,則張岱「梅書屋」所慕之人,不僅是有潔癖,「不能為王門畫師」[31]但卻愛石的畫石名家倪雲林,還包括「不會奔趨,不能諂佞,不會詭詐,不能幹祿仕」[32]與張岱情性相彷彿的畫梅名家王冕。則「梅花屋」一名,又豈只緣於是屋所植之西溪梅。

「不二齋」也是張氏藏書、讀書、講學的書齋,齋中同樣梧桐、梅、竹、建蘭、茉莉、山蘭、芍藥等花木滿園。齋中休憩之所設的是石牀竹几,階砌則以名石「崑山石」種上水仙,此處也是令張岱解衣盤礴,寒暑未嘗輕出的地方:

> 不二齋,高梧三丈,翠樾千重,牆西稍空,臘梅補之,……圖書四壁,充棟連牀,鼎彝尊罍,不移而具。余於左設石牀竹几,……以崑山石種水仙列堦趾。……余解衣盤礴,寒暑未嘗輕出,思之如在隔世。(卷2,頁16)

然而張岱祖父張汝霖之後,張氏子孫奢華成風,張岱在回憶追悔之作的《陶庵夢憶》中,似借「筠芝亭」之記,以暗喻先世所建立的自然素樸家風逐漸變調走味;張岱述其先人事蹟的〈家傳〉亦言:「張岱家發祥於高祖,而高祖之祥正以不盡發,為後人發,高祖之所未盡發者,未免褻越太甚。」[33]故《陶庵夢憶》的園林記述中,也似有意若無意的以對「石」的描述反映此中的變化。此由置於《陶庵夢憶》卷末所載兩篇張氏園林內容,便可窺知。

「爐花閣」(卷8,頁74)是張岱五雪叔(張五泄)所建,位在「筠芝亭」的松峽下,其地原本「石碔棱棱,與水相距」,「意政不盡也」,但經五雪叔不同於「筠芝亭」的「亭之外更不增一椽一瓦,亭之內亦不設一檻一扉」,反而「臺之、亭之、廊之、棧道之,照面樓之,側又堂之、閣之、梅花纏折旋之」,之後,爐花閣的整體外觀,「若石窟書硯」,「未免傷板、傷實、傷排擠,意反踢蹭」,張岱並為之作聯曰:「身在襄陽袖石裏,家來輞口扇圖中。」以「袖石」、「扇圖」諷其格局之小。又說:「隔水看山、看閣、看石麓、看松峽上松,廬山面目,反於山外得之。」對五雪叔點金成鐵,人工隔天然,大失先人遺風的作為,顯然非常不以為然。

「瑞草谿亭」(卷8,頁78)位在張氏族居的龍山支麓,是張岱二叔張聯芳(1575?-1643)獨子張萼(?-1646)營建的。張萼有土木之癖,性情暴躁而奢豪,人稱「窮極

---

31 〔明〕顧元慶:《雲林遺事》(《欽定四庫全書‧清閟閣全集》卷十一,外紀上,https://www.kanripo.org/text/KR4d0576/011#1a),高逸第一:「張士誠弟士信聞元鎮善畫,使人持絹縑,侑以幣,求其筆。元鎮怒曰:『予生不能為王門畫師。』即裂其絹而卻其幣。」頁2a。

32 陳衍編著:《元詩紀事》(浙江大學圖書館藏,http://ctext.org/library.pl?if=gb&file=47216&page),卷21,王冕,「梅花屋」條。

33 《張岱詩文集‧文集‧家傳》,卷4,頁331。夏咸淳先生輯校是書引張岱《文秕》作:「正以不盡發為厚,後之人發高祖之所未盡發者。」頁341。

秦始皇」。他得知龍山支麓下有奇石，即「鳩工數千指」，經十七次又拆又建的過程才蓋成豁亭。營建過程中，對樹、石的恣意改造，較五雪叔有過之而無不及。張岱〈瑞草豁亭〉文中，淋漓盡致地記述張萼整治奇石、栽松的經過：

> 瑞草豁亭為龍山支麓，高與屋等。燕客相其下有奇石，身執蓑笠，為匠石先發掘之。……乃就其上建屋。屋今日成，明日拆，後日又成，再後日又拆，凡十七變而豁亭始出。……無水，挑水貯之，中留一石如案，迴潴浮巒，頗亦有致。燕客以山石新開，意不蒼古，乃用馬糞塗之，使長苔蘚，苔蘚不得即出，又呼畫工以石青、石綠皴之。一日左右視，謂此石案，焉可無天目松數棵盤鬱其上，遂以重價購天目松五六棵，鑿石種之。石不受鍤，石崩裂，不石不樹，亦不復案，燕客怒，連夜鑿成硯山形，缺一角，又葺一礐石補之。燕客性卞急，種樹不得大，移大樹種之，移種而死，又尋大樹補之。種不死不已，死亦種不已，以故樹不得不死，然亦不得即死。……一畝之室，滄桑忽變。見其一室成，必多坐看之，至隔宿或即無有矣。故豁亭雖渺小，所費至巨萬焉。……豁亭住宅，一頭造，一頭改，一頭賣，翻山倒水無虛日。（卷8，頁78）

張萼整治松、石的拆鑿移種隨心，對屋宅的造改無度，恣意、霸氣、耗費的程度，令人歎為觀止，反映了明末士紳的奢靡風氣，而豁亭樹、石所遭到的摧殘、崩裂，似乎也呼應了明末張氏家族與明朝滄桑忽變的巨大變遷。

三　其他園林之石與園主人品的關係

《陶庵夢憶》所追憶的友朋園林，一如張岱所記載的自家園林，也多穿插著對石的描寫，蘊含著以石喻人，以園觀人的比興之意；寫石亦即寫人，石之風姿，猶如主人風格、風範。例如曾與岱之祖父張汝霖共組「讀史社」的黃寓庸（一名汝亨，字貞父，1558-1639），張岱曾隨其學習科舉時藝，稱他為「時藝知己」[34]。寓庸小蓬萊園林──「寓林」是他讀書的地方，寓庸去世後，張岱曾在其中讀書，《陶庵夢憶》特別記述寓林中的「奔雲石」：

> 南屏石無出「奔雲」右者。「奔雲」得其情，未得其理。石如滇茶一朵，風雨落之，半入泥土，花瓣棱棱三四層摺。人走其中，如蝶入花心，無鬚不綴也。黃寓庸先生讀書其中，四方弟子千餘人，門如市。余幼從大父訪先生，先生面鬔黑，多髭鬚，毛頰，河目海口，眉棱鼻樑，張口多笑。交際酬酢，八面應之。耳聆客

---

34 張岱〈祭周戩伯文〉：「余好舉業，則有黃貞父……為時藝知己。」《張岱詩文集‧文集》，卷6，頁444。

言，目覩來牘，手書回劄，口囑傒奴，雜遝於前，未嘗少錯。客至，無貴賤，便肉、便飯食之，夜即與同榻。余一書記往，頗穢惡，先生寢食之不異也，余深服之。……[35]

張岱對奔雲石外觀風情的繪寫，與對主人外貌丰采的追述，互為表裏。石之外觀「黝潤」，[36]主人則「面驚黑」。石之風情：「如滇茶一朵，風雨落之，半入泥土，花瓣棱棱三四層摺。人走其中，如蝶入花心，無鬚不綴也。」大有化做春泥更護花，無不受其霑溉之姿；主人則有「多髭鬚，毛頰，眉棱鼻樑，張口多笑。交際酬酢，八面應之。……客至，無貴賤，便肉、便飯食之，夜即與同榻。」也如春風化雨，有人無不受其照應的丰采。文末記述寓庸卒後張岱再至寓林的情形，同樣假石為人，以願坐臥於寓林的奔雲石下十年不出，表達他對老師深深的孺慕、眷戀：

> 丙寅至武林，亭榭傾圮，堂中窆先生遺蛻，不勝人琴之感。余見「奔雲」黝潤，色澤不減，謂客曰：「願假此一室，以石碾門，坐臥其下，可十年不出也。」（卷1，頁7）

又如位於惠山的「愚公谷」，是交遊遍天下，用錢如水的鄒迪光（號愚谷，1550-1626）故園。鄒迪光晚年奉佛，但工詩善畫，與文士清客詠觴其中，人求其詩畫無不應。其園林則一如其人之能文、工詩、善畫，布置有思緻文理，物象自然有序：

> 愚公谷在惠山右，屋半傾圮，惟存木石。……愚公文人，其園亭實有思緻文理者為之，碾石為垣，編柴為戶，堂不層不廡，樹不配不行。堂之南，高槐古樸，樹皆合抱，茂葉繁柯，陰森滿院。藕花一塘，隔岸數石，亂而臥。土牆生苔，如山腳到澗邊，不記在人間。園東逼牆一臺，外瞰寺，老柳臥牆角而不讓臺，臺遂不盡瞰，與他園花樹故故為亭臺，意特特為園者不同。（卷7，頁68）

雖然張岱至愚公谷時，愚公谷宅邸已傾圮，只存木石，但「土牆生苔，如山腳到澗邊」，恰如「桃李不言，下自成蹊」的自然形像，與主人「名士清客至則留，留則款，款則餞，餞則贐……天下人至今稱之不少衰」的人格風範，正相呼應。而以「文理」的謀篇佈局，比擬園林的佈置，也是張岱融各門藝術於一爐的獨特視角。石仍是張岱文中似有意若無意的興象符碼，從愚公谷「碾石為垣」，因之推想興築的堆磊過程；到「隔岸數石，亂而臥」，具守護意態的自然悠閒；到「惟存木石」所發出的滄桑感慨；石既

---

35 《陶庵夢憶》，卷1，頁7。《西湖夢尋‧小蓬萊》亦載奔雲石，內容大抵相同，部分文字稍作修改、增添。並附錄張岱〈小蓬萊奔雲詩〉，卷4，頁64-65。

36 「黝潤」，《西湖夢尋‧小蓬萊》改為：「色黝黑如英石，而苔蘚之古，如商彝周鼎入土千年，青綠徹骨也。」卷4，頁64。〈小蓬萊奔雲詩〉則云：「色同黑漆古」，卷4，頁65。

曾是愚公谷的一部分，也是物是人非後，經過時光之手洗刷，留與後人如張岱，驀然回首時的繁華見證者。

再如記述長相奇醜的書畫家范允臨（號長白，1558-1641）在蘇州太平山下的園林—〈范長白園〉（卷5，頁41）。張岱開篇就描寫該園之石：「范長白園在天平山下，萬石都焉。龍性難馴，石皆笏起。」然後寫出記憶中范園故做低小的隱匿之態：「園外有長堤，桃柳曲橋，蟠屈湖面，橋盡抵園。園門故作低小，進門則長廊複壁，直達山麓。其繪樓、幔閣、秘室、曲房，故故匿之，不使人見也。」再寫其園林佈置的仿古學問：

> 山之左為桃源，峭壁迴湍，桃花片片流出。右孤山，種梅千樹。渡澗為小蘭亭，茂林修竹，曲水流觴，件件有之。竹大如椽，明靜娟潔，打磨滑澤如扇骨，是則蘭亭所無也。地必古迹，名必古人，此是主人學問。（卷5，頁41）

然而對如此掉書袋有學問的園林，張岱以為：「但桃則谿之，梅則嶼之，竹則林之，儘可自名其家，不必寄人籬下也。」接著張岱言：「余至，主人出見。主人與大父同籍，以奇醜著。」「奇醜」一語雙關著園林與主人，意在言外。下文敘述主人固留客人看月，因《赤壁賦》有「少焉月出於東山之上」句，因以「少焉」為月之字，故主人邀曰：「寬坐，請看『少焉』。」張岱賞月後無他言，但當夜他「步月而出，至玄墓，[37]宿葆生叔書畫舫中。」留下一幅寂靜自然、悠然的畫面為結，餘韻無窮。對照開篇的「萬石都焉。龍性難馴，石皆笏起」的怒張，與故做低小的隱匿之態的刻意，請看「少焉」的矯揉做作，言外之意，亦不言自喻。

又如記述與袁宗道（1560-1600）同科的福建副使包應登（字涵所）的南北二園園林，[38]也用園林之石作為該篇畫龍點睛之筆。該篇張岱先寫包涵所始創的西湖三船之樓：「大小三號：頭號置歌筵，儲歌童；次載書畫；再次俟美人。……客至則歌童演劇，隊舞鼓吹，無不絕倫。」樓船所載，類別區分，似井然有序，下文始寫園林：

> 南園在雷峯塔下，北園在飛來峯下。兩地皆石藪，積牒礨砢，無非奇峭。但亦借作溪澗橋梁，不於山上疊山，大有文理。……北園作八卦房，園亭如規，分作八格，形如扇面。當其狹處，橫互一牀，帳前後開闔，下裏帳則牀向外，下外帳則牀向內。涵老據其中，牀上開明窗，焚香倚枕，則八牀面面皆出。（卷3，頁27。）

---

37 馬興榮點校本《陶庵夢憶》「玄墓」作「元墓」，林邦鈞：《陶庵夢憶注評》（上海市：上海古籍出版社，2014年。）作「玄墓」（頁127）。案「玄墓」為山名，位於今江蘇蘇州光福鎮西南。《光福志》、《鄧尉山聖恩寺志》（本志，卷一，頁5，浙江大學圖書館藏本，https://ctext.org/library.pl?if=gb&file=26867&page=47#%E9%83%81%E6%B3%B0%E7%8E%84）記載，東晉青州刺史郁泰玄，晚年隱居並葬於此山故名。

38 《陶庵夢憶・包涵所》，卷3，頁27。同文亦見《西湖夢尋・包衙莊》，文字幾全同，卷4，頁66。

文中「但亦借作溪澗橋梁，不於山上疊山，大有文理。」的園石，正是全篇點睛文眼。蓋若溪澗橋梁之石「不於山上疊山」是「大有文理」，則兩園「皆石藪，積牒礧砢」，「三船之樓」、「八卦房」如布陣列棋、疊床架屋的「繁華到底」、「窮奢極欲」，看似有文理，卻實不外疊床架屋的複製便可知矣。包氏有泉石之癖，其造園皆以精思巧構、金碧輝煌著稱，《西湖夢尋》也記其「青蓮山房」別墅的冠絕一時，陳繼儒（1558-1639）〈青蓮山房詩〉亦讚其「主人無俗態，築園見文心」。[39]但此種「繁華到底」，穠妝豔抹的精美，卻非張岱喜自然、淡遠、空靈的審美觀所欣賞的。文中又謂包涵所園林「窮奢極欲，老於西湖者二十年，金谷、郿塢，著一毫寒儉不得，……咄咄書空則窮措大耳。」將明末士大夫窮奢極欲，不知收斂如包氏者，與晉代鬥富金谷園的石崇，東漢末淫樂縱恣，以郿塢囤積糧穀三十年的董卓相比擬；又將銳意興師北伐，失敗被貶為庶人，書空「咄咄怪事」的殷浩稱為「窮措大」，[40]借古喻今，正言若反，反言若正，諷刺、悔痛之意，深隱於言外。

類此山上疊山，礧石唯恐不高的園林，也見於富人于五位於瓜州的「于園」。全篇皆以于園之石為描述核心：

> 園中無他奇，奇在礧石。前堂石坡高二丈，上植果子松數棵，緣坡植牡丹、芍藥，人不得上，以實奇。後廳臨大池，池中奇峯絕壑，陡上陡下，人走池底，仰視蓮花，反在天上，以空奇。臥房檻外一壑，旋下如螺螄纏，以幽陰深邃奇。
> （卷5，頁42）

具三奇：「實奇」、「空奇」、「幽陰深邃奇」的于園，張岱給予看似嘆賞的評價：「瓜州諸園亭，俱以假山顯，胎於石，娠於礧石之手，男女於琢磨搜剔之主人，至于園可無憾矣。」但自然之石經礧石工匠之手的「娠」孕，經主人「琢磨搜剔」的用心構形湊合，雖可因主人費盡心機的利用之而無憾，但胎於石的「假山」，自然龍性已失，則張岱標奇之賞，豈真「無憾」？此由張岱詩：「奇情在瓦礫，何必藉人工」[41]的詩句當可推知。同篇附記的儀真「汪園」，用石也同樣闊綽不惜：

> 萃石費至四五萬，其所最如意者為飛來一峯，陰翳泥濘，供人唾罵。余見其棄地下一白石，高一丈、闊二丈而癡，癡妙；一黑石，闊八尺、高丈五而瘦，瘦妙。得此二石足矣，省下二三萬收其子母，以世守此二石何如？（〈于園〉，卷5，頁42）

---

39 見《西湖夢尋・青蓮山房》本文及附錄，卷2，頁30。
40 董卓之郿塢，參閱：〔南朝宋〕范曄：《後漢書・董卓傳》（臺北市：洪氏出版社），卷72，頁2329-2340。殷浩之書空咄咄，參閱：余嘉錫：《世說新語箋疏・黜免第二十八》（臺北市：華正書局有限公司，1991年），頁865。
41 《西湖夢尋》附錄：張岱〈西湖十景詩〉其八，卷1，頁4。

這段文字恰似于園的注腳，所謂正言若反，主人最如意者，反「供人唾罵」；主人所棄者，反而癡妙、瘦妙。在張岱具審美意識的輕淡文字風格下，也再度印證觀石如見人的物我相喻關係。

四　張岱以石為知音的物我關係

山石與園林中的插石、奇石，相對於人世的滄桑，是永恆的象徵。尤其在明清鼎革之際，與圖易幟，繁華倏去，親朋物故，興亡一瞬，所感尤深。老松林石的默然兀存，與人世園林易主，庭院荒蕪的變色、變調相較，猶如白頭宮女閒坐說玄宗，為知己的觀者默述往事，自幼靈雋心敏，一往情深的張岱，豈能不感慨係之，揪心悲痛？但他以如石的淡然，率以平淡之筆，輕點即止，無限興慨寄於言外。如位於寧波「日月湖」中的「雪浪石」：

> ……月湖一泓汪洋，明瑟可愛，直抵南城。城下密密植桃柳，四圍湖岸，亦間植名花果木以縈帶之。湖中櫛比皆士夫園亭，臺榭傾圮，而松石蒼老。石上凌霄藤有斗大者，率百年以上物也。四明縉紳，田宅及其子，園亭及其身，平泉木石，多暮楚朝秦，故園亭亦聊且為之，如傳舍衙署焉。屠赤水娑羅館亦僅存娑羅而已。所稱「雪浪」等石，在某氏園久矣。清明日，二湖遊船甚盛，但橋小船不能大。城牆下址稍廣，桃柳爛漫，遊人席地坐，亦飲亦歌，聲存西湖一曲。（《日月湖》，卷1，頁4）

篇中用數個木石與縉紳大夫兩相對照的段落，積醞出明末縉紳凋零，繁華落盡，暮景淒涼，人事皆非的失落感。如以「湖中櫛比皆士夫園亭，臺榭傾圮」的衰敗，對照「松石蒼老……率百年以上物也」的堅勁；以「四明縉紳，田宅及其子，園亭及其身……如傳舍衙署焉」的遷易無定，對照「平泉（珍案：唐・李德裕（787-850）「平泉莊」）木石，多暮楚朝秦」仍可流轉的無常；以佛學精深的「屠赤水（珍案：屠隆，1543-1605）娑羅館亦僅存娑羅（珍案：梵語，柳安木）而已」的人去樹在，對照「『雪浪』等石，在某氏園久矣」的人故石存。物是人非，自然無限悵惘，但張岱只留下不帶情緒波濤的「桃柳爛漫，遊人席地坐，亦飲亦歌，聲存西湖一曲」，一切如常，若無所改易的悠然畫面，舉重若輕，如風雨後的一聲輕嘆。

癖於石固然被時人視為離俗近雅的良方，但癖石而進於道，物我相契，且一往情深，生死以之，始堪稱知音。張岱對石處處留心、嘆賞，癡情之深，堪稱石之知音。若他所作明史《石匱書》可與宋人鄭思肖（1241-1318）的《心史》相比擬，[42] 則石於張

---

[42] 〔清〕邵廷采（1648-1710）《思復堂文集》所作張岱傳，謂張岱：「沉淫於有明一代紀傳，名曰《石匱書》，以擬鄭思肖之鐵函心史也。」（《張岱詩文集・附錄・傳記》，頁492。）張岱詩文中多

岱而言堪稱為他的「心友」。他的〈小蓬萊奔雲詩〉即云:「此石是寒山,吾語爾能
諾。」[43]便直接將奔雲石當作可與交談悟心的知己。若奔雲石是寒山,則與寒山相諾的
張岱,當是寒山的知己拾得。推估張岱以石為寒山的物我關係,蓋源於張岱心中,石乃
山之骨,渾樸天然不造作,直契天心;比之為人,大約與造語同樣自然渾樸,「不煩鄭
氏箋,豈用毛公解」(寒山詩),而詩旨卻每直契天心的寒山、拾得相似。拾得詩云:
「別無親眷屬,寒山是我兄。兩人心相似,誰能徇俗情。」[44]張岱〈小蓬萊奔雲詩〉稱
「此石是寒山,吾語爾能諾」,大約也認為其與奔雲石的關係,猶如兩心相契的寒山與
拾得,心聲相通,得默契於天地之間。

　　張岱作為石之知己,常冀諸石皆能得其所哉,自由舒展自性。[45]在他心中,石具人
性,故常引用生公說法,頑石點頭的掌故。[46]因此見奇石受屈,張岱便為之憾恨不已。
如較「奔雲石」更為苗壯的「芙蓉石」,原為張氏寄園之物,但後來被新安典當鋪富賈
吳氏購去,置於吳氏書屋中,惜主人愛石卻不識石性,以書屋樓榭逼阨之,令其不得舒
展,張岱便為之嘆恨不已:

> 芙蓉石,今為新安吳氏書屋。山多怪石危巒,綴以松柏,大皆合抱。階前一石,
> 狀若芙蓉,為風雨所墜,半入泥沙。較之寓林奔雲,尤為苗壯。但恨主人深愛此
> 石,置之懷抱,半步不離,樓榭逼之,反多阨塞。若得礎柱相讓,脫離丈許,松
> 石閒意,以淡遠取之,則妙不可言矣。……而今至吳園,見此怪石奇峰,古松茂
> 柏,在懷之璧,得而復失,真一回相見,一回懊悔也。(《西湖夢尋·芙蓉石》,卷5,頁
> 95)

次談到鄭所南的《心史》。例:《張岱詩文集》中的〈毅儒弟作《石匱書》歌答之〉:「曾見心史意周
密,藏之瑱井錮以錫。」(卷3,頁47。)《快園十章》其八:「何以娛之,佛書心史」(卷1,頁
4。)〈讀鄭所南心史〉:「余與三外老(珍案:鄭思肖字所南,號三外野老),抱痛同在腹。余今著
明書,手到不為縮。」(《張岱詩文集》補編,詩,頁329)、〈謝周戩伯校讎石匱書二首〉其一:「九
九藏心史,三三秘禹疇」(卷4,頁91。)等。詩文中常將所作《石匱書》與《心史》相比擬,筆者
將另為文論述。

43 《西湖夢尋·小蓬萊》附錄:〈小蓬萊奔雲詩〉,卷4,頁65。

44 寒山詩見《寒山子詩集·有人笑我詩》(《嘉興大藏經》,第20冊,No. B103,臺北版電子佛典集
　　成:http://taipei.ddbc.edu.tw/sutra/JB103_001.php,J20nB103_p0664c11)。拾得詩見《寒山子詩集·
　　從來是拾得》(同前,J20nB103_p0668b16)附《拾得詩》。

45 張岱對「物性自遂」的自由十分堅持,且他觸物有情,總能感同身受萬物被幽閉的痛苦。因此見
　　雞、鳧、魚、豚等動物被鎖禁,便為之請命,令其得脫樊籠。如西湖「放生池」,魚被佛舍重樓所
　　禁,他說:「魚若能言,其苦萬狀。以理揆之,孰若縱壑開樊,聽其游泳,則物性自遂,深恨俗僧
　　難與解釋耳。」《西湖夢尋·放生池》,卷3,頁55。

46 「生公(珍案:東晉·竺道生,355-434)說法,頑石點頭」的故事,是張岱常引用的典故。例:
　　〈表勝庵啟〉「一片石政堪對語,聽生公說到點頭。」《陶庵夢憶·表勝庵》,卷2,頁15。〈呼猿洞
　　聯〉:「生公說法,雨墮天花,莫論飛去飛來,頑皮石也會點頭。」《西湖夢尋·呼猿洞》,卷2,頁
　　31。

其所作〈芙蓉石〉詩亦云：「主人過珍惜，周護以牆墉。恨無舒展地，支鶴閉韜籠。僅堪留几席，聊為怪石供。」[47]

《陶庵夢憶》所記憶的園石偉構中，花石綱遺石是極為特出的。「花石綱」是宋徽宗（1082-1135）聽信道士劉混康風水之說，欲在汴京修建「艮嶽」，以利王室香火延續而有的採辦運輸船隊。由善於堆石造園的朱勔（1075-1126）主持，搜求天下奇花異石。張岱所記〈花石綱遺石〉，便是因各種意外因素被留下來而未北送的宋代遺石。〈花石綱遺石〉開篇，張岱先言：「越中無佳石」，而後記錄兩處花石綱的遺石。一處是董文簡（珍案：明・董玘，1487-1546）齋中一石：

> 磊塊正骨，窊窔數孔，疏爽明易，不作靈譎波詭，朱勔花石綱所遺，陸放翁家物也。文簡豎之庭除，石後種剔牙松一株，辟咡負劍，與石意相得。文簡軒其北，名「獨石軒」，石之軒獨之無異也。石簣先生（珍案：明・陶望齡，1562 -1609）讀書其中，勒銘志之。（卷2，頁14。）

一處是徐清之家中的「石祖」，高一丈五，為太湖石。朱勔移舟載運時，石盤沉入太湖底，因此留下。後世汆水取石，輾轉為徐家所有：

> 以三百金豎之。石連底高二丈許，變幻百出，無可名狀，大約如吳無奇（珍案：明・吳士奇，無奇為士奇之字，生卒年不詳）遊黃山，見一怪石輒瞑目叫曰：「豈有此理！豈有此理！」[48]

此二石都是數百年前的花石綱太湖石遺物。太湖石產於平江府洞庭水中，經長年風水衝刷，具有獨特的紋理、孔竅和聲音，最符合米芾「皺、瘦、漏、透」的奇石審美觀。對江蘇吳石的玲瓏剔透，張岱〈芙蓉石〉詩已有「吳山為石窟，是石必玲瓏。」的讚嘆。但花石綱太湖石的「皺、瘦、漏、透」是時間與自然聯手雕塑的結果，「皺、瘦、漏、透」的玲瓏剔透，不是以百年為長壽的人類所能企及的境界，故米芾輩呼石為石丈。而此二石歷宋經元至明，又添數百年風霜，故張岱見此二石「變幻百出，無可名狀」，竟興起「越中無佳石」之嘆，並引吳無奇「豈有此理！豈有此理！」的不服嘖叫為結，對該二石的歡賞之情，溢於言表。

園林、書齋朝夕相伴的奇石、雅石，在張岱筆下正如他跋祁彪佳《寓山注》所言：「意隨景到，筆借目傳，如數家物，如寫家書，如殷殷詔語家之兒女僮婢」。[49]而遊蹤

---

47 〈芙蓉石〉詩文皆見《西湖夢尋・芙蓉石》，卷5，頁95。

48 《陶庵夢憶・花石綱遺石》，卷2，頁14。珍案：徐清之家花石綱遺石，俗名「小謝姑」，後徐清之更名「瑞雲峰」。今存蘇州市第十中學，為該校鎮校之寶。

49 此為張岱為祁彪佳編《寓山注》所作之跋語，《張岱詩文集・文集・跋寓山注二則》其一，卷5，頁385。

所至，賞山玩水，飽覽江山勝概時，靜默無言之石，也總寓其目中而留下身影。因此，行旅所止，觸目所及之山石、奇石、怪石、名石、石碑、石室等，必效《石譜》之作，竭力載錄之。以《西湖夢尋》為例，下文表格皆《西湖夢尋》[50]所載之石，除去已復見於《陶庵夢憶》的〈小蓬萊〉奔雲石、〈包衙莊〉石藪，及上文〈芙蓉石〉外，其遊蹤所錄之「石友」，仍然可觀。

篇名	石名	原文	卷一頁
〈哇哇宕〉	哇哇石	在棋盤山上。昭慶寺後，有石池深不可測，峭壁橫空，方圓可三四畝，空谷相傳，聲喚聲應，如小兒啼焉。	1-8
	棋盤石	上有棋盤石，聳立山頂。	1-8
〈瑪瑙寺〉	瑪瑙	瑪瑙坡在保俶塔西，碎石文瑩，質若瑪瑙，土人采之，以鐫圖篆，晉時遂建瑪瑙寶勝院。	1-11
〈紫雲洞〉	怪石	其地怪石蒼翠，劈空開裂，山頂層層，如廈屋天構。……雙石相倚為門……洞旁一壑幽深，昔人鑿石，聞金鼓聲而止，遂名金鼓洞。	1-17、18
〈飛來峰〉	奇石	飛來峰，稜層剔透，嵌空玲瓏，是米顛袖中一塊奇石。使有石癖者見之，必具袍笏下拜，不敢以稱謂簡褻，只以石丈呼之也。	2-21
〈靈隱寺〉	拜石	殿中有拜石，長丈餘，有花卉鱗甲之文，工巧如畫。	2-24
〈三生石〉	三生石	三生石在天築寺後。東坡《圓澤傳》曰……聞葛洪川畔有牧童扣角而歌之曰：「三生石上舊精魂，賞月吟風不要論。慚愧情人遠相訪，此身雖異性長存。」	2-31
〈片石居〉	石函橋	其上為石函橋，唐刺史李鄴侯所建，有水閘泄湖水以入古蕩。沿東西馬塍、羊角埂，至歸錦橋，凡四派焉。白樂天記云：「北有石函南有筧，決湖水一寸，可溉田五十餘頃。」閘下皆石骨磷磷，出水甚急。	3-37
〈關王廟〉	石壁	有僧刻法華於石壁，會元微之以守越州，道出杭，而杭守白樂天未作記。	3-44

---

50 《西湖夢尋》體例仿劉侗《帝京景物略》，內容則間有採錄田汝成《西湖遊覽志》之處，關於《西湖夢尋》與上二書關係的考證，參閱：顧勤：〈張岱《西湖夢尋》的文化解讀〉，《大理學院學報》，卷10，第7期（2011年），頁53。張則桐：〈《西湖夢尋》的體例淵源和創作旨趣〉，《文史知識》第2期（2012年），頁31、36。

篇名	石名	原文	卷一頁
〈六一泉〉	石屋	六一泉在孤山之南……宋元祐六年，東坡先生與惠勤上人同哭歐陽公處也。勤上人講堂初構，掘地得泉，東坡為作泉銘。以兩人皆列歐公門下，此泉方出，適哭公訃，名以六一，猶見公也。其徒作石屋覆泉，且刻銘其上。	3-48
〈葛嶺〉	石匣 石瓶	葛嶺者，葛仙翁稚川修仙地也。……宣德間大旱，馬氏甃井得石匣一，石瓶四。匣固不可啟。瓶中有丸藥若芡實者，啖之，絕無氣味，乃棄之。施漁翁獨啖一枚，後年百有六歲。浚井後，水遂淤惡不可食，以石匣投之，清洌如故。	3-50
〈南高峰〉	怪石	西接巖竇，怪石翔舞，洞穴邃密。	4-67
	山椒巨石	山椒巨石，屹如峨冠，名先照壇，相傳道者鎮魔處。	4-67
〈煙霞石屋〉	石屋 無名石	寺左為煙霞石屋……見石如飛來峰，初經洗出，潔不去膚，雋不傷骨，一洗楊髠鑿佛之慘。峭壁奇峰，忽露生面，為之大快。	4-67
〈法相寺〉	水盆活石	此法相名著一時。寺後有錫杖泉，水盆活石。僧廚香潔，齋供精良。	4-70
〈一片雲〉	神運石	神運石在龍井寺中，高六尺許，奇怪突兀，特立簷下。有木香一架，穿繞窈竇，蟠若龍蛇。	4-75
	一片雲石 石洞 石棋枰	風篁嶺上有一片雲石，高可丈許，青潤玲瓏，巧若鏤刻，松磴盤屈，草莽間有石洞，堆砌工緻巉巖。石後又片雲亭，為司禮孫公所構，設石棋枰於前，上鐫「興來臨水敲殘月，談罷吟風倚片雲」之句，遊人倚徙，不忍遽去。	4-76
〈西谿〉	石人嶺	粟山……山下有石人嶺，峭拔凝立，形如人狀，雙髻鬖然。	5-78
〈勝果寺〉	羅剎石	其地松徑盤紆，潤淙潺潺，羅剎石在其前，鳳凰山列其後，江景之勝無過此。	5-84
〈五雲山〉	石磴 石城	有七十二灣，石磴千級。山中有伏虎亭，梯以石城，以便往來。	5-85
〈六和塔〉	石刻觀音大士像	中有湯思退等彙寫《佛說二十四章》，李伯時石刻觀音大士像	5-88
〈鎮海樓〉	規石	規石為門，上架危樓。樓基壘石，高四丈四尺，東	5-89

篇名	石名	原文	卷—頁
	壘石 石級	西五十六步，南北半之。左右石級登樓，樓連基高十有一丈。	
〈紫陽庵〉	秀石	其山秀石玲瓏，巖竇窈窱。	5-99

愛石如知己的張岱，對於天地間造型奇譎，或龐然偉岸，或剔透玲瓏，鬼斧神功般不可思議、豈有此理的奇石，不只憐愛，更多敬重。如上表中的「飛來鋒」，張岱云：「使有石癖者見之，必具袍笏下拜，不敢以稱謂簡褻，只以石丈呼之也。」其心境與米芾拜石稱「石丈」，其祖張汝霖呼松花石為「石丈」一脈相通。皆從觀石、賞石、讀石中，領悟「石語」，直會「天心」，感觸到造化之神奇，感受到大美不言之境，油然而生敬畏。

張岱視石如人，寫石猶作傳；他記紹興城中五山遭棄的《越山五佚記》，五山而稱「五佚」，命篇之名便與人稱無別。[51]他記石如傳的原因，除緣於史癖好為傳的性格，視石若人外，或許也如他所作《古今義烈傳》，欲將義烈事迹永留世間一樣；也有用遺後世愛石人之意。這些「石傳」、「石譜」、「石文」、「石銘」等詩文，多散見於他《張岱文集》、《夜航船》等著作中。[52]以具百科全書或類書性質，可作為談資或為文之用的《夜航船》為例，該書卷二「泉石」一節，專記石之詞條即有：熱石、夜合石、熱石、松化石、望夫石、醒酒石、赤心石、一指石、魚石、金雞石、仁義石、畫山石、山雞石等。[53]不以石名篇的詞條中，也有不少關於石的記載，如「石鏡山」之圓石、「宛委山」之「石匱」、「爛柯山」之石室，「江郎山」之人化石等。[54]其內容或說明石名的由來，例「夜合石」：「新昌東北洞山寺水口，有二石，高丈餘，土人言：二石夜間常合為一。」或搜羅某石饒富趣味的地方傳說故事，如：

> 松化石：「松樹至五百年，一夜風雷化為石質，其樹皮松節，毫忽不爽。唐道士馬自然指延真觀松當化為石，一夕果化。」
> 望夫石：武昌山有石，狀如人。俗傳貞婦之夫從役遠征，婦攜子送至此，立望其夫而死，屍化為石。
> 醒酒石：唐李文饒（珍案：李德裕字文饒）于平泉莊，聚天下珍木怪石，有醒酒石，尤所鍾愛。其屬子孫曰：「以平泉莊一木一石與人者，非吾子孫也。」後其孫延古守祖訓，與張全義爭此石，卒為所殺。

---

51 關於《越山五佚記》之「石」的物我關係，筆者擬於另篇張岱與石的物我關係論文中討論。
52 張岱其他藏石、寫石、以石興寄、或與石有關著作中的物我關係，筆者亦擬於另篇張岱與石的物我關係論文中討論。
53 《夜航船》，卷2，地理部，泉石，頁50-51。
54 《夜航船》，卷2，地理部，山川，頁45-46。

這些石、松、人之間共感，甚至互化的奇聞，常底趣盎然，為爭醒酒石竟遭殺害的歷史故事與地方傳說，想必靈雋穎悟如張岱，亦心有戚戚焉。尤其是李德裕平泉莊的醒酒石，因李氏子孫恪守不得與人的祖訓，而遭爭石者殺害的故事，常為張岱引用。例《越山五佚記・吼山》文中，記述了張岱外祖陶蘭庵（珍案：陶允嘉，1556-1622）的書屋之後，張岱云：「昔李文饒〈平泉草木記〉……平泉勝地，亦遂鞠為茂草。……故古人住宅多舍為佛剎……人苟愛惜平泉，亦當贈以此法。」（《張岱詩文集》，頁259）對愛石者因固執所愛而遭殺身之禍的遭遇，提出物我之間該如何取捨的智慧。另，記其晚年居住二十餘年的快園之〈快園記〉，張岱亦云：「平泉木石，亦止可僅存其意也已矣。」（《張岱詩文集》，頁267）尤其經過國破家亡的人生閱歷，「從前景物，十去八九」，張岱記平泉莊醒酒石故事的警醒之意是很深沉的。

　　張岱既視石為心友、為知音，賞玩美景時，石便常成為張岱「癡對」佳境的無言同伴：

> 山頂怪石巉屼，灌木蒼鬱，有顛僧住之。……日晴，上攝山頂觀霞，非復霞理，余坐石上癡對。（《陶庵夢憶・栖霞》，卷3，頁28）
>
> 爐峯絕頂，複岫迴巒，斗聳相亂，千丈巖陬牙橫梧，兩石不相接者丈許，俯身下視，足震懾不得前。……丁卯四月，余讀書天瓦庵，午後同二三友人登絕頂看落照。……四人踞坐金簡石上。（《陶庵夢憶・爐峯月》，卷5，頁43-44。）

山、石、霞、落照、人，在天地間互融，靜對無語，無聲勝有聲。

五　張岱〈瑯嬛福地〉藏身之石的物我關係

　　對石一往情深，遇到奇石，張岱更常情不自已的願與其廝守、同隱。例張岱業師黃寓庸仙逝後，他見奔雲石黝潤，色澤不減，便對客曰：「願假此一室，以石礌門，坐臥其下，可十年不出也。」至燕子磯，見觀音閣傍僧院「有峭壁千尋，砣礰如鐵；大楓數株，翳以他樹，森森冷綠」；他也說「小樓癡對，便可十年面壁。」對觀音閣、僧院的背對石壁，他還說：「今僧寮佛閣，故故背之，其心何忍？」（《陶庵夢憶・燕子磯》，卷2，頁12。）奉祖父命寫爐峰石屋的「表勝庵啟」他也說：「一片石政堪對語，聽生公說到點頭。敬藉山靈，願同石隱」（《陶庵夢憶・表勝庵》，卷2，頁15。）見「于園」一胖一瘦如黑白無常的「瘦妙」、「癡妙」黑白二石，他則願「世守此二石」。（《陶庵夢憶・表勝庵》，卷2，頁15。）因此，號崎嶁山人，與徐渭（1521-1593）相善，住在杭州靈隱寺韜光庵下的李岕，造有山房數楹，張岱曾與陳洪綬（1598-1652）等友朋住在其中七個月，對李岕「笑詠竟日」，「園蔬山蔌，淡薄淒清」，「以山石自礌生壙，死即埋之。」的超拔，張岱

自言：「但恨名利之心未淨，未免唐突山靈，至今猶有愧色。」[55]然效法李芨，礔石以為生壙的念頭，可能深植已久。《陶庵夢憶》最後一篇〈瑯嬛福地〉[56]，內容即載其因夢而造生壙的經過。

瑯嬛福地之名，源於原題元・伊士珍所作的《瑯嬛記》。《瑯嬛記》卷上第一篇載晉・張華（232-300）遊洞宮，遇一人引其至陳書滿架之室，而得睹「歷代史」、「萬國誌」、道門秘笈、《三墳》、《九丘》、《檮杌》、《春秋》等古籍的故事，該處即名「瑯嬛福地」[57]。但張華甫出，門忽自閉，「但見雜草藤蘿繞石而生」，華「撫石徘徊久之，望石下拜而去」。張岱對此故事應當深為著迷，除以「瑯嬛福地」為生壙，也仿擬《瑯嬛記》所記「瑯嬛福地」，將之改寫為〈瑯嬛福地記〉，[58]二文內容相同，但文字略有更動。而最顯著的改動之處，都寄寓著張岱心中嚮往的事物或價值。下表比較《瑯嬛記》與〈瑯嬛福地記〉二文相似段落，以□框出的文字，為其改動或原文所無之處：

《瑯嬛記》	〈瑯嬛福地記〉
遊於洞宮	遊於洞山
遇一人於途	有老人枕書石上臥，茂仙坐與論說，視其所枕書皆蚵蚪文，莫能辨。
因共至一處，大石中忽然有門	把茂先臂走石壁下，忽有門入
引入一室中，陳書滿架	至一精舍，藏書萬卷
惟一室屋宇頗高，封識甚嚴，有二犬守之	後至一密室，局鑰甚固，有二黑犬守之，上有署篆，曰：瑯嬛福地。
指二犬曰：「此龍也。」	指二犬曰：「此癡龍也，守此二千年矣。」
華心樂之	茂先爽然自失。老人乃出酒果餉之。鮮潔非人世所有。
欲賃住數十日	茂先為停信宿而出，謂老人曰：異日裹糧再訪，縱觀群書，
其人笑曰：「君癡矣。此豈可賃地耶？」	老人笑不答

---

55 張岱記峋嶁山房的作品，有《陶庵夢憶・峋嶁山房》（卷2，頁18）、《西湖夢尋・峋嶁山房》，（卷2，頁29），該篇並附《陶庵夢憶・峋嶁山房》一文，稱〈峋嶁山房小記〉，又附徐渭〈李峋嶁山人詩〉、王思任〈峋嶁僧舍詩〉，足見張岱對其之景仰。

56 張岱以瑯嬛福地為名之作有兩篇，一為《陶庵夢憶・瑯嬛福地》（卷8，頁75）。一為《張岱詩文集・文集・瑯嬛福地記》（卷2，頁235-236），兩篇內容不同。

57 〔元〕伊士珍：《瑯嬛記》，收入《津逮秘書》第120冊，博古齋，1922，http://ctext.org/library.pl?if=gb&file=102687&page=1577-1579。

58 《張岱詩文集・文集・瑯嬛福地記》，卷2，頁235-236。

《瑯嬛記》	〈瑯嬛福地記〉
華甫出，門忽然自閉	甫出，門石忽然自閉。
華回視之，但見雜草藤蘿，繞石而生，石上苔蘚亦合，初無縫隙。撫石徘徊久之，望石下拜而去。	茂先回視之，但見雜草藤蘿，繞石而生，石上苔蘚亦合，初無縫隙。茂先癡獃佇視，望石再拜而去。

由表中框出的修改文字可以看出，張岱〈瑯嬛福地記〉特別突出了「瑯嬛福地」與「石」的關係。包括「瑯嬛福地」的環境：洞山、石壁、門石，還包括內部空間：有老人枕書石上臥。可知他心目中的仙境，是一個全被石所包覆的所在。另一凸出之處是藏書數量，將「陳書滿架」，改為有「藏書萬卷」。因對藏書的珍惜，將原文陳書的「室中」，改為「貯於精舍」。而如此改寫，可能是張岱以張氏三代藏書三萬卷為背景的心理投射，[59] 並寄託著他對圖書的珍視，與沉浸書海的夢想。再者是守門之犬，將原文「此龍也」，改為「此癡龍也，守此二千年矣。」若此藏有各類亙古奇書的「瑯嬛福地」為張氏藏書齋邸的投射，則「癡龍」大約是他一往情深的癡情，聯類及之的物我合一化身；因張家三世藏書三萬餘卷，傳至張岱，明亡之際，竟一日皆盡，嗜書如癡的張岱其痛可知；故亟得一千年忠守的癡龍，護守瑯嬛洞府的珍貴藏書，這大概是張岱內心渴望的追夢之想吧？

　　《陶庵夢憶》記張岱生壙的〈瑯嬛福地〉一文，開篇先載張岱常做的夢。夢中所至之處是一石厂，「松石奇古，雜以名花，……積書滿架，開卷讀之，多蝌蚪、鳥迹、霹靂篆文」。對照他改寫的〈瑯嬛福地記〉，可知「瑯嬛福地」可謂他一生的夢想家園，[60] 於是他尋到與夢境仿佛的郊外小山，修造為生壙，匾曰「瑯嬛福地」，將其夢想的園林，在現世人生中營造出來，成為精神上永恆的寄託之地。[61]文中記下他營造此夢想園林的佈置：

> 郊外有一小山，石骨棱礪，上多筠篁，幓伏園內。余欲造廠，堂東西向，前後軒之，後礙一石坪，植黃山松數棵，奇石峽之。堂前樹娑羅二，資其清樾。左附虛

---

59 張岱自言其家三代藏書不下三萬卷，見《陶庵夢憶・三世藏書》，卷8，頁18-19。

60 黃玲：〈「桃源異境」、「瑯嬛福地」的聯姻與變異──從空間結構理論淺析張岱《瑯嬛福地》的文化構想〉一文，以現代空間理論，比較張岱《陶庵夢憶・瑯嬛福地》與〈桃花源記〉、伊士珍《瑯嬛記》，認為張岱〈琅嬛福地〉打破了傳統異境符號的封閉性，是「桃源異境」與「瑯嬛福地」異境空間的聯姻與變異。其變異主要體現在張岱文本中的園林書寫，表達了生活在都市文化空間中的明末文人，追求物性自遂的個性體現和戲遊於世的心態，也是其精神重建的現世樂土。其對異境建構與精神樂土關係的論述，頗值參考，見《大眾文藝》第13期（2012年），頁113-114。

61 張岱晚年所居的「快園」，原為御史大夫韓氏別業，張岱幼年常隨祖父至其地，便有「如入瑯嬛福地」、「別有天地非人間也」的描述。可見他對「瑯嬛福地」的嚮往早已深植，而他建構的「瑯嬛福地」，或者便以快園為藍本。參閱：《張岱詩文集・文集・快園記》，卷2，頁266-267。

室，坐對山麓，磁磁齒齒，劃裂如試劍，扁曰「一邱」。右踞廠閣三間，前臨大沼，秋水明瑟，深柳讀書，扁曰「一壑」。緣山以北，精舍小房，紬屈蜿蜒，有古木，有層崖，有小澗，有幽篁，節節有緻。山盡有佳穴，造生壙，俟陶庵蛻焉，碑曰「有明陶庵張長公之壙」……樓下門之，扁曰「瑯嬛福地」。緣河北走，有石橋極古樸，上有灌木，可坐、可風、可月。（卷8，頁79。）

這處園林與生壙，一如李茇的生壙，都是以山巖礫石為居所，只是規模較大。若根據張岱借園石喻人的思維，則文中「石骨棱礪，上多筠篁」，「後礫一石坪，植黃山松數棵，奇石峽之」等的佈置中，石骨、筠篁、黃山松、奇石等，亦可視為他物我相喻的具象修辭，是他所追求的文士品操象徵符號與形象語碼。而對於石，張岱至此可謂生死以之，終生未改。即令已歸丘壑，亦不忘閒坐石橋，迎風、賞月。

六　結語：龍性難馴──石我相契關係下的共性

張岱以「石公」為字號，生於泉石之鄉，視「石」為知音，他所記述的明代園林之石，和他一起見證了家風的變調，士大夫的豪奢，明朝的興亡；他將埋骨的所在－「瑯嬛福地」的石厂，一丘一壑，藏書盈室，則是他一生最後的寄託；考察張岱如此認同於石，真情如癡的緣由，除前述前輩文人的影響與歷代石文化的型塑外，另一個潛藏於張岱認知與內心深處的原因，是他與石皆具有龍性難馴的特性。

宋‧孔傳為杜綰《雲林石譜》作序云：「天地至精之氣，結而為石，負土而出，狀為奇怪。」[62]將石視為天地至精之氣聚結所生，而張岱將此藏於物之形軀的天地至精之氣，另以具象的「龍」或「龍性」稱呼之。

探察張岱習用語彙，「龍」有兩種含義。一者為皇明王朝、王室的象徵。如《陶庵夢憶‧鍾山》記述明朝王陵選址之事，有「鍾山上有雲氣，浮浮冉冉，紅紫間之，人言王氣，龍蛻藏焉。」（卷1，頁1）此「龍」是歷代帝王相沿的慣用符碼。一者為萬物受之於天地，渾藏於形迹下，凜然不可侵犯，內隱的超自然氣質或靈氣，此即上文所說的「龍」、或「龍性」。例：《張岱文集‧岱志》云：「大小龍口……走其下者，陰闉冷腥，時有龍氣。」（卷2，頁240）這是山川之龍。張氏所藏的「木猶龍」或「木寓龍」，[63]磨刻於其尺木上的銘文，有「夜壑風雷，騫槎化石；海立山崩，煙雲滅沒；謂有龍焉，呼之或出」之語（《陶庵夢憶‧木猶龍》，卷1，頁8）。這是藏於木石之「龍」。《張子詩集‧延津劍》

62　《雲林石譜：外七種》，頁35。

63　「木猶龍」或「木寓龍」本是明朝開國功臣開平王常遇春開平府第的松木化石，為張岱之父張耀芳購入，張岱請當時名公賜名，周默農名「木猶龍」，倪鴻寶（倪元璐號）名「木寓龍」，見《陶庵夢憶‧木猶龍》，卷1，頁7-8。張岱另有〈木寓龍〉詩，見《張岱詩集‧七言古詩》，卷3，《張岱詩文集》，頁57。〈木猶龍二首〉（缺一）見《張岱詩文集‧詩集‧五言律詩》，卷4，頁90。

謂：「（水怪無支祈）余水深潭見睡龍，頷下腥臊吐涎沫。……吾思龍性不易馴，鱗爪一動波濤驚。有時目開如閃電，黃河倒注昆侖崩。是劍是龍無二物，出匣仍是干將形。」（卷3，頁73）這是藏於深潭的劍「龍」。《一卷冰雪文序》云：「冰雪之在人，如魚之于水，龍之于石，日夜沐浴其中，特魚與龍不之覺耳。」（卷1，頁185）這是藏於石之「龍」。而石「龍」之氣性，尤為張岱所強調。《陶庵夢憶・仲叔古董》一文中，張岱二叔張葆生（名聯芳）偶得一璞石，募玉工仿祖父舅家朱氏的收藏，作成龍尾觥和合卺杯。二叔殤天後，遺歸堂弟燕客，燕客揮霍，致使二叔一生所蓄竟「一日失之」，張岱便云：「或是龍藏收去。」（《陶庵夢憶・木猶龍》，卷6，頁57）又如《張子詩集・瑞草蹊亭》詠堂弟燕客見奇石而修築「瑞草蹊亭」，但個性急躁，致奇石被折騰鑿裂之事，其詩云：「記昔巖上土，彷彿與簪齊。……刳龍取尺木，敲骨碎玻璃。」便逕以「刳龍取尺木」比喻奇石遭毀裂的事。（卷2，頁20）故龍與石，都是張岱修辭中具有象徵意涵的辭彙。

石既有「龍」，石遭摧殘，卻依然難改的天然質性，張岱便稱之為「龍性難馴」。《陶庵夢憶》中，天平山下范長白園林費心碟石，張岱即云：「萬石都焉。龍性難馴，石皆笏起。」而另一「龍性難馴」的是張岱自己。明亡後寄居快園二十四年的張岱，詩集中有〈快園十章〉十首詩，吟詠當日的生活，其二云：「園亭非昔，尚有山川。山川何有？蒼蒼淵淵。烟雲滅沒，躑跰蜿蜒。呼之或出，謂有龍焉。」（《張岱詩文集》，卷1，頁2）與張岱交誼深厚，為其詩學知己的王雨謙[64]評云：「臥龍卻自寫照。中有陶庵老人。」（卷1，頁2）以為該詩為張岱自詠，詩中所詠之龍，即陶庵老人張岱。而該組詩第四首云：「有松斯髡，有梅斯刖。昔則薈蒼，今則苜蓿。龍性難馴，鸞翮易鑠。傲骨尚存，忍霜耐雪。」（卷1，頁2）詠讚的對象是松梅，謂其雖遭髡刖，而猶苜蓿，忍霜耐雪，傲骨尚存，然如王雨謙所評，此詩亦是張岱的夫子自道。詩中如范氏園林「石皆笏起」的「龍性難馴」，也正是張岱如心堅如石，一往情深，一生守護，難以動搖的傲骨。由此可推敲張岱〈瑯嬛福地記〉中忠守瑯嬛福地二千年的黑犬，張岱所以稱其為「癡龍」者，蓋即因其也具有一往情深「龍性難馴」的癡性。故「龍性難馴」是張岱以石為知音，賞石、讀石，從感悟中融物入己，物我相契的共性。

---

64 張岱〈祭周戩伯文〉：「余好詩詞，則有王予庵、王白嶽、張毅儒為詩學知己。」《張岱詩文集》，頁444。王雨謙號白嶽山人。

徵引文獻

伊士珍：《瑯嬛記》，《津逮秘書》第120冊，博古齋，1922，http://ctext.org/library.pl?if=
　　　　gb&file=102687&page=1577-1579。

《光福志》、《鄧尉山聖恩寺志》，浙江大學圖書館藏本，https://ctext.org/library.pl?if=
　　　　gb&file=26867&page=47#%E9%83%81%E6%B3%B0%E7%8E%84）

祁彪佳：《越中園亭記》，影印〔清〕宣統三年〔1912〕《越中文獻輯存書》本，收入
　　　　《續修四庫全書》第718冊。

李　漁：《閒情偶記》，臺北市：長安出版社發行，1978年。

杜綰等著：王云、朱學博、廖蓮婷整理校點，《雲林石譜：外七種》，上海：上海書店，
　　　　2015年7月。

余嘉錫：《世說新語箋疏》，臺北市：華正書局有限公司，1991年。

林邦鈞：《陶庵夢憶注評》，上海市：上海世紀出版股份有限公司、上海古籍出版社，
　　　　2014年。

易蘇昊：《米芾《研山銘》研究》，北京市：長城出版社，2002年。

范曄：《後漢書》，臺北市：洪氏出版社。

馬　汶：〈縐雲石記〉，《雲林石譜＋縐雲石圖記》，收入知不足齋叢書，http://ctext.org/
　　　　library.pl?if=gb&file=86901&page=104，第28集。

袁宏道：《梨雲館類定袁中郎全集》二，哈佛燕京圖書館藏本，http://ctext.org/library.pl?
　　　　if=gb&file=130152&page=89。

_____：《瓶花齋集》，袁叔度書種堂本，http://ctext.org/library.pl?if=gb&file=39046&
　　　　page=80。

章　芳：〈張岱尚真寫實創作思想成因探討〉，《長江大學學報（社會科學版）》，卷29，
　　　　第1期，2006年，頁40-62。

婁如松：《陶庵夢憶注箋校》，北京市：群言出版社，2017年。

張　岱：馬興榮點校，《陶庵夢憶／西湖夢尋》，臺北市：漢京文化有限公司，1984年，
　　　　四部刊要本。

_____：李小龍整理：《夜航船》，北京市：中華書局，2012年。

_____：夏咸淳輯校：《張岱詩文集》增訂本，上海：上海古籍出版社，2014年。

張廷玉等著：《明史》（《新校本明史并附編六種十》），臺北：鼎文書局。

張則桐：〈《西湖夢尋》的體例淵源和創作旨趣〉，《文史知識》第2期，2012年，頁30-
　　　　37。

陳彭年等重修：《校正宋本廣韻》，臺北縣板橋市：藝文印書館，1976年。

陳　衍：《元詩紀事》，http://zh.wikisource.org/wiki/%E5%85%83%E8%A9%A9%E7%B4%80%E4%BA%8B

陶宗儀輯：陶珽重輯《說郛》，收入《欽定四庫全書》，子部十，雜家類，http://ctext.org/library.pl?if=gb&file=66703&page）卷96。

黃　玲：〈「桃源異境」、「瑯嬛福地」的聯姻與變異——從空間結構理論淺析張岱《瑯嬛福地》的文化構想〉，《大眾文藝》第13期，2012年，頁113-114。

寒　山：《寒山子詩集》，《嘉興大藏經》，第20冊，No. B103，臺北版電子佛典集成：http://taipei. ddbc.edu.tw/sutra/JB103_001.php，J20nB103_p0664c11）。

漁陽公：《漁陽石譜》，《說郛》本，收入《欽定四庫全書》，子部十，雜家類，http://ctext.org/library.pl?if=gb&file=66703&page=198。

蔣金德：〈張岱的祖籍及其字號考略〉，《文獻》第4期，1998年6月，頁212-216。

鄭板橋：雷瑨註釋：《詳註鄭板橋全集》，臺南市：臺南新世紀出版社發行，1970年。

龍亞珍：〈苦悶的象徵：永州八記〉，《中華學苑》第35期，1987年6月，頁171-192。

＿＿＿＿：〈物我相契——詩經中的玉石描寫〉，「中國經典與文化國際學術研討會」論文，頁1-12，2012年10月26日。

顧元慶：《雲林遺事》，收入顧元慶《四十家小說》一，http://ctext.org/library.pl?if=gb&file=132232&page=49）。

顧　勤：〈張岱《西湖夢尋》的文化解讀〉，《大理學院學報》，卷10，第7期，2011年，頁53-55。

《南詞定律》所選《牡丹亭》例曲探析

黃思超

中央大學中國文學系助理研究員

摘要

　　本文著眼《南詞定律》和《牡丹亭》的關係，從兩個角度探討其關聯：一、不合律的曲詞，在當時為了入樂演唱，有哪些通變處理，這些處理，又如何對日後格律譜產生影響；二、從晚明至清初，格律譜的觀念有何變化，這樣的變化如何反映在曲譜對《牡丹亭》曲牌的收錄？本文從這兩個角度，論述《牡丹亭》與《南詞定律》的關係，得到兩個結論：一、從《牡丹亭》的角度來看，大量曲牌被收入《南詞定律》，其原因正在於《牡丹亭》的盛行，由此產生的傳唱需求，使得歷代曲家、藝人透過點板、定正襯、改調就詞等方式，處理《牡丹亭》不合律的作法，在清初逐漸邁向成熟定型；二、從《南詞定律》角度來看，《定律》試圖接受《牡丹亭》的不合律，並在譜中透過各種方法，使之成為曲牌新律的可能，正是《定律》相較前譜的觀點突破。

　　本文認為，傳奇文本之於格律譜，不僅是被動的「選錄」與「訂正」，在《牡丹亭》這個例子中，更可以看到一個即為盛行的文本，甚至可以影響格律譜的收曲，以及訂定曲律標準的移轉，這是在曲譜研究的過程中，值得注意的現象。

關鍵詞：《牡丹亭》、《南詞定律》、格律譜、格律、改調就詞

一 前言

　　曲譜以「建立曲律規範」為目的，這與「拗折天下人嗓子」的《牡丹亭》如何產生關聯？這樣的關聯反映了什麼現象？問題的產生，來自於曲譜收錄例曲態度的思考。從明嘉靖蔣孝《舊編南九宮譜》至清康熙呂士雄等編纂的《南詞定律》，曲譜例曲的選擇，逐漸分出了「時調新曲」與「宋元舊曲」兩種傾向，二者雖非「至嚴不相犯」，但收曲有別，「律」的看法和判定也有不同。《牡丹亭》在當時屬「時調新曲」，自然未見於收錄「宋元舊曲」的曲譜（如《九宮正始》）；而收錄時調新曲的曲譜，在選錄與不選錄之間，如何回應《牡丹亭》不合律的問題？吳江一派[1]沈自晉《南詞新譜》，收錄七支《牡丹亭》曲牌為例曲，但所選七曲，都被指出了問題[2]。再如《寒山曲譜》多收時人新作[3]，譜中所收《牡丹亭》僅一曲，即正宮犯調【花郎畫眉】「怕的是粉冷香消」，並註云：「舊名【朝天懶】，查正。[4]」不合律的曲牌，特別是集曲，曲譜自可不錄[5]，如《南詞新譜》與《寒山曲譜》的例子，可以看出曲譜收錄《牡丹亭》的謹慎：收曲數量少，並直指格律謬誤；然而，這同時也透露出《牡丹亭》傳唱之盛，對曲譜收曲不免產生影響。如此看來，「曲譜」與《牡丹亭》畢竟存在「律」的矛盾，如何因應與訂正，則視曲譜編纂者的曲律觀念而有不同，成書於康熙末年的《南詞定律》，正反映了這樣的訊息。

1　由於吳江沈氏家族為曲學世家，在當時深具影響力。周巩平從〈重定南詞新譜參閱姓氏〉中，錄出參與《南詞新譜》編纂的九十五人名單，並建構出以沈氏家族為首的一系列江南曲家陣容，認為「該家族的沈璟、沈自晉先後兩代被世人視為曲壇盟主，……這個家族的曲家群體為江南審音定律、編纂曲譜等曲學活動的核心群體與中堅。」見周巩平：《江南曲學世家研究》，上海文化出版社，2013年，頁15-頁28。）又關於「吳江曲譜」，周維培，〈沈璟曲譜及其裔派製作〉，《文學遺產》1994年第4期（北京：中國社會科學出版社，1994年11月），頁86-94，詳盡梳理與沈氏曲譜相關、或受沈氏曲譜影響的作品。沈璟《增定南九宮曲譜》成書略早於《牡丹亭》，故未見收錄《牡丹亭》之曲牌為例曲。

2　分別是：南呂過曲【朝天懶】（頁467，新入，注云：「試字拗，改平乃協。」）、黃鐘引子【翫仙燈】又一體（頁525，新入，注云：「比前曲（案：正格）少第三句。」）、越調過曲【番山虎】二支（頁584-585，新入，其後收【蠻山憶】一曲，例曲出自《同夢記》，注云：「前《牡丹亭》二曲從臨川原本，此一曲從松陵串本，備錄之，見湯沈異同。寒字借韻。」）、商調過曲【黃鶯玉肚兒】（頁690，新入）、雙調過曲【孝白歌】（頁752，新入，注云：「官裡二句似【朝元令】，末句又不似，俟再考。」）、仙呂入雙調過曲【桂月鎖南枝】（頁755，新入）。【黃鶯玉肚兒】與【桂月鎖南枝】，分別是原作第二十齣〈鬧殤〉的【玉鶯兒】，與第十三齣〈訣謁〉的【桂花鎖南枝】，標名與原作有別。以上出自《南詞新譜》（臺北：學生書局，1984．08）。

3　周維培：《曲譜研究》論《寒山曲譜》云：「其一表現在輯曲上模仿《南詞新譜》，把近代人的時作新裁收入譜中。」（江蘇古籍出版社，1999年9月，頁163-164）

4　〔清〕張彝宣，《寒山曲譜》（收入《續修四庫全書》第1750冊，上海古籍出版社，2002年），頁561。

5　如《南詞新譜》凡例便云：「若夫勉強湊插，聲情乖互，即或牌名巧合，勿取濫收。」（收入《善本戲曲叢刊》，學生書局，1984．08，頁35。）

格律譜與《牡丹亭》，劉淑麗統計了《南詞新譜》等各譜收曲數量[6]，提供了觀察二者關係的基礎。進一步說明者，如林佳儀認為《南詞定律》、《九宮大成》對湯顯祖作品的收錄，是「考察湯作曲牌格律及後代接受的一個切入點。[7]」所論良是。針對這個問題，從《南詞定律》之體例及其曲學意義出發，林佳儀亦有詳盡考論，認為《南詞定律》所開創之體例，著眼於實用功能，並能關注音樂與文詞的通變，是「曲譜轉型的分水嶺」[8]。本文以曲律觀念的變遷為基礎，建立兩個參照，將可從《南詞定律》對《牡丹亭》的接受，凸顯《牡丹亭》入譜與曲律觀念轉變的關係，而這正是本文的核心問題。

參照之一，是《南詞定律》所引《牡丹亭》曲牌的數量和比例。《南詞定律》引用《牡丹亭》為例曲者，計68曲。這部曲譜所收曲牌與又一體共2099曲[9]，光從這個數字，未必能看出《牡丹亭》在《南詞定律》的份量，但綜觀全譜例曲來源，《南詞定律》所錄《牡丹亭》的比例相當可觀。本文統計，《南詞定律》所錄例曲來源，扣除僅標示「散曲」、未錄作者或作品名的255曲外，明確標示例曲來源之南戲、傳奇作品共有342種[10]，這342種作品之中，僅有一曲被收為例曲的作品，共有156種，收錄二至十曲的作品，有153種，因此，收錄十曲以下的作品，已達309種。另有三十三種作品，各有超過十曲被《南詞定律》收為例曲，這當中，數量最多的是《琵琶記》，收入145曲，其次是《拜月亭》，收106曲，第三則是收68曲的《牡丹亭》。《荊釵記》65曲位居第四，第五則為《殺狗記》的52曲，至於《白兔記》則是居於第六的43曲，尚低於《臥冰記》的45曲，而僅比《長生殿》的40曲略多三曲。

可以發現，收錄40曲以上的作品中，《琵琶記》、《拜月亭》、《荊釵記》、《殺狗記》、《白兔記》都是流傳已久的南戲作品，明萬曆以來曲譜例曲，錄自這些作品者頗多，而《牡丹亭》以一新作，在《南詞定律》躍居第三，可以看出《南詞定律》編輯理念與曲律變遷，是本文試圖細究的問題。

參照之二，則是與前譜相較，《南詞定律》以《牡丹亭》曲牌替換為新的例曲，包括以《牡丹亭》曲牌替換「正格」與「又一體」（或新增「又一體」），以及前譜未收的新增曲牌（特別是未見於前譜、《南詞定律》所收《牡丹亭》「改調就詞」的曲牌）。建立這二個參照，除了有助於理解《南詞定律》對《牡丹亭》格律的看法，並可藉以探討《牡丹亭》傳唱過程中文律如何平衡的作法。

---

6 劉淑麗：《《牡丹亭》接受史研究》（濟南：齊魯書社，2013‧10），頁61-67。

7 林佳儀：〈晚明南曲曲牌「又一體」研究〉，《曲譜編訂與牌套變遷》，頁179。

8 林佳儀：〈《南詞定律》之體例及其在清初曲譜之開創〉，《曲譜編訂與牌套變遷》，頁47。

9 此為筆者逐一檢閱記錄所得。周維培《曲譜研究》統計《南詞定律》正變體凡2090曲，與本文統計有別。

10 本文將《南詞定律》各曲牌建檔後，逐一根據例曲來源之作品名稱計算。計算方式：同一作品名稱者計為一種，作家名與散曲集，因考證困難與統計方便，同一名稱者計為一種。

二　晚明《牡丹亭》傳唱的蛛絲馬跡——戲曲選本所反映的《牡丹亭》俗唱與曲譜收錄的關係

　　為探討《牡丹亭》如何被選入《南詞定律》，以及由此反映的傳唱變遷，本文首先著眼於晚明演唱《牡丹亭》如何解決曲律問題，以及這些解決方法與日後曲譜收錄《牡丹亭》的關聯。

　　趙天為〈古代戲曲選本中的《牡丹亭》改編〉注意到明清選本不僅是「選錄」，並對折子作了改動，使之更為適合舞台表演[11]。曲唱亦然。在實際演唱時，「曲詞」與「曲牌」，往往有靈活變通的空間，如《玄雪譜》凡例便云：

> 板以節音，原在有定無定之間，最妙於偷腔促字而仍合於拍，善歌紅雪，自能與時偕變而入於妙，予何敢執舊譜而為之贅疣也。

　　視舊譜為「贅疣」，明目張膽的「偷腔促字」，可見曲譜與實際演唱之間的落差，若再參照《增定南九宮曲譜》、《南詞新譜》、《九宮正始》屢糾正時人硬套不合的曲詞與腔板[12]，便可知在歌者口中，字格不合於牌名所指示的腔板，以「偷腔促字」來「變通」是很普遍的作法。

　　《牡丹亭》問世之初，雖因屢被認為不合律而被「改詞就調」，然保留湯顯祖原詞，透過必要的變通手法，因應演唱的需求，也已見於晚明的戲曲選本。即便最早記載《牡丹亭》工尺的文獻已是清康熙的《南詞定律》[13]，仍可從選本中牌名、點板等符號，發現有關於曲樂的訊息，並藉此一窺《牡丹亭》問世初期如何被演唱。只是，戲曲選本體例不一，這些變動甚是細微，且選本並非為了「定律」而編，相較於曲譜，判讀頗為不易，以下分別從選本中發現「點板與定正襯」、「改定牌名」兩個手法論述。

11　趙天為：〈古代戲曲選本中的《牡丹亭》改編〉，《戲曲藝術》，頁49-54，2006·02。

12　此類「錯誤」在曲譜中訂正甚多，見黃思超：〈明清之際曲牌俗唱初探——《南詞新譜》、《九宮正始》的另一研究視角〉，發表於2015年《再現明清風華》國際學術研討會，中央大學明清研究中心主辦，2015年12月4日、5日。預計出版專書。

13　《牡丹亭》初問世，唱法頗多歧異，如石韞玉云：「湯臨川作《牡丹亭》傳奇，名擅一時，當其脫稿時，翌日而歌兒持板，又翌日而旗亭已樹赤幟矣。然而年來舞榭歌臺，工同曲異，而卒無人引其商而刻其羽，致使燕筑趙瑟，妙處不傳，亦詞人之恨事也。」吳新雷：〈《牡丹亭》崑曲工尺譜全印本探究〉，《戲劇研究》創刊號（臺北：中央研究院中國文折研究所，2008·01），頁109-130。文中提到：「從現存的文獻資料搜索，明代崑班演唱《牡丹亭》的唱譜沒有留存下來，現今所知存世的工尺譜印本最早的是康熙五十九年（1720）刊行的《南詞定律》十三卷，此書的性質屬於文詞格律譜，但在曲文左側附綴了工尺符號，點板而不點眼。」所論的確。本文進一步認為，在《南詞定律》之前，仍可透過點板、牌名等相關訊息，得知當時的演唱如何因應《牡丹亭》的不合律問題。

（一）點板與定正襯

接近《牡丹亭》成書年代的選本《珊珊集》[14]，收錄了第二齣〈言懷〉，此折二曲，分別是【真珠簾】與【九迴腸】。【真珠簾】一曲，《南詞新譜》認為原作不合律，因此收了沈璟《串本牡丹亭》「河東柳氏簪纓裔」，不錄《牡丹亭》原文。此曲為引子，散板唱，每句末下截板，共九板，沈璟改本亦為九處截板，從下板處僅能得知每句句式差異，較難觀察細節處理。

次曲【九迴腸】亦不甚合律，綜觀晚明至清乾隆間各本，處理頗見差異[15]。【九迴腸】是犯【解三酲】、【三學士】、【急三槍】的集曲，《牡丹亭》此曲的爭議之處，主要在於第三段【集三槍】，茲將各本正襯判定與點板羅列如下（此曲押齊微韻。襯字以標楷小字標示，雙圈為曲文實際韻字，句字則各本判定有別，暫不於下標註）：

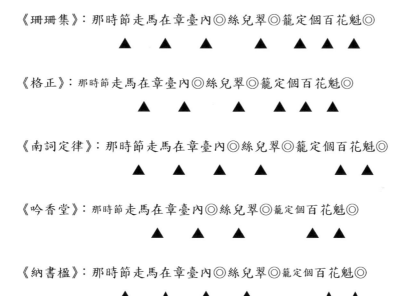

明清曲譜所收【急三槍】（或《九宮正始》之【犯袞】），例曲皆出自《琵琶記》，所定句式格律皆同[16]。此曲分為二段，共四個韻字，【九迴腸】所犯為第二段，有兩處押

14　（明）周之標選編：《珊珊集》，收於《善本戲曲叢刊》第二輯（臺北：學生書局，1984・08），頁335-336。

15　為求有所參照，此處以《格正還魂記詞調》（以下簡稱《格正》）與《南詞定律》、《吟香堂曲譜》（以下簡稱《吟香堂》）、《納書楹曲譜》（以下簡稱《納書楹》）曲譜相較。選擇這幾部曲譜，原因在於《吟香堂》、《納書楹》以前，《牡丹亭》唱法未定（見前註15），與嘉慶以後較為定型的曲譜相較，更可看出不同的定譜者對該曲的處理差異。。

16　吳梅《南北詞簡譜》云：「全曲十句皆三字，用四韻，兩仄兩平……舊分為二，今合為一。」（臺北：學海出版社，1997，頁541）此處查閱的《南詞新譜》、《南北詞簡譜》皆作如此，唯《南北詞

韻，格律如下：

　　定格：他去空山裡○把裙包土○血流指◎感得神明助○與他築墳台◎

　　前引各選本差異甚大，究其原因，在於《牡丹亭》曲文雖作三字句，卻較定格多出數字，且多一韻句。因此如何定襯點板，成為觀察各本處理的切入點。各本處理手法分為以下三種類型：

　　1、《格正還魂記詞調》：鈕少雅即《九宮正始》編纂者之一，《九宮正始》並無【急三槍】，此曲被定為【犯袞】，即【黃龍袞】與【風入松】組成的集曲，故《格正》將此曲定名為【六花袞風前】，其他各本之【急三槍】，即此處之【犯袞】。《格正》將「絲兒翠」定為第一個韻句，次句「籠定個」為第四句，「定」字點板。如此，則「絲兒翠」前多一個三字句，《格正》因此將「那時節」定為襯字，以符合定格。

　　2、《南詞定律》與《納書楹曲譜》：將「章臺內」定為第一個韻句，次句「絲兒翠」為第四句，「兒」字點板，如此，則必然將「籠定個」定為襯字（《納書楹曲譜》未標襯字，此三字未點板，疑為襯字），以符合定格。

　　3、《吟香堂曲譜》：將【九迴腸】次段所犯【三學士】，改為【鍼線箱】，此曲更名為【六時理鍼線】。至於【急三槍】一段，所訂曲牌較他本少一句，第一個韻句為「章臺內」，次句「絲兒翠」為第四句，「兒」字點板，「籠定個」為襯字。

　　由此可知，清代以後的各譜，均依【急三槍】（或【犯袞】）定格，重定襯字、點板以符合格律。然而，《珊珊集》的處理方法卻與此不同。從曲文後三句點板可以得知，「絲兒翠」被定為第一個韻句，因此次句「籠定個」「定」字點板，此處與《格正》相同。至於多出的三字句，《珊珊集》並不像《格正》一樣，將首三字訂為襯字，反而在「節」字點一板。由於南曲襯字不能佔正字板位，《珊珊集》全書襯字雖未標明，卻可由點板推論，「那時節」、「走馬在」、「章臺內」均被認為是正字，而這段曲文中，「那時節」未押韻，因此也不能將此句的點板，理解為多犯用前曲末一句（因該句末字為韻字）。由於《珊珊集》點板十分仔細[17]，所增此板值得推敲。本文認為，除了因《牡丹亭》問世不久，唱法未定之外，也與【急三槍】在萬曆年間尚未定型有關[18]。此外，一

簡譜》訂「裙包土」為非韻句；至於《九宮正始》雖將此曲定名為【犯袞】，格式亦同於前二譜。此曲格律出入不大。

17　《珊珊集》凡例云：「點板之訛，緣刻手信意，或錯或少，疲於校讎，遂相因仍，此刻一一訂正具，目者自辨。」

18　沈璟《增定南九宮曲譜》於【風入松】曲文後，接續錄下「他公婆的親看見」一段曲文，未另立一牌名，註云：「細查舊曲，凡【風入松】，或一曲，或二曲，其後必帶二段，今人謂之【急三槍】，未知是否，未敢遽題其名。」（臺灣：學生書局，1984年8月，頁692）可見沈璟於舊譜未見【急三槍】之名，此名僅是當時【風入松】所帶後二段之俗稱。至沈自晉《南詞新譜》則將此段獨立，標名為【急三槍】，理由是：「今之作者，以皆于【風入松】後，明列【急三槍】，而另標之，即先詞隱十七種盡然。」並正式提出需以《琵琶記》為準：「于意若作【急三槍】，只當從此二曲為準。」

般曲牌實際演唱時，板數、板位的增減不免靈活通變，也使得選本選擇增點一板，來因應不合律的曲文。

（二）改定牌名

《怡春錦》所收〈幽歡〉（即〈幽媾〉）一折中，曲牌名的標註有異於原作，這也是選本中發現唯一一個改定牌名的例子。此折「俺驚魂化，睡醒時良月些些」一曲，原作【滴滴金】，收錄此折的選本如《月露音》、《玄雪譜》，亦皆作【滴滴金】，唯《怡春錦》作【滴金犯】。《牡丹亭》此曲字格，與諸格律譜所定【滴滴金】相差甚遠，綜觀格律譜，皆作八句二十五板[19]，並無別格，體式相當穩定：

七◎七◎七◎六◎四◎七◎四◎四◎

除了第七句，《南北詞簡譜》認為不用韻，與他譜略有不同，其他皆相同收錄此折的散齣選本，有《月露音》、《玄雪譜》與《怡春錦》，前二本並無點板，未能得知唱時是否有所更動；《怡春錦》則曲白皆錄，並有點板，得以一窺此曲演唱時相較於【滴滴金】的改變。《怡春錦》所收此曲定名為【滴金犯】。雖然並未標註細節，但從牌名可以推測，此曲應是犯【滴滴金】的集曲，犯用哪些曲牌，曲本未曾標註，曲文與點板如下，此處並附《南詞定律》點板以為參照：

曲文：俺驚魂化◎
《怡春錦》：　▲　　▲｜
《定　律》：　　▲▲▲｜　　　　　　　　　　★【川撥棹】首至二

曲文：睡醒時涼月些些◯
《怡春錦》：　▲　▲　　▲
《定　律》：　▲　　　　▲

曲文：陡地榮華◎
《怡春錦》：　▲　▲｜
《定　律》：　　　▲｜　　　　　　　　　　★【江兒水】合至末

（臺灣：學生書局，1984年8月，頁806-807）可見【急三槍】之名雖通行已久，至少在《增定南九宮曲譜》以前，仍被認為只是附加於【風入松】的唱段，《南詞新譜》、《九宮正始》先後對此曲提出定格，已是清初的事了。

19　【滴滴金】格律，參見《增訂南九宮曲譜》、《南詞新譜》、《九宮正始》、《南詞定律》、《九宮大成》、《南北詞簡譜》，各譜所列格律相同。

曲文：敢則是夢中巫峽◎

《怡春錦》：　▲　▲　　▲

《定　律》：　　　▲　　▲

曲文：（虧殺你）走花陰不害些兒怕◎

《怡春錦》：　　　　▲　　　　▲　▲

《定　律》：　　　　　　▲　▲　▲　★【括地風】首至四

曲文：點蒼苔不溜些兒滑◎

《怡春錦》：　　▲　⌐　▲

《定　律》：　　▲　⌐　▲

曲文：背萱親不受些兒嚇◎

《怡春錦》：　　▲　▲　▲

《定　律》：　　▲　⌐　▲

曲文：認書生不著些兒差◎

《怡春錦》：▲　　▲　⌐　▲

《定　律》：　　▲　▲　▲

曲文：（你看）斗兒斜●花兒亞◎

《怡春錦》：　　　▲　　▲　▲

《定　律》：　　▲　▲　▲　▲　　★【雙聲疊韻】九至合

曲文：如此夜深花睡罷◎

《怡春錦》：　　▲　⌐　▲

《定　律》：　　▲　⌐　▲　　★【滴滴金】三至末

曲文：笑咖咖◎

《怡春錦》：⌐　▲

《定　律》：⌐　▲

曲文：吟哈哈◎

《怡春錦》：⌐　▲

《定　律》：⌐　▲

曲文：風月無加◎

《怡春錦》：　▲　　　▲

《定　律》：　▲　　　▲

曲文：（把他）豔軟香嬌做意兒耍◎

《怡春錦》：　　　▲　▲　∟　　▲

《定　律》：　　　△　▲　　∟　　▲

曲文：下的虧他○

《怡春錦》：　▲　　　▲

《定　律》：　　　　▲

曲文：便虧他則半霎◎

《怡春錦》：　　▲　　　▲

《定　律》：　　▲　｜　▲

　　兩個本子的點板有所出入，但皆與【滴滴金】全曲點板不同，若參照《定律》改定的【雙棹入江泛金風】所犯各段曲牌，則《怡春錦》的點板，「如此夜深花睡罷」與《定律》所定的【滴滴金】幾乎相同，除「下的虧他」一句，點板有異，「軟艷香嬌做意兒耍」一句，《怡春錦》定「兒」為襯字、《定律》定「做」為襯字，因此點板略有差別。這說明了《怡春錦》確實將此曲定為犯【滴滴金】的集曲，至於前段所犯曲牌為何，因選本並未標註，無法確知。可見這個例子，除了點板、定襯字外，以「集曲」的方法改訂牌名與腔板，遷就不合律曲詞，這種「改調就詞」，也已運用在《牡丹亭》，而這比鈕少雅《格正還魂記詞調》，早了三十餘年。

　　《牡丹亭》問世不久，針對不合律文詞所做的曲唱調整也隨著出現。曲家／歌唱者在不改變曲文的前提下，透過點板、正襯、改定曲牌名的變通作法，使《牡丹亭》便於歌唱。這樣的作法《牡丹亭》問世後不久就已出現，但並未形成體系，由上述兩個例子可知，也未必合於格律譜訂定格律的邏輯，因此，《牡丹亭》少見於《南詞定律》以前曲譜。雖然「定正襯[20]」、「點板[21]」與「改定牌名[22]」本也是曲譜修正例曲、使之合律

---

20 如《新譜》越調過曲【蠻牌令】云：「此【蠻牌令】本調也，自《琵琶記》『窮酸秀才直恁喬』及『匆匆的聊附寸箋』稍變其體，後人時曲又云：『他道是風流汗濕主腰』本皆六字，可分作二句，而略襯兩三字者，今人認作八九字一長句，遂於才字的字汗字下不點截板，而【蠻牌令】之腔失矣。（頁583）」引文討論的所舉《琵琶記》二曲，分別是第十七出與第廿五出第七句20，二曲皆作七字句，根據《新譜》，分別點板於「才」字與「的」字上，而【蠻牌令】該句「雕欄畔曲檻西」，則為三三句法的六字句，第三、第六字點一截板。這段敘述中，《琵琶記》二曲雖先改作七字句，然分別作四三與三四句法的七字句，在俗唱音樂時有通變處理的情況，此法仍不失原六字句架構，

的常見作法，但前文所述的兩種作法，傾向於音樂上的騰挪變化，格律譜作法，則有其「曲牌格律」標準，以此校正不合律的曲牌，在改調就詞的作法尚未成熟時，《牡丹亭》的不合律既難以處理，也就少見於《南詞新譜》等曲譜中。有系統以「改調就詞」解決《牡丹亭》不合律的《格正還魂記詞調》，約比成書於順治年間的《南詞新譜》、《九宮正始》等譜，早四十至五十年，這段時間，除了《牡丹亭》不合律的處理逐漸成熟外，《格正還魂記詞調》對《南詞定律》的影響，以及改調就詞的曲牌外，《南詞定律》如何選錄、處理《牡丹亭》曲文，皆可看出曲譜編纂態度的變化，與《牡丹亭》盛行對曲牌格律認知的相互影響。

僅分別將前後四字處訂一襯字，點板仍不變原本六字句點法，後人作此曲亦然，「他道是風流汗濕主腰」一句，若將「他道是」作襯，點板在汗字、腰字下，亦不失本調六字句法之格，然而句法的誤判，就在於後人將此句全作正字，使得本句成為八、九字的長句，點板因此有變，點板一變，音樂隨之產生變化，因此才有「【蠻牌令】之腔失矣」的說法。

21 《新譜》未見這樣的情況，而《正始》以古曲為準，透過古今對比，則凸顯曲唱的變化。如黃鐘過曲【水仙子】註云：「按此調之第六句，今人皆以『生來這苦』為句，然此文理句律兩失矣，且又加一實板於『這』字上，益謬也。按調必以「生來」二字為句，「來」字一板必不可無，「這苦」二字必應屬下，「這」字之板必不可有，學者不可不審。」（頁104）」這個例子所以被訂正，原因在於「文理句律兩失」，而造成這個問題的原因，便在於格律判斷與點板。據《正始》所述，南曲【水仙子】末二句，應作「二・六◎」兩句，而非當時流行的「四・四◎」兩句，其根據乃是元傳奇《牆頭馬上》同曲三例，此三例末二句句法皆作「二・六◎」，故《正始》有此推論，而當時通行的做法則點板在「這」字上，「來」字無板，成為「四・四◎」句法，《新譜》延續《增訂南九宮曲譜》，所訂格律從俗而作。可以推知，《正始》乃是因句法的訂正，進而訂正點板。如係正襯判定使句法變異，導致點板有變者，見註8所述，亦有唱時加字（非原曲詞加襯），使點板產生改變的情況，如《新譜》中呂過曲【剔銀燈】云：「此曲極佳，古本元自如此，今人於『一點』下又增『點』字，且增一截板，『一陣』下又增『陣』字，且增一截板，『兀自』下又增『尚』字，此皆俗師之誤，而士人亦有仍其誤。」（頁339）」在這個例子中，唱者於原曲詞上加字且加一截板，節奏上多增一板，曲情上則強調了「一點點」、「一陣陣」風雨的悲戚之情，故可知俗師之誤，或由舞台實踐出發，為渲染曲情而增字增板。

22 牌名不只是曲牌名稱，亦是對作者與歌者「指示」曲牌的格律腔板，因此牌名標註的錯誤，對實際創作與演唱有直接的影響。一般過曲亦時見牌名誤判的狀況，這些誤判或可能是格律相近（如《正始》黃鐘過曲【耍鮑老】註云「按此【耍鮑老】一調，與黃鐘調之【玉翼蟬】相似，止爭末句句法，餘無不同者也，但今蔣沈二譜但置之不載，致今歌者皆未識此二調也。」中呂引子【四園春】註云：「按此調之章規句律，直與中呂調【沁園春】無二，不識元譜何以題作【四園春】，置屬中呂宮，致蔣沈二譜亦皆然之。後至丘瓊山先生之《伍倫全備》，此調亦承其名，且又減去第四句，益非也。」），或可能是刊刻的謬誤（如《新譜》雙調引子【胡搗練】註云：「此曲與《琵琶》之『辭別去』俱刻作【胡搗練】，然俱與詩餘不差一字，恐二曲總是一調，但當名曰【搗練子】，或誤刻【胡搗練】耳。」雙調過曲【孝順兒】亦名：「向因坊本刻作【孝順歌】，人皆振其腔以湊之，殊覺苦澀，近見刻本，改作【孝順兒】，乃暢然矣。」《正始》雙調引子【夜遊湖】註云：「按元譜及古本《蔡伯喈》皆題作【夜遊湖】，何嘗曰【夜遊朝】耶？此必湖字與朝字書法近似，則書人之筆悮耳。」），而常見的集曲所犯曲牌考訂與標名，曲譜編纂者對集曲的看法或有別於原作，或明顯發現傳唱的錯誤，故而透過重新考訂所犯曲牌，給予集曲新的名稱。

三　《南詞定律》收錄《牡丹亭》例曲的四種情況

　　《南詞定律》所收的《牡丹亭》共有68曲，相較於此前以收錄時調新曲為主的曲譜[23]，譜中收錄的《牡丹亭》曲牌，數量有明顯的增加。若再比較幾部曲譜的新增、替換曲牌，則《南詞定律》所收的《牡丹亭》，有以下四種情況，各有其意義：

　　（一）前譜已收《牡丹亭》為例曲，後譜承襲：此例甚少，說明了《牡丹亭》的格式，較早被曲譜接受。

　　（二）取代前譜正格：前譜已收之曲牌，《定律》以《牡丹亭》之曲，取代舊有例曲，這隱含兩個可能的訊息：1、《牡丹亭》該曲傳唱較廣，以較熟悉的曲牌取代原有例曲，為《定律》考量「通行」的編譜原則；2、從前譜至《定律》，格律已產生改變，故採錄新體，以因應時俗使用。

　　（三）新增為「前腔」或「又一體」：前譜已收之曲牌，《定律》新增《牡丹亭》曲牌為「又一體」。《定律》的「又一體」，與此前諸譜的判定標準略有不同，凡例云：「凡諸譜之曲，與正體或增減一二字者，或損益一二襯字者，即為又一體。今以句讀相同、板式不異者，即為一體，至句、拍皆不同者，始為又一體。[24]」故可知，《定律》所列之又一體，必然是點板、句讀有所不同，而非僅是「增減一二字」。因此，將《牡丹亭》曲子增列為又一體，亦隱含兩個可能的訊息：1、《牡丹亭》的體式，與他曲不同，這當中，有部分被其他曲譜視為出律；2、《牡丹亭》的體式，為《定律》所承認，列為該曲牌之變體，其中對出律曲牌的處理，成為一窺《定律》如何調整自身標準的切入點。

　　（四）不合律的曲牌，重新改訂，收入「改調就詞」的新曲牌：此類之特殊，需置於《牡丹亭》傳唱脈絡，以及清初以來針對《牡丹亭》「改調就詞」的做法整體觀察。從《牡丹亭》的傳唱來看，萬曆以降，已運用通變、改調就詞的方法，解決曲詞不合律

---

23 本文此處主要以《南詞新譜》為《南詞定律》以前例曲來源之對照，並參酌《寒山堂曲譜》，原因有二：1、以宋元舊曲為格律標準的曲譜，如《九宮正始》、《寒山堂新定九宮十三攝南曲譜》等，例曲出自宋元舊本，與《南詞定律》收曲之標準不同，無法做為例曲選擇的參照，然本文以下考量格律變化時，亦將參考此類曲譜；2、收入時調新曲的曲譜，在《南詞定律》以前，主要是沈自晉《南詞新譜》。《寒山堂曲譜》為初稿，收入八種宮調，本文列入參考對象，至於《南九宮譜大全》稀見且為殘本，難以參照，魏洪州〈胡介祉《南九宮譜大全》編纂考〉（收入《文獻》，2015年3月第2期，頁159-170）對其例曲來源有詳盡的論述，認為《南九宮譜大全》以《南詞新譜》為底本，《新譜》中所選沈氏親友作品為例曲者「《大全》並未對此類曲作進行任何刪除或替換，而是將其全部保留。」（頁168）此外，並統計該譜新增例曲34種，出自《牡丹亭》者有8曲（頁169-170）。換言之，以《新譜》作為參照，已可以勾勒出例曲來源變化之樣貌。本文以之作為例曲來源替換的參照，並非認為曲譜間有承襲關係，而是同為收錄時調新曲的曲譜，曲律觀念的變化，反映在譜中，例曲選擇的差異成為具體觀察的材料。

24 〔清〕呂士雄等編：《南詞定律》，收於《續修四庫全書》1751冊（上海：上海古籍出版社，2002年），頁39-40。

的問題；而曲譜收曲，雖已有改訂牌名、腔板以求合律的做法，但主要是針對曲本誤刊
或俗唱的訂正，原作不合律的曲牌，本不在曲譜收曲之列，也因此，《定律》大膽將改
調就詞的曲牌收入曲譜，除了因改調就詞的作法趨向成熟外，亦可視為當時《牡丹亭》
盛傳的反映。

　　以下分別論之。

（一）承襲前譜所錄

　　此類僅二例：黃鐘引子【翫仙燈】與雙調犯調【孝金經】。

　　黃鐘引子【翫仙燈】，《增定南九宮曲譜》僅收《鴛鴦燈》一格[25]，《新譜》新增
《牡丹亭》「覩物懷人」為又一體，《定律》亦收此二格。二體之別，除了「又一體」較
「正格」少第三句外，依《定律》的標示，二體格式尚有差異：

	正格：《鴛鴦燈》	又一體：《牡丹亭》
第一句	元夕風光◎	覩物懷人◎
第二句	看車馬往來相亞◎	人去物華銷盡◎
第三句	御街前笙歌韻雅◎	
第四句	見這迓鼓咳來、 盡般般呈罷◎	道的箇仙果難成、 名花易隕◎
第五句	欲賞花燈◎	恨蘭昌殉葬無因◎
第六句	想乾明相將近也◎	收拾起燭灰香爐◎

　　《定律》正襯標註精細[26]，上表依《定律》所註，可見除了少第一句二體相同外，
其餘各句字數、句法皆有所不同，若再參照《九宮正始》所列【翫仙燈】二格[27]，則可
見《牡丹亭》此曲與正格相差甚多，然《新譜》列於「又一體」，並為後譜所接受，則
可見《牡丹亭》此格已在《新譜》時，已被視為【翫仙燈】的一種變化。

　　【孝金歌】一曲，情況略有不同。原作中，此曲牌名為【孝白歌】，《增定》未收此
曲，《新譜》則收為新入集曲。曲譜的新收集曲，可視為一個新曲牌定格的建立，合律

---

25 〔明〕沈璟，《增定南九宮曲譜》（臺北：學生書局，1984年8月），頁453-454。
26 〔清〕呂士雄等編：《南詞定律》，收於《續修四庫全書》1751冊（上海：上海古籍出版社，2002
　　年），頁44。凡例云：「凡曲之襯字，細考諸譜，或分句不明，點板各異，以襯為正、以正為襯者甚
　　多，皆緣不知唱法，不諳板眼，是以註誤。今將正襯字句幾何，及板式數目幾何，一一分別註
　　明。」（頁42）；又云：「凡諸本詞正襯句讀，甚多混雜，今以襯字之上加○，詞曲之句則記．於
　　旁，讀則記‧於旁，則不致連斷舛錯，以便查考。」
27 《九宮正始》正格同為《鴛鴦燈》，又一體則出自「今日想昨」散套。

與否，參照的是所犯本調。此曲《新譜》定首六句犯【孝順歌】，後段未能確定所犯曲牌[28]，仍列於譜中，至《定律》則考此曲犯「【孝順歌】首至六。【金字令】十至合。【孝順歌】末。」，並定名為【孝金歌】，《九宮大成》又將末句定為【錦法經】，而將此曲改名為【孝金經】。這種不同曲譜對同一集曲所訂本調的不同，是常見的情況，指的並非此曲不合律，而是當時曲唱未定、曲譜為之訂腔板的反映。

（二）取代前譜正格

取代前譜正格共十五例[29]，可分為三種情況：

1 格律完全相同者：

此例較多，有【似娘兒】、【掉角兒序】、【雙勸酒】、【九迴腸】、【三登樂】、【朝天畫眉】、【惜花賺】、【玉山頹】、【黑麻令】、【黃玉鶯兒】。反映了《定律》收錄時調新曲的傾向，在格律相同、且《牡丹亭》曲牌也並未出律的前提下，以新曲替換舊曲，如【似娘兒】、【掉角兒序】、【雙勸酒】舊譜錄自《荊釵記》；【三登樂】錄自《拜月亭》；【玉山頹】錄自《琵琶記》，皆是傳唱已久的南戲舊曲，《定律》此舉，或可見《牡丹亭》在當時傳唱之盛。此外，【朝天畫眉】即《新譜》之【朝天懶】；【黃玉鶯兒】即《新譜》之【黃鶯玉肚兒】，二曲原皆收《牡丹亭》曲，在《新譜》屬新收入譜的集曲，《定律》雖改牌名，所犯之曲牌句數相同。唯【黃玉鶯兒】第六句，《新譜》定「心上（醫）怎逢」，《定律》定「心（上）醫怎逢」，正襯有別，但點板相同，格律亦無不同。如此，以《牡丹亭》之新曲取代南戲舊曲，一則反映《定律》收曲尚新的傾向，一則也可看出《牡丹亭》在當時傳唱之盛、對曲譜收曲產生的影響。

2 格律小有變化：

因格律小有變化，以《牡丹亭》為新的例曲，取代舊曲，在譜中有以下三例：

（1）、【好事近】：唯第二、第四句增一字，其餘格律完全相同。細究此二句，皆由二二二的六字句，增一字為三二二的七字句。差異如下：

---

28 〔清〕沈自晉，《南詞新譜》（臺北：學生書局，1984年8月），頁752。云「曲名中白字，不知何指，官裡二句似【朝元令】，末句又不似，俟再考。」

29 分別是：【似娘兒】、【小措大】、【掉角兒序】、【雙勸酒】、【九迴腸】、【好事近】、【三登樂】、【朝天畫眉】、【惜花賺】、【玉山頹】、【玉桂枝】、【集賢賓】、【黑麻令】、【山坡羊】、【黃玉鶯兒（換頭）】。

第二句：《新譜》枉把心機牢籠

　　　　　　　▲　│　▲

　　　《定律》畫牆西正南側左

　　　　　　　▲　│　▲

第四句：《新譜》一旦杳然無踪

　　　　　　　▲　│　▲

　　　《定律》倚逗著斷垣低垛

　　　　　　　▲　│　▲

　　為什麼有這樣的差異？本文認為，與《定律》增列的【泣顏回】變格有關，此曲首四句犯【泣顏回】，《新譜》所收之【泣顏回】僅「東野翠煙消」一體，第二、四句皆為六字句，《定律》則收三體，其【前腔換頭】，以《金雀記》「良宵三五好風光」為例曲，第二、四句皆作七字，因此《定律》中已收入二、四句七字之變格，這個格式相對來說是較新的，【好事近】也因此而收入變化的新格式。

　　（2）、【集賢賓】：正格首句不同，《牡丹亭》做「海天悠●冰蟾何處湧◎」，《新譜》所收散曲首句做「西風桂子香韻幽◎」，其餘字格、點板均相同。《定律》之【前腔換頭】，出自《金印記》，反而與《新譜》之正格相同。

　　（3）、【玉桂枝】：所犯【玉抱肚】、【桂枝香】、【鎖南枝】處相同，《定律》所選《牡丹亭》末段，多犯用【桂枝香】十至末二句。

　　格律小有變化的這三個例子，除【玉桂枝】是集曲犯用曲牌的問題外，其他兩個例子，均是少數句子增加一二字，點板幾無差異，但從上述說明，可以看出《定律》將新體列為正格、舊體反入變格（在《新譜》被列為正格）的傾向。

3　格律差異甚大者：

　　此類僅【小措大】、【山坡羊】二例，為說明

（1）、【山坡羊】：

　　二譜所收之【山坡羊】正格，格律差異甚大，此乃《定律》將舊譜之【山坡羊】二體析為兩個曲牌所致。

　　《新譜》之【山坡羊】，牌名下註曰：「即【山坡裡羊】」，也就是【山坡羊】又名【山坡裡羊】，收錄二體：1、正格為二字起句，收沈伯英散曲為例曲，首句為「學取●劉伶不戒◎」；2、又一體為三字起句，收《琵琶記》「亂荒荒●不豐稔的年歲◎」為例曲。《定律》將此二體析為二調：三字起句者名為【山坡羊】，二字起句名為【山坡裏羊】，於【山坡裏羊】後註云：「此曲舊譜為【山坡羊】正體，又註為『即【山坡裏

羊】』，以前曲為又一體，並未分晰。今以三字起句十二句者為【山坡羊】，以兩字起句十一句者為【山坡裏羊】，庶無重復分體之煩。」二體字格、點板差異甚大，《定律》將之析為二調時，反過來列三字起句為【山坡羊】之正格，乃是反映長期以來創作的習慣，查現存折子戲工尺譜，收三字起之【山坡羊】者，共計二十八種[30]，二字起者僅二種[31]，故可知三字起句者為【山坡羊】格式之主流，《定律》將之列為正格，是符合創作習慣的做法[32]，從而可見《牡丹亭・驚夢》之【山坡羊】，乃是與通行格律吻合，加以〈驚夢〉乃《牡丹亭》最著名的一折，因此在析為二調之後，以此曲為正格之例曲。

（2）、【小措大】：

《牡丹亭》此曲，與《新譜》所列正格，格律差異甚大，是否如前例一般，反映的是時俗創作的情況？本文認為此曲頗為複雜。吳梅《南北詞簡譜》【小措大】註云：

> 此調見《詞林逸響》「暗潮拍岸」一曲，摹寫羈旅之情，最宜此支。湯若士《牡丹亭》內巧拈數目，前一曲自一至十，名【小措大】；後一曲從十至一，名【大措小】，實是遊戲筆墨，於詞律無當也。《月令承應》仿若士為之，文亦不惡。惟「暗潮拍岸」曲，慶初元曲，作「鷗鷺破烟，飛落汀沙」二句，與《牡丹亭》之「夫貴妻榮，八字安排」（按：次曲【大措小】中二句）、《太平錢》之「曲徑淺堤，迴繞寒流」同，而此作七字（按：即《南北詞簡譜》所收《月令承應》例曲），一不同也。四言詩句下，「暗潮拍岸」曲，尚有四字句一（原文作「在夕陽下」）此作亦無之，二不同也。[33]

為說明格律之變化，特將《新譜》、《定律》所列之例曲與點板列表如下：[34]：

---

30 依折子為計算對象，不同曲譜所列收同一折子不分別計算，時劇、吹打牌子（《振飛曲譜》所收之〈醉寫〉）暫不計入：《長生殿・改葬》共3曲、《牡丹亭・驚夢》1曲、《牡丹亭・旅寄》1曲、《琵琶記・喫糠》2曲、《祝髮記・祝髮》1曲、《牧羊記・牧羊》2曲、《漁家樂・藏舟》2曲、《玉簪記・問病》2曲、《占花魁・賣油》1曲、《雙紅記・盜綃》2曲、《白蛇傳・斷橋》2曲、《義俠記・顯魂》2曲、《荊釵記・哭鞋》2曲、《浣紗記・養馬》2曲、《伏虎韜・賣身》1曲、《鴛鴦帶・義救》1曲、《雙占魁・遇虎》1曲。

31 計算原則依前註，分別是《白兔記・竇送》1曲、《太平錢・種瓜》1曲，後者名【山坡裏羊】。

32 何以差異甚遠的兩格，在舊譜中被視為同一曲，且又以二字起句為正格，本文認為原因有二：其一、《新譜》認為二字起句

33 吳梅：《南北詞簡譜》（臺北：學海出版社，1997年），頁347。

34 （《定律》所收又一體格律差異較大，限於篇幅，不列於表中）

句讀	《新譜》正格：散曲	《定律》正格：《牡丹亭》	《定律》前腔：《太平錢》
1	暗潮拍岸○ |	（喜的）一宵恩愛◎ |	草枯野曠◎ |
2	斷江風掃蘆花◎ ▲	（被）功名二字驚開◎ ▲	古城黯黯雲浮◎ ▲
3	鷗鷺破烟● ▲	好開懷● ▲	曲徑淺堤● ▲
4	飛落汀沙◎ ▲ | ▲	（這）御酒三杯◎ ▲ | ▲	迴繞寒流◎ ▲ | ▲
5	見漁舍兩三家◎ ▲ ▲	放著四嬋娟人月在◎ ▲ ▲ ▲	頃刻裏望青山皆非舊◎ ▲ ▲ ▲
6	在夕陽下◎ ▲ ▲		
7	一簇晚景堪畫◎ ▲ | ▲	（立）朝馬五更門外◎ ▲ | ▲	衝寒伐取樽酒◎ ▲ | ▲
8	悶無語● ▲	（聽）六街裏	短筇杖
9	時將珠淚灑◎ ▲ ▲	喧傳人氣燄◎ ▲ ▲	攜來還退後◎ ▲ ▲
10	愁轉加◎ └ ▲ |	七步才◎ └ ▲ |	筋力休◎ └ ▲ |
11	瘦損手標只為他◎ ▲ ▲ ▲	蹬上了寒宮八寶臺◎ ▲ ▲ ▲	自揣浮生如浪漚◎ ▲ ▲ ▲
12	事縈心鬢添白髮◎	沉醉了九重春色◎ ▲ ▲	棹山陰偶來訪戴◎ ▲ ▲
13	蹉跎負卻年華◎ ▲ | ▲	便看花十里歸來◎ ▲ | ▲	休教跨鶴揚州◎ ▲ | ▲

在這個表中，板是格律譜所點，可一窺該譜所定的音樂框架。從字格來看《牡丹亭》甚不合律，特別是上述2、3、4、13句無論字數、句法、四聲，均與「暗潮拍岸」和「草枯野曠」差異甚多，甚至較「暗潮拍岸」曲少第6句。既如此，《定律》何以用此曲取代既有曲牌，本文認為，從《定律》所收之「前腔」，可發現【小措大】曲律的變化，以及《定律》如何解決「一宵恩愛」不和律的具體做法：1、《太平錢》「草枯野曠」一格，同時具有「暗潮拍岸」與「一宵恩愛」二格的特徵：基本格律同於「暗潮拍岸」，然與「一宵恩愛」同樣少第6句，或可推測，到了清初，【小措大】的格律已產生了變

化，與「暗潮拍岸」相較，這樣的變化仍有迹可尋，但與《牡丹亭》多有不同；2、此處《牡丹亭》曲文的襯字與點板，應視為《定律》手筆，因此可以明顯看出，《定律》如何將《牡丹亭》不合律的曲詞，入於合格的字格與點板架構，這也呼應到本文第一節所論述的處理手法：曲譜並不直指曲牌的不合律，而是透過點板與定襯字，將曲文入於應有的格律規範之中。因此，《牡丹亭》此體列於正格，正突顯了《定律》格律觀念的轉變與具體做法。

（三）新增為「前腔」或「又一體」

此類共二十二例[35]。林佳儀認為，《定律》分列「又一體」的標準，在於「句數」與「板數」的區別[36]。《牡丹亭》被收為變格，則可發現更複雜的現象，顯示了《定律》對《牡丹亭》曲律的接受，超越了「格律」的限制，將《牡丹亭》不合律的曲詞，視為曲牌格律的新變。

新增為「前腔」者，指的是句數、板數與正格並無不同，然有細微的點板差異與字數增減，仍可列入於正格之框架的情況。這當中尚有可能涉及曲牌格律的變遷。例如中呂過曲【瓦盆兒】，《新譜》列二體，格律差異甚大，因此於「又一體」後存疑云：「此調與前一曲（按：即正格）大不同，必有一誤。」，而此「又一體」，在《定律》被列為正格，並新增《牡丹亭》「去遲科試」為前腔，可見從《新譜》到《定律》，【瓦盆兒】逐漸以原「又一體」之「一從分散●鸞儔鳳侶痛傷心」為主流格式，《牡丹亭》此曲雖字數略有增加，但仍可透過定襯字，將曲文入於正格框架，因此列之為該曲「前腔」。

無論是「前腔」或「又一體」，畢竟仍需與正格有所關聯，否則即變成另一個曲牌。但《定律》所收《牡丹亭》為「又一體」，卻出現了格律不合、仍列入變格的情況。例如黃鐘過曲【滴溜子】，《新譜》收錄三體，正格出自《西廂記》，又一體二種出自《琵琶記》，三者字格、點板頗為固定，唯字數增減之別，故《新譜》又一體之格式，在《定律》皆列為「前腔」，僅《牡丹亭》「金人的」一曲被列為「又一體」。然此曲被列入「又一體」頗見特殊，該曲後註云：「此曲與前曲皆同，惟少末句，今作家亦

---

35 【滴溜子】（又一體）、【耍鮑老】（又一體）、【滴滴金】（又一體）、【錦纏道】（又一體換頭）、【雁過聲】（前腔換頭）、【洞仙歌】（前腔）、【划鍬兒】（前腔）、【小措大】（前腔）、【醉扶歸】（前腔）、【鍼線箱】（前腔）、【桂花遍南枝】（又一體）、【千秋歲】（前腔）、【瓦盆兒】（前腔）、【榴花泣】（前腔換頭）、【古一江風】（前腔換頭）、【香遍滿】（前腔）、【玉嬌枝】（前腔）、【么令】（前腔）、【簇御林】（前腔）、【五般宜】（前腔）、【綿搭絮】（前腔）、【山桃紅】（又一體）

36 林佳儀：〈《南詞定律》之體例及其在清初曲譜之開創〉，收入《曲譜編訂與牌套變遷》（臺北：政大出版社，2016·05），頁35，云：「簡而言之，如果一句之中，增減數字，但點板原則及板數依舊，則仍屬一體；若是增減數句，則兩曲之間的句數、板數有別，則視為『又一體』。」

有添『仰仗天威，殄滅虜囚』一句，補成全曲者，今將古體仍存。[37]」換言之，《牡丹亭》此曲，因缺少末句而被列為又一體，並非句法、點板真有變化，雖然這符合《定律》分列又一體的體例，但顯然的，《牡丹亭》減去末句，並非此體常例，因後人有添入一句來補全該曲，這也讓此體被列為「又一體」成為一種相當可議的結果。本文認為，這種做法，凸顯了《定律》對《牡丹亭》收錄從寬的態度。

類似的例子，尚有正宮過曲【錦纏道】，《牡丹亭》「門兒鎖」字格、點板亦與前數體差異甚遠，在這個例子中，更可發現《定律》所收之「又一體」，有時不僅是為了區別「字數」與「板數」，而是為了保存特殊體式，以備觀者檢閱之用。《定律》【錦纏道】共收六格，其中《新譜》所列之又一體《荊釵記》「治家邦」，被《定律》列為正格，而《新譜》正格《拜月亭》「鬢雲堆」則被列為「又一體」，另增列又一體一種，為《殺狗記》「計謀成」，此三體雖然字數、句數略有區別，但仍有相似的脈絡可循。然此後收錄的二體，分別是《殺狗記》「我官人」與《牡丹亭》「門兒鎖」，句數、點板均與前三體有別，《定律》對前者說明謂：

> 此曲張譜已改似正體，若任意增減字眼，則諸曲皆成一式，再無別體矣。考諸坊本，錄其原曲以備一體。[38]

由此可知，《定律》所列此格，乃是為了「以備一體」，而這是坊本之誤，也就是流行的刊刻本上作此格式，《定律》收錄於此，有訂正坊本的意味。《牡丹亭》「門兒鎖」一曲亦然：

> 此曲因轉入中呂，故板式挪移，唱法更妙，然與本宮不可為法，姑存一體以備查考。

所謂「轉入中呂」，乃是因此折之中，屬正宮之【錦纏道】，與中呂宮之【好事近】、【千秋歲】聯套，《定律》認為此曲因此而改異板式，與正宮之【錦纏道】原格已有區別，錄之於此，同樣也是為「以備查考」。然而《牡丹亭》的例子又與《殺狗記》略有不同，其因有二：第一、在《殺狗記》的說明中，陳述的是「坊本任意增減字眼」，非原作之誤，故訂正之；《牡丹亭》則是原作便與正格不同，然因傳唱精妙，頗有可觀，故收於譜中；第二、《殺狗記》該作，被張譜[39]改正，已入於正格體式，換言之，此體於譜中另列一格，乃為「已備一體」，實際上仍須視同正格處理；但《牡丹

---

37 1751p159

38 〔清〕呂士雄等編：《南詞定律》，收於《續修四庫全書》1751冊（上海：上海古籍出版社，2002年），頁275

39 經查證，此曲於〔清〕張彝宣《寒山堂曲譜》（收於《續修四庫全書》1750冊，上海古籍出版社，2002年），頁514。

亭》該曲，已有板式與唱法的改異，譜中所錄與各體有別。也因此《定律》所增列《牡丹亭》曲為又一體者，除了收錄從寬、保存體式的態度外，《牡丹亭》的流行，使得該曲即便格律有異，亦得以因曲子的盛行，成為該曲牌新體式的可能。

（四）新收過曲曲牌，與「改調就詞」的新曲牌

新收曲牌有二例：【夜遊宮】與【綵衣舞】，「改調就詞」共二十七例，本文不擬討論各本改調就詞作法的優劣得失，僅從曲本性質，與《格正還魂記詞調》和《定律》的關係討論之。

根據本文第一節的論述，以「改調就詞」解決《牡丹亭》曲詞不合律的問題，可上溯到萬曆年間的《怡春錦》，《定律》與其他三種明顯的差異，在於其他三本皆是「《牡丹亭》全本」，而《定律》則是依「宮調──曲牌」的順序收曲，這個性質差異，使得《定律》收錄「改調就詞」的曲牌，成為一種相當特殊的作法，因為無論是《格正》、《吟香堂牡丹亭曲譜》或《納書楹牡丹亭全譜》，均屬《牡丹亭》的「全本／譜」，其改訂曲牌，目的在於「入樂」，此「入樂」並不僅是讓《牡丹亭》「能唱」，更是「如何唱才能合乎『曲牌規範』」。換言之，這三本「全本／譜」，將《牡丹亭》不合律的曲牌，拆解後逐段套入新曲牌以合律，有其實際演唱的功能考量。

然而，《定律》這種依「宮調──曲牌」順序收曲的曲譜，其目的並不在為《牡丹亭》定譜，而在於「訂定曲牌正確的格律」，對此類曲譜而言，集曲是曲牌繁衍的作法，各譜對此頗為審慎，從萬曆間沈璟《增定南九宮曲譜》[40]，到順治間沈自晉《南詞新譜》[41]，再到張彝宣《寒山堂九宮十三攝曲譜》[42]諸譜說法，可見其態度之保留。《定律》亦然，其凡例云：「今以正體之句，詳定則其所犯集曲幾句，亦定准矣。其有向來皆為正體，後或穿鑿，改為犯調者，而不知詞曲相同之句頗多，如【宜春令】首二句與【啄木兒】、【浣溪沙】相似，豈當作犯曲耶？今查係正體者，不必強為犯調而畫蛇添足也，其合調者存之，不合者悉刪去。[43]」《定律》所言，顯然是為了透過本調的比

40　〔明〕沈璟：《增定南九宮曲譜》〈南曲全譜題詞〉（臺北：學生書局，1984年8月），頁4，云：「後進好事，競為新奇，有借省犯而揉雜，乖越多矣。」

41　〔清〕沈自晉：《南詞新譜》（臺北：學生書局，1984年8月），頁34。凡例云：「人文日靈，變化何極，感情觸物，而歌詠益多，所採新聲，幾愈出愈奇。然一曲，每從各曲相湊而成。」

42　〔清〕張彝宣，《寒山堂新定九宮十三攝南曲譜》（收於《續修四庫全書》1750冊，上海古籍出版社，2002年），頁636。凡例云：「犯調祇是將同一宮調或同一管色之宮調中，二調以上以致若干調，各摘數句，合成一曲便是。凡稍明律法者，皆可為之，不必以前人為式也。故此譜但收過曲，不收犯調。」

43　〔清〕呂士雄等編：《南詞定律》，收於《續修四庫全書》1752冊（上海：上海古籍出版社，2002年），頁47-48

對，釐清既有集曲所犯之曲牌，以達到確立集曲格律的目的，同時，集曲畢竟是曲牌的變化，如果能以一般過曲視之，就不需要列為集曲，以避免穿鑿錯謬。而《牡丹亭》這些「改調就詞」的曲牌，乃是為了解決合律問題所創的新曲牌，《定律》收於譜中，明顯可看出受到《格正還魂記詞調》的影響，而其「查係正體者，不必強為犯調而畫蛇添足也」的觀念，也反映於所收曲牌的分類。

首先將《南詞定律》所收「改調就詞」的二十七個曲牌，與《格正還魂記詞調》比較，表列如下：

《定律》宮調	原作齣目	原作牌名	《格正》牌名	《定律》牌名
商調	2言懷	真珠簾	鶯啼簾外	遶池簾
雙調	8勸農	清江引	南枝清	清南枝
商調	13訣謁	杏花天	杏花臺	杏花臺
仙呂	24拾畫	一落索	卜算仙	卜算仙
雙調	24拾畫	金瓏璁	金馬兒	金馬兒
商調	26玩真	二郎神慢	二鶯兒	二鶯兒
商調	26玩真	啼鶯序	鶯啼御林	鶯啼御林（換頭）
中呂	28幽媾	耍鮑老	金馬樂	金馬樂
雙調	28幽媾	滴滴金	雙棹入江泛金風	雙棹入江泛金風
黃鐘	29旁疑	一封書	封書序	畫眉帶一封
黃鐘	30懽撓	袞遍	金龍滾	金龍滾
仙呂	30懽撓	稱人心（後半）	雨中歸	雨中歸
黃鐘	32冥誓	鬥雙雞	神杖子	神杖滴溜（前腔）
仙呂	32冥誓	月雲高	雲鎖月	雲鎖月（換頭）
仙呂	32冥誓	月雲高	月夜渡江歸	月夜渡江歸（換頭）
商調	34詗藥	女冠子	鳳池遊	鳳池遊
黃鐘	35回生	啄木鸝	啄木三鸝	啄木三鸝
越調	38淮警	霜天曉角	霜天杏	霜天杏
正宮	39如杭	江兒水	雁過江	雁過江
仙呂	39如杭	唐多令	多卜算	多卜算
南呂	40僕貞	孤飛雁	新郎撫雁飛	新郎撫雁飛
南呂	46折寇	浣溪沙	浣溪令	浣溪令
中呂	47圍釋	縷縷金	金孩兒	縷金嵌孩兒

《定律》宮調	原作齣目	原作牌名	《格正》牌名	《定律》牌名
黃鐘	48遇母	十二時	十二漏聲高	十二漏聲高
商調	48遇母	番山虎	山外嬌鶯啼柳枝	山外嬌鶯啼柳枝
越調	48遇母	番山虎	山桃竹柳四多嬌	山桃竹柳四多嬌（前腔）
越調	48遇母	番山虎	山下多麻楷	山下多麻楷（前腔）

由此表可以看出，《格正》與《定律》不同者僅五例[44]，這五例中，〈勸農〉之【清江引】[45]、〈旁疑〉之【一封書】[46]、〈冥誓〉之【鬭雙雞】[47]皆是定名差異，所犯曲牌、句數全同，故可以明顯看出《定律》受《格正》的影響。唯《定律》仍有其自身觀點，可以從以下兩個例子發現：

1、〈言懷〉之【真珠簾】，《格正》作【鶯啼簾外】，《定律》作【繞池簾】，有別者在於首二句，《格正》訂為正宮【喜遷鶯】，《定律》則為商調【遶池遊】。若比較三者的關係：原作「河東舊族○柳氏名門最◎」；正宮【喜遷鶯】「終朝思想◎但恨在眉頭●」；商調【遶池遊】「白雲滿舍◎孝念應牽惹◎」[48]。則原作此二句，無論平仄、句法、用韻皆與【遶池遊】相近，故《定律》將首二句改為【遶池遊】。

2、〈圍釋〉之【縷縷金】，《格正》作【金孩兒】，《定律》作【縷金嵌孩兒】，二者首尾皆犯【縷縷金】，差別僅在於第七句「密札札干戈」，《格正》定為般涉【耍孩兒】，《定律》則為中呂【好孩兒】，《定律》另有【金孩兒】一曲，犯【縷縷金】與【耍孩兒】，可知所犯曲牌不同，影響集曲定名。

以下兩個列入「新收過曲」的例子，則可看出《定律》與《格正》不同的觀點與作法：

1、〈尋夢〉之【夜遊宮】，原作即為此名，《格正還魂記詞調》改訂為【蓬萊香】，

---

44 分別是：原作〈言懷〉之【真珠簾】、〈勸農〉之【清江引】、〈旁疑〉之【一封書】、〈冥誓〉之【鬭雙雞】、〈圍釋〉之【縷縷金】。

45 〈勸農〉之【清江引】，《格正》作【南枝清】，《定律》作【清南枝】，二者皆犯【清江引】在前、【索南枝】在後，所犯句數亦相同，故可知二者僅是定名差異。

46 〈旁疑〉之【一封書】，《格正》作【封書序】，《定律》作【畫眉帶一封】，二者皆犯【畫眉序】在前、【一封書】在後，所犯句數亦相同，可知亦是定名差異。

47 〈冥誓〉之【鬭雙雞】，《格正》作【神仗子】，《定律》作【神仗滴溜】，二者皆犯【神仗兒】在前、【滴溜子】在後，所犯句數亦相同，可知亦是定名差異。

48 《九宮正始》、《南詞定律》之正宮【喜遷鶯】皆收《琵琶記》「終朝思想」為正格例曲，並無變格，由於《格正還魂記詞調》為鈕少雅所定，鈕少雅曾參與《九宮正始》的編纂，其格律看法，或可從《九宮正始》得到參照，故此處提到《格正》的作法，皆參考《九宮正始》。

犯仙呂【小蓬萊】與中呂【行香子】，並有詳細的考訂說明[49]，認為【夜遊宮】為「若士先生適意而題者也。」【夜遊宮】未見於前譜，《格正》以集曲的方法，將此曲入樂，《定律》收曲，本有強調其「通行可唱[50]」的概念，既收此曲為一般過曲，顯然傾向於認為此曲經過多年傳唱，已有其較為穩定的唱法，未必須需要以集曲重新訂正。

2、〈硬拷〉之【僥僥犯】，二譜雖皆作【綵衣舞】，然《格正》以為集曲，《定律》則收入雙調過曲，云：「此曲諸譜以為犯調，以首句二句末句為【僥僥令】，三句至六句為【錦衣香】，【僥僥令】雖有【綵旗兒】之名，首句末句猶似【僥僥令】，二句板式即有勉強，至三句後，【錦衣香】曲內遍尋，并無此數句，總扭成【錦衣香】，奈今之作家不從何故。從諸譜將【錦上花】等曲收於正體之例，錄於正體。[51]」可見《定律》經過細細查核，認為將此曲定為集曲多有不合，因此採取了一個特殊的作法：既然前譜未見，又不合於他譜所定之犯調，索性另將此曲立為一個新的過曲，以避免後人演唱割裂重組新曲之勉強。

以上兩個例子，除可見《格正》與《定律》做法上的差異：《格正》強調以「既有曲牌格律」來「規範」不合律的曲牌；《定律》則以「通行可唱」為標準，對未見於舊譜的曲牌，未必須要套用他曲格律。換言之，《定律》從俗，《格正》則有「指導／規範曲唱」的目的。

綜合以上所述，本文認為，這些「改調就詞」的曲牌，收入《定律》，有兩種可能性：其一、受到《格正還魂記詞調》的影響，將其格正之曲列入譜中；其二：歸結於《牡丹亭》的傳唱因素，因《牡丹亭》的盛行，為演唱的需要，列於譜中，以作為參考。這兩個可能性，均指向了《定律》所收之《牡丹亭》曲牌，已突破了一般「宮調──曲牌」序列的曲譜，普遍存在的收曲與定律原則。

四　結語

本文探討《南詞定律》所收《牡丹亭》之例曲，藉此一窺一個屢被認為不合律、卻又傳唱極盛的傳奇文本，與「格律譜」編纂之間的互動。本文認為《牡丹亭》，被大量選入《南詞定律》，可以從以下兩個角度分別討論：

---

49 《格正還魂記詞調》云：「此折之引，據原題曰【夜遊宮】，不識何謂。按新舊九宮詞譜，止於雙調中有【夜遊湖】，何嘗有【夜遊宮】？余初疑宮字與湖字之誤，及以其二調之章句一對，無一句相合者，此必若士先生適意而題者也。」（劉世珩編：《暖紅室彙刻傳奇臨川四夢》附刊，揚州：江蘇廣陵古籍刻印社影印出版，1990·10，頁238。）

50 《南詞定律》凡例：「凡諸譜所收之曲繁簡不同，今以通行可唱可傳者存之，其體異不行不足法者，悉皆不錄。」收於《續修四庫全書》1751冊（上海：上海古籍出版社，2002年），頁40。

51 〔清〕呂士雄等編：《南詞定律》，收於《續修四庫全書》1752冊（上海：上海古籍出版社，2002年），頁526。

（一）《南詞定律》的觀點與原則

　　《定律》被認為是一部收錄觀點較為折衷的曲譜，其卷首楊緒序言謂：「務合於古而宜於今，不紐於成而隨於俗。[52]」此雖是指其體例與訂定格律的標準而言，在面對《牡丹亭》不合律的曲牌時，更可發現《定律》的「從俗」，尚有遷就時俗流行、突破舊譜收曲原則的傾向，這可以從《定律》對《牡丹亭》曲牌的三種收錄方法來看：

　　1. 合律的曲牌：取代舊曲，列為該曲牌正格。

　　2. 不完全合律的曲牌：有兩種處理方式，其一是透過點板、定襯，套入該曲牌正格的格律與點板框架；其二則是即便不甚合律，不妨另列一體，成為該曲的一種新體式。

　　3. 不合律的部分曲牌，收入「改調就詞」的新牌調，或列為新收過曲，成為譜中新曲。

　　第2、3種收錄的方法，可看出《定律》試圖接受《牡丹亭》的不合律，並在譜中透過各種方法，使之成為曲牌新律的可能，而這也是《定律》較前譜觀念上的突破。

（二）《牡丹亭》入於格律譜的過程

　　《牡丹亭》雖被認為不合律，卻有為數不少的曲牌被收入《定律》，在《定律》例曲來源的作品中，竟位列第三，僅次於《琵琶記》與《拜月亭》，原因正在於《牡丹亭》的盛行，以及因為傳唱的需求，歷代曲家、藝人對《牡丹亭》所作的藝術加工，透過點板、定正襯、改調就詞等方式，以處理《牡丹亭》不合律的作法，已逐漸成熟，特別是改調就詞，在《定律》以前，已有鈕少雅《格正還魂記詞調》問世，《定律》的編輯理念，雖與其所編纂的《九宮正始》有所不合[53]，但譜中所錄改調就詞的曲牌，仍可看出頗受《格正還魂記詞調》的影響，而此二者也對乾隆末年《吟香堂牡丹亭曲譜》、《納書楹牡丹亭全譜》的編纂訂譜有所影響。

　　而回過頭來，觀察傳奇文本與格律譜之間的互動關係，本文認為，有時傳奇文本之於格律譜，不僅僅是被動的「選錄」與「訂正」，在《牡丹亭》這個例子中，更可以看到一個即為盛行的文本，甚至可以影響格律譜的收曲，以及訂定曲律標準的移轉，這也是在曲譜研究的過程中，值得注意的現象。

52　〔清〕呂士雄等編：《南詞定律》，收於《續修四庫全書》1751冊（上海：上海古籍出版社，2002年），頁22-23。

53　周維培：《曲譜研究》（南京：江蘇古籍出版社，1999年9月），頁179。

徵引文獻

一　古籍與曲譜

〔明〕蔣孝：《舊編南九宮譜》，收入王秋桂主編：《善本戲曲叢刊》第三輯，臺北：臺
　　　灣學生書局，1984年。

〔明〕沈璟：《增定南九宮曲譜》，收入《善本戲曲叢刊》第三輯，臺北：臺灣學生書
　　　局，1984年。

〔明〕徐于室、鈕少雅：《南曲九宮正始》，收入《善本戲曲叢刊》第三輯，臺北：臺灣
　　　學生書局，1984年。

〔明〕沈自晉：《南詞新譜》，收入《善本戲曲叢刊》第三輯，臺北：臺灣學生書局，
　　　1984年。

〔清〕呂士雄等輯：《南詞定律》，收入《續修四庫全書》第1751-1753冊，上海：上海
　　　古籍出版社，2002年。

（明）周之標選編：《珊珊集》，收入《善本戲曲叢刊》第二輯，臺北：學生書局，1984
　　　年。

〔清〕葉堂：《納書楹曲譜》，收入《善本戲曲叢刊》第六輯，臺北：臺灣學生書局，
　　　1987年。

〔清〕葉堂：《納書楹四夢全譜》，收入《續修四庫全書》第1757冊，上海：上海古籍出
　　　版社，2002年。

怡庵主人編：《六也曲譜》，臺北：臺灣中華書局影印出版，1977年。

怡庵主人編：《崑曲大全》，上海：世界書局，1925年；收入波多野太郎編：《中國語文
　　　資料彙刊》第一篇第二卷，東京：不二出版，1991年。

王季烈、劉富樑：《集成曲譜》，上海：商務印書館，1925年。

王季烈輯：《與眾曲譜》，臺北：臺灣商務印書館影印出版，1977年。

俞振飛輯：《粟廬曲譜》，臺北：中華民俗藝術基金會重印本， 1996年。

俞振飛：《振飛曲譜》，上海：上海音樂出版社，1982年。

二　近人論著

（一）專書

吳　梅：《南北詞簡譜》，1939年於重慶印行；臺北：學海出版社影印出版，1997年。

周維培：《曲譜研究》，南京：江蘇古籍出版社，1999年年。

程　芸：《湯顯祖與晚明戲曲的嬗變》，北京：中華書局，2006年。

俞為民：《曲體研究》，北京：中華書局，2005。

洪惟助：《崑曲宮調與曲牌》，臺北：國家出版社，2010年。

曾永義：《中國古典戲劇的認識與欣賞》，臺北：正中書局，1996・01

（二）單篇論文

林佳儀：〈南、北曲交化下曲牌變遷之考察〉，收於《戲曲學報》第四期（臺北：國立臺灣戲曲學院，2007年12月），頁153-192。

林佳儀：〈論《破窯記》【合笙】「喜得功名遂」套曲在明清時期之流播及變遷〉，收於《彰化師大國文學誌》第29期，（彰化：彰化師範大學，2014・12），頁93-132。

俞為民：〈犯調考論〉，收入《南大戲劇論叢・四》，北京：中華書局，2008年12月，頁209-227。

曹文姬〈《南曲九宮正始》對正、變體格式的認識〉，《中華戲曲》，北京：文化藝術出版社，2002年，頁242-258。

許莉莉：〈論明清時期文人曲詞對南北曲曲牌定腔的影響〉，《齊魯學刊》2007年第一期，頁70-74。

許莉莉，〈論元明以來曲譜的轉型〉，收入《南大戲劇論叢》第四輯，北京：中華書局，2008年12月，頁299-309。

趙天為：〈古代戲曲選本中的《牡丹亭》改編〉，《戲曲藝術》，2006年2月，頁49-54。

海上紅學的衍派
——改琦「畫」論《紅樓夢》

呂文翠

中央大學中國文學系教授

摘要

改琦（1773-1828）《紅樓夢圖》不僅是為小說人物造像，且給出了一種特殊的人物論，尤其是關注她／他們「情」的世界。依託《紅樓夢》典範，以圖像創造達到闡釋人心的「畫」論方式，是改琦藝術世界中的一個重要面向。討論它必須和題詠先作區隔，不再籠統稱《紅樓夢圖詠》。它非但是仕女畫傳統與小說《紅樓夢》的有機融合，是江南才子文化結構語境中不同藝術類型的一次空前交集；更是文人畫的創造，有別於輔助情節、性格展示的繡像插圖。改琦在他的仕紳友人們的支持下，中年時創作的這四冊紅樓青春人物系譜的白描造像，展現了青春情懷的美學。改琦畫心，尤其是女兒心，《紅樓夢圖》抒情而不敘事，它是抒情的造像，人物在畫面上的剎那與充滿詩意的蘊涵。白描與詩意結合，於元春、寶玉等造像的過程中，改琦完成了一種特殊的闡釋與批評。本文通過改琦的典範造像，揭示它在舊紅學衍派中的價值，凸顯清中葉乾嘉時期海上文人才子於《紅樓夢》「圖像」抒情美學所挹入的創造性意義。

關鍵詞：《紅樓夢圖》、「畫」論、青春情懷、抒情的造像

一 前言

清中葉華亭（今屬上海）[1]著名畫家改琦（1773-1828）以圖畫的方式闡釋《紅樓夢》，畫出了一系列紅樓人物，半個世紀後淮浦居士收集畫家生前身後的文人才子為此人物冊頁題詠的詩詞，編成《紅樓夢圖詠》（共四冊，光緒五〔1879〕年木刻出版）刊行。若從傳統的藝術形態看，改琦畫作僅僅是仕女和風流後生繪像的集中展示，將觀察出發點調整一下，不以今天的文藝範疇分類，在繪畫與小說批評的交界面上看這批紅樓人物畫，則可見其包含豐富的人情美學內涵，堪稱為線條筆致形象化的文學人物論。重返改琦的時代，文人才子的《紅樓夢》藝文討論交流並未限於今日認知的文學界域內，那時的說文論藝並無今天的分類標準。故不妨從圖畫對小說文本闡釋的功能及特點，討論聯繫畫圖與小說的才子人文、精神情感的交集，尋繹這些圖畫產生的印迹。

改琦之畫，畫中有詩意蘊涵、有價值判斷，非止有其值得題詠的人物山水花卉，且有一股飽滿的性靈思緒與美學思考滲透在人物畫中，已臻於宋代蘇東坡（1037-1101）題王維（701-761）畫「味摩詰之詩，詩中有畫；觀摩詰之畫，畫中有詩」[2]的境界。以此看《紅樓夢圖》人物畫，詩畫關係轉變成畫對小說的創造性闡釋：畫面形象不僅是對小說文字的轉異，亦堪稱為評點小說人物形象，以畫的形式體現了明季李卓吾（1527-1602）、金聖歎（1608-1661）式的小說批評內容，更將明代以降的江南才子文化傳統以圖畫方式輕輕綰結，呈現出中國人物畫前所未有的藝術功能。

《紅樓夢》研究歷來被學術圈內約定俗成地認定是語言文字形成的論述，《紅樓夢圖詠》一類的圖畫文字交互的價值功能似只在直觀欣賞，從來不太關注紅樓人物畫的批評價值與功能，本文即欲填補此不足處，自以下面向闡析考察改琦《紅樓夢圖》：從呼應小說而少年擬像、命意、抒情，到全盤評點而歸類呈現、表達判斷，凸顯其創造的圖畫藝術形象中含有小說人物論的藝術批評和價值判斷功能，進一步集中在他四冊紅樓人物畫中尋繹兼具情感形象呈現及批評和價值判斷的獨特藝術脈絡，拓展紅學研究中的形象再創造，揭示其批評理論之內涵。

---

1 清中葉乾嘉時期華亭地屬松江府（嘉慶年間下轄七縣：華亭、上海、青浦、婁、奉賢、金山、南匯），民國後屬江蘇省，1958年畫歸上海，本文則以「海上」稱之，主要強調乾、嘉、道時期以松江地區（包括松江別名：茸城、雲間、泖東等地）為中心的文人群體於近代江南地區的文化形塑過程所扮演的重要角色，並探究其心靈格調歷史之珍貴剖面。關於「海上」定義，參見拙著《易代文心：晚清民初的海上文化賡續與新變》（臺北：聯經出版社，2016年），頁10-11。

2 （宋）蘇軾：〈書摩詰藍田煙雨圖〉，《蘇軾文集》（北京：中華書局，1986年），卷70，頁2209。

二 建構《紅樓夢圖》³解析平臺

有鑑於環繞在《紅樓夢圖》上的紛紜繁多論述，在進入文化美學批評與圖像剖析脈絡之前，須得廓清一些事實與理論要點，方得以建構改琦的「畫」論平臺。

第一，須先把改琦的《紅樓夢圖》從《紅樓夢圖詠》中獨立出來進行圖畫的專題討論，不宜囫圇地以眾手不齊的圖詠集合文字作為整體。

自程偉元（1745?-1818）、高鶚（1738?-1815?）的百廿回本《紅樓夢》（1791年，程甲本）版行後，《紅樓夢》的閱讀與評點，從手抄本的有限流通，進入另一個階段。此期間，改琦（號七薌，別號玉壺外史，先世為西域人。見圖一）⁴的《紅樓夢圖詠》在小說與評點為主流的《紅樓夢》眾多版本中異軍突起，改變了繡像插圖為小說服務的角色，而創下了以圖像詮釋小說，單獨以五十幅圖像加上名士文人題詠，翻刻印行的先例。由於改琦的生年（1773）與曹雪芹（1715-1763）時代相近，學界咸以其所繪《紅樓夢圖詠》中人物的髮型飾品、服裝風格、器物樣貌、生活情趣等，相契於《紅樓夢》小說的場景與原貌，堪稱「紅樓畫像」的代表性作品。此書收圖五十幅，每幅圖後又收

---

3 這一命名為淮浦居士在光緒己卯年（1879）刻印《紅樓夢圖詠》的題記中所用，他在該書生成過程的視域內使用《紅樓夢圖》概念，這與本文回到嘉慶、道光年歷史語境的出發點一致。更早的稱謂有經歷過嘉道時期顧春福題老師改琦的〈通靈寶石絳珠仙草〉一圖題畫詩後附記（1833年），以《紅樓夢畫象》名全部四本冊頁，不用「畫像」而用「畫象」，於本文討論的「造像」問題未能相契，故從淮浦居士之說。

4 《墨林今話》卷十一「玉壺外史」載：改琦字伯醞，號香白，又號七薌。其先西域人，世以武職顯，僑居松江。幼通敏，詩畫皆天授。滄洲李味莊先生，備兵滬上平遠山房，壇坫之盛，海內所推。七薌時甫踰冠，受知最深，既而聲譽日起。東南佳麗地，恆扁舟往返其間，賢士大夫嫻雅而好古者，莫不推襟攬袂爭定交焉。君於人物、佛像、士女，出入龍眠松雪六如老蓮諸家。愈拙愈媚，跌宕入古，允稱脫盡凡蹊，山水花草蘭竹小品，亦皆本之前人而運思迥別，世以新羅山人比之。子瀟太史論海內畫家，首推叔美七薌兩君，兩君亦互相推服，而七薌名更遠。都中貴人得其士女，珍於瑰寶，有百金勻肯易片楮者。七薌詩近溫李，不多作，獨善倚聲，遊屐所至，花柳皆為增色。嘗取蔣竹山句繪《少年聽雨圖》，題者甚眾。陳大令雲伯二詩云：「細篷吹殘酒易醒，春寒料峭泥羅屏，沉沉良夜瀟瀟雨，未可無人擁髻聽。繡被香溫最可憐，玉臺春色寫嬋娟，海紅瀟碧遊仙夢，回首人生幾少年。」余嘗見其水墨白荷便面，題〈闌干萬里心〉一闋云：「露下漁衫欲濕，涼生蟹火初紅，白藕花開秋月漾，倚吟篷」。朱酉生孝廉跋其詞稿云：「瑤鶴清唳，春山夜空，煙華轉青，月氣純白，玉壺山人，有斯詞境」。山人詩不多作，然亦有雋妙可喜者，如〈題戴貞石畫柳〉云：「曉風殘月石橋頭，別夢如雲繞翠樓，不寫湘蘭寫煙柳，墨痕點破一匾秋」。〈惜花〉云：「年年桃李著花多，酒客招邀起嘯歌，只恐花時連夜雨，不留些子蜜蜂馱」。〈春風圖〉云：「自有仙人白玉壺，年來飲興屬狂夫，賣花聲裏昔騰醉，牽引春風入畫圖」，可與松壺媲美矣。見（清）蔣寶齡撰，（清）蔣茝生續：《墨林今話》（臺北：明文書局，1986年，據咸豐二年（1852）版本影印出版），頁二上-三上。除繪畫之外，也擅長詞，著有《玉壺山房詞選》二卷、《硯北書稿》一卷、《茶夢庵隨筆》二卷。參見楊逸著，印曉峰點校：《海上墨林》（上海：華東師範大學出版社，2009年，初版於1920年由上海豫園書畫善會印行），頁71。

圖一：改琦像，見《回族典藏全書》，頁 335。

有三十四位詩詞書畫名家題詠，共七十五篇。題詠多有題者手書鈐印，但僅部分紀年，題詠時間最早者應為乾嘉時期性靈派詩人張問陶（1764-1814，號船山），因卒於嘉慶十九年（1814），故為收錄其題詠下限。其次為瞿應紹（1778-1849）題於嘉慶二十一年（1816）夏，同年冬日與隔年正月有顧恒（即顧蒪，1790-1850）、孫坤（生卒年不詳）、高崇瑚（1776-？）、姜皋（1783-？）等人題詠。紀年最晚者則為秦鍾圖詠，詩末的「乙巳秋九月顧頎波題於海上」表明為道光二十五年（1845）之作。可見除年代可考的部分圖詠乃持續到畫家亡故後將近廿年外，此書集結付梓時，改琦謝世超過半世紀了。

值得注意的是，不管是《紅樓夢圖詠》的題序者（光緒己卯年，1879）、亦為此書終能集結出版的關鍵人物淮浦居士（生卒年不詳），抑或是第一冊首幅「通靈寶石絳珠仙草」（合為一圖）的題詠者顧春福（1796-？）[5]在詩後錄下此冊曲折流傳過程的短記（道光癸巳年〔1833〕），皆指出促成改氏繪下一系列紅樓夢人物圖像之因緣，更重要的是延請四方名士邦彥為圖像題詠的靈魂人物，乃是上海名紳吾園主人李筠嘉（1766-1828），也可以說，若沒有他的發起與贊助，有形無形（深厚情誼與經濟財力）的支持，《紅樓夢圖詠》能否成書都是個問題，更遑論成就其於後世無法估算的影響力了。

李筠嘉一作李靈階。字修林，號筍香，一號吾園，近翁。貢生，官光祿寺典簿，故亦稱李光祿。生平喜藏書，親自校勘。縣城東有明朱察卿慈雲樓，後為他所得，藏書至六千餘種，數萬卷。有別業「吾園」在上海城西南隅，園內帶鋤山館、紅雨樓諸景，觴詠之盛為海上冠。王韜（1828-1897）的上海志書《瀛壖雜志》（1875年出版）即多處記

5　顧春福，號隱梅道人，字夢香，一作夢薌，吳（今江蘇蘇州）人。顧錦疇仲子。著有《隱梅庵日記》一卷。善畫，師於改琦。人物、仕女、花卉入手即超，而山水亦工。由於受到改琦的器重，名噪一時，對索畫者，皆以水仙、蘭石應之，雖著墨不多，別饒風趣。參見《墨林今話》卷十五，頁七上。

載李氏事蹟與吾園諸景，推崇其於嘉道時期海上士林的風雅主盟地位。[6]

由此可知，《紅樓畫圖》是《紅樓夢圖詠》的前文本，前者是改琦住吾園應主人李筠嘉之請、自覺創作與編訂的圖畫冊頁；後者是淮浦居士將文人才子的詩詞題記附著在圖畫後增廣其義的跨藝術類型詩畫合集。因《紅樓夢圖詠》是後人編訂的書名，其時改琦已經辭世五十多年了，所以我保持距離地稱其為《紅樓夢圖》，以區別於後人習稱的《紅樓夢圖詠》集合概念。

第二，須釐清改琦紅樓畫作的「文人版畫」特點，《紅樓夢圖》不可擬之書坊刻印，更非民間風俗貼畫。筆者特別重視圖畫背後的菁英化的批評觀：改琦持文人才子的審美、批評視野賞鑒紅樓少年／女兒，礫括（心）性情（懷），極簡白描，少量補景，幾十位詩人題詠可以見出其菁英互證的意旨。此前，陳洪綬（1598-1652，號老蓮）版畫的文人情懷不亞於改琦（詳下文），面對一般社會的向下意願則是改琦所無；畫「水滸故事」必須面對一個原發性的說書人講述方式，畫《紅樓夢圖》須努力直面「文人」創作，貼近曹雪芹的「文心」，它不能不是「文人」的版畫；改琦的菁英立場也遙遙呼應了後起的現代木刻，所以我在「『畫』論」的自設語境中特意命名《紅樓夢圖》為「文人版畫」，自然也拉開了它與一系列《紅樓夢》小說刊本繡像插圖的距離。[7]

6　文曰：「吾園，李氏別業，在城西隅，本邢氏桃園也。後得露香園桃種，添植百數十本，峰巒錯疊，水木明瑟，舊有紅雨樓、帶鋤山館、瀟灑臨溪屋、清氣軒、綠波池、上鶴巢諸勝。桃花開時，遊人如蟻。……道光初，割園之右偏，以為黃道婆祠。……同治四年，就其廢址，創建龍門書院。」見〔清〕王韜著，沈恆春、楊其民標點：《瀛壖雜志》（上海：上海古籍出版社，1989年第1版，光緒元年（1875）由香港中華印務局初版），頁39。另載：「李筠嘉光祿，字修林，號筍香。工書媚學，豪邁喜客。家有慈雲樓，積書數萬卷，手自讎校，皆精審可傳。纂有藏書志，未及付手民。樓中吉金、貞石、碑帖、書畫無不備，不減倪迂清秘閣也。有別業在城西南隅曰「吾園」。當桃花最深處，架紅雨樓以收勝景。芳時令節，名流觴詠之盛，推海上冠。友朋投贈之什，刻為一編，名曰《香雪集》（即《春雪集》）。……光祿身後，藏書盡已散佚。然其孫即卿所藏書畫多佳本，如小李將軍《春江圖》、山谷老人書《千文》、張擇端《清明上墧圖》諸卷，皆世所罕覯，似非不知風雅者，其殆光祿手校之本乜耶？」〔清〕王韜著：《瀛壖雜志》，頁54-55。

7　不同於一般畫家／畫匠，改琦「詩書畫三絕」的時譽印證了他首先是個文人，為典型的江南才子（見《玉壺山房詞》沈文偉所撰〈引〉，見吳海鷹主編：《回族典藏全書・玉壺山房詞》〔蘭州：甘肅文化出版社；銀川：寧夏人民出版社，2008年〕，頁280）。改琦畫《紅樓夢圖》並未與書坊、刻工共事，他的版畫為文人雅事，停留在冊頁紙上。且「文人版畫」的命名，亦如高友工論及體現「抒情傳統」的中國文化史「美典」所言：「文人畫是一個非常混亂的概念」，可容涵多元新生的畫的類型（見高友工：《中國美典與文學研究論集》〔臺北：臺大出版中心，2016年4月三版一刷〕，頁153-154，詳見本文第四節詳論）；就文人畫最為狹義內容的竹石而言，這些正是改琦紅樓人物的極簡白描以外的畫面主要部分，它是不可或缺的補景。高氏對於「神」多層面的解釋是文人畫觀念的最有關鍵性的問題，亦可證諸改琦繪〈黛玉〉等造像之傳神被廣泛認同、採用。故本文研究方法有意與一般視覺文化區別，學界關於文人畫論成績斐然，筆者強調以「畫」寓論，並試圖與「紅學」合流。《紅樓夢圖》收束論域，為改琦藝術成就之一端。他的畫作，人物、仕女、山水、花卉兼擅，水墨、設色、白描齊全，作品流布廣泛，海內外時有展覽、拍賣，諸多博物館與私人收藏，如高雄美術館於2007年曾以「世變、形象與流風：中國近代的繪畫1796-1949」為題規劃展覽，由鴻

改琦《紅樓夢圖》的文人版畫風格，後來者與之相近的有費曉樓（1802-1850）《十二金釵冊》（見圖二）[8]、王墀（1820-1890）增廣女性風格及人物的《增刻紅樓夢圖詠》（見圖三）[9]，此類圖畫與一般繡像小說刻本之圖繪有本質的區別。就如改琦《紅樓夢圖》與程偉元、高鶚的百二十回本《紅樓夢》二十四幅插圖風格互異，[10]程甲本插圖（非《金瓶梅》繡像傳統）演繹一些小說情節，像界畫用尺子劃出直線的室內佈局，重物質環境而非人物精神氣韻，女性衣飾線條僵硬而少風致（見圖四）。《姚伯梅評本石頭記石版插圖》並未走出另樣的路徑，但比程甲本畫面疏朗了一些，看起來不那麼繁亂、侷促。[11]《李菊儕金玉緣石版畫》以行書數行解釋故事，配以人物關係的呈現，多了一

圖二：費曉樓《十二金釵冊》元春　　　圖三：王墀《增刻紅樓夢圖詠》寶玉

禧美術館統籌、高雄市立美術館策劃，以藏家石允文等之豐富藏品呈現中國十九世紀以來的繪畫風潮，並舉辦共計三天的國際學術研討會（2007年5月25日-27日）。展品清冊中即有改琦的卷軸五幅（愛蓮圖、蘿陰邀蓬圖、芭蕉仕女圖、蘭石、坐春圖）。參見網址 http://elearning.kmfa.gov.tw/turmoil/home.html，下載日期2017年4月20日，19:30）。改琦研究方興未艾，弱水三千，吾人但取一瓢飲。

8　〔清〕費丹旭《十二金釵冊》，道光二十一年（1841年）。現藏於北京故宮博物院，款署：「辛丑春日為蘭汀大兄大人屬，曉樓弟費丹旭。」鈐「子苕」、「丹旭」等印。鑒藏印鈐「蒼卡過眼」、「笙魚秘玩」、「寶琅之華」等。後幅有清袁松等人跋二段。

9　〔清〕王墀所繪《增刻紅樓夢圖詠》，除近50幅與改琦圖詠重複外，另增至124人，是目前繪製紅樓人物最多的一種。見氏繪：《增刻紅樓夢圖詠》（上海：上海書店，2005年，據光緒八年〔1882〕上海申報館申昌書畫室石印版影印出版）。

10　乾隆五十六年（1791）程甲本、乾隆五十七年（1792）程乙本，程偉元、高鶚百二十回本《紅樓夢》，木刻活字版排印，凡收二十四幅圖，每幅佔半頁，附題詞半頁。

11　光緒十二年（1886），石印護花主人王希廉、大某山民姚燮兩家合評本《增評繪圖大觀瑣錄》（北京：北京圖書館出版社重印出版，2002年）。光緒十八年（1892）姚燮（1805-1864，字梅伯，號大某山民）《增評補圖石頭記》，人物繡像十六幅，每回另附兩幅回目插圖。

些京派的筆墨趣味。[12]此外,《荊石山民紅樓夢散套插圖》幾乎不出程甲本的格局,《紅樓夢西湖景》習得了一點西畫的透視,卻是生硬扞格,至於楊柳青年畫的風格則多了些日常裝飾的意味。[13]王希廉(1805-1877)、周綺(1814-1861)評點的《雙清仙館新評繡像紅樓夢》卷首有極簡的線描人物六十四幅,以花卉襯托其精神(見圖五),人物對應花卉意象的固定搭配未免呆板,卻比程甲本出色。[14]《雙清仙館新評繡像紅樓夢》之後,一般畫作也漸行脫離了江南才子的文人畫韻致,增加了海上文化生產語境中的洋場才子氣與書坊競銷的印迹。[15]

圖四:程偉元刊本《紅樓夢》插圖賈元春

---

12 民國二年(1913)李菊儕繪《金玉緣畫冊》(又稱《石頭記新評》),凡三百餘幅,為紅樓夢畫冊巨製。北京《黃鐘日報》附張連刊本(見阿英編:《紅樓夢版畫集》,上海:上海出版公司,1955年,頁4)。

13 兩種俱見阿英編:《紅樓夢版畫集》,頁62-83。

14 《雙清仙館新評繡像紅樓夢》(道光壬辰十二年〔1832〕出版),以程甲本《繡像紅樓夢》為底本校訂,有繡像六十四幅,前圖後花,配以《西廂記》詞句,頁邊題寫紅樓夢像及人物名。

15 《紅樓夢》繡像與插圖相關分析,參見陳平原:《看圖說書:小說繡像閱讀劄記》(北京:生活・讀書・新知三聯書店,2003年第1刷),頁15-38。

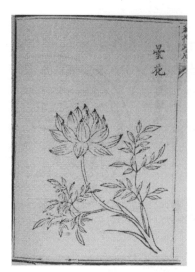

圖五：《雙清仙館新評繡像紅樓夢》晴雯與代表花卉

　　無法迴避的事實是改琦《紅樓夢圖》取材與精神淵源俱在小說《紅樓夢》，「畫本」的說部特徵不可免地暗示其白描版畫稿與繡像插圖的藝術傳統有表象的相似，因此須比較改琦《紅樓畫圖》與前此依據說部題材的繡像以彰顯其獨立性。《紅樓夢圖》與陳老蓮《九歌圖》匹配《楚辭述注》相仿，而不似據《水滸傳》人物而作《水滸葉子》，前者有精神高標，後者趨近世俗人生。[16]改琦筆下的紅樓夢人物造像都是富生命內涵的少女與後生；陳老蓮水滸人物繪圖是為牌戲、觴政等遊戲消遣以娛樂助興，其短促有力的線條與水滸人物動作相濟，於人物精神內蘊的表現則無甚深意。相較之下，改琦則並不關注說故事層面，《金瓶梅》繡像中人都要與環境或他人發生關係，人物不論多寡，多以中遠景攝取，改琦所作是近在咫尺的人物造像，畫面上的人物極少與他人發生關聯（獨像居多）[17]，且根本不提示情節。上文說過，改琦與海上文藝圈後來的《紅樓夢》繡像本也不是一類，即便是《王希廉評本新鐫全部繡像紅樓夢》（以《雙清仙館新評繡像紅樓夢》為底本的翻刻本）卷首所陳列的人物。其單一人物造像並不補景，引用戲文警句批語還是小說家數，圖畫頁邊注明人物，背面以所擬花卉陪襯。[18]「人與花」直接

---

16 參見高居翰〈陳洪綬及其人物畫〉一文。見〔美〕高居翰（James Cahill）著，王嘉驥譯：《山外山：晚明繪畫，1570-1644》（*The Distant Mountains: Chinese Painting of the Late Ming Dynasty,1570-1644*）（北京：生活・讀書・新知三聯書店，2014年第6刷），頁307-339。

17 改琦「戛戛獨造」者有：《錢東像》、《壺公像》（畫家錢杜像）與《善天女像》（參見何延喆：《改琦評傳》〔天津：人民美術出版社，1998年〕，卷首圖40、41、42），不論仙凡，與《紅樓夢圖》之〈警幻〉、〈元春〉者一例「造像」。錢東、壺公與紅樓人物不同者，此二人為「寫真造境」，紅樓形象卻是憑文字向空塑造。

18 王希廉評本雕版刻於道光壬辰年（1832），已經是改琦辭世以後數年，書首這些圖像多晚於改琦之作，但是後發先至，早於淮浦居士的《紅樓夢圖詠》四十多年出版。

對應關係的審美空間相對狹隘。

　　第三，人們習慣稱《紅樓夢圖詠》為改琦的代表作，本文則欲強調此僅為其作品中的重要側面，詩詞圖畫的共生效果並不專屬於改琦，白描手段的「抒情造像」才是他的筆力。命名改琦貢獻的圖像，應該如見過其原作的改琦學生顧春福稱《紅樓夢畫象》、淮浦居士謂《紅樓夢圖》，或如一九三〇年代上海名作家葉靈鳳（1905-1975）名之《紅樓夢人物圖》。[19]改琦無法代表題詠者張船山、王希廉等一干人。冊頁中白描線條的藝術特徵需要後續剞劂製版體現，不包括改琦墨色或設色的大幅圖畫。再說，本文並不介意後來雕版印刷的題詠畫冊，而聚焦於改琦嘉道年間吾園時期的《紅樓夢圖》的美學意涵與批評價值。

　　《紅樓夢圖》的主要類型（占冊頁總數四分之三）是仕女，[20]非歷史與傳說類型人物，而是在虛構的小說基礎上再度擬構。他承續了明代繪畫中女性在花園、書房和內室裡私人生活的傳統，對女兒的書香、才情之形塑是圖畫主體。畫家未嘗和賈寶玉一樣有推崇女性的傾向，但他全力畫仕女人物，比起折枝花卉與風景著力更多，《紅樓夢圖》第四冊中的男性形象[21]則是由寶玉連帶而來。改琦的仕女繪畫題材的源頭曾是歷史傳說人物中的女才子，譬如被元代文人辛文房列入唐才子的女道士魚玄機（844-868？），[22]明末秦淮八豔中終於也作了道士的卞玉京（1623?-1665）。由此可歸納出：他把握歷史傳說中仕女形象的基本特色是「俊逸才子」，俊美而有才，逸出世俗人生；從卞玉京題識（「卅歲小影」，見圖六）可見他對所繪少艾女性人物的偏好，年齡上限為三十歲；其為董小宛（1624-1651）貼梅扇題詠的〈題影梅庵圖〉相關詩詞也可以作為欣羨女才子的佐證。[23]此類題材有時而盡，相較之下，大觀園中聚天下美麗才俊，竟為神奇女才子

19　據葉靈鳳〈改七薌的《紅樓夢人物圖》〉一文所云。見葉靈鳳：《讀書隨筆（集一）》（北京：生活・讀書・新知三聯書店，1995年第5刷），頁322-325。但《紅樓夢人物圖》的命名下容納了一些難辨確否為改琦所繪的圖像，為避免混淆，本文以「紅樓夢圖」為名，指改琦所有的《紅樓夢圖詠》的繪圖底本。

20　《紅樓夢圖》第一冊所繪十二幅，依序為：通靈寶石絳珠仙草、警幻仙子、黛玉、寶釵、元春、探春、惜春、史湘雲、妙玉、王熙鳳、迎春、巧姐；第二冊所繪十三幅：李紈、鴛鴦、可卿、寶琴、李紋李綺、岫煙、香菱、晴雯、芳官、尤三姐、鶯兒、平兒、紫鵑；第三冊所繪十三幅，依序為：襲人、齡官、麝月、翠縷、碧痕、司棋、佩鳳、小紅、智能、春燕五兒、翠墨小螺入畫、秋紋蕙香、綵鸞繡鸞。

21　《紅樓夢圖》第四冊所繪小說中男性人物有十二人，依序為：賈寶玉、柳湘蓮、秦鐘、蔣玉函、賈蓉、賈薔、賈芸、賈蘭、薛蝌、焙茗、北靜王、甄寶玉。

22　見〔元〕辛文房著，李立樸譯注：《唐才子傳》（臺北：臺灣古籍出版社，1997年），卷8，頁618。

23　《玉壺山房詞》有〈浣溪紗（椒粉畫影梅庵圖）〉：「一幀華光上畫叉，來尋煙語過山家，枝枝香月寫窗紗。天上紫雲無夢到，竹邊翠袖太寒些，輕紈黏住古時花。」詞後附記「袁綬階所藏董小宛貼梅扇今在古倪園中」。見《回族典藏全書・玉壺山房詞》，頁308。關於「影梅庵圖」，改琦亦有詩作詠之，〈題影梅庵圖〉：「水繪蒼涼樹色昏，疎香畫出舊巢痕，貼梅扇底粘花片，難覓春人月下魂。陳髯賺得紫雲開，妒煞南田著句來，不是花開雙茉莉，有人惆悵立蒼苔」，詩中所指應為袁氏所藏

圖六：《玉京道人卅歲小影》

世界，是無窮的畫本源頭。對《紅樓夢》鮮活小說題材的闡發利用，為乾隆以後嘉道年間文人才子的共同趣味，改琦畫紅樓人物比起在吾園、古倪園[24]搜索舊籍尋求畫本來得方便，而且興味愈來愈濃。他生命的後半持續地畫這些仕女、後生們，結集待刊刻。

　　改琦專心於《紅樓夢圖》不為表達哪一段故事，而是「那一段（些）」動人的

董小宛貼梅扇（《回族典藏全書・改琦詩抄》，頁135），以及〈泖東詩課（辛未）〉詞作〈賀新涼（董小宛貼眉扇）〉皆為此所填。見（清）改琦撰：《泖東詩課》，收於國家清史編纂委員會編：《清代詩文集彙編》（上海：上海古籍出版社，2010年），頁486。

24 古倪園為改琦至交好友、上海富紳沈恕的家族園林，位於松江地區，改琦常盤桓於此詩酒文會，也結交了許多文士、官紳與富商。沈恕的連襟王芑孫（號惕甫、楞伽山人）與其妻曹貞秀亦與改琦往來頻繁，曹曾親自手書多首題畫詩詠改琦畫作。沈恕，字正如、屺雲，號綺雲，松江人。其先人以居積發家，至其父沈虞揚（號古心翁）時，田產已為松江之冠。恕與弟慈（號十峰）、子文偉皆有刻書知名於時，恕所刻除《梅花喜神譜》外，如重刻黃丕烈（字蕘圃）所藏宋版書《唐女郎魚玄機詩》集，自刻《三婦人集》亦以影刻精妙享有盛譽。又翻刻《雲間志》，重拓董其昌收集的名家書法帖集《戲鴻堂帖》。生平參見（清）王芑孫：〈候選同知沈君墓誌銘〉，《淵雅堂全集・惕甫未定稿》，「中國哲學書電子化計畫」（據哈佛燕京圖書館藏本掃描，嘉慶二十年（1815）增刊本），卷12，頁18上-19上，網址：http://ctext.org/library.pl?if=gb&res=4176，檢索日期：2017年2月20日。

「情」，畫面不以敘事性為目的，即使事出有因，也將其作為一種特殊意象或內心情結來表現，諸如「史湘雲醉眠芍藥裀」、「齡官畫『薔』」，重點表現的是一種藝術家依託於有限實事與虛空時光裡的精神、情感狀態。這是明清文人繪畫傳統中表現女性形象的主流，與一般小說繡像的人際關係、故事再現有很大距離。江南才子乃本色有情文人，其繪畫自然有別於一般流俗的質地。

《紅樓夢題詠》標識江南才子《紅樓夢》小說的共同想像，他們共同置身於言情空間，「情」便是題詠詩畫協調的核心。《紅樓夢圖》畫面元素的構成相對簡單統一，多數畫面由標名人物與補景構成，丫鬟是點綴。畫圖不為寫實，相仿於中國戲劇的程式化而又不排斥象徵，少女及其他人物的肖像特徵無大分別，但是畫面上總會有一個突出的神態與細節元素作為區分的標誌及表徵。此中有畫家的人物美學，大多數畫面上的細節是從小說中精心挑選與提煉而得，有的是改琦別出機杼。受制於小說的文字暗示，卻又時時與之保持距離的藝術均衡，此乃《紅樓夢圖》與改琦其他繪畫的區別。

畫家的某些想像，如黛玉、元春等，成就了中國人讀《紅樓夢》的共識符碼，有的人物甚至被選為世界其他語種譯本的封面。[25]大多數的單人畫像以外，有少數二人以上合為一幀圖像，如賈府所來親眷之中，李紈的堂妹李紋和李綺。合畫丫鬟類有四幀：一是怡紅院中春燕、五兒搭檔；其二也是寶玉房中下人，秋紋、蕙香兩人在得意與失意間彼此映照；其三畫彩鸞、繡鸞翩翩起舞，在王夫人最謹嚴的監督之下，改琦用意實非小說情境所允許；唯一可見三人合圖的竟然是翠墨、小螺、入畫作一處談，它沒有任何現成情節的依託，卻是丫鬟社交的合理想像，她們各自和主子的相處方式不一：小螺天真無邪隨寶琴（小說第五十、六十二回）；入畫大致本分，主人惜春無法保護她，致使其於抄檢大觀園時遭攆（第七十四回）；翠墨私下將主子探春身邊的事傳話於他人（第六十回），猥瑣舉止與趙姨娘無異。均可見出改琦仕女畫的寄託有出於曹雪芹《紅樓夢》外，創造及批判兼具。

第四，必須審慎對待今天所見的各種版本，最具賞鑑價值的仍然是初刻本。[26]改琦一生繪畫既多，仿冒與贋本亦多。《紅樓夢題詠》國內翻刻本不論，筆者所見的日本翻

---

25 見苗懷明：〈苗懷明輯錄：《紅樓夢》譯本欣賞〉（2017年1月27日發佈）。文中所舉之例如1991年出版的西班牙文版《紅樓夢》封面即為改琦所繪「賈寶玉」像，1994年出版的義大利文版《紅樓夢》封面為改琦所繪「元春」像，1985年的捷克文版《紅樓夢》則是改琦的「司棋」繪像。見「古代小說網」，http://www.zggdxs.om，檢索日期：2017年2月20日。

26 今所見《紅樓夢圖詠》版本最佳者莫過於中國國家圖書館所藏原鄭振鐸舊藏（有兩方印章：一為「長樂鄭振鐸西諦藏書」，一為「長樂鄭氏藏書之印」）。此乃光緒五年初刻本，有北京圖書館出版社2004年1月影印出版，收有光緒十年（1884）吳縣孫毓繇居士的跋文。馮其庸題簽封面，圖畫品質觀感較各種重印版本而上之。另參見宋兆霖主編，許媛婷執行編輯：《匠心筆蘊：院藏明清版畫特展》（臺北：國立故宮博物院出版，2015），頁96-99。

刻就有三種：[27]淮浦居士初刻本刊行三年後（1882），日本東京上野花園町就出版了水口久正本（日本內閣文庫藏本）；三十多年後的「風俗繪卷圖畫刊行會」本的品相最接近初刻本（1916），與鄭振鐸（1898-1958）藏本有些收藏印鑒的差異；有點出奇的是早稻田大學藏本，墨色差不說，改琦圖畫的印章與諸本大異。

　　國內翻刻本品質不一，有些後來石印或複印本竟然對題記等任意刪減。普通所見《紅樓夢圖詠》多翻刻而非精良版本，最佳者是光緒五年的初刻（原鄭振鐸藏本），後世循翻刻本欣賞紅樓圖畫而得到的印象，與改琦紙上畫作的美譽存在若干距離（網路上的拍品亦真假莫辨）[28]。淮浦居士在《紅樓夢題詠》卷首題記強調：「先生在李氏園中所作卷冊，惟《紅樓夢圖》為生平傑作，其人物之工麗，佈景之精雅，可與六如、章侯抗衡」，意謂改琦為李氏收藏的作品有卷軸、冊頁，立軸、手卷都有真迹，內容未詳，冊頁中當然應該有《紅樓夢圖》、《百幅梅花圖》或《孔子聖迹圖》。[29]儘管淮浦居士推崇他曾經寓目的《紅樓夢圖》真迹之藝術水準趕得上明代畫家陳洪綬、唐寅（1470-1524），事實是這本雕版印刷書冊即使刻印上佳，也難達到改琦畫魚玄機、卞玉京的立軸或後來的珂羅版精印畫作[30]效果。相比他的另一些傳世作品《元機詩意圖》、《二分明月女子小影》，甚至如《改七薌紅樓夢臨本》[31]（珂羅版）所收畫圖，諸多翻刻的《紅樓夢圖詠》難以滿足觀者對改琦盛名的期待。孫谿（生卒年不詳）曾經以收藏初版《紅樓夢題詠》沾沾自喜，並於光緒十年（1884）作了跋語（鄭振鐸藏本有三方孫谿曾經收藏的印鑒）云：「近外間竟有翻刻本，雖依樣葫蘆，而神氣索然」（詳下文），比較鄭振鐸藏本的影印發行本與後起翻刻本，孫谿所言不虛。

　　綜上述，可推知改琦《紅樓夢圖》的真迹早已不復得見，畫家也從未自己敘述作過與《紅樓夢》相關的畫。留下專門文字記載其親目所見改琦冊頁真迹的，唯有顧春福與淮浦居士二人。顧春福是改琦的學生，曾經於改琦在世時（1827）將完成的《紅樓夢

---

27 一、日本東京上野花園町出版的水口久正本（明治十五年〔1882〕四月四日刊行），現藏於日本東京內閣文庫；二、久保田編纂，東京風俗繪卷圖畫刊行會出版（大正五年〔1916〕刊行），吉川弘文館發行，臺北新興書局據此本重印為《筆記小說大觀・七編》出版（1982）；三、早稻田大學藏本，原戲劇家島村抱月（1871-1918）藏書，其病故後二年（大正九年〔1920〕一月）為早稻田大學登記收藏，此本墨色品相差，未載刊行年月。

28 相關論述參見林佳幸：《改琦〈紅樓夢圖詠〉之研究》（臺北：國立臺灣師範大學美術學研究所中國美術史組碩士論文，2005年）；張寶釵：〈改琦《紅樓夢人物圖冊》〉，《龍語文物藝術》第12期，1992年4月，頁72-74。

29 《回族典藏全書》收改琦詩詞圖畫著作（含不同版本）九種，圖畫有《孔子聖迹圖》、《百幅梅花圖》、《補景美人圖》與《紅樓夢圖詠》等。見《回族典藏全書》，頁353-624。

30 如1910年代上海「神州國光集集外增刊畫冊」有《改七薌補景美人冊》（上海：神州國光社印行，約1915年）、1920年代上海有正書局所印《改七香紅樓夢臨本》（上海：有正書局，1923）即稱以珂羅版或玻璃版精印。

31 參見上注。

圖》全部冊頁借來身邊，翻來覆去閱過幾十遍：

> 紅樓夢畫象四冊，先師玉壺外史醉心悅魄之作，筍香李光祿所藏。光祿好客如仲
> 舉，凡名下士詣海上者，無不延納焉。憶丁亥歲，薄遊滬瀆，訪光祿於綠波池
> 上。先師亦打槳由泖東來，題衿問字，頗極師友之歡。暇日曾假是冊，快讀數十
> 周。越一年，先師、光祿相繼歸道山，今墓木將拱，圖畫易主，重獲展對，漫吟
> 成句，感時傷逝，淒過山陽聞笛矣。[32]

淮浦居士再以文字表述看到此冊真迹《紅樓夢圖》，已經是光緒年（1879）了：

> 先生在李氏園中所作卷冊，惟紅樓夢圖為生平傑作，其人物之工麗，佈景之精
> 雅，可與六如、章侯抗衡。光祿珍秘特甚，每圖倩名流題詠。當時即擬刻以傳
> 世，而光祿旋歸道山，圖冊遂傳於外。前年冬，予從豫章歸里，購得此冊，急付
> 手民以傳之。時光緒己卯夏六月……。（《紅樓夢圖詠》卷首題記）

此後，珍貴的便是初刻本了，真迹不知所終。孫毓獲藏此書，此後為鄭振鐸所藏，再就
捐獻給北京圖書館了。當年孫毓以見到初刻本為有福的興歎，於今讀來令人更添感慨：

> 紅樓夢一書，欲徵實則海市蜃樓，欲翻空則家庭瑣屑；所傳仕女，各有性情，各
> 有體態，憑空想像，付諸丹青，自非筆具性靈、胸有丘壑者不辦。雲間改七薌先
> 生，瀟灑風流，精通繪事，紅樓圖尤為生平傑作，一時紙貴洛陽，臨摹紛雜。惟
> 此圖乃先生客海上李氏吾園時創稿，廬山真面，歷世不磨，經淮浦居士授之剞
> 劂，公之藝林，誠盛舉也。近外間竟有翻刻本，雖依樣葫蘆，而神氣索然。余懼
> 砆砆混玉，貽買櫝還珠之誚也，爰志數行，口誇眼福云爾。

改琦創作積成四冊五十幀圖像的冊頁，李筍香「珍秘特甚」而請名家題詠，他們身後擁
有此冊的文人才子仍然繼續徵求題詠，[33]歷經太平天國、小刀會兩次戰亂而免於劫難，
終於由淮浦居士實現了他們二人的遺願。我們無緣像顧春福那樣親見其老師改琦的《紅
樓夢圖》，也不能把握淮浦居士印行之《紅樓夢圖詠》的畫幅、墨印等是否切近原作冊
頁。今天所見《紅樓夢圖》的白描人物為雕版計而用線描，佈局也相對簡潔：表現人物

---

32 《紅樓夢題詠》中顧春福於道光年間（1833）題「通靈寶石絳珠仙草」詩後記，極言此冊圖畫是老
師「醉心悅魄之作」，題記所言改琦由泖東買舟來海上，指從他生命末年從松江來到上海縣城李光
祿吾園樓止的一段。

33 僅以「通靈寶石絳珠仙草」圖的兩位題詠者舉例，姜皋題署日期在嘉慶丙子年（1816），顧春福則
題於道光癸巳年（1833），其間相差17年。可推知，請姜皋題署者是吾園主人李光祿，而在他死後
畫冊轉手的主人已經無可考，顧春福在李光祿眼中還不是時之名流，後來的主人卻因他是改琦的學
生，與這四本冊頁亦為舊時相識，或是日漸名高，於是再倩題同一幀畫。餘下無日期可按的畫像，
其先後機緣，則是永久之謎了。

為主體，花園補景的理當是花石竹木，室內由人物行動環境決定為必需的家什。這些人物畫大體上畫面安排較滿，不大講究疏密，即使少部分冊頁上的留白也不為題詠設計，卻將人名融入圖中不顯眼處。凡此種種，皆使這些仕女、人物畫明顯有別於繡像插圖，而具有濃厚的文人才子氣息。

改琦的作品固有應求購者而作，比之揚州八怪和後來的海上畫派，較少將畫作視為謀生取利的手段，甚至視求畫眾多為苦事，刻意移居他處如躲債般逃避索求者。[34] 著名作品多數出於文人雅集交流，上海吾園和松江古倪園主人李筠嘉、沈恕（1775-1814）等人皆為其世交摯友。《紅樓夢圖》是作者與收藏者共同珍愛、並非完成於一朝一夕的藝術精品，自不應混同於坊間牟利者。

故亦須關注改琦畫圖冊頁上用印，它是文人畫的鮮明標記。《紅樓夢圖》中分別使用或長或方或朱或白或圖形的多方印章，以求四本冊頁的豐富與變化。嘉道年間主要還是詩書畫三者並提，海派繪畫才強調詩書畫印，[35] 但是《紅樓夢圖》全部四冊的圖畫冊頁，每幀都用印以求完備。初刻本中計用了九方印，體有各種篆隸陰陽，含圖文並置的會意，內容不外玉壺、玉壺山人、改琦畫印、改琦私印、改琦、七香、改白蘊。

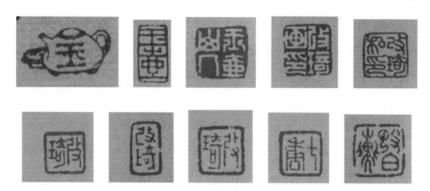

若將翻刻的印章也一併考量，則不勝其多，諸如將姓名分拆並以陰陽分別的改、琦兩個印章，畫出玉壺又加配一隻杯子的，不一而足，甚至連題詠者的印章也有改造。改琦其他圖畫中所用的印，有與《紅樓夢圖》互見、也有不見的，如《改七薌補景美人圖》印章有：玉壺外史、七香、改伯蘊，姓與名的單獨印章又陰陽文各具。《紅樓夢圖》造像之人物對象的名字在畫面上注明，方式是在邊緣空白處或畫中山石的小塊面上留下所畫人物的名字，別無款識。為雕版而作冊頁與一般卷軸不同，佈局基本專為安排人物考量，畫幅並不專為題寫留空，題詠皆為另頁書寫，顯示了畫家與題詠者作品的各

---

34 改琦撰《茶夢庵隨筆》所記戊辰年（1808）十一月下弦：「移寓浣月山房，索畫蝟聚，避債蝟縮」。見《清代詩文集彙編・茶夢庵隨筆》，頁461。

35 見薛永年、杜娟著：《清代繪畫史》（北京：人民美術出版社，2000年初版第一刷），頁167-190。另見萬青力：〈上海地區的書畫會〉，見氏著：《並非衰落的百年——十九世紀中國繪畫史》（臺北：雄獅美術，2005年），頁114-127。

自獨立性。

有了上述的瞭解，方能構築較為完善的《紅樓夢圖》解析平臺，進一步剖析畫像中包蘊的文化美學與詩性意涵，凝煉一個「抒／書情造像」的近代美學典範（美典）。

三　江南才子的文化累積與抒情「少年紅樓圖」

為何改琦《紅樓夢圖》能以圖畫形式形成與小說文本的多重對話，更由嘉道間文人才子題詠複合而為《紅樓夢圖詠》，從而凝結為一個「抒／書情的美學典範」？評價《紅樓夢圖》的文學與文化闡釋功能，須瞭解它在改琦人物仕女畫中的地位，進而理解仕女畫在改琦人物、花卉、石竹、山水等多方面成就中突出，解釋創作主體駕馭各種藝術手段，而得以賦予圖上（女性）人物詩意生命內涵。簡略地說，改琦仕女畫較諸其他類型作品既豐富多樣又能出古入今，在題材的多樣化、熔鑄古今的超群手法以及與古代人物展開的情感、精神的對話過程中，畫家主體得以卓爾不群地突出，於是這些仕女人物都打上改琦以及周遭的江南文人才子群體的結構性文化烙印。改琦仕女畫的內蘊與情感端緒遂發展衍化為《紅樓夢圖》的仕女人物群像，成就了前所未有的嘉道年間的海上文藝美學，並熔鑄在人物仕女圖畫與當世生活藝術的批評對話中。[36]

一般從繪畫史廣義地談改琦仕女畫的歷史繼承，必然追溯唐代周昉（730?-800?）、宋代李公麟（1049-1106）、明代唐寅、仇英（1494?-1552）、陳洪綬等名家的路徑，他多方汲取遍臨唐宋元明歷代名家及至本朝前輩新羅山人（華嵒，1682-1756），一旦下筆就融化百家而自成一格。再從空間文化結構著眼，改琦屬於江南文人才子的文化圈，松江、華亭乃至海上的二百多年書畫歷史，從董其昌（1555-1636）華亭畫派繁盛到改琦時代的人才輩出、豐富華瞻而不勝縷述，時稱這兩代巨匠代表「詩書畫」三絕，正是人文與藝術完美融合的一脈相承。[37]詩書畫的「書」在海上與江浙間不僅指涉法書，更有一重畫家、書家飽讀詩書意味，置於《紅樓夢圖》語境還有與曹雪芹之「書」的深入對話。他們的書畫題材常常汲源於書香世家珍藏的典籍，擅勝人物造像的畫家以想見、再現典籍記載的歷史與傳說中的文人、奇人乃至女人為自己的使命，譬如：改琦、余集（1738-1823，號秋室）都作《元機[38]詩意圖》，動因之一是擅長書籍鑒定的朋友黃丕烈

36　美國知名藝術史學者高居翰（James Cahill, 1926-2014）呼籲必須重新正視明清時期大量以「致用與怡情」為出發點的繪畫，並力圖證明當時存在一種專為女性消費群和女性觀眾創作的繪畫。本文援其說統稱其為「生活藝術」。見〔美〕高居翰著，林英、崔亞男譯，洪再新、李清泉審校：〈明清時期為女性而作的繪畫？〉（"Paintings Done for Women in Ming-Qing China?"），收於藝術學研究中心編：《藝術史研究》第7輯（廣州：中山大學藝術學研究中心，2005年），頁1-2（1-37）。

37　〔美〕高居翰（James cahill）著：《山外山：晚明繪畫，1570-1644》，頁65-155、159-167；另參見萬青力：《並非衰落的百年》，頁18-30。

38　乃避康熙皇帝玄燁之名諱，易「玄」為「元」。

（1763-1825）重刊過魚玄（元）機詩集，改琦兩番同題造像，五十三歲那一年作畫或許是因黃過世。從這樣的脈絡中，我們很容易見出，畫與書的互文關係是吳中、松江畫家的江南才子詩書傳家的特色。董其昌的豐富書畫收藏與品鑒精選開一代風氣，也是地方文化傳統中極為重要的流脈，改琦與一干才子們三十年雅集走動於李氏「吾園」與沈氏「古倪園」之間，即是自然承繼著這個傳統。李筠嘉收藏刊刻名動一時，沈恕園中有專門的藏書樓（古倪園、嘯園與三宿齋等藏書樓），且專門翻刻過董其昌的《戲鴻堂帖》，書香氣息是吸引改琦輩文人的重要因素。

改琦晚年四冊《紅樓夢圖》完成，有三冊皆為仕女白描。縱觀他一生的仕女畫成就，曾有一系列作品標誌不同的藝術階段：二十四歲（嘉慶元年，1796）作《玉京道人卅歲小影》立軸，這與後來畫《李香君小影》與魚玄機、薛濤（768-831）造像等，可謂風塵女才子造像的開端，不在風塵中的李易安（1084-1155?）也不止一次被想像追摹。[39] 這一年的改琦也開始以冊頁形式集中畫仕女畫。[40] 嘉慶壬戌年春（1802），三十歲臨仇英《百美嬉春圖》長卷（見圖七），[41] 精心繪製的手卷《書中金屋女才子十美》，其技法規模的由來與專注歷史與神話傳說中的女性於此可見。[42]

圖七：改琦臨仇英《百美嬉春圖》長卷舉隅

---

39 此圖今不存，但被視為改琦在世時所繪重要作品之一。參見《改琦評傳》，頁191。

40 何延喆所撰〈改琦繫年〉嘉慶元年（1796）記：他年底從杭州回來，臥病初癒，畫仕女冊頁十二開。據上海朵雲軒藏改琦《仕女冊頁》（見《中國古代書畫目錄》第12冊）。參見何延喆：《改琦評傳》，頁140。

41 上海有正書局曾於1920年代出版《改七薌百美嬉春圖》（上海：有正書局，約1923年出版）。

42 該圖題識：引首「書中金屋」，三宿齋鑒藏，楞伽山人並題。鈐印：淵雅堂、王芑孫印、惕甫。圖中工繪古今詩文所載仕女十家：湘夫人、麻姑、班姬、宓妃、衛夫人、曹娥、玉真公主、花蕊夫人、宋楊妃、管夫人。每家後並工整小楷錄其出處或相關文字，卷後題跋凡六家：墨琴女史、王芑孫、錢泳、吳湖帆、潘靜淑與馮超然。

仿明代仕女畫家仇英、唐寅成為他一生的功課，五十多歲時還有仿唐寅的作品多幅。[43] 嘉慶戊辰年（1808）《仿古美人冊（八美）》是其仕女畫又一標誌，[44]稍早與此類似的有曹貞秀（1762-1822，號墨琴女史）題詠、改琦白描刻繪傳奇歷史女性十六位的冊頁（見圖八），[45]其獨特價值在於圖畫與題詠方式的珠聯璧合，女性詩人主體借造像精品而獲致難能可貴的呈現，圖畫也因詩文交輝而增色。嘉慶乙亥年（1815）作《二分明月女子圖》（見圖九），他隨身攜帶，請朋友題詠，這是其一生詩畫雅集的一個側影。改琦畢生學習追摹前人，但不厚古薄今：畫家周昉富泰的唐仕女偶爾出現在筆下，但是《紅樓夢圖》女子像無一體豐，正如明代幾個畫仕女巨匠從未妨礙他的獨立創造。

---

43 道光癸未年（1823）無題有款：道光癸未小春倣六如法寫於竹柏影屋、道光癸未倣桃花盦主（唐寅號）筆法（見「高居翰數字圖書館」中「圖像典藏」，網址：http://210.33.124.155:8088/JamesCahill/TuXiangDianCangTpiView?name=PMS，檢索日期：2017年2月20日），與此圖題材筆法一致的有道光甲申年（1824）的《楊太真出浴圖》、道光丙戌年（1826）的《風塵三俠》，款「摹唐居士真蹟為靖庵三兄鑒正」。道光戊子年（1828），是他的生命的最後半年間，尚有《摹唐寅仕女圖》，款「道光戊子春正月之吉撫六如居士粉本於玉壺山房」。

44 王芑孫冊首題識：「玉壺仿古」，八幀款識分別為：「月明滿地看梅影，露下隔溪聞鶴聲」、「陌上桑」、「七薌仿王鹿公團扇圖」、「采芝圖」、「影來池裏，花落衫中」、「溪女洗花染白雲」、「曉寒圖」、「小立滿身花影」。

45 長洲女史曹貞秀墨琴所撰《寫韻軒小稿》（「中國哲學書電子化計畫」，據哈佛燕京圖書館藏本掃描），出版於嘉慶甲子年（1804），其夫王芑孫序作於乾隆五十六年（1791）冬十月；嘉慶二十年（1815）又有增刊本《寫韻軒小稿二卷續增卷》。《寫韻軒小稿》卷一〈題畫雜詩十六首〉：織女渡河、王母瑤池、天女散花、麻姑賣酒、宣文綬經、班昭修史、羅敷採桑、孟光提甕、二喬觀書、衛鑠臨池、紅拂梳頭、昭容評詩、玉真入道、彩鸞寫韻、仲姬內宴、石硅請纓（見卷一，頁14上-16下，網址：http://ctext.org/library.pl?if=gb&res=96226，檢索日期：2017年2月20日），即為改琦繪列女冊頁之所本（圖文冊頁參見 Artnet 網站 Gai Qi and Cao Zhenxiu 條目下《改七薌畫曹墨琴題列女圖冊》一書，該書封面題有「丙辰春日吳湖帆（1894-1968）署籤」（網址：http://www.artnet.com/artists/gai-qi-and-cao-zhenxiu/famous-women-Xbl0IIT2PIV-IP85A_iG8Q2，檢索日期：2017年2月20日）。這些圖與《玉壺仿古》手卷有題材重合，有的詩就是這冊頁六幀畫上的題詠。另，據何延喆〈改琦繫年〉記載嘉慶十二年（1807）改琦有兩本十二幀的仕女冊頁（藏天津、廣東博物館），與上述圖畫也有交互。見《改琦評傳》，頁150。

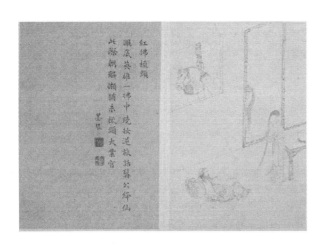

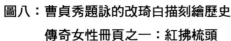

圖八：曹貞秀題詠的改琦白描刻繪歷史　　　　　圖九：改琦《二分明月女子
　　　傳奇女性冊頁之一：紅拂梳頭　　　　　　　　　小影》

　　上述可知，改琦平生致力於仕女畫，歷時三十多年，到白描紅樓人物《紅樓夢圖》
四冊竣工。固然曾刻意臨摹前朝名家、亦不避認同某些世俗類型，終於在與當代虛構藝
術的《紅樓夢》的對話中實現超越，以批判的眼光繪成一個仕女群像，也掩映了畫家主
體相對複雜豐饒的心理結構。然《紅樓夢圖》與書面文字文本的對話，與想見歷史傳說
人物的對話有本質區別。《綠珠小像》[46]等歷史傳說人物是在參照前人造像的同時努力
融入個人的獨創元素，而植基於小說《紅樓夢》的系列人物畫的再虛構，不再拘限於
（野）史傳（說）知識譜系的直觀化和集部故事人物的寫真，改琦全力超越小說繡像的

---

46 道光三年（1823），改琦五十一歲，摹明末畫家崔子忠（北海）真本，繪《綠珠小像》。參見《改琦
　　評傳》卷首圖39，頁178。

描摹故事情節與人物動作，把一己對人物的同情之瞭解植入仕女人物生命的造像，抓住其瞬間的「情」與「感」，融入主觀抽象的簡潔線條表現。

故可云《紅樓夢圖》是清嘉道年間江南文化的產物，畫家對《紅樓夢》的認識、體悟、批評乃至圖像再造是一個漫長的過程，這個仕女、人物合集當然是個浩大的工程。完成這樣一篋四本冊頁，需要相對集中與穩定的時間地點，不可一蹴而就，試圖還原一部分它在刻印問世前累積的創作生產過程，就會發現改琦與李筠嘉定稿辭世之前的階段最為關鍵，此後如何流傳而增加題詠最終至淮浦居士刻印出版無法清楚得知，卻可借助想像「還原」這些「題詠」匯入此書的過程。

改琦一生並未主動走上科舉之路，[47]可雖為布衣，卻年輕享名，與吾園李筠嘉的密切交往由來已久，主人長改琦七歲。改琦僅二十歲時一次遊北京，行蹤幾乎限於江浙，平生遊走蘇州、常熟、溧陽、南京、清河（淮陰）、邗上（揚州）、杭州、乍浦等地。餘日在松江華亭與海上盤桓，要麼在家中玉壺山房住，其他時候不在沈家古倪園便在李家吾園。古倪園主人沈恕較改琦年幼三載，加之忘年交縣學教諭王芑孫（1755-1817）後來與沈恕成為連襟，相互忘形爾汝。[48]沈恕三十五歲娶曹蘭秀（1789-1812），改琦給他們夫婦作行樂圖《泖東雙載圖》，為王芑孫稱讚「圖既精絕，而寫像畢肖⋯⋯，兼唐、仇兩家之勝，異日必傳於後」[49]。李筠嘉為居停主人，既有朋友之誼，亦不乏贊助，改琦嘉慶十五年春在吾園一住數月，一年間幾度往來於海上吾園和松江的住家、古倪園之間。[50]三泖九峰的遊興，春花秋月、消寒納涼的雅集，都在這一批書香世家子弟和一些江南才子之間進行。沈恕婚後，改琦不便頻繁打擾古倪園，所以庚午年（1810）一個春

---

47 依學者的研究推測，應是回族家庭的改琦之父改筠因為伊斯蘭教經籍《天方至聖實錄》作序而捲入「海富潤」政治事件，全家被查抄，雖終於無罪獲釋，然至此後，其家族子弟已無緣科考一途。見王健平：〈從阿拉伯到中國：清代畫家改琦的家世和信仰綜合主義現象探討〉，《世界宗教研究》第3期，2010年6月，頁143-194。

48 按，李廷敬（？-1806，字味莊）於乾隆五十七年（1792）任蘇松兵備道，居官上海，與二十歲的改琦訂交，此後改琦聲譽日起。改琦二十四歲時（1796年，嘉慶元年）王芑孫到任華亭縣學教諭，王及其後來的連襟、古倪園主人沈恕與改琦知交日厚，時同遊棲止古倪園，嘉慶十五年（1810）改琦繪《泖東雙載圖》，為沈綺雲及其妻曹蘭秀寫像，亦為他們夫婦作《靜好樓圖》（嘉慶辛未〔1811〕年作，見改琦撰：《清代詩文集彙編·茶夢庵續筆》，頁483）。王芑孫與改琦忘年交情而自然產生曹貞秀夫人與改琦的詩畫題詠的交往，這是清代女性文學藝術家與男人平等交流的重要節點，比周綺題詠《紅樓夢圖》早二十多年。相關論述參見〔美〕魏愛蓮（Ellen Widmer）著，馬勤勤譯：《美人與書：十九世紀中國的女性與小說》（*The Beauty and The Book: Women and Fiction in Nineteenth-Century China*）（北京：北京大學出版社，2015年），頁39-42。

49 〔清〕王芑孫：〈題沈綺雲泖東雙載圖（有序）〉，見氏著：《淵雅堂全集·編年詩稿》，卷19，頁12上-13上。

50 據改琦《茶夢庵隨筆》、《茶夢庵續筆》所載：己巳年（1809）十月十二日、庚午年（1810）六月初八、辛未年閏三月廿四日、壬申年七月二十七日、甲戌年正月二十四日皆有往來松江沈氏園與海上吾園的記載。見《清代詩文集彙編·茶夢庵隨筆、續筆》，頁478-488。

天在吾園住。初夏再到吾園，然後又和兩個園子的主人同往蘇州見沈恕年長的連襟王苕孫，同遊鄧尉山。[51]次年再為吾園迴廊壁上畫竹，並囑李筠嘉刊刻褚華（1758-1804）《寶書堂集》。[52]這樣的詩畫同好又具備雕版印刷有利條件，彼此深為知交，《紅樓夢》風流被覆海上，改琦仕女畫又名播遐邇，畫《紅樓夢圖》以待刊行的合議正是時候。果然五六年後，有款識記錄的紅樓圖畫與題詠出爐了，題詠者中正有改琦活躍參與的泖東蓮社詩友。[53]

藝術史研究者沒有明確解釋《紅樓夢圖》的創生過程，改琦及其同儕的詩詞紀事也緘口不提，《紅樓夢題詠》中所題詩詞則多數沒有時間記錄，仍可根據僅見的幾個時間標記推論《紅樓夢圖》的創作時間與存世狀貌。首先以乾嘉時期著名詩人張問陶以不同名號題署了三幀改琦紅樓圖畫為例：張問陶〈綺羅香〉題史湘雲、船山〈一剪梅〉題碧痕、藥庵退守〈題秦鐘〉。[54]查考張氏宦遊形跡，嘉慶十七年（1812）張問陶因病從山東萊州任上辭官，漫遊吳越，到吳門病情加重而寓留虎丘，自號「藥庵退守」，嘉慶十九年（1814）四月間辭世。[55]憑「藥庵退守」推知，他的題詠是在這兩年多的時限內。紅樓圖畫的這三首題詠是張漫遊海上時所作還是李筠嘉賚畫冊於虎丘求得，且擱置不論。張問陶與《紅樓夢》程高本的作者高鶚有舊，為順天鄉試同年舉人。吾園主人倩人題署，理應詩、書、畫與官聲、德行都有嘉譽的張問陶在先，餘下題詠自後有來者，正在情理之中。

於此推知，當是時，吾園的四本冊頁已經備好，而且第一、三、四冊已有部分完成的畫圖可徵求題詠，張問陶雖未題及第二冊也應有寓目。題詠最多的是嘉慶二十一年（1816）：瞿應紹在夏天題〈寶玉〉的落款有「讀一過記」，表明他所閱不是個別冊頁某一幀，有可能通覽幾冊。顧恒於該年冬日題〈警幻仙子〉，高崇瑚題〈李紈〉，孫坤題〈黛玉〉，姜皋在除夕日題〈通靈寶石絳珠仙草〉，隔幾天正月初七又題〈鶯兒〉，上述題詠對象的〈鶯兒〉、〈李紈〉皆在第二本冊頁，可見四本冊頁已有相當數量的累積。接下來的嘉慶廿四年（1819）沈文偉（已故沈園主人沈恕之子，生卒年不詳）連續題詩兩首詠〈可卿〉、〈春燕五兒〉。餘下改琦、李筠嘉在世時僅有兩人為《紅樓夢圖》題詠：道光三年（1823）羅鳳藻（1795-1875）題〈寶釵〉，隔年（1824）與改琦並稱「雙壺」的畫家錢杜（1764-1845，字叔美，號壺公）題唯一的一幀三丫鬟合影〈翠墨小螺入畫〉。再往後的題詠，便是改琦的身後事了。

---

51 見《改琦評傳》，頁153。

52 同上注，頁155。

53 如《紅樓夢圖詠》中題詠者姜皋、高崇瑚、高崇瑞、馮承輝等人。

54 參見吳怡青〈癡夢濃於絮：院藏改琦《紅樓夢圖詠》述介〉一文，見《故宮文物》月刊總390期（臺北：國立故宮博物院文創行銷處發行，2015年9月），頁84-91。

55 見張問陶《船山詩草》卷十九〈藥庵退守集上〉與卷二十〈藥庵退守集下〉。見氏著，成鏡深主編：《船山詩草》全注（成都：巴蜀書社，2010年）。

　　據顧春福所言，改琦、李筠嘉對《紅樓夢圖》醉心悅魄的珍愛並在生前配以各家詩詠，《紅樓夢圖詠》四冊頁五十幀圖畫已經定型為現今的目錄，題詠則有後來圖畫收藏者踵事增華，淮浦居士出於對他們的敬重，刊刻印行應不至擅動這份寶貴遺產。冊頁一、四都是通常的十二開，二、三冊則多了一個開張（改琦晚年也有十四開的《墨竹冊》與十開的《墨花卉冊》[56]），冊頁的高與闊現在雖無從確認，應與初刻本雕版無差。第一冊繪畫對象大致如小說中的「金陵十二釵」，影響後世繪《紅樓夢》圖畫者而成了套路。第二冊副之，第三冊則選了大觀園中有情的下人丫鬟。第四冊不是仕女卻可概稱「美人」，賈寶玉等一系列後生男有女相，自賈寶玉始到甄寶玉結束全冊圖畫。全書打從〈通靈寶石絳珠仙草〉「幻起」，八個字有如題款，末一頁夢境中兩個寶玉會面「幻結」，鄭重落款「玉壺山人改琦寫」，鈐印兩方「玉壺山人」、「改白蘊」，足見繪者有全書結構佈局成竹在胸。考慮到白描畫法與刻印要求的協調一致，必然會有李筠嘉的設計理念滲透在四本冊頁中，兩個才子的一致及豐厚的江南文化背景的浸潤，都深入《紅樓夢圖詠》的骨骼血脈，因此這才成就了一部形制空前絕後而包涵多元思想文化因素的藝術著作。

　　《紅樓夢圖》除了以上討論的文化特色，其迥異於一般仕女畫的特徵更在於情懷獨抱的「少年紅樓美學」，儘管多數人閱讀《紅樓夢》是到大觀園中看女孩子，改琦還是與麗質風情拉開了距離。仕女圖的通常特徵就是畫美人，畫中人不取悅於誰，卻又有一種言之不明的媚美之態。所以明清以來坊間刻劃的《吳姬百媚》、《金陵百媚》等書中的青樓女子也去仕女圖貌不遠。[57]唐以降的仕女畫，在精神氣質上不乏典雅與尊貴，面容姣好是基本一致的要求，衣飾裝扮則於富麗中傾向飄逸與超凡。仕女畫中時代所尚的差異不止於物質，體形美也分別明顯，周昉筆下唐代仕女的豐腴與明代唐寅、仇英的勻調柔美的身段有別，明代仕女手上的折枝花卉為唐代仕女所無，頭面花鈿修飾也有出入，至於臉上傅粉的差別更可不計了。[58]固然改琦撫臨唐、仇而多貴婦，也不止一次摹寫貴妃出浴，但是他成就卓著的創作幾乎都偏向於才子一路的仕女，而且不在乎是否有涉風塵。如前文述及元代文人辛文房記錄的唐代女才子魚玄機、薛濤，宋代女詞人李清照，明末秦淮名妓卞玉京、李香君（1624-1654），改琦都著力畫過，他要表達的是這一系列女子獨特才華和超凡脫俗的情懷。

　　改琦《紅樓夢圖》採用的白描造像以美人補景的單人畫面為常見形式，簡潔的線條，銀杏輪廓的臉龐，每幀圖像的面容差異極小，有美人形容抽象化趨同的傾向，三本

---

56 見《改琦評傳》，頁181、183。

57 明清時期「百美圖」文化脈絡演變的相關論述參見拙著《易代文心：晚清民初的海上文化賡續與新變》，頁317-324。

58 參見陳粟裕：《綺羅人物：唐代仕女畫與女性生活》（上海：上海錦繡文章出版社，2012年），頁4-5。

（另一冊畫寶玉等男子）冊頁如何將人物彼此區分？畫家以體悟參透曹雪芹《紅樓夢》文心運思的功夫為基礎，把有關每個入畫人物的人事關係淡化，突出那一個飽孕獨特個人情懷、體現心理行為特徵的身姿意緒的神韻，以揭示其幽邃心影。

如紫鵑和晴雯的造像便充份展現女兒的真心深情。紫鵑與黛玉雖是主僕，其實姊妹之情也莫過於她們（一時一刻，兩人離不開）。黛玉的心思在寶玉之外唯有她理解（小說第五十七回回目即〈慧紫鵑情辭試莽玉〉），而黛玉行動坐臥、夜來曉起的情狀聲氣，更是只有她曉得，體貼關懷莫過於她。為紫鵑造像，則全力體現她是黛玉貼心人，為她設置竹石補景也與黛玉一致。捧著茶盞托盤的紫鵑，正是關注黛玉一茶一飯一藥的人兒，處處留心在意，側耳傾聽風吹草動，黛玉體弱聲低，莫要錯過了小姐的任何召喚。畫面上的紫鵑正是秉此情懷向我們走來，凝神之靜聽與服侍之勤勞的動靜辯證適足以表露人物的精神底蘊（見圖十）。

圖十：《紅樓夢圖詠》紫鵑　　　圖十一：《紅樓夢圖詠》晴雯

改琦《紅樓夢圖》的繪事美學是主觀偏至（偏執）的美學，尤以「少艾」之美為著。無論大觀園內外男女，改琦筆下的《紅樓夢圖》中人，不見中年以上者。這是一部從《紅樓夢》人物中主觀挑選出來的少艾系譜，絕大部分是為「少年」，身為江南才子的改琦又是按江南少年的脾性來描畫的：江南地氣之溫潤，少年情懷之敏感，女子心思之細膩，一群溫柔富貴鄉裡生活於不同層次上的人物之造像，被改琦創造、收藏在幾本冊頁中。幾乎每一幀圖畫都可以納入「少年紅樓」的框範，我們或許可以把《紅樓夢圖》改名為《少年紅樓圖》，以篇幅論則該是《少女紅樓圖》。畫的題材是青春年少，抒寫的主體已經是成熟的中年。不要忘記改琦曾經取宋代蔣捷（1245-1310，號竹山）詞

句[59]繪《少年聽雨圖》，那是他中年的傑作，王芑孫在改琦四十歲時（嘉慶壬申年〔1812〕）為此畫題詩有「我逢仙史十年前，仙史翩翩正少年。……仙史猶餘少壯心，中年未免傷哀樂……」數句[60]，實際上他們結識已經遠不止十個年頭了。此時的改琦已經不是「歌樓」聽雨的少年，名副其實「客舟」中的壯年人生，已經想見得出「僧廬」中的聽雨況味。中年的改琦寫少年而不以抒發激情為能事，冷靜地擷取事實的某一瞬間刻劃於紙上，取旁觀態度好似深通世故哀樂的小說家，這已經不是與畫中人平視的青春視點了，但恰是這一點使改琦與寫作、增刪《紅樓夢》的中年曹雪芹款曲相通。曹雪芹在自己的青春尾巴上開始寫少年的大觀園，增刪十幾二十年不知不覺間來到生命末年，愈是修改愈是強化了青春世界；改琦的藝術之心被大觀園的世界牢牢地吸引了，他的心通向園子裏的女兒心，竟然不給賈政輩一點畫面篇幅，《紅樓夢圖》不折不扣地唱青春讚歌，他畫少艾形象也持續到生命末年。

改琦的少艾選擇出於他的抒情美學，五十幀人物圖像是「抒情的造像」。《紅樓夢圖》顯少艾之美，只是半部主觀的《紅樓夢》，曹雪芹筆下的複雜人際關係與幽微曲折的人情之美，被改琦一廂情願地簡約化了，取而代之的是抒情部分的凸顯，是對少年男女在特定情境中的即時、瞬間、主觀性的神情意態的執著表現。改琦時代的江南才子雖然也生活在「海上」，但比之後他一兩代人進入洋場時期的才子王韜、蔡爾康（1852-1924?）、鄒弢（1850-1931）所處的情境要單純得多，所以他可以心無旁騖地耽溺抒情。改琦「抒情的造像」美學既非描述的，亦不敘事，不以誇飾的性格特徵與外形的美醜妍媸來區別相貌，也不將情節事件當作戲劇化動作來刻畫；他的造像，瞬間的即時「抒情」有餘，人際互動的「人情／世情」蘊蓄不足；故可謂其仕女人物形容彼此之間無大差別，但這並非雷同，而是少艾之美抽象化的結果，抽象是為在「短暫和有限的形式中卻要象徵一種永恆與無限」[61]。改琦的主觀抒情便是對《紅樓夢》的閱讀批評，我將他置於後設的紅學譜系中，價值在於以另類文藝形式精湛表現小說原著少年情懷的神態意緒。質言之，其作畫造像的抒情形式寄託著現代都市文化興起之前特殊的「海上紅樓」美學。

即使是富有故事性的畫面，譬如「晴雯補雀裘」，改琦用意仍然在抒情，其基礎在於曹雪芹白話散文的敘述富有詩的意涵。改琦對《紅樓夢》雖散文而不讓唐詩的詩性美之藝術轉型，正是由「抒情的造像」完成。故《紅樓夢圖》雖然脫胎於小說敘事，卻是

59 〈虞美人・聽雨〉：「少年聽雨歌樓上，紅燭昏羅帳。壯年聽雨客舟中，江闊雲低、斷雁叫西風。而今聽雨僧廬下，鬢已星星也。悲歡離合總無情，一任階前、點滴到天明。」見唐圭璋編：《全宋詞》5（北京：中華書局，1999年），頁3444。
60 〔清〕王芑孫：〈題改七薌琦少年聽雨圖〉，見氏著：《淵雅堂全集・編年詩稿》，卷20，頁10下-11上。
61 高友工：《中國美典與文學研究論集》，頁155。

抒情而非敘事的、戲劇性的，沒有場面上的人際關係衝突。也可以說，他的繪畫美學是抒情的，而不是文學鋪敘的，其主要目標是情懷性靈的瞬間造像，而非輔助故事情節，即使畫面上有人物陪襯關係，那也是無足輕重，陪襯人常常只露出半張臉。「晴雯補雀裘」寫一股年少作勇的女子豪氣。《紅樓夢》中晴雯可以入畫的情境，改琦不止有一種選擇：若執著於性格，可畫出她面對王善保家掀開箱子的場面（小說第七十四回「抄檢大觀園」）；若注重敘事衝突，寶玉去晴雯家探病也充滿戲劇張力。小說的三個場景從各方面塑造晴雯：「補雀裘」是捨命維護寶玉，曹雪芹安排襲人回家，讓出主角位置，怡紅院中這齣戲一定讓晴雯唱足。其實賈母與王夫人都不至於因為衣服損壞責難寶玉，但是寶玉的一切，事無大小，都是晴雯的最高使命，發著燒為他熬到四更，「織補不上三五針，便伏在枕上歇一會」（第五十二回），心意都編織在情感經緯中。應對抄檢大觀園的搜查場景，全部丫鬟對王善保家的反應，就數晴雯反抗激烈，這才真是「勇晴雯」。這幕戲衝突性極強，彷彿舞臺燈光為晴雯高度聚焦，其實她是沖著王善保家背靠的王夫人。被攆回去的晴雯，病得奄奄一息，竟得寶玉趕來看她，不盡情處，無限悔恨，有生離死別的況味。中間夾著她嫂子的鬧劇，成為五味俱全的一幕悲喜劇。改琦不畫動作幅度大的，白描畫法本來宜於動作，卻選情濃的一幕，一針一線深情深透深夜裡抒發（見上頁圖十一）。

抒情的造像，詩性的意涵，是《紅樓夢圖》異於甚且超越前人仕女畫的內核。賴以成功的重要原因，歸結於他活在了《紅樓夢》的時代，而彼時以文字闡釋《紅樓夢》的誠然不若《紅樓夢圖》。改琦僅稍稍點染《紅樓夢》中的複雜人情，也不過分參悟色空觀念，「情」字是入畫的標準，自十二釵演繹開去，從寶玉延展下來，穿透整部圖冊。入選的那些人也許經歷許多事，改琦只選有「情」的一段；小說事情的首尾連貫，改琦只看那情志專注的剎那。江南才子有明代吳中才子馮夢龍的「情史」（《情史類略》），越過改琦的清朝嘉道年代，至晚清民初，仍有鴛鴦蝴蝶派大肆言情。讀改琦《紅樓夢圖》須得始終緊貼並貫徹此脈絡：人大於事，情是人心，便畫這心，少年紅樓心，少艾女兒心[62]。這是最早的紅樓人物闡釋，更是在仕女畫基礎上衍生出來的「紅學」，又有多少步武踵繼者作紅樓仕女圖畫且延續改氏情韻，其流風所及近二百年而不衰！

---

62 《紅樓夢》人物肺腑傾訴，都以「心」字表白情感，如第二十回黛玉對寶玉言：「我為的是我的心」，黛玉、襲人輩的女兒心是曹雪芹的人情重點，改琦對此的認同顯而易見。值得注意的是，《紅樓夢圖詠》中唯一的女詩人周綺題詠〈元春〉圖像呼應了改琦畫中以落寞背影示人的元妃（詳見下文分析），透露了皇室後妃與親人乖隔的哀傷無奈。詩云：「椒房更比碧天深，春不常留恨不禁。修到紅顏非薄命，此生又缺**女兒心**。」此詩乃周氏《紅樓夢題詞》十首之一，收入《雙清仙館新評繡像紅樓夢》，更尤具代表性地呈現清代《紅樓夢》評點中的女性觀照。

四 抒／書情的造像美典與圖、文白描的詩意探析

改琦《紅樓夢圖》的地位可謂成就了中國藝術「抒／書情的造像美典」，它是圖畫藝術的創造，也是對《紅樓夢》文學藝術的批評。此美典在敘事文學走向巔峰的語境中重構了繪畫藝術「詩書畫」三絕藝術的精緻傳統，這類批評則是立足在「書情」的剖析基礎上出以完整的人物造像，從這個白描圖像極簡的「形」內窺其「神」，既是批評眼光的入木三分，更體現著中國抒情藝術的要義。[63]

從紅學的發展流變來看，在王國維（1877-1927）之前無人嘗試或習慣在哲學、心理層面上討論小說，紅學未衍生分派並被確認（小說之為小道，何有學理？）的年代，文人題詩評價人物、表達感想，是常見的主觀評點批評；即如「惡補妄續」《紅樓夢》，也是接受反應批評的一脈；後起的索隱派，是將史學閱讀方法中人物、門閥的理解嵌入虛構的藝術中；五四後新紅學的美學、社會文化史與藝術研究則標榜其方法的科學性。

重返文化語境，以之觀照改琦《紅樓夢圖》與小說文本之間相互闡發的關係，堪稱圖文藝術融合無間的典範之作，彌足珍貴地呈現了近代中國傳統章回小說白描文字與繪畫的白描鏤刻結合所生發的深厚感染力。其跨藝術類型、彼此闡釋互動的「抒／書情美典」價值與中國詩畫互融境界相伴並承接其端緒。改琦以形象方法轉換呈現，或說「以畫釋文」，以圖像鏤刻、「翻譯」白描文字字裡行間的情感蘊涵，表達自己對《紅樓夢》的體味闡釋——讀《紅樓夢》而心有戚戚焉，將詩意共鳴以畫出之——集中白描線條造像。《紅樓夢圖》以外，或紙本淡墨、或絹本設色，不啻為「畫」論《紅樓夢》，拓展出「紅學」寥闊的空間。

《紅樓夢圖》開創了藝術虛構的圖文美典，一個由文／小說而圖的藝術典範。改琦一方面繼承、達到了松江畫派「詩書畫三絕」代表的藝術境地，另一方面也關注著清代文字敘述饒具生命力的文人章回小說創作，從文字脈絡中將人物形象富涵的生命力與情感生活抽繹成一根根白描線條，用於《紅樓夢》造像。比較《紅樓夢圖》與小說原本[64]的對應和高友工（1929-2016）所論唐之「律詩」及「草書」二美典之對應課題，有助於揭示改琦未被認可的價值。

高氏揭示「律詩」的美典：「意的形構」和「草書」美典：「氣的質現」，前者討論審美的理念（aesthetic idea）如何結構化（structuralization）呈現於詩歌格律形式，後者探討「氣」作為生命力（life force）而借助於「物」（materialization）來體現抽象化。[65]五代、宋以後草書、律詩與水墨畫在「神」的統領之下的和諧表現，「詩書畫三絕」於

---

63 高友工指出「能從此形而內窺其神是中國抒情精神的根本義」，見《中國美典與文學研究論集》，頁145。

64 理所當然，改琦以當時刊刻的程高本為憑。

65 見高友工：《中國美典與文學研究論集》，頁134-143。

明末成為結構性標誌。簡言之，高氏所謂「文人畫的抒情美典」理想境界便是蘊涵「神」的多層面解釋。[66]

或謂改琦「文人版畫」未必盡合高氏美典：其畫面極簡，既無一般文人畫的詩歌題記，當然也就缺少行草書法的展示，只有在補景與人物衣褶之間題上了造像為何者的名字，如何與書法美典相契？筆者以為，這些疑點也正是改琦之創生點：畫面上詩歌形式不再，但濃濃的詩意卻在，它原本蘊藏於小說《紅樓夢》的字裡行間，畫家以轉異變形的創造力，勾勒出了詩意化的人的形體線描。所謂大象無形、大音希聲，畫面大有詩意而無詩句，因此而惹得其他的同好文人一定要補上一首兩首詩詞，於是才有了時代綿延逾卅載的詩人題詠。這些題詠者好像在一旁著急：不題詩豈不讓人不把這些圖當作文人畫看待？

至於高氏闡述的草書書法之「氣」（life force）與「勢」，不得文字為寄託，於今安在？熟諳中國畫線描技法的改琦在畫面上絲毫不缺書法線條的運動，其白描身形的線描遠超一般俗手的文字書寫的力度，呈現出簡勁無匹的文人版畫線條，可以說，創作主體將詩、書、畫高度集約化為了線條身形的造像。

若執著「詩書畫三絕」而又須臾不離《紅樓夢》，我們只需看看下面分析的《改七香紅樓夢臨本》便可得其仿佛。充溢激蕩於改琦版畫與小說之間的詩意，是主觀抒情美感的互動取向。它原本是小說書中的情，雖然不乏一點書裡情節的意味，卻更是「詩化的書情」：此乃「抒情」之憑藉，書情是體，抒情為用，體用合一，以改琦的版畫來說，兩造有機融合，密不可分。故謂《紅樓夢圖》的仕女、人物畫是為「抒／書情的造像」，它的抒情美學浸潤在每一幀少艾圖形中。

綜上所言，此一美學可分幾個層面：一、從造像實踐中顯示的理念來看，改琦堅定不畫故事只畫人物、且要畫出主觀之情來，技術上努力以精馭繁、用極簡化的白描線條鏤刻人物形象，概括人情而捨去複雜的人際關係，把握人物不在性格化上苛求，而全力表現人物在瞬間特殊情境中的那一段「情」，在即時抒發此一情蘊中造像。二、從改琦自身畫作的演變與及內蘊的藝術歷史元素看，中國雕塑、繪畫不乏神聖的造像（各種石刻、壁畫不勝枚舉），這個傳統化入改琦寫造圖畫形象中來彰顯人世（人情）。從《觀音像》到有超越出世韻味的文人《錢東像》或女才子《元機詩意圖》，詩意逐漸取代了神聖的蘊涵，其靜定的含蓄內斂在《紅樓夢圖》集中體現於元春，而絕大多數少艾的紅樓仕女與少年人物則更在「情」的表現與抒發。三、「抒／書情的造像」無論「詩意」還是小說中人的性情「個性」（而非《水滸葉子》的性格化）都包孕著中國美學的現代性。改琦以抒發心性為出發點，塑造《紅樓夢》中少年個性主體，進行滿蘊詩意情懷的造像過程，完成富有詩性、超越世俗的人物版畫，這是改琦個人美學的歸趨，也呈現了

---

66 見高友工：《中國美典與文學研究論集》，頁152-156。

海上紅學分派之一端。四、改琦「抒情的造像」有其結構原則：盡力去簡化畫面而不弱化表現力，確定畫面上的唯一中心是人，是創作主體眼中有情的內蘊的「美人」（仕女、少艾），是一段刻骨的情愫，而不是坊間刻印《百美圖》那種外在的「媚（美）」表達。人物中心以外，配置與情調、人物協調的竹石、花卉、器物。

改琦《補景美人圖》[67]（見圖十二）與《紅樓夢圖》的「抒／書情的造像」美典一致，也體現著「文人畫」特徵。《補景美人圖》與《紅樓夢圖》人物、補景手法幾乎一樣，顯在的區別是補景與人物之比例，潛在的差異是畫面所指涉之真確情由語境。

圖十二：改琦《補景美人圖》之一

美人與補景的關係，重點其在美人，沒有完整的花園景致，也沒有周全的室內佈置，美人們都是半身造像。補景而景不全，畫面的呈現有如現今攝影拍攝人像特寫，雖然美人半身，頭面卻是極其清晰的。《補景美人圖》十二幀美人像的動作各異：初春臨風而手執拂塵，硯池弄墨者拈毫思量，芭蕉蔭下團扇在握人出神，獨對菱花看鬢角插帶，纖指撫琴神態怡然，捲簾人啟軒對秋豔，梅瓶待插先修葺……，各各有情，無不是「文人」心目中的「抒情」。美人一例削肩倚側，娥眉鳳眼，溫良恭順，若無補托提示光景、動作表示修為，大可一視同仁。改琦這些小稿的美人是忽視差異的理想圖畫，甚至不迴避五官與身形的程式化，那是一個接近抽象完美的程式。她們神情分別不大，每一幀都有意讓閱者似曾相識，改琦人物表現風格的主觀性與自我統一，迥異於小說繡像畫家。其筆墨技法區別於他人者：補景中的折枝、山石、樹木的方寸位置，衣飾款式的線描簡潔，均為一般畫家與小說插圖所不能及，那是文人畫的有機部分。若問如何看《補景美

---

67 該冊編入《回族典藏全書》「藝文類」：改琦《補景美人圖》，見《回族典藏全書》，頁479-490。另見改琦繪：《改七薌補景美人冊》（十二幀），民國四年（1915年）由神州國光社玻璃版印行。

人圖》與《紅樓夢圖》，則曰：它們是局部與整體的關係。《補景美人圖》放在改琦難以計數的仕女畫中不突出，可以視如他另外的冊頁《百幅梅花圖》，差不多是一種畫譜，從衣襟紋飾可以看出一點臨摹唐寅的迹象。十二幀補景美人圖，是改琦揣摩練習的重點，確定一些抽象模型以應變不同人物的摹寫。今天無法斷定《補景美人圖》完成的日期，推測應是《紅樓夢圖》醞釀期的產品。

　　「抒／書情的造像」的美學原則亦適用「文人版畫」以外改琦與《紅樓夢》相關的作品。民初時期的書局與收藏、經營者廣為徵集、搜尋各種畫稿，紛紛出版改琦和其他畫家相關《紅樓夢》的畫作，中間也成就了一本有正書局的珂羅版《改七香紅樓夢臨本》（下稱《臨本》）。[68]它不是版畫，而是墨色圖畫，十二幀圖畫的冊頁大致接近「金陵十二釵」的格局，書局為何命名「臨本」有點讓人摸不著頭腦，難道是臨摹太虛幻境中的《金陵十二釵正冊》或《副冊》、《又副冊》？若假設臨摹他人，則改琦是《紅樓夢》繪事的空前人物，沒有誰值得他去臨摹，即使摹寫唐寅仕女人物風範或華嵒補景，也沒見像「撫六如」、「仿新羅山人」有個明確的名目。審視內容，這十二幀墨色圖畫，有寶玉叩見元春、湘雲醉眠芍藥、寶釵撲蝶、黛玉葬花、寶琴踏雪、熙鳳擁病、李紈未雨綢繆、香菱鬥草、四美釣遊魚等，冊頁中一些畫面異於《紅樓夢圖》。「黛玉葬花」替代了斑竹、鸚鵡的瀟湘館中的幽處獨立，「湘雲醉臥」的臥姿就從左側改為了右側，且芍藥花不如版畫開得爛漫，元春則分明為省親時大觀園受寶玉叩拜而非宮中獨處。方位差別等並不重要，一時的葬花不如瀟湘館佇立之典型，《紅樓夢圖》中元春獨處的造像則應該是此後的決定。由以上兩個畫冊可以推知：《紅樓夢圖》的美學原則的凝定與實踐準備非一日之功。

　　文人版畫的「抒／書情的造像」美典，其詩的容涵的「抒情」難掩從小說《紅樓夢》得來的散文的「書情」：前者是圓融的少艾生命，後者有理性的人情（人心、人性）辨析，二者不可分割的特性形成一個抒情中有批評判斷的機制，也是「畫」論《紅

[68]民國十二年（1923）有正書局珂羅版《改七香紅樓夢臨本》共十二幀圖，有半個鈐印，書的右邊緣保留了玉壺山人的「山人」兩字。該書局創辦人狄平子曾發行《時報》、《婦女時報》，該書廣告還有《改七薌百美嬉春圖》（此卷共美人一百人……臨自仇十洲畫本者，王氏寄青霞軒藏，美術研究會審定精品，用珂羅版精印十五大幅。一冊一元五角）、《費曉樓仕女精品》（十開，一冊二元八角）、《王小某紅樓夢屏》（黛玉葬花、湘雲眠芍、鞏兒春困、晴雯補裘、海棠聯社、瀟湘夜雨、晴雯撕扇、寶琴踏雪。以上每幅八角，均零售。共八幅）；民國七年（1918年2月）神州國光社出版的「神州大觀集外名品」有《改七薌人物山水花果冊》；民國十五年（1926年4月）世界書局出版石印本《改七薌百美畫譜》，底本原藏者為蕉影書屋（該書局同時編有《王小梅百美畫譜》、《費曉樓百美畫譜》亦曾出版）。可見1910-20年代上海書市中改琦畫作的炙手可熱。同時代日本藝文圈也對改琦的「紅樓夢圖」興趣濃厚，日本興文昭和10-11年（1935-1936）刊行了凡十六卷《南畫大成》，其中第七卷「士女」部分即選刊改琦的《紅樓夢臨本》八幅圖。見藝源文物開發有限公司編譯部編：《南畫大成》（臺北：藝源文物開發有限公司，1977-1978，據日本興文昭和10-11年〔1935-1936〕刊本影印），卷7，頁180-187。

樓夢》的人物論機制。驗諸《紅樓夢圖》具體人物造像，始終貫注著抒情與判斷融為一體的藝術創造與批評的美學精神。

綜觀改琦「畫」論人物的圖像，基本是單人情致的具象，但是《紅樓夢圖》全書開端卻是一個抽象呈現。第一幀畫沒有人物：一塊石頭，一叢芳草，一壺冰玉；上有畫題，下有印章兩方（見圖十三）。這不僅是畫幅自身的完整，而且是這四本冊頁整體的開端，題為「通靈寶石絳珠仙草」，與末一幀甄寶玉畫面的落款「玉壺山人改琦寫」呼應（見圖十四），這個題目周延於整個四本冊頁。首頁與末頁同樣的印章為「玉壺山人」，另一個不同的名章首為「改琦之印」末為「改白蘊」。

圖十三、《紅樓夢圖詠》通靈　　　圖十四、《紅樓夢圖詠》甄寶玉。畫面
　　寶石　絳珠仙草　　　　　　　落款「玉壺山人改琦寫」

這一幀畫的內部結構獨出機杼。圖畫中有一個特殊效果的印章，模棱兩可地既可以看作用印，又是圖畫核心部分，它具有多重功能。首先，是形式結構上的功能：在這一幀圖畫中，仙草、靈石、玉壺應該是不可分的內容，三者缺一不可。從畫面結構看：左側的仙草偏下，彷彿植於山根，頂著絳珠；臨近仙草，拔地而起的是靈石峰巒，山體雖較草龐大，山腳重心卻是趨於絳珠；畫面有一種從植物向山體的透視，成為失重的結構；對於必須有所平衡的墨線構成的畫面，紅色的茶壺壓在右下部位，補上了一個平衡要素。

其次，是改琦的主體在場。《紅樓夢》的故事因由是一僧一道攜「靈石」人世走一遭與「絳珠仙草」還眼淚債，安排佈局與敘述人仍然是曹雪芹，強大的小說家主體或隱或顯而無所不在。從說書進入文人敘事的中國小說可以由敘事人凸顯主體之強大，然中

國繪畫不同，畫面上無由出現繪畫人。創作抒情的造像，畫中的潛在主體必須通過人物情狀來表現。中國畫家現身的方法是落款直白，改琦在造像時不落言詮，才有他人的表達空間，才有一本加上詩詞題詠的《紅樓夢題詠》。但是創作主體必須全面滲透在四冊造像中，開門見山的機會也只能藝術地把握這一次，於斯而玉壺、靈石、仙草三足鼎立了。是「玉壺」圖像而不是「玉壺山人」，介入畫面卻又如此隱蔽，似圖形卻是印章，全部造像中七次運用，惟有這第一幀是作為畫的元素，其他都是壓角印。

圖十五：程偉元刊本《紅樓夢》插圖石頭

再者，這是一幅特別創意的文人畫。比較之下，看程高本《紅樓夢》繡像中首幅插圖（見圖十五）：遠山近松，端端正正的一方石頭，周遭一些花花草草，其指涉情境與寓意固定呆版。只此一幀相較，改琦圖畫結構的簡約明快、「靈」與「仙」的高度吻合、「一片冰心在玉壺」的藝術控制、象徵的豐富蘊涵，已經與繡像全然區別開來。這第一幀畫便開啟了一個有情致、有精神、有境界的藝術空間。彷彿預告接下來的每一幀圖像，都是一個有情的精神空間，一個登場人物的情感世界的抒發，那個人物的「此在」境界可以暗示情節，卻絕不拘泥於實事。

既曰「紅樓造像」，賦予人物什麼情境與動作才是最佳選擇？改琦不取個別情節，不畫激烈的動作，卻以靜制動去把握人物的內心的愉悅與緊張，在心靈流露的瞬間落筆、簡潔地勾勒出形象線條，彰顯其精神生命。《紅樓夢圖》白描圖畫創造出的「抒／書情美典」允為於轉瞬而有限的形式中，寄寓永恆和無限。

黛玉是最重要的人物，「絳珠仙草」在眾圖中與「通靈寶石」並居第一冊首要地位，對照《臨本》更可窺改琦的黛玉造像有其抉擇歷程：《臨本》中的墨色畫是「黛玉

圖十六:《改七香紅樓夢臨本》「黛玉葬花」　　圖十七:《紅樓夢圖詠》黛玉

葬花」(見圖十六),此誠然為極富象徵的動態詩意,但落筆於《紅樓夢圖》還是呈現她瀟湘館竹石小立身姿(見圖十七)。揣測畫家的考量,乃是這個情景／情境方為黛玉的常態,也呈現了她的自我選擇。讀者們記得未入大觀園居住,她就對寶玉說:「我心裏想著瀟湘館好,愛那幾竿竹子隱著一道曲欄,比別處更覺幽靜」(第二十三回),一動不如一靜。為寶釵造像選擇「撲蝶」(見圖十八),一如她得知貧寒的邢岫煙將冬衣典當到自家店鋪,不無挖苦意味的打趣她與薛蝌定親,還未娶進門「衣裳先過來了」(第五十七回),改琦對美人瑕疵也只露出端倪,在藝術的隱微曲折的度量上,畫家毋寧為曹雪芹知音,充分展現其造像內核的抒情美學。循此深究其抒情造像中蘊藏的批評視角,善莫如「寶玉讀書」、「元春詩意」二圖,深刻體現了白描筆觸蘊含的詩性意涵。

圖十八:《紅樓夢圖詠》寶釵

　　《紅樓夢圖》必畫寶玉（見圖十九），他是一部《紅樓夢》的根苗，通靈寶石既是他的前世，亦如隨身佩戴的袖珍照相機般，以有情之眼攝入美人聰明靈秀之氣，為今生所見眾位異樣女子「寫真」傳神。[69]四本冊頁，他卻被分配於末本之首。前三卷都是女子，除了第一冊大抵規擬小說中的金陵十二釵，二三兩冊若從身份階級貴賤看來，乍看沒有地位上下的明顯之別，可閱者若仔細推敲，比較諸女子畫像的先後排序，卻可見畫家的價值判斷乃以「情」為內在衡量標的：如鴛鴦排在第二冊僅次於李紈的第二位，「紅樓二尤」僅見尤三姐像，襲人竟排不上前第二冊，落到了第三冊之首。究其原因，小說文本開宗明義「閨閣中本自歷歷有人」，要「令世人換新眼目」，寶玉有女子和男人「水」與「泥」天壤之別的奇談怪論，正與酷愛仕女圖的改琦初衷相契外，畫家體察曹雪芹創造小說主人公寶玉的深意，亦寓含創作主體的春秋褒貶之筆。如若不為寶玉，大概《紅樓夢圖》也一例的是女兒世界了，以「情榜」視角觀閱第四冊，連小廝焙茗都沾了光，儘管他不知道寶玉祭奠的是哪位姐姐，也恭恭敬敬打躬作揖一番（見圖二十）。

圖十九：《紅樓夢圖詠》寶玉　　圖二十：《紅樓夢圖詠》焙茗

　　寶玉作為榮寧二府的未來期望，他必須讀書，但是他不能如人所願去讀書。改琦的「抒情的造像」固無法連環畫出全部的寶玉讀書生涯，但他的一生卻可概括貫串為形象化的「讀書」：讀人情隱微、更讀女兒心事。細究寶玉讀書的境界有三重：

---

69 張愛玲〈四詳紅樓夢（改寫與遺稿）〉精彩闡釋寶玉出生時含在口中的美玉，在他成長後掛在頸項上「觀察記錄一切」，猶如「現代遊客的袖珍照相機」（見張愛玲：《紅樓夢魘》〔臺北：皇冠出版社，1987年9月第九版〕，頁318）。延伸此說，寶玉下凡於紅塵中歷劫固是情僧了悟的不二法門（快門），他的存在亦擔負著「記錄」並「證明」閨閣中眾位脂粉英雄事蹟而免於「泯滅」的重要任務。

　　一是讀賈政的道學所禁之書。《西廂記》乍讀之下不免心驚，不能讓人知曉，惟黛玉可以與共，殊不知寶釵也曾寓目。讀《紅樓夢圖》而未必認定畫家寫實才是方法，如果必欲確定畫圖中的寶玉是讀《西廂記》，拘泥於地點是在園子中讀，則是見木不見林，不能由「書」透視《紅樓夢》全盤價值觀。如果只談寶玉讀人情本能之書，全然不瞭解賈府對寶玉的成長期待，也不能由關於讀書的意見衡量襲人一輩見識之清濁，這樣讀《紅樓夢》的人就未免侷促了，亦無法對改琦有深度瞭解。

　　二是讀《文選》詞章。這是寶玉的幼學功夫，大觀園題詠方顯出壓倒一班清客的才情，這是才子本分，作為江南才子的改琦與寶玉惺惺相惜。《文選》與經史諸子的區別，昭明太子時就昭然明白，怎奈宋代以後的讀書出路僅限於八股。賈寶玉的文學才華彰明昭著，卻與賈政的要求不合。寶玉回答警幻：「我因懶於讀書，家父母尚每垂訓飭……」（第五回），可是他「未入學堂之先，三四歲時，已得賈妃手引口傳，教授了幾本書，數千字在腹內了」（第十八回）。然而，八股經史價值觀認定寶玉作詩只是「偏才」，賈政判定寶玉給丫鬟取名「襲人」是「不務正，專在這些濃詞豔賦上作工夫」（第二十三回）。寶玉得意忘形地教導賈政與一班清客：「……這些之中也有藤蘿薜荔。那香的是杜若蘅蕪……。想來《離騷》、《文選》等書上所有的那些異草……」（第十七回）文學讀到這份上，元春也誇獎，卻入不了仕途功名人之眼。

　　在寶玉看來，讀書只是生活的一部分，才子的讀書就是趣味，這種好日子在避開了賈政的大觀園中。圖中的寶玉自自在在地往花園中讀一會兒書呢，「自進花園以來，心滿意足，再無別項可生貪求之心。每日只和姊妹丫頭們一處，或讀書，或寫字，或彈琴下棋，作畫吟詩，以至描鸞刺鳳，鬥草簪花，低吟悄唱，拆字猜枚，無所不至，倒也十分快樂」（第二十三回），讀書遊戲的趣味皆有女兒共之！

　　三是經義八股。這不是寶玉自己要讀，賈政威逼只是其一，眾人皆望他能走上這條正道，是中國讀書人的價值所在，寶玉不能悖之，又焉能順之？改琦不願畫寶玉夜讀的圖景：

> 忙披衣起來要讀書。心中又自後悔，……肚子內現可背誦的，不過只有學、庸二論是帶注背得出的。至上本《孟子》，就有一半是夾生的，若憑空提一句，斷不能接背的……。算起五經來，因近來作詩，常把《詩經》讀些，……。至於古文，……不過幾十篇，這幾年竟未曾溫得半篇片語……。更有時文八股一道，因平素深惡此道，……賈政當日起身時選了百十篇命他讀的，……不過供一時之興趣，究竟何曾成篇潛心玩索。……況一夜之功，亦不能全然溫習。因此越添了焦躁。自己讀書不致緊要，卻帶累著一房丫鬟們皆不能睡。（第七十三回）

　　有情的公子，無趣的八股，幾種選擇的「讀書」衝突是成長過程中寶玉的情志磨難。如何塑造寶玉舒心讀書的形象，抒發其情志？畫家刻意以在園中假山石前桃花樹下

凝神讀書的形影造像，留給觀閱者體悟「抒情的造像」美學旨趣以廣闊的想像空間。

循此美學脈絡而發掘畫作含蓄的詩意，屬《元春》蘊涵殊深。筆者將元春造像命名為《元春詩意》（見圖二十一），乃為說明改琦調動所有的藝術積累而致力於紙上白描版畫《紅樓夢圖》，仔細琢磨、咀嚼品味後，差堪悟出《元春詩意》原來是背向的《元機詩意圖》（見圖二十二）！曹雪芹讓大觀園中所有的樓臺館舍廳堂的命名都由元春確定，她的評價也完全符合寶玉和眾姊妹的才情。她是皇妃，更是一個才見卓越的女詩人。小說完全擺脫通俗宮闈戲的刻板化定位，除了元春歸省違錯不得回宮時限的皇家規範，不涉及皇家任何細節。於是，讀者失去了任何想像皇妃的宮闈生活的可能，畫家也免去了構思中多元因素的干擾。須知改琦一生布衣，先輩失敗的政治經驗斷絕了他任何仕途的念頭，終身自甘作一個詩畫文人。即使接觸到皇妃這樣的有政治背景的形象，改琦還是按照一個女才子、詩人的方式去處理這樣的造像，她有雍容大度的靜態，卻是滿懷情思（詩）？

圖二十一：《紅樓夢圖詠》元春　　　圖二十二：改琦《元機詩意圖》

　　看不見的臉，瞧不透的思索，背向著人們的畫像，卻是為人物造像？這是個大膽的創造，揣摩小說中元妃與親人團聚後由喜轉悲而泣曰「送我到那**不得見人的去處**」，短暫的娘親姊妹聚首，又回到了這不為見誰的地方。她不是爭寵的楊玉環，卻是可以領袖女界的詩傑，她仍是一個女兒家，她有詩心，也有平常心，「今雖富貴已極，骨肉各方，然終無意趣！」（第十八回），足以慰藉的意趣仍在娘家、在姊妹、在詩歌。「自那日幸大觀園回宮去後，便命將那日所有的題詠，命探春依次抄錄妥協，自己編次，敘其優劣，又命在大觀園勒石，為千古風流雅事。」她想著不能忘懷的「大觀園中景致，……家中現有幾個能詩會賦的姊妹，何不命他們進去居住，也不使佳人落魄，花柳無顏。卻又想到寶玉自幼在姊妹叢中長大，不比別的兄弟，……須得也命他進園居住方妙。」（第二十三回）元春把自己想像的快樂寄託在姊妹身上，她也不落魄，但自安自處的背影中不乏淡淡的悲哀，安下龍種似非心之所鍾，卻全意寄情寶玉小兄弟。

　　上面的分析，都說明了才子審美往往不由自主地走向詩情畫意，江南才子改琦的《紅樓夢圖》則是「畫情詩意」。「抒／書情的造像」美學的「情」「意」的幽微曲折與暢達（顯現如〈晴雯〉）真是「人各有情／志」。改琦畫唐才子《元機詩意圖》為魚玄機造像，面對觀者而坐的才子元機全身心沉浸在暫時擱置膝上的詩卷中，她的價值在於「詩」，這是一幅為詩而生的女才子的造像。到《紅樓夢圖》中白描元春，減去了諸多設色的浮華，掩藏起天生麗質的貴人面容，不用大幅書寫羨其秀逸清朗，一個後背書寫了含蓄不盡的才情與詩意。改琦天縱之才對曹雪芹的領悟非同一般，他從這部小說中領會的詩意大過於前此曾有過的經驗：《紅樓夢》是一個取之不盡用之不竭的寶庫。

　　「詩意」之情的內涵與美學價值是藝術家改琦創作的動力，將文字的詩「意」以畫筆繪出，有別於後世所謂「寫意畫」的技法呈現，白描畫像《紅樓夢圖》最終目標卻在於寫「意」。這個「意」可以是曹雪芹之意，也可以是改琦之「意」，更多的是兩個超群絕倫的創作主體碰撞而生發之「意」，具體呈現出畫家抒情的人物造像蘊含的詩性意涵。

五　結語

　　《紅樓夢》為小說虛構的經典，《紅樓夢圖》為「抒／書情的造像」之美典，二者空前的對話實為虛構圖（影像）文（字）轉異之肇始，亦為越界「畫」論之首創。改琦《紅樓夢圖》乃心中之畫，以深入人物之心的那顆心滲透畫中；其畫亦有情之畫，情溢於紙上，流入覽畫者胸中；此畫更是識見之畫，畫中有評，卻不是直評、苛評，只評判那一時間的真情流露而去構圖造像，故而通於人性；畫中人不言，畫面上亦無文，其線條卻娓娓道來，白描簡潔直與曹雪芹文字相當，皆包蘊不盡詩意。值得深味的是改琦畫外豐饒蘊藉的江南才子文化，少年女兒心，評點匠心。毋庸贅言，《紅樓夢圖》內涵誠不若小說豐富，但改琦專門選擇大觀園中的少艾形象而作出抒情的造像，五十幀人物種

種已蔚為大觀，橫跨文學與繪畫兩界。簡言之，文人才子改琦本無藝術門類的界別，亦不受藝術形態的限制。

　　說不盡的《紅樓夢》，吾人專注深究改琦獨創美典而以此「『畫』論《紅樓夢》」；江南才子「抒／書情的造像」獨擅小說中江南經驗、少年女兒心的闡發，惜無法全面揭示《紅樓夢》人情。究實而言，改琦的「『畫』論」貢獻並未在藝術史的門類、脈絡中佔據要津，本文則欲彰顯其開宗立派的功績，可惜的是這一派從他開始，也到他為止。他是第一個以畫「論」（評點）《紅樓夢》的藝術家，派生出追蹤繼武者不知凡幾，遺憾的是罕有其匹。畫史上的改琦美典尚且缺乏深入討論，何況於《紅樓夢》批評研究的歷史脈絡中？將改琦置諸於「紅學」而後，不禁令人自問：他給我們添了些什麼？庶幾得以踰越既定的框架規範，開放出觀閱體味藝術偉構的廣袤視域：改琦橫跨圖文兩界，「畫」論《紅樓》及其藝術文本的典範造像，已形成海上紅學衍派的特徵，鮮明體現清中葉乾、嘉、道時期海上文人才子於《紅樓夢》「圖像」抒情美學所融鑄的創造性意義。

徵引文獻

〔宋〕蘇軾：《蘇軾文集》，北京：中華書局，1986年。

〔元〕辛文房著，李立樸譯注：《唐才子傳》，臺北：臺灣古籍出版社，1997年。

〔清〕王希廉、（清）周綺：《雙清仙館新評繡像紅樓夢》，道光壬辰十二年（1832）出版。

〔清〕王芑孫：《淵雅堂全集》，「中國哲學書電子化計畫」（據哈佛燕京圖書館藏本掃描，嘉慶二十年（1815）增刊本），網址：http://ctext.org/library.pl?if=gb&res=4176，檢索日期：2017年2月2日。

〔清〕王墀繪：《增刻紅樓夢圖詠》，上海：上海書店，2005年，據光緒八年（1882）上海申報館申昌書畫室石印版影印出版。

〔清〕王韜著，沈恆春、楊其民標點：《瀛壖雜志》，上海：上海古籍出版社，1989年第1版，光緒元年（1875）由香港中華印務局初版。

〔清〕改琦：〈道光癸未倣桃花盦主筆法〉，「高居翰數字圖書館」之「圖像典藏」，網址：http://210.33.124.155:8088/JamesCahill/TuXiangDianCangTpiView?name=PMS ，檢索日期：2017年2月20日。

〔清〕改琦：《紅樓夢圖詠》，北京：北京圖書館出版社2004年，據光緒五年初刻本影印出版。

〔清〕改琦：《紅樓夢圖詠》，日本東京上野花園町出版之水口久正本（明治十五年〔1882〕四月四日刊行）。

〔清〕改琦：《紅樓夢圖詠》，收於《筆記小說大觀・七編》臺北：新興書局，1982年，據〔日〕久保田編纂，東京風俗繪卷圖畫刊行會出版（大正五年〔1916〕刊），吉川弘文館發行重印。

〔清〕改琦：《紅樓夢圖詠》，早稻田大學所藏島村抱月藏本，刊行年月不詳。

〔清〕改琦：《改七薌人物山水花果冊》，上海：神州國光社，1918年。

〔清〕改琦：《改七薌百美畫譜》，上海：世界書局石印本，1926年。

〔清〕改琦：《改七薌百美嬉春圖》，上海：有正書局，約1923年出版。

〔清〕改琦：《改七香紅樓夢臨本》，上海：有正書局，1923。

〔清〕改琦：《改七薌畫曹墨琴題列女圖冊》，「Artnet」之「Gai Qi and Cao Zhenxiu」，網址：http://www.artnet.com/artists/gai-qi-and-cao-zhenxiu/famous-women-Xbl0IlT2PIV-IP85A_iG8Q2，檢索日期：2017年2月20日。

〔清〕改琦：《泖東詩課》，收於國家清史編纂委員會編：《清代詩文集彙編》，上海：上海古籍出版社，2010年。

〔清〕改琦：《茶夢庵隨筆》，收於國家清史編纂委員會編：《清代詩文集彙編》，上海：上海古籍出版社，2010年。

〔清〕改琦：《茶夢庵續筆》，收於國家清史編纂委員會編：《清代詩文集彙編》，上海：上海古籍出版社，2010年。

〔清〕改琦：《改七薌補景美人圖》（十二幀），民國四年（1915年）神州國光社玻璃版印行。

〔清〕張問陶著，成鏡深主編：《船山詩草》全注，成都：巴蜀書社，2010年。

〔清〕曹貞秀：《寫韻軒小稿》（「中國哲學書電子化計畫」，據哈佛燕京圖書館藏本掃描。該書出版於嘉慶甲子年（1804），由其夫王芑孫序作於乾隆五十六年（1791）冬十月；嘉慶二十年（1815）又有增刊本《寫韻軒小稿二卷續增卷》），網址：http://ctext.org/library.pl?if=gb&res=96226，檢索日期：2017年2月20日。

〔清〕曹雪芹、高鶚原著，其庸等校注：《彩畫本紅樓夢校注》（全三冊），臺北：里仁書局，1984年。

〔清〕費丹旭：《十二金釵冊》，道光二十一年（1841），款署：「辛丑春日為蘭汀大兄大人屬，曉樓弟費丹旭」。

〔清〕蔣寶齡撰，（清）蔣茝生續：《墨林今話》，臺北：明文書局，1986年，據咸豐二年（1852）版本影印出版。

〔清〕護花主人王希廉、（清）大某山民姚燮兩家合評本：《增評繪圖大觀瑣錄》，北京：北京圖書館出版社重印出版，2002年。

〔美〕高居翰（James Cahill）著，林英、崔亞男譯，洪再新、李清泉審校：〈明清時期為女性而作的繪畫？〉（"Paintings Done for Women in Ming-Qing China?"），收於藝術學研究中心編：《藝術史研究》第7輯，廣州：中山大學藝術學研究中心，2005年，頁1-37。

〔美〕高居翰（James Cahill）著，王嘉驥譯：《山外山：晚明繪畫，1570-1644》（*The Distant Mountains: Chinese Painting of the Late Ming Dynasty,1570-1644*），北京：生活・讀書・新知三聯書店，2014年第6刷。

〔美〕魏愛蓮（Ellen Widmer）著，馬勤勤譯：《美人與書：十九世紀中國的女性與小說》（*The Beauty and The Book: Women and Fiction in Nineteenth-Century China*），北京：北京大學出版社，2015年。

王健平：〈從阿拉伯到中國：清代畫家改琦的家世和信仰綜合主義現象探討〉，《世界宗教研究》第3期，2010年6月，頁143-194。

宋兆霖主編，許媛婷執行編輯：《匠心筆蘊：院藏明清版畫特展》，臺北：國立故宮博物院，2015年。

何延喆：《改琦評傳》，天津：人民美術出版社，1998年。

吳怡青：〈癡夢濃於絮：院藏改琦《紅樓夢圖詠》述介〉，《故宮文物》月刊總390期，2015年9月，頁84-91。

吳海鷹主編：《回族典藏全書》，蘭州：甘肅文化出版社；銀川：寧夏人民出版社，2008年。

呂文翠：《易代文心：晚清民初的海上文化賡續與新變》，臺北：聯經出版社，2016年。

林佳幸：《改琦〈紅樓夢圖詠〉之研究》，臺北：國立台灣師範大學美術學研究所中國美術史組碩士論文，2005年。

阿英編：《紅樓夢版畫集》，上海：上海出版公司，1955年。

苗懷明：〈苗懷明輯錄：《紅樓夢》譯本欣賞〉（2017年1月27日發佈），「古代小說網」，http://www.zggdxs.om，檢索日期：2017年2月20日。

唐圭璋編：《全宋詞》5，北京：中華書局，1999年。

高友工：《中國美典與文學研究論集》，臺北：臺大出版中心，2004年3月初版一刷，2016年4月三版一刷。

高雄美術館：「世變、形象與流風：中國近代的繪畫1796-1949」展覽網頁，見網址http://elearning.kmfa.gov.tw/turmoil/home.html，檢索日期：2017年4月20日。

張愛玲，《紅樓夢魘》，臺北：皇冠出版社，1977年8月初版，1987年9月第九版。

張寶鈙：〈改琦《紅樓夢人物圖冊》〉，《龍語文物藝術》第12期，1992年4月，頁72-74

陳平原：《看圖說書：小說繡像閱讀劄記》，北京：生活・讀書・新知三聯書店，2003年第1刷。

陳粟裕：《綺羅人物：唐代仕女畫與女性生活》，上海：上海錦繡文章出版社，2012年。

楊逸著，印曉峰點校：《海上墨林》，上海：華東師範大學出版社，2009年，初版於1920年由上海豫園書畫善會印行。

萬青力：《並非衰落的百年——十九世紀中國繪畫史》，臺北：雄獅美術，2005年。

葉靈鳳：《讀書隨筆（集一）》，北京：生活・讀書・新知三聯書店，1995年第5刷。

薛永年、杜娟著：《清代繪畫史》，北京：人民美術出版社，2000年初版第1刷。

藝源文物開發有限公司編譯部編：《南畫大成》，臺北：藝源文物開發有限公司，1977-1978，據日本興文昭和10-11年〔1935-1936〕刊本影印。

從〈信芳閣自題八圖〉題辭和《信芳閣詩草》看清代女詩人陳蘊蓮的自我定位[*]

卓清芬

中央大學中國文學系教授

摘要

　　清代女詩人陳蘊蓮（1799-1869）於其詩集《信芳閣詩草》卷五後附刻〈信芳閣自題八圖〉的跋語，從婚姻生活中揀選了八個片段作畫並寫下圖跋，展現了女詩人自我抉擇／自我再現其生命歷程的重大意義。

　　本文從〈信芳閣自題八圖〉的題辭，結合其《信芳閣詩草》、《信芳閣詩餘》等詩詞作品、夫家宗譜、親族墓誌銘等相關資料考訂陳蘊蓮的生卒年、家庭背景和生平行誼，並逐首剖析陳蘊蓮帶有強烈的自覺／自傳性質的〈信芳閣自題八圖〉題辭內容，透過八跋和相關的詩詞作品，探討陳蘊蓮自我型塑的角色定位及個人生命的價值與意義。

關鍵詞：陳蘊蓮、信芳閣詩草、信芳閣自題八圖、清代女詩人、自我定位

---

[*]　本文為科技部專題計畫「自我觀看與他人形塑──清代女性畫像題詠探析」（101-2410-H-008-057-）、「自我觀看與他人形塑──清代女性畫像題詠探析（二）」（102-2410-H-008-070-）研究成果之一，投稿時承蒙審查委員惠賜寶貴意見，特此一併致謝。本文原刊於臺灣師範大學《國文學報》（THCI 第一級期刊），第60期，2016年12月，頁43-77。

一　前言

　　由於清代個人寫真風氣盛行，上至帝王，下至百姓，大都有自己的「小照」或「小像」，除自己題辭之外，多邀名流親友題詠其上。[1]在題詠自己的畫像時往往顯示出自我觀看的微妙心理，此時的觀看者既是「自我」也是「他者」，既「主觀」而又「客觀」的「疊合」和「拉開」審視的距離，透過畫中的形象和文字的題詠，結合外在的形貌動作和內在的精神涵養，投射出理想的自我定位。其中如何自我呈現（self-presentation）和自我型塑（self-fashioning），又與個人性格以及主觀意志的抉擇息息相關。因為清代女性的自傳書寫並不多見，而女性在自畫像上的題辭，卻可展現出女性生活敘寫、理想志趣、情感心理等各種層面，可視為是一種微型的自傳。[2]

　　清代女詩人陳蘊蓮（1799-1869）於《信芳閣詩草》卷五後附刻〈信芳閣自題八圖〉的跋語，從婚姻生活中揀選了八個片段作畫並寫下題辭，呈現了女詩人從幸到不幸的人生際遇。探索〈信芳閣自題八圖〉的題辭，可說是開啟陳蘊蓮自我定位／自我型塑的心理之門的一把鑰匙。

　　目前學界有關陳蘊蓮〈信芳閣自題八圖〉的研究寥寥可數，武思庭《女性的亂離書寫——以清代鴉片戰爭、太平天國戰役為考察範圍》第三章「亂離時代女性的形象與身體」第一節「自傳書寫」中分析了陳蘊蓮的自題八圖，認為此八圖是對丈夫強烈的指責與怨懟，明顯以抱怨為目的，用來宣洩憤恨。[3]

　　香港大學楊彬彬教授〈「自我」的困境——一部清代閨秀詩集中的疾病呈現與自傳慾望〉一文，認為〈信芳閣自題八圖〉的跋語有意的操控讀者的同情，實現其向丈夫復仇的欲望，傳達出「自我」的重要及其困境。[4]

　　加拿大麥基爾大學方秀潔（Grace S. Fong）教授以「陳蘊蓮《信芳閣詩草》——副文本與生活史建構之一面」為題，二〇一〇年十二月二十六日於天津南開大學進行專題演講，運用法國 G. Genette 的「副文本」（paratext）理論，分析說明了詩集的副文本對於女性情感、生活的補充及闡釋作用；[5]二〇一二年十一月二十七日於臺灣大學演講「清代女性別集中的生活史建構」，舉陳蘊蓮《信芳閣詩草》為例，透過研究作品的書寫形式及其產出的背景，或可彌補一般傳記的闕漏，並藉此建構出一個更廣闊的生活史

1　關於明清畫像寫真盛行的概況，可參看毛文芳；《圖成行樂：明清文人畫像題詠析論》（臺北：台灣學生書局，2008年），頁3-96。

2　毛文芳以畫像自贊為「微型自傳的人生圖景」，《圖成行樂：明清文人畫像題詠析論》，頁128。

3　武思庭：《女性的亂離書寫——以清代鴉片戰爭、太平天國戰役為考察範圍》，國立暨南國際大學中國語文學系碩士論文，2008年7月，頁63-67。

4　楊彬彬：〈「自我」的困境——一部清代閨秀詩集中的疾病呈現與自傳慾望〉，《中國文哲研究集刊》，第三十七期，2010年9月，頁95-130。

5　見2011年1月4日南開大學文學院新聞稿網頁。http://wxy.nankai.edu.cn/Article/Detail/65/1280

圖像。[6]二〇一二年十二月七日於新加坡國立大學演講「副／文本與清代女性別集中生活史的建構：案例研究」，以陳蘊蓮的詩集為個案，探討清代女性生活史；[7]二〇一三年五月二十四日於上海華東師範大學「百場校級學術講座」演講「清代女性別集中生活史的建構：案例研究」，以陳蘊蓮的《信芳閣詩草》為例，從詩文集中的自傳性敘述重現女性在當時社會、家庭情境下的生活面貌，勾勒出女性生活史的輪廓。[8]方秀潔教授的系列演講指出從女性個人書寫和詩文集之序跋建構出女性生活史的主體性和重要性。筆者未能聆聽方教授的演講，僅得見新聞稿和學術通訊中的演講紀要，尚未見到方教授有論文發表。

胡婉君《清代才媛陳蘊蓮及其《信芳閣詩草》研究》考述陳蘊蓮的家世生平，分析《信芳閣詩草》的詩作內容和藝術風貌，並未涉及陳蘊蓮的〈信芳閣自題八圖〉。[9]

關於陳蘊蓮〈信芳閣自題八圖〉題跋所蘊含的意義，目前並未見到相關論述，尚有待開拓的研究空間。筆者擬採取以下的步驟進行研究：一、從〈信芳閣自題八圖〉的題辭，配合《信芳閣詩草》的詩詞作品及相關資料，考訂陳蘊蓮的生卒年、家庭背景和生平行誼，補充過往學界對於陳蘊蓮生平研究的空白。[10]二、逐首剖析〈信芳閣自題八圖〉的題辭內容，從左氏宗譜、年譜考索陳蘊蓮與夫婿左晨活動的相關年代和夫妻情感的變化。三、從陳蘊蓮帶有強烈的自覺／自傳性質的〈信芳閣自題八圖〉題辭，結合陳蘊蓮《信芳閣詩草》中的詩詞作品，探討清代女性自我論述、自我建構的意義。

由於未見陳蘊蓮信芳閣八圖之畫蹟，[11]本文的研究重心並不在於畫像和題辭所組成的視覺性的圖像觀看，而是根據〈信芳閣自題八圖〉的題辭和詩詞作品，從女性的自我意識和自我型塑中，探討陳蘊蓮在自我書寫中所突顯的自我形象以及個人生命中的角色定位。

6　李亞臻記錄、方秀潔修訂：〈「清代女性別集中的生活史建構」演講紀要〉，《臺大歷史系學術通訊》第14期，2013年4月，頁48-50。

7　見2012年12月7日新加坡國立大學網頁。http://www.fas.nus.edu.sg/chs/docs/Seminars/2012/Seminar_7_12_2012.pdf

8　見2013年6月3日華東師範大學社科處網頁。http://www.skc.ecnu.edu.cn/s/117/t/325/00/c3/info65731.htm

9　胡婉君：《清代才媛陳蘊蓮及其《信芳閣詩草》研究》，國立中山大學中國文學系研究所碩士論文，2015年7月，286頁。

10　本文初稿〈陳蘊蓮〈信芳閣自題八圖〉探析〉完成於2015年5月，包括陳蘊蓮家世生平著作考索和〈信芳閣自題八圖〉的內容分析，發表於2015年5月15日世新大學中國文學系主辦的「第八屆兩岸韻文學學術研討會──韻文與歌樂」。2015年12月擴充改寫時，發現胡婉君於2015年7月提交的碩士論文《清代才媛陳蘊蓮及其《信芳閣詩草》研究》第二章〈陳蘊蓮家世生平及其家人考略〉也作了陳蘊蓮家世生平的考察。本文關於陳蘊蓮生平考證的初稿發表在先，特此說明如上。

11　單士釐輯：《閨秀正始再續集》於陳蘊蓮：〈自題翰墨和鳴圖偕外聯句〉詩題下注：「士釐曰：今圖尚存左氏。」民國元年（1911）歸安錢氏活字印本，卷二，頁三十下。筆者推測信芳閣八圖亦原為左氏家族所收藏，未知畫蹟是否尚存。

二　陳蘊蓮的家世生平及著作

關於陳蘊蓮的生平記載不多，單士釐輯《閨秀正始再續集》云：

> 陳蘊蓮，字慕青，江蘇江陰人，陽湖左晨室。著《信芳閣詩草》五卷，詩餘附。
> 士釐曰：慕青與沈湘佩、陸秀卿同時，與湘佩唱和尤密。又左冰如之世母也，左
> 詩已見卷一上。[12]

除介紹陳蘊蓮的著作外，亦約略提及其親友關係。陳蘊蓮與沈善寶（1808-1862）和陸韻梅（1808-1878）同時，[13]與沈善寶詩詞往來尤密，又為左錫嘉（1830-1894）之叔母。[14]

李寶凱《毗陵畫徵錄》云：

> 陳蘊蓮女史，號慕青，江陰人。適武進左向庭。工花卉、竹石，頗秀致，著有
> 《信芳閣詩草》。[15]

可知陳蘊蓮擅畫花卉、竹石，秀雅有韻致。

其他傳記資料如施淑儀《清代閨閣詩人徵略》、[16]徐乃昌輯《閨秀詞鈔》、[17]張惟驤撰、蔣維喬等補《清代毗陵名人小傳》、[18]在「陳蘊蓮」條下的內容大同小異，均節錄自陳蘊蓮之兄陳祖望為陳蘊蓮《信芳閣詩草》所撰的序文（詳下文）。以上的傳記資料都未提及陳蘊蓮的家世，其生卒年亦未記載。受限於寥寥的文字，研究者對於陳蘊蓮的生平背景所知甚少。楊彬彬謂陳蘊蓮的生活年代「大致為清道光、咸豐年間」，[19]「明清婦女著作網」的作者介紹云：「陳蘊蓮，清道光前後（ca. 1810-ca. 1860）」，「百度百科」所記則略有不同：「陳蘊蓮，生活於清朝道光（1821-1850）前後。兩條資料中關於陳蘊蓮的生卒年差距高達十年，究竟何者為是？

---

12 單士釐輯：《閨秀正始再續集》，卷二，頁29下。

13 湘佩為錢塘女詩人沈善寶之字。筆者按、「秀」卿疑為「琇」卿之誤，琇卿為江蘇吳縣女詩人陸韻梅之字，著有《小鷗波館詩鈔》一卷，收於蔡殿齊輯：《國朝閨閣詩鈔》一百種一百卷，清道光二十四年（1844）刻本。

14 「世母」為伯母之意，林玫儀已指出此段之誤，林玫儀：〈左白玉詩詞考校〉，《中國文哲研究通訊》（第21卷第2期，2011年6月），頁181。

15 李寶凱：《毗陵畫徵錄》，卷上，頁20。收於江慶柏主編：《江蘇人物傳記叢刊》（揚州：廣陵書社，2011年9月），冊14，頁515。

16 施淑儀：《清代閨閣徵略》，見周駿富輯：《清代傳記叢刊》（臺北：明文書局，民74年），頁025--519-025--520。

17 徐乃昌輯：《閨秀詞鈔》，清宣統元年（1909）徐乃昌小檀樂室刻本，卷十三，頁11-13。

18 張惟驤撰、蔣維喬等補：《清代毗陵名人小傳》，見周駿富輯：《清代傳記叢刊》，頁197-372。

19 楊彬彬：〈「自我」的困境——一部清代閨秀詩集中的疾病呈現與自傳慾望〉，頁99。

　　筆者從陳蘊蓮〈信芳閣自題八圖〉圖一「琴瑟和鳴」之跋語找到線索：「余年二十一歸於左氏」，翻檢其夫左晨（1801-1865）之父左輔（1751-1833）自撰之年譜，記載了幾條重要資料：

> 嘉慶五年庚申五十歲　　　　　閏四月娶徐夫人
> 嘉慶六年辛酉五十一歲　　　　六月四日八兒晨生
> 嘉慶十六年辛未六十一歲　　　為八兒晨聘陳氏乾隆丁酉選拔旌德縣
> 　　　　　　　　　　　　　　知縣江陰陳柄德吉甫女
> 嘉慶二十四年己卯六十九歲　　四月初五日蒞浙　　八兒晨成婚[20]

左晨嘉慶六年（1801）生，十一歲訂親，嘉慶二十四年（1819）十九歲成婚。陳蘊蓮自云：「余年二十一歸於左氏」，據此推算，陳蘊蓮應出生於嘉慶四年（1799），較左晨年長兩歲，故可得知上述兩條資料所載陳蘊蓮的出生年份均不正確。筆者又蒙林玫儀教授指點，得觀左元鼎、左元成、左元麟纂修《常州左氏宗譜》，獲得重要線索如下：

> 先叔諱晨，字向庭，號亦廬，中丞公第五子，五品銜。候選光祿寺署正，長蘆小直沽批驗大使。誥授奉政大夫，晉封中議大夫。生於嘉慶六年六月四日戌時，卒於同治四年十一月十日巳時，享年六十五歲。配陳太淑人，江陰丁酉拔貢旌德縣知縣柄德女。生於嘉慶四年五月二十三日寅時，卒於同治八年二月十八日亥時，享年七十一歲。誥封宜人，晉封淑人。無子，以若愚公子元鼎嗣。[21]

文中稱左昂為「先大夫」，[22]稱左晨為「先叔」，此段宗譜的撰寫者應是左昂之子左元成和左元麟。這段資料完整記載了左晨的生卒年、字號和官職。左晨在左輔自撰年譜中稱為「八兒」，在宗譜中卻稱作「第五子」，「八兒」應是涵括了堂兄弟的大排行，左輔長子孟康殤，有子晟、易、昂、曜、晨、昺、智、昭，左晨為第五子。[23]《常州左氏宗譜》明確記載了陳蘊蓮的生卒年，亦可證明筆者據左輔自撰年譜和陳蘊蓮自題八跋所推斷的陳蘊蓮出生年份為嘉慶四年（1799）準確無誤。此段資料記錄了陳蘊蓮卒於同治八年（1869），可糾正前人之謬誤，並補充陳蘊蓮生平研究所未竟之處。

---

20 左輔編，左昂等續編：《杏莊府君自敘年譜》，清宣統二年木活字本，收於北京圖書館編：《北京圖書館藏珍本年譜叢刊》（北京：北京圖書館出版社，1999年），第118冊，頁403-445。

21 左元鼎、左元成、左元麟纂修：《常州左氏宗譜》，清光緒十六年（1890）裕德堂木活字版印本，卷四，頁九四上-九四下。

22 左元鼎、左元成、左元麟纂修：《常州左氏宗譜》：「（左輔）子二，孟康、晟、昂。孟康殤，昂即先大夫也。」卷四，頁八九下。

23 左元鼎、左元成、左元麟纂修：《常州左氏宗譜》〈東埠分世系表〉，卷二，頁五七上-五七下。筆者按、世系表為表格形式，上述文字為筆者根據表格梳理而成。若連同堂兄弟（包含殤者）的排行，則左晨排行第八。

據左輔自撰年譜和《常州左氏宗譜》，可知陳蘊蓮的父親為安徽旌德縣知縣陳柄德。陳柄德（1750-1826），字伯謙，又字吉甫，江蘇江陰陳墅人。乾隆四十二年丁酉歲（1777）選拔貢生，朝考一等第一。初充四庫館謄錄，後任徐州豐縣教諭，嘉慶十年（1805）改任安徽旌德縣知縣，後因處理刑事案件時觸犯上官被劾革職。去官後又逢母喪，號泣孺慕，目漸失明。道光六年（1826）卒，年七十六。李兆洛（1769-1841）為其撰寫墓誌銘，詳述其生平事蹟。陳柄德工書法，善詩，著有《一峴山房稿》若干卷。[24]任旌德知縣時，曾於嘉慶十三年（1808）纂修《旌德縣志》十二卷，至今猶存。[25]

陳蘊蓮的母親王氏，為陳柄德之繼配。元配蘇氏生有二女。王氏生一子祖望（1792-？）及四女，陳蘊蓮排行最小。[26]王氏在咸豐元年（1851）之前已近八旬。[27]

陳蘊蓮兄長陳祖望為陳蘊蓮《信芳閣詩草》所撰的序文云：

> 余同懷妹二人，其一淡如，適中州白氏；其一慕青，左向庭醮尹室也。兩人姿性明慧絕倫，慕青尤韶秀端麗，余舉業之暇，課之如弟。嗣隨侍先君子官旌陽，共聞過庭之訓，每拈一韻語，輒蒙先君子許可，爰是寶愛異於常兒。淡如詩清超絕俗，有《春暉閣》一卷，惜不永年，學力未粹，其婿子咸參軍歿於廣陵，詩亦隨廣陵散矣。慕青之詩，天分既勝，而又專精致力，博洽群書，其一種纏綿悱惻之致，大都發於樹萱草、慨杕杜、詠草蟲，而吟風弄月，流連光景之作，特其緒餘，洵乎得溫柔敦厚之教者矣。吟詠之暇，猶有餘力，為花鳥寫生。邇年偕向庭遠宦津門，兩人俱以詩畫相切劘，一時有管趙之譽。津門地當畿輔，閒官清況，吏隱恆兼，慕青乃以詩畫易資，硯田之潤，轉勝於折腰五斗矣。由是公卿延譽，遐邇傳聞，自臺省封圻以至僚友，徵詩求畫，紛至沓來，口誦手揮，得瀟灑倜儻之概，誠吾家不櫛進士也。客歲，余續修家乘，曾采其詩數十首，刻入潁川家集。頃得向庭書，知將以慕青全集付梓，囑余一言為弁。余喜其幼耽翰墨，今乃克底於成，顧安得默默無言已乎？遂欣然為之序。咸豐紀元歲次辛亥，同懷芝房兄祖望序。[28]

---

24 參看李兆洛：〈旌德縣知縣陳君墓誌銘〉，李兆洛：《養一齋文集》卷十二，頁八-十四，收於《續修四庫全書》（上海：上海古籍出版社，2002年3月），冊1495，頁176-179。

25 陳柄德修、趙良醴纂：《旌德縣志》（臺北：成文出版社，1975年）。

26 李兆洛：〈旌德縣知縣陳君墓誌銘〉：「配蘇孺人，生女子子二。繼配王孺人，生丈夫子一，祖望。女子子四，其季為前湖南巡撫左公輔子婦，即前寧國太守也。」見李兆洛：《養一齋文集》，卷十二，頁13。見《續修四庫全書》，冊1495，頁178。

27 陳蘊蓮：〈自序〉：「中歲隨夫婿官津門，去家益遠，阿母且八秩矣。」陳蘊蓮撰、查正賢整理：《信芳閣詩草》，見胡曉明、彭國忠主編：《江南女性別集三編》（全二冊），（合肥：黃山書社，2012年），頁394。為免繁冗，以下引文出自陳蘊蓮：《信芳閣詩草》者，但標胡曉明、彭國忠主編《江南女性別集三編》之頁碼，不一一標示書名。

28 陳祖望：〈序〉，見陳蘊蓮：《信芳閣詩草》，頁393。

陳蘊蓮之兄名祖望，字芝房，工書。[29]大姊名佩蘭、三姊名佩玉，陳蘊蓮均有詩贈之。[30]六姊司蘭（1797-1824），字淡如，白鳳鳴室，生子女各二，二十八歲卒。[31]著有《春暉閣詩草》，[32]為夫婿所散佚，僅存〈詠西瓜燈〉詩一首。[33]

陳蘊蓮自幼與兄姊隨父於旌陽課讀，受父親指授學詩，頗得稱賞，寶愛異於常兒。陳蘊蓮從事女紅之暇，於詩尤有偏嗜，與左晨婚後吟詠不輟，亦得公公左輔稱許，寫作不輟。陳蘊蓮工詩之外，以花鳥畫馳譽當時。又有詞一卷，附刻於《信芳閣詩草》五卷後，題為《信芳閣詩餘》。

陳蘊蓮的夫婿左晨（1801-1865），字向庭，號亦廬，陽湖人。湖南巡撫、常州詞人左輔之第五子，為繼配徐夫人所生，官長蘆小直沽批驗大使，工畫。

左晨之父左輔（1751-1833），字仲甫，一字薇友，號杏莊。歷任安徽霍丘知縣、泗州直隸州知州、潁州知府、浙江按察使、湖南布政使、湖南巡撫，道光三年（1823）致仕，著有《念宛齋集》、《念宛齋詞鈔》等。嘉慶二十五年（1820）裕德堂刻本《念宛齋詞鈔》，收有左輔友人的眉批，其中有陳柄德評語一則，[34]《念宛齋文稿》有左輔〈為陳吉甫題橫江先生箑面跋〉一文，[35]為嘉慶十八年（1813）所作。左輔《念宛齋詩集》之〈春莫集二〉有詩〈題陳大令柄德吉甫看釣圖小照〉，此集所收之詩為嘉慶十七年（1812）至嘉慶二十一年（1816）所作，從左輔〈《念宛齋詩集》自序〉末尾自署「嘉慶十有七年歲次壬申春正月左輔書於泗州署齋」，可以推知自嘉慶十六年（1811）左晨與陳蘊蓮訂親之後，左輔與陳柄德結為兒女親家，兩人常有詩詞題贈往來。

陳蘊蓮與左晨婚後隨左輔宦遊浙江、湖南等地，頗得夫婦吟詠唱酬之樂。而後左晨任職天津長蘆，陳蘊蓮以詩畫易資，頗負盛名。左晨之兄左昂之女左錫璇（1829-1895）、左錫嘉（1831-1894）姊妹亦從陳蘊蓮習畫，亦有詩詞往來。

---

29 李兆洛：〈旌德縣知縣陳君墓誌銘〉：「祖望孝友績學，工書，能繼君之志。」見李兆洛：《養一齋文集》，卷十二，頁13。見《續修四庫全書》，冊1495，頁178。

30 陳蘊蓮詩見《信芳閣詩草》，頁395-398。

31 陳蘊蓮〈追悼司蘭六姊三十六韻〉序云：「余六姊司蘭，麗質端容，具有夙慧。長余兩歲，……卒年二十有八。」《信芳閣詩草》，，頁472。筆者從陳蘊蓮的出生年份推算陳司蘭生於嘉慶二年（1797），卒於嘉慶二十九年（1824），《清代人物生卒年表》訂其生於嘉慶十二年（1807），卒於同治三年（1864），實誤。

32 單士釐：《清閨秀藝文略》著錄陳司蘭之作品為《春暉閣詩詞》一卷。見《浙江圖書館報》（浙江：省立浙江圖書館，1927年12月），第一卷。收於《近代著名圖書館館刊薈萃續編》（北京：北京圖書館出版社，2005年），冊15，頁48，總頁63。筆者按、陳司蘭著作名稱當以陳蘊蓮所記之《春暉閣詩草》為準。

33 陳蘊蓮：〈追悼司蘭六姊三十六韻〉，《信芳閣詩草》頁473。

34 左輔：《念宛齋詞鈔》，嘉慶二十五年裕德堂刻本，頁六下。收於《清代詩文集彙編》編纂委員會編：《清代詩文集彙編》（上海：上海古籍出版社，2010年），第430冊，頁348。

35 左輔：《念宛齋文稿》，嘉慶二十三年刻本，卷八，頁二二。收於《清代詩文集彙編》編纂委員會編：《清代詩文集彙編》，第430冊，頁258。

　　陳蘊蓮與左晨無子，僅有一女左白玉（1822-1856）。左白玉，字小蓮，言良鈐室。工詩詞、擅繪畫，以篤孝名於當世，[36] 著有《餐霞樓軼稿》，有其子言家駒跋。[37] 言家駒致力為詞，[38] 著有《橙叟詩存》、《鷗影詞鈔》。[39] 左白玉有一女家娟、一兒家麟相繼夭折，左白玉三十五歲時亦因病而亡，陳蘊蓮有〈哭小蓮女〉、〈哭外孫女多福〉等詩。

　　胡文楷《歷代婦女著作考》著錄陳蘊蓮著作如下：

> 《信芳閣詩草》五卷〔清〕陳蘊蓮撰《正始再續集》、《閨籍經眼錄》著錄（見）蘊蓮，字慕青，江蘇江陰人，陽湖左晨妻。咸豐元年辛亥（1851）刊本。前有潘素心女史序，兄祖望序及自序。後有其夫左晨跋。凡詩四卷。又重印本補第五卷，增方廷瑚、蕭德宣序。《名媛詩話》：「慕青集中，傑作頗多，詩書畫皆臻神妙。史學甚深。伉儷情篤，宦隱津門。」[40]

　　《信芳閣詩草》四卷本，咸豐元年（1851）刻本，九行十九字，小字雙行同，白口四周雙邊單魚尾。胡文楷《歷代婦女著作考》指出四卷本前有三篇序文，五卷本又增刻兩篇序文，然目前中國國家圖書館藏《信芳閣詩草》四卷本有五篇序文，依次為方廷瑚序、潘素心序、蕭德宣序、陳祖望序、自序，[41] 每卷末均有「姪元壽校字」五字，附刻《信芳閣詩餘》，由〈菩薩蠻〉至〈摸魚兒〉，共十首，卷末有左晨跋。此本中國國家圖書館尚藏有二部。[42]

　　《信芳閣詩草》五卷本，咸豐九年（1859）刻本，[43] 由四卷本增刻而成，共二冊，九行十九字，小字雙行同，白口四周雙邊單魚尾。左晨跋之後增刻卷五，包含詩作、〈附沈湘佩前後贈和各章〉、詞十三首（〈滿江紅〉至〈如夢令〉）、〈附刻信芳閣自題八圖〉等。

36　單士釐輯：《閨秀正始再續集》〈左白玉〉條下：士釐曰：「小蓮為陳慕青之女，在室割臂療母，出嫁割臂療翁與姑。同治五年奏聞，有旨旌表，建坊入祠。左冰如之姊妹也。」單士釐輯：《閨秀正始再續集》，卷二，頁四一下。

37　林玫儀教授考訂了左白玉之生卒年、著作版本，又為之整理刊布《餐霞樓遺稿》。俱見林玫儀：〈左白玉詩詞考校〉，頁175-218。

38　言家駒：〈《橙叟詩存》自序〉：「二十以後遍而學詞，今且垂垂七十矣。」言家駒：《橙叟詩存》，清光緒三十四年（1908）鉛印本，頁一上。

39　言家駒：《橙叟詩存》一卷，清光緒三十四年（1908）鉛印本、《鷗影詞》六卷，附《悼亡曲》一卷，民國二年（1913）常熟言氏鉛印本。

40　胡文楷編著、張宏生等增訂：《歷代婦女著作考》（增訂本）（上海：上海古籍出版社，2008年），頁605。

41　楊彬彬：〈「自我」的困境──一部清代閨秀詩集中的疾病呈現與自傳慾望〉，頁99。

42　關於陳蘊蓮《信芳閣詩草》四卷本之敘述，見林玫儀〈左白玉詩詞考校〉，頁182。

43　此本各圖書館著錄為咸豐九年刻本，或許是依據陳蘊蓮〈附刻信芳閣自題八圖〉跋語所記的年月而來。筆者發現其中收有陳蘊蓮咸豐十年的作品〈庚申春仲入都途次寄懷兒媳謝灝侄媳陳蕙外孫媳汪韻梅〉，實際刊刻的時間應該晚於咸豐十年。

　　楊彬彬和林玫儀教授均發現五卷本有哈佛大學燕京圖書館藏和中國國家圖書館藏的兩種版本，兩種版本內容編排次序不一。[44]筆者將各版本的異同以表格整理如下：

排列次序	四卷本‧咸豐元年（1851）	五卷本（哈佛本）‧咸豐九年（1859）	五卷本（國圖本）‧咸豐九年（1859）
1	方廷瑚序（1841）	方廷瑚序（1841）	方廷瑚序（1841）
2	潘素心序（1847）	潘素心序（1847）	潘素心序（1847）
3	蕭德宣序（1851）	蕭德宣序（1851）	蕭德宣序（1851）
4	陳祖望序（1851）	陳祖望序（1851）	陳祖望序（1851）
5	陳蘊蓮自序（1851）	陳蘊蓮自序（1851）	陳蘊蓮自序（1851）
6	卷一至卷四（詩）	卷一至卷四（詩）	卷一至卷四（詩）
7	信芳閣詩餘（〈菩薩蠻〉至〈摸魚兒〉，共十首詞）	信芳閣詩餘（〈菩薩蠻〉至〈摸魚兒〉，共十首詞）	卷五（詩）
8	左晨跋	左晨跋	信芳閣詩餘（〈菩薩蠻〉至〈摸魚兒〉，十首詞，加上〈滿江紅〉至〈如夢令〉，十三首詞，總計二十三首詞）
9		卷五（詩）	附刻信芳閣自題八圖
10		卷五（附沈湘佩前後贈和各章）	附沈湘佩前後贈和各章
11		卷五（〈滿江紅〉至〈如夢令〉，共十三首詞）	左晨跋
12		卷五（附刻信芳閣自題八圖）	

　　林玫儀認為國圖的五卷本將新增的詩詞分別接於原刻的詩卷和詞卷之後，卷末再列〈附刻信芳閣自題八圖〉、〈附沈湘佩前後贈和各章〉、〈左晨跋〉，「在編排上較為合理，可見此本較哈佛本更為晚出。」[45]

　　林玫儀先生尚指出哈佛本和國圖本一個重要的差異：「哈佛本卷一頁五及卷五頁九原缺，有補鈔，唯所補鈔內容均非是，未知何以有此舛誤。」[46]筆者按、哈佛本卷一頁

---

44 分別見楊彬彬：〈「自我」的困境——一部清代閨秀詩集中的疾病呈現與自傳慾望〉，頁99、林玫儀：〈左白玉詩詞考校〉，頁182。

45 林玫儀：〈左白玉詩詞考校〉，頁182。

46 林玫儀：〈左白玉詩詞考校〉，頁182。

四〈喜晤佩蘭大姊〉之後所補入之詩，版心雖有「信芳閣詩草」「卷一」「五」等字樣，但字體明顯不同，承接第四頁和第六頁接續的詞意也不連貫，補入之詩不知為何人所作，並非陳蘊蓮的作品。（圖一）國圖本的第五頁是〈喜晤佩蘭大姊〉後半、〈秋窗夜雨懷司蘭六姊〉、〈登樓晚眺〉、〈月夜彈琴〉，是陳蘊蓮的原作。（圖二）

（圖一）　　　　　　　　　　（圖二）

哈佛本卷五頁八為〈河北凱歌〉，頁九第一行並非原詩的接續，用韻不同，字體與上文也不一致，卻與卷一補入的字體相同，應與卷一所補入的為同一人之作。國圖本卷五頁九第一行為〈河北凱歌〉之末句，其後為〈題仕女圖〉諸作，前後貫串，是為陳蘊蓮之原作。國圖本的版式印刷清晰，字跡清楚，不似哈佛本多處漫漶模糊，部分文字甚至無法辨識，[47]國圖本冊一卷末有一首七言絕句手稿，署名「蓉江陳蘊蓮慕青女史」，為哈佛本所無。

　　查正賢整理的《信芳閣詩草》，為簡體字標點本，收於胡曉明、彭國忠主編的《江南女性別集三編》，二〇一二年三月由黃山書社出版。觀其內容編次全與國圖本同，故本文引文以此本為準，並以國圖本參照覆核。

三　信芳閣自題八圖的內容

　　刊刻於咸豐元年（1851）的《信芳閣詩草》四卷本，無論是兄長陳祖望的序文：「邇年偕向庭遠宦津門，兩人俱以詩畫相切劘，一時有管趙之譽」，或是夫婿左晨跋語：「俾覽者知余优儷居貧自得之樂」，[48]均顯示了婚姻的美滿幸福。然而刊刻於咸豐九

---

47 如武思庭：《女性的亂離書寫——以清代鴉片戰爭、太平天國戰役為考察範圍》頁63引用陳蘊蓮自題八圖無法辨識的字多用「？」代替。

48 左晨：〈《信芳閣詩草》跋〉，見《信芳閣詩草》，頁510。

年（1859）的《信芳閣詩草》五卷本，附刻的〈信芳閣自題八圖〉卻使美滿幸福的婚姻神話徹底幻滅。若將〈信芳閣自題八圖〉的題辭與《信芳閣詩草》、《信芳閣詩餘》的作品並觀，可以見到陳蘊蓮的心路歷程，以及個人生命中自我型塑的角色定位。〈信芳閣自題八圖〉依次說明如下：

（一）琴瑟和鳴

> 余年二十一歸於左氏，時 先舅翁陳臬之江，禮儀咸備。顧以墜溷之繁英，墮華
> 鬘之小劫，惟時外子與余琴調瑟叶，無愧和鳴，今昔相較，奚啻霄壤乎？是為圖
> 一。[49]

嘉慶二十三年（1818）左輔奉上諭補授浙江按察使，嘉慶二十四年（1819）四月赴任，同月二十一歲的陳蘊蓮與十九歲的左晨成婚。當時「琴調瑟叶，無愧和鳴」，陳蘊蓮詩〈歸寧將次里門舟中閒眺答外〉（頁 400），以秦嘉、徐淑代稱左晨和自己；〈送外〉（頁 400）流露送別的依戀不捨和及早歸家的盼望。「顧以墜溷之繁英，墮華鬘之小劫」、「今昔相較，奚啻霄壤乎？」是咸豐九年（1859）自跋八圖時的心情。《梁書·儒林傳·范縝》云：「人之生譬如一樹花，同發一枝，俱開一蒂，隨風而墮，自有拂簾幌墜于茵席之上，自有關籬牆落於糞溷之側。」[50] 結縭四十載後，陳蘊蓮自喻為墜溷之繁英、墮華鬘之小劫，顯示其將青春華年葬送在此段婚姻的不滿。

（二）蕉下評詩

> 外子讀書侍膳之暇，相守深閨，每得句，必丐余為之刪削。時 先舅開府楚南，
> 署庭雜植芭蕉繁卉。余每與外子坐蕉下評論詩篇，翰墨同拈，洵至樂也。今則如
> 隔世矣，思之黯然。是為圖二。（頁505）

嘉慶二十五年（1820）左輔奉上諭補授湖南布政使，是年十一月獲道光帝擢升為湖南巡撫。陳蘊蓮赴湖南之前有詩〈將赴楚南寄蘭溪大嫂〉請大嫂照顧年邁雙親。舟行途中與左晨聯句，作〈舟中晚眺有感與外聯句〉（頁 402）。此行尚有〈舟次岳陽喜晤佩玉三姊〉、〈和外子舟中即景〉、〈赤壁懷古〉、〈湘江道中〉等詩（頁 403-405）。抵達湖南後，左輔頗賞識陳蘊蓮的詩才，常命其與左智等諸昆弟步韻賦詩。[51] 新婚夫妻亦常於湖

---

49 陳蘊蓮：〈附刻信芳閣自題八圖〉，《信芳閣詩草》，頁505。
50 姚思廉撰：《梁書·儒林傳·范縝》（北京：中華書局，1973年），頁665。
51 陳蘊蓮：〈題若愚弟清淨自娛圖小照〉自注：「先舅翁開府楚南，退食之餘，輒命弟諸昆弟及余步韻賦詩。」《信芳閣詩草》頁499。

南官署署庭的芭蕉樹下評詩唱酬，其樂融融。如今情意不再，思及過往，不勝感傷。

（三）月下聯句

> 先舅翁致仕回里，余與外子晨昏隨侍。閒時則覓句揮毫，是時作〈翰墨和鳴圖〉，
> 余兩人於月下聯句題之。迄今追念曩時，恨不焚棄筆硯矣。是為圖三。（頁505）

道光三年（1823）左輔奉上諭以原品休致回鄉。李兆洛〈湖南巡撫左公輔墓誌銘〉云：
「公歸，囊中不名一錢，舊屋已不可居，別構第於邑中，賴知交當道者更迭延主書院講
席，誘進後學，亹亹無倦。宅旁有隙地，結小圃，蒔花木，歲時集親故賦詩交懽，從容
起居者十年。」[52]左晨之兄左昂記述：「（道光五年（1825））正月於新宅後構杏莊花
圃，雜植花木，建屋三楹，顏之曰清正怡安之齋。」[53]左晨夫婦隨左輔歸里後，晨昏隨
侍，閒時作詩揮毫，其書齋名為「翰墨和鳴齋」。[54]是時陳蘊蓮 27 歲，繪〈翰墨和鳴
圖〉，有〈自題翰墨和鳴圖偕外聯句〉題詠其上：「良宵小立畫檐前慕青，皎皎冰輪淨碧
天。連理枝頭棲比翼向庭，合歡花下並吟肩。簫吹玉管倚歌和慕青，詩滿雲箋疊韻聯。
細語喁喁人寂寂向庭，百年長此共嬋娟慕青。」（頁 408）。當時在月下比肩聯句，寫下
「百年長此共嬋娟」的陳蘊蓮，何曾想到日後會有感情生變的一天？

（四）風雪籲天

> 余每於外子出遊，或赴試金陵，或謁選京國，余念其性耽花月，恐多魔障。每夜
> 必籲天為之消孽延年，並祝客中安豫。雖值風雪，必致虔誠。是為圖四。（頁
> 505-506）

道光九年（1829）左晨報捐鹽運司經歷，道光十年（1830）九月入京待選，以停止分
發，十二月即歸。[55]入京之前三十二歲的陳蘊蓮有詩〈外子將北上作此贈之〉（頁
410），流露對夫婿離家遠行、不慣風霜的憐惜，並承諾在家中擔負起孝養高堂的責任。
自己的多愁多病幸有夫婿一往情深的照拂，「顧影休教愧寢興」一句化用王融「自君之
出矣，芳蕙絕瑤巵。思君如形影，寢興未曾離」之詩句，[56]叮囑夫婿切勿辜負自己日夜

52 李兆洛：〈湖南巡撫左公輔墓誌銘〉，見錢儀吉纂錄：《碑傳集》，收於周駿富輯：《清代傳記叢刊》，
　　頁114-805、

53 左輔編，左昂等續編：《杏莊府君自敘年譜》，頁483。

54 陳蘊蓮：〈滿庭芳〉，詞牌下題：「翰墨和鳴齋供菊數十種，偕外拈得詩字」。《信芳閣詩草》頁501。

55 左輔編，左昂等續編：《杏莊府君自敘年譜》，頁485。

56 王融：〈自君之出矣〉，見郭茂倩編：《樂府詩集》（北京：中華書局，1979年），卷六十九，頁988。

的思念。〈車遙遙篇〉:「君子守身原似玉,此語何須妾相勖。」(頁 410)。提醒左晨君子應守身如玉,與前詩「顧影休教愧寢興」的叮嚀合而觀之,便可知陳蘊蓮對夫婿「性耽花月,恐多魔障」的擔憂與不安。

左晨在京期間,有〈擬古長相思二首寄內〉,陳蘊蓮有〈得外書感賦卻寄〉、〈觸緒〉等詩(頁 411),表達對夫婿的牽掛和思念。身為妻子,無法陪伴照顧,只能每夜在家中祝禱,為之消災延年。即使遇到風雪,仍然虔誠祈福。陳蘊蓮在《信芳閣詩草》卷五補錄了一首詩:〈外子于役,歲暮未歸,念伊雨雪載途,使我回腸百結,衝寒默禱,咸謂儂癡。敷衽陳辭,惟祈神佑。須臾晴霽,想因誠可格天,口占小詩以識余感〉(頁492)。補錄此詩置於《信芳閣詩草》卷五之中,分外醒目。卷五充滿對左晨的怨懟之情,再也不復昔日的牽掛思念。從此跋的語意推敲,前三圖的圖像應該都是儷影雙雙,從此圖起至圖六應只有陳蘊蓮孤身一人的圖像,也由此潛藏了兩人感情生變的伏筆。

(五)寫韻謀生

> 外子需次長蘆,往往貧累,寓中食指待哺孔殷。余為之分勞,遂作畫題詩,無間寒暑,所得資,藉足贍生。雖歷年馳譽通都,而勞苦實余一人肩荷。迄今思之,誠癡絕也。是為圖五。(頁506)

陳蘊蓮在左晨未赴天津之前已藉詩畫所得貼補家用,多首詩中皆提到「詩逋畫債」,即使臥病初起,仍須不斷創作。

道光十七年(1837),左晨前往天津長蘆鹽運司任職。三十九歲的陳蘊蓮有詩〈丁酉仲秋送外北上〉:「近希管與趙,遠勝孟與梁」(頁 427),期勉夫妻同心,恩愛不渝。左晨離開後,陳蘊蓮有〈君子之出矣〉(三首)、〈夢中作〉、〈憶遠曲〉(頁 427-428)多首詩作表達思念之情。〈憶遠曲〉甚至有希望夫君早日返鄉,重溫唱酬之樂的期盼:「長安居誠大不易,不如命駕歸江鄉。遠希梁孟近管趙,與君翰墨鳴閨房。」(頁428)

不久陳蘊蓮前往天津與左晨團聚,有詩〈初入津門偕外分韻得籬字〉「漫恃詞人堪賣賦」句下自注:「津門米珠薪桂,如居長安。欲藉筆耕,而外子初到,一人不識,故詩中及之。」(頁 430)。左晨俸祿微薄,[57]天津物價高昂,陳蘊蓮時常嘆貧,寫給兄長陳祖望之詩〈津門詠懷質外並寄芝房兄〉提及住處簡陋和生計之艱難:「黃塵入戶避無門,令我胸中時作惡。僦得茅茨僅數椽,土花滿地難容足。米珠薪桂居大難,步兵信有窮途哭。豈惟典盡鷫鸘裘,轉瞬還愁及被襆。」(頁 430)。

此圖跋語云:「寓中食指待哺孔殷。余為之分勞,遂作畫題詩,無間寒暑」,不只是

---

57 陳蘊蓮:〈仲秋外子解鹽入都口占以贈〉:「居官錯料多生計,絕似飢鴻覓稻粱。」《信芳閣詩草》,
　 頁439。

左晨「貧累」，陳薀蓮亦為貧累所苦。「貧」是陳薀蓮須以詩畫謀生的主要原因，「累」是陳薀蓮為夫分憂解勞的辛勤不輟。但為生計不斷的寫詩作畫，備感辛勞。〈烟蘿仙館雜詠十首‧作畫〉云：「八口生涯賴硯田，藉將詩畫送華年。幾回擱筆添根觸，蘭蕙何如蒲柳妍。」（頁 464）。如此辛勞的寫詩作畫分擔家計的生活持續了近二十年，左晨寫於咸豐元年（1851）的〈《信芳閣詩草》跋〉云：「今來沽上十有餘載，客途貧宦，惟以翰墨相和鳴。慕青又工繪事，詩情畫意，神韻遠過於余。遇資斧缺乏，則又藉其揮灑丹青，得泉為活，是慕青之助於我者，蓋又不止推敲字句已也。」（頁 510）。陳祖望序文亦述及陳薀蓮「歷年馳譽通都」之盛況：「由是公卿延譽，遐邇傳聞，自臺省封圻以至僚友，徵詩求畫，紛至沓來，口誦手揮，得瀟洒倜儻之概，誠吾家不櫛進士也。」（頁 393）。而陳薀蓮卻認為「雖歷年馳譽通都，勞苦實余一人肩荷。迄今思之，誠癡絕也」，陳薀蓮因長期勞累，手足痿痺，無法握筆，[58]恐非如其兄所言不櫛進士「得瀟洒倜儻之概」。瀟洒倜儻的背後，實有滿腹辛酸委屈和迫不得已的無奈。

（六）刲股療病

> 壬寅春，余與外子同患病，甚劇。時則諸醫束手，已分不起。余亦屓弱，皮骨僅存，目擊心傷，潛給婢取剪，割左肱與服，遂得痊可。是為圖六。

道光二十二年（1842）壬寅，四十四歲的陳薀蓮與左晨俱染重症，即使形銷骨立，皮骨僅存，陳薀蓮仍強支病體，刲股療夫。而後左晨痊癒，陳薀蓮也奇蹟般的重生。陳薀蓮有〈病起紀事〉七首記述始末，從兩人患病：「最苦他鄉貧病侵，牛衣宛轉共呻吟」、自我犧牲：「不知身僅餘皮骨，刲股猶思索剪刀」，到病重垂危：「罡風吹墮北邙鄉，已覺浮生付渺茫」，而後奇蹟重生：「連理枝頭花又放，倩誰畫個再生圖」。詩中自注有詳盡的描述：「綿惙時倐然暈去，見矮屋鱗次，內有獰惡數輩，欲驅余入，苦不能脫。正惶遽間，聞鈴鐸聲，約相去數武，一亭巍然，內懸琉璃燈甚明。有青衣黃帽者，手擊金鉦，走而呼曰：『陳才女，菩薩另有旨，汝等速退。』頓覺眼界光明，魑魅悉避，始得重生。」、「余病至正月十七，手足木僵，奄然脫去，外知亦驚暈。自巳至亥，凡七閱時，坐起，呼外曰：『余歸矣。』外即蹶然起應，歡然握手。余即備述所見，兩相慰藉，笑語移時，若無病者。」（頁 452）。在這段敘述中，夫婦二人病重瀕死，陳薀蓮見夫垂危，「目擊心傷」，於是暗地裡「給婢取剪，割左肱與服」。刲股療病的方式由來已久，[59]明清時期刲股療親的風氣更為盛行。[60]陳薀蓮之所以「割左肱與服」，乃因當時有

---

58 陳薀蓮：〈菩薩蠻〉（天葩仙卉交相映）題下小序云：「近歲手足痿痺，弗獲握管。」《信芳閣詩餘》，頁504。

59 邱仲麟：〈人藥與血氣──「割股」療親現象中的醫療觀念〉：「割股肉以醫療親人的疾病，最晚在

身體「上淨下不潔」的觀念，大部分的割股者多選擇割臂以進。[61]「割股療親」的行為被視為至孝，受到官方旌表。[62]通常「刲股」的對象是父母、翁姑，以彰顯為人子女之孝道。而陳蘊蓮「刲股」的對象卻是沒有血緣關係的丈夫，顯示她對夫婿生命的高度重視。陳蘊蓮綿惙之際，左晨亦驚暈，而陳蘊蓮因神蹟而重生，連帶使左晨也「蹶然起應、歡然握手」。在回顧兩人「同死同生並命禽」的經歷時，陳蘊蓮隱然流露這樣的想法：左晨的重生乃是仰賴自己殘毀肢體之犧牲所致，兩人的感情應該堅如磐石，孰料她用生命換取重生的夫婿竟會背棄她的深情？

（七）目不交睫

> 丙午七月朔，外子項生對口瘡，而又疽發於背，數日潰裂，闊至尺許。余徹夜不寐，坐守其傍，為之敷治、驅蠅，半載如一日。至九月，口又生瘡，余仰面跪而持管，為之吹藥，膿血涕唾，直注於口。至明春而得愈，遂作是圖，俾觀之或亦知動心否耶。是為圖七。

道光二十六年（1846）丙午，左晨項背生瘡，陳蘊蓮為之敷治、驅蠅，兩個月後左晨口又生瘡，陳蘊蓮為之持管吹藥，徹夜守護，長達半年。治癒後陳蘊蓮陪伴左晨入京，便於照拂。陳蘊蓮〈入都雜詠〉自注：「外背瘡新愈，調攝綦難，不得不與偕行，故云。」（頁 462）。此行陳蘊蓮除了要照顧左晨的健康，還要安排沿途的交通住宿：「憐他病後神衰薄，水驛山程代指揮」（頁 462）。

《信芳閣詩草》卷四尚有〈為外子納寵口占以賀〉三首（頁 466）。左晨與陳蘊蓮膝下僅有一女左白玉，娶妾以繁衍子嗣似乎是天經地義的事情。陳蘊蓮詩中雖顯露「天隨人願慰平生，佳話應知自玉成」之寬容雅量，但也隱含有「豔抹濃妝曳綺羅，風流夫婿欲風魔」的輕微責難。陳蘊蓮《信芳閣詩草》之詩大抵都按照時間先後排列，列在此詩之後的〈追悼司蘭六姊三十六韻〉作於道光二十八年（1848），推斷左晨納妾的時間

隋代（589-618）已經存在，到了唐代，已經是一個頗為興盛的孝行了。」《新史學》第10卷4期，1999年12月，頁68。

60 吳燕娜：〈禮教、情感、和宗教之互動：分析比較《型世言》第四回和〈麗水陳孝女傳碑〉對割股療親的呈現〉：「割股療親這個現象淵源長久，到了明清時代（尤其清朝）記載得更多，可能也更為普遍。」《文與哲》第12期，2008年6月。頁418。

61 邱仲麟：〈人藥與血氣——「割股」療親現象中的醫療觀念〉：「身體『上淨下不潔』，因此有大部分的『割股』者捨棄了下體的腿股，代之以臂肉、肩肉、胸肉、脅肉。」頁112。

62 朝廷或地方政府旌表「割股療親」的政策，隨著朝代有所不同。隋唐到南宋採正面肯定的態度，元明兩代則不表贊同，清朝明禁而實褒。見邱仲麟：《不孝之孝：隋唐以來割股療親現象的社會史考察》（臺北：國立臺灣大學歷史學研究所博士論文，1997年6月），第三到四章，頁113-188。

應是在道光二十七年（1847）背瘡痊癒後到道光二十八年（1848）之間，陳蘊蓮年約四十九至五十歲。左元鼎等纂修《常州左氏宗譜》記載左晨「無子，以若愚公子元鼎嗣」，[63]可見左晨之妾亦未能為左家添丁，以弟左智之子左元鼎兼祧兩房。陳蘊蓮此圖的題跋將持管吹藥「膿血涕唾，直注於口」的畫面細節鋪陳得驚心動魄，令人不忍卒睹。由文字描述可以推知此圖當是畫左晨在上，陳蘊蓮「仰面跪而持管，為之吹藥」的姿態，其目的在「俾觀之或亦知動心否耶」，或存有喚醒左晨良知之動機。

（八）秋窗風雨

> 辛亥秋，外子轉餉中州，紙醉金迷，備嘗酒地花天之樂。余則津門寂處，昕夕焚香，每當風雨紛如，輒坐閱一編，間以吟詠，感懷思念，得長句名〈秋窗風雨夕〉詞，是為圖八。

咸豐元年（1851）辛亥孟冬，陳蘊蓮五十三歲，左晨為陳蘊蓮即將出版的《信芳閣詩草》作跋，除感謝妻子寫詩作畫分擔家計之外，「間以鄙作附於集中，俾覽者知余伉儷居貧自得之至樂，爰志顛末於卷尾云爾。」（頁 510）。但諷刺的是，陳蘊蓮作於此年秋天的〈秋窗風雨夕擬春江花月夜體〉卻呈現了截然不同的說法。開篇三四兩句：「已覺離人愁不盡，那堪風雨攪愁心」（頁 475），模仿《紅樓夢》第四十五回林黛玉〈秋窗風雨夕〉之句：「已覺秋窗秋不盡，那堪風雨助淒涼」，其後寫自己抱病苦撐家計的辛勞：「依然仍抱北門憂，漫說居官多活計。活計從來藉硯田，可憐末疾久纏綿。」陳蘊蓮〈灼艾〉一詩有序云：「余素有肝疾，發即作楚，然惟胸膈膨脹而已。數年來，事與心違，肝氣行入四肢，以致痛楚，艱於伸縮。醫家云病在手足，藥石一時難達，傳以灼艾法，以手自灼，漸便屈伸，足則不能自灼也。有感於宋太祖灼艾分痛事，口占一絕，用志慨云。」詩曰：「迷陽卻曲傷吾足，十指牽蘿礙屈伸。玉碎女嬃兄遠隔，可憐分痛又何人。」「女嬃」下自注：「諸姊俱以下世」（頁 474）。陳蘊蓮因肝疾四肢痛楚無法屈伸，本可用燒艾針灸之法治療，但手可自灼，足卻不能自灼。三位姊姊俱已過世，兄長又遠隔天涯，無人可施以援手。

　　詩中沒有明寫出來的怨懟，是遭到丈夫離棄後的孤立無援。更令人難堪的是丈夫在外花天酒地，而自己卻在風雨中獨守空閨：「羅敷夫婿輕離別，四年慣作梁園客。客館笙歌樂暮朝，深閨風雨愁行役。」（頁 476）。從「四年慣作梁園客」、「四年奔走嘆風塵」（頁 475）之詩句看來，左晨從道光二十七年（1847）背瘡痊癒後到咸豐元年（1851）的四年間都在外地奔走，而陳蘊蓮在四肢難以伸縮的情況下仍須藉詩畫營生，

---

63 左元鼎、左元成、左元麟纂修：《常州左氏宗譜》，卷四，頁九四下。

更感身心俱疲:「觸熱衝寒徒碌碌,依然無補一家貧」(〈排悶寫懷寄外〉,頁 475)。而左晨在外「紙醉金迷,備嘗酒地花天之樂」,自己卻「津門寂處,昕夕焚香」,唯以讀書自遣。完成於咸豐元年秋(1851)的〈秋窗風雨夕〉,其實已然打破左晨跋中「余伉儷居貧自得之至樂」美滿婚姻的神話,並無待於咸豐九年(1859)才完成的〈信芳閣自題八圖〉之題跋。[64]〈信芳閣自題八圖〉結尾云:

> 以上八圖自于歸以至今日,撫今思昔,根觸繫之。因裝池藏諸篋笥,以貽子孫,亦聊誌余生平所歷,并示余不為無功於左氏云爾。咸豐九年七月既望,陳慕青自跋。

此八圖記錄了從嘉慶二十四年(1819)到咸豐元年(1851),陳蘊蓮二十一歲到五十三歲的婚姻生活,撫今追昔,感觸萬端。陳蘊蓮因手疾之故,無法握筆,此自題八跋為左晨之兄左昂代書之作。[65]

咸豐九年(1859)增刻的《信芳閣詩草》第五卷,只有陳蘊蓮寫給左晨的詩作:〈足疾未瘳悶極遣懷索外子和〉、〈蕥寓臥病夜不成寐寄外〉(頁 477-499)等,再無左晨的和詩。八年來,陳蘊蓮對於左晨已然死心,遣詞用字也更加強烈。〈七夕感賦〉:「果然情比春冰薄,漫道心如皎日看」(頁 483)、〈迷陽〉:「實獲我心歌當哭,蓼莪篇與谷風詩」(頁 487)、〈外遣舟迎返津門,途遇逆風感而有作〉:「山人黻佩何曾稱,天壤王郎甘棄捐。」(頁 497)。留下八圖八跋,只為讓子孫明白,陳蘊蓮實「不為無功於左氏云爾」。

四 陳蘊蓮自我型塑的角色定位

陳蘊蓮自幼及老,經歷了多重角色,包括女兒、妹妹、妻子、媳婦、妯娌、姑嫂、叔母、姨母、母親、外祖母等親族角色,以及詩人、畫家等社會角色,而耐人尋味的是〈信芳閣自題八圖〉全從婚姻生活取材,自初婚美滿和諧的「琴瑟和鳴」、「蕉下評詩」、「月下聯句」,到為夫婿祝禱、分勞的「風雪籲天」、「寫韻謀生」,以及為延續夫婿生命而自我犧牲的「刲股療病」、「目不交睫」,一直到孤獨見棄的「秋窗風雨」,只見到陳蘊蓮身為「妻子」的角色,而不及其他。每一篇跋文中都出現了「外子」,在「外子」與「余」的關係變化中,顯示了陳蘊蓮心目中「妻子」的重要定位。在家族中,陳

---

64 楊彬彬:〈「自我」的困境——一部清代閨秀詩集中的疾病呈現與自傳慾望〉:「一八五九年(咸豐九年)《信芳閣詩草》再度付刻,增補第五卷及陳所作〈自跋‧附信芳閣自題八圖〉,故事由此陡然斷裂。」頁104。筆者以為不然,《信芳閣詩草》的四卷詩作,可和〈信芳閣自題八圖〉的跋語一一相互對應,在第四卷結束時,兩人的關係已然斷裂。

65 陳蘊蓮:〈入都喜晤蘭蓀六姪暨諸侄等聚首一月別後寄懷〉自注:「余手患拘攣,不能握管,自題八跋,請六伯代書。」《信芳閣詩草》頁494。

蘊蓮重視的是「妻子」的角色，而在社會中，陳蘊蓮看重的是「詩人」的身分。現將陳蘊蓮透過圖跋和詩詞作品自我型塑的角色定位析論如下：

（一）妻子角色

1 德勝於才

　　陳蘊蓮受父親陳柄德指授學詩，其兄陳祖望序云：「舉業之暇，課之如弟」，陳蘊蓮亦有「苦憶吾兄即我師」之詩句。[66]陳蘊蓮長於詩，初婚時隨著公公左輔職務的調遷，由浙江歷湖南而回返江蘇，和夫婿左晨晨昏隨侍，與丈夫及夫家成員步韻賦詩，受到左輔的稱賞。由自題八圖的前三跋觀之，幸福美滿的婚姻，乃奠基在「評詩」、「聯句」等夫唱婦隨的心靈交流之上。也因為陳蘊蓮能詩，其父「寶愛異於常兒」，公公左輔「退食之餘，輒命弟諸昆弟及余步韻賦詩」，連左晨都自愧「天資才力均有不如」。爾後，陳蘊蓮憑藉著詩畫長才馳譽通都，楷書亦清勁流麗，有詩書畫三絕之譽。[67]連重病垂危之際所見的菩薩侍者都喚其「陳才女」，因「才」獲得的稱譽讚許不計其數。然而自題八圖之後五跋，從「風雪籲天」到「秋窗風雨」，卻是特意彰顯其「德」。

　　關於「才」與「德」主從輕重之論述由來已久，儒者重德輕才，對於女性也採取「德在才先」的規範，[68]甚至認為「婦人識字，多致誨淫」，[69]而有「女子無才便是德」的看法。清初王相箋註其母劉氏（王節婦）《女範捷錄・才德篇》之語「德本而才末，固理之宜然。若夫為不善，非才之罪也。」云：「女子以德為大，才之有無，不足較也」、「凡有才無德，是捨本而務末。必流入於邪而不正，豈才之罪也。」[70]雖然批判了「女子無才便是德」的觀點，但主張「德本才末」、「以德為大」，「德」的重要性遠大於「才」。

　　比陳蘊蓮年長的惲珠（1771-1833），編選《國朝閨秀正始集》的選錄原則是：「凡篆刻雲霞、寄懷風月而義不合雅教者，雖美弗錄」[71]，潘素心（1764-1847 後）〈《國朝閨

---

66 陳蘊蓮：〈夢歸侍先君子于家庭，覺音容笑貌如平日，適為風雨所寤，悲不成寐，因憶老母兄嫂相隔三千餘里，欲歸不能，撫今念昔，倍難為懷。口占六章，以寫我憂，不計工拙也〉，《信芳閣詩草》，頁435。

67 方廷瑚：〈《信芳閣詩草》序〉，《信芳閣詩草》，頁389。

68 請參看劉詠聰：〈中國傳統才德觀及清代前期女性才德論〉，劉詠聰：《德・才・色・權──論中國古代女性》（臺北：麥田出版股份有限公司，1998年），頁165-251。

69 〔明〕徐學謨：《歸有園塵談》，收於《叢書集成初編》（北京：中華書局，1983年），冊375，頁4。

70 〔清〕王相箋註：《女四書》，據光緒二年（1876）金陵刻本影印，收於林慶彰等編：《晚清四部叢刊》（臺中：文听閣圖書有限公司，2010年）第三編，冊63，頁192-193。

71 〔清〕惲珠：〈《國朝閨秀正始集》弁言〉，見惲珠輯：《國朝閨秀正始集》，清道光十一年（1831）紅香館刻本，頁二上。

秀正始集》序〉亦云:「選詩者亦必取其合乎興觀群怨之旨,而不失幽閑貞靜之德」,[72]
清代女性編選女性詩作,仍以「德」為主要考量,含有教化目的。「才」是用來彰顯
「德」的,在「德本才末」的觀念下,陳蘊蓮自題八圖的後五跋,強調其為婦職的付
出,透過自我的徹底犧牲、奉獻、支持、照護,使夫婿重獲新生,完成其心目中理想的
婦德典型。

　　《信芳閣詩草》的若干詩作也顯示了陳蘊蓮「重德」勝於「重才」的觀點。〈閔文
姬歸漢故事〉:「如何不矢靡他志,枉賦傷懷悲憤詩。嗚呼奸雄不顧綱常義,可惜文姬徒
識字」(頁 436),批判曹操贖還已在匈奴與左賢王生下二子的蔡琰,歸漢後令其改嫁董
祀,使文姬失節,罔顧綱常。更譴責蔡文姬空有賦〈悲憤詩〉之才,卻無法守節不移。
〈題仕女圖‧謝道韞〉云:「豈惟詠絮擅清新,大義千秋邁等倫。纖手猶能誅叛寇,奇
才無怪究天人。」(頁 484)比起歷來眾口稱譽的詠絮之才,陳蘊蓮更重視謝道韞手刃
孫恩叛軍數人、當眾斥賊的膽識節操。〈題仕女圖‧班婕妤〉云:「畏禍憂讒感我心,退
居長信意何深。才人品格高千古,不擲相如買賦金。」(頁 484)與寫〈樓東賦〉盼復
得君王寵幸的梅妃相較,[73]陳蘊蓮稱賞班婕妤的不僅僅是作〈怨歌行〉的才華,而是不
與人爭、知所進退的識見,以及不冀求君王回心轉意的孤高品格。

　　從陳蘊蓮數首詠歷代才女的詩作中,均可見到其「德重於才」的才德觀。而幾首詠
女子殉節之作,如〈汪司農兩姬同日殉節歌滿洲正白旗人〉(頁 442)、〈瑯琊貞烈詞小
引〉(頁 470),更可見到陳蘊蓮歌詠女子以身殉夫的貞節烈行。〈避亂藤泼途中即景旅
館言懷共得詩十一章〉:「從容就義誠堪敬,不愧名稱莊友貞」(頁 495)哀悼咸豐十年
(1860)四月六日太平軍攻陷常州時投池自盡的妯娌莊友貞,次首表明若戰火波及,惟
有一死以全節的決心:「蚩尤妖霧如延及,抱石焚山了此生」(頁 495),可見陳蘊蓮深
受傳統貞節觀的影響,對於婦德節操格外重視。

2 功在左氏

　　陳蘊蓮〈信芳閣自題八圖〉揀選了生命中八個重要的片段,繪製成八圖,每圖各題
一跋,並「裝池藏諸篋笥,以貽子孫」,除了「聊誌余生平所歷」,更重要的是「示余不
為無功於左氏云爾」。陳蘊蓮要讓後世子孫明白自己的「功」,突顯自己對於左氏家族的
貢獻。筆者以為,此「功」來自於兩個層面,一是經濟支柱,二是對於左晨的起死回生
之功。

　　從經濟方面而言,第五圖「寫韻謀生」的跋語強調「寓中食指待哺孔殷,余為之分
勞,遂作畫題詩,無間寒暑。所得資,藉足贍生」。陳蘊蓮到天津與左晨團聚後即為生

---

72 〔清〕潘素心:〈《國朝閨秀正始集》序〉,見惲珠輯:《國朝閨秀正始集》,頁一下。

73 陳蘊蓮:〈題仕女圖‧梅妃〉:「樓東一賦嘆無聊,可惜才高識不高。」《信芳閣詩草》,頁389。

計所苦，即使強支病體也還得持續作詩畫營生。從左晨跋語可知陳蘊蓮寫詩作畫的收入，成為家庭重要的經濟來源。二十餘年不間斷的筆墨生涯，使陳蘊蓮肝疾轉劇，手足拘攣，無法握筆。灼艾雖能使手稍作屈伸，然而丈夫不在身邊，自己無法灼及足部，以致陳蘊蓮頗為足疾所苦。長期勞累，致使手足痿痺，此為陳蘊蓮對於家庭經濟的付出與貢獻。

　　從夫婿健康方面而言，陳蘊蓮 44 歲時與左晨「同患病，甚劇」，「時則諸醫束手，已分不起」，陳蘊蓮的身體狀況也不佳，「余亦孱弱，皮骨僅存」，但看到左晨病危，「目擊心傷」，遂「紿婢取剪，割左肱與服，遂得痊可」。在圖跋之外，陳蘊蓮以〈病起紀事〉七首詩詳細記錄了兩人由瀕死到重生的歷程，顯示了陳蘊蓮以夫君為重的心理：「妻子從來比縕袍，君如山嶽妾鴻毛。不知身僅餘皮骨，刲股猶思索剪刀。」（頁 452）在兩人病重垂危之際，陳蘊蓮選擇自我犧牲，以「割股」的方式來挽救丈夫的性命。「割股」的目的，通常是為了「療親」，特別是有血緣關係的父母尊長以及經由婚姻關係繫連的姻親族輩。[74] 清代女性割股的人數較男性為多，[75] 對於婦道的講求，使女性認為割股療親乃屬分內之事，[76] 左氏家族的女性就屢屢有割股療親的行為。陳蘊蓮和左晨的女兒左白玉就曾為外祖母、母親、翁、姑四次割臂療親，[77] 歿後十年於同治五年（1866）奉旨旌表入祠。左晨之兄左昂之女左錫蕙、左錫璇亦曾割股療親。[78] 從陳蘊蓮「君如山嶽妾鴻毛」的比喻可以得知，她認為和夫婿相比，自身渺小得微不足道。女性的身體／性命可以為家族／丈夫犧牲，這也是當時相當盛行的觀念，而在陳蘊蓮刲股療夫之後，左晨「遂得痊可」。「目不交睫」的圖跋除了描述左晨生瘡潰爛時，陳蘊蓮徹夜不眠「半

---

74 邱仲麟：〈醫療行為、民間信仰與割股救親〉：「血氣可以互補的對象，除具血緣關係的父母與子女，……還可以藉由婚姻關係連結舅姑與媳婦等。」見邱仲麟：《不孝之孝：隋唐以來割股療親現象的社會史考察》，頁85-88。

75 邱仲麟：〈緒論〉中以表格統計清代各省通志、府志的割股人數，女性均多於男性。見邱仲麟：《不孝之孝：隋唐以來割股療親現象的社會史考察》，頁6-10。

76 邱仲麟：〈緒論〉：「從明代以來，婦道的日趨講求，對於婦女盡孝形成了某種程度的壓力，婦人在自我的角色認定中，通常認為割股療舅姑乃其分內事。」見邱仲麟《不孝之孝：隋唐以來割股療親現象的社會史考察》，頁15。

77 陳蘊蓮：〈哭小蓮女〉自注：「始因余病，割臂肉和藥以寄。繼因余母病篤，復割臂肉以進云。」《信芳閣詩草》，頁486。左白玉：《餐霞樓遺稿》有同治五年五月都察院原奏：「該氏性孝，在室時，母陳氏病劇，潛割臂肉，和藥以進，母病獲痊。于歸後，忠傑與妻言鄭氏同時病篤，氏復割臂肉療治。迨言左氏病故，家人見其兩臂刀痕宛然。」引自林玫儀：〈左白玉詩詞考校〉，頁186。筆者以為，左白玉為母親割臂應非如都察院原奏所云是「在室時」，而是婚後所為。觀陳蘊蓮所寫，白玉割臂肉和藥以「寄」，此時白玉應不在陳蘊蓮身邊，割下的臂肉才需要「寄」。陳蘊蓮《信芳閣詩草》全按寫作時間編次，〈病起紀事〉詩編次在〈小蓮于歸後寄懷〉詩之後，可以推知左白玉婚後，陳蘊蓮病危時曾割臂和藥以寄。左白玉先後為母親、外祖母、公公、婆婆割臂療親共四次。

78 陳蘊蓮：〈將次出都六姪惲蘭生設餞即席留別并示諸姪姪女〉自注：「四姪女錫蕙、五姪女錫璇并刲股以愈親病」。《信芳閣詩草》，頁463。

載如一日」照顧敷藥的辛勞，更強調的是仰面吹藥「膿血涕唾，直注於口」的怵目驚心，正因陳蘊蓮能忍常人所不能忍的污穢不堪，使左晨「至明春而得愈」。換言之，左晨瀕死重生和背瘡得癒，全賴陳蘊蓮的犧牲和照護而來。成功挽回夫婿的性命和健康，這也是陳蘊蓮自認有功於左氏家族的重要事蹟。

（二）詩人角色

1 以詩存志

陳蘊蓮〈《信芳閣詩草》自序〉開篇即以「詩言志」昭示「若是乎志之所在，當必藉詩以達之，而要皆存乎人之性，發乎人之情。三百篇不盡忠孝之言，然亦勞人思婦、孽子孤臣之志鬱勃於中，而後宣天地之奇，洩山川之蘊，詩固非漫然苟作也。」（頁394）陳蘊蓮認為詩本乎性情，先有「志」鬱勃於心，才能於筆下宣洩，並非率爾操觚、隨意而作的。

陳蘊蓮自述學詩歷程以及對詩的喜愛：「余自垂髫時，秉先人庭訓，偶一拈毫，學為韻語。少長，覺女紅之外，惟翰墨足以涵養性靈，而通我誠款，暢我襟懷，尤於詩有偏嗜焉。迨于歸後，侍宦遠游，經西泠，歷楚南，攬聖湖花月與夫瀟湘洞庭之勝，遇賞心處輒為詩以詠嘆之。自愧薄植鮮學，迄未敢自信為佳。間亦以所作呈舅翁，輒蒙許可。由是益私喜沾沾焉，寤寐所勿忍舍，伉儷在室，惟事唱酬。中歲隨夫官津門，去家益遠，阿母且八秩矣。眷念慈闈，亦惟藉吟詠以抒寫其鳥鳥之情。」（頁394）婚後與丈夫和夫家家人吟詠唱和，以詩寄情，創作不輟。雖有畫名，但畫只是謀生的工具，陳蘊蓮更重視的是詩的存世。因「勿忍棄畢生真性以鬭於冥漠無知之鄉」，於是「爰取數十年來所存詩，釐為四卷，以畫易資，付諸梨棗。非敢妄冀永傳，其或以此存吾之志，而留吾情性於天壤間，是亦此心之不容已者歟！」（頁394）陳蘊蓮以畫資所得將詩集付梓，目的是「存吾之志」、「留吾情性」在天地之間，以免湮沒無聞。不僅強調以詩存「志」，更強調「吾」的主體性，如此高度重視自我的主體價值，在清代女性作者中顯得相當特出。

2 詩人身分

陳蘊蓮強力維護女性從事詩詞創作的正當性：「或謂詞章非閨閣所宜，則古作充棟汗牛，未嘗棄巾幗而悉取冠裳也，則無待余之置辨矣。」（頁394）。潘素心〈《國朝閨秀正始集》序〉開篇指出：「詩三百篇，大半皆婦人女子之作」、[79]陳蘊蓮之兄陳祖望〈《信芳閣詩草》序〉云：「三百篇首列關雎，關雎者，太姒之徽音，即千古閨秀詩之權

---

79 潘素心：〈《國朝閨秀正始集》序〉，見惲珠輯：《國朝閨秀正始集》，頁一上。

興也」（頁 393）、左晨友人蕭德宣〈《信芳閣詩草》序〉亦認為女子有才並不悖於德：「齊妃雞鳴、鄭女雁弋，皆三百篇中賢婦人之佳什也。世謂女子無才便為德，豈篤論哉？」（頁 392）諸篇序文承繼了袁枚（1716-1797）的觀點，[80] 援引《詩經》證明自古以來女子作詩的正當性。雖然《詩經》多為女子所作的說法不盡符合事實，但藉由儒家經典的地位，肯定女性以詩言志申懷乃屬天經地義之理，批判與袁枚對立的章學誠（1738-1801）女子不宜為詩的看法。[81] 而陳蘊蓮也由古人不棄女子之作，確認了自己身為「詩人」的合理性與正當性。

3 以詩立功

明末葉紹袁（1589-1648）〈《午夢堂集》序〉指出女子有三不朽：「丈夫有三不朽：立德、立功、立言。而婦人亦有三焉，德也，才與色也，幾昭昭乎鼎千古矣。」[82] 陳蘊蓮雖然重視個人的才、德，但不以色為重，詩集中並未見對自己容顏之描述，亦未有閨秀詩詞中常見的紅顏易老、自傷遲暮等情懷。陳蘊蓮如男子一般，重視的是「立德」、「立言」、「立功」的三不朽。陳蘊蓮〈昭君〉詩云：「寄言漢代麒麟閣，莫畫將軍畫美人。」（頁 406），肯定了女性為國「立功」的事蹟。〈題程夫人從軍圖〉更直接抒發女性不得建功立業的感嘆：「男兒生世間，功業封王侯。女兒處閨閣，有志不得酬。讀書空是破萬卷，焉能簪筆登瀛洲。胸懷韜略復何用，焉能帷幄參軍謀。」（頁 415）。〈烟蘿仙館雜詠·觀書〉亦流露出其志向抱負：「文希幕府黃崇嘏，武慕從軍花木蘭。」（頁 464）。陳蘊蓮博覽群書，胸懷文韜武略，以黃崇嘏、花木蘭為效法對象，惜身處閨閣之中，有志難酬，無法施展建功立業的抱負。

然而從〈信芳閣自題八圖〉和《信芳閣詩草》的作品中仍可見到陳蘊蓮對自己「立德」、「立言」、「立功」的期許：「寫韻謀生」、「刲股療病」、「目不交睫」等題跋，以自我犧牲突顯「立德」的典範；「蕉下評詩」、「月下聯句」，展現評詩聯句的才情，而《信芳閣詩草》的出版，更突顯「立言」的成就。陳蘊蓮個人的「立功」，乃從「立言」而來。

陳蘊蓮〈海口紀事〉的詩題下有小字自注：「四國夷船駛至，上命譚制軍等率兵勇萬餘人駐防海口」，詩句下亦有小字自注：「海口兵勇萬餘，以余癸丑曾賦〈津門剿賊紀事〉詩，咸謂表揚伊等忠勇，雖死亦足流芳千古，因共矢誠報國，踴躍從事。孰謂閨閣中詞章末學，無激勸之力耶？」（頁 489）。陳蘊蓮在咸豐三年癸丑（1853）到咸豐四年

---

80 袁枚：《隨園詩話·補遺》卷一：「俗稱女子不宜為詩，陋哉言乎！聖人以關雎、葛覃、卷耳，冠三百篇之首，皆女子之詩。」袁枚著、王英志校點：《隨園詩話》，收於王英志主編：《袁枚全集》（南京：江蘇古籍出版社，1993年），頁510。

81 章學誠：〈婦學〉：「嗟乎！古之婦學，必由禮以通詩；今之婦學，轉因詩而敗禮。」見章學誠著、葉瑛校注：《文史通義校注》（北京：中華書局，1994年），頁537。

82 葉紹袁：〈《午夢堂集》序〉，見葉紹袁編、冀勤輯校：《午夢堂集》（北京：中華書局，1998年），頁1。

甲寅（1854）作〈津門剿賊紀事〉絕句十二首，詳實記載太平軍北上進犯天津，縣令謝子澄、副都統佟鑒募集萬餘名兵勇奮力抗敵雙雙殉難的經過。因〈津門剿賊紀事〉詩表揚了海口兵將的忠勇情操，咸豐八年（1858）英法聯軍北攻天津時，海口萬餘兵勇受〈津門剿賊紀事〉詩的鼓舞，決意「矢誠報國，踴躍從事」，以圖「雖死亦足流芳千古」。陳蘊蓮對自己能以詩激勵士氣，使兵將奮起殺敵、保家衛國感到自豪：「孰謂閨閣中詞章末學，無激勸之力耶？」可謂是以「立言」的方式來「立功」。

　　陳蘊蓮極為關心時事、反映現實，除了以多首詩詞詳細記錄了當時發生的重大事件之外，[83]也經常於詠史詩中展現史學素養及個人識見，[84]只是礙於女性身分，往往只能「自憐閨閣枉談兵」，[85]如今以詩詞等「詞章末學」激勵士氣、保家衛國，以「詩人」的身分間接報效國家，陳蘊蓮「以詩立功」的自我定位，打破了內與外的界限，使閨閣中人也能藉由文字傳播的力量捍衛家國，具體實踐了「有補於世」的功能。[86]

4　以詩會友

　　高彥頤（Dorothy Ko）在《閨塾師——明末清初江南的才女文化》一書的〈緒論〉中將婦女結社分為三類：家居式、社交式和公眾式。[87]陳蘊蓮偏嗜作詩，其以詩會友的社交圈恰可遍及此三種類型。本文只是借用高彥頤文中「家居式社團」、「社交式社團」和「公眾式社團」的名詞，對陳蘊蓮來說，除第三類之外，其餘兩類都不是有組織名稱、有固定成員、定期集會作詩的「社團」，只是藉此說明以陳蘊蓮為中心的親友詩詞往來的概況。

（1）家居式社團

　　家居式的社團「是由親屬關係的紐帶聯結在一起的，並且她們的文學活動也是在日常生活中進行」。[88]《信芳閣詩草》中收錄了步韻父親陳柄德、兄長陳祖望、兄嫂蘭溪等多首詩作。陳蘊蓮視之如師的大姊佩蘭嫁至申浦，[89]陳蘊蓮有詩〈懷申浦佩蘭大姊〉

83　如道光二十年（1840）的鴉片戰爭、定海之戰、道光二十一年（1841）第二次定海之戰、咸豐三年（1853）太平軍進攻天津、咸豐八年（1858）第二次鴉片戰爭等俱有詩作詳加敘述。《信芳閣詩草》頁434-491。

84　陳蘊蓮有多首詠史題材的詩作，如〈詠史〉、〈讀淮陰侯傳〉、〈詠宋史〉、〈三義廟〉、〈詠史〉、〈詠晉史〉等作，《信芳閣詩草》頁409、425、438、451、456、493。

85　陳蘊蓮：〈津門剿賊紀事〉第一首：「賊勢鴟張逼郡城，自憐閨閣枉談兵」《信芳閣詩草》，頁478。

86　王安石：〈上人書〉：「且所謂文者，務為有補於世而已矣。」王安石：《臨川文集》，收於《文淵閣四庫全書》（臺北：商務印書館，1983年），冊1105，卷七十七，頁4。

87　（美）高彥頤著、李志生譯：《閨塾師——明末清初江南的才女文化》（南京：江蘇人民出版社，2004年），頁17。

88　（美）高彥頤著、李志生譯《閨塾師——明末清初江南的才女文化》，頁17。

89　陳蘊蓮：〈喜晤佩蘭大姊〉：「豈惟愛敬兼，吾姊實吾師。」《信芳閣詩草》頁398。

（頁 397），三姊佩玉嫁至岳陽，有詩〈接洞庭三姊佩玉書〉（頁 395）等。長陳蘊蓮兩歲的六姊司蘭，與陳蘊蓮一同學詩，感情最為深厚。陳蘊蓮有詩〈秋窗夜雨懷司蘭六姊〉、〈月夜懷司蘭六姊〉（頁 399）、〈追悼司蘭姊三十六韻〉（頁 472）等。

陳蘊蓮與左晨成婚之後，開始和左氏家族的成員以詩唱和往來。步韻公公左輔之詩〈敬步家翁山塘買花口占韻〉（頁 406），親授左晨妹妹左次芬詩、古文詞，有〈春日寄懷小姑次芬〉（頁 413）、〈山塘竹枝詞時偕小姑回里，舟過山塘，偶書所見〉（頁 422）等。與左晨兄左昂之繼妻惲蘭生、左昂之女左錫璇等會面，並教導諸侄女繪畫，有詩〈抵都喜晤惲蘭生六姒並諸侄侄女〉（頁 462）等。陳蘊蓮為左晨之弟左智題寫其個人畫像，有〈題若愚弟清淨自娛圖小照〉組詩六首（頁 498-499）。與夫婿左晨詩詞唱和最多，從新婚燕爾，到天津與左晨團聚，左晨轉徙各地，到中晚年對婚姻的失望怨懟之情，均呈現在詩集之中。為女兒左白玉所作的詩有〈暮春之初偕外暨侄彥華女小蓮芥園看花有感用東坡定惠院海棠韻〉（頁 432）、〈小蓮于歸後寄懷〉（頁 448）等。其中〈送春〉、〈月夜追涼滿身花影即景戲作〉二詩，左白玉亦有和作，附於《信芳閣詩草》陳蘊蓮之詩後。

（2）社交式社團

社交式的社團「由一些有親戚關係的女性及她們的鄰居，或是遠方的朋友所組成」。[90]筆者已將聯姻而來的親屬往來（不限女性）置於上一段「家居式」社交圈的論述之中，本段要討論的是與陳蘊蓮詩詞來往較密切的、非親屬關係的閨秀詩人。

與陳蘊蓮交往最密切的當屬錢塘女詩人沈善寶（1808-1862）。沈善寶，字湘佩，武凌雲繼室。著有《鴻雪樓詩選初集》、《鴻雪樓詞》、《鴻雪樓外集》及《名媛詩話》等。道光十七年（1837），沈善寶奉寄母史太夫人之召，離杭赴京依親，[91]次年成婚。陳蘊蓮於道光二十六年（1846）春陪伴左晨入京，結識沈善寶，[92]有詩〈題武夫人沈湘佩善寶鴻雪樓集并謝題拙稿〉四首：「自笑才華同嚼蠟，愧無佳句答新詩」（頁 463），表達了對沈善寶孝行才學的欽慕。此後與沈善寶多有書信詩詞往來，常有禮物相互餽贈。沈善寶遭喪子之痛，陳蘊蓮亦贈詩安慰。[93]別後數年仍有詩〈余與沈湘佩夫

---

90 〔美〕高彥頤著、李志生譯：《閨塾師——明末清初江南的才女文化》，頁17。

91 鍾慧玲：〈清代女作家沈善寶年譜前篇〉，《東海中文學報》第19期，2007年7月，頁232。

92 沈善寶：「蓉江陳慕青蘊蓮……丙午春，來都過訪，唱和頗歡，惜匆匆別去耳」、「（陳慕青）寄來近作烟蘿仙館即事十詠，……原注近時名媛，惟潘虛白、沈湘佩、王澹音為最。余至津門，澹音已下世，丙午春入都，得交湘佩，而事多阻，於潘虛白卒未晤。」見沈善寶：《名媛詩話》卷十一，頁17上、《名媛詩話續集》續集上，頁1上-頁1下，收於《續修四庫全書》（上海：上海古籍出版社，2002年），冊1706，總頁685、704。

93 陳蘊蓮：〈謝武夫人沈湘佩寄惠畫扇畫幀麗參餅茶兼以寄懷〉，自注：「姊近抱西河之痛」。《信芳閣詩草》頁478。王力堅：〈沈善寶的家庭性別角色〉將沈善寶的家族成員關係以表列出，詩中所云

人別數年矣始則魚書常達繼乃雁帛杳然屢寄詩函迄無還玉口占賦此聊遣悶懷〉表達久無音訊的牽掛和思念之情。陳蘊蓮刊刻《信芳閣詩草》五卷本，特別在卷末附上〈附沈湘佩前後贈和各章〉（頁 508-509），內容為沈善寶寄贈陳蘊蓮的八首詩作，[94]可見陳蘊蓮對沈善寶格外看重，而兩人之間的情誼亦宛然可見。

道光二十七年（1847）為《信芳閣詩草》撰寫序文的潘素心（1764-1847 後），字虛白，號若耶女史，浙江山陰人，隨園女弟子，福建學政汪潤之（字雨園）之妻，著有《不櫛吟》、《不櫛吟續刻》。潘素心較陳蘊蓮年長三十五歲，陳蘊蓮道光二十六年（1846）入都時，潘素心已高齡八十三歲，陳蘊蓮稱其為潘虛白太夫人。陳蘊蓮〈烟蘿仙館雜詠‧懷人〉：「我欲繪圖尋故事，拜潘揖沈哭環青」自注：「近時名媛，潘虛白、沈湘佩、王澹音三夫人為最。予來津門，澹音已下世。今春入都始得與湘佩訂交，而潘虛白夫人以事多阻，未能一晤，故云。」（頁 465）。有詩〈寄懷汪太夫人潘虛白〉自注：「客春在京，緣病多阻。嗣又匆匆出京，未獲一面為恨」（頁 467）。潘素心雖為陳蘊蓮《信芳閣詩草》撰寫序文，但兩人始終緣慳一面，僅有文字往來。

咸豐五年（1855）乙卯，陳蘊蓮結識潘素心的兒媳鄒佩瓊，有〈如夢令〉贈之：「幼識尊嫜佳句，指潘虛白太夫人。愧我邯鄲學步。林下好風華，何幸三津相遇。且住。且住。願結深閨伴侶」題下自注：「補錄乙卯年贈汪夫人鄒佩瓊」（頁 504）。陳蘊蓮詩〈和汪夫人鄒佩瓊寫懷詩原韻四絕〉提到兩人交情親如管鮑：「想有前緣未了因，閨中管鮑勝情親」，另一首絕句「洗面年來淚點多，愁人相對共滂沱」句下自注：「君以失怙而又悼妹，余年來亦悲失恃，且折掌珠，故云」（頁 488），陳蘊蓮於咸豐六年（1856）痛失愛女，此首應為咸豐七年（1857）所作。陳蘊蓮的外孫言家駒之妻汪韻梅，字雪芬，為潘素心之孫女，[95]亦能詩，著有《梅花館詩集》，陳蘊蓮有詩〈庚申春仲入都途次寄懷兒媳謝灝姪媳陳蕙外孫媳汪韻梅〉（頁 493）贈之。汪韻梅之母鄒玉成，字汝卿，著有《味蔗軒詩鈔》，[96]由此推知，陳蘊蓮所稱的汪夫人鄒佩瓊應為潘素心三子汪炳恩的繼室鄒玉成。

女詩人周維德以女弟子之禮事陳蘊蓮，陳蘊蓮有〈和張夫人周湘湄維德見贈原韻〉（頁 489）等多首詩贈之。周維德，字湘湄，山陰人，吳縣張子謙室，著有《千里樓詩

「西河之痛」，對照表中所列的成員生卒年，指沈善寶次子武友惇（1831-1846）早逝。見王力堅：《清代才媛沈善寶研究》（臺北：里仁書局，2009年），頁91。

94 沈善寶：〈丙子春日喜慕青夫人袖詩過訪賦此〉，列於〈附沈湘佩前後贈和各章〉之首。筆者按、此詩題有誤，陳蘊蓮與沈善寶首次會面在道光二十六年（1846）丙午春，並非丙子，疑「午」與「子」因形近而致訛誤。

95 言家駒：〈燭影搖紅〉詞題自注：「讀不櫛吟騰稿，為內子之祖母潘太淑人著，有專集行世，見隨園女弟子詩集。」言家駒：《鷗影詞鈔》，卷二，頁，三上。

96 單士釐：《清閨秀藝文略》卷二，收於《近代著名圖書館館刊薈萃續編》，冊15，頁85，總頁618。

草》。[97]胡文楷《歷代婦女著作考》云：「（《千里樓詩草》）光緒二年丙子（1876）刊本，前有梅寶璐、楊光儀序，閨秀姚佩馨、馮佩文、陸費湘于、顧佩芳、陳蘊蓮題辭，朱秀齡撰傳。凡詩二百五十五首，詩餘二十二闋。後有張師濟跋。」[98]收於北京師範大學圖書館藏《稀見清人別集叢刊》的光緒二年《千里樓詩草》刻本，筆者查檢此書，胡文楷《歷代婦女著作考》記載的序和題辭皆不存，卷前僅有朱秀齡撰〈周孺人傳〉，後有其夫張師齡之弟張師濟跋。此本僅存詩一百五十四首，詞二十一闋。[99]咸豐三年（1853）癸丑，周維德隨夫長蘆知事張師齡宦遊天津時結識陳蘊蓮，主動贈詩多首。陳蘊蓮為其詩集題辭，誇其「詩似春雲層出岫，人同明月幾生修」（頁496），對周維德多所獎掖。

（3）公眾式社團

公眾式的社團「是因為它的出版物及其成員的文學聲望所帶來的公眾認知度」，[100]通常公眾式的社團有組織名稱、核心成員、社集活動和同題競作。陳蘊蓮有〈梅花詩社詠梅花四影〉（頁471-472），分別詠「月下」、「燈前」、「鏡中」、「水邊」之花影。又有〈梅花詩社詠海光寺海棠〉（頁473）、〈梅花社長廖弖峰大令挽詩〉（頁475），可知陳蘊蓮參與的社團名為「梅花詩社」。「梅花詩社」為梅成棟（1776-1844）所創，道光六年（1826）改「硯廬社」為「梅花詩社」。成員有津門本地文人，亦有客居津門者，活動地點多在查氏水西莊遺址，王崇綬編有《沽上梅花詩社存稿》抄本三冊。[101]

梅成棟逝世後，其子梅寶璐（字小樹）續起梅花詩社。[102]陳蘊蓮參與的海光寺觀海棠的活動由海光寺住持釋顯清邀集，由釋顯清的詩題可以看到社集成員的姓名：〈招全社廖弖峰明府、任馥塘山長、史雨汀學博、左向庭大令、費春巖參軍、徐壽莊鹽令、耿仲蘭明府、吳右甫上舍、陳彥華明經、張伯蕃上舍、梅小樹茂才、王蓮品都尉、范蓮如茂才集海光寺看海棠〉，陳蘊蓮應是隨同夫婿左晨參與了此次社集活動。社集從早晨開始：「清曉扶藜念最殷，招來同社日初曛」，直至深夜仍意猶未盡：「吟到夜深庭月落，春宵耐得一樓寒」，更約定下次社集的主題：「最是長房情更好，後期更約詠天香費春巖招看牡丹」。[103]

---

97 單士釐輯：《閨秀正始再續集》，卷四，頁七二下。

98 胡文楷編著、張宏生等增訂：《歷代婦女著作考》，頁384。

99 蕭亞男：《千里樓詩草》題下簡介，見周維德：《千里樓詩草》，北京師範大學圖書館藏《稀見清人別集叢刊》（桂林：廣西師範大學出版社，2007年），頁1-3。

100 （美）高彥頤著、李志生譯：《閨塾師——明末清初江南的才女文化》，頁17。

101 孫愛霞：〈嘉道津沽第一人——梅成棟研究〉，《社會科學論壇》2010年11月，頁161-167。

102 廖弖峰為釋顯清詩集所撰寫的《《禪餘吟草》序》云：「僕自粵旋沽，適梅小樹續起梅花詩社，上人亦在社中。」收於南開大學圖書館編：《稀見清人別集叢刊》（桂林：廣西師範大學出版社，2010年），頁339。

103 釋顯清：《禪餘吟草》，卷五，頁二上-二下，《稀見清人別集叢刊》，頁359。

梅花詩社的主盟者應是不固定的，[104]此次海光寺觀海棠的社集盟主應為廖夸峰，是以陳蘊蓮稱其為「社長」。陳蘊蓮〈題廖夸峰大令詩卷〉云：「七品久登循吏傳，八閩例產軼群才」（頁 471），又據廖夸峰〈《禪餘吟草》序〉卷末署名，知廖夸峰名為廖炳奎，[105]出身福建廖氏望族，曾任山東樂昌知縣，後遭革職。廖夸峰〈《禪餘吟草》序〉的撰寫時間是道光三十年（1850）庚戌，筆者翻檢釋顯清《禪餘吟草》卷五，起於〈庚戌人日全人集豔雪堂訪梅小樹茂才用廖夸峰明府韻〉，歷海光寺觀海棠之社集，依次為〈嘉平望日夸峰以詩藁索題八日後聞訃率成一律以誌悲愴〉、〈辛亥花生日全人邀蕭春田司馬主梅花詩社〉，[106]可以推知廖夸峰卒於道光三十年（1850）庚戌十二月，陳蘊蓮有〈梅花社長廖夸峰大令挽詩〉（頁 475）哀之。此後，陳蘊蓮因足疾之故，且與左晨漸行漸遠，不復參與詩社活動。

從與家族成員、閨秀詩人的投贈唱和，到參與梅花詩社的社集題詩，陳蘊蓮以「詩人」的身分進行社交活動，如同心圓般擴散其交遊與影響力。「詩」在陳蘊蓮的生命中占有非常重要的位置，而陳蘊蓮對於「詩人」的自我定位與自我型塑，在和親屬之外的文人題贈往來中顯得別具意義。

五　結語

清代女詩人陳蘊蓮的〈信芳閣自題八圖〉，從婚姻生活中揀選了八個片段作畫並寫下題辭，從新婚燕爾的「琴瑟和鳴」到孤獨見棄的「秋窗風雨」，呈現出女詩人生命歷程中婚姻美滿到斷裂的自我再現與自我建構。不似著重「女兒」身分的「思親圖」，[107]或是著重「母親」身分的「課子圖」、「課女圖」，[108]〈信芳閣自題八圖〉重視的是「妻子」在家族裡的角色。

陳蘊蓮自我型塑的「妻子」形象，不僅僅是才德兼備而已，更可說是德勝於才。自題八圖的前三跋突顯「評詩」、「聯句」之「才」，而後五跋卻是特意彰顯自我犧牲之「德」。「寫韻謀生」強調不斷寫詩作畫以分擔家計的辛勞，承擔了丈夫應盡的養家活口的責任，而「刲股療病」、「目不交睫」更突顯出自己病重垂危之際不惜殘毀肢體來換取

---

104 由釋顯清詩題：〈辛亥花生日全人邀蕭春田司馬主梅花詩社〉可知詩社主盟者並不固定。《禪餘吟草》，卷五，頁3下，《稀見清人別集叢刊》，頁360。

105 廖夸峰：〈《禪餘吟草》序〉署名為「古閩夸峰廖炳奎合十」，《稀見清人別集叢刊》，頁340。

106 釋顯清：《禪餘吟草》，卷五，頁一上-三下，《稀見清人別集叢刊》，頁359-360。

107 如姚若蕙：〈菩薩蠻‧自題望雲思親圖〉，徐乃昌輯：《閨秀詞鈔》，清宣統元年（1909）小檀欒室刻本，卷十五，頁二十下。

108 有關清代女性課子詩文的研究，請參看鍾慧玲：〈期待、家族傳承與自我呈現──清代女作家課訓詩的探討〉，《東海中文學報》第15期，2003年7月，頁177-204、劉詠聰：〈清代課子圖中的母親〉，劉詠聰：《才德相輝：中國女性的治學與課子》（香港：三聯書店，2015年），頁156-196。

丈夫性命的延續。[109]八跋中鉅細靡遺的記錄陳蘊蓮二十一歲到五十三歲生命歷程的變化，為婚姻所作的犧牲與付出的代價，其目的應在昭示左氏子孫，陳蘊蓮不唯無愧於妻子的角色，實為有功於左氏家族。

以社會定位而言，陳蘊蓮著重的是「詩人」的身分。由古人不棄女子之作，肯定女性從事詩詞創作的合理性與正當性。不同於清代女詩人多由父親、丈夫或兒子將作品付梓，陳蘊蓮將自己鬻畫所得獨力出版詩集，彰顯女性詩人的自我意識和個人的主體性。出版詩集的目的是「存吾之志」、「留吾情性」，以免湮沒無聞。陳蘊蓮不僅強調以詩存「志」，更強調「吾」的主體性，如此高度重視自我的主體價值，在清代女性作者中顯得相當特出。

除了「立德」、「立言」之外，陳蘊蓮也重視「立功」。〈津門剿賊紀事〉組詩表揚了海口將領兵丁奮勇抵抗太平軍的忠義節操，數年後英法聯軍北攻天津時，萬餘兵勇受此詩激勵，決意戮力報國。陳蘊蓮自認以「立言」的方式「立功」，不僅鼓舞士氣，報效國家，打破了內與外的界限，也稍稍彌補了囿於閨閣身分而無法用世的遺憾。

除了家族姻親之間的詩詞投贈，陳蘊蓮也與沈善寶、鄒佩瓊、周維德等閨秀詩人唱和往來，也曾參與天津梅寶璐主持的「梅花詩社」的活動，為詩社的核心成員廖炳奎（豸峰）題集，亦曾參與湯貽汾（1778-1853）為其母楊氏所繪「吟釵圖」的徵集題詠。[110]以「詩人」的身分自我定位，在社會規範的約制下揚棄傳統溫柔敦厚的棄婦形象，勇於自我發聲，公開責難丈夫的離棄背義，直率的戳破左晨跋中管趙婚姻幸福美滿的幻象，將原屬於私領域的愛恨情仇搬演到公領域之中，或許有藉由訴諸公眾而為自己討回公道的用意。陳蘊蓮〈信芳閣自題八圖〉藉由疾病書寫（身體／心理）和創傷書寫（傷害／平復），突顯個人的婚姻歷程和生命體驗，從身體感覺、心理認知、情感狀況、精神反思等不同的面向，[111]型塑自我在婚姻中的關係和定位，呈現出清代女性詩人自我建構的主體性以及女性自我型塑的意義和價值。

---

109 陳蘊蓮的圖跋和詩作並未提到自己得以重生，乃因女兒左白玉割臂療親之故，只強調自己刲股和藥以進，而左晨遂得痊癒的過程。

110 陳蘊蓮：〈題湯總戎兩生太夫人斷釵吟卷即用其韻〉，《信芳閣詩草》，頁418。筆者按、湯貽汾為其母楊氏繪〈吟釵圖〉遍徵題詠，江南閨秀和詩者眾。詳見何湘〈「閨閣載賢亦矜慧」──談清代群芳題詠《斷釵圖》之本事、內容與意義〉，《作家雜誌》，2013年第10期，頁135-136。何湘文中稱此圖為〈斷釵圖〉，應以〈吟釵圖〉為是。惲珠輯《國朝閨秀正始續集》於楊氏生平條下云：「貽汾，字雨生。秉慈訓，工詩善畫，有儒將風，曾繪〈吟釵圖〉以誌慕。」見惲珠輯《國朝閨秀正始續集》，〈補遺〉一卷，頁37上。

111 方秀潔：〈書寫與疾病──明清女性詩歌中的「女性情境」〉：「女性對於書寫疾病的興趣並非在於疾病本身，……在於將患病視為一種手段來表明對生命的體驗存在著其他可能與維度：女性私人生活中的身體感覺、心理認知、情感狀況以及精神上的反思。」收在〔加〕方秀潔、〔美〕魏愛蓮編：《跨越閨門：明清女性作家論》（北京：北京大學出版社，2014年），頁26-27。

徵引文獻

一　古籍

〔唐〕姚思廉撰：《梁書》，北京：中華書局，1973年

〔宋〕王安石：《臨川文集》，收於《文淵閣四庫全書》，臺北：商務印書館，1983年，冊1105。

〔宋〕郭茂倩編：《樂府詩集》，北京：中華書局，1979年

〔明〕徐學謨：《歸有園麈談》，收於《叢書集成初編》，北京：中華書局，1983年，冊375

〔明〕葉紹袁編、冀勤輯校：《午夢堂集》，北京：中華書局，1998年

〔清〕左輔：《念宛齋詞鈔》，嘉慶二十五年裕德堂刻本。

〔清〕左輔：《念宛齋文稿》，嘉慶二十三年刻本

〔清〕左輔：《念宛齋詩集》，民國鉛印本

〔清〕左輔編，左昂等續編：《杏莊府君自敘年譜》，清宣統二年木活字本

〔清〕左元鼎、左元成、左元麟纂修：《常州左氏宗譜》，清光緒十六年（1890）裕德堂木活字版印本

〔清〕李兆洛：《養一齋文集》，《續修四庫全書》，上海：上海古籍出版社，2002年，冊1495

〔清〕沈善寶：《名媛詩話》、《名媛詩話續集》，收於《續修四庫全書》，上海：上海古籍出版社，2002年，冊1706

〔清〕言家駒：《橙叟詩存》，清光緒三十四年（1908）鉛印本

〔清〕言家駒：《鷗影詞》六卷，附《悼亡曲》一卷，民國二年（1913）常熟言氏鉛印本。

〔清〕周維德：《千里樓詩草》，收於北京師範大學圖書館藏《稀見清人別集叢刊》，桂林：廣西師範大學出版社，2007年

〔清〕袁枚著、王英志校點：《隨園詩話》，收於王英志主編：《袁枚全集》，南京：江蘇古籍出版社，1993年

〔清〕章學誠著、葉瑛校注：《文史通義校注》，北京：中華書局，1994年

〔清〕陳柄德修、趙良醩纂：《旌德縣志》，臺北：成文出版社，1975年

〔清〕陳蘊蓮：《信芳閣詩草》，咸豐元年（1851）刻本

〔清〕陳蘊蓮：《信芳閣詩草》，咸豐九年（1859）刻本

二　近人論著

毛文芳：《圖成行樂：明清文人畫像題詠析論》，臺北：台灣學生書局，2008年

王力堅：《清代才媛沈善寶研究》，臺北：里仁書局，2009年

方秀潔、魏愛蓮編：《跨越閨門：明清女性作家論》，北京：北京大學出版社，2014年

北京圖書館編：《北京圖書館藏珍本年譜叢刊》，北京：北京圖書館出版社，1999年

江慶柏主編：《江蘇人物傳記叢刊》，揚州：廣陵書社，2011年

李亞臻記錄、方秀潔修訂：〈「清代女性別集中的生活史建構」演講紀要〉，《臺大歷史系
　　　學術通訊》第14期，2013年4月，頁48-50

何湘〈「閨閣載賢亦矜慧」——談清代群芳題詠《斷釵圖》之本事、內容與意義〉，《作
　　　家雜誌》，2013年第10期，頁135-136。

吳燕娜：〈禮教、情感、和宗教之互動：分析比較《型世言》第四回和〈麗水陳孝女傳
　　　碑〉對割股療親的呈現〉，《文與哲》第12期，2008年6月。頁413-454。

周駿富輯：《清代傳記叢刊》，臺北：明文書局，民74年

林慶彰等編：《晚清四部叢刊》，臺中：文听閣圖書有限公司，2010年

林玫儀：〈左白玉詩詞考校〉，《中國文哲研究通訊》，第21卷第2期，2011年6月，頁175-
　　　218。

邱仲麟：《不孝之孝：隋唐以來割股療親現象的社會史考察》，臺北：國立臺灣大學歷史
　　　學研究所博士論文，1997年6月

邱仲麟：〈人藥與血氣——「割股」療親現象中的醫療觀念〉，《新史學》第10卷4期，
　　　1999年12月，頁67-116。

武思庭：《女性的亂離書寫——以清代鴉片戰爭、太平天國戰役為考察範圍》，國立暨南
　　　國際大學中國語文學系碩士論文，2008年7月

胡文楷編著、張宏生等增訂：《歷代婦女著作考》（增訂本），上海：上海古籍出版社，
　　　2008年

胡曉明、彭國忠主編：《江南女性別集三編》（全二冊），合肥：黃山書社，2012年

胡婉君：《清代才媛陳蘊蓮及其《信芳閣詩草》研究》，國立中山大學中國文學系研究所
　　　碩士論文，2015年7月

南開大學圖書館編：《稀見清人別集叢刊》，桂林：廣西師範大學出版社，2010年

徐乃昌輯：《閨秀詞鈔》，清宣統元年（1909）徐乃昌小檀欒室刻本

倪蓓鋒：〈《論語》辜譯本的副文本研究〉，《北京化工大學學報》2012年第4期，頁69-72

孫愛霞：〈嘉道津沽第一人——梅成棟研究〉，《社會科學論壇》2010年11月，頁161-
　　　167。

《清代詩文集彙編》編纂委員會編：《清代詩文集彙編》，上海：上海古籍出版社，2010
　　　年

高彥頤著、李志生譯:《閨塾師——明末清初江南的才女文化》,南京:江蘇人民出版社,2004年

單士釐輯:《閨秀正始再續集》,民國元年(1911)歸安錢氏活字印本

單士釐:《清閨秀藝文略》,收於《近代著名圖書館館刊薈萃續編》,北京:北京圖書館出版社,2005年

楊彬彬:〈「自我」的困境——一部清代閨秀詩集中的疾病呈現與自傳慾望〉,《中國文哲研究集刊》,第三十七期,2010年9月,頁95-130。

劉詠聰:《德・才・色・權——論中國古代女性》,臺北:麥田出版股份有限公司,1998年

劉詠聰:《才德相輝:中國女性的治學與課子》,香港:三聯書店,2015年

蔡殿齊輯:《國朝閨閣詩鈔》一百種一百卷,清道光二十四年(1844)刻本。

鍾慧玲:〈期待、家族傳承與自我呈現—清代女作家課訓詩的探討〉,《東海中文學報》第15期,2003年7月,頁177-204

鍾慧玲:〈清代女作家沈善寶年譜前篇〉,《東海中文學報》第19期,2007年7月,頁195-238

Gérard Genette Paratexts: Thresholds of Interpretation translated by Jane E. Lewin Cambridge; New York, NY, USA: Cambridge University Press, 1997 Introduction

輯五
戲曲與現代文學

清末戲曲的教化取向：余治戲曲初探*

李元皓

中央大學中國文學系副教授

摘要

　　晚清士人的地方建設實踐與影響，可視為傳統儒家地方建設關懷的最後一波，在勸善運動的波濤漣漪所產生的效應，有當事人始料未及者，值得學者給予更大的重視。余治是清代創作京劇劇本最多的具名作家，戲曲創作同時是為他的慈善教化行為。由於余治戲曲的勸善取向，及其清代文人京劇創作先鋒的地位。余治成為戲曲史、京劇史的必然存在。清代士大夫的勸善文化，到了五四運動時期，已經成為新式知識份子嘲諷的對象。余治以戲曲勸善的創意，彰顯了勸善運動因應清末變局的努力與侷限。就戲劇勸善而言，後世自覺以戲劇包裝特定人生觀世界觀者，如勵志片、宗教法人團體製作的影視節目，甚或「舊瓶裝新酒」的概念等，都應該注意到之前余治的努力。

關鍵詞：余治、勸善運動、《庶幾堂今樂》

---

* 本文初稿於民國101年3月9日在「宋明清儒學的類型與流變」學術研討會中發表，感謝孫致文教授的評論。

一　前言

　　晚清士人的地方建設實踐與其影響，可視為傳統儒家地方建設關懷的最後一波，吳震《明末清初勸善運動思想研究》是對於明清時代宗教文化的思想史研究，指出儒學宗教化與儒學世俗化的面向值得重視，結語指出勸善運動成為清代儒者共同的關懷，跨越漢學與宋學的畛域，舉凡王士禛（1634-1711）、惠棟（1697-1758）、袁枚（1716-1797），紀曉嵐（1724-1805）、趙翼（1727-1814）、錢大昕（1728-1804）、朱珪（1730-1806）、下及俞樾（1821-1907），所依據的資源則是晚明流傳的一批宗教勸善文獻。[1]筆者以為，在勸善運動的波濤漣漪所產生的效應，有當事人始料未及者，值得後續學者給予更大的重視。本文所要討論的余治戲曲創作，即是一顯著的例證。

　　余治（1809-1874，嘉慶十四年——同治十三年），字翼廷，號蓮村、晦齋、寄雲山人。江蘇無錫人，五應鄉試不中，由官吏保荐為訓導，受過完整的儒學教育，在晚清的江蘇省南部推行教化達五十年，被稱為「余善人」，是清末勸善運動的代表人物。編有《童蒙必讀》、《水淹鐵淚圖》、《助賑說》、《江南鐵淚圖》、《劫海迴瀾》、《鄉約新編》、《孝女圖說》、《庶幾堂今樂》等書，編有《學堂講語》、《訓學良規》、《繪圖增訂日記故事》、《古文觀止約選》、《名場必得技》、《尊小學齋集》、《得一錄》等書。他生平經歷了鴉片戰爭（1839-1842）與太平天國（1850-1872）等歷史事件，由於功名無望，余治轉而重視地方教化，收集各種地方教化的法門，也就是他所編著書籍的大方向，例如他生平所編的最後一本書《得一錄》，意在「采取古今各種善舉，章程足資仿辦者，彙成一書，名曰『得一錄』，蓋取『得一善則拳拳服膺』之意。」[2]游子安《善與人同——明清以來的慈善與教化》用一小節介紹余治，標題為「善人的典型」。典型在於余治不汲汲於功名，終生編寫善書，從事地方善舉。以致於清末盛傳余治死後成神，先後成為真人或主壇之神，[3]足以看出余治當時的聲望與形象。

　　關於余治與儒學實踐的關係，現有尹遜才〈晚清江南儒生階層與鄉村倫理秩序的重建——以余治為中心的教育考察〉、[4]劉昶〈清代江南的溺嬰問題：以余治《得一錄》為中心〉，[5]兩篇期刊論文，分別從倫理與制度面處理余治的關懷。尹遜才指出余治企圖融合佛教、道教與民間信仰，將儒家價值觀通俗化與普及化，以求重建江南地區的倫

1　吳震：《明末清初勸善運動思想研究》（臺北：臺灣大學出版中心，2009年），頁508-523。

2　余治：〈跋後〉，《得一錄》，收入《官箴書集成》（合肥：黃山書社，1997年），冊8，頁728。

3　游子安：《善與人同——明清以來的慈善與教化》（北京：中華書局，2005年），頁93-95、189-190。

4　尹遜才：〈晚清江南儒生階層與鄉村倫理秩序的重建——以余治為中心的教育考察〉，《徐州師範大學學報（教育科學版）》第2卷第1期（2011年3月），頁89-92。

5　劉昶：〈清代江南的溺嬰問題：以余治《得一錄》為中心〉，《蘇州科技學院學報（社會科學版）》第25卷第2期（2008年5月），頁65-69。

理秩序。劉昶則從制度面入手，說明余治針對當地溺嬰問題，要求仕紳主導，通過善舉章程，達到救濟嬰孩與道德勸化的目的。

現在讀者能夠知道余治其人，不是因為他的慈善教化行為，而是因為他是清代創作京劇劇本最多的具名作家，其小傳散見《中國京劇史》[6]、《中國戲曲曲藝詞典》[7]、《中國大百科全書・戲曲曲藝卷》[8]、《中國近現代人名大辭典》等書，諷刺的是，傳記所呈現的形象不是什麼「善人」，內容概為「主要從事皮簧調曲本的創作。其劇多為勸人行善和宣傳忠孝節義，維護封建倫理道德。」[9]相關的專著進一步發展上述觀點，延伸到劇作的評論，如《清代戲曲史》說《庶幾堂今樂》「宣傳愚忠愚孝和封建迷信思想。」[10]《清代京劇文學史》說他「迂腐地沈浸於教條和幻想之中，試圖用自己微薄之力，在庶民百姓之間，重興已然沒落的道德綱常規範。」[11]唯一不同的聲音是〈試論余治的京劇活動與思想及其現代啟示〉，認為《清代京劇文學史》對余治純持否定角度是有問題的，如能從京劇發展歷史觀察，《庶幾堂今樂》對於現代京劇發展具有啟示的意義。[12]本文的目的不在於肯定或否定《庶幾堂今樂》，而是希望從寫作動機、劇本分析，討論儒家思想如何透過戲曲寫作予以實踐。換句話說，就是儒學的宗教化與世俗化，如何透過余治的戲曲創作呈現。

二　余治戲曲的創作過程

首先，記錄余治活動的時間順序：

一八五〇年，余治創作皮黃戲《後勸農》、《同胞案》、《英雄譜》、《綠林鐸》等劇十餘種，在江陰、常熟等地試演。[13]

一八六九年，《得一錄》出版，吳縣馮桂芬（1809-1874）作序。

一八七三年，余治攜《庶幾堂今樂》（又名《勸善樂府》）到杭州謁見浙江巡撫楊昌

6　北京市戲劇藝術研究所、上海藝術研究所：《中國京劇史》上卷（北京：中國戲劇，1990年），頁566-569。
7　上海藝術研究所、中國戲劇家協會上海分會編：《中國戲曲曲藝詞典》（上海：上海辭書，1981），頁283、284。「皮黃」指京劇主要聲腔〔西皮〕、〔二黃〕。
8　中國大百科全書出版社編輯部：《中國大百科全書・戲曲曲藝卷》（北京：中國大百科全書出版社，1985年），頁549。
9　李盛平主編：《中國近現代人名大辭典》（北京：中國國際廣播，1989年），頁316。
10　周妙中：《清代戲曲史》（鄭州：中州古籍，1987年），頁424-31。
11　顏全毅：《清代京劇文學史》（北京：北京出版社，2005年）頁183-217。
12　孫書磊：〈試論余治的京劇活動與思想及其現代啟示〉《江南大學學報（人文社會科學版）》第9卷第1期（2010年1月），頁114-118。
13　王漢民、劉奇玉編：《清代戲曲史編年》（成都：巴蜀書社，2008年），頁239。

潘（?-1897），得到鼓勵，又得到知名學者俞樾為之作序。[14]

一八七四年，春，余治計畫增定《庶幾堂今樂》，另寫六個劇本，分為三集出版。十月，余治逝世，門人蒐集遺稿，原刊本九種，抄本十一種、殘稿十四種。先刊行抄本六種《後勸農》、《活佛圖》、《文星現》、《劫海圖》、《綠林鐸》、《同科報》。[15]十二月，同治皇帝駕崩，八音遏密，所有戲班奉諭停演，可能也推遲了門人印行、搬演余治劇本的作為。但是余治作品演出已久，《中國京劇史》說他自組戲班，到江陰、常熟、上海等地演出，[16]但是演出劇目與狀況不詳，尚有賴於對各地戲曲演出史料的蒐集考索。

一八八〇年，《庶幾堂今樂》由蘇州得見齋刊行，香山鄭官應（1842-1922）作跋，分上下卷，收劇本二十八種，為清代文人編定的第一本個人京劇劇本集。[17]寫跋文的鄭官應即是鄭觀應，與為《得一錄》寫序的馮桂芬，並為清代「同光中興」時期具有代表性的思想家。二人對於余治著作的肯定，不應視為泛泛的應酬之作，而應視為同光中興時期，士人對於維新的多元思考與實踐。某些作法在歷史的後見之明看來，或許異想天開，不切實際。但在當時可能是值得一試的主意。其中余治的獨到之處，就在於使用流行戲曲實踐教化的意圖。

他首先在卷首的〈自序〉先說「古樂衰，而後梨園教習之典興」，文中引用《孝經》：「移風易俗，莫善於樂。」接著引用《周子通書》：「不復古禮，不變今樂，而欲至於治者，遠矣」文末引用《孟子》「王之好樂甚，則齊其庶幾乎。」說明「庶幾堂今樂」之意。結束語作「庶幾哉。一唱百和，大聲疾呼，其於治也，殆庶幾乎。」[18]可見余治想要使用「樂」的手段，達到「治」的目的。古樂不能恢復，所以要另訂新樂，這是他創作的初衷。

〈引古〉一文，廣泛引用前賢的語錄，以建立「戲曲勸善」理論的權威，以次引用陶奭齡（？-1640）「今之院本……較之老生擁皋比講經義，老衲登上座說法，功效百倍。」、王陽明（1472-1529）「今之戲子，尚與古樂意思相近」、丘嘉穗（？）「今之演劇，即古樂之遺也」、張載（1020-1077）「故聖人必放鄭聲，亦是聖人經歷過，但聖人不為物所移耳。」各一條，李光地（1642-1718）《榕村語錄》共七條，肯定戲曲移易風俗，感動人心的力量。末云：「先輩評論梨園處甚多，略舉數則，以見一斑。」[19]上述名單當中，從《周子通書》到《榕村語錄》引用的都是理學名家，不雜佛教、道教等其

---

14 王漢民、劉奇玉編：《清代戲曲史編年》，頁268。

15 王漢民、劉奇玉編：《清代戲曲史編年》，頁271。

16 北京市戲劇藝術研究所、上海藝術研究所：《中國京劇史》，上卷，頁567。

17 王漢民、劉奇玉編：《清代戲曲史編年》，頁290。

18 余治：《庶幾堂今樂》，《京劇歷史文獻匯編・清代卷》（南京：鳳凰，2010年），冊8，頁419-420。余治誤將「移風易俗，莫善於樂。」當成《周子通書》的內容加以引用，此處更正。

19 余治：《庶幾堂今樂》，《京劇歷史文獻匯編・清代卷》，冊8，頁425-428。

他宗派，足見余治一貫的儒學立場。

接著在《答客問》當中，設為問答，客人質疑編演新戲的必要性，庶幾堂主人逐條反駁，最後指出之前的戲曲固然不能說沒有鼓勵忠孝節義，只是在情節上一味貪求標新立異，主要追求的是聳動觀眾耳目，而不是教化人心。若是針對許多常見的社會問題而言，例如賭風、訟風、詐風、墮胎、溺女、焚棺、搶孀、騙寡、宰牛、捕蛙、輕生自盡、藉屍圖害、爭田奪產、輕棄字紙五穀、殺生害命、好談閨閫、奢華暴殄、虐婢、虐媳等，通俗戲曲並未善用自己的優勢，給予這些行為揭露與勸懲。反之，通俗劇中人物所遭遇的道德困境，是一般人終身不會聽聞的戲劇性奇遇。譬之治病，觀眾貪看傳奇，越奇越好，就是注目於罕見的疑難雜症，反而忽略了眼前的常見病症。也就是幾乎不可能發生的特殊問題，掩蓋了經常發生的普遍問題。余治有鑑於此，針對常見問題持續創作，所以《庶幾堂今樂》收錄的二十八個劇本，每個都有特定的主旨。

01.《後勸農》：勸孝弟力田也。

02.《活佛圖》：勸孝也。

03.《同胞案》：勸悌也。

04.《義民記》：勸助餉也。

05.《海烈婦記》：表節烈懲奸惡也。

06.《岳侯訓子》：教忠教孝也。

07.《英雄譜》：懲誨盜也。

08.《風流鑒》：懲誨淫也。

09.《延壽籙》：記修心改相也。

10.《育怪圖》：懲溺女也。

11.《屠牛報》：儆私宰也。

12.《老年福》：勸惜穀也。

13.《文星現》：勸惜字也。

14.《掃螺記》：勸放生也。

15.《前出劫圖》：勸孝也。

16.《後出劫圖》：勸救濟也。

17.《義犬記》：懲負恩也。

18.《回頭案》：嘉賢妻孝女也。

19.《推磨記》：儆虐童媳也。

20.《公平判》：懲不悌也。

21.《陰陽獄》：懲邪逆也。

22.《硃砂痣》：勸全人骨肉也。

23.《同科報》：勸濟急救嬰也。

24.《福善圖》：儆輕生圖詐也。

25.《酒樓記》：戒爭毆也。

26.《綠林鐸》：儆盜也。

27.《劫海圖》：分善惡勸投誠也。

28.《燒香案》：戒婦女入廟也。[20]

就現代編劇的角度而言，余治利用戲曲描寫前人未曾言及的社會問題的企圖，類似歐美戲劇的社會問題劇。但是編劇手法停留在宗教道德劇的階段，充滿神蹟與巧合，結局永遠善有善報，惡有惡報。對於戲劇性的潛力，全無自覺，故而難以充分善用劇場的各元素，打動台下的觀眾。下文將使用《不登大雅文庫珍本戲曲叢刊》所收的待鶴齋刻本《庶幾堂今樂》為例，對書中所收六個劇本加以分析。

三　待鶴齋刻本《庶幾堂今樂》六種的討論

清待鶴齋刻本《庶幾堂今樂》六種，藏北京大學圖書館，無前言或序跋，看似六齣獨立的劇本。唱詞不註明聲腔，留待戲班自行發揮，這一形式很前衛，當代的《劇本》月刊，與大陸原創戲曲劇本也是如此考量。每篇於題目之下，只有四到六字的小序，按《京劇歷史文獻匯編・清代卷》所收序跋，每篇還有百字以下的大序。底下的討論，會併陳兩種序文，另附《清代戲曲史》為各劇劇情所做的概述，以幫助讀者理解。

（一）、《義犬記》：懲負恩也。

生人食祿受恩，便有報主之誼，不獨臣之於君也。東賓主僕之間，無不各有所當盡。然趨炎避禍，相襲成風。樂人之樂者，幾不知憂人之憂。嗚呼！犬馬戀主之為何，而顧舊巢卻走也？先生以是作《義犬記》。[21]

劉朝奉勸花子毛阿大、阿三不再殺狗，又在經商途中遇難，因有被他救活的狗上岸報信，得救。[22]

大序結尾說「先生以是作《義犬記》」，「先生」指余治，表明是余治死後，門人蒐集草稿編定的。與余治生前寫定「作《育怪圖》」的結尾不同，余治文字明白，門人文理偶有費解之處，如「犬馬戀主之為何，而顧舊巢卻走也」。《清代戲曲史》概述的錯誤也令人費解，劇中花子不姓毛，也沒有阿三之名，毛阿三是把劉朝奉推到河裡的船家。兩個花子名為蘇州阿大、揚州阿二，這是傳奇舊例，最有名的像是《繡襦記・蓮花》即

---

20 余治：《庶幾堂今樂》，《京劇歷史文獻匯編・清代卷》，冊8，頁436-443。

21 余治：《庶幾堂今樂》，《京劇歷史文獻匯編・清代卷》，冊8，頁440。筆者標點。

22 周妙中：《清代戲曲史》，頁428。

如此。在表演上，阿大由副角扮演，說蘇白，比較滑頭；阿二由丑角扮演，說揚州話，比較死心眼，一個逗哏、一個捧哏，相互幫襯，各有特色。

全劇主旨的「負恩」即是報應問題，報應是傳統戲曲的常見主題，以京劇為例，水滸故事的《烏龍院》，宋江跟閻婆惜發誓「從今後再進烏龍院，藥酒毒死我宋公明！」在全本《水滸傳》一百二十回，果然被高俅假傳聖旨，用藥酒毒死；又，三國故事的《定軍山》，黃忠跟夏侯淵走馬換將，發誓「老夫若有二意，死在那藥箭之下。」果然在《伐東吳》中，被馬忠用藥箭射死。[23] 在狂犬症已經受到控制的現代社會，到處跑來跑去咬人的狂犬，難以激起觀眾的恐懼感。激起觀眾恐懼感的是，跑來跑去的殭屍。《義犬記》開頭朝奉出三兩銀子買狗，花子收下銀子發誓永不殺狗，否則「願被瘋狗咬殺，轉世還要做狗。」之後阿大又要殺狗吃肉，報應立現，瘋狗馬上出場，咬死阿大。阿二見狀，立志齋戒，念《三官經》維生。果然活到劇終，把全劇的教訓說出來。

（二）《回頭岸》：嘉賢妻孝女也。

糟糠之妻，貧賤求去；犁牛之子，幹蠱自豪。世風涼薄久矣，如張大年者，嗜賭濫交，受誣論死，妻女宜何怨恫。乃間關求雪，死訴冥廷，誠之所至，鬼泣神驚。謂不足勵薄俗而為獄吏敗子做棒喝乎！先生以是作《回頭岸》。[24]

趙明達的母親一生對僕婢寬厚，升仙而去。張大年賣女為婢，他的女兒蓮姐被賣後仍不忘孝敬父母，大年感動，不再賭錢，做小生意。後因被誣幾遭刑憲，因關帝神力得救。[25]

大序也是門人所寫，內容脫離劇情，張大年妻女並未「死訴冥廷」。《清代戲曲史》的概述再度錯誤，全劇內容是說張大年好賭敗家，所以把女兒賣給趙家，賭友李六參與盜案被抓，攀扯張大年是殺人兇手，問成死罪。趙母讓大年妻女上京告狀，路上碰到大蛇、渡黃河遭遇風險，歷經險阻，終於到達京城。結果告狀不准，回到原郡，在關廟祈禱後睡著。官員午時監斬張大年之時，「神袖遮日」，天昏地暗。見此情景，官員決定中止死刑，夜宿關廟。結果發現廟裡有兩具女屍，夢中得到關帝一封書，警告他張大年不是劫盜。夢覺之後兩具女屍醒來告狀，冤案昭雪。筆者懷疑《清代戲曲史》根本認為《庶幾堂今樂》封建腐朽，迷信透頂，不值得一讀，摘要隨便翻翻寫寫。

劇中女性都是善良好人，如趙母、張妻、蓮姐；男性如張大年、李六、各級官員都有明顯的性格缺陷，無心插柳地製造出了一樁大冤案。由男性組成的政府對此則毫無自覺，直到神蹟「神袖遮日」出現，官員應該看過《感天動地竇娥冤》，知道大旱三年不

23 王大錯編：《戲考大全》（上海：上海書店，1990年），冊1，頁866、165。
24 余治：《庶幾堂今樂》，《京劇歷史文獻匯編・清代卷》，冊8，頁441。筆者標點。
25 周妙中：《清代戲曲史》，頁428。

是鬧著玩的，但是他們也只能去廟裡祈夢，在「前女性主義時代」算是很有眼力了。在余治的其他故事當中，「念佛惡婦」成為很強烈的存在。善良好人的女性也無補救的能力，只能去廟裡祈禱，盡自己的賢孝，期待神力的介入。兩具女屍出現跟活轉的情節紕漏很大，與劇情完全無干，可能是余治門人整理原稿的疏失。連故事細節都說得抓襟見肘，前言不搭後語，如何能達到動人與勸善的效果。除了劇情之外，編劇也注意到表演的空間，張大年妻女路上碰到的大蛇、渡黃河的風險，都是留給演員表演的地方。這些表演游離於情節主線之外，加上或拿掉，都不會影響故事的進行。

　　（三）《推磨記》：儆虐童媳也。

　　視親生骨肉罔不慈，然孝子卒鮮，況責隔膜之媳以孝哉！至於貧家養媳，適遇悍姑，上既不慈，下豈能孝？然唯孝不慈之父母，斯為純孝。夔夔齊栗，瞽叟允若，竟於弱女子中見之。盍舉錢秀貞為逆媳風、逆子愧耶！先生以是作《推磨記》。[26]

　　童養媳錢秀貞受婆母、小姑虐待幾死，仍割股煎湯救婆母傷，使他的婆母受到感動，和睦相處。[27]

　　漢人社會虐待養女、童養媳的問題，在二十世紀中葉以前一直存在，包括台灣在內。一般都將之視為社會問題，而非文學題材，余治此劇可稱首創。可惜他對孝媳的「純孝」標準太嚴苛，婆婆的小杖要受，大杖也要受，打死了只能依賴土地公公救他還魂，跟門人所寫作的大序「上既不慈，下豈能孝」所暗示的相對原則適成對比。對婆婆的標準又太奇特，打死媳婦，就算是一條人命也沒事，直到打翻糧食才受到神明懲罰，造成糧食遠比人命重要的神秘價值。最後，安排「割股治病」作為全劇的高潮，不但治好婆婆的病，而且知道真相的婆婆真心悔改，連扭曲的人格也受到治癒。以現代編劇的角度而言，主題跟情節的道德落差太大，主題很現代，愚孝跟割股則傳統到不行，故事進行到最後，情節終於顛覆了「儆虐童媳」的主題，變成愚孝、割股可以感動變態的長輩。或者童媳應該順從忍受，被虐致死，召喚出神明來改變一切。只是，這真的是余治所要勸的善嗎？

　　劇中也注意到了表演，前半由旦和老旦表演「探親家」，京梆各種地方戲曲小戲都有《探親家》，底下以京劇《探親家》為例，全劇不唱〔西皮二黃〕，唱〔銀紐絲〕，故事大意為：丑角扮演的鄉下親家到城中女婿家探望女兒。女兒見娘訴說當新媳婦的苦處。等到和旦角扮演的城裏親家見面後，一村一俏，處處相形見絀。後來談到女兒傻蠢的地方，城裡親家苛求責備，鄉下親家處處庇護。雙方一言不合，爭執相罵扭打，結果

---

26 余治：《庶幾堂今樂》，《京劇歷史文獻匯編‧清代卷》，冊8，頁441。筆者標點。

27 周妙中：《清代戲曲史》，頁429。

不歡而散。[28]《推磨記》顯然沿用了這套模式而加以調整，基本上同情媳婦、女方親家。後面貼旦表演嘆五更的唱段，在通宵磨米的場景當中演唱五個唱段，讓觀眾欣賞唱工表演，也是戲曲常見手法。每一更有一段演唱，透過打更鑼鼓予以間隔，給予演員喘息調整的機會。凡此種種，說明余治對戲曲頗有涉獵，橫跨崑劇、京劇、小戲等不同劇種，能夠活用模式說出自己的故事，都是值得研究者注意的。

（四）、《育怪圖》：懲溺女也。

> 近世惡俗，至溺女一端，忍極矣，亦慘極矣。呱呱墜地，即遭戕害，蔑倫傷化，言之痛心。訪問各鄉，往往而是。在官長既不遑訪求而嚴禁，紳士復不為設法而救援，輾轉效尤，無人喚醒，卒之草菅人命。相襲成風，積此殺機，上干天怒，久之必釀成大劫，此世道之大可憂者。作《育怪圖》。[29]
>
> 溺女老婦爛舌身死，救活河中溺女的朱二全的妻子生產麟兒。[30]

因為種種原因，拿掉胎兒，殺害新生兒有著很悠久的歷史。在當代台灣，從馬桶、垃圾桶各處發現嬰屍的社會新聞，到嬰靈供養，可謂相當常見，一般也都視為社會問題。余治相當重視這個現象，此劇亦屬首創，《清代戲曲史》的概述太簡，並未點出題目的來由，大概是連寫都懶得寫了。「育怪」指的是溺女老婦所殺的嬰靈變成胎中的人頭蛇，落地之後咬了老婦舌頭，老婦變啞，但是並未身死。全劇分為兩截，前半是溺女家庭的惡報，後半是救活溺女家庭的福報。結局是下鄉的布政使到朱二全家避雨，發現麟兒是觀音送子，將來定主富貴，於是跟朱家定親，農戶朱家一躍而成為大老爺的親戚。

按照大序「作《育怪圖》」，可知是余治生前定稿的劇本，更能忠實呈現他的善戲價值觀與編劇手法，比較沒有門人的編輯或修改。首先，門人的文筆不大通順，如《義犬記》大序；其次，門人過於忠實原稿，把所有的原稿堆垛起來，不考慮故事情節是否通順，就算拉出了時間順序，也會出現《回頭岸》這樣女屍突然出現，又突然復活的奇妙劇本。《育怪圖》當中大量使用神鬼妖異的元素，如轉輪王、東嶽大帝、人頭蛇、靈官、送子觀音，就表演而言，轉輪王身邊的牛頭馬面、人頭蛇的操控、靈官出場的煙火，在寫意的戲曲舞台上，都算是有趣的特效。從序言的憂心世道，到劇情的滿場鬼神，可以看出余治企圖利用宗教力量，處理人道主義愛惜生命的問題。可惜「所有情節發展都有神明介入」的劇情，就算是操弄機器神（Deus ex machina），也堪稱是沒有節制的濫用機器神，實在缺乏吸引觀眾的力量。

---

28 王大錯編：《戲考大全》冊1，頁936-943。

29 余治：《庶幾堂今樂》，《京劇歷史文獻匯編・清代卷》，冊8，頁439。

30 周妙中：《清代戲曲史》，頁428。

（五）《屠牛報》：儆私宰也。

私宰耕牛，本干例禁，而匪徒藐法，毫不顧忌。官長既視為不急之務而不加禁，即或循例出示，而役吏復從而賄庇，地棍因得以逞。奸宄之殺氣血光，上昏天日，亦造劫之一端也，作《屠牛報》。[31]

徐老大、老二兄弟殺耕牛賺錢，再世投牛胎，受盡耕牛之苦，再吃一刀之痛。[32]

基於崇報的觀念，農業社會對於宰殺耕牛有所禁忌，佛教與漢人都有此習俗。沿及今日，在當代台灣，或基於信仰，或牽於習俗，不吃牛肉的人仍所在多有。《清代戲曲史》的敘述仍是太簡陋：老大、老二兄弟殺牛之後，報應立來，牛鬼上場索命，老大屠刀穿耳而死，老二被牛鬼用角撞破肚腸而死。兄弟被閻王打入油鍋，再投胎當牛。末場農夫趕牛耕田，老大、老二投胎的牛隻在田裡口吐人言，大唱一段，勸圍觀的農夫不要屠牛吃肉，並無「再吃一刀」的演出。劇中保留清代吃牛肉的理由，一般以為祭孔子用太牢，聖人既然帶頭吃牛肉，當然要有人殺牛。余治的辯解是「福份」，聖人有福份吃牛肉，祭城隍不用牛，因為城隍老爺沒有聖人的福份，一般老百姓又沒有城隍的福份。好像牛肉是有福之人才能吃得，又與崇報無關。在邏輯上，余治沒有正面回答這個問題，只是用「福份」交代過去。

劇中的表演設計很豐富，牛鬼索命時，阿大、阿二「各跌起幾回，如蟠腸大戰狀」，「蟠腸」今做「盤腸」，《盤腸大戰》是劇目名稱，又叫《界牌關》、《羅通掃北》，崑班、京班、徽班、亂彈都有此劇，出自小說《羅通掃北》，唐營羅通被番將一槍戳破腹肚，將腸挑出。羅通將腸盤繞腰腹間死戰。[33] 劇中有大量撲跌的動作，表示羅通受傷、大戰、回營身死，層次分明，是很吃重的武戲。對扮演阿大、阿二的演員而言，負擔不輕。演員要是會演擅演《界牌關》，或許可以輕鬆上手。末場趕牛耕田，風格一變，丑角背犁拉牛唱〔山歌〕，表演來回耕田，可能像是流行閩台農村的歌舞〔牛犁歌〕。不同之處在於，〔牛犁歌〕為男女對唱，《屠牛報》的農夫都是男的，後面還要聽牛大唱特唱。

（六）《老年福》：勸惜穀也。

天生五穀，所以活人，其恩等於父母；不惜者，其罪即等於逆父母。雷霆之震，半為此輩，非無故也。世人習焉不察，任意狼籍。於修齋供佛，則不惜千金，獨於惜穀一事，不肯歲費數十金，另雇一二貧老專司其任。莫大功德，眼前錯過，

---

31 余治：《庶幾堂今樂》，《京劇歷史文獻匯編・清代卷》，冊8，頁439。

32 周妙中：《清代戲曲史》，頁428。

33 王大錯編：《戲考大全》，冊5，頁647-651。故事是說：唐營羅通大戰番將，番將用車輪戰之計應敵，疲憊分心的羅通被一槍戳破腹肚，將腸挑出。羅通怒極拼命，將腸盤繞腰腹間死戰，番將終被羅通刺中要害而亡，羅通回營而歿。

此天台老僧所以不免饒舌也。作《老年福》。[34]

富戶陸員外殺生害命，作賤五穀，以白米、白銀齋僧受到拒絕，最後死於火災。為他燒火的王趙氏每天從稻草上摘穀，積得三斗，用來齋僧，受到款待。晚年回鄉過活，又掘得窖銀。[35]

本劇表演設計貧弱，就編劇而言，好人代表的燒火老婦，人物塑造很不討喜。開頭員外要吃早飯，老婦在摘穀，廚房全未燒火。於是丫頭幫忙燒火，叫他去洗菜，他便沿路收集地上殘穀。撇下丫頭在廚房等菜下鍋，空鍋燒得發紅。看起來老婦不務燒火的正業，隨心所欲地做自己想到的善事。這也是余治劇本的一大問題，劇中人物不論好壞，都沒有個性與特色，通通像是路人甲乙丙丁，他們的痛苦無法引起觀眾的同情或是報應之感，行善也無法激發道德認同。壞人代表的員外則無具體惡行，只是口說自己不信佛、不捐錢行善。但去普陀的路上也有齋戒，回家開齋，吃了一隻活燒羊、一盆鴨舌、活鯽魚湯之後，立刻死於火災。作者應該參考之前的劇本構想，讓員外發下毒誓，打死媳婦，淹死女嬰、或是殺狗宰牛吃肉，可能會更有說服力。

本劇主旨一顯一隱，明顯的主旨是「糧食的價值」，根據序言，不愛惜糧食等於忤逆父母，所以員外報應如此之大，因為按照余治的邏輯，糧食一貫比人命重要，像是《推磨記》的惡毒婆婆。隱藏的主旨是「奉獻的價值」，燒火老婦奉獻的三斗穀子，遠比員外奉獻的五百兩白銀、五百擔白米更有價值。令人想起《馬可福音》當中寡婦奉獻的兩個小錢，耶穌認為比所有人奉獻的都多。普陀山方丈不接受員外的奉獻，勸他：「速速回去，在窮人面上放寬一點，善事門中多捐幾成，即是家門之福。」[36] 可以解讀出兩層含意，第一層，就宗教而言，奉獻的前提是善行與虔誠，而不是數量。第二層，奉獻給宗教是沒有功德的，奉獻必須要有具體的功德，更明白的說，就是救濟窮人與廣行善事。觀察戲曲當中的傳統漢人文化，可以發現寺廟運用奉獻的主要目的是修廟，不外乎「重修廟宇，再塑金身」，而非如當代宗教法人團體的興辦學校、興辦醫院、救護災難。余治藉由本劇所要表達的是，與其把物資捐給寺廟修廟，不如用以行善。此一立場與廟方迥然不同，即是勸善運動孔門大儒小儒與佛道信徒的一大分別。

四 結語

回到勸善運動，《明末清初勸善運動思想研究》在結論指出，明清士大夫在生活實

---

34 余治：《庶幾堂今樂》，《京劇歷史文獻匯編・清代卷》，冊8，頁439。筆者標點。

35 周妙中：《清代戲曲史》，頁428。

36 余治：《庶幾堂今樂・老年福》，《不登大雅文庫珍本戲曲叢刊》（北京：學苑，2003年），冊23，頁453。

踐與信仰領域存在著連續而非斷裂的思想狀態，此一連續性的體現，即是學問與生活的分離。在學問上，清代有著富於科學精神的考據學。在生活上，從王世禎到俞樾，都是勸善運動當中的一員，顯現了明清儒者的宗教文化面向。其中紀曉嵐的《閱微草堂筆記》、袁枚的《子不語》都隱含有以小說勸善的意圖，[37] 雖然著力文類不同，巧拙不同，文學史評價也不同，但與余治以戲曲勸善的意圖一相比較，就知道都是同道中人。俞樾也洞見此點，在《庶幾堂今樂・序》中說：「此余君蓮村所以有善戲之作也。」[38] 將《庶幾堂今樂》視為與善人、善書、善會同類。

筆者的初步考察以為，余治與同歲的馮桂芬不同，從觀念到實踐，他基本上未受到現代化思潮的影響，是傳統儒家關懷的近代發展之一。根據《庶幾堂今樂》的〈自序〉、〈引古〉、〈答客問〉三篇文章，可以看見其思想與理學有著密切的關係，他也引用各大理學名家語錄，說明教化戲曲的點子古已有之，自己的創作與演出實踐是有根據的。

在生活上，待鶴齋刻本《庶幾堂今樂》六種劇本顯然與前三篇文章有著很大的區別，文章內容並未談到任何怪力亂神之事，但是劇本裡洋洋灑灑滿天神佛。尤其在地獄、神蹟與巧合的部分，余治並非單純的儒者，他的故事深受明清以來各類善書的影響，認為「報應」是宇宙的必然存在，並且毫不顧忌的在劇中重複使用。余治絕非只是「神道設教」，利用報應之說恐嚇愚民，而是相信超自然世界的存在與運作，也與宗教團體密切配合，所以有他死後成神之說。余治有兩個面向，他的劇本是寫給平民看的，寫給信仰之人看的；前三篇文章是寫給儒者看的，寫給學術之人看的，也就是上文所提到，明清士大夫「學問與生活的分離」。無法說其中任何一個面向只是另一個面向的偽飾，余治極可能並不覺得其間有任何扞格矛盾之處，這也可能是清代儒者普遍存在的心態。筆者之所以覺得存在不可調和的矛盾，是因為現代思潮重新定位了民間信仰、迷信與善行。

余治對戲劇性也有他的認知，一般戲曲中的報應都在冥冥之中等待，直到生命最後一刻才會發生，如前面舉例的黃忠與宋江。余治則強調極端的眼前報、現世報，一旦干犯，報應立現。如《義犬記》的花子一旦殺狗，所殺之狗即變成瘋狗反噬；如《屠牛報》的兄弟，屠牛方畢，牛鬼隨著登場索命；又如《推磨記》、《老年福》，一旦拋墜糧食，天罰馬上發生。舞台上神鬼雜出，遭受報應者聲聲叫苦，滿台撲跌，以展示求生不能，求死不得的惡果，戲劇性強烈。即時強化的作為，深得後世制約學習的精義。可惜極端的眼前報、現世報，嚴重脫離一般人的生活經驗，甚至製造出意料之外的滑稽效果，使得其勸懲意義大為減色。

另一方面，余治仍有士大夫的立場，例如對念佛惡婦的嘲弄，《推磨記》的婆婆，

---

37 吳震：《明末清初勸善運動思想研究》，頁508-520。

38 俞樾：《庶幾堂今樂・序》，《京劇歷史文獻匯編・清代卷》，冊8，頁419。

《育怪圖》的溺女老婦，都是念佛而邪惡的老年婦女。一方面他們口宣佛號，每日功課唯恐稍懈；另一方面利用孝道的權力毆死媳婦、溺死孫女。受害者只能企圖用割股之類的孝道感化他，或是暗中期待神明的懲罰。戲曲對念佛惡婦的嘲弄不始於余治，傳奇《白兔記》裡，《挨磨》的嫂嫂即是顯例。[39] 不過在余治的善戲裡，念佛惡婦帶給讀者的，不是對於念佛功課形式的反感──因為實在是老套了──而是對於極端孝道實踐的質疑，但這肯定不是余治所欲揭示的主旨。

作為《得一錄》的編輯者，余治對於慈善制度，也就是善舉章程相當注意。但是在劇本當中，讀者看不到保嬰會規條、育嬰堂章程、災年恤產保嬰規條、教孝條件、治家規範、惜穀會條程、勸善題綱等地方互助制度的提倡或說明，劇中唯一的慈善制度是天庭與地府。但是劇本又有與《得一錄》呼應的地方，例如保嬰、惜穀的用意，筆者以為，這是余治的讀者定位預設，《得一錄》是編給仕紳官員看的，純是章程，不談神鬼；《庶幾堂今樂》則是寫給「鄉愚」看的，所以全力朝「下里巴人」的方向靠攏，務求報應的緊湊，與鬼神的熱鬧。那麼，《庶幾堂今樂》是否成功，能夠讓下里巴人覺得好看愛看呢？余治死後，上海官紳試圖推動戲園戲班逐一演出善戲，效果並不成功，唯一成功的劇目是《硃砂痣》。關於《硃砂痣》，筆者已有專文討論，參見〈從北京到臺北──京劇《硃砂痣》演出變遷考略〉。[40] 上海演出的嘗試與影響，筆者將另文討論。

由於《庶幾堂今樂》的鄉愚取向，及其清代文人京劇創作先鋒的地位。余治成為戲曲史、京劇史的必然存在，同時也受到「宣傳愚忠愚孝和封建迷信思想」之類的普遍批判。清代士大夫的勸善文化，到了五四運動時期，已經成為新式知識份子嘲諷的對象。戲曲編劇的技法，在此後有著長足的進步。余治以戲曲勸善的創意，彰顯了勸善運動因應清末變局的努力與侷限。就戲劇勸善而言，後世自覺以戲劇包裝特定人生觀世界觀者，如勵志片、宗教法人團體製作的影視節目，甚或「舊瓶裝新酒」的概念等，都應該注意到之前余治類似的努力。這是前言所說，在勸善運動的波濤漣漪所產生的效應，有當事人始料未及，而值得後續學者給予更大的重視者。

---

39 無名氏：《白兔記》（臺北：河洛，1980年），頁480。崑劇《磨房產子》的舞台演出更是強調此點。

40 鮑紹霖、黃兆強、區志堅主編：《北學南移：港臺文史哲溯源　文化卷》（臺北：秀威資訊科技，2015年），頁267-289。

徵引文獻

一　專書

《官箴書集成》編纂委員會：《官箴書集成》，合肥：黃山書社，1997年。

上海藝術研究所、中國戲劇家協會上海分會編：《中國戲曲曲藝詞典》，上海：上海辭
　　　書，1981年。

中國大百科全書出版社編輯部：《中國大百科全書‧戲曲曲藝卷》，北京：中國大百科全
　　　書出版社，1985年。

王大錯編：《戲考大全》，上海：上海書店，1990年

王漢民、劉奇玉編：《清代戲曲史編年》，成都：巴蜀書社，2008年。

北京市戲劇藝術研究所、上海藝術研究所：《中國京劇史》上卷，北京：中國戲劇，
　　　1990年。

吳震：《明末清初勸善運動思想研究》，臺北：臺灣大學出版中心，2009年。

李盛平主編：《中國近現代人名大辭典》，北京：中國國際廣播，1989年。

周妙中：《清代戲曲史》，鄭州：中州古籍，1987年。

傅謹主編：《京劇歷史文獻匯編‧清代卷》，南京：鳳凰，2010年。

游子安：《善與人同──明清以來的慈善與教化》，北京：中華書局，2005年。

鮑紹霖、黃兆強、區志堅主編：《北學南移：港臺文史哲溯源　文化卷》，臺北：秀威資
　　　訊科技，2015年。

顏全毅：《清代京劇文學史》，北京：北京出版社，2005。

二　論文

尹遜才：〈晚清江南儒生階層與鄉村倫理秩序的重建──以余治為中心的教育考察〉，
　　　《徐州師範大學學報（教育科學版）》第2卷第1期（2011年3月）

孫書磊：〈試論余治的京劇活動與思想及其現代啟示〉《江南大學學報（人文社會科學
　　　版）》第9卷第1期（2010年1月）

劉　昶：〈清代江南的溺嬰問題：以余治《得一錄》為中心〉，《蘇州科技學院學報（社
　　　會科學版）》第25卷第2期（2008年5月）

政治變遷與藝術轉型
——略論新戲曲的形成與發展

孫玫

中央大學中國文學系教授

摘要

　　所謂「新戲曲」是指：自一九四九年「戲曲改革運動」起，由中共官方所主導，同時也是在西方戲劇文化影響之下，從傳統戲曲的基礎之上衍生、發展並且成型的一種新的戲曲類型。筆者用「新戲曲」一詞概括和描述上述社會歷史現象，並非出於自己的杜撰，而是依據了一定的歷史事實。一九五〇年九月文化部戲曲改進局曾創辦《新戲曲》。由此多少可見當時具體負責領導「戲曲改革運動」的新文藝工作者（如田漢和馬彥祥）的志向和目標。當然，後來幾十年裡新戲曲所走過的曲折道路，及其形成的具體形態和風貌，則絕對不是上述新文藝工作者當初所能夠預見和想像的。本文將回顧和討論，幾十年裡中國大陸的社會政治變遷是如何具體地影響戲曲界，並促使新戲曲形成、發展的。

關鍵詞：政治變遷、戲曲、戲曲改革、新戲曲

一　前言

筆者提出的「新戲曲」概念[1]是指，自一九四九年「戲曲改革運動」起，由中國共產黨所推動，同時也是在西方戲劇文化的影響下，從傳統戲曲的基礎之上衍生、發展並成型的一種新的戲曲類型。儘管現在人們普遍把這類「新戲曲」稱之為「戲曲」，但是它在許多方面均不同於傳統戲曲。或許有人會認為，既然這種生長、成型於現代社會的戲曲與傳統戲曲有著明顯的區隔，並且可以和傳統戲曲對舉相稱，那麼為何不直接稱其「現代戲曲」而偏要稱其為「新戲曲」呢？

筆者之所以不用「現代戲曲」而用「新戲曲」這一概念，主要基於以下兩個原因。一是，避免和戲曲現代戲相混淆。「新戲曲」的範圍遠大於戲曲現代戲，它不僅包括了現代戲和新編古裝戲[2]，還包括了經過意識形態「清洗」和舞臺表現「淨化」的傳統劇目／老戲碼[3]。二是，用「新戲曲」一詞概括和描述上述社會歷史現象，是有一定歷史依據的。一九五〇年九月文化部戲曲改進局曾創辦《新戲曲》。由此也多少可見當時具體負責「戲曲改革運動」的新文藝工作者們的志向和目標。當然，後來幾十年裡新戲曲所走過的曲折道路，及其形成的具體形態和風貌，則絕對不是一九五〇年的新文藝工作者所能夠預見、想像的。

本文將回顧和討論，幾十年裡中國大陸的社會政治變遷是如何具體影響戲曲界，影響新戲曲的歷史發展的。

二　奪取全國政權與「戲曲改革運動」

一九四〇年代末，中國共產黨在奪取全國政權的前夕，就開始籌畫如何在即將獲得的大片新管轄區推動戲曲改革。一九四七年秋，中共已度過了軍事上的困難階段，開始

1　筆者是從1998年開始討論新戲曲，並逐步完善「新戲曲」這一概念的。參見孫玫：〈二十世紀世界戲劇中的中國戲曲〉，《二十一世紀》1998年2月號，頁106；Sun Mei, "*Xiqu* Reform in China in the Nineteen-Fifties," *Asian Culture*, 28.1 (2000) 69-71；孫玫：〈中國現代知識份子對於傳統戲曲的複雜情結〉，《九州學林》2005年第3期，頁260-261；孫玫：〈官方推動的都市劇場藝術——論「精品工程」之戲曲創作〉，《南國人文學刊》，2011年第1期，頁176。

2　中共的戲改文件稱這類戲為「新編歷史劇」，長期以來人們（包括一些學者）也習用這一稱謂。然而，筆者認為這些戲只是古裝戲，不宜稱之為歷史劇。因為這些戲的題材通常是取自演義、傳說等而非是來自史實。以京劇《野豬林》和《楊門女將》為例，前者描寫《水滸傳》中林沖的故事，後者講述「楊家將」的傳奇，這兩部作品的內容均來自傳說，顯然不能歸入歷史之範疇。至於把《白蛇傳》這類古裝戲稱之為「新編歷史劇」那就更加顯得不恰當了。

3　關於這種「清洗」和「淨化」，詳見本文第二章。

在國共內戰中節節獲勝，相繼奪取北方的一些中等城市，甚至是較大的城市，如一九四七年十一月十二日奪取石家莊。此時，中共原本在華北農村若干分散的根據地已經連成了一片。一九四八年五月，中共中央將中共晉察冀中央局和中共晉冀魯豫中央局合併，成立了中共中央華北局；同年九月，在石家莊成立了華北人民政府。華北人民政府的建立，是中共即將由地方性政權躍升為全國性政權的關鍵一步。正如當時中共中央的機關刊物《群眾》的一篇時評所言：「這雖然是一個臨時性和地方性的政府，但……它將成為全國性的民主聯合政府的前奏和雛形」[4]。事實上，後來的中華人民共和國中央人民政府正是在這個華北人民政府的基礎之上組建起來的[5]。華北人民政府成立不久，便於十一月在石家莊成立了華北戲劇音樂工作委員會，由馬彥祥擔任主任委員[6]。十三日，華北的《人民日報》發表了根據毛澤東的意見所寫的專論〈有計劃有步驟地進行舊劇改革工作〉[7]。

一九四八年的秋冬是一個值得關注的歷史時刻。是年九月，共產黨開始向國民黨發起戰略總進攻──遼瀋戰役／遼西會戰、淮海戰役／徐蚌會戰、平津戰役／平津會戰，「三大戰役」環環緊扣。與此同時，籌建中國人民銀行的工作也進入了最後階段。十二月一日，同樣也是在石家莊，中國人民銀行正式掛牌，並開始發行人民幣。凡此種種說明，一九四八年十一月正在奮力奪取全國政權的中國共產黨，在處理軍事、金融等生死攸關的重大問題的同時，已經著手部署將在大片新管轄區開展改造戲曲的工作。

中國共產黨一貫高度重視政治宣傳工作，曾經明確宣稱要把文藝當作對敵鬥爭的武器。一九四八年的中國尚未工業化，廣大的農村、鄉鎮、小城市還沒有電力供應，當時的戲曲是中國人最主要的娛樂形式之一。更由於當時文盲占中國人口的大多數，對這一大批不識字的觀眾來說，戲曲還具有一種「大眾傳媒」的功用。然而，傳統老戲中有違中共意識形態的內容卻又比比皆是，例如，忠、孝、節、義之類。中共信奉馬克思列寧主義──在中國最貧弱的歷史時刻由西方傳入中國的強而有力的意識形態，其諸多組成部分，如無神論、階級鬥爭學說，等等，和中國原有的傳統觀念相抵牾，因而不可避免地會同承載著中國傳統觀念的戲曲發生衝突。對此，《人民日報》專論〈有計劃有步驟地進行舊劇改革工作〉有如下之論述：

> 舊劇必須改革。……它們絕大部分還是舊的封建的內容，沒有經過一定的必要的改造。……廣大農民對舊戲還是喜愛的，每逢趕集趕廟唱舊戲的時候，觀眾十分

4　《群眾》時評：〈祝華北人民政府成立〉，《群眾》1948年第2卷，第36期，頁7。

5　1949年10月31日，華北人民政府奉命結束工作，11月1日中央人民政府各機構正式開始辦公。參見張晉藩、海威、初尊賢主編：《中華人民共和國國史大辭典》（哈爾濱：黑龍江人民出版社，1992年），頁4-5。

6　《人民日報》，1948年11月13日，版1。

7　周揚：〈進一步革新和發展戲曲藝術〉，《文藝研究》1981年第3期，頁5。

擁擠，有的竟從數十里以外趕來看戲，成為農民生活中的重大事件。在城市中，
舊劇更經常保持相當固定的觀眾，石家莊一處就有六七個舊劇院，每天觀眾達萬
人。……舊劇的各種節目，往往不受限制、不加批判地，任其到處上演，在廣大
群眾的思想中傳播毒素，這種現象，是與新民主主義文化建設的方向相違反的，
是必須改變的。現在人民解放戰爭勝利形勢飛躍發展，大城市相繼被解放，舊劇
改革的任務便更急迫地提到我們面前，需要我們認真地加以解決。[8]

《人民日報》的這篇專論認為，「改革舊劇的第一步工作，應該是審定舊劇目」[9]。
「要以對人民的有利或有害決定取捨。」[10]並將當時的戲曲劇目分為「有利」、「無害」
和「有害」三類。其所列之「有利」的劇目有《反徐州》和《打漁殺家》（所謂表現反
抗「封建壓迫」、反抗貪官污吏），《蘇武牧羊》和《史可法守揚州》（歌頌民族氣節），
《四進士》和《賀后罵殿》（所謂暴露與諷刺統治階級內部關係），《費德功》和《問樵》
（反對惡霸行為）。其所列之「無害」的劇目如《群英會》、《古城會》、《蕭何月夜追韓
信》等。其所列之「有害」的劇目則是《九更天》和《翠屏山》（所謂提倡封建壓迫奴
隸道德），《四郎探母》（提倡民族失節），《游龍戲鳳》和《醉酒》（提倡淫亂享樂與色
情）等。對這類「有害」的劇目，該專論明確宣稱：「這些戲應該加以禁演或經過重大
修改後方准演出」[11]。

華北的《人民日報》是中共中央華北局的機關報。一九四八年六月，它由《晉察冀
日報》和晉冀魯豫《人民日報》合併而成，並於一年之後（1949年8月），在華北人民政
府由地方性政權轉為中央政權時，順理成章地成為中共中央的機關報。不難看出，華北
《人民日報》的這篇專論〈有計劃有步驟地進行舊劇改革工作〉不是一篇普普通通的報
刊文章，它幾近於中共政府的紅頭文件，對於推動和指導即將開展的「戲曲改革運動」
具有很強的政策和規範的作用。

值得一提的是，以往討論中共的戲曲改革，研究者們（包括筆者本人在內）似乎過
於強調一九四四年毛澤東關於平劇（京劇）《逼上梁山》那封信的影響力，而對一九四
八年十一月華北《人民日報》的這篇專論的作用認識不足。毛的那封信原本是寫給平劇
《逼上梁山》的作者楊紹萱、齊燕銘的。在文革中，經過刪節[12]，再加上一個〈看了

---

8 《人民日報》，1948年11月13日，版1。

9 同前註。

10 同前註。

11 同前註。

12 如刪去了收信人楊紹萱和齊燕銘的名字，刪去稱讚郭沫若創作歷史劇的文字，等等。文革後，未經
　　刪節的全信作為「毛澤東同志給文藝界人士的十五封信（一九三九年-一九四九年）」中的一封，
　　1982年5月23日於《人民日報》重新發表。

《逼上梁山》以後寫給延安平劇院的信〉的題目，作為「偉大的歷史文件」[13]發表於一九六七年五月二十五日的《人民日報》[14]。文革中，毛的這封信被各種媒體反覆強力放送，家喻戶曉，遂使不明歷史真相的人留下了這樣的印象：毛的這封信具有指導當時延安京劇改革的重要意義。其實，當年延安以平劇的形式反映抗戰、為中共的政治意識形態服務，始於一九三八年[15]。一九四四年，中共中央黨校俱樂部的業餘組織「大眾藝術研究社」（而非延安平劇院）自發地編演了《逼上梁山》[16]。隨後，艾思奇撰文在《解放日報》上稱讚該劇，而後才是毛澤東寫信鼓勵之[17]。換言之，雖然一九四四年編演《逼上梁山》是當時延安整個文藝為政治服務大背景下的必然產物，但是這一具體事件卻並非是由毛預先布置、主動領導的有計劃的行為；而當年毛的這封信也只是一封普通的私人信件，並非是甚麼紅頭文件。只是後來，隨著毛不斷被偶像化，他這封信的重要性才被不斷地誇大，尤其是在文革中。

筆者認為，對於始於一九四九年的「戲曲改革運動」，一九四八年十一月《人民日報》（按照毛的意見發表）的那篇專論，實際上要比一九四四年毛的那封信有著更為直接的作用和影響。當年延安創作、演出《逼上梁山》這類平劇，還只是在中共軍事化、自成一體的系統內部行事。而當年延安觀看平劇的觀眾儘管有時也有平民百姓，但絕大多數是中共的幹部、軍人和外來的青年學生——中共未來的幹部。阿甲曾經如此回憶道：

> 平劇院演員之間的風格是高的。主要演員之間，從沒有因為爭演主角而鬧過意見。……平劇院演出很少出海報，即使出也只寫戲目不寫演員人名。……平劇院經常為部隊演出，野地土臺，面臨千萬戰士，夏不避酷暑，冬不避嚴寒；戰士坐在地上，巍然不動，秩序井然。演員的情緒始終不懈。[18]

這些演出者和觀眾，在思想上信奉馬列主義，完全接受文藝為政治服務的理念（儘管他們看戲多少也帶有娛樂的目的）。在經濟上他們實行的是供給制。於是，演出者沒有通過演出而盈利的需求或壓力，觀眾也沒有甚麼選擇的自由。戲劇的教育功能被最大化，

---

13 《讀報手冊》改編小組：《讀報手冊》（文革出版物，1969年6月），頁755。

14 文革中，在官方發佈的有關延安的資訊中，許多具體的人和事均被隱去，原本具體的歷史事件僅剩下空洞的空殼，成為有關於「革命聖地」的抽象符號。此外，言及延安的平劇演出，江青似乎多少也能沾上些邊。

15 詳見阿甲：〈你們是人民心目中喜愛的花神——延安平劇研究院成立四十周年紀念發言〉，《戲曲藝術》1983年第2期，頁3。

16 金紫光：〈毛主席關於《逼上梁山》的信必須恢復原貌〉，《人民戲劇》1978年第12期，頁4。

17 詳見李松：《「樣板戲」編年史·前篇·1963-1966年》（臺北：秀威資訊科技股份有限公司，2011年），頁29。

18 阿甲：〈你們是人民心目中喜愛的花神——延安平劇研究院成立四十周年紀念發言〉，《戲曲藝術》1983年第2期，頁5。

其娛樂功能則被大大地壓縮了。總之，在延安這樣一個准軍事化的特殊社會裏，戲劇的活動基本上是非商業性的、不同常態的。

　　然而一九四八年歲末，中共在即將獲得的大片新管轄區所要面對的則完全是另一種局面。在這些城市和鄉村，戲劇的演出基本上是商業性的。日常演出的戲碼和表演者有著與共產黨完全不同的價值觀和意識形態。觀眾來自社會的各個階層，他們看戲基本上是為了娛樂，而不是為了受教育；他們有自己的觀賞習慣，對於各種各樣的演出也有自由選擇之可能。總之，對於中共而言，這是一個遠比當年延安要龐大、複雜、開放、異己的系統。面對這一新的局面，中共公開地、正式地提出「有計劃有步驟地」改造傳統戲曲，並從上而下主動地推出了一系列的政府舉措。事實上，這篇〈有計劃有步驟地進行舊劇改革工作〉的專論是隨後發生的「戲曲改革運動」的綱領性文件。

三　「禁戲」、「改戲」和「觀摩演出大會」

　　一九四九年十月一日，中華人民共和國中央人民政府在北京成立。同年十一月三日，中央人民政府文化部成立了管理全國戲曲改革的領導機構——戲曲改進局。田漢任局長，楊紹萱、馬彥祥任副局長[19]。中共在建立新政權的同時，全面推動「戲曲改革運動」。

　　改革戲曲的第一步工作便是審定劇目。這在上述一九四八年十一月十三日《人民日報》的專論〈有計劃有步驟地進行舊劇改革工作〉中已經指明。一九四九年十二月首屆東北區文學藝術界聯合代表大會，號召兩三年內消滅舊劇毒素；結果，全東北一度禁演京劇和評劇一百四十齣。東北以外的地區也出現了類似的傾向，例如，徐州曾禁戲二百多齣，山西上黨戲原有三百多齣，禁到只剩二三十齣，而在天津專區所屬的漢沽縣，准許上演的京劇和評劇僅有十齣[20]。結果，廣大民眾無戲可看，戲曲藝人的生活也發生了困難，以致產生民怨。現實教育了新政權的領導者們，於是，開始糾正偏差，中共中央在一九五○年三月曾經為禁戲的問題專門給東北局發出指示，希望東北糾正「左」傾幼稚病[21]。尤其是，一九五一年五月五日，政務院以總理周恩來的名義發佈了〈關於戲曲改革工作的指示〉，其中明文規定禁戲「應由中央文化部統一處理，各地不得擅自禁演。」[22]

---

19 張庚主編：《當代中國戲曲》（北京：當代中國出版社，1994年），頁24。

20 同前註，頁36。

21 中共中央文獻研究室編：〈中共中央關於禁演舊劇問題給東北局的指示〉，《建國以來重要文獻選編》第一冊（北京：中央文獻出版社，1992年），頁139-140。。

22 周恩來（文化部文學藝術研究院編）：〈關於戲曲改革工作的指示〉，《周恩來論文藝》（北京：人民文學出版社，1979年），頁28。

　　在新管轄區這樣龐大、複雜、開放、異己的系統內，禁演大批的老戲，造成了社會問題，自然不得不糾偏。可是，新政府又不能容忍這些老戲中的「封建糟粕」繼續「毒害」廣大民眾。於是，便組織人力去修改傳統劇目，進行所謂「消毒」工作[23]。至此，戲曲改革的重點便從「禁戲」轉為「改戲」。當時所改之戲，通常是一些經常演出、流傳廣、影響大，同時也易於「消毒」的戲碼。其「消毒」的具體作法不外乎是革除傳統老戲中的「封建糟粕」，例如，老戲中經常會出現鬼魂現身向劇中人托夢的情節，傳統戲劇中的這種常用的故事結構法，在戲改運動中被視為「封建迷信」，普遍被刪改。《兩狼山》（又名《托兆碰碑》）中原有楊七郎的陰魂向楊繼業托夢的情節。整理改編後，該情節被刪除。類似例子還有《洪洋洞》，其中老令公給楊六郎托夢的情節亦被刪除[24]。鬼魂現身托夢這種戲劇化場景曾在傳統戲曲中大量存在，即使是在關漢卿《竇娥冤》那樣當年曾被高度評價的劇作中也可以看到。事實上，上述戲劇化場景不僅見於中國古代的戲曲，也見於外國古典戲劇名著，如莎士比亞的《哈姆雷特》。傳統戲曲中這類超自然的描寫，積澱了先民的認知，體現著傳統的民俗，也為戲劇演出增添了某種神秘朦朧的審美意味。其實，現代社會的觀眾一般也都會將這類戲劇化場景當作「戲」來觀看，未必會有多少人以為現實生活就確有其事。保留這些鬼魂形象未必會造成什麼不良的社會效果。

　　又如，在傳統中國普遍存在一夫多妻的社會現象，這種情形也反映在傳統老戲之中。從戲改運動開始，《琵琶記》、《白兔記》、《蝴蝶盃》、《十三妹》等戲裡有關「一夫二妻」的內容，都被刪去不演。如《蝴蝶盃》原來的結局是玉蓮、鳳英同嫁田玉川。一九五五年范鈞宏和呂瑞明改編此劇，刪去鳳英嫁田的情節[25]。而在臺灣則保留了傳統的演法，結尾時一夫二妻，田玉川還唱道：「我一人獨得雙鳳儔」[26]

　　當年的改戲，不僅從意識形態方面「清洗」老戲的思想內容，還在「舞臺表現」上「淨化」傳統戲曲，如取消檢場、踩蹻、飲場，等等[27]。此處僅以取消檢場為例。用二道幕遮擋更換佈景道具的過程，不讓臺下的觀眾看到檢場人，這無非是認為：「檢場」不屬於劇中的人物，他登臺當著觀眾的面換景，會破壞劇中的真實氣氛。顯然，這是根據寫實主義的觀念來判別和改造戲曲。當年就曾有戲曲藝人諷刺道：「我們現在成了變戲法的了。幕一閉桌椅不見了。再一拉桌椅又出來了。」[28]其實，像檢場這類事物，在傳統戲曲整個的非寫實主義的體系中，是十分自然和妥帖的，反倒是那個取代檢場功能

23 張庚主編：《當代中國戲曲》（北京：當代中國出版社，1994年），頁30。
24 詳見王安祈：〈「音配像」還原京劇傳統的盲點〉，《文化遺產》2009年第1期，頁15-16。
25 陶君起編著：《京劇劇目初探》（北京：中國戲劇出版社，1980年），頁330。
26 光碟《蝴蝶杯》，《臺視國劇京華再現》第四輯（得利影視股份有限公司，2003年）。
27 張庚主編：《當代中國戲曲》（北京：當代中國出版社，1994年），頁31。
28 參見吳祖光：〈談談戲曲改革的幾個實際問題〉，《戲劇報》1954年第12期，頁15。

的二道幕，不倫不類，經常要在原本流暢的演出中出來「攪局」。當年劇場的條件不夠好，大多數的舞臺都很淺，二道幕拉來拉去不免會妨礙演員的表演和位置。簡而言之，經過戲曲改革運動，日常上演的傳統戲，比一九四九年以前的數目明顯減少，並且已經過「過濾」、「淨化」、「去蕪存菁」，改變了原來的面貌，乃至內在的肌理。

上述周恩來〈關於戲曲改革工作的指示〉還提出：「在可能條件下，每年應舉行全國戲曲競賽公演一次，展覽各劇種改進成績，獎勵其優秀作品與演出，以指導其發展。」[29] 次年（1952年）十月六日至十一月十四日，文化部在北京舉辦了「第一屆全國戲曲觀摩演出大會」，以展示戲曲改革的實績並交流經驗。這次觀摩演出大會共演出了八十二個劇目，包括六十三臺傳統戲、十一臺新編古裝戲和八臺現代戲[30]，其中傳統戲佔絕大多數，現代戲敬陪末座。而且，在這「第一屆全國戲曲觀摩演出大會」上，演出現代戲的大都是一些年輕的地方劇種，如評劇和滬劇[31]。

在這次觀摩演出大會上，也舉辦了各種各樣的評獎活動。因篇幅所限，此處將不去評說明顯體現官方意志的「劇本獎」之類——評價劇本，無可避免會牽涉其主題、思想內容，那個年代的「劇本獎」為意識形態所左右，本不足為怪。筆者將換個角度，嘗試剖析與意識形態並無直接關係、理應相對超然的「榮譽獎」，以觀察當時的現實政治對戲曲界之作用力。

「榮譽獎」的評獎標準是「在群眾中有高度威望，在藝術上有傑出貢獻的演員」。[32] 共有七人獲獎：梅蘭芳、周信芳、程硯秋、袁雪芬、常香玉、王瑤卿、蓋叫天[33]。梅蘭芳入選，自然是當之無愧。梅是世界享譽的表演藝術家。抗戰八年，他蓄鬚明志，展現了民族氣節。對此，生活在一九五二年的中國人，應該是記憶猶新。周信芳是京劇「海派」藝術的代表性人物，抗戰期間曾積極參與救亡活動，並長期和左翼戲劇工作者關係密切。程硯秋為人清高，其藝術品味和成就也高。在抗日戰爭中，他也曾輟演，隱居務農。周恩來就很喜歡程派藝術，進北平後不久曾親自前往程宅拜訪。[34] 王瑤卿不僅是表演藝術家，也是京劇的一代宗師，梅蘭芳、程硯秋等人均為其受業弟子。蓋叫天，人稱「江南活武松」，亦為京劇「海派」藝術的重要代表人物。

然而，為何袁雪芬、常香玉這兩位年輕的表演藝術家（二人當年均為30歲），也能

29 周恩來（文化部文學藝術研究院編）：〈關於戲曲改革工作的指示〉，《周恩來論文藝》（北京：人民文學出版社，1979年），頁29。

30 張庚主編：《當代中國戲曲》（北京：當代中國出版社，1994年），頁38-40，頁760-761。

31 高義龍、李曉主編：《中國戲曲現代戲史》（上海：上海文化出版社，1999年），頁134；余從、王安葵主編《中國當代戲曲史》（北京：學苑出版社，2005年），頁22-23。

32 〈中央人民政府文化部主辦第一屆全國戲曲觀摩大會評獎辦法〉，內部資料，1952年，轉引自王喆：〈「第一屆全國戲曲觀摩演出大會」全程描述〉，《中國音樂學》2009年第3期，頁18。

33 張庚主編：《當代中國戲曲》（北京：當代中國出版社，1994年），頁38。

34 李伶伶：《程硯秋全傳》（北京：中國青年出版社，2007年），頁513-516。

夠入選「榮譽獎」，而且還名列王瑤卿、蓋叫天之前呢？就在這次評獎中，像馬連良、
譚富英等聲名卓著的表演藝術家也只不過獲得演員一等獎[35]。無疑，袁、常二人的入選
增加了「榮譽獎」的代表性；否則，從梅蘭芳到蓋叫天，清一色男性京劇表演藝術家。
袁、常二人代表了女性和地方戲演員，同時也兼具南北地域平衡之作用（袁，南方；
常，北方）。但問題是，在這第一屆全國戲曲觀摩大會上，符合女性、地方戲等條件的
演員並非只有袁和常這二人。當時獲得演員一等獎的女地方戲演員還有漢劇的陳伯華、
滬劇的丁是娥和石筱英、越劇的范瑞娟、徐玉蘭和傅全香、評劇的新鳳霞、川劇的陳書
舫、淮劇的筱文艷、桂劇的尹羲等人[36]。可以說，這些不同劇種的女表演藝術家當時在
一般民眾中的聲望和影響力均不在袁、常二人之下。

　　應該說，在袁、常二人入選「榮譽獎」的背後，隱含著某種政治上的考量。袁雪芬
在一九四〇年代中期即受到左翼戲劇工作者的影響，曾經排演了根據魯迅《祝福》改編
的《祥林嫂》[37]。這在當時的戲曲界十分罕見，也有一定的政治風險。而常香玉則是在
朝鮮戰爭（「抗美援朝」）期間積極響應大陸政府捐獻飛機大炮的號召，在一九五一年用
半年的時間巡迴義演，然後用辛苦掙得的錢捐獻了一架戰鬥機[38]。這件事當時經過媒體
的強力放送，在整個中國大陸家喻戶曉，產生了非常廣泛的影響。

　　一九五二年，文化部將這次全國戲曲會演命名為「第一屆」，按照常理，它應該再
舉辦「第二屆」、「第三屆」、「第 N 屆」，否則就沒有必要特意標明這「第一屆」。但是
後來恰恰就再也沒有舉辦過類似的全國戲曲會演。在經歷了一系列的政治運動（特別是
1957年「反右」）之後，文化部顯然已經不可能再舉辦像一九五二年「第一屆全國戲曲
觀摩演出大會」那樣全國性的會演了。一九六四年文化部曾在北京舉辦的「京劇現代戲
觀摩演出大會」，雖然也是聲勢浩大，但是參加這次會演的只是京劇，同時也只有十九
個省、市、自治區（詳見後文），因此不能算作是全國性的戲曲會演。

四　「專業分工創作方式」引進戲曲界

　　還是在一九五〇年九月，文化部戲曲改進局就創辦了一個月刊──《新戲曲》，由
馬彥祥任主編。楊紹萱當時不無興奮和自豪地寫道：「現在『新戲曲月刊』在新國都新
北京以第一個為戲曲文化而工作的專門刊物創刊了，這在中國戲曲史上和文化史上是極

---

35 詳見王喆：〈「第一屆全國戲曲觀摩演出大會」全程描述〉，《中國音樂學》2009年第3期，頁28。

36 同前註。

37 章力揮、高義龍：〈袁雪芬〉，《中國大百科全書·戲曲曲藝》（北京：中國大百科全書出版社，1983
　 年），頁559。

38 張庚主編：《當代中國戲曲》（北京：當代中國出版社，1994年），頁34。

有意義的一件事情。」[39]從《新戲曲》這一名稱和楊紹萱的這段話，多少可看出當時具體負責領導「戲曲改革運動」的新文藝工作者的志向和目標。

一九五三年，中國大陸實行「糧食統購統銷」。而後，統購統銷的範圍又擴大到棉、布和食油，取消了農業產品自由市場。一九五六年完成農業、手工業和工業的社會主義改造。至此，中國共產黨基本上掌握了大陸全社會的生活和生產資料。這也意味著，傳統戲曲（指其完整的生存形態而非具體劇目）賴以存在的物質基礎逐步消失。在充分掌握各種資源之後，從中央到地方的各級政府自然可以得心應手地調動各種人力、物力資源，深入戲曲界的內部推進改造。而這在中國歷史上則是前所未有的。

一九五四年十月，田漢在中國文聯全國委員會和劇協常務理事會上作報告。他說道：

> 我們的戲曲有長期的現實主義傳統，有很多優秀的東西。但是，由於歷史條件所造成的落後性，也是無庸諱言的。例如劇本的文學水平較低，音樂和唱腔比較單調，舞臺美術不夠統一諧和，表演中夾雜著非現實主義的東西，導演制度很不健全……[40]

為了把中國戲曲「提高到新時代的藝術水平」，「運用現代人的藝術經驗——包括新的文學、戲劇、音樂、美術等各方面的進步經驗」改革和發展它[41]，一批具不同專業特長的新文藝工作者先後被調入戲曲界，他們陸續創作出一些有影響的作品。例如，文學（編劇）方面的林任生[42]、陳靜[43]、楊蘭春[44]等人，音樂方面的賀飛[45]、劉吉典[46]、周大

---

39 楊紹萱：〈「新戲曲月刊」在現階段的任務〉，《新戲曲》（北京：大眾書店，1950年），第一卷第一期，頁2。

40 田漢：〈一年來的戲劇工作和劇協工作——一九五四年十月五日在中國文聯全國委員會、十月八日在劇協常務理事會上的報告〉，《戲劇報》1954年第10期，頁5。

41 同前註。

42 林任生，福建泉州人，抗日戰爭時期投身抗日宣傳，參加話劇演出活動。1953年加入福建省閩南實驗劇團，曾整理改編梨園戲傳統劇目《陳三五娘》和《朱文太平錢》等。詳見上海藝術研究所、中國戲劇家協會上海分會編《中國戲曲曲藝詞典》（上海：上海辭書出版社，1981年），頁300。

43 陳靜，江蘇銅山人，抗日戰爭時期參加抗敵演劇活動，後從事職業話劇活動。1953年調入浙江省越劇團，後執筆改編崑劇《十五貫》。詳見上海藝術研究所、中國戲劇家協會上海分會編《中國戲曲曲藝詞典》，同前註，頁305。

44 楊蘭春，曾在八路軍部隊中做宣傳工作，後任河南洛陽市、專區文工團長，1953年任河南歌劇團團長兼導演。1956年任河南豫劇院藝術室主任兼三團團長，曾創作豫劇現代戲《朝陽溝》等。詳見上海藝術研究所、中國戲劇家協會上海分會編《中國戲曲曲藝詞典》，同註42，頁307。

45 賀飛，山西安澤人，1938年在延安抗日軍政大學學習時任業餘音樂指揮，1939年在八路軍一二零師戰鬥劇社從事音樂工作，1950年入中央戲劇學院歌劇系進修。1953年調中國評劇院工作，後參加《秦香蓮》、《金沙江畔》和《金水橋》等評劇的音樂創作。詳見上海藝術研究所、中國戲劇家協會上海分會編《中國戲曲曲藝詞典》，同註42，頁311-312。

46 劉吉典，天津人，1949年以前從事音樂、美術教學工作。中央戲劇學院成立後任該院崔承喜舞蹈研

風[47]等人。不難看出，這些藝術家有一個共同的特點，他們原本都非梨園中人物，原來和戲曲也都沒有什麼關係，是因為「戲曲改革運動」，他們在一九五〇年代的初期或中期先後加入戲曲界。此外，也還有一些在一九四九年前即已進入戲曲界的人士，因戲曲改革而獲得了事業發展的機遇，成為知名的戲曲作家。例如，陳仁鑒[48]、文牧[49]、徐進[50]等人。

新文藝工作者進入戲曲界，將話劇或歌劇的一些藝術手法引進了戲曲，從而改變了戲曲的形態和特徵。從一九五〇年代推出的一些傳統戲曲的整理改編本中即可看出這一變化。以陳靜執筆整理改編的崑劇《十五貫》為例，該劇不是像傳統戲曲那樣，直接以劇中人的唱腔或念白自我陳述心境，而是以一系列的情節展現人物的性格[51]。這其實是（來自西方）的話劇的常用手法，西方傳統的戲劇常常是通過一系列的情節，及劇中人對於這些事件的反應，塑造人物性格。傳統戲曲則不同，它保留了來自講唱藝術的敘事手法，常常以劇中人唱念自陳心境的方式，直接表現其性格。此外，當年已有論者指出，《十五貫》的整理本「沒有掌握崑曲特點」，「使人有通俗話劇的感覺」，因為該劇的音樂比較單調，前半部使用過多的「數板」，念得太多。同時，劇中的舞蹈等也顯得欠缺[52]。

至於導演方面，因新文藝工作者的介入而帶來的影響，同樣非常明顯。傳統戲曲是重抒情、以歌舞表演見長的歌舞劇，其表演藝術光彩奪目，其導演藝術則相對蒼

究班音樂組長、歌劇系器樂組長。1955年調任中國京劇院總導演室音樂組長，先後參加《白毛女》、《滿江紅》和《紅燈記》等京劇的音樂創作。詳見上海藝術研究所、中國戲劇家協會上海分會編《中國戲曲曲藝詞典》，同註42，頁312。

47 周大風，浙江鎮海人，曾任師範學校和中學音樂教師，1950年參加浙江寧波地區青年文工團，後在浙江省文工團、浙江歌舞團、浙江越劇團擔任作曲。曾擔任紹劇《孫悟空三打白骨精》、越劇《鬥詩亭》、《強者之歌》等劇的音樂設計和作曲。詳見上海藝術研究所、中國戲劇家協會上海分會編《中國戲曲曲藝詞典》，同註42，頁313。

48 陳仁鑒，福建仙遊人，1949年前曾組織業餘劇團並參加演出。1953年加入仙遊鯉聲莆仙戲劇團任編劇，後創作莆仙戲《團圓之後》、《春草闖堂》等劇。詳見上海藝術研究所、中國戲劇家協會上海分會編《中國戲曲曲藝詞典》，同註42，頁301。

49 文牧，原名王瑞鑫，1948年加入上藝滬劇團演戲，次年兼任編劇，改名文牧。曾參加《羅漢錢》、《雞毛飛上天》、《蘆蕩火種》等滬劇的創作。詳見上海藝術研究所、中國戲劇家協會上海分會編《中國戲曲曲藝詞典》，同註42，頁305。

50 徐進1942年起任越劇編劇，1949年後參加華東戲曲研究院、上海越劇院，改編越劇《梁山伯與祝英台》，後又將小說《紅樓夢》改編為越劇。詳見上海藝術研究所、中國戲劇家協會上海分會編《中國戲曲曲藝詞典》，同註42，頁307-308。

51 詳見王安祈：〈「演員劇場」向「編劇中心」的過渡——大陸「戲曲改革」效應與當代戲曲質性轉變之觀察〉，《中國文哲研究集刊》第十九期（2001年9月），頁296-297。

52 劉齡：〈對崑曲《十五貫》整理本的一些意見〉，《杭州日報》1956年1月4日第3版，轉引自傅謹：〈崑曲《十五貫》新論〉，《戲劇：中央戲劇學院學報》2006年第2期，頁73-74。

白。有例為證，上個世紀八十年代之初，具權威意義的《中國大百科全書‧戲曲曲藝》依照西方理論的分類，分別以文學、音樂、導演、表演、舞美等門類建構戲曲詞條。結果，「戲曲表演」類共有二百多條目，而「戲曲導演」類卻只有孤零零的一條（而且其中大量篇幅亦在討論戲曲的表演問題），二者完全不成比例。由此可見，傳統戲曲的精髓在其表演藝術而不在其導演藝術。與此不同，在由西方引進的話劇之中，導演屬於強項，其對於演員的表演有主導和支配的作用。因此，當非戲曲界出身、不熟悉戲曲表演的話劇導演進入戲曲界後，就難免不和戲曲的表演藝術發生碰撞。筆者曾經聽一位京劇老藝人訴說往事：當年某話劇導演給他們排戲，工作之中和戲曲演員發生爭執，話劇導演堅持要用自己設計的舞臺調度，而戲曲演員認為如此調度，實在沒法往動作裏下鑼鼓經，最後導演急了，說，我不管這兒用什麼樣、什麼樣的鑼鼓經，我這兒只要出什麼樣、什麼樣的感情……可是，京劇表演裏的感情，尤其是強烈的情感，不通過鑼鼓經加以節奏外化，又如何能夠表現出來呢[53]？當年的戲曲界，真正懂得戲曲的導演恰恰屬於少數。許多新編的戲曲作品實際上是由不太熟悉戲曲（更遑論熟悉特定劇種特性）的話劇導演執導（儘管這些話劇導演也有戲曲演員出身的技導從旁協助工作）。更何況，當時「導演人員所學的大都是話劇的戲劇理論。其中影響最大的是斯坦尼斯拉夫斯基的理論」[54]。所有的這一切都不可能不影響新編戲曲的表演藝術、演出風貌和美學特徵。

至於舞臺美術，亦存在類似的情形。一九五一年四月，「中國戲曲舞臺裝置座談會」在北京召開。有人認為戲曲的「守舊」和布城等落後，有人主張新戲曲的演出應該新創作佈景。為了有利於新戲的佈景創作，戲曲劇本要以（話劇的）分幕制代替（戲曲的）的分場制[55]。幾年之後，更有人認為過去的舞臺條件是非常原始的，沒有明確的形象性，因而主張新創作的劇本要適當地減少場次，肯定環境，劇作家在創作時鄭重地考慮到佈景的存在，應該把演員身上的「佈景」卸下來讓舞臺美術工作者去做[56]。當時，吳祖光根據他本人當時執導戲曲舞臺藝術片的實際經驗指出，在傳統戲曲中加入佈景，將無可避免地會破壞其原有表演的「寫意」方法[57]。他的觀點被馬少波批評為，「是不對的，是表現了一種『保守』的傾向」[58]。總之，正是由於話劇或歌劇的舞臺美術工作者（以及一般美術愛好者）的加入[59]，傳統戲曲一些大劇種（如京劇、崑曲）改變了以往基本上不用佈景的演劇形態。

53 參見孫玫：〈中國現代知識份子對於傳統戲曲的複雜情結〉，《九州學林》2005年第3期，頁259。

54 阿甲〈戲曲導演〉，《中國大百科全書‧戲曲曲藝》（北京：中國大百科全書出版社，1983年），頁443。

55 余從、王安葵主編《中國當代戲曲史》（北京：學苑出版社，2005年）頁177-178。

56 詳見龔和德：〈關於京劇的藝術改革中舞臺美術的創作問題〉，《戲劇報》1955年第1期，頁44-46。

57 詳見吳祖光：〈談談戲曲改革的幾個實際問題〉，《戲劇報》1954年第12期，頁15-16。

58 詳見馬少波：〈關於京劇藝術進一步改革的再商榷〉，《戲劇報》1955年第3期，頁21。

59 余從、王安葵主編《中國當代戲曲史》（北京：學苑出版社，2005年）頁179。

概言之，隨著新文藝工作者進入戲曲界，他們所熟悉的、原本用於話劇和新歌劇的「專業分工創作方式」，開始在戲曲界成形。不過，就一般情形而言，整理以精彩表演著稱的傳統折子戲，「專業分工創作方式」尚不可能大展拳腳。因為要保留原劇中觀眾熟悉、喜愛的各種精彩的「唱做念打」（否則觀眾便不接受），整理改編者們大都是在原作的基礎之上進行「微調」，作局部性的小改動，而不可能將原作完全推倒，重新另起爐灶。

新編古裝戲，其劇本、音樂、舞美、表演都是新的創作，沒有一個與原作發生衝突的問題；所以，從編寫劇本到譜寫音樂，從導演執導到演員表演，都可以放手按照「專業分工創作方式」進行。像京劇《楊門女將》中的愛國主義思想、女性主義意識、近似於「鎖閉式」的戲劇結構[60]和充滿張力的戲劇衝突，顯然都不是原來傳統京劇所有的，而明顯屬於外來的、新的因素。但是，由於新編古裝戲表演的是古代生活，可以（而且也需要）借鑒傳統老戲的化妝、服裝、表演、各種程式套路，於是在新編古裝戲中，演員們依舊得心應手地發揮著從老戲中學得的、自幼練就的各種本領。而這些新編古裝戲的演出風貌，乍看之下，也就和被「清洗」和「淨化」過的傳統老戲並沒有甚麼太大的區隔。

創作現代戲，「專業分工創作方式」則是得到了最充分的發展機會。演出現代生活中的故事，無法直接照搬傳統戲曲裡的程式和套路；為了能夠表現現代的生活，常常是去向話劇和新歌劇學習。當時常見的做法是：編劇以類似寫實話劇的分幕制來編寫劇本，場景固定；與此相適應，舞臺美術工作者則需要採用偏於寫實風格的佈景；然後，由專職導演（其中不少人來自話劇界）主導，由技導輔助，進行排演。

相對與傳統戲曲，新編的戲曲作品強化人物和情節，其結構嚴整，矛盾衝突強烈，但其總體的抒情性卻明顯弱化。尤其是現代戲，包括後來的「樣板戲」，大都改編自或取材於小說、電影或紀實文學。例如，《智取威虎山》源自長篇小說《林海雪原》，《紅燈記》源自電影《自有後來人》，《沙家浜》則源自紀實文學《血染著的姓名》。這說明，新編戲曲作品，特別是現代戲，總是要以厚實的、乃至充滿張力的故事作為其基礎的。

五　強化「階級鬥爭」和大演現代戲

如前所述，一九五二年在「第一屆全國戲曲觀摩演出大會」上，八十二個劇目中只有八臺現代戲，敬陪末座；而且，這些現代戲的大都是由一些年輕的地方劇種演出的。從一九五〇年代中期開始，京劇界著手排演現代戲。一九五八年在「大躍進」運動中，

---

60 「鎖閉式」結構的戲劇往往是從危機開始的。《楊門女將》正是如此：天波楊府正在慶祝楊宗保的五十華誕，卻從邊關傳來他中箭身亡的噩耗。劇情一下子就從歡樂的巔峰墜入了悲痛的谷底。

在官方的大力推動下，整個戲曲界出現創作現代戲的熱潮，又有一些京劇現代戲問世。例如，中國京劇院根據新歌劇改編演出的《白毛女》。不過，「大躍進」失敗以後，在「三年困難時期」，創作戲曲現代戲的熱潮就立即減退了。和一些年輕的地方劇種不同，像京劇這種程式化、規範嚴謹的傳統大劇種，遠離現代生活，其創作現代戲的難度很高。另一方面，傳統京劇的劇目豐厚，即使是不編創現代戲，也完全可以應對日常的營業性演出；更何況，排演現代戲經濟成本不低，而其上座率卻未必很高。

本文第一章曾經提及，從一九四八年秋冬開始，在大約一年的時間裏，共產黨從國民黨手中奪得了全國政權，迅猛地登上了勝利的峰巔；然而，十年之後，中共卻又從勝利的峰巔急速地墜入了重大挫敗的谷底。一九五八年，「大躍進」急於求成，嚴重違反經濟規律，結果造成了全面性的大飢荒，死人無數[61]。為此，毛澤東在中共高、中級幹部心中的威望明顯下降，其實際掌控的權力也隨之下降；與此同時，劉少奇則威望上昇，並實際掌控了中共的黨務系統[62]。而此時中、蘇又開始交惡。以毛澤東為首的中共領導人認為蘇聯已經資本主義復辟。毛本人則更是擔心自己死後，中共會出現赫魯雪夫式的人物，像清算史達林一樣清算自己[63]。一九六二年夏季過後，毛澤東便開始在高層會議上多次強調階級鬥爭問題。同年九月，他在即將公開發表的中共八屆十中全會公報上特地作了如下修改：

> 在無產階級革命和無產階級專政的整個歷史時期，在由資本主義過渡到共產主義的整個歷史時期（這個時期需要幾十年，甚至更多的時間）存在著無產階級和資產階級之間的階級鬥爭，存在著社會主義和資本主義這兩條道路的鬥爭。[64]

毛還直接宣稱：

> 被推翻的反動統治階級不甘心於滅亡，他們總是企圖復辟。……階級鬥爭是不可

61 具體的死亡人數，傳聞很多。外界普遍認為實際死亡人數要高於中共官方公佈的數字。即使是按照中共官方公佈的數字，1960年這一年的死亡人數已經達到了一千萬。詳見費正清、羅德里克·麥克法夸爾主編，王建朗等譯：《劍橋中華人民共和國史（1949-1965）》（上海：上海人民出版社，1990年），頁405；此外，原中共中央文獻研究室室務委員、周恩來生平研究小組組長高文謙披露的死亡人數為兩千萬。高文謙：《晚年周恩來》（紐約：明鏡出版社，2003年），頁88。

62 詳見費正清、羅德里克·麥克法夸爾主編，王建朗等譯：《劍橋中華人民共和國史（1949-1965）》同前註，頁313-361；又見李志綏：《毛澤東私人醫生回憶錄》（臺北：時報文化出版企業有限公司，1994年），頁372-379。

63 詳見費正清、羅德里克·麥克法夸爾主編，王建朗等譯：《劍橋中華人民共和國史（1949-1965）》同前註，頁362-366、頁381-394；又見高文謙：《晚年周恩來》（紐約：明鏡出版社，2003年），頁86-89。

64 中共中央文獻研究室編：《建國以來毛澤東文稿》第十冊（北京：中央文獻出版社，1996年），頁196。

避免的。這是馬克思列寧主義早就闡明了的一條歷史規律，我們千萬不要忘記。[65]

本來在六年前，中共的「八大」已經公開宣佈：「我國的無產階級和資產階級之間的矛盾已經基本上解決」[66]。然而，同年東歐爆發了「波匈事件」。之後，一九五八年中共在「八大」二次會議上，改變了前述「八大」一次會議作出的判斷和決定，認為當前中國社會的主要矛盾仍然是無產階級同資產階級、社會主義道路同資本主義道路的矛盾[67]。

而此時毛澤東則更是將「階級鬥爭」推向了極端。如此，他便站在了共產黨意識形態的制高點上，絕對的「政治正確」。本來，階級鬥爭學說就是馬克思主義的一大支柱。對此，中共其他的高級領導人不但無人可以提出異議，而且還得積極響應。

毛的進攻首先是從思想文化領域開始的（這就是隨後那場政治大鬥爭為何以「文化大革命」為名的由來）。人們通常以為文革是由一九六五年十一月姚文元的〈評新編歷史劇海瑞罷官〉揭開序幕。這一看法恐怕在很大程度上是受到了毛澤東自己那套說詞的影響[68]。其實，早在一九六二年一月至二月中共的「七千人大會」上，毛已經判定劉少奇存有二心[69]。事實上，從一九六三年開始，毛就在思想文化領域發動了一連串的批判和鬥爭[70]。例如，一九六三年五月六日，《文匯報》發表了由江青組織的文章，批判孟超所作、北方崑曲劇院演出的《李慧娘》和北京市委統戰部部長廖沫沙讚揚該劇的文章〈有鬼無害論〉[71]。可以說，一九六三年批《李慧娘》和一九六五年批《海瑞罷官》的策略如出一轍：都是從戲曲界入手，都是由江青出面，請（毛所能掌控的）上海方面挑戰劉少奇權力之重鎮——北京市委。只不過在一九六三年那樣的政治格局下，對《李慧

---

65 同前註，頁197-198。

66 中共中央文獻研究室編：〈中國共產黨第八次全國代表大會關於政治報告的決議〉，《建國以來重要文獻選編》第九冊（北京：中央文獻出版社，1994年），頁341。

67 新華月報社編：《中華人民共和國大事記（1949-2004）》（北京：人民出版社，2004年），頁180。

68 1970年底，毛告訴他的老朋友、美國記者、作家艾德加·斯諾，他是在1965年1月決定清除劉少奇的，同年組織批判《海瑞罷官》的文章。詳見中共中央文獻研究室編：《建國以來毛澤東文稿》第十三冊（北京：中央文獻出版社，1998年），頁172-173。毛對斯諾的談話當年曾印成小冊子，作為內部資料在中國大陸廣為發行。

69 詳見李志綏：《毛澤東私人醫生回憶錄》（臺北：時報文化出版企業有限公司，1994年），頁372-374。毛自己當然不可能對斯諾提及「大躍進」失敗，餓死成千上萬的民眾，劉少奇在「七千人大會」上糾正「大躍進」的錯誤，毛本人因此對劉憤恨不已。

70 詳見高皋、嚴加其：《「文化大革命」十年史（1966-1976）》（天津：天津人民出版社，1986年），頁4；又見費正清、羅德里克·麥克法夸爾主編，王建朗等譯：《劍橋中華人民共和國史（1949-1965）》同61註，頁493-522。

71 第四次文代會籌備組起草組、文化部文學藝術研究院理論政策研究室：《六十年文藝大事記（1919-1979）》（內部資料，1979年），頁206；又見李松：《「樣板戲」編年史·前篇·1963-1966年》（臺北：秀威資訊科技股份有限公司，2011年），頁75。

娘》的批判還掀不起甚麼風浪。

同年九月，毛澤東發出〈在中央工作會議上關於文藝工作的指示〉：戲劇要推陳出新，不應推陳出陳，光唱帝王將相、才子佳人和他們的丫頭、保鏢之類[72]。同年十一月，毛又斥責道：

> 《戲劇報》盡是牛鬼蛇神，聽說最近有些改進。文化方面特別是戲劇大量是封建落後的東西，社會主義的東西很少，在舞臺上無非是帝王將相。文化部是管文化的，應當注意這方面的問題，為之檢查，認真改正。如不改變，就要改名帝王將相、才子佳人部，或者外國、死人部。如果改了，可以不改名字。把他們統統趕下去，不下去，不給他們發工資。[73]

也是在一九六三年，戚本禹發表了〈評李秀成自述──並與羅爾綱、梁岵盧、呂集義等先生商榷〉，把太平天國後期的著名將領、忠王李秀成定性為投降變節的叛徒。目前尚無直接的證據說明，戚寫此文是否有人授意。不過，該文發表後，毛澤東卻抓住了一個向其政敵發難的新的機會；而戚本禹的這篇文章也為其後文革清算劉少奇等「叛徒」，預先打下了理論上的基礎[74]。戚的這篇文章，被當時主管中共意識形態與文藝工作的周揚等人壓制，於是毛便向周揚等人開火[75]。在一九六三年十二月和一九六四年六月，毛澤東對周揚主管的文藝工作先後作了兩次批示，嚴詞痛斥：「許多部門至今還是「死人」統治著。……至於戲劇等部門，問題就更大了。……許多共產黨人熱心提倡封建主義和資本主義的藝術，卻不熱心提倡社會主義的藝術，豈非咄咄怪事。」[76]「不執行黨的政策，做官當老爺，不去接近工農兵，不去反映社會主義的革命和建設。最近幾年，竟然跌到了修正主義的邊緣。」[77] 在毛這一連串的猛烈抨擊之下，周揚等人立即向左急轉彎。其在戲曲界的具體表現就是，壓制（後來乾脆全面禁演）傳統戲和新編古裝戲，並以空前的速度和力度推動歌頌工農兵的現代戲創作[78]。

---

72 李松：《「樣板戲」編年史·前篇·1963-1966年》（臺北：秀威資訊科技股份有限公司，2011年），頁78。

73 同前註，頁79。

74 劉少奇本人曾經不止一次被捕，他手下的一批重要幹部如薄一波等人也曾經被捕。他們曾經偽降，但在文革中全都被定性為叛徒。詳見瞿志成：〈批判李秀成·「文革」第一槍〉、〈批判李秀成的真相〉，《起來啊！中國的脊樑》（臺北：時報文化出版事業有限公司，1983年），頁405-418。

75 詳見瞿志成：〈批判李秀成的真相〉，同前註，頁415；又見戚本禹：《評李秀成》（香港：天地圖書，2011年），頁7-11。

76 中共中央文獻研究室編：《建國以來毛澤東文稿》第十冊（北京：中央文獻出版社，1996年），頁436-437。

77 同前註，第十一冊，頁91。

78 極有反諷意味的是，在此十年之後，文革末期，年老多病的毛澤東又要看京劇的傳統老戲。為此，張春橋的心腹、當時的中共上海市委書記徐景賢，特地秘密為毛拍攝了一批京劇傳統老戲的彩色紀

　　一九六四年六月至七月，文化部在北京舉辦了「京劇現代戲觀摩演出大會」（以下簡稱「觀摩演出大會」），十九個省、市、自治區的二十九個劇團兩千多人參加，演出了三十五臺京劇現代戲，如《紅燈記》、《蘆蕩火種》、《奇襲白虎山》、《智取威虎山》、《節振國》、《黛諾》、《六號門》、《草原英雄小姐妹》、《紅嫂》，等等[79]。後來在文革中被尊為「樣板戲」[80]的那幾部京劇作品，在「觀摩演出大會」上已經嶄露頭角。其中一些作品，如《紅燈記》和《蘆蕩火種》，也以具體的藝術實踐為以京劇的形式表現現代生活，取得了一些經驗。不過，幾年之後在「樣板戲」中氾濫成災的絕對化，此時也已經開始嶄露些許苗頭。例如，「觀摩演出大會」中的作品清一色地描寫工農兵，其實，即使是按照毛澤東一九四二年〈在延安文藝座談會上的講話〉中提出的文藝「為工農兵服務」的要求來看，這種做法也已經明顯地走過了頭。因為「為工農兵服務」並不等於在作品中只能描寫工農兵，換言之，工農兵群眾並非只喜歡看反映自己生活的創作而不願看任何其它內容的作品。

　　「觀摩演出大會」上所演出的現代戲，在演劇形式上又有了一些新的變化。除了涉及上述服裝、念白等方面外，其變革更深入到了京劇的腳色行當體制。例如，一九五八年中國京劇院演出的《白毛女》，由小生葉盛蘭扮演王大春，由老旦李金泉（男）扮演王大嬸，依然保留了傳統京劇的小生行當和跨性別表演（cross-gender performance）。然而，到了「觀摩演出大會」，曾經是傳統京劇重要組成部分的小生行當和跨性別表演，均已偃旗息鼓。眾所周知，乾旦藝術，曾因梅蘭芳等大師的努力而發出耀眼的藝術光芒，成為跨性別表演的典範[81]。然而，此時乾旦已被視為落後的表演體制，早就應該壽終

　　錄片；同時也恢復了上海電影譯製片廠，特地秘密為毛譯製了一批外國影片。詳見徐景賢：《十年一夢》（香港：時代國際出版有限公司，2003年），頁343。

79 詳見〈毛澤東思想的光輝勝利，社會主義新京劇宣告誕生——記一九六四年京劇現代戲觀摩演出大會〉，《戲劇報》，1964年第7期，頁14。

80 「樣板戲」以京劇為主，同時也還包括了芭蕾舞劇等藝術樣式。「樣板戲」的創作大體可以分為兩個階段，第一階段有八齣戲定稿。它們是京劇《智取威虎山》、京劇《紅燈記》、京劇《沙家浜》、京劇《海港》、京劇《奇襲白虎山》、芭蕾舞劇《紅色娘子軍》、芭蕾舞劇《白毛女》和交響音樂《沙家浜》。後來又有了鋼琴伴唱《紅燈記》，但是那不能算是主要的戲碼，所以人們習稱八個樣板戲。「樣板戲」第二階段定稿的作品是京劇《龍江頌》、京劇《紅色娘子軍》、京劇《平原作戰》、京劇《杜鵑山》、京劇《磐石灣》、芭蕾舞劇《沂蒙頌》、芭蕾舞劇《草原兒女》，還有一部交響音樂《智取威虎山》，因為創作得較晚，未能正式列入「樣板」的行列。

81 其實，跨性別表演並非僅見於中國戲曲，而是存在於多種戲劇文化、多種戲劇樣式之中。例如，英國伊莉莎白時代的戲劇是由男童扮演劇中的女性。又如，日本的能樂和（現在的）歌舞伎也是由男性扮演劇中的女性。推究起來，跨性別表演的出現往往是由於社會的禁忌；然而，這種表演體制一旦形成，經過眾多（乃至數代）藝人的努力之後，便會創造成套的表演技法，並產生獨特的審美效果，尤其是在以歌舞為表演媒介的東方／亞洲戲劇中更是如此。換言之，社會禁忌原本是一種阻力，但是戲劇面對這種阻力，不是放棄，而是改道行之；結果，反倒在藝術上開闢出另一片天地，創造出獨特的魅力。

正寢了。也就是在「觀摩演出大會」的座談會上，周恩來說道：

> 張君秋同志，他現在變得很苦悶了，他的藝術是舊社會形成的，他的唱腔可以教
> 給學生……可是現代戲到底演不演？他的確有這個雄心。當然，如果為了教學
> 生，他可以試驗一下，但是不能作為一個普及的方向……男的演女的總會逐步結
> 束的，像越劇女的演男的總會要結束的。[82]

一九五八年，北京京劇團演出新編京劇《秋瑾傳》，張君秋曾在劇中扮演秋瑾[83]。由此
可見，跨性別表演在一九五八年的新編京劇中尚存，但在一九六四年則被禁止。總之，
此時的京劇現代戲，離傳統京劇更遠，已經呈現出另一種戲曲類型的雛形。

六　戲劇文學的僵死與舞臺藝術的突破

　　毛澤東因「大躍進」失敗而大權旁落。為此，他高舉起「階級鬥爭」的大旗，以文
學藝術界為突破口，向劉少奇等人發動了進攻，戲曲界首當其衝。1964年的「京劇現代
戲觀摩演出大會」實際上已經是文革前奏曲中的一段旋律。因為進攻是從文學藝術界開
始的，江青自然成為毛澤東得心應手的急先鋒。在「觀摩演出大會」的前後，江青即開
始親自具體過問《智取威虎山》、《紅燈記》和《蘆蕩火種》（後由毛澤東更名為《沙家
浜》）等幾部作品的創作。這些戲後來又經過修改，最後在文革中定稿，被稱之為「革
命樣板戲」。如果說炮製〈評新編歷史劇海瑞罷官〉是江青「破」的作為，那麼豎立
「樣板戲」就是她「立」的功績了[84]，在文革中同樣是她的政治資本之一。

　　京劇「樣板戲」的戲劇文學教條刻板，充斥令人乏味的說教、口號和黨八股模式，
例如，那個臭名昭著的「三突出」的創作原則[85]。其實，也並非每一部樣板戲都可以納
入「三突出」的教條[86]。「樣板戲」極其誇張地突出劇中的「一號英雄人物」，大寫特寫

---

82 周恩來（文化部文學藝術研究院編）：〈在京劇現代戲觀摩演出大會座談會上的講話〉，《周恩來論文
　　藝》（北京：人民文學出版社，1979年），頁204。
83 詳見《戲劇報》1958年第20期插頁，北京京劇團演出新編京劇《秋瑾傳》之劇照。
84 毛澤東在《新民主主義論》中說：「不破不立，不塞不流，不止不行」（《毛澤東選集》[北京：人民
　　出版社，1967年]，頁655）。他的這段話在文革期間非常流行，人們常常說「要破才能立，大破才
　　能大立」。
85 所謂「三突出」，是指：「在所有人物中突出正面人物；在正面人物中突出英雄人物；在英雄人物中
　　突出主要英雄人物」。上海京劇團《智取威虎山》劇組：〈努力塑造無產階級英雄人物的光輝形
　　象──對塑造楊子榮等英雄形象的一些體會〉，《智取威虎山》（一九六九年十月演出本）（南京：江
　　蘇省革命委員會出版發行局，1969年），頁128。
86 詳見孫玫：〈「三突出」與「立主腦」──「革命樣板戲」中傳統審美意識的基因探析〉，《戲劇藝
　　術》，2006年第1期，頁78。。

其如何高大，如何完美。這些「英雄」沒有任何缺點，更不會犯任何過錯。從全劇開始直到大幕最後落下，他們的性格沒有任何的發展和變化。面對強敵，他們從來不會心生畏懼，甚至沒有絲毫的徬徨，永遠是奮勇向前。他們只有「革命的階級情」，而沒有普通人所具備的各種親情。這類迥然異於常人的「無產階級革命超人」，千篇一律，毫無個性可言。

冰凍三尺，非一日之寒。京劇「樣板戲」中之所以會出現這一批「無產階級革命超人」，是有其歷史原因的。本文前一章曾經提及，一九六〇年代初期，毛澤東強調階級鬥爭，思想文化領域曾發生過一連串的批判。當時的文學理論界先後批判過「寫真實」論、「現實主義廣闊的道路」論、「現實主義的深化」論、「中間人物」論，等等。本來，一九五〇年代，以西方思潮為藍本的「五四」文學思想已為蘇聯的「社會主義現實主義」所清除；而此時此刻，蘇聯的文學思想又被徹底清算[87]。取而代之並大行其道的就只能是在文革中盛行的那些極左的政治教條和黨八股了。當《智取威虎山》、《紅燈記》、《蘆蕩火種》等現代京劇在文革中被修改、定稿並被尊為「樣板戲」時，它們都不可避免地塗上了鮮明的文革流行色。

京劇「樣板戲」的戲劇文學無疑是失敗的，然而，它的舞臺藝術卻蘊含著某些成功的因素。計劃經濟時代的戲劇原本就不像市場經濟中的商業演出那樣注重成本核算。文革中，創作「樣板戲」的資金與時間更是不受限制。可以說，前述之「專業分工創作方式」在「樣板戲」創作中得到了空前絕後的運用。那個手握絕對權力同時也懂得文藝的江青，可以任意調集中國大陸任何一個部門的任何一位專家參與「樣板戲」創作，而被調動者往往是倍感榮耀，不計個人名利、得失，傾其所有的心智於「樣板戲」之中。在這種古今中外空前絕後、絕無僅有的優渥條件的支持和保證下，「樣板戲」得以從容地進行舞臺藝術方面的探索和創新，因而在某些方面有所突破。

如前所述，京劇是中國傳統的戲劇樣式，形式嚴整、規範，不易表現現代生活。可以說，創作現代戲，幾乎沒有任何現成藝術語彙可以直接套用。過去演老戲，藝人們擅長駕馭水袖、髯口、甩髮、大帶、靠旗、厚底靴；現在改演現代戲，他們從小學會的、並在臺上經常使用的表演程式大都「英雄無用武之地」了。京劇演現代戲，如果不能創造出表現現代人物和現代生活的表演語彙，演員在臺上舉手、投足都會有困難，更遑論演活各種現代人物了。京劇「樣板戲」在傳統表演程式的基礎之上，吸收了話劇、電影的表演因素（甚至現實生活中的一些動作），又借鑒了芭蕾、武術、體操、雜技的成分，創造出了一些新的、與現代生活相適應的表演語彙，同時也豐富了京劇的舞臺表現手段。

例如，傳統老戲中沒有甚麼群眾場面（整齊劃一、具象徵、符號意義的「龍套」不

---

87 詳見楊春時主編：《中國現代文學思潮史》上（南京：南京大學出版社，2011年），頁522-526。

能算是群眾），而現代戲中則少不了各種各樣的群眾場面。例如，前述「觀摩演出大會」上的成功劇目之一——《節振國》，一開場是開灤趙各莊的煤礦工人鬧罷工：成群結隊的工人從不同的方向走上，雖然頗有氣勢，但是其藝術手法和效果卻是寫實話劇的，缺乏戲曲的歌舞表演元素[88]。「樣板戲」《海港》同為工人題材，一開場是裝卸工人勞動的熱鬧場面，其中拉纜繩的舞蹈由翻身、前弓後箭、探海、跨腿、轉身、騙腿、亮相等元素組成[89]。僅從筆者這段簡單的文字描述即可看出，這是戲曲而不是話劇表演。

又如，《智取威虎山》第九場〈急速出兵〉，以豐富的舞蹈動作和多變的隊形，用學自芭蕾的大跳、體操的跳板空翻等，營造出雪原急速行進、時空轉換的場景[90]。而同為夜行軍的《沙家浜》第八場〈奔襲〉，則是化用了傳統京劇中短打武生的「走邊」，動作舒展、邊式（瀟灑俐落）[91]。概言之，前者「洋氣」，後者「老派」——即使是在「樣板戲」中多少也可以看出上海京劇團（或可稱之為「海派」）和北京京劇團（不妨稱之為「京朝派」）在表演風格上的差異。

而且，從《智取威虎山》開始，京劇「樣板戲」還借鑒西洋音樂的作曲技法、引進了西洋管絃樂隊，與中國民族樂隊混編。西洋管絃樂隊的引進大大地增強了京劇音樂的氣勢。以《智取威虎山》第四場至第五場的幕間曲為例：圓號吹奏出的深沉渾厚的旋律，呈現出茫茫的林海雪原的氛圍；緊接著，小提琴震音演奏快速上下行級進的旋律[92]，彷彿是寒風的陣陣凌虐；樂曲的節奏逐漸加快、音量增強，似乎可以感到，楊子榮騎馬由遠漸近，越來越近。大幕開啟，蒼松參天，白雪皚皚，幕後傳來楊子榮響遏行雲的「導板」：「穿林海，跨雪原，氣衝霄漢」[93]。

借鑒西洋音樂的作曲技法、引進西洋管絃樂，這些都具體地體現了「專業分工創作方式」在「樣板戲」創作中的強化。京劇的唱腔，原來無論是安腔（編曲）或是演唱，都具有相當大的靈活性和自由度。借鑒西洋音樂的作曲技法和引進西洋管絃樂後，京劇唱腔的調門和尺寸都必須固定下來。不可否認，這必然會限制京劇唱腔原有的靈活性和自由度；不再像傳統老戲那樣，可以因應各類演員不同的嗓音條件而有所變通、調整。同樣，也因為西洋管絃樂採用固定調，這就給不少京劇演員造成了困擾，因為畢竟不是每一個地方京劇團都像「樣板團」那樣擁有百裡挑一、嗓音高亢的優秀演員。

因為文革意識形態的關係，「樣板戲」在劇本文學上徹底失敗。然而，因為諸多一流藝術家辛勤的探索和嘗試，「樣板戲」在舞臺藝術上卻有所突破，取得了一定程度的

---

88 詳見1965年長春電影製片廠攝製之戲曲片《節振國》。
89 詳見1972年北京電影製片廠、上海電影製片廠攝製之戲曲片《海港》。
90 詳見1970年北京電影製片廠攝製之戲曲片《智取威虎山》。
91 詳見1971年長春電影製片廠攝製之戲曲片《沙家浜》。
92 參見汪人元：《京劇「樣板戲」音樂論綱》（北京：人民音樂出版社，1999年），頁22。
93 詳見1970年北京電影製片廠攝製之戲曲片《智取威虎山》。

成功。這並不奇怪，文學是語言的藝術，語言是思考的工具和思想的載體，當思想受到箝制、言論毫無自由的時候，文學自然是蒼白無力、無法觸動讀者和觀眾的思想，或者是直接淪為某種政治說教、意識形態的傳聲筒。與文學不同，音樂和舞蹈並非以語言為媒介，它是以節奏、旋律、肢體律動等去感染觀眾，它更多地是以形式美取勝，離政治和意識形態相對較遠，所以即使是在文革那樣思想被極度箝制的歷史時期，它也有可能獲得一定程度的發展空間。

「樣板戲」中表演新語彙的創造和西洋管絃樂隊的引進，在戲曲發展史上屬前所未有的探索。正是由於這些突破或創新，當時的京劇舞臺上呈現出一種前所未有的藝術風貌。在二十世紀西方文化全面影響中國的歷史大背景下，京劇「樣板戲」在舞臺藝術上的這些探索和發展，無疑烙有西方戲劇、西方音樂的印記。當然，西方文藝對於中國戲曲這種跨文化的影響，並非是橫向直接、同步進行的（當時的中國大陸基本上為西方世界所孤立），而是經由已在中國落地生根了的西方樣式（如話劇、交響樂）實現的。一九五〇年代中期以前，中國大陸與蘇聯的關係非常密切，各行各業皆向蘇聯學習，其文藝深受蘇聯的影響，戲劇界獨尊現實主義戲劇。像寫實主義戲劇這種來自西方的影響，在「樣板戲」的舞臺藝術中清晰可見。

七 結語

一九七六年十月「四人幫」被捕，「樣板戲」立即從舞臺、傳媒和一切公共場合消失。乍暖還寒時節，文革中遭受重創的諸種地方戲尚未復甦，京劇則在慣性的作用之下繼續編演革命現代戲，如《蝶戀花》。該劇歌頌毛澤東的第一位夫人楊開慧[94]。當時不僅京劇，話劇、舞劇等也陸續推出了各自關於楊開慧的作品。異曲同工——藉褒揚楊開慧而力貶江青「主席夫人」之地位。一九七七年五月，在紀念毛澤東〈在延安文藝座談會上的講話〉名義之下，京劇《逼上梁山》的選場公開演出。如本文第一章所述，京劇《逼上梁山》是毛澤東當年稱讚過的一齣戲（對此，因文革的強力放送，當時的中國大陸家喻戶曉），但是這又是一齣古裝戲！明修棧道，暗渡陳倉。久違多年的古裝戲遂以如此之方式重見天日[95]。

一九七八年十二月，中國共產黨召開了第十一屆三中全會，告別階級鬥爭，中國大陸改革開放。戲曲傳統戲全面恢復。就像鐘擺甩到一端之後必然會甩向另一端一樣，此時，戲曲舞臺上已少見現代戲的演出。如前所述，創作現代戲的難度遠高於古裝戲，而

---

94 該劇得名於1957年毛澤東一首懷念楊開慧的「蝶戀花」詞。

95 參見 Mei Sun, "*Xiqu's* Problems in Contemporary China," *The Journal of Contemporary China*, 6. Summer (1994).76.

新編古裝戲，水袖、髯口、甩髮、大帶、厚底靴，傳統老戲的種種表演技法和程式，可以直接派上用場。更為重要的是，新編古裝戲並不有礙於表現當代人的觀念，像京劇《曹操與楊修》、梨園戲《董生與李氏》，演的雖然是古代生活，但其思想立意卻完全是當代的。只有經歷文革淬煉之後，才會出現《曹操與楊修》這樣透徹地領悟中國的政治歷史、對於人性鞭辟入裏的作品。也只有在重新肯定了中華傳統文化價值的當代中國，《董生與李氏》一劇的主人公董四畏才有可能理直氣壯地援引儒家的仁智勇，作為自己的精神武器。那種認為只有描寫現代題材的作品方能反映現代人思想情感的看法，顯然過於功利、褊狹和絕對化。

隨著中國大陸的對外開放，電子傳媒蓬勃興起，多種新興的、外來的通俗流行娛樂形式大行其道，戲曲（包括話劇在內的一些舞臺藝術樣式）的地盤急遽縮小。昔日農耕社會的「大眾傳媒」迅速變成了「小眾藝術」，再也無法僅倚靠日常的營業演出維持自己的生存。隨著戲曲在大眾生活中影響力的急遽下降，官方對於戲曲的關注與管控也大大減弱。文化主管部門將有限的經費用於支持各種「主旋律作品」和政府主辦的藝術節、戲劇節。戲曲的一些劇種逐漸消亡。

在國民經濟持續增長多年之後，大陸政府有了一定的經濟實力。二〇〇二年七月，「國家舞臺藝術精品工程實施方案」出臺。為此，中央和地方各級政府均投入了巨額資金。在戲曲精品劇目的創作中，「專業分工創作方式」以新的形式進一步發展。編劇和導演（尤其是後者）的空間愈加擴展，表演者的功用進一步萎縮。西方戲劇在戲曲精品劇目中的影響更為明顯，其情節結構近似西方深受亞里斯多德情節「整一性」影響的戲劇；而其舞臺氛圍則是以現代科技手段營造新奇的、變幻多姿的視聽效果——明顯帶有受全球化影響的現代都市舞臺藝術的某些特點[96]。而以高投入、高成本為前提的戲曲精品劇目，幾乎是先天地決定了它無法像傳統劇目／老戲碼那樣在舞臺上經常、反覆地演出，並流傳，它的傳播和保留更多依賴於現代影像技術（DVD）。

戲曲在現代社會一直面臨一個如何轉型的問題。它和詩詞不同。在現代社會，古代詩詞無需轉型，它所蘊含的古代先賢的情懷一直在引發現代知音的共鳴——名篇佳句為無數個體所背誦、所吟詠，使之感動、使之陶冶。而戲曲之所以會面臨一個如何轉型的問題，究其本質，在於戲曲是一種超越一度創作的演劇藝術，它從事二度創作的演出者一定是現代人而非古人，它的受眾又是群體而非個體。說通俗一點，戲一定是要演給觀眾看的。現代演出者自然會對傳統劇目／老戲碼作出程度不同的新詮釋，而傳統演劇的藝術形式也不可避免地要面對現代社會的群體受眾是否熟悉，是否接受的問題。

可嘆的是，中國戲曲的現代轉型卻又歷史地和中國社會的政治變遷糾纏在了一起。

---

96 詳見孫玫：〈官方推動的都市劇場藝術——論「精品工程」之戲曲創作〉，《南國人文學刊》，2011年第1期，頁175-188。

在中國傳統社會，戲曲本為「小道末流」，而共產黨卻偏偏把它當成了「經國之大業」，並為之投入了巨大的人力、物力和財力。可以說，歷朝歷代也只有共產黨才如此看重戲曲。幾十年來，中國戲曲的轉型是在中國化了的馬列主義的規範下、在國家政權的推動下進行的。換言之，它改變了其原有的自然狀態和發展方向。從禁戲、改戲到現代戲創作，從「樣板戲」到「精品工程」，政治干預與藝術創新或緊或鬆地糾纏在一起。同時，來自西方戲劇、西方音樂的種種元素，蠶食，直到鯨吞中國戲曲原有的傳統。歷經半個多世紀，中國大陸已衍生出一種新的戲劇文化生態，催生出一種有別於傳統戲曲的新戲曲。這種新戲曲的藝術生產方式、主旨立意、藝術風貌和審美品格均迥異於傳統戲曲。

（本文發表於《粉墨春秋：中國現代戲劇與電影的跨域研究》
〔臺北：中研院文哲所，即將出版〕）

參考文獻（以時間排序）

一　歷史資料

《群眾》時評：〈祝華北人民政府成立〉，《群眾》1948年第2卷，第36期。

《人民日報》專論〈有計劃有步驟地進行舊劇改革工作〉，《人民日報》，1948年11月13日。

《新戲曲》(北京：大眾書店，1950年)，第一卷第一期。

田漢：〈一年來的戲劇工作和劇協工作——一九五四年十月五日在中國文聯全國委員
　　　會、十月八日在劇協常務理事會上的報告〉，《戲劇報》1954年第10期。

北京京劇團演出新編京劇《秋瑾傳》劇照，《戲劇報》1958年第20期插頁。

〈毛澤東思想的光輝勝利，社會主義新京劇宣告誕生——記一九六四年京劇現代戲觀摩
　　　演出大會〉，《戲劇報》，1964年第7期。

毛澤東：《毛澤東選集》，（北京：人民出版社，1967年）。

《讀報手冊》改編小組：《讀報手冊》（文革出版物，1969年6月）。

上海京劇團《智取威虎山》劇組：〈努力塑造無產階級英雄人物的光輝形象——對塑造
　　　楊子榮等英雄形象的一些體會〉，《智取威虎山》（一九六九年十月演出本）（南
　　　京：江蘇省革命委員會出版發行局，1969年）。

周恩來（文化部文學藝術研究院編）：《周恩來論文藝》（北京：人民文學出版社，1979
　　　年）。

「毛澤東同志給文藝界人士的十五封信（一九三九年——一九四九年）」，《人民日報》，
　　　1982年5月23日。

中共中央文獻研究室編：《建國以來重要文獻選編》第一冊（北京：中央文獻出版社，
　　　1992年）。

中共中央文獻研究室編：《建國以來重要文獻選編》第九冊（北京：中央文獻出版社，
　　　1994年）。

中共中央文獻研究室編：《建國以來毛澤東文稿》第十冊（北京：中央文獻出版社，
　　　1996年）。

中共中央文獻研究室編：《建國以來毛澤東文稿》第十一冊（北京：中央文獻出版社，
　　　1996年）。

中共中央文獻研究室編：《建國以來毛澤東文稿》第十三冊（北京：中央文獻出版社，
　　　1998年）。

二　專書

陶君起編著：《京劇劇目初探》（北京：中國戲劇出版社，1980年）。

翟志成：《起來啊！中國的脊樑》（臺北：時報文化出版事業有限公司，1983年）。

高皋、嚴加其：《「文化大革命」十年史（1966-1976）》（天津：天津人民出版社，1986年）。

費正清、羅德里克・麥克法夸爾主編，王建朗等譯：《劍橋中華人民共和國史（1949-1965）》（上海：上海人民出版社，1990年）。

李志綏：《毛澤東私人醫生回憶錄》（臺北：時報文化出版企業有限公司，1994年）。

張庚主編：《當代中國戲曲》（北京：當代中國出版社，1994年）。

汪人元：《京劇「樣板戲」音樂論綱》（北京：人民音樂出版社，1999年）。

高義龍、李曉主編：《中國戲曲現代戲史》，（上海：上海文化出版社，1999年）。

高文謙：《晚年周恩來》（紐約：明鏡出版社，2003年）。

徐景賢：《十年一夢》（香港：時代國際出版有限公司，2003年）。

余從、王安葵主編《中國當代戲曲史》，（北京：學苑出版社，2005年）。

李松：《「樣板戲」編年史・前篇・1963-1966年》（臺北：秀威資訊科技股份有限公司，2011年）。

楊春時主編：《中國現代文學思潮史》上（南京：南京大學出版社，2011年）。

三　論文

吳祖光：〈談談戲曲改革的幾個實際問題〉，《戲劇報》1954年第12期。

馬少波：〈關於京劇藝術進一步改革的再商榷〉，《戲劇報》1955年第3期。

金紫光：〈毛主席關於《逼上梁山》的信必須恢復原貌〉，《人民戲劇》1978年第12期。

周揚：〈進一步革新和發展戲曲藝術〉，《文藝研究》1981年第3期。

阿甲：〈你們是人民心目中喜愛的花神──延安平劇研究院成立四十周年紀念發言〉，《戲曲藝術》1983年第2期。

孫玫：〈二十世紀世界戲劇中的中國戲曲〉，《二十一世紀》1998年2月號。

王安祈：〈「演員劇場」向「編劇中心」的過渡──大陸「戲曲改革」效應與當代戲曲質性轉變之觀察〉，《中國文哲研究集刊》第十九期（2001年9月）。

孫玫：〈中國現代知識份子對於傳統戲曲的複雜情結〉，《九州學林》2005年第3期。

孫玫：〈「三突出」與「立主腦」──「革命樣板戲」中傳統審美意識的基因探析〉，《戲劇藝術》，2006年第1期。

傅謹：〈崑曲《十五貫》新論〉，《戲劇：中央戲劇學院學報》2006年第2期。

王安祈：〈「音配像」還原京劇傳統的盲點〉，《文化遺產》2009年第1期。

王喆：〈「第一屆全國戲曲觀摩演出大會」全程描述〉，《中國音樂學》2009年第3期。

孫玫：〈官方推動的都市劇場藝術──論「精品工程」之戲曲創作〉，《南國人文學刊》，2011年第1期。

四　影像資料

戲曲片《節振國》，長春電影製片廠，1965年。

戲曲片《智取威虎山》，北京電影製片廠，1970年。

戲曲片《沙家浜》，長春電影製片廠，1971年。

戲曲片《海港》，北京電影製片廠、上海電影製片廠，1972年。

《蝴蝶杯》，《臺視國劇京華再現》第四輯（得利影視股份有限公司，2003年）。

五　工具書

第四次文代會籌備組起草組、文化部文學藝術研究院理論政策研究室：《六十年文藝大
　　　事記（1919-1979）》（內部資料，1979年）。

上海藝術研究所、中國戲劇家協會上海分會編《中國戲曲曲藝詞典》（上海：上海辭書
　　　出版社，1981年）。

中國大百科全書總編輯委員會《戲曲曲藝》編輯委員會：《中國大百科全書・戲曲曲藝》
　　　（北京：中國大百科全書出版社，1983年）。

張晉藩、海威、初尊賢主編：《中華人民共和國國史大辭典》（哈爾濱：黑龍江人民出版
　　　社，1992年）。

新華月報社編：《中華人民共和國大事記（1949-2004）》（北京：人民出版社，2004
　　　年）。

六　英文論文

Mei Sun, "*Xiqu*'s Problems in Contemporary China," *The Journal of Contemporary China*, 6.
　　　Summer (1994).

Sun Mei, "*Xiqu* Reform in China in the Nineteen-Fifties," *Asian Culture*, 28.1 (2000).

砂華文學的價值

李瑞騰

中央大學中國文學系教授

摘要

本文略述砂拉越華文文學（簡稱「砂華文學」），先簡介砂拉越與華人移民，乃至華文文學之生成，接著從砂華文學史舉出數例史實，包括最早的俚句和歌謠、來自原鄉的八閩詩鐘、從反日到戰後反殖時期的華文文學、六七〇年代古晉「星座詩社」和詩巫《文藝風》雜誌、八〇年代以降的當代華文文學，藉此以明砂華文學價值。

關鍵詞：婆羅洲、砂拉越華文文學、黃乃裳、劉賢任、星座詩社

一　砂拉越及其華文文學

砂拉越在東馬來西亞，是馬來西亞最大的一州，位於婆羅洲的西北海岸，南北長約七百公里。婆羅洲隔南中國海與馬來半島（西馬）相望，是世界第三大島，總面積為七十五萬方公里；北婆羅洲即沙巴，是馬來西亞第二大洲，在砂拉越與沙巴之間有一石油王國，那就是汶萊，更早之前稱婆利、渤泥、婆羅乃。至於南婆羅洲，即印尼之加里曼丹。

十九世紀中葉，砂拉越屬於汶萊王國的版圖，由蘇丹王叔瑪打・哈森擔任總督，英人航海探險家詹姆士・布洛克助其平定內亂，哈森乃讓砂拉越政權予詹姆士，時在一八四一年。次年，詹姆士受封為「拉者」（Raja，即「王」之意），以汶萊王國為宗主，越四年而獨立（1846），為英國之保護邦。

太平洋戰爭期間，日軍曾佔領全島。戰後（1946）由第三拉者查爾士・梵納・布洛克讓渡予英國，成為英之殖民地，首任總督為克拉克爵士。不過反讓渡的浪潮終發展成長期的反帝反殖民運動，最後是在一九六三年加入獨立後的馬來西亞聯邦，成為其中一州，這股運動乃質變成以砂共為主體的反大馬運動，直到一九七三年才結束十年動亂，迎來和平，展開新的建設。

從拉者時代、殖民地時代到州政府時代，近代的砂拉越雖走在崎嶇的道路上，但總的來看是朝正面的、好的方向在發展。華人從拉者時代便陸續移民到砂拉越來，這些來自閩南漳、泉人士，主要是居住在拉讓江下游，到了二十世紀初，成群的福州人、廣東人、興化人來到早在一八六二年就開埠的詩巫——位於拉讓江畔，北距南中國海約百公里的新興市鎮。

據統計，在全砂拉越，華人人口在一九六〇年底已近二十三萬，僅略少於當地主要原住民伊班人（即海達雅人）；一九九六年的非正式統計，砂拉越華族人口是五十二萬一千六百人，佔總人口的百分之二十七點八二，僅次於伊班族的百分之二十九點四五。華人社會在長期變遷的過程中，始終維持對華族文化和華文教育的重視，各種報刊不絕如縷。這樣的環境，和其他散佈世界各地的華人社會一樣，應該會產生具有在地特色的華文文學。

從報刊來看，一九一三年九月在古晉出現了一份由「啟明社」（國民黨海外組織）創辦的《新聞啟明星期報》，是周刊，旨在宣傳革命思想，內容中就有詩歌、小說及故事，這是砂拉越第一家華文報；而在詩巫，一九三九年七月創刊了一家華文報《詩巫新聞日刊》，有副刊，以「奔流」為名，刊載作品以抗戰詩歌為主。

根據葉觀仕的調查，到二十世紀九〇年代的中期為止，砂拉越先後創刊了六十四家華文報紙，「但能陸續發行的，目前只有七家」[1]。這些華文報頗多文藝性副刊，像古

1　葉觀仕《馬新新聞史》（馬來西亞，韓江新聞傳播學院，1996年），頁231

晉《中華日報》（1951-）曾有副刊「文藝陣地」，《新聞報》（1956-1962）有副刊「拉讓文藝」、「學園」，《砂勞越時報》（1958-1962）有「文藝行列」副刊，詩巫《民眾報》（1960-1962）有副刊「赤道文藝」。最近幾年比較重要的幾家報紙，像古晉的《國際時報》（1968-）、詩巫的《馬來西亞日報》（1968-2000）、美里的《美里日報》（1957-）以及行銷全砂及沙巴的《詩華日報》（1952-），都有文藝副刊，有一些是和文藝社團合作的版面。

就出版品來看，砂拉越華族文化協會的資料室曾於一九九九年編印了一本該會「現藏」的《砂拉越華文書刊目錄》（1917-1999）[2]，在四百多本華文書中，屬於文學者占主要的部份，出版者包括婆羅洲文化局、婆羅洲出版公司、拉讓出版社、星座詩社、詩潮吟社、砂拉越華文作家協會、詩巫中華文藝社、砂拉越華族文化協會、漳泉公會、美里筆會、砂拉越留臺同學會、砂拉越衛理公會、詩華日報等，基本上皆屬非營利性的出版事業。其中，文藝團體的出版品，在質和量上較為可觀。2000 年以後，詩巫友誼協會出版了一些十年動亂期間進入森林戰鬥倖存者的口述歷史，吉隆坡大將書行出版了一些書寫婆羅洲的文學專著。

二　俚句與歌謠：漂洋南下投荒的悲情

華人南下砂拉越投荒墾拓史，合該也是砂華文學最初的內容；形式則是民間的俚句和歌謠。

福建侯官人林守瓅（1880-1965）著有《砂羅越國志略》和《詩巫俚句》。他什麼時候到詩巫不清楚，但《砂羅越國志略》於一九二六年出版，是全砂拉越第一本華文書[3]，貢獻之大，自不待言。此書是砂拉越華文小學的教學用書，係政府委託撰述，可見那時的林守瓅已是砂拉越華人社會的重要人物，想來已南來多時矣。

《詩巫俚句》，寫詩巫墾拓的歷史，是砂華重要文獻資料，也是砂華文學的珍貴資產。「俚」是「俗」的意思，稱「句」是客氣，其實是詩歌，所以這「俚句」便是俗曲歌謠一類的民間文學。以俚句寫詩巫，配合副題「新福州墾場小史」來看，可視為一首長篇敘事詩。

《詩巫俚句》共三四六句，每句七字，分上、中、下三部份。上有一〇八句，從「詩巫屬越第三省，福州墾場黃君揀」到「墾場成立是如此，簡單說明其元始」，對於新福州墾場成立的過程，包括黃乃裳舉人的出身、在戊戌政變中的遭遇、南來尋找墾地、招募同鄉，乃至分批抵達詩巫等經過，都有所著墨；作保的林文慶醫生、同行的

2　《砂拉越華文書刊目錄》（1917-1999）（砂拉越華族文化協會，1999年）
3　劉子政〈砂拉越第一本華文書〉，載《風下雜筆》（砂拉越華族文化協會，1997再版）

「古邑文人陳觀斗」以及誤事的同榜舉人力艾生等人，在其中扮演的角色，都有所描述。

中有一五八句，從「船倪買喇新珠山，離河不遠看見山」到「長途短路相招待，船單掛欠還毌懶」，主要是寫從新珠山開始墾拓（「船倪買喇」是馬來文「紅水河」之意，其河水確呈茶紅色），從詩巫逐次發展的過程，其中提及黃景和試種橡膠成功，廣東人鄧恭叔孝廉亦到詩巫墾植，以及船運的開發等，皆詩巫華人史事；最值得注意的是，華人與伊班人的互動關係亦被寫進去了，包括巫語、拉子厝等詞彙的出現，以及彼此做買賣的情況等。

下有八十句，從「初離唐山來此地，景物風俗件件異」到「海邊拉子編草居，水上慣取水中魚」，主要是寫其「異」，重點擺在馬來人與伊班人（海達雅克族，俚句中稱「拉子」），對於他們的生活文化，包括婚姻、宗教、飲食居住等皆有所描述，充滿理解與尊重，像「巫人和藹可相親，互相往來不必驚」、「拉子山居少到市……與人往來甚相信」，都表達族群和諧的景況。

做為一個「文士」（借用《俚句》中用語），林守毓選擇用「俚句」來寫新福州墾場的小史，必然考慮到移民主要是農工，唯有以這種通俗的形式與語言才能讓他們接受，並進而朗朗上口；而對於後來者來說，其中保存了大量的墾場史料，更是珍貴。

劉子政說《詩巫俚句》出版於一九五三年，他曾做箋註，發表在詩巫《詩巫日報》一九六四年的元旦特刊上，完整收錄於他的著述《砂拉越史事論叢（第二輯）》[4]，極有參考價值。

此外，劉子政從一九七四年起陸續刊布他所蒐輯的〈福州音‧南洋詩〉，計有〈南洋詩〉（由福州到新加坡）、〈南洋詩本〉（由新加坡到砂羅越詩巫）、〈南洋路引〉、〈南洋十怨〉、〈南洋手巾〉、〈別妹去南洋〉、〈割栀白扇詩〉等七篇，劉先生並為其中的「福州音」做了簡單的註解，全部都收入一九九六年十月出版的《福州音南洋詩‧民間歌謠》[5]，為其中的第一部份。

劉先生在〈序〉中說，南來砂拉越開墾荒地的福州人中亦有讀書人，在從事體力勞動之餘，將南來的苦況編寫成詩，「這些詩，每句都有押韻，讀來朗朗上口，是民間文學的一種。老一輩的人，大都會唱，有者全篇背誦得滾瓜爛熟，就這樣流傳開去」。這一段話道盡〈南洋詩〉的成因，也間接說明這些詩的價值：保存大量福州人到詩巫墾荒的史料，也清楚反映移民心境。

〈南洋詩〉和〈南洋詩本〉看來是一個完整的篇章被拆為二的，可以視為一首六四〇句的七字詩，從晚清的時代處境寫起，交代下南洋的背景原因，然後寫從福州馬尾出

4　《砂拉越史事論叢（第二輯）》（砂拉越華族文化協會，1999年）
5　《福州音南洋詩‧民間歌謠》（砂拉越華族文化協會，1996年）

發，經廈門、汕頭、香港、新加坡到砂拉越詩巫的過程，以及在詩巫的經歷，包括工作與生活的情況、原住民（拉子，即達雅克族；馬來族）的習俗，並且敘說一九二六年轟動詩巫的姦情案，一九二八年的詩巫大火等。作者以詩敘事，根本是一長篇「報告詩」。惟〈南洋詩〉一方面是福州音，亦含當地用語，對我們來說在閱讀上是雙重困難，幸有劉先生略作解說，增加不少可讀性。

〈南洋詩〉也是用俚句寫成的，「停落汕頭起落貨，隨後繼續又起程」、「看見香港好風光，滿山電火螢螢光」，即便是用閩南音來讀，都可以讀出韻味。從香港出發到抵達新加坡一段的敘述：「看見大海好驚惶，無邊海岸水茫茫，地接連天同一色，船飄大海更心惶。平風定浪尤則可，務風務浪無奈何，個人退悔在心頭，冒險海洋七日暝，大海駛進新加坡，大家歡喜笑波波。」情節極其動人。第六字的「務」字，福州音「有」。這就很清楚了，七日夜在海洋中的冒險，從「好驚惶」、「無奈何」到「歡喜笑波波」，把這些「新客」的心境之轉折寫得逼真。至於在詩巫的兩件大事：姦情案旨在勸世；詩巫大火，強調災情慘狀，在詩巫墾拓史上皆大事。

〈南洋詩〉以詩寫史，充滿悲情，應讓移民的後代都能閱讀，有必要詳加註解並標音；如能改編成戲劇，或以普通話重新創作，一定更有利於流傳。

三　詩鐘：八閩詩風的海外傳承

新福州的創建者黃乃裳是福建閩清人，原為舉人，先維新後革命，且多次辦報。這樣一位知識分子，一生卻沒有留下太多的著述，令人遺憾。根據劉子政的蒐錄，黃乃裳有〈紱丞七十自敘〉、〈對於巡警道憲詢及新福州墾事因述其顛末〉二文及手札、聯語若干。自敘長文寫於一九一八年，時在福州；寫後文時亦已北返福州。二者皆憶述之作。致陳楚楠、張永福二君一函，寫於辛亥革命之後，時黃乃裳任閩郡督府交通長；致張永福、陳楚楠、許子麟函件四通均寫於一九○七年，時在家鄉閩清。至於聯語，現存者有黃仁瓊輯錄的〈港主聯語〉，計十餘則，中有四則係為友人新居所作，黃先生說：「既切當地之景物，又切主人之家世，淡雅而確切，誠非空泛者所可比擬。」[6]

黃乃裳的這些遺作實難歸屬於砂華文學，縱有文采，於今看來史料價值高於其藝術性，尤其是古典詩文，與其後在三十年帶萌生於此的新文學，畢竟沒有明顯傳承關係，勉強拉套，意義不大；不過有一點值得注意，那就是他的聯語：「平地起高樓，凌百尺嵯峨，野色蒼蒼開眼界；大江鄰左右，看千帆上下，水光浩浩豁胸懷。」「新民事業圖無逸，福地人家產有恆。州里桑麻開禹甸，總綱財貨學周官。公劉曾畫生民第，司稼常擔粒食憂。」前者為友人新居而作，蒼蒼浩浩，筆力遒勁；後者實為鶴頂格對聯三幅，

6　見劉子政《黃乃裳與新福州》附錄（新加坡南洋學會，1997年）

嵌「新福州總公司」六字成三對，內蘊新福州墾場的理想。墾場已建有學校，但草創規模雖已粗具，但黃乃裳在詩巫前後僅四載，應來不及發展文藝。詩巫騷壇其後發展「詩鐘」，除秉承八閩家鄉盛極一時的「詩鐘」聯吟，或多或少和黃乃裳有所關聯。

詩鐘是及時拈題，限時聯對，是一種文人雅集的趣事，當然也是一種競賽。詩巫之有詩鐘，由來久矣，大約在諸墾場穩定發展之後就出現了，但自從詩朝吟社創設（1957）以來，拈題徵作乃成風潮，迄今已出版六集《詩鐘選集》。

倡立詩朝吟社的人，也正是最早在詩巫編刊、寫抗日詩歌的「雅痴」（劉賢任，號止園，另有筆名啞蟬），一九六七年為紀念黃乃裳而創辦的黃乃裳中學成立，首任校長正是劉賢任，他嘗撰〈止翁劉賢任七十自述〉，看來是受到黃乃裳〈紱丞七十自敘〉的啟發。

劉先生傳有《止翁劉賢任遺作》（1986）[7]，內收舊體詩「困心吟草」，總計 86 首，主要寫於四〇年代日軍鐵蹄下的流亡期間，相當程度反映南洋抗日的心情，集前有如序一般的短文，係以原跡製版，署名「止園」，他說：「日寇南侵，對戰領區人民蹂躪至慘！余於一九四二年八月十五日逃出虎口，輾轉流離，莫名痛苦。傷時感事，寄意吟賤。」這就很清楚了，他寫詩主要是「傷時感事」，「冤血腥盈野，哀聲慘入天」（〈一九四二聖誕節〉），「鐵蹄蹂躪下，樂土變荒虛」（〈乙酉一九四五元旦〉），把當日慘狀作了特寫，也算以詩寫史了。

劉賢任十歲在家鄉福建閩清從塾師習韻對，稍後在中學時學「折枝」（即「詩鐘」），任教小學時與同事組「筆墩吟社」。南來後，倡立吟社，發展「詩鐘」，詩巫有豐碩的舊詩傳統及大量的詩鐘寫作，劉賢任的功勞不小。

四 從反日到反殖

劉賢任以新舊詩歌抗日，是砂華的抗戰文學；同樣經歷過日軍鐵蹄踐踏的文史專家劉子政（1931-2002），於一九五五年抗戰勝利十周年，撰〈詩巫劫後追記〉四萬餘字，從三月到六月發表於詩巫《詩華日報》，八月印刷成書，由該報出版[8]。這是他最早出版的一本書，其後著文史專書近二十冊，皆與婆羅洲文史諸事有關。

一九四一年十二月八日日軍偷襲美國在夏威夷群島的珍珠港，發動太平洋戰爭，企圖拿下英屬、美屬、荷屬土地，短短五個月之內，幾乎佔領了整個南洋。十二月十六日，日軍攻陷美里（在北砂）；十九日轟炸古晉（在南砂）；二十五日轟炸詩巫，並於次年元月二十九日接收詩巫，到一九四五年九月十七日正式退離，總計詩巫陷日三年八個月。

7　《止翁劉賢任遺作》（詩巫，華光印務，1986年）

8　《詩巫劫後追記》（詩巫，詩華日報，1955；砂拉越華族文化協會，1995年）

　　劉子政〈詩巫劫後追記〉寫拉讓江流域「上到加帛，下到泗里街」的淪陷情形，包括當地達雅克族的動亂、日軍殘暴的統治、亂民和漢奸之作惡以及聯軍的轟炸等。作者實際走過那一段歲月，記憶鮮明，他受到曹聚仁《中國抗戰畫史》、謝松山《血海》（揭露日軍侵略新加坡的罪行）的啟發，秉持司馬遷寫《史記》那種「實地考察之精神」，以記憶、聽聞、特定對象訪談、親臨現場觀察、參考剪報及史籍等，夾敘夾議寫成這部砂華文學史的大散文。

　　反日是民族的生存問題，反殖則是生命的尊嚴問題。砂拉越另一位文史專家田農在他的《砂華文學史初稿》（砂羅越華族文化協會，1995）[9]中用兩章來敘論「反殖運動時期的砂華文學」，砂華青年學者黃妃在田先生的基礎上寫成《反殖時期的砂華文學》（砂拉越華族文化協會，2002）[10]，這所謂的「反殖」，主要是戰後歷經布洛克家族將砂拉越讓渡給英國、中共建政導致砂拉越華人民族主義和社會主義高漲，最終演化成爭取獨立的運動，從一九五六到一九六二年殖民政府實施緊急法令，查禁書刊、逮捕左傾份子，接著的大馬計畫（1963）導致十年的社會動盪，砂共進入森林和政府進行長期的鬥爭。

　　反殖時期的砂華文學不一定都反殖，但有一個值得注意的發展是：砂拉越意識的形成，且逐漸深化，詩人吳岸、田寧，小說家巍萌、李一文等，都留下了那個時期的記錄。

五　「星座詩社」與《文藝風》

　　砂拉越有詩歌傳統，從聯語到詩鐘，從俚句到南洋詩，從抗日新詩到反殖新詩，與現實人生的對應關係都很密切。寫實作為一種文學主張，很多人都深信不疑，但平淡如水，或者口號式的吶喊，總欠缺一種韻味。一九五〇至六〇年代，臺港現代主義詩歌成為一種風潮，東南亞華人社會的詩壇亦受影響，菲律濱自由詩社（1959）、馬來西亞綠洲社（1967）天狼星詩社（1973）、新加坡五月詩社（1978）的前行代詩人（如淡瑩、王潤華）等，都可說是廣義的「現代派」，而在砂拉越，一九六〇年代中期，開始有年輕詩人強調藝術性，通過《中華日報‧綠蹤詩網》發表現代詩，其後在一九六九年又有《前鋒日報‧星座》，一九七〇年正式成立砂拉越星座詩社，主要成員有劉貴德、陳從耀、謝永就、呂朝景、李木香等，通過詩展、詩獎、朗誦等社會活動推廣詩運，迄今未衰。

　　星座主要活動場域在古晉，而在詩巫，在動亂還沒結束的一九七二年出現了一本文藝刊物《文藝風》[11]，克風主編，總計出版六期。由於成員多為文藝青年，雖也標舉現

9　《砂華文學史初稿》（砂拉越華族文化協會，1995年）

10　《反殖時期的砂華文學》（砂拉越華族文化協會，2002年）

11　我在國科會專題計畫〈詩巫華文文學調查研究〉（1999）的結案報告中曾編成《《文藝風》目錄〉，未發表。

實性，反對受臺灣「現代派」影響的詩（應該是針對「星座」），但已無反殖時期那種強烈的左傾主張，反映青年自身處境及內心渴望的作品隨處可見，這種文學的抒情性，應可視為擺脫激情、回歸創作常規的良性發展。

當年在《文藝風》發表作品的寫作人，後來大多沒繼續在文藝領域耕耘，包括主編克風。不過，克風在《文藝風》發行到第五期（7 月）時就由雜誌社出版了自己的詩集《笑的早晨》[12]，在二十九首詩中，有〈大海歌〉、〈赤道組詩〉、〈我們的歌〉、〈黎明的村〉等，「縱然，這些詩都是那麼幼稚，但它到底是一個青年純真感情思想的流露」，「我的動脈還流著農村社會的血液，還呼吸著苦難同胞親情的空氣，我的許多詩也是這樣」，可貴的是，我們在他的詩裡讀到一種正向的力量，一種希望。

六　當代砂華文學

動亂結束以後，社會恢復了秩序，作為重要文學場域的華報副刊更積極扮演文藝傳媒的角色，文藝團體成為推動文學發展的重鎮。

除一古一今兩個既有的詩社——詩潮吟社（詩巫，1951）與星座詩社（古晉，1970）以外，迄今都還在活動的三大文藝團體——砂拉越華文作家協會（古晉，1986）、詩巫中華文藝社（詩巫，1988）、美里筆會（美里，1993），都出版叢書，數量可觀，許多作家的集子都是長期寫作的總結，串成砂華文學史脈。

此外，砂拉越留臺同學會在詩巫、古晉、美里皆設有分會，總會規畫有「留臺人叢書」的出版，這也是支持文學活動一股很大的力量。再者，非文學性社團中，如擁有會館、圖書館的彰泉公會，有「彰泉之聲叢書」；由當年長期在森林裡武裝鬥爭的倖存者所組成的「詩巫友誼協會」，也策畫出版以回憶為主的叢書。

我們更寄望於一九九〇年在詩巫成立的砂羅越華族文化協會（「羅」已改為「拉」），它有計畫蒐羅砂拉越華族文化資料，文學資料非常豐富，堪稱一座砂華文學館，其文學組所規畫之活動，有歷史感，學術性強，是具體而微的砂華文學研究中心。

田農的《砂華文學史初編》即該協會出版的，寫到一九七〇年星座詩社成立。事實上，爾後的砂華文學（可以稱「當代」），在不利於文化發展的政經條件消除以後，因著文藝社團和報紙副刊持續的交互作用，致使文學有較多元的發展。在此過程中，從港臺及西馬傳入的文學現代主義和傳統寫實主義相互激盪，砂華作家在與其他區域華文作家長期交流中產生邊緣自覺，展開書寫婆羅洲運動，終使四十年來的砂華文學漸有自我特色，並得以展現豐碩的文學風貌。

可以這麼說，砂華文學既已建立其傳統、文學社會也已形成；在新的資訊傳播時代

---

12 《笑的早晨》（詩巫，文藝風雜誌社，1972年）

裡，在網際網路的世界裡，砂拉越也必然全球化，上「犀鳥文藝」[13]與「犀鳥天地」[14]
網站，了解砂華文學的情況，就真的是彈指之間而已了。

八　結語：砂華文學的價值

砂拉越是馬來西亞的一個州，所以砂華文學理當是馬華文學的一個組成部分，它豐
富馬華文學，其盛衰將影響馬華文學的整體性；和其他華社一樣，砂拉越華人社會由華
團、華報和華教共同支撐其文學的發展，但它欠缺正向政治力的協助，也沒有在地的學
術力可以使之深化並擴大影響；最嚴重的是，整個社會無法支撐本土文化產業的發展，
導致雖有印務，卻無出版市場可讓文學自在流通。

但砂華文學仍然存在，寫作人結集成社，用自己的力量以及可獲取的資源，推動文
學的發展。整個來看他們的表現，正對應著華人移民墾拓砂拉越的歷程及其與在地族群
的互動；作家秉其寫作信念與能力，記錄著自身處境與華人在砂拉越的生活狀況。這是
砂華文學價值之所在。

跨世紀以來，從邊緣弱勢出發的「華語語系文學」[15]成為重要論述，「砂華文學」
即「砂拉越華語語系文學」，自有其發生之背景、發展之過程，有其語境，有其呼喚婆
羅洲山風海雨的豪氣與深情。

---

13 http://www.sarawak.com.my/org/hornbill/index.html

14 http://www.hornbill.cdc.net.my

15 華語語系文學（Sinophone Literature）是國際漢學界新興課題，近年在臺灣和其他華語社會引起廣
　大回響。華語語系強調以中國及散居世界各地華人最大公約數的語言（主要為漢語，旁及其他支
　系）的言說、書寫作為研究界面，重新看待現當代文學流動、對話或抗爭的現象。台北聯經出版
　《華夷風：華語語系文學讀本》（2016）上述文字引自該書簡介。

參考書目

一　專書

葉觀仕：《馬新新聞史》，馬來西亞：韓江新聞傳播學院，1996年。

砂拉越華族文化協會：《砂拉越華文書刊目錄》（1917-1999），砂拉越華族文化協會，
　　　　1999年。

劉子政：〈砂拉越第一本華文書〉，載《風下雜筆》，砂拉越華族文化協會，1997年。

砂拉越華族文化協會：《砂拉越史事論叢（第二輯）》，砂拉越華族文化協會，1999年。

砂拉越華族文化協會：《福州音南洋詩・民間歌謠》，砂拉越華族文化協會，1996年。

劉子政：《黃乃裳與新福州》，新加坡南洋學會，1997年。

《止翁劉賢任遺作》，詩巫，華光印務，1986年。

《詩巫劫後追記》，詩巫，砂拉越華族文化協會，1995年。

《砂華文學史初稿》，砂拉越華族文化協會，1995年。

《反殖時期的砂華文學》，砂拉越華族文化協會，2002年。

《笑的早晨》，詩巫，文藝風雜誌社，1972年。

王德威、高嘉謙、胡金倫：《華夷風：華語語系文學讀本》，臺北聯經出版，2016年。

二　網路資源

http://www.sarawak.com.my/org/hornbill/index.html

http://www.hornbill.cdc.net.my

移民經歷和遺民情懷的託寓
——戰後臺灣外省族群作家作品中的「桃花源記」[*]

莊宜文

中央大學中國文學系副教授

摘要

　　一九四九年後臺灣外省作家群改寫或挪用〈桃花源記〉的小說和戲劇，往往與移民現象和遺民意識暗相吻合，印刻了歷史變遷的軌迹。在反共懷鄉的年代，外省第一代作家張漱菡小說〈白雲深處〉，敘寫臺灣深山桃花源中的遺民，隱含對現世仍存觀望疑慮，反證彼時臺灣仍非太平盛世。七〇年代初張曉風在舞臺劇劇本《武陵人》中進行移民之辯，蘊藏回歸祖國（臺灣／中國）與苦難並存的決心。八〇年代後期賴聲川《暗戀桃花源》銘刻外省第一代離散經驗，負載外省第二代創作者共同的族群記憶，成為現實兩岸關係的寓言並與時變遷。臺灣本土論述興盛之際，朱天心小說〈古都〉以京都為鏡像，指涉「三三」時期懷想的古典中國隱然為理想桃花源，在本土化浪潮中自感移民後裔身分不被認同，臺北成了偽桃花源，內含戰後移民／遺民的感慨傷懷。相較於外省族群國族認同糾葛複雜，本省作家挪用桃源典故的作品中，呈現的臺灣認同較顯單純明確。戰後臺灣小說和戲劇中的「桃花源記」，讓古老原型產生當下意涵，文本間且互相指涉，不同的改寫與轉化方式，展現後代創作者對原典的反芻及對現實的思考，與身分認同的切切追尋。

關鍵詞：桃花源、遺民、〈古都〉、《暗戀桃花源》

---

[*] 本論文為2007年度國科會計畫「〈桃花源記〉在當代文學影劇的挪用與轉化」（NSC　96-2411-H-008-018-）部分研究成果，曾發表會議論文〈移民之念‧遺民之思——戰後臺灣小說和戲劇中的「桃花源記」〉，「全球化下的南方書寫：文化場域與書寫實踐」國際學術研討會（臺南：國立成功大學中國文學系主辦，2013年10月12日），修改後刊登於《成大中文學報》第50期，2015年9月，頁165-198。另篇姊妹作〈幻滅與劫毀的尋夢之旅——新時期以來長篇小說中的「桃花源記」〉，發表於《中國文學》5期（2014年12月），頁269-291；結集於陳平原主編《今古齊觀——中國文學中的古典與現代（下）》（香港：香港中文大學中國語言及文學系出版，2016年），頁303-408。

一 前言

　　陶淵明〈桃花源記〉塑造了與世隔絕、寧靜祥和的理想國，隔離於現實歷史之變遷，遠離戰亂災禍，寄託作者對亂世的慨嘆與對和平世界的憧憬，和西方柏拉圖《理想國》以降建構的烏托邦可相對照。陶淵明提供了理想世界的架構，作品虛實相間，出入於現實與仙境，靈空虛幻富於神祕感和戲劇性，帶給讀者豐沛的想像空間，也讓歷代文人在原著留白處加添色彩，將桃花源典故鎔鑄入各種文類創作[1]，〈桃花源記〉幾經歷代作家改寫，已成意涵豐沛的文學原型，創作者挪用和轉化此一原典，依各自所處的環境和個人觀點，加以再創作和再詮釋。

　　戰後臺灣外省族群作家改寫或挪用〈桃花源記〉的小說和戲劇，往往與移民現象和遺民意識暗相吻合，印刻了臺灣歷史變遷的軌跡。在此「戰後」非指一九四五年二次世界大戰終戰，專指一九四九年國共戰爭（即中國大陸所稱「當代」）。臺灣本即移民社會，因國共戰爭大批移民南遷來臺，為臺灣帶來文化衝擊。此後不同族群的臺灣人民，亦在政經條件變動之下，部分面臨主動移民國外的選擇。戰後移民來臺的外省人，多具遺民之情[2]，遷臺後的中華民國已非大陸時期，丟失大片江山「偏安」於海島，領土幅員和政治實體迥異於大陸時期，某程度而言幾可謂亡國。本文中外省族群除來臺第一代，亦涵蓋出生於臺灣的第二代，以出生論籍貫，生於臺灣的第二代本可視作臺灣人，因本文欲探討承繼父輩鄉愁衍生的遺民情懷，故在此以「外省族群」統稱。生長於中國大陸

1　著名詩作即有孟浩然〈武陵泛舟〉、王維〈桃源行〉、李白〈《古風》五十九首之三十一〉、杜甫〈嶽麓山道林二寺行〉、韓愈〈桃源圖〉、劉禹錫〈遊桃源一百韻〉、王安石〈桃源行〉、梅堯臣〈桃花源詩〉等。

2　中國歷來朝代更替之際，皆有大批遺民。明末清初歸莊云：「凡懷道抱德不用於世者，皆謂之逸民；而遺民則惟在廢興之際，以為此前朝之所遺也。」清‧歸莊：《歸莊集‧歷代遺民錄序》（北京：中華書局，1962年），頁170。謝正光引歸莊之說闡釋：「逸民者，殆指居清平之世而隱逸之民。而遺民者，則處江山易代之際，以忠於先朝而恥仕新朝者也。」謝正光編著：《明遺民傳記索引‧代自序》（上海：上海古籍出版社，1992年），頁3。謝正光所下的定義較歸莊為嚴，本文傾向於歸莊所言。黎湘萍稱戰後臺灣學者為「新遺民」，「與近代以來花果飄零的中國文化保持著比較密切的精神聯繫，要麼具有復興中華文化的信念，要麼通過漢語寫作來承續這一傳統」，「其最終目的是在尋找安身立命之道」。黎湘萍：《文學臺灣：臺灣知識者的文學敘事與理論想像》（北京：人民文學出版社，2003年），頁292、293，以中國大陸學者的觀點強調民族精神的聯繫。王德威則提出「後遺民」之說：「如果遺民意識總已暗示時空的消逝和錯置，正統的替換遞嬗，後遺民則可能變本加厲，寧願更錯置那已錯置的時空，更追思那從來未必端正的正統」，「後遺民所經歷的失落感覺，以及難以割捨的愛憎……可以成為一種無限衍異的負擔或陷溺──一如幽靈的魅惑。」王德威：《後遺民寫作──時間與記憶的政治學》（臺北：麥田出版社，2007年），頁47-48。王德威的後遺民理論可涵括戰後許多作家作品，點出幽微的寫作意識，且中肯地剖析朱天心作品的盲點，然受臺灣當時社會氛圍影響，不時向建國論述喊話或有意無意抗衡，行文間似也顯露些許焦慮。本文綜納黎湘萍和王德威之說，應用於不同文本之分析。

的外省第一代移民經歷逃難離散，被迫離鄉背井，充滿對故土的懷思卻又無法返鄉，有如時代棄兒；外省第二代面臨從大中華到本土化的變遷，舊有的信仰和價值仍留存於心，卻遭時代洪流遺落，經歷了身分認同的轉換。移民者在客觀空間中遷徙移動，遺民者的主觀心理卻恆常固著，文本中的桃花源映現政治社會氛圍、族群心理狀態，透顯了作者的政治無意識，成為一則則國族寓言。

論文探討文本為明確引用〈桃花源記〉原典，或結構內容主題密切關聯，即與原文本（hypotext）具明確互文性（intertexuality）者，以外省族群創作者為主，析論作者如何運用古老經典，反映當下情境，負載自身觀點，展現迥異於原典的風貌與精神，呈現時代意涵。透過歷時性的探討，進一步勾連後出文本之間如何相互指涉。小說和戲劇本為不同類型，然往往皆以虛構喻現實：在反共懷鄉的年代，外省第一代作家張漱菡（1930-2000）小說〈白雲深處〉（1955），敘寫臺灣深山桃花源中的遺民，聽聞政權更替後表露的微妙態度和選擇；七〇年代初臺灣處於多事之秋，生長於大陸的張曉風（1941-）在舞臺劇劇本《武陵人》（1972）中進行移民之辯；解嚴前一年，賴聲川（1954-）舞臺劇《暗戀桃花源》（1986）為外省第二代集體創作，流露對第一代懷鄉情結的理解和反思，和臺灣社會現狀的觀察；臺灣本土論述興盛之際，朱天心（1958-）小說〈古都〉（1996）呈現外省移民的身分認同辯難；及至新世紀之交，本省籍作家黃春明、陳若曦相關戲劇和小說等的移民抉擇或遺民悲情漸趨明朗。本文不僅進行文本內部的探討，亦考察作者身世背景和創作意念，分析評論界的反響和詮釋，尤著重於出生年相近的外省第二代創作者賴聲川、朱天心，其經典文本《暗戀桃花源》和〈古都〉之論析。

二 去留之間的身分認同——張漱菡〈白雲深處〉和張曉風 《武陵人》

張漱菡小說〈白雲深處〉和張曉風劇本《武陵人》，皆在原典形構下進行改寫，主角意外進入世外桃源，與遺世獨立的逸民相處融洽。兩位大陸來臺女作家出生相隔十年，分屬不同世代，文本中也隱然回應了臺灣五〇和七〇年代的不同的社會氛圍。

外省來臺作家張漱菡家學淵源[3]，曾隨父遊日、英等國，於大陸戰亂時輾轉遷徙來臺。短篇小說〈白雲深處〉（1955）以第一人稱描述意外走入南部深山的世外桃源，村莊居民的祖先早在鄭成功前從廣東移民來臺，落居臺南，因迭遭變亂避亂山間，在自然屏障下與世隔絕，居住於明朝式樣的屋舍，曾有年輕人離山卻遭日人殺傷，「始知外面已世界大亂，臺灣已被日本人侵佔了四十年，中國老百姓被日本人壓迫得吐不過氣來，

---

3 張漱菡外祖父為桐城派馬通伯，父母皆曾赴日求學。

如不願做被奴役的殖民地順民，便要受日人暴政的虐待」，「大家聞言悲痛切齒，自此發誓不再下山。」村民以中國人自居，慷慨激昂的語詞表露強烈抗日情懷和民族意識，「當他們知道臺灣已經光復，日本人均被趕走，不禁大喜」[4]，因來者為漢人而感親切。敘述者一行人離去後，再訪未遇，結局仍對再度尋訪桃源懷抱希望。

文本塑造出疑幻似真的桃花源情景，透過居民觀點對日本殖民政府強加抨擊。小說中村民的反日情結，隱藏現實中外省移民來臺作者，因抗戰經驗對日本深重的憤慨。作者將桃花源居民設定為「束髮寬袍，作漢家裝的古代男女」，而非「面上刺花，赤身露體的高山族同胞」[5]，對古代漢人和高山族形象的描述，蘊藏對文雅中華文化的認同。明清之際移民來臺的村民，未因留在中原遭遇其後清末至民國一連串的政治巨變，且因避居山中保留中華傳統文化，未因臺灣進入日治時期遭易改浸染，此似為小說所設想的理想桃花源。

村民不思離山，且不復再現，則隱約透露對現世的觀望疑慮——五〇年代的國民黨統治下的臺灣似也非太平盛世。世外桃源所在地為南部「獨立山」，居民逍遙於「臥雲谷」，遺世而獨立，遠離臺北政治中心，隱然流露欽羨嚮往之意。張漱菡在同期散文集《風城畫》（1953）中將臺灣比作世外桃源，其後在臺灣省新聞處出版的長篇小說《長虹》（1965），推崇政府建造橫貫公路的政績，又在刻畫臺灣社會變遷的長篇小說《翡翠田園》（1966）中，控訴日本統治並歌頌國民黨政權，在在都吻合官方文藝政策，〈白雲深處〉卻似隱含對政治現實未盡理想的投射想望和補償心理。[6]小說中臥雲谷的早期移民者，因明清之際的紛亂遷徙來臺，一九四九年前後因政治變局逃亡來臺之外省族群，已無處可避。

及至七〇年代張曉風劇作《武陵人》，呼應另一種時代脈動。張曉風曾撰寫多齣宗教寓言劇，由「基督教藝術團契」演出，為彼時臺灣劇場實驗精神之代表。出身中文系的張曉風富於古典情懷，好將中國傳統典故元素混融西方現代戲劇手法，重新演繹詮釋，賦予當代精神和生命關懷，並富於濃厚基督教精神和菁英色彩。《武陵人》為古典新編系列之首齣。劇中武陵漁人黃道真偶入桃花源，在選擇去留之際，作者安排其分身黑、灰、白衣黃道真進行遊說，分別象徵本我、自我、超我的分裂詰辯，黑衣黃道真鼓吹其享受眼前唾手可得的幸福，白衣黃道真則點出歡樂知足的人不再尋求夢想，最終黃道真認同灰衣人所言桃花源居民沉溺安逸的狀態只是次等的幸福，決定懷抱希望返回武

4　張漱菡：《花開時節：白雲深處》（雲林：新新文藝社，1955年），頁78。

5　張漱菡：《花開時節：白雲深處》，頁76。引文中的加強符號為筆者所加，以強調其用語。

6　范銘如則認為村民「寧擇異族交流，不與同類接觸。這些文本中隱微的差異，卻似乎巧妙地將原典的哲學寓言轉化為一則聳動的政治寓言。在當局宣揚著『跳板』論述時，〈白雲深處〉似乎在經典的遮掩下，幽幽吞吐著過河拆橋的耳語。」范銘如：〈臺灣新故鄉——五〇年代女性小說〉，《眾裏尋她——臺灣女性小說縱論》（臺北：麥田出版社，2002年），頁26-27。

陵與苦難共存，將中國原典賦予基督教使命感。

一九七二年臺灣剛歷經保釣事件、退出聯合國，一連串外交受挫，張靄珠認為「政治中國（反攻大陸、統一中國）的理想漸遠，『文化中國』遂成為政府極力打造的願景，以繼續凝聚國家認同。對於社會大眾而言，張曉風戲劇中那遙指寓言、神話、歷史人物的文化中國，或多或少也發揮了移情作用，讓某些觀眾移轉了他們對政治現實的潛意識焦慮，而寄託於『精神上的桃花源』。」[7]然而在復興中華文化的年代，《武陵人》挪用典故改造其內涵，當時曾引發部分評論者尖銳的批判，唐文標、何懷碩、《鵝湖月刊》社論、李元貞等俱提出強烈批判[8]，以忠於原典為準繩的觀點，如今在「後」學興盛的年代看來顯得保守傳統，單就藝術表現來看，《武陵人》明顯的問題在於主題先行，辯詰過於單一明確。

至於七○年代臺灣遭遇外交顛簸之際，安逸的「桃花源」和苦難的「武陵」是否有對應當下情勢的明確所指，更是耐人尋味的問題。張曉風接受訪問時，以在美友人因保釣運動立刻回臺為例，表示仍有人願放棄舒適生活擇其所愛。[9]但若將此劇歸結為對六○年代以降留美風潮的省思，似又簡化了作者的內在動機。相隔二十年後回看此劇，論者不再聚焦於忠於原典精神與否，而關注於身分認同議題，劉紀蕙敏銳指出：

7　張靄珠講評林鶴宜〈臺灣戲劇現代化的一段序曲——論張曉風《曉風戲劇集》〉一文時提出的觀點，收入陳義芝主編：《臺灣文學經典研討會論文集》（臺北：聯經出版社，1999年），頁440。

8　唐文標認為：「何必隨便地『糟蹋』桃花源這個中國人的理想國意念呢？」唐文標：〈天國不是我們的——評張曉風的武陵人〉，《中外文學》第1卷第8期（1973年1月），頁42，收入唐文標著：《天國不是我們的》（臺北：聯經出版社，1976年），頁62。何懷碩指出該劇「歪曲了〈桃花源記〉的本質意義，妄貶了它的價值，無形中踩蹦了古典文學的精華。」何懷碩：〈矯情的《武陵人》〉，《中央日報》第10版（中央副刊），1973年2月14-17日。孫康宜則對此劇表露欣賞，認為與英詩人布萊克（William Blake）將世外桃源比為「次等的樂園」的觀念相通。孫康宜：〈武陵人與布萊克精神〉，《中國時報》第13版（人間副刊），1973年6月25-26日，收入張曉風：《曉風戲劇集》（臺北：道聲出版社，1982年），頁188-200。何懷碩就此再度撰文批判「中國人誣蔑了前人的成就，符合西洋人的觀念」。何懷碩：〈桃花源辯〉，《中國時報》第13版（人間副刊），1973年7月14日。《鵝湖月刊》社論亦嚴屬批判「是對傳統文化與前賢德業別有用心的曲解與鄙薄」，「以其宗教立場，隨意撕毀自家的祖宗文化」。社論：〈評「雲門舞集」與「嚴子與妻」〉，《鵝湖月刊》第2卷第8期（1977年2月），頁1。李元貞則指「把陶淵明〈桃花源記〉所試圖表現的中國人的烏托邦⋯⋯——反對文明社會的傾軋戰爭——扭曲成了次等天國向頭等天國的追尋，變成不倫不類的基督教宣傳劇。」李元貞：〈張曉風的《位子》〉，《雄獅美術》第85期（1978年3月），頁122-123。

9　幼獅記者：〈〈桃花源記〉的再思——張曉風訪問記〉，《幼獅月刊》第241期（1973年1月），頁78-80，收入張曉風：《曉風戲劇集》，頁208。劇中黃道真所言：「當時你以為掉進了天堂，但等你張開口，你發現所有無邊無際的鹹水，你一口都不能喝。」劇場節目單指出「代表許多流落在異邦的中國人，他們所住的現代桃花源，他們所購買的零星的快樂，對某些人也許是有效的幸福劑。」轉引唐文標：〈天國不是我們的——評張曉風的《武陵人》〉，頁50，收入唐文標著：《天國不是我們的》，頁74。

讀此劇本的觀眾卻不可能在劇中的宗教架構之外，忽視其中外省人流亡臺灣、矛盾掙扎的相似處境。……她（張曉風）承擔的是現代意識極為強烈的沉重歷史感，多難的中國令她無法耽於安逸。……對於在大陸出生而流落在異邦的中國人來說，他們所暫時歇息的落腳處，無論是臺灣或是美國，都是次等的仿製天國，都是桃花源的假象，苦難的中國是他們必須背負的人間磨練。[10]

柯慶明更明言：「《武陵人》的劇名，已經強調了這是一個有關地域認同的作品」，「真正『渴想著』的其實是改朝換代仍然不變的『主流』歷史與這種形上化了的『國家』認同。」[11]兩位學者皆認為劇中「苦難的武陵」所指應為中國，我以為仍有斟酌的空間。

張曉風未多明言，然曾指出：「我寫《武陵人》的時候，想到的是世紀的苦難和一份投入苦難的悲劇精神。」[12]世紀的苦難，似不僅指時逢災厄的臺灣，或隱隱指向更大的悲劇——彼岸正逢文革時期，再擴大而言，從清末至民初，以迄於對日抗戰、國共內戰，中華民族一直處於動盪未已的狀態，是以主角取名黃道真，文中亦在追尋炎黃子孫的立身之道究真為何。張曉風又說：「我覺得黃道真走進武陵是偶然碰巧，但是能走出那個桃花源，就需要極大的勇氣和抉擇。基於愛鄉的情懷，他回到了多難的武陵。重點是在說明：作為一個現代中國人的回歸與覺醒是很重要的。」作者未言明究竟愛的是哪個鄉，以及所謂「回歸」所指何處。對於在大陸生長的外省移民，應是相當艱難且無法截然區隔的問題。

且讓我們回顧張曉風的離散經歷，因父親從軍任官，張曉風童年遷徙過金華、重慶、南京、柳州、廣州等地，原鄉經驗融入其作品，充滿中國情懷。比《武陵人》早一年出版的散文集《愁鄉石》中，張曉風在〈我們的城〉描寫新生南路的堤：「每次走過那些柳樹，總忍不住停下來凝望，每次凝望總忍不住想起詩詞中故國的隋堤和灞陵。」文末又云：「我愛我們的城，做了十九年的異鄉人之後，我開始用一種無奈的愛情愛我們的城——這個我的祖父所不曾聽過，父親所不曾夢過的城。」[13]鄉土文學論戰之後，張曉風對臺灣的愛更顯明確：「人有時多麼愚蠢，我們一直繫念著初戀，而把跟我們生活幾乎三十年之久的配偶忘了，臺澎金馬的美恐怕是我們大多數的人還沒有學會去擁抱

---

10 劉紀蕙：〈斷裂與延續：臺灣舞臺上文化記憶的展演〉，《孤兒・女神・負面書寫：文化符號的徵狀式閱讀》（臺北：立緒文化，2000年），頁86-87。

11 柯慶明：〈傳統、現代與本土：論當代劇作的文化認同〉，收入何寄澎主編：《文化、認同、社會變遷——戰後五十年臺灣文學國際學術研討會論文集》（臺北：行政院文化建設委員會，2000年），頁144、145。

12 張曉風：《曉風創作集・堅持玉的人》（臺北：道聲出版社，1976年），頁962。引文中的加強符號為筆者所加。

13 張曉風：《愁鄉石・我們的城》（臺北：晨鐘出版社，1971年），頁22、24。

的。……我怎能不愛我廿八年來生存在其上的一片土地,我怎能不愛這相關的一切。」[14]「初戀」與「配偶」的比喻,說明了張曉風已將異鄉視為家鄉。

《武陵人》在對移民美國風氣省思的背後,隱藏外省族群的離散經驗。當黃道真在進出桃花源的過程中艱辛掙扎,彷若穿過母體的產道,除了在憂患與安樂間辯證的普世性意涵,亦可解讀為蘊藏對回歸祖國(臺灣/大陸)的召喚。對張曉風而言,國族認同是混雜而同一的,關懷當下臺灣與胸懷大陸是並行不悖的,此種關懷已超越政治實體,而是一種文化承擔,對文化中國恆常的想望和追尋。

三 集體記「遺」之嬗變——賴聲川《暗戀桃花源》

從張曉風《武陵人》到賴聲川《暗戀桃花源》,經歷十四年、解嚴將臨,眾聲喧嘩取代了明確主題,具實感的生活細節取代了抽象表現。出生大陸的張曉風打造的主角黃道真,是投入當下苦難的代言人,外省第二代創作者結合長輩形象和經驗塑造的長者江濱柳,則是緬懷美好過往的臨終之人,難忘中國「初戀」,最終擁抱臺灣「配偶」。從宗教層面而言,《武陵人》富於基督教積極入世追求理想的精神,《暗戀桃花源》則具佛教悲憫情懷,揭示放下執著、珍惜當下的法門。

於解嚴前一年首演的舞臺劇《暗戀桃花源》,由外省第二代劇場工作者集體創作,銘刻了離散族群的心境,也呈現臺灣長期高壓政治鬆動後文藝界蓬勃的生命力。導演賴聲川出生於美國,具中西文化混融的背景。《暗戀桃花源》悲喜劇併陳的靈感來自希臘悲劇和日本能劇,兩戲一今一古,巧妙穿插互為映照,主線《暗戀》以寫實感傷基調鋪陳外省第一代移民的離散經驗,副線《桃花源》運用中國原典加上西方喜劇精神,富於象徵意味。賴聲川指出〈桃花源記〉「代表著我們所有人對理想生活的嚮往,以及面對這種嚮往無法完成之後的哀愁」[15],「用很不敬、諷刺的方式來改編〈桃花源記〉,也是長久以來想做的事」。[16]《桃花源》一齣將〈桃花源記〉的架構增添上《水滸傳》中妻子紅杏出牆的情節背景,喜鬧劇背後卻蘊含深沉的悲哀意涵,《暗戀桃花源》以看似不敬的方式對原典致敬,並以現代精神達成對經典的超越。

《暗戀桃花源》融合了外省第二代創作者共通的經歷:賴聲川父親為外交官,丁乃竺父親為政論家,丁乃竺出生香港,亦因父親遭遇之故來臺,後皆與賴聲川在美完成學業,同修藏傳佛教,《暗戀桃花源》也在真假名相間進行辯證。《桃花源》中三人組李立群、顧寶明、劉靜敏,和出飾《暗戀》男主角的金士傑,均於五〇年代後出生於眷村。

---

14 張曉風:《步下紅毯之後・好豔麗的一塊土》(臺北:九歌出版社,1979年),頁68-69。

15 賴聲川編導:《暗戀桃花源》光碟附冊(臺北:表演工作坊,1999年),頁9。

16 鴻鴻、月惠編著:《我暗戀的桃花源》(臺北:遠流出版公司,1992年),頁19。

《暗戀》文雅感性的基調，和《桃花源》生猛奔放的特質，體現了外省族群氣質混雜的多元性，儘管背景各異，共通的是離散飄零經驗。

《暗戀》中的江濱柳脫胎自賴聲川和金士傑的長輩，東北青年在昆明西南聯大唸書，投筆從戎參加抗戰，一九四八年在上海結識雲之凡，戰後來到臺北，畢生流離遷徙，在上海想念東北老家，在臺北思念上海，代表了離散族群典型的懷鄉心理。雲之凡則來自首任女主角丁乃竺的家族經驗，丁家來自雲南，母親曾口述抗戰期間從昆明逃難，來到桃花源般的山區，長輩的真實經驗轉化為雲之凡言語述說召喚的回憶。[17]《暗戀》最後一場分別近四十年後臺北重逢的戲，丁乃竺回憶初排當下「突然間我們似乎觸碰到一個核心，一個龐大的東西，我突然對我們上一代的流離失所和許多的無奈，生出一股強烈的同情心，眼淚不由自主地流下。」[18]此後專任製作人的丁乃竺聽到老歌會掉淚，金士傑在路上遇到似曾相識的老先生身影時也不能自已[19]，二〇〇六年版新一代女主角陳湘琪的父親，也稱江濱柳的經驗就是他自身經驗[20]，《暗戀》結合了他們長輩的經驗，演員再現且創造出典型的劇中人物，又透過揣摩內化成自身經驗，成為與上一代聯繫的樞紐，負載了外省第二代演員共同的族群記憶。

透過《桃花源》的穿插，《暗戀》的寫實情境拉開了舒緩的距離，在笑中帶淚之際獲得反思。《暗戀》和《桃花源》相對應，劇中導演們彼此不能理解，其實卻相互注解。兩戲各在當下和他方間往返辯證，《暗戀》中的上海有著江濱柳的美好記憶，遭逢流離遷徙的他鎮日緬懷過往，心靈恆處於漂遊的狀態，雲之凡成為通往過去、記載往事的媒介，臨終前的重逢成為最大的渴慕和願望，期待通過共同記憶回到離散前的接點，然而正如男女主角虛無飄渺的名字，注定無法捕捉落實，理性認命且安於現實的雲之凡，帶給江濱柳更深的失落和惆悵。《桃花源》中現實的武陵上演兩男一女的婚外情糾

---

17 江濱柳設定為「東北吉林人……一九二五年生，四〇年離家赴成都，四三年入大學，四四年參加十萬青年十萬軍，四五年抗戰勝利，無家可歸，在上海雜誌社做翻譯工作，四八年認識雲之凡，八五年得肺癌。」鴻鴻、月惠編著：《我暗戀的桃花源》，頁25。丁乃竺說：「我父母都是雲南人，雲之凡這個角色的資料、背景，很多都是來自我母親。劇中導演說雲之凡像朵山茶花，其實雲南滿山都是山茶，這種訊息都是母親從小就告訴我的。舞臺劇中，雲之凡回憶他們逃離到了一個與世隔絕的地方，居民非常祥和，雙方語言不通，但玩得很開心，都忘了是逃難；這確是我母親的親身遭遇。」鴻鴻、月惠編著：《我暗戀的桃花源》，頁75。曾出飾雲之凡的林青霞，則認為賴聲川母親氣質最像雲之凡。鴻鴻、月惠編著：《我暗戀的桃花源》，頁83。外省族群的移民記憶也再傳承給下一代，雲之凡的名字從反面念起，即為女兒之名「梵耘」。「表演工作坊」官方網站，2009年2月21日，網址：http://finding2009.pixnet.net/blog/post/26258882（2013年7月26日上網）。

18 梁子麒編：《《暗戀桃花源》節目冊》（香港：香港話劇團，2007年），頁12。

19 鴻鴻、月惠編著：《我暗戀的桃花源》，頁65。

20 丁乃竺：〈從女主角到製作人〉、金士傑：〈創造一個角色〉，收入鴻鴻、月惠編著：《我暗戀的桃花源》，頁77、65。表演工作坊：《暗戀桃花源二十週年紀念專刊》（臺北：表演工作坊，2006年），頁20。

葛，老陶諸事不順，認定武陵鳥不語花不香，誤闖美好幻境般的桃花源，卻見面貌一如妻子春花和其外遇對象袁老闆的逸民，過著祥和自適的生活，於此揭示了美好和醜惡取決於心境，然身在桃花源想著武陵，返回武陵卻面臨更不堪的現實，復又尋找不到本為虛幻的桃花源。《暗戀桃花源》將主題設定為「追尋」，其實內涵即為「失落」，長久的追尋帶來永恆的失落，且創作者又賦予更深一層的反思。

外省第二代演員扮演長輩一代男女主角的同時，也分離自角色之外搬演戲外戲，如此產生分割和差異，他們投入並理解角色，但也維持了一定的距離。臨終的「江濱柳們」終將要消逝在歷史的舞臺，這是招魂的儀式，也蘊含除魅的意味。最終江濱柳投入本省妻子的懷抱，真實感性的情緒流露每每讓觀眾動容，這是不同族群都可接受並感到滿意的結局，揭示真正的桃花源其實就在所處的當下時空。賴聲川對原典的解讀是：「對歷史無知，這就是桃花源。陶淵明做了多麼高明的政治諷刺……或許我們還可以另外解讀：活在當下，不追究過去，不期望未來，這也是桃花源。」[21]外省第一代往往感傷於時代的錯置和自身的錯位，而出生在臺灣的戰後第二代，卻同時背負長輩的記憶並面臨對本土的認同。江太太一角純樸認分，正象徵臺灣本土值得珍惜的特質。這是歷經鄉土文學論戰，臺灣走向本土化過程後，外省第二代身分認同的轉移和確認。[22]

一九八六年版的《暗戀桃花源》可謂現實中兩岸關係的寓言，在微妙的政治情境中謹慎拿捏分際，挑戰威權政治已鬆動的隙縫[23]，又得以超越特殊歷史語境和族群經歷，探索的核心議題具普世性，此劇重演版與時變遷，隨大陸探親前後異動，曾改編為電影版和多種舞臺劇版本。[24]

二十年後由歌仔戲團明華園演出新版《桃花源》，應合了臺灣本土化潮流，也成為現實中族群融合的隱喻。風格迥異、屬性各殊的表演工作坊和明華園的碰撞交流，原可

---

21 梁子麒編：《《暗戀桃花源》節目冊》，頁13。

22 根據學者調查，外省人的自我認同在九〇年代發生巨大轉變，越來越多的外省人同時擁有「既是中國人也是臺灣人」的雙重認同。沈筱綺：〈故土與家園：探索「外省人」國家認同的兩個內涵〉，收入張茂桂主編：《國家與認同：一些外省人的觀點》（臺北：群學出版社，2010年），頁133-134。賴聲川《暗戀桃花源》可謂此認同的先驅展現。

23 1986年首演時，臺灣尚未解嚴，兩岸議題還是很大的禁忌，創作時得「小心計算禁忌的界線在哪裡，而我們要超越多少。」「《暗》劇的含意在當時是很嚴重的，很容易會被註解成：你還可以想大陸啊？」鴻鴻、月惠編著：《我暗戀的桃花源》，頁28。其中「桃花源」有著模稜兩可的指涉。1948年分離前雲之凡滿懷希望道：「一個新的希望，新的中國就要來臨！」所寄望的政黨不明，而《桃花源》中的臺詞「我們的祖先……有個偉大的抱負！」「他們的理想——在這裡結果！」指涉的是新中國或是臺灣，也含混不清。鴻鴻、月惠編著：《我暗戀的桃花源》，頁31。

24 2009年於光點臺北「我心中的桃花源——談劇場與電影的跨界遊戲」座談會中，筆者曾問導演《暗戀桃花源》一直順應時代轉變，然隨著外省第一代移民凋零，該劇要如何維持當下性。賴聲川即刻回答，只要將《暗戀》導演的臺詞：「我記得當時不是這樣。」改為「我記得我爸爸說的不是這樣」即可解決。

能煥發異采，然歌仔戲和周璇老歌的合奏，未經適度的統籌和融合，卻讓原劇走調。賴聲川任明華園發揮未加過問，明華園則使出全團絕技，劇中兩劇團相爭的情況如在現實發生，但整體的呈現卻顯失衡突兀。明華園將原本《桃花源》象徵寫意的簡約佈景，營造為仙女和動物旋繞的侏羅紀公園，固具創意和賣點，然喧騰誇張的表演和現場鑼鼓聲，蓋過由火候不足新一代演員組成的《暗戀》。兩劇演員情感均顯深度不足，《暗戀》的演出較顯單薄不夠深刻，《桃花源》急躁浮淺的笑鬧演出，更讓感傷悲哀無從顯現。儘管劇中企圖跟上時代節奏，藉由《桃花源》演員之口暗諷送珠寶送禮券等時事，並讓江太太從閩南背景轉為客家人，擴大族群涵蓋面向。然與原創劇渾然天成的組合相比，仍顯得深度和力道不足。[25]

此後最耐人尋味的版本，應屬二○○七年兩岸三地版《暗戀桃花源》，由中國話劇團出飾《暗戀》，香港話劇團負責《桃花源》，曾在中、港演出，呈現普通話和粵語混雜的情境。在香港演出時，影射香港回歸後空間和主權微妙的拉距關係，彷若呼應了香港民眾面對中共政權和大陸新移民時產生的遺民情結。根據香港話劇團提供的演出光碟，《暗戀》中出飾江濱柳的演員，以倨傲姿態對《桃花源》演員說：「普通話你們聽得懂吧？」「我們的導演是專程從臺灣趕過來的知名作家，我們是北京話劇團。這次來，主要是慶祝你們香港回歸十週年。」代表官方姿態的優越強勢。兩團相爭之際，《桃花源》導演怒道：「請你們離開。」隱含的主權思想不言而喻；場務順子穿「為人民服務」斗大字樣的 T 恤，更諷諭對當政者的不滿。兩劇交接時，不同語言的差異性和雜糅性愈形突出，彼此互相干擾影響，當《桃花源》的老陶和白袍男子對應《暗戀》臺詞時，轉為普通話：「不會的」，「你抓不到」。飾演江濱柳的演員也幾度脫口而出廣東話：「回去吧！」爭執不下時卻轉為語氣權威的普通話：「你混蛋！趕快回去！」兩劇相爭結束於共通的國罵，指涉香港雖已「回歸」仍充滿爭執，並上演著地盤爭奪戰，香港英治時期的桃花源已不復可追，況且其時可謂「偽桃花源」，欠缺中／英之文化精神，經濟榮景如曇花一現，往前看，中共許諾的桃花源更前景難料，戲謔的諷刺引起觀眾共鳴。在大陸演出的兩岸三地版，則改為：「我們是為慶祝奧運會倒計時三五二天來北京演出的」，「今天幸好沒有實行單雙號」[26]，呼應重大時事並諷刺北京的交通問題。

兩岸三地版以詼諧嘲謔風格見長，《暗戀》屬於臺灣特有的感傷抒情調性削弱，男

---

25 有些資深影迷表達失望之情，如徐開塵：〈我的「暗戀」，毀在「桃花源」〉，2006年9月6日，網址：http://blog.yam.com/weculture/article/6413007（2013年7月28日上網）。此後與大陸表演團體合作的越劇版《暗戀桃花源》，越劇的緩慢節奏也顯得有些扞格。

26 因《暗戀桃花源》兩岸三地版演出光碟涉及版權，臺灣表演工作坊未有錄像，筆者曾於2006年11月、2008年4月、2010年9月三度赴香港話劇團，調閱粵語版和兩岸三地版部分演出片段光碟，2012年在北京與中國話劇團聯絡，確認亦無光碟，始結束漫長「暗戀」歷程。在大陸演出的兩岸三地版臺詞，見於王潤：〈娛樂多了品味降了〉，《北京晚報》文娛報道版，2007年8月22日。

女主角微笑敘舊，圓滿大過遺憾。《暗戀桃花源》隨演出地大陸或香港在地化，也淪於商業化和娛樂化，一九四九年外省移民的經驗稀釋了，轉變為屬於另一種時代地域的政治和文化意涵，為微妙的國族關係註腳。

四　記憶／祭遺之書——朱天心〈古都〉

　　朱天心和賴聲川同樣為五○年代出生的外省第二代創作者，在臺灣社會變動過程中，其創作呈現身分認同的轉折歷程。[27]儘管小說和戲劇類型不同、創作年代相隔十年，朱天心〈古都〉仍可和《暗戀桃花源》互文比讀。創作者之間隱然有所聯繫，如朱天文曾評述《暗戀桃花源》每次公演「已逐漸成為負有社會參與感和歸屬感的社交活動」[28]，富於社會參與感的朱天心應曾觀賞此劇，賴聲川原本考慮從事小說創作，亦如朱天心般喜愛京都。[29]賴聲川導演下的《桃花源》貌似戲謔、內涵深沉，朱天心最後反寫了〈桃花源記〉塑造了偽烏托邦。《暗戀桃花源》和〈古都〉都在對應的時空中回返辯證，主角皆惦念過往時光：八○年代末，七十歲的江濱柳身為外省第一代移民，身不由己隨時代漂流，回憶中的桃花源已往逝，陷落在過去的回憶中，無法融入現實當下；九○年代末〈古都〉中四十歲的「你」身為外省第二代，卻面臨身分認同危機，憂傷之外猶含激憤，在生長之地宛若異鄉人。江濱柳難忘的四○年代上海，和〈古都〉主角懷念的七○年代臺北，皆非太平時期，是青春的記憶將其美化凝結了。相較於《暗戀》的沉緩超越，〈古都〉動情而負氣。然賴聲川《暗戀桃花源》同一齣戲搬演二十餘年，渾然天成的質地已然轉異，朱天心從少作到《想我眷村的兄弟們》再到〈古都〉，儘管風格大異，深情懇切的本質依稀未改。

　　一九九六年〈古都〉發表是年，適逢首屆民選總統，李登輝連任，臺北市長為民進黨陳水扁出任，本土派在臺灣政治壯大，建國論述正興。選舉時蔓生的族群議題，讓許多外省族群倍感焦慮。〈古都〉中主角的父親自大陸來臺，母系為臺灣客家族群，與朱天心身世暗合。歷史系出身的朱天心博學強記，小說述及滿清、日據、戒嚴到九○年代

---

27 如論者指出，外省第二代在成長的過程中，不斷歷經外在歷史論述的變化，而原先籠罩在整個社會中，中國民族主義意識型態所帶來的保護氛圍，也因為「臺灣意識」的發展和注入而有所鬆動、破壞：對外省第二代而言，面對新環境的刺激，不得不重新面對自我身分的定位，進行一段對自身的「身分認同」肯定或否定的辯證過程。孫鴻業：〈「外省人」第二代的國家認同〉，收入張茂桂主編：《國家與認同：一些外省人的觀點》，頁40-41。

28 朱天文：〈又一齣賴聲川的戲〉，收入陳雅華編：《暗戀桃花源》（臺北：皇冠文學出版公司，1986年），頁13。

29 賴聲川曾在京都清水寺觀察拍照，宋雅姿整理：〈相聲的記憶——賴聲川回憶《那一夜，我們說相聲》的創作過程〉，收入賴聲川：《那一夜，我們說相聲》（臺北：皇冠文學出版公司，1989年），頁16。

時期的臺北，在臺北和京都雙城間對應。主角少女時代的臺北桃花源，已隨時移事往惡濁難辨，唯在經年不變的京都尋求安身立命之所，呈現複雜的身分認同和國族想像。

朱天心好用典故，〈古都〉與多部經典互文，前半以川端康成《古都》居多，引用達九次，小說中段在京都回憶臺北時，開始漸次出現陶淵明〈桃花源記〉原文，後半引用〈桃花源記〉九處以上，末段大量援引，如撥弦召喚記憶之歌，惡濁現世與美好回憶相對比，〈桃花源記〉原文成為莫大諷刺，即唐小兵所言：「烏托邦竟成反烏托邦，憧憬成為夢魘」。[30]至於引用「桃花源」典故的用意，則有不同面向的解讀，廖朝陽指出「桃花源的隱逸古風逆轉成為族群仇恨的來源，精神閉鎖的表徵」，並舉小說中主角進入將面臨拆遷的眷村一段，認為「顯然是說『外省人』就像桃花源的百姓一樣，停止演化，過著一灘死水般的生活」[31]，楊翠則舉小說末段淡水河畔居民為例，認為是「刻意強調『桃花源』中前移民的『排外性格』」。[32]這些解讀在小說特定段落或許成立，說明了文本強調的族群封閉性和排外性，然仍未能切入小說的核心和作者的內在深層狀態。

小說不僅和《古都》、〈桃花源記〉等互文，更和朱天心多篇作品互文，尋繹文本並比線索時，〈桃花源記〉可謂解謎之鑰。先看七〇年代末朱天心散文〈江山入夢〉中描寫京都行：

> 只見爺爺的長袍給風撩得高高的，人又走得疾，在嘩嘩湧動的松群裡，是幅歷史的畫。而眼前根本不是奈良，根本不是日本，根本不是民國六十八年，爺爺是杖策謁天子去，而我們卻又是三朵開得滿滿的花兒，在大地上，而我們終將被繡進歷史的織錦裡。我眼睛為之一溼。[33]

其後又寫道：「寒山寺，石階上滿是苔綠，我和天文對望一眼，想到日後回大陸上又是哪一種情致呢。」[34]京都原仿唐朝長安建制，年少的朱家姊妹在古意盎然的京都，聯想到中國古代壯闊蒼茫的圖景，其時鄉土文學論戰已過，她們仍兀自沉浸於神州大夢中，而京都即為想像中國的徑路。

九〇年代初朱天心又在散文〈大城小景〉中回憶日本行，大三時和姐姐天文結伴第

30 唐小兵：〈《古都》‧廢墟‧桃花源外〉，收入朱天心著：《古都》（臺北：印刻文學生活雜誌社，2002年），頁255。
31 廖朝陽也指出：「因為『你』在這裡是偽裝成『異國之人』，也因為桃花源的典故不斷點出族群的封閉性，河邊社區的反烏托邦想像就不僅指向歷史僵化的恐懼，也指向差異在民族與族群」。廖朝陽著，王智明譯：〈災難與希望：從〈古都〉與《血色蝙蝠降臨的城市》看政治〉，《臺灣社會研究季刊》43期（2001年9月），頁19-20。
32 楊翠：〈建構我族‧解構他族——朱天心的記憶與認同之辯證〉，收入國立成功大學臺灣文學系編：《跨領域的臺灣文學研究學術研討會論文集》（臺南：國立臺灣文學館，2006年），頁216。
33 朱天心：《二十二歲之前‧江山入夢（下）》（臺北：聯合文學出版社，2001年），頁155。
34 朱天心：《二十二歲之前‧江山入夢（下）》，頁163。

一次去東京,「在一位旅居日本數十年的中國老師家住了一個多月」[35]:

> 第二年春天,我們依約再赴東京,仍然只住一個月,卻從頭趕上了櫻花季,果然
> 芳草鮮美,落英繽紛,……其後一年,老師過世,友人多少星散。再去的時候,
> 彷彿那武陵漁人覓桃源不著,……武陵人,緣溪行,大概勉可解釋我後來一再重
> 複的東京經驗,雖然其結果總是尋向所誌,遂迷不復得路,……我們仍將不放棄
> 每年一度的尋津,忘路之遠近,欣然前往……終至再無問津者。[36]

最後結於:「此中人語云,不足為外人(傅高義、大前研一、劉黎兒、NHK 小耳
朵……)道也。」[37]這位「中國老師」自是胡蘭成,胡蘭成因親日出亡赴日,在日本闡
揚中國文化,復亦追尋日本承傳之古中國文化。朱天心在《古都》日文本自序提到:
「受胡蘭成老師所邀,連續兩年都和姐姐天文一起,在櫻花的季節裡於東京的福生度過
兩個多月」[38],爺爺所在的日本,同遊的東京,即為桃花源,逝世後雖「不復得路」、
「覓桃源不著」,仍一再尋津前往。

小說〈古都〉寫於胡蘭成逝世十六年後,可謂追憶之書,文中運用〈桃花源記〉典
故,並和日本殖民時規劃與京都相仿的臺北對照。小說從表層看來似是對臺北過往的懷
舊,憑弔那些已消失的地貌和人文景觀,並從恆常不變的京都獲得情感投射和心理慰
藉,實則是以此銘記了如親人般的恩師胡爺爺的啟迪[39],並追憶少時美好的中國情懷。
〈古都〉中的「桃花源」因而有著豐富內涵,可分為四層次:一是美好桃花源,為主角
少女時期七〇年代的臺北,此概念相對於九〇年代的惡濁桃花源。雖則父親「避難海隅
家無長物」[40],移民的第二代「一意想離開生長地方」[41],每望淡水出海口便問同伴:
「看像不像長江?」[42]「你們都故意忽視腳下單脊兩屋坡的閩南式斜屋頂不看,一致同
意眼前景色很像舊金山,雖然你們誰也沒去過。」[43]儘管身在臺北心思遠颺,彼時仍享
有美好時光,他們擁有心靈的全然自由,充分發揮想像力──更準確地說是作夢的權
利。在父親和爺爺護持的大觀園中,與現實本土化的發展隔離,因天真浪漫而充滿快樂
希望,專心一致合力追求理想之境。

---

35 朱天心:《二十二歲之前・大城小景》,頁86。
36 朱天心:《二十二歲之前・大城小景》,頁92-94。
37 朱天心:《二十二歲之前・大城小景》,頁94。
38 濱田麻矢:〈朱天心《古都》與胡蘭成的美學〉,《勵耘學刊(文學卷)》1期(2009年6月),頁161。
39 張愛玲亦曾隨胡蘭成欣賞日本文明,散文〈雙聲〉中表露喜歡日本文明,乃因「喜歡古中國的厚道
   含蓄」。張愛玲:《餘韻・雙聲》(臺北:皇冠文學出版公司,1991年),頁59。
40 朱天心:《古都・古都》,頁169。
41 朱天心:《古都・古都》,頁175。
42 朱天心:《古都・古都》,頁162。
43 朱天心:《古都・古都》,頁163。

二是惡濁桃花源，即為九○年代現實中的臺北，「你」在成長之地卻被視作異鄉人，選舉期間「有名助講員說了類似你這種省籍的人應該趕快離開這裡去中國之類的話，你丈夫亂中匆忙望你一眼，好像擔心你會被周圍的人認出並被驅離似的。」[44]「要走快走，或滾回哪哪哪哪，彷彿你們大有地方可去大有地方可住，只是死皮賴臉不去似的……有那樣一個地方嗎？」[45]外省移民感到難以立足，遑論作夢，過往桃花源已為惡托邦。

三是鏡像桃花源，即與臺北地景和文化可相對照的京都。《古都》出版之後，我曾指出與現今臺灣和中國大陸相較，「日本更接近他們心目中的文化理想國」，「三三時期她們所信仰的一套世界觀，是根源自中國詩書並融匯日本文化的胡氏美學」。[46]至今京都保留了中國文化的風貌，「你告訴女兒，江南就是這個樣子。你哪兒去過江南。」[47]儘管主角不通日文，身為異國人仍對面貌恆常的京都產生了歸屬感。近期連載中的〈三十三年夢〉裡，朱天心回憶首次遊京都時，仍屢次形容其如想像裡的古中國。[48]

四是想像桃花源，在小說中未曾明言，然而勾連前文本〈江山入夢〉、〈大城小景〉等作，以及小說中提及的「長江」、「江南」，中國隱然為終極之嚮往，然而自三三時期始，他們懷想的即為古典中國、漢唐盛世，與現實中國存在遙遠距離。更殘酷的是，他們想望的中國在四九年其父朱西甯來臺之前已毀壞，其後更曾滿目瘡痍、殘敗不堪，但真有這個地方嗎？「你」未親赴斯地，因親履便要幻滅，在三三夢想「變成如果是一個笑話或夢話之前」[49]，僅能以隱而不彰的方式銘誌。

總歸小說中「桃花源」的四種層次：「美好桃花源」為七○年代的臺北，「惡濁桃花源」為九○年代的臺北，「鏡像桃花源」為恆常不變的京都，「想像桃花源」為古典中國。若將「美好桃花源」和「想像桃花源」相合來看，即為七○年代召喚古典中國文化的青春夢想時期，轟轟烈烈卻轉瞬即逝、不再復返。在九○年代臺灣本土意識昌盛時，不僅固有價值觀早已遭揚棄，身分亦遭質疑，故而翻轉為「惡濁桃花源」，僅能在「鏡像桃花源」京都中尋求身心安頓。

---

44 朱天心：《古都・古都》，頁177。

45 朱天心：《古都・古都》，頁179-180。

46 莊宜文：〈雙面夏娃——朱天文、朱天心作品比較〉，《臺灣文學學報》第1期（2000年6月），頁286-287。

47 朱天心：《古都・古都》，頁181。

48 如「好一幅清明上河圖」，「是我想像的江南好風景」，朱天心：〈三十三年夢（一）〉，《印刻文學生活誌》第126期（2014年2月），頁48、51。及至九○年代重遊多回時，猶向遊伴口述當年「我們腳下的京阪線曾經是行走在河畔路面的，可以憑窗飽看鴨川畔的風貌，尤其傍晚上燈時分好像唐朝啊……，愈發覺得自己是白頭宮女在講天寶遺事了」（頁132）。朱天心取名〈三十三年夢〉，既指涉初次訪日距今之時，應亦紀念「三三」集刊，並和宮崎滔天《三十三年之夢》書名互涉。

49 朱天文：《花憶前身・花憶前身》（臺北：麥田出版股份有限公司，1996年），頁97。

　　桃花源可曾真切存在於現實，不需透過追求和實踐？〈古都〉中未明確言及，其實應即為前述七〇年代末三三精神領袖胡蘭成導遊的京都和東京。彼時朱家姊妹在臺灣一心打造美好桃花源，遊歷京都和東京時卻發現已然是現成的桃花源。近作〈三十三年夢〉中再度多次引〈桃花源記〉典故，回憶首度遊日返臺前，離情依依和胡爺友人道別，「如桃花源記的『餘人各復延至其家，皆出酒食。停數日，辭去。此中人語云『不足為外人道也』」。[50]一九八五年和雙親同遊京都，「我好高興哇，武陵人找到了來時路」，胡爺友人如「桃花源人──邀武陵人作客」。[51]然隨時日漸遠，九〇年代初找不到多處胡爺當年帶領一遊之地，「我根本也不以為自己會找到如同那落英繽紛中誤入桃花源的武陵人」。[52]然正如朱天文所謂：「人說曇花一現，其實是悠長得有如永生。」[53]她們年年仍行禮如儀般前往，陷落在記憶的迴圈。

　　〈桃花源記〉訴說的本是永恆的追尋與失落。胡蘭成逝世、大觀園崩毀，對現實中的朱天心而言，是第一重失落，此後移民後裔身分不被認同，是第二重失落。漁人漫遊，不復得路。

　　〈古都〉可以說是以《古都》為皮，以〈桃花源記〉為骨。學者詴圖勾連兩個原文本之間的關係，並指出胡蘭成和川端康成曾直接交流[54]，實則此為朱天心的書寫策略，兩千年我採訪朱天心時，她坦言並不欣賞川端康成的《古都》，認為顯得貧弱，雖朱天心「對日本有很複雜的情感」，但對於日本文化並非毫不保留地接受，亦存在負面觀感，小說中主角對日本的認同，是「為了取得發言的正當性──祭出本土派的法器。」朱天心認為部分本土派以為認同日本等同於對抗中國或與之分割，她想證明的是，同樣的前提，結論可不必然如此，認同日本，最後還是不能全然與中國分割[55]──正因日本

50　朱天心：〈三十三年夢（一）〉，《印刻文學生活誌》第126期（2014年2月），頁61。

51　朱天心：〈三十三年夢（三）〉，《印刻文學生活誌》第128期（2014年4月），頁166、167。

52　朱天心：〈三十三年夢（五）〉，《印刻文學生活誌》第130期（2014年6月），頁133。

53　朱天文：《花憶前身・花憶前身》，頁56。

54　朱天心著，清水賢一郎譯：《古都》（東京：國書刊行會，2000年），轉引自濱田麻矢：〈朱天心《古都》與胡蘭成的美學〉，頁160-161。楊如英則指出「川端康成以文字建構了一個日人永恆的故鄉烏托邦，朱天心卻反覆地提醒讀者、也提醒自己做為永恆故鄉象徵的『桃花源』的不可復返。」〈多重互文、多重空間──論〈古都〉中的文化認同與文本定位〉，「臺灣文化研究網站」，1998年10月，網址：http://www.srcs.nctu.edu.tw/taiwanlit/issue4/4-6.htm（2013年7月26日上網）。

55　莊宜文：〈滿懷鄉愁的遊蕩者──訪／談朱天心〉，《自由時報》第39版（自由副刊），2000年 12月21日。或因超過稿約字數，本採訪稿所引部分幾乎悉遭刪除。此後朱天心接受採訪時亦曾表示：「當時我覺得好像對現狀的解釋，甚至對未來的主張，都是只屬於親日和知日的人」，「我為了取得那樣的發言權」，使得「這場發聲稍微有效、可以跟人家對話的話」，「策略性的考慮」，「我動用了『那些人』的『法器』，然後採取日本來做這樣一個開始。」「文化批評論壇」，《文化研究月報》第4期，2001年6月15日，網址：http://www.cc.ncu.edu.tw/~csa/oldjournal/04/journal_forum_42.htm（2013年7月26日上網）。

文化源自中國，如何能截然分割？小說主角心境固然和作者相近，自不等同於作者，朱天心對日本的情感有其背景，近日且明言「我的日本經驗是胡爺版的」[56]，但在小說中刻意誇張呈現。

二十年前鄉土文學論戰，富於大中華意識的三三成員們意欲與提倡鄉土文學的作家分庭抗禮，時不利兮騅不逝，在本土化的浪潮中，〈古都〉甚至呈現無立足之地的慨傷。寫作〈古都〉的動機在於自感不被認同，她屢屢表示：「臺灣若真要進步，應可包容不認同的人也住在這裡。」[57]實際上朱天心對臺灣有著深厚的感情和聯繫，刻意張揚「不認同」，不等於全然不認同臺灣，而是不認同現狀；刻意標舉「我不愛臺灣」[58]，批判背後蘊藏關懷，或可謂另一種愛的方式。此階段的朱天心負氣挑戰激進本土派敏感神經：〈古都〉的主角認同中、日、美文化，不認同閩式文化，小說強調臺灣殖民歷史的混雜性，指涉多數百姓不論早晚皆為移民，何以後來者遭到排擠，以諷喻和挑戰博取注意，意圖對話並獲得公平對待，並舉「明治天皇與西鄉隆盛，政敵可如此相待，像康熙皇帝的理解鄭成功：明室遺臣，非朕之亂臣賊子」[59]，內含戰後移民／遺民的感慨傷懷，而此種感傷背後，蘊藏著對身為軍中作家的父親朱西甯在文壇遭遇的不平悲憤。[60]

如此姿態自然引來爭議和更多的針鋒相對[61]，朱天心的傷逝和憤懣曾是創作的動

---

56 朱天心：〈三十三年夢（四）〉，《印刻文學生活誌》第129期（2014年5月），頁122。

57 引自筆者採訪稿經刪除之段落。採訪時朱天心且表示：「外省第二代正面臨著空前絕後的處境，他們被貼上一連串的既定標籤，等同於國民黨，等同於有權有勢的階級，事實上他們絕大多數和權勢沒有關係，但是他們一直維護的價值觀卻變成了笑柄。」翌年朱天心參加座談會時指出：「國族寓意加眷村生活加黨國教育加父母輩強大真實的鄉愁」，「是支撐他（我）們不計較現實真實處境而能生存下去的主要力量。這個支撐他們的『價值與信念』，87年來逐漸被主流社會（因族群政治動員）所質疑、訕笑、汙名乃至踐踏，我以為這是大多數外省人失落感的來源。」朱天心：〈「大和解？」回應之二〉，《臺灣社會研究季刊》第43期（2001年9月），頁122。

58 朱天心：〈我不愛臺灣〉，《中國時報》第39版（人間副刊），2004年4月22日。朱天心類似的發言多次，如：「如果臺灣是自許為朝著進步向前的話，是不是可以讓一個敢大聲說出『我不愛臺灣』的人，也可以住在這個地方。」陳光達：〈朱天心：我不屬於臺灣，要屬於哪裡？〉，《新新聞周報》第559期，1997年11月19-24日，頁94。接受高中同學邱貴芬採訪時，也提到「當這個社會真正走上民主化時，不是應該各種人都可以包容？不是只有愛這個國家、愛這個土地愛得半死的人才有資格住在這個地方。」〈古都〉描寫的是一個「認同混亂到極點的女孩」，「我覺得連這樣子的人，我們能不能也把她留下，而不是『妳不認同，妳就走開』」。邱貴芬：《（不）同國女人聒噪──訪談當代臺灣女作家》（臺北：元尊文化出版公司，1998年），頁145、146-147。

59 朱天心：《古都·古都》，頁186。

60 參見朱天心：《漫遊者·華太平家傳的作者與我》（臺北：聯合文學出版社，2000年），頁153-167。朱西甯於《古都》出版後翌年辭世。

61 如楊翠犀利評論〈古都〉矛盾之處，並指出：「無法放棄的眷村族群身分，以及要為這個族群辯護的強烈意識，終於使朱天心無法向內部處理認同課題，也因而在心靈上，雖然近走卻又必須遠觀這座城市，將自己抽離出城市的破敗，此種站在制高點的、抽離式的、而非參與式的批判，與一些明知它已破敗，卻有著苦戀情結的作家，自是不可同日而語。」楊翠：〈建構我族·解構他族──朱

力，但身分認同（和自覺不被認同）的焦慮急切，也限制了距離和高度。在政權翻幾番，藍綠神話俱湮滅之後，讀者和作者或能更平和面對戰後移民的「祭遺」書寫。

五　餘論：不同族群挪用經典之別

　　桃花源本非具體實存的空間，而是一種追尋理想的態度。臺灣戰後〈桃花源記〉故事原型隨時代而變異，在創作者的想像中延展，且以古喻今，為臺灣歷史變遷註解，往往負載外省族群身分認同的辯詰探尋。陶淵明以秦亂指涉東晉時局，武陵人偶入桃花源，但終歸不得久留；戰後臺灣外省族群作家引此典故指涉一九四九年戰亂，其時他們被迫離家移民，落居臺灣，猶然難忘故鄉，在融入適應本地生活的過程中，面臨被接納或排斥的處境，和自身政治和文化的身分認同。外省第一代移民心思往往在兩岸間擺盪，長期無法歸鄉，久之異鄉成家鄉，對於出生臺灣的外省第二代而言，父輩的故鄉已似異鄉。究竟何處為桃花源——那可安居樂業的理想之地？兩代作家共同的詰問，卻因世代、身世有著不同的追尋和思辨。

　　五〇年代處於鞏固中央政權氛圍時期，張漱菡〈白雲深處〉的敘述者欽羨逍遙於世外桃源的明清移民，獨立山中的逸民聽聞政權易改仍不思出山，隱含對現世仍存觀望疑慮，避日亦避漢的選擇近於原典精神，似也反證彼時臺灣仍非太平盛世。七〇年代初迭遭外交失利之際，張曉風劇作《武陵人》省思六〇年代以降留美風潮，張曉風關懷臺灣亦胸懷大陸，劇作蘊藏回歸祖國（臺灣／中國）與苦難並存的決心。八〇年代後期解嚴將臨，賴聲川《暗戀桃花源》銘刻外省第一代離散經驗，負載了外省第二代創作者共同的族群記憶，成為現實兩岸關係的寓言，二十年後由明華園演出新版《桃花源》，應合了本土化潮流，該劇成為銘記臺灣時代變遷的象徵符碼，在中港演出時外省移民經驗淡化，時空意涵轉變，兩岸三地版更為中港微妙的國族關係註腳。九〇年代本土意識昌盛之際，朱天心〈古都〉與少作互文，三三時期古典中國隱然為理想桃花源，在本土化浪潮中自感移民後裔身分不被認同，臺北成了偽桃花源，小說隱然向恩師致意，追憶少時美好情懷，內含戰後移民／遺民的感慨傷懷。

　　〈白雲深處〉的桃花源是臺灣南部獨立山中的臥雲谷，為政權管轄莫及之處；《武陵人》中讓人願長久耕耘的苦難武陵，所指既為風雨中的臺灣，亦為對苦難中國的整體關懷；《暗戀桃花源》真正值得歸屬之地影射為江濱柳身處的臺灣；〈古都〉的桃花源是七〇年代極力召喚古典中國文化的青春時期，現下保存中國古典文化的京都和東京可謂鏡像桃花源。〈桃花源記〉原典對美好理想國的追尋，至當代臺灣外省族群創作的文本

天心的記憶與認同之辯證〉，收入國立成功大學臺灣文學系編：《跨領域的臺灣文學研究學術研討會論文集》，頁223。

中，儼然轉變為武陵和桃花源多層次辯證的複雜關係，對理想之地的追尋蘊含身分認同的辯詰。

外省第一代的移民經驗和遺民情懷，使得第二代身分認同複雜，在臺灣社會變遷過程中產生矛盾衝突，不可易改的身分或被視為「原罪」，然也成為外省第二代的創作動力和資產，文本間迭相呼應。就以不同世代、文風迥異的眷村子弟張曉風和朱天心為例，她們都有著移民之慨，張曉風曾言：「怎樣哀慟的清明，我們無墓可掃。」[62]類同的感嘆再現於朱天心小說：「清明節的時候，他們並無墳可上。原來，沒有親人死去的土地，是無法叫做家鄉的。」[63]直至一九九六、一九九七年其父先後逝世，長眠於曾是異鄉後為家鄉的臺灣。[64]她們皆曾背負鄉愁，肩負文化中國的承擔，《武陵人》中苦難的武陵，既指涉七〇年代外交失利的臺灣，又隱然指向正遭遇文革摧毀的中國；〈古都〉的桃花源，既指涉七〇年代的臺北，又指向曾嚮往的古中國。張曉風的新遺民情懷，富於文化中國的承擔和復興中華文化的使命，出生於臺灣的朱天心，則具陷溺於失落慨傷的後遺民情結。[65]然而張曉風《武陵人》、賴聲川《暗戀桃花源》、朱天心〈古都〉，也都透過主角心境變化揭示，桃花源其實取決於個人的心境。況且《武陵人》中的桃花、《暗戀桃花源》中年輕時的雲之凡和春花，象徵桃花源如夢幻泡影，轉瞬即逝，皆無法讓主角長留相守。

相較於外省族群因歷史際遇和身世背景，國族認同糾葛複雜，本省作家挪用〈桃花源記〉典故的小說和戲劇，對臺灣的認同似較顯單純明確，前此少見本省作家創作相關文本，及至新世紀之交的人禍與天災，得見對移民風潮和在地建設之反思。黃春明（1935-）編導之兒童劇《小李子不是大騙子——新桃花源記》，與朱天心〈古都〉同年發表（1996），就總統大選期間臺海危機導致的移民潮提出反思。張大春指涉李登輝之小說《說謊的信徒》亦於同年出版，為免政治引發聯想，曾將《小李子不是大騙子》更名為《新桃花源記》演出。黃春明受訪時表示：「桃花源不必找了，只要你對今天的社會不滿，想要移民，就是尋找桃花源的行為」，「宜蘭才不過四百年，我們好好花些心思，也能有一個桃花源。」[66]對比七〇年代張曉風塑造的黃道真滿懷憂思，新世紀的小李子顯得歡欣樂觀，劇中反思世紀末臺灣移民潮，強調心靈桃花源之可貴，且融入正興的環保議題。

---

62 張曉風：《黑紗》（臺北：宇宙光出版社，1975年），頁10。

63 朱天心：《想我眷村的兄弟們》（臺北：印刻文學生活雜誌，2002年），頁66。

64 張曉風父親官階為陸軍少將，曾任步兵學校副校長，其思鄉情懷與認同臺灣的心理狀態，見於張曉風：《星星都已經到齊了‧塵緣》（臺北：九歌出版社，2003年），頁87-100。

65 關於新遺民和後遺民之說，詳見註2。此外，身為軍人子弟的張曉風和朱天心，都積極參與政治，張曉風 2011年當選親民黨立法委員，朱天心九〇年代積極參與朱高正組成的社民黨運動，並參選國大代表補選和立法委員。

66 古碧玲：〈文學武陵人——黃春明（下）〉，《聯合報》第37版，1998年10月1日。

　　其後陳若曦（1938-）亦對移民現象進行省思，陳若曦在《打造桃花源》（2000）一書中首篇同名散文，即為黃春明《小李子不是大騙子》觀後感。其後長篇小說《重返桃花源》[67]敘述比丘尼為南投九二一重建，離美放棄博士學位，最後索性還俗濟世，與《打造桃花源》中提倡自行打造家鄉為桃花源的觀點相呼應，亦與近三十年前張曉風《武陵人》回歸家園的呼籲有所聯繫。作者嘗言：「那美麗的桃花源就在我們居住的土地上，無需『暗戀』，也不必費盡心思去移民嘛！桃花源依靠我們來打造。」[68]則和賴聲川《暗戀桃花源》明確互文。陳若曦曾輾轉移民，六○年代留美，後定居大陸親歷文革，七○年代移民加拿大，在《打造桃花源》序言自剖於「一九九五閏八月」[69]回臺，「尋尋覓覓了一個甲子，繞了大半個地球，終於『九九歸一』，回到了原始地點。此時方悟世上沒有現成的桃花源，自己的桃花源只有靠自己打造，而它的原型就是自己的家鄉。」[70]陶淵明〈桃花源記〉中的桃花源，本也在武陵中，真正的桃花源原不假外求。其後出生上海的李家同（1939-），在短篇小說〈李家村〉（2003）中，描述醫生發願捨身救素不相識的病人，後靈魂被召回如桃花源般的村落，富於天主教博愛精神，在此桃花源宛若眾生平等的祥和天國，自然沒有移民之辯，亦無遺民之傷。

　　綜觀作家們對〈桃花源記〉的運用方式，主要可分為兩類，其一為形構相近的故事新編，如張漱菡〈白雲深處〉、張曉風《武陵人》、黃春明《小李子不是大騙子》等，〈白雲深處〉改寫方式較忠於原典，後兩文本的主角選擇回到家鄉武陵並珍惜當下，將原典意涵改異。其二為在文本中挪用轉化原典，如賴聲川《暗戀桃花源》以戲謔手法和深沉意涵讓原典風貌異變，朱天心〈古都〉中「你」自比為漁人，所見臺北從七○年代到九○年代，有如從美好桃花源墮入惡濁桃花源，遂迷不復得路而生傷慟之情，反轉了原典意涵。

　　戰後臺灣小說和戲劇中的「桃花源記」，讓古老原型產生當下意涵，原典變異流轉，文本間亦互相指涉，參照文本間的異同，更可見出各自的意涵及群體的共相和差異，如同《暗戀桃花源》中舞臺背景的留白處，得依靠其他文本填補，方能見出完整全貌。不同的改寫與轉化方式，展現後代創作者對原典的反芻與對現實的思考，與身分認同的切切追尋。與中國大陸新時期以降長篇小說中的「桃花源記」，所展現追尋理想的幻滅歷程，恰成微妙對照，可待研究者細細尋繹。[71]

---

67 陳若曦：《重返桃花源》（南投：南投縣政府文化局，2001年）。

68 陳若曦：《打造桃花源》（臺北：臺明出版社，1999年），頁3。

69 陳若曦：《打造桃花源》，頁1。美籍華人鄭浪玎：《一九九五・閏八月：中共武力犯臺白皮書》（臺北：商周文化，1994年），預言中共將武力襲臺。

70 陳若曦：《打造桃花源》，頁2。

71 參見莊宜文：〈幻滅與劫毀的尋夢之旅——新時期以來長篇小說中的「桃花源記」〉，陳平原主編：《今古齊觀——中國文學中的古典與現代（下）》（香港：香港中文大學中國語言及文學系出版，2016年），頁303-408。

徵引文獻

一　作家作品

朱天心：《漫遊者》，臺北：聯合文學出版社，2000年。

朱天心：《二十二歲之前》，臺北：聯合文學出版社，2001年。

朱天心：《古都》，臺北：印刻文學生活雜誌社，2002年。

朱天心：《想我眷村的兄弟們》，臺北：印刻文學生活雜誌，2002年。

朱天心：〈三十三年夢（一）〉，《印刻文學生活誌》126期，2014年2月，頁30-62。

朱天心：〈三十三年夢（三）〉，《印刻文學生活誌》128期，2014年4月，頁164-177。

朱天心：〈三十三年夢（四）〉，《印刻文學生活誌》129期，2014年5月，頁122-132。

朱天心：〈三十三年夢（五）〉，《印刻文學生活誌》130期，2014年6月，頁128-137。

朱天文：《花憶前身》，臺北：麥田出版股份有限公司，1996年。

表演工作坊：《暗戀桃花源二十週年紀念專刊》，臺北：表演工作坊，2006年。

唐文標：《天國不是我們的》，臺北：聯經出版社，1976年。

張愛玲：《餘韻》，臺北：皇冠文學出版公司，1991年。

張漱菡：《花開時節：白雲深處》，雲林：新新文藝社，1955年。

張曉風：《愁鄉石》，臺北：晨鐘出版社，1971年。

張曉風：《黑紗》，臺北：宇宙光出版社，1975年。

張曉風：《曉風創作集》，臺北：道聲出版社，1976年。

張曉風：《步下紅毯之後》，臺北：九歌出版社，1979年。

張曉風：《曉風戲劇集》，臺北：道聲出版社，1982年。

張曉風：《星星都已經到齊了》，臺北：九歌出版社，2003年。

陳若曦：《打造桃花源》，臺北：臺明出版社，1999年。

陳若曦：《重返桃花源》，南投：南投縣政府文化局，2001年。

賴聲川：《暗戀桃花源》光碟附冊，臺北：表演工作坊，1999年。

鴻鴻、月惠編著：《我暗戀的桃花源》，臺北：遠流出版公司，1992年。

二　專書及論文集

（清）歸莊：《歸莊集・歷代遺民錄序》，北京：中華書局，1962年。

王德威：《後遺民寫作——時間與記憶的政治學》，臺北：麥田出版社，2007年。

朱天文：〈又一齣賴聲川的戲〉，收入陳礫華編：《暗戀桃花源》，臺北：皇冠文學出版公司，1986年，頁12-15。

宋雅姿整理:〈相聲的記憶——賴聲川《那一夜,我們說相聲》的創作過程〉,收入賴聲川:《那一夜,我們說相聲》,臺北:皇冠文學出版公司,1989年,頁10-27。

邱貴芬:《(不)同國女人聒噪——訪談當代臺灣女作家》,臺北:元尊文化出版公司,1998年。

柯慶明:〈傳統、現代與本土:論當代劇作的文化認同〉,收入何寄澎主編:《文化、認同、社會變遷——戰後五十年臺灣文學國際學術研討會論文集》,臺北:行政院文化建設委員會,2000年,頁107-172。

范銘如:〈臺灣新故鄉——五〇年代女性小說〉,《眾裡尋她——臺灣女性小說縱論》,臺北:麥田出版社,2002年,頁13-48。

唐小兵:〈古都‧廢墟‧桃花源外〉,收入朱天心:《古都》,臺北:印刻文學生活雜誌出版,2002年,頁247-260。

張茂桂編:《國家與認同:一些外省人的觀點》,臺北:群學出版社,2010年。

梁子麒編:《《暗戀桃花源》節目冊》,香港:香港話劇團,2007年。

陳義芝主編:《臺灣文學經典研討會論文集》,臺北:聯經出版社,1999年。

楊翠:〈建構我族‧解構他族——朱天心的記憶與認同之辯證〉,收入國立成功大學臺灣文學系編:《跨領域的臺灣文學研究學術研討會論文集》,臺南:國立臺灣文學館,2006年,頁161-228。

劉紀蕙:《孤兒‧女神‧負面書寫:文化符號的徵狀式閱讀》,臺北:立緒文化,2000年。

鄭浪平:《一九九五‧閏八月:中共武力犯臺白皮書》,臺北:商周文化,1994年。

黎湘萍:《文學臺灣:臺灣知識者的文學敘事與理論想像》,北京:人民文學出版社,2003年。

謝正光:《明遺民傳記索引》,上海:上海古籍出版社,1992年。

三　期刊論文

幼獅記者:〈〈桃花源記〉的再思——張曉風訪問記〉,《幼獅月刊》第241期,1973年1月,頁78-80。

朱天心:〈「大和解?」回應之二〉,《臺灣社會研究季刊》第43期,2001年9月,頁117-125。

李元貞:〈張曉風的《位子》〉,《雄獅美術》第85期,1978年3月,頁122-123。

社論:〈評「雲門舞集」與「嚴子與妻」〉,《鵝湖月刊》第2卷第8期,1977年2月,頁1。

唐文標:〈天國不是我們的——評張曉風的武陵人〉,《中外文學》第1卷第8期,1973年1月,頁36-56。

莊宜文:〈雙面夏娃——朱天文、朱天心作品比較〉,《臺灣文學學報》第1期,2000年6月,頁263-294。

莊宜文：〈幻滅與劫毀的尋夢之旅──新時期以來長篇小說中的「桃花源記」〉，《中國文學學報》第5期，2014年12月，頁269-291。收錄於陳平原主編《今古齊觀──中國文學中的古典與現代（下）》，香港：香港中文大學中國語言及文學系出版，2016年，頁303-408。

廖朝陽著，王智明譯：〈災難與希望：從〈古都〉與《血色蝙蝠降臨的城市》看政治〉，《臺灣社會研究季刊》第43期，2001年9月，頁1-39。

濱田麻矢：〈朱天心《古都》與胡蘭成的美學〉，《勵耘學刊（文學卷）》第1期，2009年6月，頁157-166。

四　報刊文章

王潤：〈娛樂多了品味降了〉，《北京晚報》文娛報道版，2007年8月22日。

古碧玲：〈文學武陵人──黃春明（下）〉，《聯合報》第37版，1998年10月1日。

朱天心：〈我不愛臺灣〉，《中國時報》第39版（人間副刊），2004年4月22日。

何懷碩：〈矯情的《武陵人》〉，《中央日報》第10版（中央副刊），1973年2月14-17日。

何懷碩：〈桃花源辯〉，《中國時報》第13版（人間副刊），1973年7月14日。

孫康宜：〈武陵人與布萊克精神〉，《中國時報》第13版（人間副刊），1973年6月25-26日。

莊宜文：〈滿懷鄉愁的遊蕩者──訪／談朱天心〉，《自由時報》第39版（自由副刊），2000年12月21日。

陳光達：〈朱天心：我不屬於臺灣，要屬於哪裡？〉，《新新聞周報》第559期，1997年11月19-24日，頁90-94。

五　網路資源

「文化批評論壇」，《文化研究月報》第4期，2001年6月15日，網址：http://www.cc.ncu.edu.tw/-csa/oldjournal/04/journal_forum_42.htm（2013年7月26日上網）。

〈多重互文、多重空間──論〈古都〉中的文化認同與文本定位〉，「臺灣文化研究網站」，1998年10月，網址：http://www.srcs.nctu.edu.tw/taiwanlit/issue4/4-6.htm（2013年7月26日上網）。

「表演工作坊」官方網站，2009年2月21日，網址：http://finding2009.pixnet.net/blog/post/26258882（2013年7月26日上網）。

徐開塵：〈我的「暗戀」，毀在「桃花源」〉，2006年9月6日，網址：http://blog.yam.com/weculture/article/6413007（2013年7月28日上網）。

學術論文集叢書 1500012

進學致知：國立中央大學中國文學系成立五十週年紀念研究論文集

主　　編	劉德明
責任編輯	呂玉姍
發 行 人	陳滿銘
總 經 理	梁錦興
總 編 輯	陳滿銘
副總編輯	張晏瑞
編 輯 所	萬卷樓圖書股份有限公司
排　　版	林曉敏
印　　刷	百通科技股份有限公司
封面設計	菩薩蠻數位文化有限公司

發　　行　萬卷樓圖書股份有限公司
　　　　　地址　臺北市羅斯福路二段 41 號 6
　　　　　　　　樓之 3
　　　　　電話　(02)23216565
　　　　　傳真　(02)23218698
　　　　　電郵　SERVICE@WANJUAN.COM.TW
香港經銷　香港聯合書刊物流有限公司
　　　　　電話　(852)21502100
　　　　　傳真　(852)23560735

如何購買本書：

1. 劃撥購書，請透過以下郵政劃撥帳號：
　　帳號：15624015
　　戶名：萬卷樓圖書股份有限公司
2. 轉帳購書，請透過以下帳戶
　　合作金庫銀行　古亭分行
　　戶名：萬卷樓圖書股份有限公司
　　帳號：0877717092596
3. 網路購書，請透過萬卷樓網站
　　網址　WWW.WANJUAN.COM.TW

大量購書，請直接聯繫我們，將有專人為
您服務。客服：(02)23216565　分機 610

如有缺頁、破損或裝訂錯誤，請寄回更換

版權所有·翻印必究
Copyright©2019by WanJuanLou Books CO., Ltd.
All Right Reserved　　　　　Printed in Taiwan

ISBN 978-986-478-319-9
2019 年 12 月初版
定價：新臺幣 820 元

國家圖書館出版品預行編目資料

進學致知：國立中央大學中國文學系成立五
十週年紀念研究論文集 / 劉德明主編. -- 初
版. -- 臺北市：萬卷樓, 2019.12
　　面；　　公分. -- (學術論文集叢書；1500012)
ISBN 978-986-478-319-9(平裝)
1.中國文學　2.文集

820.7　　　　　　　　　　　　108017385